BIANCA IOSIVONI

Finding Back to Us

BIANCA IOSIVONI

Finding BACK TO US

Roman

LYX

LYX in der Bastei Lübbe AG
Dieser Titel ist auch als E-Book und Hörbuch erschienen.

FSC
www.fsc.org
MIX
Papier aus verantwortungsvollen Quellen
FSC® C014496

Vollständige Neuausgabe des 2016 erschienenen Taschenbuchs
»Was auch immer geschieht«.

Textredaktion: Kristina Langenbuch Gerez
Covergestaltung: ZERO Werbeagentur GmbH
Coverabbildung: © Mari Dein / shutterstock.com
Satz: Greiner & Reichel, Köln
Gesetzt aus der Adobe Caslon
Druck und Einband: GGP Media GmbH, Pößneck

Printed in Germany
ISBN 978-3-7363-1119-0

1 3 5 7 6 4 2

Sie finden uns im Internet unter: www.lyx-verlag.de
Bitte beachten Sie auch: www.luebbe.de und www.lesejury.de

Für alle, die Träume haben.
Verwirklicht sie.

Playlist

Charlie Puth – Marvin Gaye (feat. Meghan Trainor)
Jarryd James – Do You Remember
The Contours – Do You Love Me
Grace – You Don't Own Me (feat. G-Eazy)
Major Lazer – Powerful (feat. Ellie Goulding & Tarrus Riley)
Snow Patrol – Chasing Cars
Adele – When We Were Young
Birdy – Words As Weapons
James Blunt – Heart Of Gold
Paul Cardall – Gracie's Theme
Birdy – Wings
Bon Jovi – You Give Love A Bad Name
John Travolta & Olivia Newton-John – You're The One That I Want
The Lumineers – Stubborn Love
Sia – House On Fire
Kodaline – High Hopes
Coldplay – Fix You
Walking On Cars – Speeding Cars
Elle King – Ex's & Oh's

Kapitel 1

Ich würde nie erfahren, was Meghan Trainor mit Marvin Gaye trieb, denn als ihre Stimme ertönte, zog ich mir die Kopfhörer aus den Ohren. Nach einer schier endlosen Runde auf der Rollbahn kam das Flugzeug endlich zum Stehen. Die Leute um mich herum sprangen aus ihren Sitzen, als hätte jemand *Bombe!* gerufen. Am liebsten wäre ich auch losgerannt, nur um hier rauszukommen. Die Enge um mich herum, die vielen Menschen und das seit Stunden kreischende Kleinkind zwei Reihen hinter mir zerrten an meinen Nerven. Meine Finger kribbelten vor Aufregung, während ich meinen iPod in der Jackentasche verstaute. Gleichzeitig nahm ich mir vor, Parker zu fragen, was er sich dabei gedacht hatte, mir diese Playlist anzudrehen. Adele? Sam Smith? Ed Sheeran? Sah ich aus wie jemand, der sein gebrochenes Herz mit kitschiger Musik zusammenflicken musste? Die Girlpower-Lieder, die zwischendurch auftauchten, machten es leider auch nicht besser. Was war aus den guten alten Klassikern geworden? Den Oldies, die ganze Generationen bewegt hatten und noch heute Kultstatus genossen?

In diesem Moment schob sich ein Teenager an mir vorbei durch den schmalen Gang. Aus seinen überdimensionalen Kopfhörern schallte für alle hörbar ein Hip-Hop-Song. Ich stöhnte innerlich. Ich war eindeutig im falschen Jahrhundert geboren worden.

Meine vollgepackte Umhängetasche hielt ich wie einen Schutzschild vor mich, während ich den anderen Passagieren aus dem Flugzeug folgte. Als ich endlich bei der Gepäckausgabe ankam, hatte mein Handy bereits dreimal vibriert. Eine Nachricht von Parker, die ich nach diesem Musikdesaster geflissentlich ignorierte, und zwei von Faye, die mich abholen kommen wollte und bereits vor dem Flughafen auf mich wartete. Ich tippte eine schnelle Antwort, dann steckte ich das Handy weg.

Während sich das Förderband in Bewegung setzte, zog ich mir die Jeansjacke aus und hängte sie über meine Tasche. Im Flugzeug hatte ich gefroren, aber hier reichten mein ärmelloses Kleid und meine braunen Stiefel völlig aus, zumal es draußen noch wärmer sein würde. Ich hatte schon beinahe vergessen, wie heiß die Sommer in Alabama werden konnten.

Die ersten Koffer rollten an mir vorbei. Es war erstaunlich – und erschreckend –, wie viele Menschen sich hier versammelt hatten. Waren sie etwa alle mit mir im selben Flieger gewesen? Ich blickte in erschöpfte und aufgeregte Gesichter, hörte das Summen von Gesprächen und sah zwei kleinen Kindern nach, die im Zickzack an den Leuten vorbeirannten und sich nicht von dem Gefluche eines Anzugträgers stören ließen, der Anweisungen in sein Handy bellte. Nur ein paar Schritte von mir entfernt hatte sich sogar jemand mit Laptop auf den Knien auf sein Handgepäck gesetzt und hämmerte auf die Tastatur ein. Vermutlich sollte ich das Gleiche tun, allerdings mit meinen Mitschriften aus dem Seminar, in dem ich dieses Semester gnadenlos durchgefallen war: Biochemie. Allein der Gedanke daran verursachte mir Magenschmerzen.

Ich stellte mich auf die Zehenspitzen und suchte nach dem dunkelroten Etwas, das mein Gepäck darstellte. Weitere Koffer wurden ausgespuckt und landeten klappernd auf dem Förderband. Lila, schwarz, schwarz, dann ein Saxofonkoffer, den der Mann neben mir ergriff. Sehr gut. Einer weniger. Etwas Rotes blitzte auf, dann verschwand es um die nächste Kurve. Oh nein. Nein, nein, nein. War mein Gepäck etwa an mir vorbeigezogen, ohne dass ich es bemerkt hatte? Ich setzte mich in Bewegung, schob mich an den Wartenden vorbei und murmelte eine Entschuldigung, wenn ich irgendjemandem aus Versehen auf die Zehen trat. Aber mein Koffer rollte mir gerade davon!

Ich beschleunigte meine Schritte, sprang über eine herumliegende Tasche und wich einem Paar aus, das sich in diesem Moment umdrehte. Gleich hatte ich ihn. Nur noch ein paar Meter, bevor mein Koffer wieder im Gepäcknirwana verschwand. Ich streckte die Hand aus, schnappte danach – und fasste ins Leere. Er tuckerte einfach weiter, aus meiner Reichweite und gleich auch aus meinem Blickfeld. Ich sah mich schon hinterherhechten und mitsamt Koffer dorthin verschwinden, wo noch nie zuvor ein Mensch gewesen war. Doch im letzten Moment packten zwei Hände die Tragegriffe, hoben den Koffer vom Band und stellten ihn auf den Boden. Ich kam schlitternd zum Stehen. Mein Blick wanderte von dem Gepäckstück aufwärts, über lange Beine, die in einer zerrissenen Jeans steckten, und ein dunkelgraues T-Shirt mit einem verwaschenen Aufdruck, das sich um breite Schultern spannte, bis ich in das Gesicht eines Fremden schaute.

Braune Augen unter tief liegenden Brauen, umrahmt von so dichten Wimpern, dass ich dafür morden würde, erwiderten meinen Blick. Schwarze Haare fielen ihm leicht gelockt in die Stirn und könnten mal wieder einen Schnitt vertragen. Zusammen mit dem dunklen Bartschatten und dem olivfarbenen Hautton machte er den Eindruck eines Vagabunden. Der abgenutzte Rucksack, den er über einer Schulter trug, verstärkte dieses Bild noch. Erst bei genauerem Hinsehen erkannte ich, dass es sich dabei um einen Armeerucksack handelte.

»Danke«, brachte ich hervor, noch immer überrascht von seinem beherzten Eingreifen. Und davon, wie groß dieser Mann war. Trotz meiner Größe von knapp ein Meter siebzig und den Absätzen an meinen Stiefeln musste ich den Kopf in den Nacken legen, um ihm ins Gesicht sehen zu können.

»Gern geschehen.« Er lächelte. Es war nicht dieses knappe Lächeln, das man Fremden zuwarf, bevor man wieder seines Weges ging, aber auch keines, das seine Augen zum Leuchten brachte. Vielmehr wirkte er vorsichtig, als wüsste er nicht genau, was er von mir halten sollte.

Nun, damit war er nicht allein. Auf eine raue Art war dieser Kerl durchaus attraktiv, daran bestand kein Zweifel. Das leichte Flattern in meiner Magengrube war eine natürliche, rein biologische Reaktion, die ich ignorieren konnte. Anders sah es dagegen mit diesem unbestimmbaren Gefühl in meinem Bauch aus. Irgendwie kam mir dieser Mann bekannt vor, obwohl ich nicht wusste, wo ich ihn schon einmal gesehen haben könnte. Stand ich vor einer Berühmtheit, die ich nicht erkannte? Wäre zumindest nicht das erste Mal. Aber wer er auch war, mir fielen weder sein Name noch etwas anderes ein, an dem ich ihn festmachen konnte.

»Das klingt jetzt bestimmt wie eine schlechte Anmache«, begann ich und verzog im selben Moment das Gesicht. Wenn man schon so anfing, konnte es nur in einem Desaster enden. »Aber kennen wir uns irgendwoher?«

Seine Brauen wanderten in die Höhe und verschwanden unter seinem dunklen Haar. Oh nein. Hatte ich ihn etwa mit meinem fehlenden Wissen beleidigt? Müsste ich ihn kennen? Panisch durchforstete ich mein Hirn nach irgendetwas, das mich an seinen Namen, Beruf und Bekanntheitsgrad erinnerte. Traurige Tatsache war jedoch, dass ich mir so gut wie keine Namen von Schauspielern, Realitystars oder sonstigen Berühmtheiten merken konnte. Im Musikbereich wusste ich viel über die Künstler, die ich mochte, und zumindest die Namen der Sänger und Bands, die Parker mir immer wieder anzudrehen versuchte, aber das war's auch schon. Wobei ich mir nicht vorstellen konnte, dass dieser Kerl als DJ in der Wüste irgendwelche Hip-Hop- oder Techno-Beats auflegte. Oder in einer Survivalsendung mitspielte. Wenn ich mir allerdings seinen tarnfarbenen Rucksack ansah …

»Glaubst du das denn?«, konterte er nach einem Moment.

Mist. Mit dieser Gegenfrage hatte ich nicht gerechnet, aber bevor ich mich noch mehr blamierte, entschied ich mich für die Wahrheit. »Nein. Zumindest nicht, dass ich wüsste.«

Wieder dieses Lächeln, diesmal war es jedoch wärmer und zeigte ein kleines Grübchen in seiner Wange. Verdammt. Auf den ersten Blick schien er wie einer dieser düsteren, unnahbaren und sexy Kerle aus den Romanen zu sein, die meine kleine Schwester so gerne las. Aber das Grübchen zerstörte diesen Eindruck, denn nun wirkte er erschreckend real. Nicht mehr wie eine Berühmtheit, der ich zufällig auf dem Flughafen begegnete und die sich unsterblich in mich verliebte, sondern wie ein ganz normaler junger Mann, vor dem ich mich mit jedem weiteren Wort, das meinen Mund verließ, noch mehr blamierte. Von wegen keine schlechte Anmache, das war die schlechteste von allen.

»Ähm …« *Sehr intelligent, Callie.* Ich riss mich aus meiner Starre und räusperte mich, weil meine Kehle auf einmal so trocken war. »Dann … d-danke noch mal für die Hilfe.« Na also. Ein ganz normaler Satz. Mehr oder weniger zumindest.

»Kein Problem.« Sein Blick verließ mich keine Sekunde. Warum musterte er mich auf diese durchdringende Weise?

Und warum war sich ein Teil von mir so sicher, ihm schon einmal begegnet zu sein? Ich könnte schwören, diese Augen und dieses Gesicht irgendwo gesehen zu haben. In einer Zeitschrift vielleicht? In einem YouTube-Video? War er einer von diesen YouTube-Stars, von denen Parker ständig redete, weil sie eines seiner Lieblingsgames spielten?

Ich hatte nicht die geringste Ahnung. Frustration mischte sich unter das Wirrwarr an Emotionen in meinem Inneren. Bevor es überhandnehmen konnte, schlang ich die Finger um den Griff meines Koffers und zog ihn so ruckartig zu mir, dass er über meine Füße rollte. Aua.

»Auf Wiedersehen.« Hoffentlich erst in tausend Jahren. Gefühlt hatte ich mich gerade ein Dutzend Mal blamiert, dabei hatte dieser Fremde mir nur mit dem Koffer geholfen. Vermutlich hielt er mich für eine durchgeknallte Einsiedlerin. Nicht, dass er damit falsch liegen würde. Die letzten Wochen hatte ich kaum Tageslicht gesehen, weil ich rund um die Uhr für meine Examen gelernt hatte und sich meine sozialen Kontakte auf die Leichen beschränkten, die ich für meinen Anatomiekurs untersuchen durfte. Es war so lange her, seit jemand mit mir geflirtet hatte, der nicht tot war. Kein Wunder, dass ich aus der Übung war.

Meine Wangen brannten, als ich mich abwandte und davonstapfte. Dabei war ich mir jeden Schrittes bewusst, denn die Vier-Zentimeter-Absätze meiner Stiefel untermalten sie mit dem dazugehörigen Klackern.

»Warte mal!« Die tiefe Stimme des Fremden übertönte die anderen Geräusche um mich herum und ließ mich innehalten.

»Ja …?« Mit klopfendem Herzen drehte ich mich zu ihm um. Hatte ich etwas vergessen? Hatte *er* etwas vergessen? Mir seine Handynummer zu geben vielleicht? Facebook-, Twitter-, Tumblr- oder Skypename würden es auch tun.

Sein Blick ruhte noch immer auf mir, und ich konnte beinahe körperlich spüren, wie er an mir auf- und abwanderte. Langsam. Auskostend. Als hätte dieser Kerl alle Zeit der Welt. Und mit seinem Blick begann sich auch die Hitze in mir auszubreiten, bis ich das Gefühl hatte, im Hochsommer unter der Mittagssonne zu stehen.

Er schien etwas sagen zu wollen, zögerte dann jedoch und nickte mir schließlich zu. »Schönen Tag noch.«

Enttäuschung wollte sich in mir breitmachen, aber ich schob das Gefühl entschieden beiseite. Es hätte wesentlich schlimmer kommen können. Mein Koffer hätte auch im Nirwana verschwinden und ich beim Versuch, ihn zu retten, auf die Nase fliegen können. Stattdessen hatte mir ein netter Fremder geholfen, der weder tot noch krank war oder mich nur ansprach, um sich meine Mitschriften aus der Psychologievorlesung auszuborgen.

»Danke. Ebenso.« Ich warf ihm ein Lächeln zu, bevor ich mich wieder umdrehte und meinen Koffer Richtung Nordausgang hinter mir herzog.

Die Schiebetüren glitten zur Seite und entließen mich ins Freie. Eine Wand aus Hitze und schwerer Luft schlug mir entgegen. Ich bremste ab, plötzlich entkräftet von dem Temperaturunterschied zwischen dem klimatisierten Flughafen und der Außenwelt. Himmel, ich dachte, wir hätten Mitte Mai, aber der große Feuerball da oben schien andere Pläne zu haben. Meine helle Haut prickelte bereits, als würde eine Ameisenarmada darüberkrabbeln. Eine unverkennbare Warnung vor einem Sonnenbrand.

Ich kramte in meiner Tasche nach meiner Sonnenbrille, setzte sie auf und machte mich auf den Weg zu den Parkplätzen. Faye stand im Schatten des Parkhauses neben der Tür und winkte mir entgegen, aber ich hätte sie auch so erkannt. Ihr geblümtes Kleid reichte ihr bis knapp über die Knie, und genau wie ich trug sie Cowboystiefel. Ihr Markenzeichen hatte sich in all den Jahren, die ich sie schon kannte, nicht geändert: schweres samtbraunes Haar, das ihr bis zur Hüfte fiel. Selbst jetzt trug sie es offen, obwohl das bei diesen Temperaturen mörderisch sein musste.

»Callie!« Sie lief mir lachend entgegen und fiel mir um den Hals. Ihr blumiger Geruch, gemischt mit Seife, drang mir in die Nase und brachte mich ebenfalls zum Lächeln. Andere Mädchen hatten zehn verschiedene Parfümflakons zu Hause stehen, aber Faye hatte schon immer ein und denselben Duft getragen.

Ich löste mich aus der Umarmung und betrachtete sie von oben bis unten. »Du siehst gut aus«, stellte ich fest. Auf ihrer Haut lag ein warmer Bronzeschimmer. Ein deutliches Zeichen dafür, dass sie mehr Zeit im Freien verbrachte als ich.

»Du auch! Aber gegen diese Blässe müssen wir etwas unternehmen.« Sie gab mir einen Klaps gegen den Oberarm. »Hat dir niemand gesagt, dass die Zeiten vorbei sind, in denen das im Trend lag?«

»Aua. Ich musste für meine Prüfungen lernen.«

»Wo? Im Bunker?«

»So ähnlich.« Grinsend hakte ich mich bei ihr unter. »Fahren wir? Oder sollen wir weiter hier herumstehen, bis aus meiner noblen Blässe ein Sonnenbrand wird?«

Faye schnalzte mit der Zunge, zog mich aber ohne jeden weiteren Kommentar mit sich. Ich hatte mein Elternhaus noch nicht mal betreten, trotzdem breitete sich schon jetzt ein vertrautes Gefühl in mir aus. Ich war zu Hause.

»Da wären wir.« Faye stellte den Motor ab.

Ich folgte ihrem Blick zu dem Haus, in dem ich die zweite Hälfte meiner Kindheit verbracht hatte. Es war im späten neunzehnten Jahrhundert im typischen Kolonialstil erbaut worden. Die Fassade hatte man offenbar vor Kurzem neu gemacht, sie erstrahlte in blendendem Weiß, und die großen Fenster glänzten in der Nachmittagssonne. Mein Blick blieb am einzigen Fenster im zweiten Stock hängen. Genau dort, direkt unterm Dach, war mein Reich gewesen. Unzählige Stunden hatte ich in meiner Nische auf dem Fensterbrett verbracht, hatte gelesen, geschrieben und auf das riesige Grundstück hinter dem Haus hinuntergeschaut. Vom Auto aus konnte ich jedoch nur in den Vorgarten sehen. Wie immer war er gepflegt, der Rasen getrimmt, aber hier und da lugte Unkraut hervor, und auf der doppelseitigen Veranda lagen ein Buch und eine Decke vergessen auf der Hollywoodschaukel. Typisch Holly. Meine kleine Schwester hatte schon immer die Angewohnheit gehabt, ihre Sachen überall abzulegen und dann zu vergessen.

Ein seltsames Gefühl von Wehmut legte sich über mich. Ein letzter Sommer, dann würde auch Holly ausziehen. Unsere Kindheit war endgültig vorbei. Wer wusste schon, wann und ob wir nach diesem Sommer hierher zurückkehren würden?

Ich löste mich aus meiner Trance und wandte mich Faye zu, die mich aufmerksam betrachtete. Wie lange war es jetzt her, seit wir uns das letzte Mal gesehen hatten? Früher hatten wir jeden Tag miteinander verbracht, inzwischen beschränkte sich unser Kontakt auf sporadische Telefonate, WhatsApp- und Facebooknachrichten. Trotzdem hatte sie ohne zu zögern angeboten, mich vom Flughafen abzuholen, was ich ihr hoch anrechnete.

»Danke, dass du mich hergefahren hast.«

Sie lachte überrascht auf. »Soll das ein Witz sein? Ich bin froh, mal rauszukommen – auch wenn es nur bis nach Atlanta und zurück ist.«

Ich löste meinen Sicherheitsgurt und lehnte mich für eine Umarmung zu ihr rüber. Sie wiederzusehen hüllte mich in ein bittersüßes Gefühl von Wärme und Vertrautheit. Als ich nach unserem Highschoolabschluss weggezogen war, hätte ich sie am liebsten eingepackt und mitgenommen. Daran hatte sich bis heute nichts geändert.

»Hey, du erdrückst mich!«, beschwerte sie sich, doch als ich mich von ihr löste, lächelte sie mich an. »Komm erst mal richtig an. Wir sehen uns Freitagabend.«

Ich nickte heftig. »Den alten Billy zu ärgern, würde ich mir doch nie entgehen lassen. Oh, und deine Geburtstagsparty auch nicht.« Ich stieg aus, bevor sie gewalttätig werden konnte, aber sie lachte nur.

»Du hast dich kein bisschen verändert«, rief sie, während ich den Wagen umrundete, um mein Gepäck aus dem Kofferraum zu hieven.

»Du auch nicht.« Ich kehrte zur Beifahrertür zurück. »Ich möchte jedes Detail zu diesem Ring an deinem Finger wissen. Eine kurze Nachricht bei WhatsApp reicht einfach nicht.«

Eine sanfte Röte legte sich auf ihre Wangen, aber sie nickte heftig. Andere Frauen hielten dir ihren Verlobungsring unter die Nase, ob du ihn sehen wolltest oder nicht, aber Faye ließ das Thema einfach unter den Tisch fallen. Sie hatte die ganze Autofahrt über kein Wort darüber verloren, und ich hatte sie nicht drängen wollen, aber spätestens bei ihrer Hochzeit würde sie sich damit abfinden müssen, im Mittelpunkt zu stehen.

»Bis Freitag!« Ich hob die Hand zum Abschied und sah ihr nach, bis der kleine knallrote Beetle am Ende der Straße abbog und in einer Staubwolke verschwand. Erst dann wandte ich mich dem Haus zu meiner Rechten zu.

Es war nicht mehr so imposant wie bei unserem Einzug kurz nach meinem zehnten Geburtstag und auch keine der typischen eindrucksvollen Villen in der Gegend, dennoch wurde ich mit jedem Schritt, den ich darauf zumachte, aufgeregter. Die Absätze meiner Stiefel klapperten auf dem Steinweg und den drei Stufen, die zur Veranda führten. Aus dem Inneren war kein Laut zu hören, aber das hieß nicht automatisch, dass niemand da war. Zumindest hoffte ich das.

Ich öffnete die Tür und stellte mein Gepäck im Eingangsbereich neben der Garderobe ab. Das Haus war noch immer so hell und einladend, wie ich es in Erinnerung hatte. Große Fenster, weiße Wände und ein geradliniger, heimeliger Einrichtungsstil. Dad hatte eine Menge Geld in dieses Haus gesteckt, und Stella hatte bis heute nichts an der Einrichtung verändert. Ein Kloß bildete sich in meinem Hals, doch ich schluckte ihn hinunter. Jetzt war nicht der richtige Moment, um sentimental zu werden. Dafür blieb mir später noch genug Zeit. Trotzdem wollte das nervöse Flattern in meiner Magengrube nicht verschwinden.

Vom Eingangsbereich aus gelangte man ins Wohnzimmer mit der angrenzenden Küche. Durch die hohen Decken wirkte es wie ein New Yorker Loft. Der Eindruck wurde durch das Geländer im ersten Stock noch verstärkt, das rundherum ging und einen freien Blick von oben ins Wohnzimmer ermöglichte. Eine Treppe aus dunklem Holz führte ins erste Stockwerk.

»Aber es ist völlig egal, was ich zur Abschlussfeier anziehe, Mom«, hallte eine vertraute Stimme durch das Haus, kaum, dass ich einen Fuß auf die unterste Stufe gesetzt hatte. »Unter dem Talar wird das sowieso keiner sehen. Ich könnte auch in meinem Pyjama hingehen. Hey, das wäre doch mal ein Statement!«

Ich lächelte. Vor meinem inneren Auge konnte ich förmlich sehen, wie Stella tadelnd den Kopf schüttelte.

»Aber du wirst es wissen«, ertönte ihre weiche Stimme, als ich näher kam. »Ich möchte doch nur, dass du dich wohlfühlst, Liebes.«

Ich blieb im Türrahmen zu Hollys Zimmer stehen und betrachtete meine Schwester von Kopf bis Fuß. Sie trug ein eisblaues Kleid mit dünnen Trägern und einem eng anliegenden Oberteil, dessen Stoff in sanften Wellen von ihren Hüften abwärtsfloss und knapp über ihren Knien endete. Dazu hochhackige Schuhe in derselben Farbe.

»Also in diesem Outfit musst du dir definitiv keine Sorgen machen.«

»Das ist nicht für …« Sie verstummte und wirbelte zu mir herum. Sekundenlang erfüllte Stille den Raum, dann kreischte Holly auf und fiel mir so heftig um den Hals, dass ich strauchelte. Einen Moment lang kämpfte ich um unser Gleichgewicht, dann fand ich es wieder und schlang die Arme um meine kleine Schwester.

»Du bist hier! Du bist hier!«, rief sie immer wieder und wäre wie ein Flummi auf und ab gehüpft, hätte ich sie nicht festgehalten. »Warum bist du schon hier?«

»Soll ich wieder gehen?« Grinsend drückte ich sie an mich. »Denkst du etwa, ich lasse mir deine Abschlussfeier entgehen? Keine Chance.«

»Aber die Feier ist erst nächste Woche!« Sie riss sich von mir los, hielt meine Hände jedoch so fest, als wolle sie sie zerquetschen. »Nicht, dass ich mich beschweren würde. Absolut nicht.« Sie schüttelte den Kopf so heftig, dass ihr langes dunkelblondes Haar hin- und herschwang. »Ich wusste nur nicht, dass du schon so früh kommen würdest. Aber das heißt nicht, dass du auch früher gehst, oder? Du bleibst den ganzen Sommer über?«

Ich lächelte. Es war beinahe zwei Jahre her, seit ich das letzte Mal so lange zu Hause gewesen war. Selbst über die Feiertage war ich nur kurz geblieben, um dann schnellstmöglich wieder zurück zum Campus zu fahren. Dass ich diesmal ganze drei Monate zu Hause verbringen würde, war Hollys Wunsch gewesen, bevor es auch sie am Ende des Sommers in die Welt hinauszog.

»Wie versprochen«, bestätigte ich und erwiderte den Druck ihrer Hände.

»Wir haben erst in einigen Tagen mit dir gerechnet.« Über Hollys Schulter traf mein Blick den unserer Stiefmutter.

»Stella.« Ich löste mich von meiner Schwester und umarmte sie. Sofort stieg mir ihr Geruch in die Nase. Die typische Mischung aus Sandelholz und Desinfektionsmitteln aus dem Krankenhaus erinnerte mich an unzählige Nächte, in denen sie von ihrer Schicht nach Hause gekommen war, nach uns gesehen und uns zugedeckt hatte. Egal wie spät es gewesen war.

»Es ist so schön, dass du hier bist«, flüsterte sie kaum hörbar und möglicherweise auch etwas erstickt.

Anders als Holly hatte ich unsere Stiefmutter niemals *Mom* genannt – und das hatte sie zum Glück auch nie von mir verlangt. Dafür erinnerte ich mich noch zu gut an meine richtige Mutter. Kurz vor ihrer Hochzeit mit unserem Dad hatte Stella mich beiseitegenommen und mir erklärt, dass sie es verstünde, wenn ich sie nicht Mom nennen wollte, da sie nicht vorhatte, jemanden zu ersetzen, der einen so großen Platz in meinem Herzen einnahm. Aber sie hoffte, eines Tages wäre auch ein kleines Fleckchen darin für sie frei. In genau jenem Moment hatte sie sich diesen Platz erobert und aus dem kleinen Fleckchen war ein Flächenbrand geworden. Daran hatten auch die späteren Ereignisse nichts geändert. Stella mochte nicht meine leibliche Mutter sein, aber sie war in jeder anderen Hinsicht wie eine Mutter für mich.

»Lass mich dich ansehen.« Sie schob mich auf Armeslänge von sich und musterte mich mit ihrem scharfen Blick von oben bis unten. Ich wusste nicht, ob es daran lag, dass sie Ärztin oder einfach ein Naturtalent darin war, jedes noch so unscheinbare Detail zu registrieren. »Du bist dünner geworden. Geben sie euch nichts zu essen auf dem Campus? Und dein Haar ist kurz.« Sie zupfte an den leicht gelockten dunkelblonden Strähnen, die vorne länger und hinten kürzer waren.

Ich sah zu Holly hinüber, die noch immer neben uns stand. Auf den ersten Blick würde uns niemand für Schwestern halten. Unsere Gemeinsamkeiten beschränkten sich auf die gleiche Haarfarbe, die vollen Lippen und die dunklen Brauen. Sogar unsere Augenfarben waren verschieden. Ich hatte Moms graue Augen geerbt, während sie die blauen von Dad hatte. Außerdem war Holly trotz ihrer achtzehn Jahre noch immer eine Handbreit kleiner als ich – womit ich sie für den Rest ihres Lebens aufziehen würde.

»Es steht dir.« Stella trat lächelnd einen Schritt zurück. Wenn schon Holly und ich uns kaum ähnlich sahen, lagen ganze Welten zwischen uns und unserer Stiefmutter, denn an ihre exotische Schönheit kam keine von uns heran. Obwohl Stella ihr Haar aufgrund ihrer Arbeit meist zusammengebunden trug, konnte man die glänzende schwarze Mähne mit den kaum zu bändigenden Locken deutlich erkennen. Dazu ihre warmen braunen Augen, der Schönheitsfleck auf ihrer Wange und ihre makellose Haut mit olivfarbenem Unterton, die von Natur aus so aussah, als würde sie in Miami Beach leben … Um ehrlich zu sein, war ich noch immer überrascht, dass Stella nicht wieder geheiratet hatte. An einem Mangel an männlicher Aufmerksamkeit konnte es nicht liegen.

»Wo ist dein Gepäck?«, fragte sie.

»Unten.« Ich deutete vage hinter mich in Richtung Treppe.

»Ich habe nicht viel mit und wusste nicht, wo ich schlafen würde, also …«

»Wo?« Stellas Augen weiteten sich. »In deinem Zimmer natürlich! Dachtest du etwa, wir hätten es in deiner Abwesenheit in einen Fitnessraum verwandelt?«

Holly zog eine Grimasse. »*Ich* war ja dafür, aber Mom hat mich nicht gelassen.«

»Thalia Holly Robertson!« Stella stemmte die Hände in die Hüften.

Ich konnte nicht anders, als loszulachen, während meine Schwester beim Klang ihres vollen Namens zusammenzuckte.

»Unglaublich.« Stella schüttelte den Kopf, aber mir entging das amüsierte Zucken ihrer Mundwinkel nicht. »Zurück mit dir vor den Spiegel, damit du dich endlich für ein Kleid entscheidest. Am besten, noch bevor meine Schicht beginnt.«

»Das wäre dann in fünfzehn Minuten«, erwiderte Holly nach einem schnellen Blick auf ihre Armbanduhr.

»Dann solltest du dich besser beeilen.« Stella wirkte so gnadenlos, als wäre Holly einer ihrer kleinen Patienten, die sich mit Händen und Füßen gegen eine Spritze wehrten.

»Zu Befehl, Ma'am«, murmelte Holly ergeben. Einen Moment lang glaubte ich, sie würde mit den Augen rollen, aber dann würde Stella erst recht loslegen und so todessehnsüchtig war meine Schwester nicht. Unsere Stiefmutter mochte die Warmherzigkeit in Person sein, aber wenn sie wütend wurde, suchte man besser das Weite. In Südamerika zum Beispiel.

»Apropos Kleid …« Holly drehte sich so schnell zu mir herum, dass der Stoff um ihre Beine wirbelte wie in einem alten Tanzfilm. »Callie braucht noch eines für den Ball.«

»Ball?«, schaltete ich mich alarmiert ein. »Was für ein Ball?«

»Eine Spendengala für die Kinderabteilung im Krankenhaus. Sie findet am Samstagabend statt.«

»Es ist gut, dass du schon da bist, Liebes.« Stella warf mir ein Lächeln zu, während sie ein weiteres Kleid aus einer Schutzhülle hervorzog. Diesmal in einem kräftigen Grün. »So bleibt uns genug Zeit, für dich auch ein passendes Outfit zu finden«, fuhr sie unbeirrt fort.

»Ähm …« Hilfe suchend sah ich zu Holly, doch die zuckte nur mit den Schultern. »Ich glaube nicht, dass …«

»Oh doch«, widersprach Stella sofort. »Ich lasse keine Ausreden gelten. Du bist ein Teil dieser Familie und wirst zusammen mit uns hingehen.«

Hinter ihr grinste Holly hämisch. »Selbst schuld, wenn du unangekündigt früher kommst.«

Stella tat, als hätte sie das nicht gehört, und deutete auf eine weitere Schutzhülle auf dem Bett. »Am besten probierst du gleich die hier an, dann wissen wir zumindest schon mal Farbe und Schnitt. Anpassungen kann ich immer noch machen.«

Ach du liebe Zeit. Wo war ich da nur hineingeraten?

»Ich … hole erst mal mein Gepäck.« Und machte besser, dass ich aus der Schusslinie kam.

»Feigling!«, zischte Holly und streckte mir die Zunge raus.

Sorry, Schwester. Aber ich war nicht lebensmüde genug, mich mit Dr. Blackwood-Robertson anzulegen. Mit etwas Glück entkam ich ihrem Radar, bis es zu spät war, noch ein Kleid für mich zu finden. Ich war zwar hergekommen, um den Sommer mit meiner kleinen Schwester zu verbringen, aber eine Veranstaltung, bei der ich stundenlang über meine eigenen Füße stolpern durfte, war definitiv kein Teil dieses Plans.

Kapitel 2

Irgendetwas riss mich aus dem Schlaf. Ich schlug die Augen auf und versuchte zu verstehen, warum mein Herz auf einmal so raste. Warum nichts von Ambers leisem Schnarchen auf der anderen Seite des Zimmers zu hören war und weshalb der Mond in mein Zimmer schien, obwohl wir doch immer Jalousien vor den Fenstern hatten.

Ich tastete nach meinem Handy auf dem Nachttisch. Zwei Uhr siebenundvierzig. Keine neue Textnachricht, kein verpasster Anruf. Nichts, das erklären würde, warum ich mitten in der Nacht aufgewacht war. Der Ton war an und die Lautstärke hoch, da ich im Wohnheim nur noch mit Ohrstöpseln schlief. Wenn Leute, die in derselben Etage wohnten wie du, erst in den frühen Morgenstunden in ihre Zimmer zurückkehrten und dabei auch noch irgendwelche Songs aus den Top 100 lallten, wurden Ohrstöpsel schnell zu deinen neuen besten Freunden. Allerdings war ich nicht mehr in meinem Wohnheimzimmer, sondern zu Hause, realisierte ich langsam. In meinem Bett. Durch die offene Bauweise des Hauses mit dem Geländer und der hohen Decke im Wohnzimmer drang jedes noch so kleine Geräusch bis nach oben ins Dachgeschoss.

Ich setzte mich auf und rieb mir über die Augen, während ich lauschte. Das Haus war alt, aber selbst nach so langer Zeit der Abwesenheit sollte ich noch mit seinen Geräuschen vertraut sein, oder? Ich wollte mich gerade wieder hinlegen, als die Dielen unten knarzten. Unbewusst hielt ich den Atem an. War Holly auf der Suche nach einem Mitternachtssnack in der Küche? Stella konnte es nicht sein, sie war kurz nach meiner Ankunft zu ihrer Nachtschicht ins Krankenhaus gefahren und würde so schnell nicht zurückkehren.

Ich sollte mich wieder hinlegen und weiterschlafen, schließlich war es nur ein leises Knarren gewesen, aber meine Sinne liefen auf Hochtouren. Mein Puls hämmerte wie nach einer langen Joggingrunde, ich hatte die Ohren gespitzt und starrte in die Dunkelheit meines Zimmers. Da! Schon wieder ein kaum vernehmbares Knarzen der Dielen. Das konnte nicht nur das Haus sein, oder? Bevor ich darüber nachdenken konnte, hörte ich ein weiteres Geräusch: das Splittern von Glas. Diesmal bestand kein Zweifel daran, dass irgendjemand durchs Haus schlich.

Ich schob die Decke beiseite und stand auf. Barfuß tappte ich über den Holzboden zu meinem Kleiderschrank, der unter der Dachschräge fast die gesamte Wand einnahm. Darin lag noch immer mein alter Baseballschläger neben ein paar Schuhkartons. Ich zog ihn hervor und schlich zu meiner Zimmertür.

Meine Finger zitterten vor Anstrengung, als ich versuchte, die Tür so vorsichtig wie möglich zu öffnen, dennoch erwischte mich das vertraute Quietschen eiskalt. Großartig. Wenn sich ein Einbrecher unten durch unser Silberbesteck wühlte, wusste er spätestens jetzt, dass er nicht allein war. Mit zusammengebissenen Zähnen schob ich mich durch den Spalt und ging die Treppe hinunter.

Die Härchen an meinen Armen stellten sich auf und mir wurde bewusst, dass ich nur ein altes T-Shirt trug, das mir bis zur Mitte der Oberschenkel reichte. Damit gab ich sicherlich einen furchterregenden Anblick für einen potenziellen Einbrecher ab. Egal. Weiter.

Ich erreichte das erste Stockwerk und mied alle Stellen im Boden, von denen ich noch immer in schlafwandlerischer Sicherheit wusste, dass sie knarrten. Auf der gegenüberliegenden Seite befand sich Hollys Zimmertür. Sie war geschlossen, und es brannte kein Licht, das durch die Ritzen scheinen könnte. Da meine Schwester sogar einen Feueralarm in unserem alten Zuhause verschlafen hatte, überraschte es mich nicht, dass sie das Klirren nicht gehört hatte.

Über das Geländer spähte ich ins Wohnzimmer hinunter. Nichts. Keine Bewegung. Keine Geräusche. Keine verdächtige Gestalt, die durch das Haus schlich. Von mir selbst mal abgesehen. Das Wohnzimmer lag in unberührter Stille unter mir. Zwei Sofas vor dem Kamin, weiter hinten das Klavier, das ich seit Jahren nicht mehr angerührt hatte, und der lange Esstisch mit den hohen Stühlen. Ich streckte mich, konnte von hier oben allerdings nicht bis zur Küche sehen. Was ich aber deutlich bemerkte, war, dass nirgendwo im Haus ein Licht brannte.

Leise schlich ich weiter und steuerte die Treppe ins Erdgeschoss an. Sie begann genau dort, wo der Flur nach rechts zu Hollys Zimmer und dem Bad abging, und nach links in den unbenutzten Teil des Hauses führte. Früher einmal waren dort das Büro meines Vaters und das Zimmer meines Stiefbruders gewesen, aber das war lange her. Seitdem hatte meines Wissens nach kaum jemand mehr einen Fuß in diese Räume gesetzt. In Gedanken betete ich darum, nur paranoid zu sein. Ich wollte keinem Einbrecher begegnen, der in meiner Vorstellung wesentlich gruseliger war als die toten Menschen, die ich während meines Studiums schon gesehen hatte.

Ich war so darauf konzentriert, mich lautlos zu bewegen, dass ich keinen Gedanken daran verschwendete, dass jemand um die Ecke kommen könnte. Großer Fehler. Ich nahm die Bewegung nur aus dem Augenwinkel wahr. Instinktiv zuckte ich zurück, holte mit dem Baseballschläger aus und schlug zu. Das Holz traf auf Muskeln und Knochen und der Aufprall verursachte ein Vibrieren, das sich bis in meine Schulter zog. Ich sprang zurück, bereit, noch mal auszuholen, aber der Einbrecher packte den Schläger und hielt ihn fest.

»Fuck!«, fluchte eine tiefe Stimme. »Was soll das?«

Ich setzte bereits zu einer gepfefferten Antwort an, als mir bewusst wurde, dass ich diese Stimme kannte. Zumindest hatte ich sie schon einmal gehört und das vor nicht allzu langer Zeit. Ihr Besitzer hielt den Baseballschläger noch immer fest, trat jetzt aber einen halben Schritt näher. Und ich erkannte ihn. Trotz der Dunkelheit erkannte ich den jungen Mann vom Flughafen wieder. Dieselbe Kleidung, dasselbe Gesicht – und nicht etwa eine schwarze Kluft mitsamt Skimaske und Brechstange, wie zumindest ein kleiner Teil von mir erwartet hatte.

»Was zum …?« Meine Stimme erstarb, dafür polterte mein Herz los. »Hast du sie noch alle, mitten in der Nacht hier herumzuschleichen? Ich dachte, du wärst ein Einbrecher!«

»Bist du sicher?« Mit der freien Hand rieb er sich über seine Rippen. »So, wie sich das anfühlt, wusstest du genau, wen du verprügelst.« Er zögerte, als ich nicht reagierte. »Du erkennst mich wirklich nicht, oder?«

Mein Herz hämmerte noch immer, nur war der Grund dafür inzwischen ein anderer. In meinem Hinterkopf begann sich ein Verdacht zu formen, aber ich wollte nicht daran denken, wollte es nicht wahrhaben, weil es einfach nicht sein konnte. Es war unmöglich.

»Was ist los, *Schwesterchen*?« Er richtete sich zu seiner vollen Größe auf. »Hast du mich inzwischen nicht nur aus deinem Leben, sondern auch aus deinem Gedächtnis verbannt?«

Nein. Einfach nein. Konnte bitte jemand die Zeit zurückdrehen? Denn ich wollte das hier nicht erleben. Nicht jetzt, nicht heute, niemals. Inzwischen hämmerte mein Herz so schnell, dass es mich nicht überrascht hätte, wenn es aus meinem Brustkorb geklettert und davongelaufen wäre. Das hätte ich ja am liebsten selbst getan. Einfach auf dem Absatz kehrtgemacht, mich wieder ins Bett gelegt und so getan, als wäre das hier niemals passiert. Als wäre nicht ausgerechnet mein Stiefbruder nach Hause zurückgekehrt. Der Mann, den ich seit sieben Jahren nicht mehr gesehen hatte. Der Mann, der meinen Vater auf dem Gewissen hatte.

»Keith …?« Ich erstickte beinahe an diesem einen Wort. Selbst ohne sein Nicken hätte ich gewusst, dass er es war. Keith Blackwood. Stellas Sohn. Ich schnappte nach Luft, doch nichts davon schien in meine Lunge dringen zu wollen. Fast so, als hätte mein Körper kurzerhand beschlossen, dass ich keinen Sauerstoff mehr zum Leben brauchte. Genauso wenig wie ein Herz. Denn das hatte Keith mir damals nicht gebrochen, sondern es herausgerissen und zugelassen, dass es gemeinsam mit meinem Vater starb.

Meine Augen begannen zu brennen, eine klare Warnung, dass mir gleich die Tränen kommen würden. Ich verfluchte mich für diese Schwäche und blinzelte mehrmals, um das Gefühl zu vertreiben. Wut hatte schon immer gut funktioniert und jetzt pochte sie in meinen Adern und drohte mich wie eine Flutwelle mitzureißen.

»Wenn ich geahnt hätte, dass ausgerechnet du hier herumschleichst, hätte ich noch fester zugeschlagen.«

Keith schnaubte leise, als hätte er mit keiner anderen Antwort gerechnet. »Ich freue mich auch, dich wiederzusehen.«

Ich zuckte zusammen, als wäre ich diejenige, der man mit dem Baseballschläger eins übergezogen hatte. Denn genau so fühlte es sich an, ihn hier und jetzt wiederzusehen. Wie ein Schlag aus dem Nichts, der mich mit voller Wucht erwischte. Ich konnte regelrecht spüren, wie mir das Blut aus dem Gesicht wich, während ein kaltes Prickeln über meine Haut glitt, als würde sich eine Eisschicht darauf ausbreiten.

»Was machst du hier?« Irgendwie brachte ich die Worte hervor, obwohl ich das Gefühl hatte, genauso daran zu ersticken wie an seinem Namen auf meinen Lippen. Denn niemand, weder Holly noch Stella, hatte mich vorgewarnt. Keine von ihnen hatte auch nur die geringste Andeutung fallen lassen, dass ausgerechnet Keith wieder da war.

»Ich werde eine Zeit lang hier wohnen.«

Ein simpler Satz, der die Macht hatte, meine ganze Welt auf den Kopf zu stellen. Keith Blackwood wohnte *hier*? In meinem Elternhaus? Wieso? Er war jahrelang fort gewesen. Warum kam er ausgerechnet jetzt zurück?

Ein Bild flackerte vor meinem inneren Auge auf. Weiße Wände, weiße Bettwäsche und dunkelblaue Vorhänge, die zugezogen waren. Ein Strauß bunter Blumen. Die Deckenlampe spendete grelles Neonlicht und vom Flur her drangen Geräusche herein. Schritte. Gedämpfte Stimmen. Die scharrenden Rollen eines Bettes, das durch die Gänge geschoben wurde. Das Klingeln eines Fahrstuhls, als sich die Türen öffneten. Das gleichmäßige Piepen der Geräte direkt neben mir. Nichts von alledem schien zusammenzupassen. Erst der Geruch nach Desinfektionsmitteln, Gummihandschuhen und kranken Menschen machte mir deutlich, wo ich mich befand. Und ein fünfzehnjähriger Keith, der in der Tür zu meinem Zimmer stand.

Er hatte ein dickes Pflaster am Kopf und einen Kratzer an der Wange. Seine Arme waren verbunden, aber nicht eingegipst. Er lehnte am Türrahmen, als würde es ihn zu viel Kraft kosten, aufrecht zu stehen. Als wäre sein Körper nicht stark genug, ihn zu halten – oder als würden die Schuldgefühle ihn niederdrücken.

Ein Blick in sein Gesicht genügte, um die tiefe Trauer in seinen braunen Augen zu sehen und zu wissen, was passiert war. Der Fahrunterricht mit Dad. Seine mahnenden Worte, dass Keith nicht so schnell fahren sollte. Die SMS, die ich auf meinem Handy an Faye tippte. Dann war da nur noch Leere. Ein schwarzes Loch, das all meine Erinnerungen in sich aufgesogen hatte. Ich wusste nicht mehr, wie oder wo es geschehen war. Doch als Keith mich so ansah, da wusste ich, dass etwas Schreckliches passiert sein musste. Er sagte nichts, gab mir keine Erklärungen, keine tröstenden Worte, sondern hüllte sich in ein Schweigen, das mehr schmerzte, als jedes Wort aus seinem Mund es je gekonnt hätte. Und in diesem Moment wurde aus dem Jungen, an den ich mein Herz verloren hatte, die Person, die ich am meisten hasste.

Ruckartig holte ich mich in die Gegenwart zurück. Eine Gegenwart, in der ich vor dem Menschen stand, von dem ich geglaubt hatte, ihn nie wieder sehen zu müssen. Kurz nach dem Unfall war er gegangen. Ohne Abschied. Ohne ein Wort der Erklärung. Ohne eine Entschuldigung. Einfach so. Er war nicht einmal auf Dads Beerdigung erschienen. Und jetzt tauchte er genauso unangekündigt wieder auf? Warum? Was in Gottes Namen ließ ihn glauben, er wäre hier willkommen?

»Du wohnst hier?«, wiederholte ich ungläubig und riss den Baseballschläger wieder an mich. Es kostete mich all meine Selbstbeherrschung, nicht erneut auszuholen und ihn aus dem Haus zu prügeln. Verdient hätte er es. Das und noch so viel mehr. »Seit wann? Wie bist du überhaupt reingekommen?«

»Ich war vorhin bei Mom im Krankenhaus. Sie hat mir

einen Schlüssel gegeben«, antwortete er ruhig. Doch damit warf er nur weitere Fragen auf.

Stella hatte davon gewusst? Also war das hier kein Überraschungsbesuch, sondern ein geplanter? Und sie hatte es Holly und mir einfach verschwiegen? Denn ich war mir sicher, dass meine kleine Schwester genauso ahnungslos war wie ich. Dieses Mädchen konnte kein Geheimnis für sich behalten, schon gar keines, bei dem es um den unangekündigten Besuch unseres Stiefbruders ging.

Stella schon. Sie hatte nicht mal mit der Wimper gezuckt, als sie mich heute umarmt hatte. Hatte sie Keith genauso warmherzig willkommen geheißen? Als wäre nichts geschehen? Als würde sie nicht wieder den Menschen in unser Leben, in unser Haus lassen, der unsere Familie zerstört hatte?

»Keine Panik«, murmelte er. »Du wirst mich schneller wieder los, als du *Hau ab* sagen kannst.«

»Ich würde nie *Hau ab* sagen, sondern *Fahr zur Hölle*!«

»Klar.« Er sah mich ausdruckslos an. Zynismus tränkte seine nächsten Worte. »Ich bin nur hier, bis ich etwas Eigenes gefunden habe.«

Es ergab noch immer keinen Sinn. Warum jetzt? Warum hielt er es nach sieben Jahren für nötig, zurückzukommen? Um Buße zu tun? Dafür war es zu spät. Er konnte nicht ernsthaft glauben, dass die Leute hier vergessen hatten, was er getan hatte. Ich hatte es definitiv nicht, und das würde ich auch nie. Der Unfall selbst mochte durch die Gehirnerschütterung aus meinem Gedächtnis gelöscht worden sein, aber ich würde immer wissen, was dazu geführt hatte. Wer die Schuld daran trug. Und wer hinterher feige abgehauen war, statt sich den Folgen seiner Taten zu stellen. Ich war so wütend auf Keith gewesen, aber als ich endlich aus dem Krankenhaus entlassen worden war, war er nicht mehr da gewesen. Wo sollte ich hin mit meinem Hass?

Ich konnte ihn nicht auf jemanden richten, der nicht da war. Und wie sollte man trauern, wenn der Schuldige ungestraft davongekommen war?

Im Laufe der Zeit wurde der Schmerz dumpfer. Ich war erwachsen geworden und sicher gewesen, diese Sache überwunden zu haben. Doch jetzt kehrte alles mit einem Schlag zurück. Die Wut. Der Hass. Die Verzweiflung. All das legte sich wie ein tonnenschweres Gewicht auf meine Brust, bis ich das Gefühl hatte, darunter zu zerbrechen. Und Keith stand einfach nur da und musterte mich, als wäre nichts passiert. Als würde sein Auftauchen kein heilloses Chaos in meiner Welt auslösen.

Sekundenlang konnte ich ihn nur anstarren. Fassungslos, dass das hier wirklich geschah, während ein kleiner Teil in mir noch immer darauf hoffte, dass ich es nur träumte. Der Junge, den ich gekannt hatte, war verschwunden, und an seine Stelle war ein Mann getreten. Die Jahre hatten ihn verändert. Sein Gesicht war ernster geworden, die Konturen härter. In der Dunkelheit um uns herum war das nicht so deutlich auszumachen, aber ich erinnerte mich noch gut an unsere Begegnung heute Nachmittag. An den Ausdruck in seinen braunen Augen, den Armeerucksack … und wie ich ihn angelächelt hatte. Wie ich mich blamiert und darauf gehofft hatte, dass er mir seine Nummer gab.

Oh Gott. Vielleicht sollte ich mir selbst eins mit dem Baseballschläger überziehen, denn ich war offensichtlich nicht mehr bei Verstand. War ich wirklich kurz davor gewesen, mit meinem Stiefbruder zu flirten? Mit der Person, die ich am allermeisten hasste? Ich wusste nicht, ob ich lachen oder weinen sollte. Oder fluchen. Fluchen war immer gut.

»Am Flughafen …«, begann ich zögerlich, denn mit einem Mal tauchten all die Details auf, die mir zuvor nicht aufgefallen waren. Die Art, wie er mich angesehen und wie er gelächelt hatte, selbstbewusst, aber gleichzeitig auch unsicher, als wüsste er nicht so recht, was er von mir halten sollte. »Du wusstest, dass ich es bin, oder?«

Bitte sag Nein. Bitte sag Nein. Bitte sag …

»Ja.«

Ich schloss die Augen. Jede noch so kleine Hoffnung, von der ich nicht einmal geahnt hatte, dass ich sie gehegt hatte, erstarb mit diesem einen Wort. Er hatte gewusst, wer vor ihm stand. Und ich hatte mich auch noch bei ihm bedankt. Aber wie hätte ich denn ahnen können, wen ich da vor mir hatte? Ich hatte Keith schließlich sieben Jahre lang nicht mehr gesehen.

Hitze schoss mir in die Wangen, als sich Wut und Scham einen erbitterten Kampf lieferten.

»Keine Sorge.« Ich riss die Augen gerade rechtzeitig wieder auf, um das spöttische Lächeln zu sehen, das seine Lippen umspielte. »Ich verrate keinem, dass du ganz hin und weg warst.«

»Du bist …«, begann ich, ohne zu wissen, mit welcher Beleidigung mein Satz enden würde.

»Einnehmend?«, schlug er vor. »Faszinierend? Unwiderstehlich?«

Es gab tatsächlich Leute, die glaubten, dass Menschen sich ändern konnten. Ich gehörte nicht dazu, und in diesem Moment bewies mir Keith, wie recht ich damit hatte. Er hatte sich kein Stück verändert. Er provozierte mich noch genau wie früher, nur, dass er es jetzt in dem Wissen tat, was er angerichtet hatte. Und so fühlte sich jedes Wort, das seinen Mund verließ, wie eine Klinge an, die sich in meine Brust bohrte. Kein schlichtes Küchenmesser, sondern ein Skalpell, das er mit grausamer Präzision genau dort ansetzte, wo es am meisten schmerzte.

»Unerträglich«, stieß ich hervor. »Genau wie früher.«

Bevor er etwas darauf erwidern oder ich etwas tun konnte, das ich hinterher vielleicht bereuen würde, machte ich auf dem Absatz kehrt und ließ ihn stehen.

Das Blut rauschte in meinen Ohren, und meine Knie zitterten, als ich davonstapfte. Vermutlich grenzte es an ein Wunder, dass ich überhaupt einen Fuß vor den anderen setzen konnte. Das letzte Mal, dass ich mich so gefühlt hatte, war der Moment gewesen, in dem ich von Dads Tod erfahren hatte. Als hätte mich jemand aus meiner vertrauten Umgebung gerissen und in eine neue Wirklichkeit hineingeworfen. Eine Wirklichkeit, die so wenig mit meiner eigenen zu tun hatte, dass ich alles dafür gegeben hätte, sie wieder zurückzutauschen. Aber es gab nichts, das ich hätte tun können. Weder damals noch heute. Es war nicht Trauer oder Hass, der einen Menschen zerstören konnte. Es war Hilflosigkeit.

In meinem Zimmer angekommen, warf ich den Baseballschläger zurück in den Schrank und ging wieder ins Bett. Doch an Schlaf war nicht mehr zu denken. Die Stille um mich herum war genauso erdrückend wie die Fragen, die immer wieder in meinem Kopf auftauchten. Dazu kam das Wissen, dass Keith unter demselben Dach schlief. Alles in mir sträubte sich gegen diese Vorstellung, und am liebsten wäre ich aufgesprungen, hätte meine wenigen Sachen gepackt und wäre zurück zum Campus gefahren. Aber ich hatte Holly versprochen, den Sommer mit ihr zu verbringen.

Nur aus diesem Grund blieb ich liegen und zwang mich dazu, die Augen zu schließen. Ich war für meine kleine Schwester hergekommen, und für sie würde ich auch bleiben. Selbst wenn das bedeutete, dass ich mich eine Zeit lang mit meinem Stiefbruder arrangieren musste.

Die Geräusche, die mich am nächsten Morgen weckten, waren fremd und vertraut zugleich. Ich war das Summen der Stimmen im Wohnheim gewöhnt, das leise Schnarchen meiner Mitbewohnerin Amber, die trippelnden Schritte in den Gängen und das Klappern von Besteck in der Gemeinschaftsküche. Hier hörte ich zum ersten Mal wieder das Zwitschern der Vögel, dicht gefolgt vom unverkennbaren Brummen eines Rasenmähers. Offenbar machte sich Mr Perkins von nebenan noch immer um Punkt neun Uhr an die Gartenarbeit – völlig egal zu welcher Jahreszeit.

Ich drehte mich auf den Rücken und schlug die Augen auf. Einen seligen Moment lang war ich wieder das Kind, das gerade erst mit seinem Vater und seiner Schwester hier eingezogen war. Das Haus war riesig und der Garten mit seinen vielen Bäumen und Sträuchern magisch. Jeden Sommer hatten Holly und ich die bunten Blüten der Wunderblumen gezählt, die Stella rund um die Veranda angepflanzt hatte. Diejenige, die mit ihrer Schätzung am nächsten dran lag, gewann. Irgendwie hatte Holly es immer geschafft, mich darin zu schlagen, aber Mathematik war noch nie meine Stärke gewesen.

Meine Gedanken wanderten zurück zu Nachmittagen, die mit Lachen und Sonnenschein gefüllt waren, mit Grasflecken auf meiner Hose und dem Geruch von selbst gemachter Limonade, während Dad uns mit einem Lächeln im Gesicht beim Spielen im Garten beobachtete. Dad …

Mit einem Blinzeln war ich zurück in der Gegenwart und setzte mich auf. Etwas Warmes lief mir über das Gesicht. Überrascht wischte ich mir die Tränen von den Wangen. Es war eine Ewigkeit her, seit ich zuletzt so an meinen Vater gedacht hatte. Für einen winzigen Augenblick war die Welt in Ordnung gewesen, doch jetzt hatte mich die Realität wieder. Dad war nicht mehr bei uns. Dafür hatte die Person gesorgt, die gestern Nacht so unerwünscht wieder aufgetaucht war. Wie hatte Stella das nur zulassen können? Wie hatte sie das vor Holly und mir verheimlichen können?

Ich schob die Bettdecke beiseite, stand auf und fuhr mir mit allen zehn Fingern durch das Haar. Keine Ahnung, wie Amber es immer schaffte, genauso geordnet und gebürstet aufzuwachen, wie sie schlafen gegangen war, während ich morgens so aussah, als hätte ich in eine Steckdose gegriffen. Noch in meinem Schlaf-T-Shirt machte ich mich auf den Weg nach unten. Der Nachteil daran, unter dem Dach zu wohnen – abgesehen von der Hitze, die sich hier oben staute –, war der, dass ich jedes Mal nach unten in den ersten Stock gehen musste, wenn ich ins Badezimmer wollte. Früher hatte mich das nicht gestört, genau genommen war Treppensteigen sogar mein tägliches Work-out gewesen.

Kaum dass ich die Badezimmertür erreicht hatte, sprang sie bereits auf, und meine Schwester tänzelte heraus. Natürlich. Sie war die Einzige, mit der ich mir das Badezimmer teilen musste, da Stella im Erdgeschoss ihr eigenes Reich hatte.

Ich verzog das Gesicht, als Holly mich anstrahlte. Sie wirkte ekelhaft ausgeschlafen und gut gelaunt, aber sie war schon immer der frühe Vogel von uns gewesen.

»Guten Morgen!«, zwitscherte sie.

»Morgen …«, murmelte ich und schob mich an ihr vorbei. Solange ich kaum die Augen aufbekam, konnte ich noch keine zivilisierten Konversationen führen.

Natürlich war das Holly völlig egal. Sie lehnte sich in den Türrahmen und beobachtete mich dabei, wie ich mir das Gesicht wusch und nach meiner Zahnbürste griff.

»Hast du gut geschlafen? Wie war die erste Nacht zu Hause?«

»Schuper«, nuschelte ich, den Mund voller Zahnpasta. »Ischabe uscheren Schiefuder ür einen Einescher gealten.«

»Was?«

Ich spülte mir den Mund aus und richtete mich wieder auf. »Ich sagte, ich habe unseren Stiefbruder für einen Einbrecher gehalten und ihn mit dem Baseballschläger verprügelt.«

Holly starrte mich mit offenem Mund an, dann brach sie in schallendes Gelächter aus. »Nicht dein Ernst! Wirklich? Wie konnte ich das verschlafen?«

Um ehrlich zu sein, war ich froh, dass sie nichts davon mitbekommen hatte. Möglicherweise wäre sie sonst Zeugin eines Mordes geworden, und das hätte die Dinge nur unnötig verkompliziert. Stumm wedelte ich mit der Hand. Holly verstand den Wink und zog die Tür hinter sich zu, als sie das Badezimmer verließ. Mehrere Sekunden lang betrachtete ich mein Spiegelbild über dem Waschbecken. Die Ringe unter meinen Augen waren ein deutliches Symptom von zu wenig Kaffee. Nein, das war gelogen. Sie waren ein Symptom von zu wenig Schlaf, aber da das leider nicht infrage kam, gab ich mich mit der zweitbesten Möglichkeit zufrieden. Seufzend wandte ich mich ab und begann etwas dagegen zu unternehmen, dass ich wie ein Zombie aussah.

Als ich das Bad rund zehn Minuten später wieder verließ, stand Holly noch immer neben der Tür.

»Ich will alles wissen«, sprudelte es aus ihr hervor, während wir Seite an Seite die Treppe hinuntergingen. »Brauchst du ein Alibi? Oder lebt Keith noch?«

»Er ist …«, begann ich, hielt dann jedoch abrupt inne. Vorhin war ich zu müde gewesen, um es zu bemerken, doch jetzt sprang mich dieses Detail förmlich an. »Moment mal. Wieso bist du nicht überrascht, dass er wieder hier ist?«

»Ähm … also …« Hollys Blick wanderte hektisch hin und her.

Nein … Das konnte nicht sein. Oder?

»Du wusstest davon?«

»Also, ich … Nein, natürlich nicht!« Sie schüttelte den Kopf so heftig, dass ihr Pferdeschwanz hin- und herschwang.

Ich bedachte sie mit meinem besten bohrenden Blick. Es dauerte keine zwei Sekunden und sie gab nach.

»Okay, ist ja gut. Ich wusste, dass er irgendwann die Tage hier auftaucht. Ist das so schlimm?«

Wie bitte? Einen Moment lang konnte ich nichts anderes tun, als sie fassungslos anzustarren. Dann kam wieder Leben in mich, so schnell und unaufhaltsam wie ein peitschender Sturm.

»Gegenfrage: Warum wusste *ich* nichts davon?«

»Wenn wir es dir gesagt hätten, wärst du doch niemals nach Hause gekommen. Schon gar nicht den ganzen Sommer über.« Hollys Stimme hatte einen fast schon flehenden Ton angenommen.

Damit hatte sie recht, aber das machte es nicht besser. Nicht nur Stella hatte mich angelogen, sondern auch Holly. Ausgerechnet Holly …

»Also habt ihr einfach beschlossen, es vor mir geheim zu halten?«, zischte ich und stieß die Küchentür mit mehr Gewalt als nötig auf. »Newsflash! Früher oder später hätte ich bemerkt, dass er hier ist.«

»*Er* hat einen Namen.«

Ich blieb so plötzlich stehen, dass Holly gegen meinen Rücken prallte.

»Hey, was …«, murmelte sie, dicht gefolgt von einem überraschten »Oh«, als sie an mir vorbeilugte. Zu meinem Entsetzen hellte sich ihre Miene auf und ehrliche Freude spiegelte sich darin wider. »Keith!«

Jeder Muskel in meinem Körper verkrampfte sich, während ich Holly dabei zusah, wie sie Keith umarmte, als wäre er der verlorene Sohn, der nach Hause zurückgekehrt war. Aber das war er nicht. Das würde er nie sein.

Er lächelte, als er sich von Holly löste und ihr durch das Haar wuschelte, wie es nur große Brüder konnten. Dann wandte er seine Aufmerksamkeit wieder mir zu. »Siehst du? Sie hat mich sofort erkannt.«

Mein erster Impuls war es, seinem Blick auszuweichen. Stattdessen bohrte ich die Fingernägel in meine Handflächen und hielt ihm stand.

»Ist ja auch nicht schwer, wenn du am helllichten Tag in unserer Küche stehst.«

Er zog eine Augenbraue in die Höhe. »Anders als am helllichten Tag auf einem Flughafen, meinst du?«

Ich funkelte ihn an, erwiderte jedoch nichts darauf.

Letzte Nacht hatte ich nur wenig von Keith erkennen können, an diesem Morgen dafür umso mehr. Im Gegensatz zu mir war er in Jeans und einem schwarzen T-Shirt, das seine breiten Schultern betonte, bereits vollständig angezogen. Hatte er gestern am Flughafen noch einen Bartschatten getragen, der wahrscheinlich von der Reise herrührte, hatte er heute ganz darauf verzichtet, sich zu rasieren. Der Zweitagebart verlieh ihm einen verwegenen Ausdruck, der zusammen mit dem Funkeln in seinen braunen Augen eine tödliche Kombination war. Mit dem Bart wirkte er so wenig wie der Junge von früher und so sehr wie der nette Kerl, der mir mit meinem Gepäck geholfen hatte, dass sich etwas in meinem Bauch zusammenzog. Gleichzeitig war es mir unbegreiflich, wie ich ihn nicht hatte wiedererkennen können. Sicher, sieben Jahre waren eine lange Zeit und er hatte sich vom schlaksigen Teenager zum Mann entwickelt. Mit langen Beinen und starken Oberarmen, die von regelmäßigem Training oder körperlicher Arbeit zeugten. Trotzdem sah ich nun so viel von dem Jungen von früher in ihm.

Das verwuschelte schwarze Haar. Der herausfordernde Blick. Das Muttermal an seinem Hals und die kleine Narbe an seinem Unterkiefer. Der Mund mit der volleren Unterlippe …

Zwei, drei Sekunden lang hielt ich seinen Blick fest, dann wandte ich mich ab. Meine Haut brannte, als ich meine zu Fäusten geballten Hände löste, um die Kühlschranktür zu öffnen.

»Ach, komm schon«, stichelte er weiter. »Du kannst ruhig zugeben, dass es dir lieber gewesen wäre, wenn du mich sofort erkannt hättest.«

»Wozu?«, murmelte ich und holte eine Flasche Milch heraus, bevor ich die Kühlschranktür mit Nachdruck schloss, um das Zittern meiner Finger zu verbergen. »Damit ich ganz bewusst in den Genuss deiner liebreizenden Gesellschaft kommen kann? Nein, danke, ich verzichte.«

»Du weißt ja nicht, was dir entgeht.«

»Haargel, flache Witze und aufgesetzter Charme?«

Ein verräterischer Laut kam aus Hollys Richtung, aber sie überspielte ihn mit einem Husten und setzte sich an den gedeckten Frühstückstisch.

Keith warf ihr einen vernichtenden Blick zu. »Das habe ich gehört.«

Sie strahlte ihn an. »Es ist so schön, euch beide wieder hier zu haben. Ehrlich, mir haben die Streitereien und das Türenknallen total gefehlt. In den letzten Jahren war es viel zu friedlich und idyllisch.«

Für sie vielleicht. Damals hatte Holly sich noch darüber amüsieren können, wenn Keith und ich uns wegen irgendetwas stritten, denn meistens war sie als Gewinnerin aus diesen Situationen hervorgegangen. Dabei waren es meist nur Kleinigkeiten gewesen. Wer das letzte Stück Kuchen haben durfte. Wer als Nächstes an der Konsole spielen durfte. Laute Musik, mit der Keith und ich uns gegenseitig terrorisierten, bis Stella den Strom ausgeschaltet und damit gedroht hatte, uns unsere Musikanlagen wegzunehmen, wenn wir uns nicht auf eine normale Lautstärke einigen konnten.

Es gab so viele dieser Momente, die abgesehen von Holly keiner vermisst hatte. Genauso wenig wie Keith selbst.

Ich schnaubte leise. Wenn es nach mir ginge, würde ich so wenig Zeit wie möglich am selben Ort wie diese Person verbringen. Zum Teufel, könnte ich es mir aussuchen, würden wir nicht einmal dieselbe Luft atmen.

»Was ist los? Hat es dir die Sprache verschlagen, Calliope?« Wie aufs Stichwort legte Keith es ein weiteres Mal darauf an. Gab es diesem Kerl irgendeinen Kick, mich zu provozieren? War das wie ein Energydrink, der ihn durch den Tag brachte?

Nun, wenn das der Fall war, würde ich ihm nicht die Genugtuung gönnen, klein beizugeben.

»Niemand nennt mich so.« Selbst wenn er jahrelang weg gewesen war, sollte er noch wissen, wie sehr ich es hasste, wenn mich jemand bei meinem vollen Namen rief. Dad war der Einzige, der das bei Holly und mir getan hatte. Calliope und Thalia. Doch diese Namen waren zusammen mit ihm gestorben.

Und es war Keiths Schuld, dass mein Vater jetzt nicht bei uns sitzen, einen seiner üblichen Scherze machen und die Zeitung lesen konnte, bevor er zur Arbeit ins Krankenhaus fuhr. Die Vorstellung zog sich wie eine glühende Nadel durch mein Innerstes. Ich musste mich an meiner Kaffeetasse festklammern, um Keith den Inhalt nicht ins Gesicht zu schütten.

Als würde sie genau spüren, wie die Stimmung im Raum zu kippen drohte, räusperte sich Holly. »Wir sollten in die Stadt fahren.« Sie deutete mit ihrer Gabel auf mich. »Du brauchst noch ein Kleid. Glaub nicht, dass Mom dich vom Haken lässt, nur weil du so selten da bist. Und du«, wandte sie sich an Keith, »brauchst einen Smoking.«

Eine Einkaufstortur war schon schlimm genug – aber eine, bei der ausgerechnet Keith dabei war? Nur über meine Leiche. Besser gesagt: Nur über *seine* Leiche, denn genau darauf würde es hinauslaufen.

»Nicht nötig«, widersprach Keith sofort. »Ich borge mir einen aus. Macht ihr euren Mädelstag.«

Hollys Miene wechselte von einem Stirnrunzeln zu ehrlicher Begeisterung. »Gute Idee! Das haben wir schon ewig nicht mehr gemacht, Callie. Erst das Kleid, dann gehen wir zur Maniküre und am besten auch gleich zum Friseur. Oh, und die richtigen Schuhe müssen wir auch noch für dich finden.«

Der Hauch von Erleichterung, den ich gerade empfunden hatte, verflüchtigte sich wieder. In solchen Momenten zweifelte ich daran, dass Holly und ich tatsächlich Schwestern waren – es kam mir wesentlich wahrscheinlicher vor, dass eine von uns im Krankenhaus vertauscht worden war. Denn was sie als Spaß bezeichnete, war für mich eine Qual. Trotzdem würde ich lieber zehn Shoppingtouren durchstehen und zum Abschluss mit einem Glas Tequila in einen Vulkan springen, als noch länger im selben Raum zu bleiben wie Keith.

»Klar.« Ich warf ihr ein bemühtes Lächeln zu. »Gib mir zehn Minuten.« Eine, um den Kaffee hinunterzustürzen, und neun, um mich anzuziehen und fertig zu machen, damit wir das Haus so schnell wie möglich verlassen konnten. Und Keith Blackwood meilenweit hinter uns ließen.

Kapitel 3

Kein Lebenszeichen von dir zu bekommen, heißt, dir hat die Playlist gefallen. Oder?

Ich starrte auf die Textnachricht auf meinem Handy und überlegte ernsthaft, Parker noch länger schmoren zu lassen. Immerhin hatte er meinen iPod mit Girlie- und Herzschmerzmusik überladen und mich den ganzen Flug über damit terrorisiert.

Wenn du mich damit quälen wolltest, hast du dein Ziel erreicht.

Ich schickte meine Nachricht ohne jedes Emoji ab. Diese Dinger waren der Teufel. Wie um das zu bestätigen, antwortete Parker mit einer ganzen Reihe davon. Grinsende und lachende Smileys, Herzchen, Musiknoten, einer strahlenden Sonne und anderen Motiven, von denen ich nicht einmal erkannte, was genau sie darstellen sollten.

»Wem textest du?« Mitten in der Boutique stellte sich Holly auf die Zehenspitzen und spähte über meine Schulter.

»Parker.« Die beiden hatten sich letztes Jahr kennengelernt, als Holly mich für ein Wochenende am College besucht hatte. Nur mit Mühe hatte ich sie davon abhalten können, sich auf eine Studentenparty zu schleichen, weil sie unbedingt mal auf einer Bar tanzen wollte.

»Oh. Ist er immer noch mit dieser Tussi zusammen? Wie war ihr Name doch gleich?«

Amüsiert schob ich mein Smartphone zurück in meine Handtasche. »Welche meinst du?« Während ich in den vergangenen zwei Jahren eine einzige Beziehung geführt hatte, brauchte man alle zehn Finger, um die von Parker abzuzählen. Es war nicht so, dass er beziehungsunfähig war, sondern … doch, um ehrlich zu sein, genauso war es. Die Frau, die er einmal heiraten würde, tat mir jetzt schon leid.

»Also nicht. Weißt du, was ihm helfen würde, darüber hinwegzukommen?« Holly hielt ein rotes Kleid in die Höhe, das ich nicht einmal bei einem Junggesellinnenabschied in einem Stripclub tragen würde. »Eine Beziehung mit jemandem, der ihn durch und durch kennt und zu schätzen weiß. Jemand wie seine beste Freundin.«

Das war jetzt nicht ihr Ernst, oder?

»Hast du eine Ahnung, wie viele Bücher und Filme es gibt, in denen aus besten Freunden ein Paar wird?«, fuhr Holly unbeirrt fort, und ich meinte, in ihren Augen kleine Herzchen erkennen zu können.

Okay. Jetzt war alles zu spät. Ich brach in schallendes Gelächter aus. Mehrere Kundinnen drehten sich zu uns um, aber ich konnte einfach nicht aufhören zu lachen. Parker und ich? Echt jetzt? Die Erinnerung an unser erstes und einziges Date, bevor wir zu besten Freunden wurden, reichte aus, damit ich mich beinahe auf dem Boden kringelte. Zwischen einem Medizinstudenten und seiner ersten Leiche herrschte mehr Funkenflug als zwischen Parker und mir. Kein Wunder, dass wir uns deshalb spontan einigen Kommilitonen zum LaserTag-Spielen angeschlossen hatten. Der Abend endete damit, dass Parker eine hübsche Rothaarige mit nach Hause nahm und ich Connor kennenlernte.

»Was ist daran so lustig?«, fragte Holly stirnrunzelnd.

»Parker und ich? Das wird niemals passieren. Wir sind ein einziges Desaster.« Mit den Fingerspitzen wischte ich mir die Lachtränen aus den Augenwinkeln. »Warum glaubt eigentlich niemand mehr an eine platonische Freundschaft zwischen Männern und Frauen?«

»Weil uns Filme mit Justin und Mila das Gegenteil beweisen.«

Ich verdrehte die Augen und zog ein tiefblaues Kleid von der Stange. »Du weißt aber schon, dass das reale Leben kein Film ist, oder?«

»Details.« Holly nahm mir das Kleid aus der Hand und hängte es zurück. »Blau steht dir nicht, außer bei Jeans.«

»Wow, danke.«

»Tu nicht so, als wärst du eingeschnappt, dafür bist du nicht eitel genug.«

Leider wahr. Ich schlenderte weiter, ohne den Kleidern große Beachtung zu schenken, denn in Gedanken war ich ganz woanders. Mir wollte Hollys Reaktion auf Keiths Auftauchen einfach nicht aus dem Kopf gehen. Nicht nur, dass sie von seiner Rückkehr gewusst hatte, sie hatte sich auch noch darüber gefreut. Nicht aufgesetzt, sondern ehrlich.

»Wie kann es für dich in Ordnung sein, dass er wieder hier ist?«

Ich hatte nicht einmal gemerkt, dass ich die Frage laut ausgesprochen hatte, bis Holly nachhakte. »Wer?«

»Du weißt genau, wen ich meine.«

Holly schien sich plötzlich auffällig für ein Kleid zu interessieren, das mit Perlen bestickt war. Dabei hasste sie Perlen. »Er gehört zu unserer Familie. Er ist …«

»Sag es nicht.«

»Warum nicht?« Unverständnis schimmerte in ihren blauen

Augen, vermischt mit etwas, das ich nie dort hatte sehen wollen. Nicht, wenn ich die Ursache dafür war. Schmerz. »Er ist unser Stiefbruder, ob es dir passt oder nicht.«

»Es passt mir nicht und das sollte es dir auch nicht. Hast du etwa vergessen, was passiert ist? Was er getan hat?«

Meine Stimme klang schärfer, als ich es beabsichtigt hatte, und Holly zuckte zusammen, als hätte ich sie geohrfeigt.

»Nein, das habe ich nicht vergessen.« Behutsam hängte sie das perlenbesetzte Kleid zurück an die Stange. »Aber ich kann ihm verzeihen.«

War es wirklich so einfach? Vergeben und vergessen, als wäre nichts gewesen? Als wäre Keith nicht schuld daran, dass unser Vater gestorben war? Wie schaffte sie das? Wie vergab man etwas, das sich so tief in dein Bewusstsein gebrannt hatte, obwohl du dich nicht einmal mehr daran erinnern konntest? Ich wusste es nicht. Vielleicht würde ich es nie herausfinden. Manche Dinge waren unverzeihlich. Und egal was Keith tat oder wie lange er weg gewesen war, nichts davon würde es je wieder in Ordnung bringen. Weil der Mensch, der gegangen war, nie mehr zurückkehren würde.

Ich beobachtete Holly dabei, wie sie ein neues Kleid hervorzog und damit zu mir herumwirbelte. Ich rechnete fest mit einem kleinen Schwarzen oder noch so einem schrecklichen roten Stripperinnen-Outfit. Stattdessen hielt sie sich ein gerüschtes Monstrum von Kleid vor die Brust, mit weitem Spitzensaum und einer riesigen roten Schleife am Dekolleté. Ich konnte nicht anders, ich musste lachen. Und mit einem Mal war wieder alles wie zuvor. Die nachdenkliche Stimmung verflog ebenso schnell, wie sie aufgetaucht war.

»Ich gebe dir zwanzig Dollar, wenn du das zu Stellas Ball anziehst.«

Holly wiegte den Kopf hin und her, als würde sie ernsthaft

darüber nachdenken. »Mach zweihundert daraus und wir können darüber reden.«

»Träum weiter.«

Grinsend hängte sie das Kleid zurück an die Stange. »Sieht so aus, als wären wir in der Halloweenabteilung gelandet. Aber ich finde … oooh.« Sie zog den Laut in die Länge. »Du wirst gleich sehr glücklich sein. Ich glaube, ich habe das perfekte Kleid für dich gefunden. Dagegen wird Helena von Troja aussehen wie irgendeine Magd.«

Und genau das machte uns nicht nur zu Schwestern, sondern auch zu den Töchtern unseres Vaters. Nicht die gleiche Haarfarbe und unser vorlautes Mundwerk, sondern die Liebe zur Mythologie. Während andere Kinder mit Märchen aufgewachsen waren und Disneyfilme angeschaut hatten, hatte Dad uns zum Einschlafen antike Sagen erzählt. Kein Wunder, dass ein paar Überreste davon bis heute in uns steckten – und das nicht nur in unseren Namen.

Ohne auf meine Reaktion zu warten, packte Holly mein Handgelenk und zog mich eine Reihe weiter. Dort wollte eine Frau gerade ein pfirsichfarbenes Kleid zurückhängen, doch Holly war schneller. Sie nahm es ihr mit einem zuckersüßen »Danke« aus der Hand und drückte es mir gegen die Brust. »Probier es an.«

»Wenn es mir passt, können wir es dann kaufen und von hier verschwinden?«

»Nur, wenn es dir auch steht«, erwiderte sie ungerührt. »Und das zu beurteilen liegt ganz allein bei mir.«

Natürlich. Wie hatte ich auch etwas anderes erwarten können? Mit einem gespielten Augenrollen schnappte ich mir das Kleid, ging zu den Umkleiden und zog mich dort um. Als ich wieder herauskam und vor den Ganzkörperspiegel trat, musste ich mir eingestehen, dass meine Schwester recht gehabt hatte.

Schmale Neckholder-Träger hielten das Kleid hinter meinem Hals zusammen und der seidige Stoff, der knapp über meinen Knien endete, fiel locker hinab und sorgte für ein hübsches, aber nicht zu offenherziges Dekolleté. Dafür war mein gesamter Rücken frei, was zusammen mit den glitzernden Fäden, die im Brustbereich in den Stoff eingearbeitet waren, aus dem hübschen, aber eher schlichten Outfit ein kleines Schmuckstück machte.

»Du siehst großartig aus«, kam es von Holly, die sich hinter mich gestellt hatte. »Ich bin fast ein bisschen neidisch. Das richtige Kleid für mich zu finden, hat Stunden gedauert, und du hast es schon beim ersten Anprobieren.«

Lächelnd drehte ich mich zu ihr um. »Ich hatte eine gute Beraterin.«

Stolz und Freude breiteten sich auf Hollys Gesicht aus und brachten sie zum Strahlen. »Und du wirst mich lieben, wenn ich erst mit dir fertig bin. Los, los! Als Nächstes brauchen wir passende Schuhe.«

Hilfe suchend sah ich mich um, doch keine der anderen Kundinnen oder Verkäuferinnen eilte zu meiner Rettung herbei, als Holly mich erneut am Arm packte und in den nächsten Laden zog.

Ein Gewirr aus Stimmen, Gelächter und Musik strömte mir entgegen, als ich das *Billy's* am nächsten Abend betrat. Abgesehen vom Diner und der Kegelbahn war die Kneipe so ziemlich der einzige Ort, wo man in der Stadt abends ausgehen konnte. Das war schon früher so gewesen, und daran schien sich bis heute nichts geändert zu haben.

»Hi Billy«, begrüßte ich den Besitzer lächelnd, als er mir von der Bar aus zuwinkte. Wie alt er genau war, wusste niemand so recht, zumal er heute noch genauso aussah wie zu meiner Highschoolzeit, als wir regelmäßig versucht hatten, uns heimlich hier reinzuschleichen. Die breite Brust, Arme, so dick wie Baumstämme, und die Halbglatze, in der sich das Licht spiegelte, waren schon damals seine Markenzeichen gewesen. Ebenso wie die sonnengegerbte Haut und seine dröhnende Stimme.

»Callie Robertson!«, rief er und breitete die Arme aus, als wollte er mich umarmen, obwohl sich ein Bartresen und mehrere Leute zwischen uns befanden. »Wie lange ist es her?« Er ließ mir gar keine Zeit zum Antworten. »Ich erinnere mich noch genau daran, wie du und deine kleinen Freundinnen jeden Freitagabend versucht habt, euch an mir vorbeizuschleichen. Einmal wolltet ihr sogar durch das Fenster in der Damentoilette reinklettern.«

Meine Wangen wurden warm. Dass die Leute in dieser Stadt aber auch nie etwas vergaßen. Natürlich drehten sich gleich einige Köpfe zu mir um, doch Billy schien das nicht einmal zu bemerken. Wie ein herzlicher Großvater deutete er mit dem Zeigefinger auf mich. »Kein Alkohol für dich, junge Dame. Du bist doch noch keine einundzwanzig, oder?«

Ich hätte ihn anlügen können. Mein Geburtstag war in wenigen Wochen und Billy kannte mich zu lange, um darauf zu bestehen, meinen Ausweis zu sehen. Aber er war ein guter Kerl, und ich wollte ihn nicht in Schwierigkeiten bringen.

»Noch nicht«, bestätigte ich darum etwas leiser, dennoch hörte er mich über das Summen der Gespräche hinweg und nickte mir zu.

»Deine Freundinnen sind dort hinten in der Nische. Der erste Drink geht aufs Haus.«

»Danke, Billy!«

Ich lief an der Bar vorbei, schlängelte mich an den im Raum verteilten Tischen und Stühlen vorbei, die allesamt voll besetzt waren, bis ich die Nische erblickte, von der er gesprochen hatte. Dort saß Faye zusammen mit Casey und Samantha, die mit uns zur Schule gegangen waren, und zwei weiteren Frauen in unserem Alter, die ich bisher nur vom Sehen kannte.

»Callie!« Faye sprang auf, schmiss dabei fast Casey von der gepolsterten Sitzbank und fiel mir überschwänglich um den Hals.

»Happy Birthday!« Ich erwiderte ihre Umarmung, während ich gleichzeitig ihr Geschenk aus meiner Jackentasche zog. »Einmal umdrehen, bitte.«

Bevor Faye Einspruch erheben oder überhaupt nachfragen konnte, was ich vorhatte, drehte ich sie um, sodass sie mit dem Rücken zu mir stand. Dann legte ich ihr die zarte Silberkette um den Hals und kämpfte einen Moment lang mit dem Verschluss.

»Das hast du nicht getan …« Sie tastete nach dem kleeblattförmigen Anhänger und wirbelte zu mir herum, sobald ich ihr die Kette angelegt hatte. Als sie das Schmuckstück erkannte, begannen ihre Augen zu strahlen. »Du spinnst doch!«

»Du bist stundenlang darum herumgeschlichen, als du mich in Woodshill besucht hast«, erinnerte ich sie. »Und weil du sie dir nicht selbst gekauft hast, musste ich es tun.«

Tränen begannen in ihren Augen zu schimmern, und ich hob warnend den Zeigefinger.

»Schon gut, schon gut.« Mit einem Lachen, das ein halbes Schluchzen war, wischte sie sich über die Augen und griff nach meinen Händen. »Danke, Callie. Das bedeutet mir sehr viel.«

Ich konnte nicht anders, ich musste sie noch mal in den Arm nehmen. Einer der vielen Gründe, aus denen Faye nicht auf ein College gegangen war, war das fehlende Geld. Bei drei Töchtern und einem Nachzügler in Gestalt eines mittlerweile vierjährigen Sohnes konnte ihre Familie es sich nicht leisten, jedes ihrer Kinder aufs College zu schicken. Faye hatte sich nie darüber beschwert oder sich überhaupt jemals anmerken lassen, dass Geld ein Problem darstellte. Aber ich wusste es. Ich kannte sie gut genug, um die Traurigkeit in ihren Augen zu erkennen, als sie sich das Schmuckstück nicht hatte kaufen können.

»Es ist dein Geburtstag. Hör auf, dich zu bedanken.«

»Okay, ich bin schon still.« Ein letztes Mal strich Faye über den Anhänger, dann strahlte sie mich wieder an. »Hat Billy dich auch an die Sache mit dem Toilettenfenster erinnert?«

Ich lachte auf. »Hat er.«

»Das wird er uns noch vorhalten, wenn wir achtzig sind und er noch immer hier arbeitet, oder?« Sie deutete auf die Nische hinter sich. »Setz dich. Wir haben schon ohne dich angefangen.«

»Weil Casey sonst verdurstet wäre«, kam es von Samantha. Ihre Augen funkelten belustigt durch die Gläser ihrer schwarz umrandeten Brille. Die gleiche Farbe hatten auch ihre Kleidung und ihr zu einem langen Zopf geflochtenes Haar. Zur Begrüßung umarmte sie mich so kurz, dass ich die Berührung kaum wahrnahm.

»Gar nicht wahr!«, protestierte Casey, die mich wiederum so fest an sich drückte, dass ich nach Luft schnappte. »Ich muss es nur mal ausnutzen, einen freien Abend zu haben.«

Etwas hilflos tätschelte ich ihr den Rücken, dann ließ sie mich wieder los, und ich musste erst einmal tief durchatmen. Die beiden anderen Frauen stellte mir Faye als Allison und Sabine vor. Anscheinend arbeitete Allison in der örtlichen Tierarztpraxis, in der Faye freiwillig aushalf.

»Wie ist es da draußen in der großen weiten Welt?«, wandte sich Casey an mich. Es war zwei Jahre her, seit ich sie zuletzt gesehen hatte. Alle wichtigen Informationen wusste ich nur von Faye: jung geheiratet, zwei kleine Kinder zu Hause, keine

Ausbildung, aber dafür für immer an diese Kleinstadt gefesselt. Allein die Vorstellung genügte, dass ich keine Luft mehr bekam und in den Panikmodus verfiel.

»Super«, war das Einzige, was mir dazu einfiel. »Auch wenn ich leider nicht mehr viel von der Welt sehe.«

»Callie studiert Medizin in Woodshill, Oregon«, warf Faye erklärend ein.

Wie immer, wenn jemand von meinem Studium erzählte, zog sich etwas in meinem Bauch zusammen. Ich hasste es, das Erstaunen und die Erwartungen in den Gesichtern um mich herum zu lesen. Das war noch schlimmer als die nagende Stimme in meinem Kopf, die mir immer wieder zuflüsterte, dass ich es nicht schaffen würde. Dass ich nicht gut genug war.

Ich räusperte mich und beugte mich zu Faye. »Ich hole mir etwas zu trinken. Willst du noch was?«

Sie schüttelte lächelnd den Kopf. Auch die anderen hatten noch volle oder zumindest halb volle Gläser, also machte ich mich allein auf den Weg. Inzwischen waren noch mehr Menschen hier, beinahe so, als hätte die halbe Stadt beschlossen, den Freitagabend im *Billy's* zu verbringen. An der Bar war jeder Sitzplatz belegt und auch dazwischen quetschten sich die Leute an den Tresen, um sich etwas zu trinken zu bestellen. Ich erkannte ein paar von ihnen aus meiner alten Highschool wieder. Sie begrüßten mich mit einem Nicken oder knappen Lächeln. Eine Truppe Bauarbeiter hatte sich an einem Tisch versammelt, um ihr Feierabendbier zu trinken und eine Partie Karten zu spielen. Und war das etwa Coach Henrickson am Ende der Bar?

Ich kämpfte mich bis nach vorne durch und wartete, bis Billy in meine Richtung sah. »Eine Cherry Coke«, bestellte ich, wohl wissend, dass er mir keinen Alkohol ausschenken würde, nachdem ich mir diese Möglichkeit erfolgreich selbst zerstört hatte.

Trotz der ganzen anderen Bestellungen musste ich nicht lange auf mein Getränk warten. Ich zog bereits einen zusammengeknüllten Schein aus meiner Hosentasche, aber er winkte ab. »Geht aufs Haus«, erinnerte er mich und zwinkerte mir zu.

»Danke!« Lächelnd drehte ich mich um – und stieß mit jemandem zusammen. In letzter Sekunde packte ich mein Glas mit der zweiten Hand, bevor ich den Inhalt auf meinem Oberteil verschüttete. Als ich den Kopf hob, um mich zu entschuldigen, erkannte ich den Mann – und die Worte erstarben auf meinen Lippen.

Vor mir stand Keith.

»Sieh mal einer an. Mit dir hätte ich nicht hier gerechnet.« Seine Stimme war leise, aber ich stand dicht genug vor ihm, um jedes einzelne Wort zu verstehen. Oder um die Wärme wahrzunehmen, die von seinem Körper ausging.

»Gleichfalls«, gab ich forscher zurück als beabsichtigt. »Ich hätte dich eher in der Hölle vermutet.«

»Und ich dachte, wir wären eine Familie, Schwesterchen.«

»Stiefschwester«, korrigierte ich ihn und bahnte mir mit dem Ellbogen einen Weg an ihm vorbei. »Denk nicht mal eine Sekunde daran, dass du und ich irgendetwas gemeinsam haben könnten.«

Gemeinsame Eltern zum Beispiel. Oder eine gemeinsame Vergangenheit. Sieben Jahre lang war es mir gelungen, diese Person aus meinem Bewusstsein zu streichen. In meinen Erinnerungen hatte es nur die guten Momente gegeben, mit meinem Vater, Holly und auch mit Stella, aber keine einzige Sekunde mit Keith. Keine lautstarken Auseinandersetzungen, kein Kribbeln in meinem Bauch, wenn er mich ansah, kein Fahrunterricht, der tödlich endete. Keine Beerdigung, keine Trauer, keine Tränen. Und ich war verdammt gut damit gefahren, all das zu verdrängen. Doch kaum tauchte dieser Mann wieder in meinem Leben auf, schien es, als würde er einen ganzen Betonblock an ungewollten Erinnerungen und Empfindungen mit sich bringen. Dinge, mit denen ich mich genauso wenig auseinandersetzen wollte wie mit Keith selbst.

»Du meinst unseren kleinen Moment am Flughafen? Als du mich mit den Augen ausgezogen hast?«

Seine Worte ließen mich eiskalt erstarren. Mit einem Mal hämmerte mein Herz los, denn ich erinnerte mich sehr gut an diese Minuten. Wie er mich angesehen und welche Gedanken mir dabei durch den Kopf gegangen waren. Was ich gesagt hatte. Aber das vor ihm zugeben, damit er mich für den Rest meines Lebens damit aufziehen konnte? Niemals.

»Ich habe dich nicht mit den Augen ausgezogen«, zischte ich. »Das würde ich nicht mal dann tun, wenn du der letzte Mensch auf Erden wärst.«

»In dem Fall muss die Menschheit ausgestorben sein, denn du hast es eindeutig getan.« Er rückte näher an mich heran und senkte seine Stimme zu einem leisen Raunen. »Und es hat dir gefallen.«

Eine Gänsehaut breitete sich dort aus, wo sein warmer Atem meinen Hals streifte. Ich musste schlucken, um meine Stimme wiederzufinden – und den Tumult in meinem Inneren unter Kontrolle zu bringen.

»Träum weiter«, fauchte ich und schob mich an ihm vorbei.

Er murmelte noch etwas, das ich nicht mehr hörte, aber irgendetwas sagte mir, dass es besser so war. Sonst würde meine Cherry Coke in seinem Gesicht landen, bevor ich einen einzigen Schluck davon getrunken hatte.

Als ich an unseren Tisch zurückkehrte, sah Faye mir mit gerunzelter Stirn entgegen. »Oh, oh. Ich kenne diesen Ausdruck. Wen willst du umbringen?«

»Keith«, antwortete ich knapp und setzte mich neben sie auf die gepolsterte Bank.

Anders als erwartet, wirkte Faye nicht überrascht, und für einen kurzen Moment begann sich Panik in mir auszubreiten. *Bitte nicht Faye. Bitte nicht auch noch meine beste Freundin.* Schlimm genug, dass Holly und Stella mir seine Rückkehr verheimlicht hatten, aber ich würde es nicht ertragen, wenn auch Faye Bescheid gewusst und mir gegenüber nichts davon erwähnt hätte.

»Ich hatte keine Ahnung«, sagte sie sofort, als hätte sie meine Gedanken gelesen. »Holly kam heute Mittag mit ihrem Hamster zur Kontrolle in die Praxis und hat mir davon erzählt.«

Seufzend lehnte ich mich zurück und nippte an meiner Limonade. »Schlechte Nachrichten verbreiten sich schnell.«

Casey hatte Fayes Freundinnen glücklicherweise in eine Diskussion verwickelt, sodass sie zu beschäftigt waren, um von unserem Gespräch Notiz zu nehmen. Oder davon, wie besorgt Faye auf einmal wirkte.

»Wie geht es dir damit?«, fragte sie leise.

Um ehrlich zu sein, wusste ich nicht einmal selbst die Antwort darauf. In mir schwirrten mehr unterschiedliche Emotionen herum als Bienen in einem Bienenstock. Wut war nach wie vor die dominierende von allen, doch sie verdeckte nur den eigentlichen Schmerz. Die Wunde, die nie richtig verheilt und jetzt wieder offen war. Aber da war noch mehr. Die Art, wie Keith mich immer wieder reizte und ich darauf ansprang, als wüsste er genau, welche Knöpfe er bei mir drücken musste. Oder wie er mich ansah, wenn wir uns ein stummes Duell lieferten. Mit diesem angedeuteten Lächeln und dem Funkeln in seinen Augen, als würde ihm all das einen Mordsspaß bereiten.

»Keine Ahnung.« Frustriert fuhr ich mir mit der Hand durch das Haar. »Ehrlich gesagt will ich gar nicht darüber nachdenken. Es ist nur den Sommer über, dann bin ich wieder auf dem Campus, und Holly ist auf ihrer Weltreise.«

Drei Monate, die sich wie eine unendliche Wüste vor mir erstreckten. Drei Monate, in denen ich im schlechtesten Fall mit dieser Person unter einem Dach leben musste. Ich hoffte inständig, dass er vorher schon eine eigene Wohnung fand und ebenso schnell wieder verschwand, wie er aufgetaucht war. Doch bei meinem Glück rechnete ich nicht damit.

»In einem Sommer kann viel passieren ...«, gab Faye zu bedenken.

»Wann bist du so weise geworden?«

»Ich glaube, das wurde bei unserem Abschlusszeugnis mitgeliefert.«

»Dann haben sie es in meinem Fall wohl vergessen.«

Meine Worte entlockten ihr ein Lächeln, doch der mitfühlende Ausdruck in ihren Augen blieb bestehen. Sie hatte mich schon immer problemlos durchschaut, und daran schien sich bis heute nichts geändert zu haben. Sporadische Treffen hin oder her.

»Weißt du, was dir jetzt helfen würde?« Faye strahlte mich an.

»Eine Axt, um Keiths Dasein ein Ende zu bereiten?«

»Fast. Komm mit.« Sie stand auf und zog mich mit sich. Vorbei an den Tischen und herumstehenden Leuten direkt auf die Jukebox zu.

»Ich ahne Böses ...«, murmelte ich. Wenn Faye sich einmal etwas in den Kopf gesetzt hatte, konnte sie sehr energisch werden. Mehr als man es ihr mit ihrem ruhigen Wesen zugetraut hätte.

»Solltest du auch.« Sie schob ein paar Münzen in den Schlitz und drückte auf den bunten Tasten herum. »Wir werden jetzt nämlich tanzen.«

»Oh nein, keine Chance.« Ich stemmte bereits die Fersen in den Boden, als die ersten Klänge von *Do you love me* von The Contours ertönten. Ich lachte auf, gleichzeitig verfluchte ich Faye dafür. Dieses Mädchen kannte mich eindeutig zu gut. Als Teenager hatten wir uns stundenlang die ganzen alten Tanzfilme angeschaut und waren zur Musik auf meinem Bett herumgesprungen.

»Komm schon!« Faye zog mich auf die einzig freie Fläche neben der Jukebox. Umringt von rund fünfzig Leuten, Fremden wie Bekannten, begann sie zu tanzen. Und das mit den verrücktesten Bewegungen, die ich je gesehen hatte. Ich konnte gar nicht anders als mitzumachen.

Für ein paar wunderbare Minuten vergaß ich alles um mich herum und verlor mich in der Musik. Ich hob die Arme über den Kopf, schloss die Augen und blendete alles andere aus. Die Menschen um mich herum. Die stickige Luft. Den Lärm. Meine Wut auf Keith. Meine Enttäuschung über Holly und Stella. Mein Puls pochte im Takt, mein Herz hämmerte gemeinsam mit dem schnellen Rhythmus, und ich wurde eins mit der Melodie.

Bis sich ein Arm von hinten um mich schlang.

Ich erstarrte mitten in der Bewegung, geriet ins Stolpern und hätte sicher nähere Bekanntschaft mit Billys Fußboden gemacht, wenn mich die Hand nicht festgehalten und zurückgezogen hätte. Als ich nach Luft schnappte, drang mir der säuerliche Geruch von zu viel Bier in die Nase, und ich verzog das Gesicht. Wer auch immer der Kerl hinter mir war, er war eindeutig nicht mein Typ. Ich stand nicht auf solch aufdringliche Anmachen.

Entschieden schob ich die fremde Hand beiseite und versuchte, einen gebührenden Abstand zwischen uns zu bringen, aber der Kerl riss mich einfach wieder an sich. Gleichzeitig presste er sich von hinten an mich, wodurch ich seinen feuchten Atem im Nacken spüren konnte. Zusammen mit der Ausbuchtung in seiner Hose, als er sich gegen mich drängte. Übelkeit breitete sich in mir aus. Um mich herum tanzten und lachten alle anderen noch immer. Faye tanzte mit dem Rücken zu mir mit ihren Freundinnen und inzwischen hatten sich mehrere Leute zwischen uns geschoben.

Wieder versuchte ich den Arm des Fremden wegzuschieben, doch er hatte sich so fest wie ein Eisenring um mich geschlossen. Obwohl sich alles in mir dagegen wehrte, drehte ich mich zu dem Kerl um. Er war locker zwanzig Jahre älter als ich und sehr viel breiter gebaut, als ich zuerst angenommen hatte. Niemand, mit dem man sich anlegen wollte, und niemand, den ich kannte.

»Ich bin nicht interessiert.« Ich versuchte, meiner Stimme einen kühlen Klang zu verleihen, aber sie war so krächzend, dass sie in den dröhnenden Bässen eines neuen Liedes unterging.

»Na, na. Wer wird denn gleich so schüchtern sein?«

Ich legte beide Hände auf seine Brust, um ihm einen festen Stoß zu verpassen. Es funktionierte. Er taumelte einen Schritt zurück, vermutlich mehr überrascht als beeindruckt von meinem Kraftaufwand. Bevor ich in der Menge untertauchen konnte, packte er mein Handgelenk. »Nicht so schnell, Kleine.«

Wie bitte? Ich zog an meinem Arm. »Lass mich los.«

Noch während ich den Befehl aussprach, suchte ich mit meinem Blick nach Billy. Doch zwischen all den Menschen um mich herum konnte ich ihn nicht ausmachen, geschweige denn bis zur Bar sehen. Hatte er nicht immer auch eine Security im Laden? Wo war der Kerl, wenn man ihn mal brauchte?

Ich öffnete den Mund, um mich lautstark bemerkbar zu machen, als sich von hinten eine Hand auf die Schulter meines ungewollten Verehrers legte. Mit einem Ruck wurde er zurückgerissen und landete hart auf dem Boden. Ehe ich mich versah, hatte sich eine große Gestalt zwischen uns geschoben. Dunkle Kleidung, breite Schultern, schwarzes Haar. Mein Herzschlag setzte einen Augenblick lang aus, als sich ausgerechnet Keith schützend vor mich stellte. Mit ihm hätte ich nicht gerechnet, sondern eher vermutet, dass er dem Mistkerl auch noch seelenruhig zuprostete, während dieser mich betatschte.

Schon allein aufgrund seiner Größe machte Keith einen imposanten Eindruck, doch jetzt strahlte er eine Gefahr und Härte aus, die ich nie zuvor an ihm wahrgenommen hatte. Vor meinem inneren Auge konnte ich bereits sehen, wie sich die ganze Szene abspielen würde. Prügelei, blutig geschlagene Gesichter, Rauswurf, Notaufnahme. Stella würde durchdrehen, wenn ihr Sohn eingeliefert wurde, selbst wenn es nur wegen einer Platzwunde wäre.

Doch noch während das Horrorszenario in meinem Kopf Gestalt annahm, überraschte Keith mich zum zweiten Mal an diesem Abend. Denn statt sich auf den bulligen Mann zu stürzen, streckte er die Hand aus und half ihm auf die Beine. Vermutlich hätte schon sein finsterer Blick gereicht, um den Kerl in die Flucht zu schlagen, aber Keith murmelte noch etwas, das in der Musik und den Gesprächen um uns herum unterging. Was es auch war, der Fremde entriss ihm seine Hand und machte ohne einen weiteren Blick in meine Richtung auf dem Absatz kehrt. Ich wollte ihm hinterhersehen, aber Keith ließ mir keine Gelegenheit dazu. Er zog mich an den Leuten vorbei in eine ruhige Ecke neben dem Durchgang zu Toiletten und Lagerraum.

»Alles in Ordnung?« Hier hinten war die Musik leiser, trotzdem beugte Keith sich zu mir hinunter, damit ich ihn verstand.

In meiner Brust hämmerte es noch immer panisch, und mein Puls befand sich auf demselben Level wie während einer Prüfung, für die ich nicht gelernt hatte, dennoch nickte ich.

»Sicher?« Besorgte Falten erschienen auf seiner Stirn. »Sonst gehe ich zurück, und der Kerl kann …«

»Mir geht's gut«, versicherte ich ihm und atmete tief durch, um mich selbst von meinen Worten zu überzeugen. »Was hast du ihm gesagt?« Schließlich war der Typ sicher nicht ohne Grund vor meinem Stiefbruder geflüchtet.

»Nicht viel.« Keith zuckte mit einer Schulter. »Gut möglich, dass ich ihm einen Finger gebrochen habe. Oder zwei.«

Ich starrte ihn mit offenem Mund an, ohne mich entscheiden zu können, ob ich lachen oder ihm eine Predigt darüber halten sollte, wie sensibel das Nerven- und Knochensystem der menschlichen Hand war. Letztlich entschied ich mich für ein Kopfschütteln. Das hier war weder die richtige Zeit noch der richtige Ort für eine Lektion in Anatomie.

»Lass uns eines klarstellen.« Seufzend lehnte ich mich gegen die Wand, da meine Knie noch immer zitterten. Nachdenklich sah ich auf die tanzende und feiernde Meute vor uns, ohne Keiths Gegenwart auch nur eine Sekunde lang ausblenden zu können. »Ich bin dir dankbar für deine Hilfe. Das bin ich wirklich. Aber ich *will* sie nicht. Ich will keine Hilfe von dem Mann, der meinen Vater auf dem Gewissen hat, und ich hasse es, dass ich sie eben gebraucht habe.«

Keith schwieg so lange, dass ich dazu gezwungen war, wieder zu ihm zu sehen. Wie ich wenige Sekunden zuvor hatte er seinen Blick geradeaus gerichtet, doch er schien nichts von unserer Umgebung wahrzunehmen, sondern in Gedanken weit weg zu sein. Seine Kiefermuskeln traten hervor, doch als er den Kopf in meine Richtung drehte, schien jede Anspannung verflogen zu sein.

»Verstanden.« Er nickte mir zu. »Immerhin erschlägst du mich nicht mit einem Baseballschläger, weil ich mich eingemischt habe. Das ist ein Fortschritt.«

Das entlockte mir fast ein Lächeln. »Nur weil ich gerade keinen hier habe.«

Ehrliche Belustigung spiegelte sich in seiner Miene wider. »Trotzdem ein Fortschritt.«

Bevor ich zu einer Erwiderung ansetzen konnte, stieß er sich von der Wand ab und verschwand in der Menge. Ich blieb allein zurück, zusammen mit einer seltsamen Mischung aus Faszination und Verwirrung.

»Da bist du ja!« Faye tauchte neben mir auf und folgte meinem Blick mit einem fragenden Ausdruck im Gesicht. »Alles in Ordnung? Du warst plötzlich weg.«

Ich nickte, noch während sie sprach. Mein Puls hatte sich wieder beruhigt, und auch meine Knie zitterten nicht mehr. Nur das schnelle Pochen in meiner Brust schien nicht aufhören zu wollen. Keith hätte sich nicht einmischen müssen, nicht nach dem, wie die Dinge zwischen uns standen. Aber er hatte eingegriffen, und ich wusste nicht, was ich davon halten sollte.

Ich folgte Faye, die sich an den Leuten vorbei einen Weg zur Bar bahnte, um sich einen weiteren Drink zu bestellen. Billy grinste uns an, als wäre es ein ganz normaler Abend, doch das war es nicht. Nicht mehr.

Während wir auf unsere Getränke warteten, ließ ich meinen Blick durch das Lokal wandern, aber von Keith war keine Spur mehr zu sehen. Ich sollte froh darüber sein, doch statt Erleichterung spürte ich einen Hauch von Enttäuschung. Er war ohne ein Wort gegangen – aber hatte ich wirklich mit etwas anderem gerechnet?

Kapitel 4

»Hältst du das für eine gute Idee?« Ich lehnte mich gegen den Türrahmen. Eigentlich war ich auf dem Weg ins Badezimmer gewesen, um irgendetwas mit meinem Haar anzustellen, das zu meinem Ballkleid passte, aber der Anblick, der sich mir bot, zwang mich regelrecht dazu, stehen zu bleiben.

Holly saß, umgeben von Tüll und Seide in sanftem Rosé, in ihrem Zimmer auf dem Boden. Sie hatte ihr Kleid bereits an, war jedoch barfuß und ungeschminkt. In ihren Händen hielt sie ein flauschiges braunes Etwas, das mich aus seinen winzigen schwarzen Augen betrachtete.

»Was meinst du?«, fragte Holly und strich dem Hamster mit dem Daumen über den Kopf.

»Hamtaro und dein Kleid. Wenn es Flecken bekommt oder er es annagt, kriegt Stella einen Herzinfarkt.«

»Das würde er niemals tun!« Sie hielt mir das kleine Fellknäuel auf ihrer Handfläche entgegen. »Hamtaro ist ein lieber Hamster …«

»Aus der Hölle«, beendete Keith ihren Satz trocken.

Jeder Muskel in meinem Körper erstarrte. Ich hatte ihn nicht einmal gehört, geschweige denn gespürt, wie er hinter mich getreten war. Dafür nahm ich ihn jetzt umso deutlicher wahr. Die Wärme, die von ihm ausging, prickelte in meinem Rücken. Und war das der Geruch von Aftershave, der mir da in die Nase stieg?

Holly funkelte ihn an. »Ich weiß echt nicht, was du gegen meinen Hamster hast. Er hat dir nichts getan.«

»Falsch«, konterte Keith und stützte sich mit einer Hand über meinem Kopf im Türrahmen ab. »Er hat mich gebissen.«

»Das war sein Vorgänger, Hamtaro, der Erste. Er ist an Altersschwäche gestorben. Wir reden hier von Hamtaro, dem Vierten.«

»Als ob das einen Unterschied machen würde.«

Ich wich zur Seite aus und verschränkte die Arme vor der Brust, während ich dem Schlagabtausch der beiden schweigend folgte. Leider war ich damals nicht dabei gewesen, als Keith Bekanntschaft mit Hollys Hamster gemacht hatte. Aber meiner Schwester zufolge war das Kennenlernen laut und blutig gewesen. Danach hatte sich Keith dem Käfig nicht mal mehr auf einen Meter genähert.

»Und ob das einen Unterschied macht.« Holly stand mit einer bewundernswerten Eleganz auf. Ich hätte mich gleich zweimal im Kleid verheddert, aber sie stolzierte wie eine Königin an mir vorbei auf Keith zu und hielt ihm ihren Hamster unter die Nase. »Du kannst nicht die vierte Generation für etwas verantwortlich machen, was die erste getan hat. Das ist politisch unkorrekt.«

»Mir egal.« Zu meiner Überraschung wich Keith zurück. »Bleib mir mit dem Ding weg.«

Holly prustete los. »Du hast echt Angst vor einem süßen kleinen Hamster?«

»Dieser süße kleine Hamster hat mörderisch scharfe Zähne.« Anklagend deutete er auf das Tierchen, das sich auf Hollys Handfläche neugierig auf seinen Hinterbeinen aufrichtete und ihn aus seinen Knopfaugen anblinzelte.

Holly machte einen Schritt auf ihn zu, was nur dazu führte, dass Keith noch weiter zurückwich.

»Callie! Holly! Keith!«, ertönte Stellas Stimme auf einmal. Ich ging zum Geländer und sah nach unten. Sie stand im Wohnzimmer, die Hände in die Hüften gestemmt. »Wenn ihr nicht in zehn Minuten fertig seid, fahre ich ohne euch. Nein, das würde euch ja gefallen«, fügte sie im Murmelton hinzu, ehe sie die Stimme wieder erhob. »Wenn ihr nicht in zehn Minuten fertig seid, ändere ich das WLAN-Passwort und ihr müsst eine Woche ohne Internet auskommen!«

Das nannte man dann wohl moderne Erziehung. Sowohl Holly als auch Keith erstarrten in ihren Bewegungen. Meine kleine Schwester war die Erste, die neben mir am Geländer erschien.

»Ich brauche nur fünf Minuten!«, antwortete sie und verschwand mitsamt Hamster in ihrem Zimmer.

»Nicht, wenn ich vor dir im Bad bin.« Ich warf einen prüfenden Blick in Keiths Richtung, aber er hob nur abwehrend die Hände, als würde er nicht mal im Traum daran denken, sich mit mir um das Badezimmer zu streiten. Besser so.

Ich flitzte los, bevor Holly mir zuvorkommen konnte.

Mein Bauch kribbelte so sehr vor Nervosität, als wäre das hier meine Spendengala. Das, was Stella und ihre Kollegen auf die Beine gestellt hatten, war beeindruckend. Der Saal war ganz in Weiß mit blauen Akzenten dekoriert. Von der Decke hingen Kronleuchter herab, in denen das Licht funkelte. Auf jedem einzelnen Tisch zu meiner Linken standen eine dunkelblaue Kerze und ein kleiner Blumenstrauß. Die Stühle waren mit einem glänzenden weißen Stoff bezogen, der jenem der Tischdecke ähnelte. Direkt dahinter nahm ein Büfett die gesamte Wand ein. Fünf Angestellte standen dort in ihren weißen Uniformen, ein blaues Blümchen am Revers, und warteten auf ihren Einsatz.

»Wow«, stieß ich hervor und lief in den leeren Saal hinein. Dort, wo ich gerade stand, würden später tanzende Paare den Raum füllen. Beinahe versteckt hinter einem unauffälligen Podest legte der DJ gerade den ersten Song auf. Als er meinen Blick bemerkte, zwinkerte er mir gut gelaunt zu.

»Wie findet ihr es?«, fragte Stella leise. Obwohl Sorgenfalten ihre Stirn zeichneten, sah sie atemberaubend aus. Das schwarze Kleid betonte ihre Figur und die hohen Schuhe ließen ihre Beine endlos wirken. Ich war froh, dass sie auf meinen Rat gehört und ihr Haar offen gelassen hatte. Jetzt fiel es ihr in einer wilden Lockenmähne über die Schultern. Zusätzlich hatte Holly ihr noch irgendeinen Puder aufgeschwatzt, der ihrer gebräunten Haut einen goldenen Schimmer verlieh. Die bunten Armbänder an ihrem linken Handgelenk waren das Einzige, das aus dem Rahmen fiel, aber sie hatte darauf bestanden, sie zu tragen. Es waren Geschenke von ihren kleinen Patienten, die sie selbst geflochten und mit Perlen aufgefädelt hatten. Eines davon war von mir. Der Metallreifen mit dem einzelnen strahlend roten Stein. Ich hatte stundenlang daran gesessen und ihn ihr zum ersten Geburtstag geschenkt, den sie mit uns gefeiert hatte. Mit ihrer Familie. Damals war ich elf gewesen.

»Es ist traumhaft, Stella«, sagte ich und meinte jedes Wort ernst. Wenn erst die Gäste kamen und die Musik, das Lachen und das Stimmengewirr die Luft erfüllten, würde sich das hier wie ein Traum aus Weiß und Blau anfühlen. Als würde man auf Wolken tanzen.

»Wirklich cool«, bestätigte auch Holly, die sich den Kopf nach dem DJ verrenkte. Glücklicherweise bemerkte unsere Stiefmutter das nicht, denn es war fraglich, ob Holly tatsächlich die Dekorationen und das Fest meinte. Ich stieß ihr meinen Ellbogen in die Rippen, was mir einen aufsässigen Blick von ihr einbrachte. Dann schien sie zu bemerken, dass ihre Interessen ziemlich offensichtlich waren, denn auf ihr Gesicht legte sich eine sanfte Röte.

»Die Arbeit hat sich gelohnt«, kam es jetzt auch von Keith, der einen Arm um seine Mutter legte und ihr einen Kuss auf die Wange drückte. Es waren diese seltenen Momente, in denen ich vergaß, was für ein Arschloch er manchmal sein konnte. Wenigstens war er heute Abend ein Arschloch im Smoking. Doch selbst hier hatte er von der Norm abweichen müssen, denn statt eines weißen Hemdes trug er ein schwarzes und statt einer Fliege oder Krawatte um seinen Hals waren die obersten Knöpfe geöffnet.

Ich riss meinen Blick von ihm los, gerade rechtzeitig, um zu bemerken, wie Holly zum Büfett schlich. »Hiergeblieben! Was hast du vor?«

Ertappt blieb sie stehen und drehte sich mit Unschuldsmiene zu uns um. »Irgendjemand muss doch mal probieren und sicherstellen, dass die Gäste keine Lebensmittelvergiftung bekommen.«

Als ob. Doch Stellas erleichtertes Lachen war Grund genug, um den Mund zu halten. Ich hatte sie noch nie so nervös erlebt wie vor dieser Veranstaltung, aber wenn Hollys unverschämt freche Art dazu beitrug, dass sie sich entspannte, würde ich sicher nicht dazwischengehen. Selbst wenn meine kleine Schwester sich ins Koma futterte und ich sie nach Hause tragen musste.

Rund eine Stunde später wünschte ich mir regelrecht, Holly würde in Ohnmacht fallen. Dann gäbe es wenigstens ein bisschen Action auf dieser Feier. Die Musik spielte, Lachen lag in der Luft, aber die größte Schar der Gäste versammelte sich an den Tischen und am Büfett. Die Tanzfläche? Gähnende Leere. In einer Ecke hüpften ein paar Kinder herum, doch abgesehen davon tanzte niemand. Und es schien auch keiner das Bedürfnis danach zu verspüren. Wenn ich mich umsah, erblickte ich gelangweilte Gesichter. Sogar der Bürgermeister schaute diskret auf seine Armbanduhr, während seine Frau eifrig mit ihrer Sitznachbarin diskutierte.

Das Essen kam fantastisch an, aber alles andere? Eine mittlere Katastrophe. Die Einnahmen aus den Tickets und dem Getränkeverkauf reichten gerade mal, um die Kosten zu decken. Aber an Spenden für die Kinderstation in Stellas Krankenhaus mangelte es noch immer.

»Es ist ein Desaster!« Stella ließ sich auf den freien Stuhl neben mir fallen und raufte sich die Haare.

Tröstend legte ich ihr die Hand auf den Arm. »Nein, es ist nur …«

»Eine Katastrophe.«

Ich warf Keith einen vernichtenden Blick zu. »Das ist nicht hilfreich.«

»Stimmt. Hilfreich wäre es, wenn der DJ statt zu flirten mal ordentliche Musik auflegen würde.«

»Woran hast du gedacht? Bon Jovis *Living On A Prayer*? Oder sollen AC/DC den Saal zum Kochen bringen?«

Sein süffisantes Lächeln war Grund genug, um ihn unter dem Tisch zu treten. Leider kam mir Stella dazwischen und rettete ihren Sohn vor blauen Flecken. »Nein, er hat recht. Es ist eine Katastrophe. Wofür bezahlen wir diesen Kerl eigentlich?«

Keith schob seinen Stuhl zurück und stand auf. »Ich kümmere mich darum.«

Oh nein, das würde er nicht tun. Ich sprang auf, verhedderte mich in meinen High Heels und stützte mich gerade noch auf dem Tisch ab, bevor ich mich der Länge nach auf den Boden legte. Ich hätte nie zulassen dürfen, dass Holly mir diese Schuhe andrehte. Langsames Gehen war darin schon eine Kunst, aber Laufen, ohne sich das Genick zu brechen? Praktisch unmöglich.

Dennoch eilte ich Keith hinterher, bevor er einen riesigen Fehler beging und die Gäste mit einem bescheuerten Rocksong von den Stühlen warf. Das hier war eine Tanzveranstaltung, kein Konzert, verdammt. Mit großen Schritten durchquerte ich den Saal und erreichte Keith in dem Moment, in dem ihm der DJ zunickte, Holly zuzwinkerte und wieder an die Arbeit hinter sein Pult ging.

»Was hast du getan?«, rief ich, doch meine Stimme ging in den Klängen eines neuen Liedes unter. Die Melodie war schnell und peppig, die Frauenstimme dazu klar und das Ganze wirkte äußerst tanzbar. Nanu? Bis vor wenigen Sekunden hätte ich schwören können, dass Keith die ganze Spendengala in die Luft jagte. Doch jetzt ...?

»Für Stimmung gesorgt«, antwortete er unbeirrt. Dann richtete sich sein Blick auf jemanden hinter mir. »Mom, ich ...«

»Das ist gut!« Ein hoffnungsvolles Leuchten war in Stellas Augen getreten. »Jetzt müssen die Leute nur noch tanzen. Keith ...«

Oh nein. Wusste sie, was sie da verlangte? Niemand war auf der Tanzfläche. Absolut niemand. Das war schlimmer als ein Hochzeitstanz, bei dem Hunderte Gäste jede deiner Bewegungen verfolgten.

»Holly«, wandte sie sich an meine Schwester, und ich atmete erleichtert auf. »Bitte. Jemand muss den Anfang machen.«

»Ich ... ähm ...« Holly warf einen schnellen Blick zum DJ, der ihr ein flirtfreudiges Lächeln schenkte. »Also ... natürlich. Nur hat Callie vorhin schon gesagt, wie gerne sie tanzen würde. Außerdem würde ich dich nur blamieren. Aber Callie und Keith sind großartig zusammen.«

Wie bitte? Das hatte ich nie behauptet! Ich hasste es, zu

tanzen, wenn mir andere dabei zusahen, und das wusste Holly genau. Doch ihr breites Lächeln löschte jede noch so kleine Hoffnung in mir aus. Ganz besonders dann, als Stella sich mit einem bittenden Blick an Keith und mich wandte. Er wirkte genauso widerwillig wie ich, aber keiner von uns brachte es über sich, ihr diesen Wunsch abzuschlagen. Nicht wenn so viel davon abhing, dass diese Veranstaltung gut lief.

Wortlos hielt mir Keith seine Hand hin. Ich zögerte einen Moment lang, dann seufzte ich ergeben und legte meine hinein.

»Ich werde dich im Schlaf ermorden«, zischte ich Holly im Vorbeigehen zu.

Kurz erstarrten ihre Gesichtszüge, dann wurde ihr Lächeln honigsüß. »Viel Spaß!«, rief sie und winkte uns nach.

Dieses Biest. Das würde sie noch bitter bereuen.

Mein Herz raste, obwohl wir noch nicht mal angefangen hatten zu tanzen. Lag es an den vielen Augenpaaren, die sich in diesem Moment auf uns richteten? Oder an Keith, der mich mit einer Intensität musterte, die mich beinahe vergessen ließ, was von uns erwartet wurde?

»Bereit?« Er nahm die richtige Haltung ein, umfasste meine rechte Hand mit seiner linken und legte seine andere Hand auf meinen unteren Rücken. Bei der Berührung seiner rauen Finger an meiner nackten Haut zuckte ich unwillkürlich zusammen.

In diesen Sekunden war ich zu vielem bereit. Dazu, ihn von mir zu stoßen. Mich auf eines unserer legendären Wortgefechte einzulassen. Mich vor Aufregung zu übergeben. Aber tanzen? Nein, dazu war ich eindeutig nicht bereit. Dennoch nickte ich und betete insgeheim, dass mein Körper sich noch an ein paar Tanzschritte erinnerte, damit ich uns beide nicht bis auf die Knochen blamierte. Zu meiner Überraschung übernahm

Keith so selbstverständlich die Führung, dass ich automatisch in seine Bewegungen mit einfiel.

»Lächle«, mahnte er leise, während sein Blick überallhin wanderte, nur nicht zu mir. »Du bist auf einem Ball, nicht bei deiner Hinrichtung.«

Er hatte leicht reden. In seinem schwarzen Smoking schien er sich so wohlzufühlen, als würde er jeden Tag in einem solchen Outfit herumlaufen. Ich dagegen fühlte mich völlig fehl am Platz. Wenn das pfirsichfarbene Kleid der Himmel war, dann waren meine High Heels die Hölle. Keith würde das sicher bestätigen, denn in diesem Moment trat ich ihm auf den Fuß. Ein Muskel zuckte in seinem Kiefer, ansonsten ließ er sich nichts davon anmerken.

Das Lied wechselte zu einer langsameren Melodie und Keith zog mich ein winziges Stückchen näher an sich. Mein Atem blieb irgendwo auf dem Weg in meine Lunge stecken, dennoch drang mir der kühle, herbe Geruch in die Nase, der von Keith ausging. Er war so vertraut, dass sich etwas in meiner Brust zusammenzog, und gleichzeitig so fremd, dass eine prickelnde Hitze mein Rückgrat hinabwanderte. Ich hatte keine Ahnung, was für ein Aftershave er benutzte, aber ich erkannte Nuancen von Rosmarin und Zitrone darin und musste unweigerlich die Augen schließen. Verdammt, ich liebte den Duft von Rosmarin.

»Und?«, erklang Keiths gedämpfte Stimme an meinem Ohr. »Ist das hier wirklich so schlimm?«

»Allerdings. Ich sterbe gerade.«

Er lachte leise. Dabei streifte sein warmer Atem meine Haut und hinterließ ein leichtes Prickeln an meinem Hals. Ich biss mir fest auf die Unterlippe, um meine Reaktion unter Kontrolle zu bringen. Es war lächerlich, wie stark ich auf Keith reagierte, und noch dazu absolut unpassend.

Ich räusperte mich, verzweifelt auf der Suche nach einem unverfänglichen Thema, das mich sowohl von seiner Nähe als auch von den vielen Augenpaaren ablenkte, die jeden unserer Schritte beobachteten. Allerdings musste ich feststellen, dass mir kein einziges einfallen wollte. Seit unserer ersten Begegnung am Flughafen hatte es keinen Moment gegeben, in dem wir miteinander geredet hatten. Richtig geredet, ohne dass er mir Provokationen und ich ihm Beleidigungen an den Kopf warf.

»Wo hast du so gut tanzen gelernt?«, fragte ich schließlich.

Sein Zögern veranlasste mich dazu, den Kopf in den Nacken zu legen, um ihn anzusehen.

Bildete ich mir das ein oder verfärbten sich seine Wangen tatsächlich gerade?

»Sagen wir, es war Mittel zum Zweck, um jemanden zu beeindrucken.«

»Du hast tanzen gelernt, um bei einem Mädchen zu landen?« Ich konnte nicht anders, als leise aufzulachen. »Das ist irgendwie … erschreckend. Erschreckend niedlich.«

Keith stöhnte genervt. »Damals schien es ein guter Plan zu sein.«

»Hat es geklappt?« Offensichtlich ja nicht, wenn er allein hier war, doch diese Schlussfolgerung behielt ich für mich. Ich wollte seine Version der Geschichte hören. Vielleicht zum ersten Mal seit sieben Jahren.

»Nein«, erwiderte er ohne Umschweife. »Sie ist mit ihrem Tanzpartner zusammengekommen, bevor ich sie um ein Date bitten konnte.«

»Oh … Ich habe fast Mitleid mit dir.«

»Fast«, wiederholte er und führte mich in eine Drehung. Bei der Bewegung wirbelte der Saum meines Kleids um meine Beine, bis ich wieder in Keiths Armen lag. »Erst bedankst du dich bei mir, jetzt hast du fast Mitleid mit mir. Was kommt als Nächstes? Fällst du nachts über mich her?«

»Davon träumst du doch nur …«

»Oh, das auf jeden Fall.« Ein Funkeln trat in seine Augen. »Übrigens siehst du atemberaubend aus. Darf ich das sagen? Oder holst du gleich den Baseballschläger raus?«

Hitze schoss in meine Wangen, und ein Flattern machte sich in meiner Magengegend bemerkbar, aber ich presste die Lippen aufeinander, um nichts von meinen Empfindungen nach außen dringen zu lassen. Schmetterlinge im Bauch? Von wegen. Ich würde gleich den Kammerjäger holen.

Abgesehen davon wollte ich keine Komplimente hören. Nicht von ihm. Nicht einmal dann, wenn ich zugelassen hatte, dass Holly mich mit dem Lockenstab quälte und mein Haar an der Seite zusammenflocht, damit mir nicht wie sonst die Strähnen ins Gesicht fielen. Leider wurde dadurch die verhasste Narbe über meiner Augenbraue sichtbar, die sich als weiße Linie von meiner Haut abhob. Sie war eine tägliche Erinnerung an einen Moment in meinem Leben, der aus meinem Gedächtnis ausgelöscht worden war. Was für eine Ironie. Und wie viel größer war die Ironie, dass derjenige, dem ich diese Narbe zu verdanken hatte, sie gerade zu sehen bekam?

»Danke«, erwiderte ich kühl.

Seine Mundwinkel wanderten in die Höhe. »Wow, das muss dich echte Überwindung gekostet haben.«

Hatte es, aber das würde ich niemals zugeben. Inzwischen hatten sich weitere Paare zu uns auf die Tanzfläche gesellt, aber es lagen noch immer zu viele Blicke auf uns, die es mir unmöglich machten, ihm diesmal absichtlich auf den Fuß zu treten. Nicht für das Kompliment, denn das war irgendwie süß gewesen, sondern für alles andere. Wer er war, was er getan hatte und welche Wirkung er noch immer auf mich ausübte. Damals, mit dreizehn, war ich zu naiv gewesen, um einen Mistkerl zu erkennen, wenn er vor mir stand. Das hatte sich inzwischen geändert. Trotzdem schien mein Körper sich gegen meinen Willen wieder an diese Zeit zu erinnern. Es ergab einfach keinen Sinn – aber das taten Hormone selten.

Ich wollte gerade etwas erwidern, als die ersten Klänge eines vertrauten Songs erklangen. Eines Songs, in den ich mich vom ersten Moment an verliebt hatte. Aber es war nicht derselbe Oldie, sondern ein modernes Cover davon.

Stirnrunzelnd sah ich zu Keith. Noch bevor ich die Frage aussprechen konnte, beugte er sich zu meinem Ohr hinunter. »Holly«, sagte er nur.

Keith verfiel in den wechselnden Rhythmus von *You Don't Own Me* von Grace und wirbelte mit mir über die Tanzfläche. Gegen meinen Willen musste ich lächeln. Das war kein typischer Song für solch eine Veranstaltung, dennoch war ich meiner Schwester dankbar. Meine verkrampften Muskeln entspannten sich zunehmend, und ich begann diesen Tanz tatsächlich zu genießen. Wer hätte das gedacht?

Während einige andere Paare Schwierigkeiten hatten, der Melodie zu folgen, führte Keith mich mit einer Selbstverständlichkeit über das Parkett, die mir den Atem raubte. Als der Rap-Anteil begann, schob er mich in eine doppelte Drehung und zog mich ruckartig wieder an sich. Zweimal. Dreimal. Bis ich zum Schluss beinahe waagerecht in seinen Armen lag und er sich über mich beugte. Für den Bruchteil einer Sekunde stolperte mein Herz, dann nahmen wir wieder die richtige Tanzhaltung ein. Doch der Sicherheitsabstand zwischen uns hatte sich verflüchtigt.

»Du siehst glücklich aus«, stellte er fest.

»Ich liebe diesen Song.«

»Dabei ist das doch gar nicht Johnny Cash«, neckte er mich.

Ich verzog das Gesicht. »Das ist lange her.«

»Und du stehst immer noch auf ihn, hab ich recht?«

Wie konnte er mich ärgern und dabei gleichzeitig weitertanzen, ohne aus dem Rhythmus zu kommen? Dabei hieß es doch immer, Männer seien nicht multitaskingfähig. Pünktlich zum Refrain führte er mich wieder in eine Drehung und zog mich anschließend an sich. Eine Spur zu fest, denn ich stieß gegen seine Brust und meine Atmung verabschiedete sich gänzlich. Sekundenlang sahen wir uns nur an, und etwas veränderte sich in seinem Blick.

»Ich wusste nichts von dieser Spendengala«, sprach ich das Erste aus, was mir in den Sinn kam, um diese plötzliche Intensität zwischen uns irgendwie zu brechen. Stella war diese Veranstaltung so wichtig, und ich hatte nichts davon gewusst, weil ich in den letzten Monaten nicht mal auf die Idee gekommen war, nachzufragen, was bei ihr so los war. »Ganz schön egoistisch, was?«

Keith zögerte. Als er sprach, war seine Stimme warm und leise an meinem Ohr. »Ich habe dich nie für egoistisch gehalten, Callie.«

Ein Schauer kroch über meinen Nacken. »Sondern …?«

»Für sehr entschlossen. Wenn du dir etwas in den Kopf gesetzt oder dir eine Meinung gebildet hast, gibt es nichts und niemanden auf der Welt, was dich davon abbringen könnte.«

Er lehnte sich etwas zurück, um mich anzusehen. Er musste es nicht aussprechen, damit wir beide wussten, wovon er redete. Oder vielmehr von wem. Seine Hand wanderte etwas höher auf meinem Rücken, weg vom Stoff meines Kleides und wieder auf meine bloße Haut. Diesmal konnte ich meine Reaktion darauf noch weniger kontrollieren als zuvor. Ein heißes Prickeln kroch meine Wirbelsäule hinab. Gleichzeitig öffnete ich die Lippen, um etwas zu sagen, obwohl ich keine Ahnung hatte, was das sein sollte. Keiths Blick wurde durchdringender. Für den Bruchteil einer Sekunde geriet er aus dem Takt.

»Oder etwa doch?«, fragte er rau.

»Nein.«

Zu schnell. Zu entschlossen. Meine Antwort war alles andere als überzeugend. Ich wollte noch etwas hinzufügen, irgendetwas, um uns beiden zu versichern, dass ich meine Meinung über diesen Kerl nicht ändern würde. Niemals. Völlig egal, wie sehr ich mich körperlich noch immer zu ihm hingezogen fühlen mochte. Was an sich schon lächerlich war. Ich war keine schwärmende Dreizehnjährige mehr, die in ihren Stiefbruder verknallt war, sondern eine fast einundzwanzig Jahre alte Medizinstudentin, die genau wusste, was im menschlichen Körper geschah, wenn die Hormone übersprudelten. Doch das Wissen darum schien nicht zu verhindern, dass sie es taten.

»Bist du sicher?« Provozierend beugte sich Keith näher zu mir hinunter. Mit der einen Hand hielt er meine fest, die andere lag auf meinem nackten Rücken. Es gab keine Möglichkeit, ihm auszuweichen. Keinen Fluchtweg.

Wie von selbst wanderte mein Blick zu seinem Mund, nur kurz, aber er lächelte wissend. Der schnelle Sound von *You Don't Own Me* wechselte zu einer langsamen Ballade. Statt sich von mir zu lösen, weil wir unseren Part geleistet und die Gäste zum Tanzen animiert hatten, wechselte Keith problemlos in den trägen Rhythmus. Sein Duft und die Hitze seines Körpers umgaben mich wie ein warmer Sommerabend in Alabama. Ich musste mehr als einmal tief durchatmen, um meine Stimme wiederzufinden. Doch als ich es tat, verschwendete ich keine Zeit, um auf den Punkt zu kommen.

»Glaub nicht, dass ich je vergessen werde, was passiert ist.« Unter meiner Hand an seiner Schulter spürte ich, wie Keith sich versteifte.

»Ich weiß«, erwiderte er nach einem Moment leise. »Und das verlange ich auch nicht von dir.«

»Was dann?« Ich legte den Kopf in den Nacken, um ihn anzusehen. »Warum bist du zurückgekehrt?«

Weshalb war er nach all den Jahren ausgerechnet jetzt wieder hergekommen und stürzte alles um sich herum in ein Chaos? Insbesondere mich.

Keiths Blick war undurchdringlich. Hatte ich schon als Dreizehnjährige nicht in ihm lesen können, so konnte ich es jetzt umso weniger. Nach außen hin wirkte er so lässig und unbekümmert, als wäre er nicht sieben Jahre lang fort gewesen. Als wäre der Unfall nie geschehen. Als würde er nicht die Schuld daran tragen. Doch dann gab es diese seltenen Momente wie in der Bar, als er mir zu Hilfe gekommen war oder jetzt, wenn er die Maske für einen kurzen Moment fallen ließ. Wenn er mir einen Blick hinter die Mauer erlaubte und ich die Zerrissenheit sehen konnte, die sich in seinen Augen widerspiegelte. Aber vielleicht war es auch nur das, was ich sehen wollte. Vielleicht war ich selbst zu gebrochen, um etwas anderes in der Person erkennen zu können, die dafür verantwortlich war.

»Aus verschiedenen Gründen«, antwortete er schließlich und wandte den Blick ab. Er fixierte einen Punkt hinter mir, als könnte er mir nicht länger in die Augen schauen. »Einer davon ist der, dass Mom und Holly mich eingeladen haben.«

Ich stolperte über meine eigenen Füße. Instinktiv packte Keith mich fester und drückte mich an sich, um meinen Sturz zu verhindern. Dabei war meine mögliche Bekanntschaft mit dem Parkettboden das Geringste meiner Probleme.

Holly und Stella hatten ihn eingeladen. Nicht einfach zugestimmt, dass er herkommen und bei uns wohnen durfte. Sie hatten ihn *eingeladen*. Ihm verziehen und ihn mit offenen Armen in dem Haus empfangen, das mein Vater gekauft hatte. Diesmal blieb ich einfach stehen. Der altbekannte Zorn schlängelte sich wie ein lebendiges Wesen durch meine Adern, fand seinen Weg bis in meine Kehle und schnürte sie mir zu.

»Callie …?« Auch Keith bewegte sich nicht länger zur Musik, sondern betrachtete mich mit besorgt gerunzelter Stirn. »Alles in Ordnung?«

Nichts war in Ordnung. Mein Vater war tot, und ich tanzte mit dem Mann, der dafür verantwortlich war. Das Einzige, was schlimmer war als meine Wut auf Keith, war meine Wut auf mich selbst. Wie konnte ich mich ausgerechnet zu dem Mann hingezogen fühlen, der meinen Vater auf dem Gewissen hatte?

Entschieden schob ich Keiths Hände beiseite und trat einen Schritt zurück. Stella und Holly mochten ihn vielleicht hierher eingeladen haben, aber das galt nicht für mich. »Wir sind hier fertig.«

Bevor er etwas darauf erwidern konnte, drehte ich mich um und ließ ihn stehen. Meine Wangen brannten, während ich die musternden Blicke der anderen Gäste auf mir spürte und das leise Tuscheln hörte, doch zum ersten Mal in meinem Leben war es mir egal, was alle anderen dachten. Ich hatte jeden Grund der Welt, Keith zu hassen und nie wieder ein Wort mit ihm zu wechseln. Wenn es nach mir ginge, wäre er nicht einmal hier. Ich wünschte ihm nicht die Pest an den Hals – na gut, ein bisschen schon. Aber vor allem wollte ich nur, dass er weiterhin irgendwo dort draußen war, anstatt ein Teil dieser Familie zu sein. Denn er war derjenige, der diese Familie überhaupt erst auseinandergerissen hatte. Warum war ich die Einzige, die sich dessen bewusst war?

Auf dem Weg zurück zu unserem Tisch nahm ich mir ein Glas vom Tablett eines vorbeieilenden Kellners und nippte an der Flüssigkeit, um meine flatternden Nerven zu beruhigen. Als sich der saure Geschmack in meinem Mund ausbreitete, verzog ich das Gesicht. Orangensaft. Natürlich hatte Stella dafür gesorgt, dass alle minderjährigen Gäste nur alkoholfreie Getränke bekamen. Dabei hätte ich gerade jetzt einen Drink vertragen können.

Unser Tisch war leer, als ich dort ankam, aber es dauerte keine fünf Minuten, bis Holly wie aus dem Nichts auftauchte und sich seufzend auf den Stuhl neben mir fallen ließ. »Wow, diesen Tag muss ich mir rot im Kalender anstreichen. Du lebst noch. Und ich meine, Keith irgendwo gesehen zu haben, also lebt er auch noch.« Sie zog einen freien Stuhl heran und legte ihre Beine darauf ab.

»Nicht mehr lange«, murmelte ich und tat es ihr nach. Meine schmerzenden Füße dankten es mir. »Das war eine miese Aktion.« Anklagend deutete ich mit dem Glas auf sie.

Sie zuckte unbekümmert mit den Schultern und klaute sich ein Sektglas vom Tablett eines Kellners, als dieser von einem anderen Gast abgelenkt war. Ich sah mich prüfend um, um sicherzugehen, dass unsere Stiefmutter noch immer anderweitig beschäftigt war, dann nahm ich Holly das Glas aus der Hand und trank selbst einen großen Schluck. Der Sekt prickelte auf meiner Zunge und zog eine heiße Spur meine Kehle hinunter.

»Hey!« Mit einem empörten Aufschrei holte Holly sich ihr Glas zurück. »Kein Alkohol für dich. Du hast Fahrdienst.«

Als ob ich das vergessen hätte. Natürlich hätten auch Stella oder Holly fahren können, aber Stella sollte diesen Abend ungestört genießen können und Hollys Fahrstil traute ich bis heute nicht. Was Keith anging … Eher würde ich mich vor einen Zug werfen, als jemals freiwillig in ein Auto zu steigen, in dem er am Steuer saß. Diesen Fehler hatte ich einmal begangen und würde ihn sicher nicht wiederholen.

Ich nippte an meinem Orangensaft und ließ meinen Blick über die Gäste wandern. Seit Keith und ich die Tanzfläche betreten hatten, war es deutlich voller geworden. Die Leute tanzten, lachten, plauderten und waren noch immer hungrig, wenn man sich die Schlange am Büfett ansah.

Irgendwo zwischen all den Fremden entdeckte ich Stella. Sie stand etwas abseits der Menge, hielt ein Sektglas in der Hand und redete mit einem dunkelhaarigen Mann. Er konnte nicht viel älter als sie sein, höchstens Mitte bis Ende vierzig, und wirkte sehr von ihr angetan. Es verging keine Sekunde, in der er sie nicht anlächelte, während er ihren Erzählungen lauschte. Bei dem Anblick zog sich etwas in meiner Brust zusammen, denn ich erkannte diesen Ausdruck im Gesicht des Mannes. Es war der gleiche Ausdruck, mit dem auch Dad sie stets betrachtet hatte. Mit diesem Leuchten in seinen Augen und einer Wärme, die sein ganzes Wesen zum Strahlen brachte.

»Keith hat erzählt, du und Stella hättet ihn hierher eingeladen«, sagte ich, ohne den Blick von meiner Stiefmutter abzuwenden. Meine Stimme war so leise, dass ich nicht einmal sicher war, ob Holly mich gehört hatte. Doch das Räuspern neben mir belehrte mich eines Besseren.

»Das stimmt.« Holly zögerte. Aus dem Augenwinkel registrierte ich, wie sie am Stoff ihres Kleides herumzupfte. »Es ist so lange her, und das ist mein letzter Sommer zu Hause. Ich wollte meine Familie an einem Ort versammelt haben. Meine ganze Familie. Ist das wirklich so verwerflich?«

Ich sah sie an. Ihre Miene war völlig ernst, die Stirn gerunzelt, aber es waren ihre Augen, die mich in diesem Moment jede noch so große Wut in meinem Inneren vergessen ließen, denn sie schimmerten feucht. Keine Krokodilstränen, um irgendetwas zu bekommen, denn die kannte ich zur Genüge von ihr. Diesmal meinte Holly es ernst. Trotz allem, was geschehen war, wollte sie Keith hier haben, bevor sich ihr Leben ein weiteres Mal völlig verändern würde.

Ich schluckte die Bitterkeit in meiner Kehle hinunter. Ich musste ihn nicht willkommen heißen, geschweige denn ihn mögen. Das Einzige, was ich tun musste, war Hollys Wunsch zu respektieren. Und genau das würde ich auch tun – völlig egal, wie sehr Keiths Rückkehr mich aus der Bahn warf.

Kapitel 5

Es war drei Uhr morgens, als wir nach Hause zurückkehrten, und ich entledigte mich als Erstes der teuflischen Schuhe. »Autsch«, murmelte ich, als meine bloßen Füße den Holzboden berührten und die Muskeln in meinen Waden sich wieder dehnen konnten. Nach Stunden in diesen High Heels aus der Hölle fühlte es sich wie der Himmel auf Erden an, sie endlich los zu sein. Ein schmerzender Himmel, aber immerhin ein Himmel. Erst danach folgte meine Jacke, die ich im Flur an die Garderobe hängte.

Es hatte fast eine Stunde gedauert, um Stella davon zu überzeugen, dass wir gehen konnten, obwohl noch vereinzelte Pärchen auf der Tanzfläche hin und her schunkelten. Letzten Endes war es Keith gewesen, der seine Mutter dazu hatte überreden können, nachdem Holly und ich bereits händeringend aufgegeben hatten.

»Ich bin ja so erleichtert!«, rief Stella aufgekratzt, während sie sich aus ihrem Mantel schälte. Er landete lautlos hinter ihr auf dem Boden. »Der Abend war ein voller Erfolg. Ich kann es kaum erwarten, die Spenden zu zählen, die wir gesammelt haben.«

»Geh bitte vorher schlafen, Mom«, kommentierte Holly trocken. Wie ich war sie aus ihren hohen Schuhen geschlüpft und hatte ihre Jacke auf die Garderobe geworfen. »Was ich jetzt auch tun werde. Danke fürs Heimfahren, Callie, und gute Nacht.«

Einen Moment lang sah ich ihr nach, während sich jede Faser meines Körpers danach sehnte, das Gleiche zu tun. Schlafen. Aber zuvor mussten wir Stella ins Bett schaffen. Anscheinend hatte sie aufgrund ihrer Nervosität ein paar Drinks zu viel getrunken. Oder sich ein bisschen zu sehr über den Erfolg des Abends gefreut.

Während ich ihren Mantel vom Boden aufhob und aufhängte, schlang meine Stiefmutter die Arme um Keiths Hals. Seinem Gesichtsausdruck nach zu urteilen, fiel ihre Umarmung fester aus, als ihm angenehm war. »Ich bin so froh, dass du zurück bist. Wir haben dich vermisst«, wisperte sie.

Ich erstarrte in meiner Bewegung. Ich wusste, dass ich nicht zu ihm sehen sollte, aber ich konnte nicht anders. Als ich den Kopf hob, trafen sich unsere Blicke.

Uns war beiden bewusst, dass Stella die Wahrheit sagte. Ich mochte Keith nicht vermisst, sondern ihn in die Hölle gewünscht haben, aber seiner Mutter hatte er gefehlt. Stella hätte zusammen mit ihm wegziehen können, irgendwohin, wo sie beide ein neues Leben beginnen konnten. Stattdessen war sie hiergeblieben. Bei Holly und mir. Das war etwas, das ich nie vergessen würde.

»Schon gut, Mom.« Beruhigend strich Keith ihr über den Rücken. »Ich bin ja jetzt da.«

Schuldgefühle begannen sich in mir auszubreiten, obwohl sie dort überhaupt nichts zu suchen hatten. Ich war schließlich nicht der Grund, aus dem Keith damals gegangen war. Ich hatte ihn nicht dazu gezwungen, zu seinem Vater zu ziehen und nie wieder einen Fuß in diese Stadt zu setzen. Das war ganz allein seine Entscheidung gewesen.

Seufzend löste Stella sich von ihm, jedoch nicht, ohne ihm

mütterlich die Wange zu tätscheln. »Ich hoffe, du bleibst mir diesmal länger erhalten.«

Ich räusperte mich und trat einen Schritt auf sie zu. »Na komm. Ich bringe dich ins Bett.«

»Oh, Callie!« Sie schlang einen Arm um mich und riss mich beinahe zu Boden. »Vielen Dank, dass du mitgekommen bist. Es war so ein schöner Abend!«

Ich biss mir auf die Unterlippe, um nicht zu grinsen. Morgen würde ihr dieser kleine Anfall von Trunkenheit peinlich sein, aber ich fand sie irgendwie niedlich. So glücklich, gelöst und sentimental hatte ich sie schon ewig nicht mehr erlebt. Genau genommen nicht mehr seit … Dad. Der Gedanke an ihn versetzte mir einen Stich in die Brust.

Ich biss die Zähne zusammen und führte Stella an Keith vorbei in Richtung des großen Elternschlafzimmers. Dieser Raum war der einzige, den sie nach Dads Tod umdekoriert hatte. Als ich damals aus dem Krankenhaus gekommen war, hatte sie bereits alles umgestellt. Das Bett ans Fenster gerückt, eine Wand in einem warmen Braunton gestrichen, die Kommode verrückt und einen Lesesessel hineingestellt. Damals hatte ich nicht begreifen können, wie sie meinen Vater so schnell aus ihrem Leben hatte streichen können. Doch heute glaubte ich sie zu verstehen. Sie hatte die Erinnerungen an ihn nicht ertragen können. Nicht hier. Nicht in diesem Raum, der ihnen ganz allein gehört hatte. Denn mit jeder schönen Erinnerung wurde ihr nur umso deutlicher bewusst, was sie verloren hatte.

Wir gingen alle unterschiedlich mit dem gleichen Schmerz um und waren uns dabei doch gar nicht mal so unähnlich. Ich war nach der Highschool nur noch selten nach Hause zurückgekehrt. Sie hatte ihr Schlafzimmer auf den Kopf gestellt. Erinnerungen, die einem nicht mehr täglich vor Augen standen, wurden erträglicher – oder ließen sich ganz ausblenden. Keine Erinnerung, kein Schmerz.

»Soll ich dir mit dem Kleid helfen?«, fragte ich leise, sobald wir neben ihrem Bett standen. Ganz automatisch hatte ich die Stimme gesenkt, obwohl es dafür keinen Grund gab. Doch auch wenn das Schlafzimmer völlig anders aussah als früher, spürte ich die Präsenz meines Vaters noch immer. Wie Stella all die Jahre weiterhin hier hatte leben können, in diesem Haus und in dieser Stadt, ohne vor Trauer verrückt zu werden, war mir ein Rätsel. Ich verstand ja nicht einmal, wie ich es geschafft hatte, bevor ich aufs College geflohen war.

»Ja, bitte.« Etwas schwankend setzte sie sich aufs Bett und drehte mir den Rücken zu, damit ich den Reißverschluss für sie öffnen konnte. »Danke, Liebes.« Statt aus ihrem Kleid zu schlüpfen, drehte sie sich wieder zu mir um. Dabei lag ein so liebevoller Ausdruck auf ihrem Gesicht, dass etwas in mir umgehend Alarm schlug. »Ihr seid alle so erwachsen geworden. Es fühlt sich an, als hätte ich nur einmal geblinzelt, und aus dem Mädchen mit den Zöpfen, das kreischend durch den Garten rannte, ist eine wunderschöne junge Frau geworden. Klug und stark und unabhängig.« Sie strich mir in einer so mütterlichen Geste über das Haar, dass es mir die Kehle zuschnürte. »Dein Vater wäre so stolz auf dich.«

Und so einfach brach mein Herz erneut in tausend Splitter. Ein einziges Wort, ein einziger Satz genügte, um mich sieben Jahre zurückzukatapultieren. Meine Augen brannten genau wie damals, als ich das erste und einzige Mal an seinem Grab gestanden hatte, mit stoischem Blick und meiner kleinen Schwester an der Hand, die sich schluchzend an mich klammerte.

»Wie konntest du zulassen, dass er zurückkommt?« Die Worte verließen meinen Mund, bevor ich sie aufhalten konnte. Es war eine Sache, die Wünsche meiner kleinen Schwester zu respektieren – aber Stella? Sie hätte mich wenigstens vorwarnen können.

Sie zuckte zusammen, als hätte ich sie geohrfeigt. Obwohl es dunkel im Zimmer war, glaubte ich die Abfolge von Emotionen erkennen zu können, die über ihr Gesicht wanderten. Verletztheit. Schuldgefühle. Trauer. Entschlossenheit.

»Ich habe deinen Vater geliebt, Callie.« Sie griff nach meinen Händen und drückte sie so fest, dass der Schmerz bis in meine Handgelenke kroch. »Du glaubst gar nicht, wie sehr. Aber Keith ist mein Sohn. Was damals geschehen ist, war ein Unfall.«

Warum ließ mich dann dieses Gefühl nicht los, dass mehr an der Sache dran war, als mir alle glauben machen wollten? Lag es nur an diesem brennenden Zorn in mir, den ich einfach nicht loslassen konnte? Die Psychologin, mit der ich nach dem Unfall ein paarmal gesprochen hatte, hatte diese Empfindung auf meine Amnesie aufgrund der Gehirnerschütterung zurückgeführt. Natürlich spürte ich eine Leere in mir, nachdem ich einen Teil meiner Erinnerungen verloren hatte. Aber war diese Frau je auf die Idee gekommen, dieses Gefühl könnte daher stammen, dass ich innerhalb von Sekunden nicht nur mein Gedächtnis, sondern auch meinen Vater und meinen Stiefbruder verloren hatte?

Ich schüttelte den Kopf. Ich konnte jetzt nicht darüber reden. Ich wollte ja nicht einmal darüber nachdenken. Sieben Jahre. Sieben Jahre lang hatte ich jeden Gedanken daran verbannt, und das hatte mir mehr geholfen als die endlos langen Therapiegespräche, zu denen ich irgendwann einfach nicht mehr gegangen war. Ich hatte weitergemacht mit meinem Leben, hatte mich ins Lernen und später in mein Studium gestürzt. Ich hatte nie zurückgeblickt. Und jetzt tauchte Keith auf und all das, was ich erfolgreich verdrängt hatte, war auf einmal wieder präsent. Und so frisch, als wäre es erst gestern gewesen.

Ich sprang so abrupt auf, dass Stella neben mir zusammenzuckte. Aber ein Wort mehr, ein einziger weiterer Satz über Dad, und ich würde wie ein kleines Kind in Tränen ausbrechen. Das konnte ich ihr nicht antun. Und mir selbst auch nicht.

»Ich …« Gedankensplitter rasten durch meinen Kopf, ohne dass ich einen davon zu fassen bekam und in Worte packen konnte. Ich schluckte hart und nickte Stella zu. »Schlaf gut.«

Sie hielt mich nicht auf, aber ich spürte ihren nachdenklichen Blick auf mir, bis ich den Flur erreicht hatte und die Treppenstufen hinaufrannte, als wäre der Teufel persönlich hinter mir her. Erst als ich im Dachgeschoss angekommen war, blieb ich schwer atmend stehen. Auch hier oben erinnerte mich jeder Zentimeter an Dad. Daran, wie wir auf dem Boden gekniet und die Dielen gemeinsam abgeschliffen hatten. Wie wir das Holz lackiert, den Einbauschrank eingebaut und die Fenster so lange geputzt hatten, bis wieder Licht hereindrang. Bis zu diesem Moment war mir nicht einmal bewusst gewesen, dass ich vor all diesen Erinnerungen davongelaufen war. Jetzt drohten sie über mir hereinzubrechen und mich zu ersticken.

Ich griff nach meinem Handy, warf es jedoch wütend aufs Bett, bevor ich meine Kontakte durchgehen konnte. Wen sollte ich um diese Uhrzeit schon anrufen? Faye, um sie mitten in der Nacht zu wecken und in Panik zu versetzen? Nein, danke. Parker? Der hatte genug eigene Probleme, auch wenn er sie mir nicht erzählte. Meine Mitbewohnerin Amber? Sie hatte die perfekte Bilderbuchfamilie samt Bilderbuchfreund. Natürlich würde sie mir zuhören und mitfühlende Kommentare von sich geben, aber mehr auch nicht. Weil sie sich nicht einmal vorstellen konnte, wie es war, ohne einen Elternteil aufzuwachsen. Oder ohne beide. Blieb nur noch Holly, aber ich würde einen Teufel tun und meine kleine Schwester damit belasten. Nicht, wenn wir die gleichen Erinnerungen und den gleichen Schmerz teilten.

Frustriert tastete ich in meinem Nacken nach dem Verschluss meines Kleides und öffnete ihn schließlich nach mehreren vergeblichen Versuchen. Lautlos landete der fließende Stoff auf dem Boden. Der BH folgte, dann griff ich nach Shorts und meinem Schlaf-T-Shirt und zog mir beides an. Irgendwie würde ich schon einschlafen. Ich musste einfach. Ich war erschöpft, und mein Kopf sollte gefälligst Ruhe geben. Aber je länger ich im Bett lag, desto unerträglicher wurde die Stille um mich herum, denn dadurch wurden die Gedanken nur lauter und der Schmerz in meiner Brust wuchs.

Irgendwo knarrte eine Diele. Zwei Sekunden später noch mal. Ich schnaubte genervt, weil mich diese simplen Geräusche an das unfreiwillige Zusammentreffen mit Keith vor ein paar Nächten erinnerten. War er es auch jetzt, der durch das Haus schlich? Am liebsten hätte ich mir wieder den Baseballschläger aus dem Schrank geholt, meinen Stiefbruder gesucht und auf ihn eingeprügelt. Nicht, weil ich ihn so sehr hasste, sondern weil es so wehtat, ihn zu sehen und zu wissen, dass er lebte, während mein Vater tot war.

Ich wusste nicht, ob ich Stunden auf dem Rücken gelegen und an die Zimmerdecke gestarrt hatte oder nur Minuten. Irgendwann hielt ich es nicht mehr aus und warf die Bettdecke beiseite. Im Dunkeln stand ich auf und steckte mir das Haar mit einer Klammer hoch. In den Tiefen meines Schreibtisches fand ich das ledergebundene Notizbuch, das ich seit Jahren nicht mehr geöffnet hatte. Ich hatte es sicher ein Dutzend Mal herausgeholt und war die Prägung mit meinen Fingerkuppen nachgefahren, aber ich hatte es nie aufgeschlagen. Seit dem Unfall nicht mehr.

Ich drückte mir das Buch an die Brust, nahm mir einen Stift aus einer Schublade und durchquerte mein Zimmer mit großen Schritten. Früher war die Nische am Fenster mein Rückzugsort gewesen, heute brauchte ich frische Luft, da ich das Gefühl hatte, hier drinnen zu ersticken. Nicht nur in meinem Zimmer, sondern in diesem ganzen Haus. Als würden die Erinnerungen, die sich in den letzten Stunden auf meine Brust gelegt hatten, mir qualvoll langsam die Luft abdrücken.

Lautlos schlich ich die Treppe in den ersten Stock hinunter, vorbei an Hollys Zimmer und bis zum Ende des Flurs. Das Fenster dort war geschlossen und da ich wusste, wie viel Kraftaufwand es benötigte, es zu öffnen, legte ich Notizbuch und Stift auf dem Boden ab, bevor ich das Fenster hochschob. Klare Nachtluft strömte mir entgegen, so warm und weich wie eine Decke, in die ich mich einwickelte. Ich hob meine Sachen auf und kletterte auf das Dach. Es war flach und zog sich über die gesamte Veranda hinter dem Haus. Holly und ich hatten früher unzählige Stunden hier oben verbracht, ganz besonders nach Dads Tod. Heute war ich jedoch allein hier draußen.

Vorsichtig schloss ich das Fenster wieder hinter mir, dann überquerte ich das Dach, setzte mich an den Rand und zog die Beine an. Die frische Luft füllte meine Lunge und vertrieb zumindest ein bisschen die Enge aus meiner Brust. Die Mondsichel über mir und ein paar kleine Lichter in der Ferne waren die einzige Beleuchtung, abgesehen von den strategisch platzierten kleinen Lampen unter mir im Garten. Die Dunkelheit hatte etwas Tröstendes, als würde sie all meine Gedanken und Gefühle in sich einsaugen und für immer bewahren, ganz egal, wie viel ich davon preisgab. Ich wechselte meine Position, schwang die Beine über den Rand des Daches und ließ sie hinabbaumeln. Das Notizbuch lag schwer in meinem Schoß. Wieder fuhr ich die eingekerbten Initialen nach. *C.R.*

Calliope Robertson. Dad hatte es mir zu meinem dreizehnten Geburtstag geschenkt. Vielleicht war es deshalb so bedeutsam für mich, weil es das letzte Geschenk war, das ich von ihm bekommen hatte.

Meine Finger zitterten, als ich das um das Buch gewickelte Lederband löste. Ich atmete tief durch, dann schlug ich es auf. Das Erste, was mir ins Auge fiel, waren die Noten einer Melodie, die mir damals nicht aus dem Kopf gegangen war. Stundenlang hatte ich am Klavier gesessen und daran gearbeitet, bis ein halbwegs gutes Stück daraus geworden war. Erst als ich zufrieden gewesen war, hatte ich die Noten in mein Notizbuch übertragen. Ich blätterte weiter und fuhr über die schnörkelige Schrift des Mädchens, das ich vor sieben Jahren gewesen war. Ich konnte nicht alles davon in der Dunkelheit lesen, aber was ich erkannte, weckte lang vergessene Erinnerungen in mir. Heute klangen die dahingeworfenen Worte unwichtig, doch damals hatte mir der Text ebenso viel bedeutet wie die dazugehörige Melodie. Je weiter ich blätterte, desto mehr solcher Schnipsel fand ich. Angefangene Strophen, ausgearbeitete Refrains mitsamt der Musik, die ich mir dazu vorgestellt hatte.

Dieses Buch war wie eine Reise in die Vergangenheit, zurück in eine Zeit, in der ich jung und unwissend gewesen war. Unwissend deshalb, weil ich bis zu jenem Zeitpunkt nur einen Bruchteil des Schmerzes kennengelernt hatte, den jemand in seinem Leben ertragen konnte. Moms Tod hatte wehgetan, aber ich war zu klein gewesen, um das volle Ausmaß des Verlustes zu begreifen. Dads Tod hingegen? Dieser Moment hatte mich zerstört. Ich wusste noch genau, wie Stella an meinem Bett im Krankenhaus gesessen und nach meiner Hand gegriffen hatte. Ihre Augen waren vom vielen Weinen geschwollen gewesen, ihr hübsches Gesicht fahl und verquollen.

Dein Vater ist tot, Callie. Es tut mir so leid …

Wieder und wieder hatte ich diese Worte gehört, doch sie hatten einfach keinen Sinn ergeben, waren abstrakt geblieben, bis ich vor dem offenen Sarg gestanden hatte. Und selbst dann hatte ich es nicht glauben wollen.

Ich legte den Kopf in den Nacken und blinzelte heftig. Ich wollte nicht weinen. Es führte doch sowieso zu nichts, außer dass man hinterher so aufgedunsen aussah wie eine Wasserleiche und mörderische Kopfschmerzen hatte. Aber ich brauchte etwas, um das Chaos in mir loszuwerden, um den Schmerz rauszulassen. Ich schlug eine neue Seite auf, schloss die Augen … und schrieb. Ohne hinzusehen, ohne nachzudenken, ohne auf Takt oder Reim zu achten. Ich schrieb meine Gefühle aus mir heraus, brüllte sie aufs Papier, atmete sie aus und verbannte sie in diese Textzeilen.

Erst als ich vier Seiten vollgekritzelt, immer wieder durchgestrichen und neu formuliert hatte, ließ ich den Stift sinken und richtete mich auf. Mein Rücken knackste und ein heißer Schmerz zog bis hinauf in meinen Nacken, aber ich fühlte mich … leichter. Nicht viel besser, aber so, als hätte jemand wenigstens das Gewicht von meiner Brust genommen.

Ich legte das Notizbuch beiseite und atmete tief durch. Die Nacht schien auf einmal so viel klarer zu sein. Erst jetzt nahm ich das leise Zirpen der Grillen und das Brummen eines Autos in der Ferne wahr. Und das Knarren von Holz, als das Fenster hinter mir geöffnet wurde.

Überrascht drehte ich mich um. Keith erstarrte mitten in der Bewegung, ein Bein bereits aus dem Fenster geschwungen, das andere noch im Haus. Wie ich hatte er sich umgezogen und trug jetzt nur noch ein altes T-Shirt und Shorts, die ihm bis zu den Kniekehlen reichten.

Sekunden tickten vorbei, in denen sich keiner von uns rührte, bis er schließlich einen Mundwinkel zu einem halben Lächeln verzog und hinter sich deutete. »Ich kann wieder gehen.«

Nicht nur zu seiner, sondern auch zu meiner eigenen Überraschung schüttelte ich den Kopf. »Schon gut. Das ist auch dein Dach«, fügte ich leise hinzu. Nicht, um einen Seitenhieb auszuteilen, sondern weil es die Wahrheit war.

Keith zögerte, doch dann hörte ich seine Schritte auf dem Dach. Er ließ sich mit rund zwei Metern Sicherheitsabstand neben mir nieder. Aus dem Augenwinkel bemerkte ich, wie er die Beine ebenfalls baumeln ließ und sich auf die Unterarme zurücklehnte. Ich rechnete fest mit irgendeinem Kommentar, vielleicht auch damit, dass er mich aufzog, mitten in der Nacht Zuflucht auf dem Dach gesucht zu haben. Obwohl er gerade genau das Gleiche tat. Aber Keith sagte nichts.

Sekunden wurden zu Minuten und mit jeder, die verging, wurde ich ruhiger. Irgendwann legte sich Keith auf den Rücken, verschränkte einen Arm unter seinen Kopf und sah in den Himmel hinauf. Ich folgte seinem Blick nach oben. Über uns ergossen sich so viele Sterne, als hätte jemand sie anderswo eingefangen und hier ausgeschüttet. Lauwarme Luft strich wie eine sanfte Berührung über meine nackten Arme und Beine und kühlte mein erhitztes Gesicht. Obwohl ausgerechnet Keith neben mir lag, hatte ich zum ersten Mal seit Langem das Gefühl, mich entspannen zu können.

Ich zog meine Beine wieder an die Brust und starrte in die Ferne. Für einen Moment tauchten die Scheinwerfer eines Autos auf, bevor sie wieder in der Dunkelheit verschwanden. Einen Atemzug lang war es völlig still, dann starteten die Grillen ihr nächtliches Konzert aufs Neue. In den Bäumen raschelte es, vermutlich eine Eule oder ein Eichhörnchen auf der Suche nach etwas Essbarem. Nicht nur dieses Haus, auch dieser Garten barg so viele Erinnerungen.

In Gedanken versunken strich ich über die Narbe an meinem rechten Knie. Sie war etwa so groß wie mein Daumen und hob sich von meiner ohnehin schon hellen Haut ab. Es musste etwa ein Jahr nach unserem Einzug gewesen sein. Dad und Stella waren mit Holly ins Krankenhaus gefahren, weil sie von einer Biene gestochen worden war und wie am Spieß gebrüllt hatte. Erst sehr viel später sollte ich begreifen, dass ihre Besorgnis nicht dem Stich an sich galt, sondern der allergischen Reaktion, die Holly darauf gezeigt hatte. Ich war allein zu Hause geblieben und hatte hoch und heilig versprochen, keine Dummheiten anzustellen. Schließlich wollte ich nicht, dass sich die beiden noch mehr Sorgen machen mussten.

Obwohl ich drinnen bleiben sollte, war ich in den Garten gerannt. Holly hatte ihr Lieblingsarmband beim Klettern verloren, also stieg ich auf den Baum, um es zu holen und ihr zu geben, sobald sie mit Dad und Stella zurückkehrte. Rückblickend betrachtet war es eine dämliche Aktion gewesen, bei der ich mir auch den Hals hätte brechen können.

Ich konnte das Armband von dem Ast abziehen, an dem es hängen geblieben war, musste mich dafür jedoch so weit nach vorne lehnen, dass ich den Halt verlor. Alles war so schnell und gleichzeitig wie in Zeitlupe gegangen. Plötzlich lag ich auf dem Boden, Hollys Armband fest in meiner Hand, aber mit einem aufgeschlagenen Knie, das so stark blutete, als würde ich gleich sterben. Zumindest dachte ich das damals. Irgendwie schleppte ich mich ins Haus zurück und wühlte nach dem Verbandszeug. Panisch, nicht wegen der Wunde, sondern weil ich so große Angst davor hatte, dass meine Familie gleich zurückkommen und Dad von mir enttäuscht sein würde. Als die Haustür aufging, blieb mir fast das Herz stehen. Ich packte so viel Verband und Pflaster wie möglich, presste sie an mich und versuchte mich davonzuschleichen – ohne Erfolg. Aber es waren nicht Dad und Stella, die mich erwischten. Es war Keith.

Er war gerade erst von der Schule nach Hause gekommen, hatte keine Ahnung, was mit Holly passiert war, und entdeckte mich blutig, zerkratzt und mit Tränen in den Augen auf dem Küchenboden. Ohne ein Wort zu sagen kniete er sich vor mich, nahm mir das Verbandszeug ab und führte mich zur Treppe im Flur. Ich saß auf der untersten Stufe, während er die Platzwunde an meinem Knie behutsam säuberte, desinfizierte und eine Mullbinde darum wickelte. Währenddessen plapperte ich die ganze Zeit und erzählte ihm, warum alle anderen weg waren, und dass ich nicht wollte, dass Dad oder Stella davon erfuhren. Ich hatte eine so große Angst, die beiden zu enttäuschen, dass ich kurz davor war, in Schnappatmung zu verfallen. Keith beendete den Verband, legte seine Hände auf meine Schultern, sah mir fest in die Augen und versprach, dass es unser Geheimnis bleiben würde. Später half er mir beim Aufräumen, und als der Rest unserer Familie zurückkehrte, trug ich eine lange Hose, um die Wunde zu verstecken. In der Aufregung bemerkte niemand den fehlenden Verband oder die leichten Kratzer an meinen Armen. Holly freute sich über ihr Armband und soweit ich wusste, hatten weder sie noch Dad oder Stella je von der ganzen Sache erfahren.

Ich atmete tief ein, doch die warme Nachtluft kratzte in meiner Kehle, als würde sie den Weg in meine Lunge nicht finden können. Es war eine Ewigkeit her, seit ich das letzte Mal daran zurückgedacht hatte. Jahrelang hatte ich der Narbe an meinem Knie keine Beachtung geschenkt, hatte weder an diese Geschichte noch an Keith gedacht. Vor allem nicht daran, wie er für mich da gewesen war, obwohl er sicher Besseres zu tun gehabt hatte, als sich um seine zwölfjährige Stiefschwester zu kümmern.

Es war seltsam, so mit ihm auf dem Dach zu sitzen. Mitten in der Nacht, in einvernehmlichem Schweigen, in dem ich außer den Geräuschen der Nacht nur seine ruhigen Atemzüge hören konnte. Aber wenn jedes Wort aus seinem oder meinem Mund nur ein neues Wortgefecht oder einen Streit heraufbeschwören würde, war es besser, zu schweigen. Auf diese Weise breitete sich eine nie gekannte Ruhe zwischen uns aus. Ein Frieden, der nur so lange Bestand hatte, wie ihn keiner von uns brach.

Letzten Endes war es Keith, der sich zuerst bewegte. Als ich das Gefühl hatte, kaum noch sitzen zu können, richtete er sich auf und ging zum Fenster zurück. Ich sagte kein Wort, sah nicht zu ihm, sondern fixierte einen imaginären Punkt in der Ferne.

Ich hörte, wie er wieder ins Haus kletterte, und rechnete damit, dass er stillschweigend verschwand. Doch dann trug der Wind seine Stimme und ein einziges, rau geflüstertes Wort an meine Ohren.

»Danke.«

Die Kälte kroch in meine nackten Füße und ließ mich schaudern. Ich hätte wirklich daran denken sollen, mir Socken anzuziehen. Jetzt war es dafür zu spät. Ich stellte mich auf die Zehenspitzen, um allzu viel Kontakt mit den Fliesen zu vermeiden, und lehnte mich gegen den Küchentresen. Eineinhalb Tassen Mehl, dreieinhalb Teelöffel Backpulver, ein Teelöffel Salz dem Kochbuch zufolge. Wer bitte dachte sich diese Maßeinheiten aus?

Nacheinander schüttete ich die Zutaten zusammen mit einem Esslöffel Zucker in die eine Schüssel und die Milch in die andere. Dazu ein Ei, das vorsichtig mit der Milch verrührt werden sollte. Sekundenlang starrte ich es in der Hoffnung an, mein mörderischer Blick allein würde reichen, um die Schale zum Brechen zu bringen. Leider passierte nichts dergleichen. Seufzend griff ich nach dem Ei und stellte mich innerlich bereits auf eine Sauerei ein. Kochen war noch nie meine Stärke gewesen, das wusste ich spätestens, seit Mrs Carter mir verboten hatte, weiter an ihrem Hauswirtschaftskurs teilzunehmen. Dabei war es wirklich nur ein kleiner Brand gewesen, außerdem war ich damals dreizehn Jahre alt gewesen. In dem Alter brannte jedem etwas an. Allerdings rückten nicht bei jedem Feuerwehr und Polizei an.

Mit einem Knurren schob ich diese Erinnerung beiseite. Das war eine Ewigkeit her. Inzwischen hatte ich den Dreh raus und kochte die besten Nudeln im ganzen Wohnheim. *Nimm das, Mrs Carter!*

Ich hörte Schritte hinter mir, drehte mich jedoch nicht um. Dafür war ich zu sehr darauf konzentriert, dieses Ei aufzuschlagen, ohne die Arbeitsfläche in ein klebriges Schlachtfeld zu verwandeln. Erst als sich jemand hinter mich stellte und über meine Schulter spähte, erstarrte ich.

»Was machst du da?« Keiths verschlafene Stimme war viel zu nahe an meinem Ohr.

»Pancakes«, murmelte ich und kämpfte mit aller Macht gegen das minimale Zittern meiner Finger an. »Stör mich nicht dabei.«

Natürlich hörte er nicht auf mich. Das wäre auch eine Premiere gewesen. Ich konnte sein arrogantes Grinsen regelrecht vor mir sehen, obwohl er noch immer hinter mir stand und sich jetzt auch noch mit den Händen links und rechts von mir auf der Arbeitsfläche abstützte.

»Nach Rezept?«, murmelte er. Die leise Belustigung in seiner Frage entging mir keineswegs.

»Sie sollen gut werden.«

»Essbar meinst du wohl.«

»Verschwinde – oder ich sorge für weitere blaue Flecken«, zischte ich. Verdammt, wieso machte mich seine Nähe so nervös? Das war doch letzte Nacht auf dem Dach auch nicht so gewesen. Allerdings hatte er da mit Sicherheitsabstand neben mir gelegen, anstatt so dicht hinter mir zu stehen, dass sein warmer Atem über meine Haut strich, als er leise lachte. Ich verspannte mich noch mehr. *Bloß keine Reaktion zeigen. Bloß keine …*

»Hier.« Keith legte seine Hände auf meine. »Lass mich dir helfen, bevor du deinen Frust an dem armen Ei auslässt.«

Ich wollte protestieren, aber er dirigierte meine Hand zum Schüsselrand, veränderte den Winkel etwas und schlug das Ei dagegen. Keine Katastrophe. Kein Schlachtfeld. Das glibberige Innere sprang mir auch nicht ins Gesicht, sondern glitt in die Schüssel. Ohne Schale.

»Wie hast du das gemacht?«, rief ich und vergaß für einen Moment, wie nahe Keith mir noch immer war.

»Ganz einfach.« Er platzierte seine Hände wieder links und rechts von mir auf der Arbeitsplatte. »Du darfst es nicht mit so viel Gewalt aufschlagen. Das ist das ganze Geheimnis.«

Bei ihm klang es so einfach. Ich hatte mehr knuspriges Rührei gekocht als ich zählen konnte, weil immer etwas von der Schale hineingefallen war. Wenn es nicht vorher schon eine Explosion in der Küche gegeben hatte. Als ich jetzt die Schüssel heranzog und umzurühren begann, wurde ich mir Keiths Nähe wieder bewusst. Wieso stand er noch immer hier und sah mir beim Kochen zu, als würde es sich dabei um ein spannendes Footballspiel handeln?

Ich öffnete den Mund, um ihn genau das zu fragen und ihn im Anschluss Bekanntschaft mit meinem Ellbogen schließen zu lassen, aber er kam mir schon wieder zuvor. Für den Bruchteil einer Sekunde rieben seine Bartstoppeln über meine Schläfe, und ich schnappte nach Luft.

»Riecht gut«, raunte er, dann löste er sich von mir und trat zurück.

Meine Beine zitterten so sehr, dass ich mit dem Rühren pausieren und mich am Küchentresen abstützen musste. Was zum Teufel war das eben gewesen? Obwohl alles in mir danach drängte, mich zu Keith umzudrehen, tat ich es nicht, sondern konzentrierte mich weiter auf die Pancakes. Ich wollte ihm nicht auch noch die Genugtuung geben, zu sehen, was er in mir anrichtete. Der kurze Moment während unseres Tanzes gestern Abend war schon schlimm genug gewesen. Aber ihm auch noch am helllichten Tag zu zeigen, dass mich seine Nähe nicht so kaltließ, wie ich es mir und allen anderen einzureden versuchte? Auf keinen Fall.

Ich schüttete das Milch-Butter-Ei-Gemisch in die andere Schüssel und vermengte alles miteinander. Laut Rezept sollte das die fluffigsten Pancakes der Welt ergeben. Aber wenn sie auch nur halbwegs essbar werden sollten, benötigten sie meine volle Aufmerksamkeit, also blendete ich Keiths Anwesenheit so gut wie möglich aus.

Als ich die ersten Pancakes aus der Pfanne auf den bereitstehenden Teller gleiten ließ, hörte ich Schritte im Haus. Kurz darauf betrat Stella die Küche und ich atmete innerlich auf. Na endlich.

»Oh Gott, ich werde nie wieder trinken.« Mit einer Hand an ihrem Kopf blieb sie mitten im Raum stehen und musterte mich von oben bis unten.

Ich hatte mich nicht umgezogen, nachdem ich ohnehin nur zwei Stunden geschlafen hatte. Bestenfalls. Das Haar hatte ich mir mit einer Klammer lose hochgesteckt und trug noch immer mein pinkfarbenes Schlafshirt.

»Du kochst …?« Ihr besorgtes Stirnrunzeln hätte mich verletzen sollen, aber angesichts der ungeplanten Mordversuche, die ich ihr schon als Essen getarnt serviert hatte, überraschte mich ihr Misstrauen nicht.

Ich hob den Pfannenwender. »Pancakes. Sie sind essbar.«

»Zumindest wird keiner von uns an Eierschalen ersticken«, fügte Keith hinzu, während er damit begann, den Frühstückstisch zu decken.

Ich warf ihm einen vernichtenden Blick zu, hielt jedoch den Mund. Denn leider hatte er recht.

Stella goss sich ihren Kaffee ein und strich mir liebevoll über die Schulter. Allerdings entging mir ihr prüfender Blick auf die aufgetürmten Pancakes nicht. Himmel, als ob mir keine kreativere Methode einfallen würde, wenn ich sie alle töten wollte. Ich hatte die letzten zwei Jahre damit verbracht, alles über die menschliche Anatomie zu lernen, was es zu lernen gab. Wenn jemand wusste, wie man jemanden töten konnte, dann ich. Und die wenigsten Methoden hatten mit Essen zu tun.

Kaum dass sich Stella an den Tisch gesetzt hatte, stellte Keith ihr ein großes Glas Wasser hin und drückte ihr zwei Tabletten in die Hand.

Sie lächelte müde. »Danke.«

»Immer gern, Frau Doktor.«

Stella zog eine Grimasse, nachdem sie die Schmerzmittel geschluckt und das Glas ausgetrunken hatte. »Das werde ich mir für den Rest meines Lebens anhören dürfen, oder? Verkaterte Ärztin wird von ihren Kindern umsorgt.«

»Jepp.« Grinsend betrat Holly die Küche und machte es sich auf dem Stuhl neben Stella bequem. »Was gibt's zu essen?«

Wie dieses Mädchen ohne Kaffee am frühen Morgen funktionieren konnte, würde ich nie verstehen. Ich hatte bereits meine zweite Tasse getrunken, um halbwegs wach zu sein, während sie vollkommen ohne auskam – und dabei auch noch gute Laune versprühte.

»Pancakes«, antwortete ich und stellte den Teller in die Mitte des Tisches. »Greift zu. Der Sirup steht schon bereit und der Bacon ist gleich fertig.«

»Den übernehme ich.« Keith nahm mir den Pfannenwender aus der Hand und deutete auf den Frühstückstisch. »Setz dich. Du hast schon genug getan.«

Holly schnaubte in ihr Orangensaftglas. »Das ist seine charmante Art, dir zu sagen, dass er verhindern will, dass du den Bacon anbrennen lässt.«

Ich ließ mich auf den Platz ihr gegenüber fallen, riss ein Stück von meinem Pancake ab und warf es nach ihr.

»Mom!«, rief sie gespielt entrüstet. »Callie bewirft mich mit Essen!«

Tadelnd schüttelte Stella den Kopf, doch in ihren Augen funkelte es belustigt. »Wie alt seid ihr? Zwölf?«

»Holly bestimmt.«

Diesmal flog ein Stück Pancake in meine Richtung, und Holly streckte mir die Zunge raus, als Stella mit dem Ahornsirup beschäftigt war und gerade nicht hinsah. Na warte! Ich holte in dem Moment aus, als Stella aufblickte. In letzter Sekunde tarnte ich meine Attacke damit, mich nur ausgiebig zu strecken. Auf der gegenüberliegenden Seite des Tisches grinste Holly mich vergnügt an. Punkt für sie.

»Sag mal, Callie …«, begann Stella und griff nach ihrem Besteck. »Du bist jetzt seit vier Tagen wieder hier. Wie kommt es, dass du uns noch nichts von deinem Studium erzählt hast?«

Mein Magen verkrampfte sich, und ich senkte meine Gabel, da mir plötzlich der Appetit vergangen war. Es war nur eine Frage der Zeit gewesen, bis Stella mich dazu löchern würde. Um ehrlich zu sein, war ich überrascht, dass sie es überhaupt so lange ausgehalten hatte, ohne das Thema anzuschneiden. Anscheinend war meine Schonfrist abgelaufen.

»Da gibt es nicht viel zu erzählen«, erwiderte ich schulterzuckend. »Ich lerne die ganze Zeit.«

»Das erklärt auch den Zombielook mit der blassen Haut und den Augenringen«, warf Holly ein.

Ich streckte ihr die Zunge raus, unterdrückte aber den Impuls, sie unter dem Tisch zu treten. Denn leider hatte sie recht.

»Abgesehen davon läuft es prima«, beendete ich den kürzesten Bericht der Geschichte. Ich hatte die Worte kaum ausgesprochen, da wusste ich bereits, dass sie eine Lüge waren. Sicher, mein Notendurchschnitt war gut, und ich gehörte zu den Besten in meinem Jahrgang – selbst wenn ich in Biochemie durchgefallen war. Doch anders als meine Kommilitonen konnte ich nicht die gleiche Begeisterung aufbringen, wenn ich von meinem zukünftigen Beruf sprach. Stella zuliebe setzte ich jedoch ein Lächeln auf.

»Hattest du die Einführung in die Klinische Medizin schon?« Interessiert musterte sie mich über den Rand ihrer Kaffeetasse hinweg.

»Ja.« Ich nickte ihr zu und schob mir eine Gabel voll Pancake in den Mund, um Zeit zu gewinnen. »Es war wirklich spannend.« So spannend, dass ich einen ganzen Block mit Doodles und bruchstückhaften Songtexten vollgekritzelt hatte, statt aufzupassen.

Keith stellte die Pfanne mit dem gebratenen Bacon auf den Tisch und setzte sich neben mich. Er mischte sich mit keinem Wort in unser Gespräch ein, sondern schaufelte haufenweise Pancakes und Bacon auf seinen Teller, aber ich ahnte, dass sein Desinteresse nur vorgetäuscht war. Vielleicht lag es daran, wie sein Blick immer wieder den meinen kreuzte oder wie sich seine Lippen kräuselten, als wäre er mit meinen Antworten unzufrieden.

»Und wie läuft es mit Biochemie?«, hakte Stella weiter nach. »Da ist die Durchfallquote ja besonders hoch.«

»Mom«, unterbrach Holly sie und zog dabei das Wort in die Länge. »Callie will in den Ferien sicher nicht über Medizin reden. Sie wird dir schon Bescheid sagen, wenn sie Fragen oder Schwierigkeiten hat.«

Ich lächelte ihr dankbar zu.

»Oh. Natürlich.« Für den Bruchteil einer Sekunde hatte ich das Gefühl, dass sich die Enttäuschung wie ein Schatten auf Stellas Gesicht legte, doch der Ausdruck verschwand so schnell wieder, dass ich nicht sicher war, ihn wirklich gesehen zu haben. »Du kannst dich jederzeit bei mir melden, Liebes. Die Hälfte hast du bereits geschafft, und dann ist es Zeit für den Medical College Admission Test. Ich weiß noch genau, wie nervös ich damals war.«

Nervös war ich nicht wirklich, zumal mir der MCAT erst in knapp zwei Jahren bevorstand. Bei der Vorstellung drehte sich mir vielmehr der Magen um.

Vermutlich hätte Stella stundenlang weiterreden können, aber Holly lenkte sie erfolgreich mit ihrer bevorstehenden Weltreise und der Frage danach ab, welche Impfungen sie noch benötigte. Ich hörte nur mit halbem Ohr zu, während ich in meinem Essen herumstocherte und mir einredete, dass es von allein von meinem Teller verschwinden würde, je mehr ich es zerkleinerte.

Etwas Warmes berührte mein linkes Knie und ließ meine Gabel mitten in der Luft erstarren. Mein Herz begann zu hämmern, noch bevor mein Verstand alle Sinneseindrücke erfasst hatte und mir eine schlüssige Erklärung lieferte: Keith. Er musste sich bewegt haben, wodurch sein Knie zufällig meins gestreift hatte. Nur dass die Berührung nicht flüchtig war, sondern andauerte. Wärme prickelte auf meiner nackten Haut und breitete sich über mein gesamtes Bein aus.

Ich hob den Kopf, drehte ihn zur Seite – und begegnete Keiths Blick. Für einen winzigen Moment stockte mir der Atem. Er zog sein Knie nicht zurück, obwohl er spätestens jetzt bemerkt haben musste, wen er da unterm Tisch berührte. Jeder andere hätte sich entschuldigend zurückgezogen, aber nicht er. Oh nein. Dieses Exemplar Mann zog die Mundwinkel in die Höhe und betrachtete mich mit einem Funkeln in den Augen, das eine eindeutige Herausforderung war.

Die Situation war klar: Ich sollte mein Bein wegziehen, aber mein Körper schien nicht mehr dazu in der Lage zu sein, auf die Befehle meines Gehirns zu hören. Ich nickte halbherzig zustimmend, als Holly von den Sehenswürdigkeiten Balis schwärmte, und trank einen großen Schluck von meinem Kaffee. Neben mir verhielt sich Keith völlig unauffällig. Er neckte Holly, nahm sich noch einen Pancake und etwas Bacon und wirkte so, als wäre dies das normalste Familienfrühstück der Welt. Nur dass sein Bein noch immer meines berührte und weder er noch ich etwas taten, um diesen Umstand zu ändern.

Es war wie am Abend zuvor, als seine Nähe mich während unseres Tanzes eingelullt hatte. *Reiß dich gefälligst zusammen, Callie!* Ich klammerte mich an meine Tasse, aber statt von Keith abzurücken, schien sich mein Knie noch mehr an seines zu pressen. Böses Knie. Ich sollte Keith auf den Fuß treten oder ihm meinen Kaffee in den Schritt schütten, stattdessen blieb ich bewegungslos sitzen, während sich all meine Sinne auf diese winzig kleine Berührung konzentrierten. Was zum Teufel war nur los mit mir?

»Was sagt ihr dazu? Callie?« Die Stimme meiner Schwester riss mich aus meiner Trance. Ich zuckte zusammen und verschüttete etwas von meinem Kaffee. Natürlich nicht auf Keith, sondern auf meine Hand und meinen nackten Oberschenkel.

»Was? Worum geht's?«, hakte ich nach und stellte die tropfende Tasse ab. »Ich hab nicht zugehört.«

»Offensichtlich«, kam es von Keith, der mir jetzt eine Papierserviette hinhielt. Seine Miene war völlig ernst, aber seine Mundwinkel zuckten verdächtig. Oh, er wusste genau, welche Wirkung er auf mich hatte, und er genoss jede Sekunde davon. Eines Tages würde ich dem Drang nicht mehr widerstehen können und ihn umbringen. Vielleicht sollte ich bis dahin schon mal eine Schaufel organisieren …

»Ob wir heute etwas zusammen unternehmen wollen.« Holly sah zwischen Keith und mir hin und her. »Es ist eine Ewigkeit her.«

Am liebsten hätte ich sofort abgelehnt. Schlimm genug, gestern Abend und diesen Morgen mit dieser Person verbringen zu müssen, aber dann auch noch den ganzen Tag? Auf keinen Fall. Nicht mit mir. Nicht mal, wenn es die Menschheit vor ihrer Ausrottung retten würde. Nein. Ich setzte gerade dazu an, eine Ausrede zu erfinden, als Hollys Unterlippe zu zittern begann.

»Bitte …«, sagte sie leise. »In ein paar Wochen bin ich doch schon weg und wer weiß, wann wir alle wieder Zeit miteinander verbringen können?«

Oh, sie war gut. Ich kannte diesen Blick von ihr und hatte ihm standgehalten, seit aus dem süßen Kleinkind ein mit allen Wassern gewaschener Teenager geworden war. Doch diesmal konnte ich ihr die Bitte nicht abschlagen, weil sie recht hatte – dies hier war auch unser letzter gemeinsamer Sommer zu Hause. Noch knapp drei Monate lang würde ich die Zähne zusammenbeißen und meine Wut hinunterschlucken müssen, doch wenn diese Zeit vorbei war, würde ich Keith Blackwood nie wiedersehen. Zumindest würde ich alles daransetzen, ihm nie wieder über den Weg laufen zu müssen.

Seufzend warf ich die Serviette auf den Tisch und griff wieder nach meiner Gabel. »Was schwebt dir vor?«

Kapitel 6

Als Holly davon gesprochen hatte, etwas Zeit mit Keith und mir verbringen zu wollen, hatte ich an ein Brettspiel oder einen Trip in die nächste Stadt gedacht. Ganz sicher nicht daran, dass sie einen Tagesausflug in den Talladega National Forest geplant hatte. Samt Wanderschuhen, Rucksäcken, gefüllten Wasserflaschen und eingepackten Sandwiches für unterwegs.

»Ich fahre.« Noch bevor Keith auch nur auf den Gedanken kommen konnte, nach den Autoschlüsseln zu greifen, nahm ich sie von der Kommode und schob sie in die Tasche meiner Shorts.

Keith erwiderte nichts darauf, hielt meinen Blick jedoch so fest, als wollte er mich allein damit dazu bringen, ihm wieder zu vertrauen. Ja, klar. Als ob das je passieren würde.

»Ich kann auch fahren«, warf Holly in unser stummes Duell ein. »Oder wenigstens zurück.«

»Klar.« Ich brach den Blickkontakt als Erste ab. Mit dem Rucksack in der Hand trat ich nach draußen in die langsam zunehmende Wärme eines Frühsommertages.

Stella hatte darauf bestanden, dass wir ihren Jeep nahmen. Ich glitt hinters Lenkrad, Holly auf den Beifahrersitz und Keith kletterte auf die Rückbank. Bevor wir die Küche verlassen hatten, hatte Stella leise auf ihn eingeredet. Seltsam eigentlich. Ich hätte eher damit gerechnet, dass sie mich beiseitenahm und darum bat, ihren einzigen Sohn nicht von einer Klippe zu schubsen. Natürlich hätte ich ihr dieses Versprechen ohne zu zögern geben können. Schließlich gab es noch Flüsse und Seen, in die man fallen und in denen man ertrinken konnte, Wurzeln und Steine, über die man stolpern und sich das Genick brechen konnte, und nicht zuletzt auch Bärenfallen, in die man tappen konnte.

»Hast du vor, auf den Cheaha Peak zu steigen?«, fragte Keith von hinten, während ich den Wagen auf die Straße lenkte.

»Will ich euch umbringen?« Holly lachte auf. »Keine Sorge, ihr müsst nicht auf den höchsten Berg des Bundesstaates. Ich will nur ein bisschen wandern.«

»Und schon mal für deine Weltreise üben«, beendete er ihren Satz. »Wie bist du eigentlich auf diese Idee gekommen?«

»Callie hat direkt nach der Highschool eine Backpackingtour durch Europa gemacht. Ich schätze, ich habe mich einfach inspirieren lassen.«

»Wirklich?«

Obwohl sich jedes bisschen gesunden Menschenverstands in mir dagegen sträubte, sah ich in den Rückspiegel und bemerkte, wie Keith mich beobachtete. Etwas zog sich in meiner Magengrube zusammen.

»Wirklich«, erwiderte ich knapp. »Aber es waren nur drei Monate.«

»Und du hast so viel erlebt«, warf Holly ein und drehte sich auf dem Sitz zu mir um. »Ich war damals so neidisch auf dich und habe mir geschworen, auch auf Reisen zu gehen, wenn ich mit der Highschool fertig bin. Also habe ich nebenher gearbeitet, jeden Cent gespart und mir ein Around-The-World-Ticket gekauft. Ich kann es kaum erwarten!«

»Es wird dir gefallen.« Meine Aufmerksamkeit war auf die

Straße gerichtet, aber ich konnte das Lächeln in Keiths Stimme hören.

»Warst du schon mal irgendwo außerhalb der Staaten?« Holly verrenkte sich beinahe den Hals, um nach hinten zu schauen.

»Gezwungenermaßen, ja.« Er zögerte einen Herzschlag lang. »Nach der Highschool bin ich zur Army gegangen und ein bisschen rumgekommen. Leider nicht in die typischen Touristenregionen.«

Das erklärte den Armeerucksack. Unser Wiedersehen am Flughafen blitzte vor meinem inneren Auge auf. Damals hatte ich ihn für einen Vagabunden gehalten, weil er so aussah, als hätte er eine lange Reise hinter sich. War er etwa direkt von einem Einsatz hierhergekommen? Aus dem Irak, Syrien oder Afghanistan? Die Fragen brannten mir auf der Zunge, aber ich sprach keine einzige davon aus. Es sollte mich nicht interessieren, was er in den vergangenen sieben Jahren getrieben hatte. Zum Teufel, *er* sollte mich nicht interessieren. Nichts an ihm, außer der Frage, wann er wieder aus meinem Leben verschwinden würde. Darin hatte er ja bereits Übung.

Die Fahrt bis zum National Forest dauerte etwas mehr als zwei Stunden. Ich parkte den Jeep auf einer der extra dafür angelegten Flächen am Rande des Waldes und stellte den Motor ab. Inzwischen stand die Sonne deutlich höher, und ich war froh, meine alte Kappe im Schrank gefunden und eingepackt zu haben.

Holly sprang aus dem Wagen und streckte sich ausgiebig, dann band sie sich das lange Haar zu einem Pferdeschwanz zusammen und setzte ein bunt gepunktetes Cap auf. »Es sieht noch genauso aus wie damals, als wir mit Dad hier waren, oder, Callie?«

Ich hatte mich gerade nach meinem Rucksack gebückt, doch nun erstarrte ich mitten in der Bewegung. Die Erinnerung streifte mich so sanft wie ein Windhauch. Kinderlachen. Das Getrippel schneller Schritte. Hollys kleine Hand, die in einer sehr viel größeren lag … Wie immer musste ich nicht lange auf den vertrauten Schmerz warten. Für gewöhnlich war es wie der Stich einer Nadel, kurz und schnell wieder vorbei, da ich jede Erinnerung an damals entschieden beiseiteschob. Diesmal fühlte es sich eher wie ein Skalpell an, das quälend langsam durch meine Brust gezogen wurde. Zwei, drei Sekunden lang bekam ich keine Luft, dann füllte so viel davon meine Lunge, dass ich glaubte, sie würde gleich bersten.

»Ja«, erwiderte ich monoton und richtete mich wieder auf. Holly hatte sich bereits abgewandt und war ein paar Schritte weiter zum ausgeschilderten Wanderweg gelaufen. Ich spürte Keiths Blick auf mir, fragend, drängend, aber ich weigerte mich, zu ihm zu schauen. Stattdessen tat ich das, was ich am besten konnte und verdrängte den Schmerz zusammen mit den Erinnerungen, während ich meinen Rucksack schulterte.

Vor uns erstreckte sich eine hügelige Landschaft voller alter Bäume, die unglaublich hoch in den Himmel ragten. Der würzige Geruch des Waldes lag in der Luft, zusammen mit einer Feuchtigkeit, die zu Hause nicht zu spüren gewesen war. Der Sommer hatte gerade erst begonnen, also leuchtete alles um uns herum in einem satten Grün. Das braune Schild am Anfang des Weges wies uns darauf hin, dass der Pfad über hundertdreißig Meilen lang war und wir für unsere Sicherheit selbst verantwortlich waren. Darunter prangte die Notrufnummer in großen weißen Ziffern.

»Kommt schon!«, drängte Holly wie eine übereifrige Pfadfinderin. Sie war bereits ein paar Schritte vorausgegangen und winkte uns ungeduldig zu.

Ich spürte Keith hinter mir, beachtete ihn aber nicht, als ich meine Kappe geraderückte und mich in Bewegung setzte. Kieselsteine knirschten unter meinen braunen Wanderstiefeln, die mir bis knapp über die Knöchel reichten. Dazu trug ich Hotpants, ein khakifarbenes Tanktop und eine offene Bluse, deren Ärmel ich mir bis zu den Ellbogen hochgekrempelt hatte. Nach der Wärme in den letzten Tagen wollte ich kein Risiko eingehen – auf einen Hitzschlag hatte ich wirklich keine Lust. Anders als Keith offenbar, der in seinem dunklen T-Shirt von der Sonne gebraten werden würde.

Die erste Stunde marschierten wir schweigend, einzig unterbrochen von Hollys Zwischenstopps, um ein Foto zu schießen. Ich konnte mir ein Schmunzeln nicht verkneifen. Meine Schwester könnte wahrscheinlich so ziemlich alles im kreativen Bereich studieren – Modedesign, Schreiben, Theater –, aber Fotografie war wirklich nicht ihre Stärke. Auch wenn das ihre Begeisterung in keiner Weise zu mindern schien.

»Na los«, kam es plötzlich von Keith, doch als ich mich zu ihm umdrehte, war es Holly, die er mit einem belustigten Ausdruck im Gesicht musterte. »Ich sehe doch, dass du vor Neugier gleich platzt.«

Oh, oh. Das hätte er besser nicht sagen sollen.

»Was hast du all die Jahre getrieben?«, sprudelte es aus ihr hervor. »Wieso warst du bei der Armee? Wo hast du gewohnt? Was hast du erlebt? Bleibst du jetzt hier?«

Die letzte Frage kam so überraschend, dass ich ins Stolpern geriet. In letzter Sekunde fand ich mein Gleichgewicht wieder und murmelte etwas von einem Stein auf dem Weg. Den Blick hielt ich dabei auf den Boden gesenkt. Warum hämmerte mein Herz auf einmal so schnell? Keine von Hollys Fragen sollte mich interessieren, weil es mich verdammt noch mal nichts anging. Ich wollte nicht wissen, was Keith in den letzten sieben Jahren getrieben hatte. Das würde seine Anwesenheit und ihn als Person viel zu real machen. So konnte ich mir noch immer einreden, dass er in der Hölle geschmort hatte und diesen Sommer über nur eine kurze Pause davon nahm.

»Das sind ganz schön viele Fragen«, stellte er amüsiert fest.

»Wir haben den ganzen Tag Zeit«, konterte Holly ungerührt.

Ich hielt mich heraus, gab mich völlig desinteressiert, doch mit jedem weiteren Schritt, den ich machte, pochte mein Puls ein bisschen schneller.

»Ich habe bei meinem Dad an der Westküste gewohnt, bis ich mit der Highschool fertig war«, begann Keith gleichmütig zu erzählen. In seiner Stimme lag keine Emotion, weder positive noch negative, als würde er uns diese Informationen zwar freiwillig geben, uns jedoch nicht an seinem Innenleben teilhaben lassen. »Da Dad bei der Army war und ich keine Ahnung hatte, was ich sonst machen sollte, habe ich mich kurzerhand eingeschrieben. Nach zwei Jahren hatte ich genug, war mal hier, mal da und hatte verschiedene Jobs. Jetzt bin ich zurück.«

»Also hast du keine Wohnung an der Westküste oder irgendwo anders?« Holly klang so hoffnungsvoll, dass sich mir die Kehle zuschnürte. Sie wollte tatsächlich, dass er hierblieb. Sie hatte ihm verziehen. Schlimmer noch: Sie wollte, dass er ein Teil ihres Lebens wurde. Zumindest diesen Sommer über, bevor sie selbst auszog. Und, so wie ich Holly kannte, auch danach.

Keith zögerte eine Sekunde. »Nein. Das habe ich nicht.«

»Du kannst bestimmt so lange bleiben, wie du willst. Dein Zimmer stand in den letzten Jahren sowieso leer.«

Moment mal. Wo kam das auf einmal her?

»Holly, ich glaube nicht …«, setzte ich an, aber Keith unterbrach mich.

»Mal sehen«, erwiderte er vage. »Ich wollte mir sowieso einen Job und eine Wohnung in der Nähe suchen.«

Was?

Mein Kopf ruckte zu ihm herum. Das konnte nur ein schlechter Scherz sein. Ich öffnete den Mund, um dagegen zu protestieren, dass er sich ein Leben in *meiner* Heimat aufbaute, aber Holly war schneller.

»Cool.« Sie lächelte so glücklich über diese Möglichkeit, dass ich den Mund unverrichteter Dinge wieder schloss.

Drei Monate, versicherte ich mir in Gedanken. Drei Monate, und ich würde ihn nie wiedersehen müssen. Höchstens zu Weihnachten und an Thanksgiving, wenn ich es dieses Jahr überhaupt zu den Feiertagen nach Hause schaffte. Und zu Stellas Geburtstag. Dreimal im Jahr. Das war machbar. Das war in Ordnung.

Zumindest war es das, was ich mir in den nächsten Stunden wie ein Mantra in Gedanken vorbetete. Die Zeit verging seltsam schnell und gleichzeitig quälend langsam. Ich genoss es, durch den Wald zu laufen und die Hügel hinaufzuklettern, selbst wenn ich dabei abrutschte und mir Hände und Knie dreckig machte. Nach all den Wochen, die ich eingeschlossen in meinem Wohnheim und in der Bibliothek mit Lernen verbracht hatte, tat mir so viel frische Luft unheimlich gut. Gleichzeitig fühlte sich jedes Gespräch zwischen uns dreien so an, als würde ich durch Wasser laufen. Zäh und kräftezehrend. Holly und Keith schienen nichts davon zu bemerken. Die beiden redeten und lachten miteinander, als wären keine sieben Jahre vergangen, in denen sie sich nicht gesehen hatten. Irgendwann, nachdem wir einen zweiten Flusslauf passiert hatten, war Holly dazu übergegangen, Keith mit weiteren Fragen zu bombardieren.

»Hm, lass mich überlegen«, murmelte sie jetzt und zog die Nase kraus. »Lieblingsfilm?«

»Star Trek.«

»Welcher?«

Ein amüsiertes Lächeln umspielte seine Lippen. »Alle.«

»Na gut. Vielleicht bist du noch zu retten.«

»Wie bitte?«

Ich gab mir keine Mühe, mein Lächeln zu unterdrücken, während ich dem Wortwechsel wie einem Tennisspiel folgte.

»Du und dein schöner Chris. Wann ist noch mal eure Hochzeit?«

Holly drehte sich im Gehen zu mir um und funkelte mich an. »Ich habe einen Fünf-Jahres-Plan. Und wenn du so weitermachst, lade ich dich nicht zur Feier ein.«

Entschuldigend hob ich die Hände, konnte mein Lachen aber kaum unterdrücken. Im zarten Alter von sieben Jahren hatte sie den Schauspieler das erste Mal in diesem Prinzessinnen-Film gesehen und sofort verkündet, dass sie ihn eines Tages heiraten würde. An diesem Vorhaben hatte sich bis heute nichts geändert.

»Chris Pine? Ehrlich?« Keith verzog das Gesicht. »Ist der nicht viel zu alt für dich?«

»Hey!« Holly stemmte die Hände in die Hüften und deutete dann abwechselnd auf uns beide. »Macht so weiter und ich lasse euch hier stehen, schnappe mir den Jeep und fahre allein zurück.«

Ich kräuselte die Lippen. »Dir ist aber schon klar, dass ich bei den Pfadfindern war, oder?«

»Und ich in der Army«, fügte Keith hinzu. In seiner Stimme schwang eine unterschwellige Belustigung mit, als würde er sein Grinsen nur mühsam zurückhalten. »Wahrscheinlich sind wir schneller wieder beim Wagen als du.«

Holly warf uns beiden einen bitterbösen Blick zu. »Ihr seid schrecklich. Ich will neue Geschwister.«

Ich lachte auf. »Im nächsten Leben dann.«

Statt einer Antwort streckte sie mir die Zunge raus, drehte sich um und marschierte weiter. Wenige Minuten später löcherte sie Keith schon wieder mit Fragen. Wie eine Erstklässlerin, die das neue Wissen in sich aufsog wie ein Schwamm, nahm sie jedes Detail über ihn in sich auf. Als wollte sie die sieben verlorenen Jahre damit wettmachen.

»Lieblingsessen?«

»Pizza Diavolo.«

»Gute Wahl«, lobte sie. »Lieblingslied?«

»Imagine von John Lennon«, antwortete Keith wie aus der Pistole geschossen.

Diesmal blieben wir beide stehen und starrten ihn an. Ich hätte auf jeden Fall auf einen Hardrock-Song getippt. So etwas wie AC/DC, Black Sabbath, Bon Jovi, Deep Purple oder eine andere Band in dieser Richtung, die er früher immer gehört hatte. Aber ein Lied über Liebe und Frieden?

»Sag bloß, du bist Pazifist geworden?«, murmelte ich spöttisch. »Und das als Soldat?«

Sein Blick fand meinen und hielt ihn fest. »Gerade weil ich Soldat *war*, bin ich Pazifist«, verbesserte er mich. Seine Züge waren hart geworden, seine Augen ausdruckslos. Mir wurde plötzlich kalt, obwohl ich in einem sonnigen Fleck auf dem Weg stand. Was war mit ihm geschehen? Nicht hier, nicht heute, sondern schon vor Jahren, während seiner Zeit bei der Armee? Denn dass etwas passiert sein musste, war offensichtlich, so wie er diesem Thema auswich. Und wenn er doch darüber sprach, tat er es völlig emotionslos.

Holly unterbrach unser Duell mit einem Räuspern. »Ich finde das toll.« Sie lächelte in dem Versuch, die plötzliche Spannung zwischen uns zu überspielen. »Lieblingsgetränk?«

So ging es weiter, bis ich das Geplänkel der beiden größtenteils ausblendete und mich auf meine Schritte konzentrierte.

Die Muskeln in meinen Beinen brannten und erinnerten mich schmerzhaft daran, dass es viel zu lange her war, seit ich zuletzt Sport getrieben hatte. Früher war ich jeden Morgen joggen gegangen, hatte den Pfad eingeschlagen, der von unserem Haus auf die Felder führte, meinen iPod laut aufgedreht und für eine Weile alles andere vergessen. Warum hatte ich damit aufgehört?

Als die Sonne am höchsten stand und mir der Schweiß bereits den Rücken hinunterlief, zeigte auch Keith erstmals Anzeichen dafür, dass ihm zu warm war. Aber statt sich wie ich die Kappe vom Kopf zu ziehen und mit dem Unterarm über die Stirn zu wischen, zog er sich das T-Shirt aus. Einfach so.

Wir standen auf einer kleinen Lichtung neben einem Wasserfall und Holly hatte sich gerade in die Büsche verzogen. Zum ersten Mal seit heute Morgen waren Keith und ich allein. Und natürlich wählte er ausgerechnet diesen Zeitpunkt, um sich auszuziehen.

Seine Brust war ebenso gebräunt wie der Rest seines Körpers und glänzte jetzt vor Schweiß. Ich registrierte die breiten Schultern und die lange Narbe direkt unter seinem Schlüsselbein, die sich wie ein heller Strich von seiner Haut abhob. War sie von damals? Vom Unfall? Oder hatte er sie später bekommen, während seiner Zeit beim Militär? Mein Blick wanderte weiter, über trainierte Bauchmuskeln, und folgte der feinen Spur aus dunklem Haar, die im Bund seiner tief sitzenden Hose mündete. Direkt darüber, unter seinem rechten Hüftknochen, lugten die schwarzen Linien eines Tattoos hervor.

Ich merkte nicht einmal, dass ich ihn anstarrte und seinen muskulösen Oberkörper mit meinen Blicken abtastete, bis ich wieder bei seinem Gesicht ankam. Sein wissendes Grinsen traf mich wie ein Schlag in die Magengrube.

»Gefällt dir die Aussicht?« Seine Stimme hatte einen rauen Tonfall angenommen, der wie ein warmer Windhauch über meine Haut strich.

Ich zuckte zusammen und verfluchte mich im selben Moment für meine Reaktion. Aber noch mehr verfluchte ich *ihn* dafür, dass er mich dabei ertappt hatte, dass ich ihn wie ein liebeskranker Teenager angaffte.

»Sehr sogar.« Meine Wangen schmerzten, so sehr bemühte ich mich um ein überzeugendes Lächeln. »Der Wasserfall hinter dir ist atemberaubend. Wenn du mal zur Seite gehen könntest, damit ich den Anblick genießen kann?«

Er gluckste leise, tat mir aber den Gefallen und trat kopfschüttelnd beiseite. »Ich frage mich, wie lange du die Scharade aufrechterhalten kannst«, raunte er mir im Vorbeigehen zu.

Ich sah ihm wortlos nach, während ich das Chaos in meinem Kopf und meinem Herzen zu ordnen versuchte. Keith ging zurück zu unseren Rucksäcken, die wir im Schatten der Bäume am Flussufer abgestellt hatten, und nahm sich sein Wasser heraus.

»Was ist mit dir?«, fragte er, bevor er die Flasche an seine Lippen führte und einige große Schlucke daraus trank.

Hastig wandte ich den Blick ab. »Was soll mit mir sein?«

»Holly hat mich stundenlang mit Fragen gelöchert, aber du hast mir keine gestellt.« Ich spürte, wie er mich beobachtete. »Keine einzige, Callie.«

Ich zuckte mit den Schultern. »Es interessiert mich nicht, wer du bist oder was du in den letzten Jahren getan hast.«

Lüge. Sie brannte so deutlich zwischen uns, als hätte jemand ein Feuer entzündet.

»Bist du sicher?«

Und wie ich sicher war.

Ich hob den Kopf und fixierte ihn. »Du bist für mich an dem Tag gestorben, an dem du das Krankenhaus verlassen hast.«

Meine Worte sollten ihn treffen, ihn ebenso verletzen, wie er mich verletzt hatte, aber er zuckte nicht einmal zusammen. Als würde ihm all das nichts bedeuten. Als wäre er sich keiner Schuld bewusst. Stattdessen trat ein nachdenklicher Ausdruck auf sein Gesicht.

»Wenn das wirklich wahr ist …«, begann er ruhig und schob die Hände in seine Hosentaschen. »Warum hasst du mich dann so sehr?«

Ich öffnete den Mund, doch mir kam kein Wort über die Lippen. Hasste ich ihn, weil er so unerwartet wieder in mein Leben getreten war? Oder hatte ich ihn schon die ganze Zeit gehasst, ohne mir selbst darüber bewusst zu sein, weil ich zu sehr damit beschäftigt gewesen war, ihn aus meinem Gedächtnis zu streichen?

Holly kehrte von ihrem kurzen Abstecher in die Büsche zurück und bewahrte mich davor, ihm eine Antwort geben zu müssen, doch die Erleichterung wollte sich nicht einstellen. Keiths Frage brachte mich dazu, an Dinge zu denken, mit denen ich mich nicht auseinandersetzen wollte.

Seufzend ließ sich Holly neben ihrem Rucksack ins Gras fallen. Das eisige Schweigen zwischen Keith und mir schien ebenso an ihr vorbeizugehen wie die Spannung, die auf einmal in der Luft lag. Oder sollte ich sagen, die *wieder* in der Luft lag? Wenn es eine einzige Sache gab, die sich in sieben Jahren nicht geändert hatte, dann war es die Tatsache, dass Keith noch immer genau wusste, wie er mich mit wenigen Worten zur Weißglut bringen konnte. Er war die einzige Person auf Erden, der es gelang, mich wirklich aus der Fassung zu bringen und die Beherrschung verlieren zu lassen. Das war früher schon so gewesen, worunter vor allem die Türen im Haus und die Ohren der anderen Familienmitglieder hatten leiden müssen, und daran schien sich bis heute nichts geändert zu haben.

Ich ging am Flussufer in die Hocke, formte meine Hände zu einer Schale und kühlte mein erhitztes Gesicht und meine Arme. Heute Morgen hatte ich in aller Eile Sonnencreme aufgetragen, doch trotz dieser Vorkehrung und der Kappe aus meiner Pfadfinderzeit spürte ich schon jetzt ein feines Brennen auf meiner Haut. Früher war ich so braun wie Holly gewesen, weil ich jeden Tag draußen verbracht hatte. Inzwischen hatte ich jedoch mehr Ähnlichkeit mit einer schneeweißen Laborratte als mit einer Südstaatenschönheit.

»Leute …«, rief Holly, die sich auf den Rücken gelegt hatte und alle viere von sich streckte. »Können wir hierbleiben? Bis morgen oder so? Dann kann ich meine Füße sicher wieder spüren.«

»Da ist jemand noch nicht fit für seine Weltreise, was?«, gab ich unbeeindruckt zurück, nahm eine Ladung Wasser in meine hohle Hand und spritzte sie damit nass.

Sie quietschte auf und war sofort wieder auf den Beinen. Von wegen schmerzende Füße!

Keine zwei Meter weiter lachte Keith auf und beobachtete uns, während er von seinem Sandwich abbiss. Auch er hatte sich neben unseren Rucksäcken niedergelassen und jetzt lag eine Mischung aus Belustigung und etwas anderem in seinem Gesicht. Wehmut vielleicht? Ich konnte nicht weiter darüber nachdenken, da mich plötzlich ein ganzer Schwall Wasser von der Seite traf.

Jeder meiner Muskeln schien zu erstarren, und es dauerte keine zwei Sekunden, bis sich eine Gänsehaut auf meinem gesamten Körper ausbreitete. Meine linke Seite war komplett nass. Kaltes Wasser durchdrang meine Kleidung und vereinzelte Tropfen liefen meine nackten Arme und Beine hinab.

»Was war das?«, keuchte ich.

»Das war Hollys Rache.« Keith klang so zufrieden, dass ich ihm dieses verdammte Grinsen am liebsten aus dem Gesicht gewischt hätte.

Ich starrte erst ihn mit offenem Mund an, dann meine oh so unschuldig dreinblickende kleine Schwester. »Verbündet ihr zwei euch jetzt auch noch gegen mich?«

Na wartet! Die nächste halbe Stunde verbrachten wir damit, uns gegenseitig nass zu spritzen, bis auch Keith völlig durchnässt war und Holly im Fluss landete. Danach lagen wir auf der Wiese in der Sonne. Während ich mit geschlossenen Augen döste, begann Holly wieder mit ihren Fragen. Und für eine kurze Weile schien nicht nur die Zeit stehen zu bleiben, sondern auch alles andere unwichtig zu werden. Wir waren wieder die Kinder von früher. Sorglos. Unbekümmert. Bevor das Schicksal uns auseinandergerissen hatte.

Mit einer dampfenden Tasse Tee in den Händen trat ich nach draußen und atmete tief die abendliche Luft ein. Bis auf das Licht unserer Veranda, die paar Lampen im Garten und den hellen Mond war es dunkel. Grillen zirpten in den Büschen, und aus den Bäumen drang ein leises Rascheln, wenn der Wind durch die Blätter strich. Vielleicht war es aber auch nur die Nachbarskatze, die sich wieder mal auf unser Grundstück verirrt hatte.

Seufzend lehnte ich mich gegen den Stützpfeiler am Geländer und ließ meinen Blick in die Nacht hinauswandern. Der ganze Tag steckte mir noch immer in den Knochen, und obwohl ich mich bereits zweimal mit irgendwelchen von Stellas Lotionen eingerieben hatte, brannte meine Haut auch jetzt noch. Vermutlich sah ich aus wie ein frisch gekochter Hummer und roch wie eine ganze Drogerie.

Inzwischen war Stella zu ihrer abendlichen Schicht ins Krankenhaus aufgebrochen, und Holly lag vermutlich schon im Bett. Ich hatte nicht die geringste Ahnung, wie spät es war, aber als wir von unserem Tagesausflug zurückgekehrt waren, war es bereits dunkel gewesen.

»Das ist wohl der Moment, in dem ich mich bemerkbar machen sollte.«

Vor Schreck zuckte ich so heftig zusammen, dass ich beinahe meine Tasse fallen ließ. Der heiße Tee schwappte mir über die Finger und ich stieß einen Fluch aus. Autsch.

Mit hämmerndem Herzen wirbelte ich herum. Keith saß in einem der Korbstühle. Ich konnte seine Züge nicht ausmachen, da das Licht der Lampe nicht bis zu seinem Gesicht reichte. Was ich aber sah, war der rot glühende Punkt, der in der Dunkelheit aufleuchtete. Dann drang mir der Geruch in die Nase und ich verzog das Gesicht.

»Du rauchst?«

»Jeder braucht ein Laster«, erwiderte er nur.

Hm. Ich hatte mit einer sarkastischen Antwort oder einer Retourkutsche gerechnet, aber nicht damit. Stirnrunzelnd sah ich ihm dabei zu, wie er die Zigarette erneut an seine Lippen führte und den Rauch anschließend ausstieß. Zur Seite, und damit bewusst nicht in meine Richtung.

»Hast du eine Ahnung, was das in deinem Körper anrichtet?«

Ich konnte sein Grinsen vielleicht nicht sehen, hörte es aber überdeutlich in seiner Stimme. »Ach? Sag bloß, du machst dir Sorgen um mich.«

Ganz sicher nicht.

Ich stellte meine Tasse auf dem Geländer ab und verschränkte die Arme vor der Brust. »Weiß Stella Bescheid?«

»Nein.« Er drückte den Stummel aus, rieb sich mit den

Händen über seine Jeans und stand dann auf. »Und ich wäre dir dankbar, wenn das so bleibt. Sie hat genug andere Sorgen.«

Ich hatte schon Luft geholt, um zu protestieren und ihm jedes einzelne grauenhafte Detail dessen zu beschreiben, was Nikotin im menschlichen Körper anrichtete, doch seine Worte ließen mich innehalten. Widerwillig biss ich die Zähne zusammen und lehnte mich mit der Kehrseite gegen das Geländer.

»Es ist deine Sache«, murmelte ich nur. Sollte er sich doch zu Tode qualmen.

Keith trat neben mich, stützte sich mit den Händen auf das Geländer und sah mich an. »Danke, Callie.«

Ein warmer Schauer kroch meine Wirbelsäule hinab, als ich meinen Namen aus seinem Mund hörte. Sofort schob ich dieses Gefühl beiseite und funkelte ihn an. »Das tue ich nicht für dich.«

Seine Mundwinkel hoben sich. »Ich weiß.«

Dann blickte er wieder geradeaus in die Ferne und Stille senkte sich über uns. Eine überraschend angenehme Stille. Es erinnerte mich an letzte Nacht, als wir zusammen auf dem Dach gesessen und geschwiegen hatten. Scheinbar waren das die einzigen Momente, in denen wir es tatsächlich miteinander aushielten.

»Himmel …«, murmelte Keith nach einer Weile. »Du strahlst so viel Wärme aus wie ein Backofen.«

»Ich habe einen Sonnenbrand, du Idiot!«

Er grinste. »Das sehe ich.«

So viel zum Thema Schweigen. Oder es miteinander aushalten. Ich hätte ihn schon längst einfach stehen lassen sollen, aber meine Füße wollten sich nicht in Bewegung setzen. Irgendetwas hielt mich hier fest, genauso wie es mich vergangene Nacht auf dem Dach festgehalten hatte. Ich verstand nur nicht, was es war.

Mehrere Minuten verstrichen, in denen keiner von uns etwas sagte. Es hätten aber genauso gut Stunden oder auch nur Sekunden sein können. Meine kreisenden Gedanken kamen zur Ruhe, meine schmerzenden Muskeln begannen sich zu entspannen.

»Ich mag das.« Seine Stimme war so leise, dass ich mir im ersten Moment nicht sicher war, sie tatsächlich gehört zu haben. »Für ein paar Stunden hast du fast vergessen, dass du mich hasst.«

Nicht nur fast. Ich hatte es für eine kurze Zeit ganz vergessen und den Tag mit ihm und Holly genossen, obwohl ich das nie für möglich gehalten hätte. Vor dieser Wanderung hätte ich Geld darauf verwettet, dass ich Keith im Fluss ertränken würde. Stattdessen hatten wir uns eine Wasserschlacht mit Holly geliefert.

Nachdenklich betrachtete ich Keith von der Seite. Sein Profil verschmolz beinahe mit der Dunkelheit, was auch an seinen dunklen Haaren und dem Dreitagebart lag. Sekunden verstrichen, in denen er sich nicht bewegte, als würde er meine Musterung nicht bemerken. Dann drehte er den Kopf, und mein Herz polterte los, als sich unsere Blicke trafen. Einen Moment lang war ich wieder die Dreizehnjährige, die ihren Stiefbruder angehimmelt hatte, auch wenn sie das nie hatte zeigen dürfen. In diesen Sekunden schien alles möglich zu sein, weil nichts anderes mehr zählte. Nicht das, was damals geschehen war. Nicht das, was heute zwischen uns stand und für immer zwischen uns stehen würde.

Bevor ich mich versah, hatte ich mich ihm ganz zugewandt. Ohne Sicherheitsabstand. Ohne Luft zum Atmen. Keith starrte mich an, als würde er mich zum ersten Mal sehen. Seine Augen schienen mit der Finsternis zu verschmelzen, so dunkel waren sie auf einmal geworden. Er rührte sich nicht von der Stelle, als hätte er Angst, eine einzige Bewegung von ihm könnte mich aus meiner Trance reißen. Und vielleicht hatte er recht damit.

Ich atmete tief ein und schloss die Augen, als mich sein warmer Duft umfing. Die Mischung aus seinem Duschgel, Zigarettenrauch und sonnengewärmter Haut kitzelte in meiner Nase. Aber da war noch etwas anderes, eine weitere Nuance, die mir so vertraut war, dass sich etwas in meiner Brust zusammenzog. Weil es *sein* Geruch war, der so sehr zu ihm gehörte wie seine tiefe Stimme und das lässige Lächeln, das er so gern zur Schau trug.

Ich spürte, wie er näher kam. Spürte, wie er seine Hand hob und wich nicht zurück. Meine Finger vergruben sich in etwas, das ich erst verspätet als den Stoff seines T-Shirts erkannte. Es war die Berührung an meiner sonnenverbrannten Haut, die mich in die Realität zurückholte. Ich zuckte vor Schmerz zusammen und riss die Augen auf. Keiths Gesicht war nur Zentimeter von meinem entfernt. Viel zu nah.

Meine Kehle schnürte sich zu, als alles wieder über mir hereinbrach. Wie er mich damals im Krankenhaus angesehen hatte. Wie er gegangen war. Wie ich mein Leben ohne ihn fortgesetzt hatte – und ohne meinen Dad, weil er ihn mir genommen hatte.

Ich stieß seine Hand beiseite und stolperte zurück. Einen Schritt, dann noch einen, bis ich mit dem Rücken gegen einen Stützpfeiler prallte.

»Callie …« Keith ließ seine Hand sinken, mich jedoch nicht aus den Augen. Ein Schmerz, den ich nie zuvor bei ihm gesehen hatte, verdüsterte sein Gesicht. »Tu das nicht.«

»Tu was nicht?«, schoss ich zurück und straffte die Schultern, nachdem ich mein Rückgrat wiedergefunden hatte. »Das einzig Richtige? Das hätte ich getan, wenn ich dich geohrfeigt hätte.«

»Du hast recht.« Zu meiner Erleichterung trat Keith keinen Schritt näher, aber seine Züge verhärteten sich, und er schob die Hände in seine Hosentaschen, als müsste er sich davon abhalten, mich zu packen und durchzuschütteln. »Du könntest mich ohrfeigen. Du könntest stundenlang auf mich einprügeln, aber soll ich dir was sagen?«

Ich hielt den Atem an. Ein Teil von mir ahnte bereits, was gleich kommen würde und betete im Stillen darum, dass er es nicht tat. Dass er nicht auch noch dieses Messer in meine Brust rammte.

»Es wird ihn nicht zurückbringen«, sprach Keith meine schlimmsten Befürchtungen aus. »Nichts, was du oder ich je tun, wird ihn zurückbringen. Und egal wie sehr du mich hasst, es wird nicht mal ansatzweise daran heranreichen, wie sehr ich mich selbst dafür hasse.«

Nicht seine Worte bohrten das Messer noch tiefer in meine Brust, sondern sein Gesichtsausdruck. Ich kannte diesen Schmerz in seinen Augen, kannte die Verzweiflung und diese unendliche Wut, weil ich sie jeden Tag aufs Neue im Spiegel sah. Aber er hatte nicht das Recht, irgendetwas davon zu empfinden. Er war hier nicht das Opfer, sondern der Schuldige, und nichts von dem, was er mir erzählte, würde je etwas daran ändern können.

»Ich weiß, dass Holly und deine Mom dich hier haben wollen, aber das gilt nicht für mich«, sagte ich betont ruhig. Doch hinter meinem Rücken bohrte ich die Fingernägel so fest in meine Handflächen, dass der Schmerz mich zittern ließ. »Es ist mir egal, ob du dich selbst dafür hasst oder nicht. Ich werde dir nie verzeihen, was damals passiert ist. Nicht heute, nicht morgen und auch nicht in zehn Jahren.«

Damit stieß ich mich von dem Pfeiler ab und marschierte zurück ins Haus.

Ohne auf eine Antwort zu warten. Ohne ihm die Chance zu einer zu geben.

Ihm konnte ich vielleicht vormachen, nichts zu empfinden, nicht auf seine Nähe zu reagieren, sie sogar zu verabscheuen, aber als ich in meinem Zimmer angekommen war und einen Blick in den Spiegel erhaschte, wusste ich, dass es eine Lüge war. Meine Wangen waren nicht nur aufgrund des Sonnenbrands gerötet und meine Pupillen nicht nur vor Wut und Abscheu geweitet. Mein Herz raste noch immer und ich zitterte am ganzen Körper, als ich mich aufs Bett warf. Gleichzeitig kreisten meine Gedanken um diese eine Frage, die ich mir nicht stellen wollte: Was war da eben fast passiert?

Kapitel 7

Mein Atem kam keuchend und begleitete jeden meiner Schritte, zusammen mit dem stechenden Schmerz in meiner Seite, aber ich blieb nicht stehen. In meinen Ohren wummerten die Bässe irgendeines Liedes ohne jeden Text. Die Kabel meiner Kopfhörer klebten inzwischen genauso auf meiner Haut wie der Stoff meines Tanktops und Strähnen meines Haars. Das war der Nachteil daran, es nur mittellang zu tragen – es hing einem ständig ins Gesicht. Insbesondere dann, wenn man eine zweistündige Joggingtour einlegte.

Ich blieb am Straßenrand stehen und stützte mich mit den Händen auf den Oberschenkeln ab. Meine Brust brannte bei jedem Atemzug, und weiße Punkte tanzten vor meinen Augen. Mist. Ich hatte es eindeutig übertrieben. Aber wer rechnete auch damit, nach über einem Jahr ohne Training nicht mehr in Form zu sein?

Ächzend richtete ich mich auf und hielt mir die schmerzende Seite. An diesem Tag hingen die Wolken tief, und die geteerte Straße glänzte noch immer feucht. Es hatte bis zum Morgengrauen geregnet, und wenn der dunkle Himmel über mir auf etwas schließen ließ, dann darauf, dass es mit dem Regen noch nicht vorbei war. Gleichzeitig hing noch immer die Hitze der letzten Tage in der Luft, was für ein beinahe tropisches Klima sorgte. Ein weiterer Grund dafür, dass meine Kleidung an mir klebte und meine Haut von einer Schweißschicht bedeckt war.

Zugegeben, heute Morgen joggen zu gehen, war nicht meine klügste Idee gewesen, nachdem Faye und ich uns gestern bei ihr getroffen und einen Serienmarathon eingelegt hatten. Mit jeder Menge Wein. Zu viel Wein. Das dumpfe Pochen in meinem Hinterkopf erinnerte mich noch immer daran, aber ich bereute keine Sekunde. Höchstens die Tatsache, dass ich ihr nichts von Keith erzählt hatte. Wir hatten über alles Mögliche geredet, und sie hatte mir stundenlang von ihrem Verlobten erzählt und jedes Detail seines Antrags beschrieben, aber ich hatte den Moment mit Keith auf der Veranda mit keinem Wort erwähnt. Weil er bedeutungslos war. Ganz einfach.

Mittlerweile war unser Ausflug in den Talladega National Forest fast zwei Wochen her. Wenige Tage danach waren wir zu Hollys Abschlussfeier gegangen, hatten applaudiert, als sie ihre Urkunde erhalten hatte und waren zur Feier des Tages nach Birmingham gefahren, um zusammen essen zu gehen wie eine ganz normale Familie. Danach hatte ich nur wenig von meinem Stiefbruder gesehen oder gehört, auch wenn er noch immer in unserem Haus wohnte. Ausnahmsweise schien er jedoch meine Wünsche zu respektieren und sich von mir fernzuhalten – oder ich war einfach nur sehr gut darin geworden, ihm wann immer möglich aus dem Weg zu gehen.

Ich setzte mich wieder in Bewegung, auch wenn jeder Muskel meines Körpers dagegen protestierte, aber ich wusste, wie wichtig ein Cooldown nach einer Sporteinheit war. Ganz besonders dann, wenn man sich übernommen hatte, weil man total aus der Übung war. Ich hielt mich am Straßenrand, während links und rechts von mir Bäume und Sträucher in den Himmel ragten. Rechts ein bisschen höher, weil links ein Abhang hinabführte, der …

Ich blieb abrupt stehen. Ohne jede Vorwarnung begann mein Herz zu rasen, noch bevor mein Verstand begriffen hatte, was es so in Aufruhr versetzt hatte. Als ich losgelaufen war, hatte ich nur zu Beginn auf den Weg geachtet. Irgendwann war ich abgebogen und einfach immer weitergelaufen, ohne mir dabei etwas zu denken. Ich war der festen Überzeugung gewesen, mich zu verirren wäre das Schlimmste, was mir passieren könnte, aber ich hatte mich getäuscht. Denn das hier, dieser Ort, war schlimmer als alles andere.

Nach und nach strömten die vertrauten, längst vergessen geglaubten Eindrücke auf mich ein. Die Straße mit den Schlaglöchern, in denen sich das Regenwasser gesammelt hatte. Die doppelte gelbe Linie in der Mitte, die an manchen Stellen so verblasst war, dass man sie kaum noch sah. Der erdige Geruch von Wald und Holz. In meiner Erinnerung mischte sich der Gestank von Benzin und Verbranntem dazu, bis ich fast würgen musste.

Obwohl sich alles in mir dagegen sträubte, drehte ich den Kopf nach links. Es gab keine Absperrung. Nur eine weiße Linie, die niemanden davor bewahrte, den Abhang hinunterzustürzen. Und mit einem Mal war ich wieder dort. Krächzende Schreie drangen durch das Rauschen in meinen Ohren. Ich sprintete los, rannte über die Straße, ohne einen einzigen Gedanken daran zu verschwenden, mich umzusehen. Zweige griffen nach mir und Dornen hinterließen ihre brennende Spur auf meiner Haut, als ich den Abhang hinunterlief. Meine Sportschuhe versanken fast im weichen Waldboden, aber ich blieb nicht stehen. Ich konnte nicht stehen bleiben, bis ich mein Ziel erreicht hatte.

Einundzwanzig Meter. So weit war das Auto gerollt, nachdem es von der Straße abgekommen war. Einundzwanzig Meter, vorbei an wilden Sträuchern und Steinen, bis ein Baumstamm der Fahrt ein jähes Ende gesetzt hatte. Hektisch wanderte mein Blick umher, maß jeden Baum um mich herum prüfend, bis ich ihn fand. Meine Beine stellten ihre Funktion ein, hielten einfach an, und ich fiel vornüber auf Hände und Knie. Egal. Weiter. Immer weiter. Ich musste dorthin. Musste mit eigenen Augen sehen, was ich nur aus dem Bericht der Polizei und den Bildern der Lokalzeitung kannte.

Sieben Jahre. Sieben Jahre lang war ich nicht hierher zurückgekehrt, sondern hatte diese Strecke gemieden, als würde sie nicht existieren. Jetzt war ich wieder hier, unbewusst, ungewollt, aber ich konnte nicht einfach umkehren. Obwohl ein Teil in mir darauf drängte, ach was, darum *bettelte*, dass ich auf dem Absatz kehrtmachte und von hier verschwand, rappelte ich mich auf und ging weiter. Erst als ich den Stamm erreichte, der so breit war, dass nicht einmal zwei Menschen ihn mit den Armen umfassen konnten, blieb ich stehen.

Meine Hand zitterte, trotzdem streckte ich sie aus und fuhr mit den Fingerkuppen über die tiefe Delle in der Rinde. Sie fühlte sich so rau und trocken an wie eine Narbe. Alles andere mochte mittlerweile nachgewachsen und überwuchert sein, aber nicht diese Stelle. Der Baum würde nie vergessen, welche Tragödie hier stattgefunden hatte. Genauso wenig wie ich.

»Hey!« Eine fremde Stimme riss mich aus meinen Gedanken. »Alles in Ordnung da unten?«

Ich blinzelte in dem Versuch, das Brennen in meinen Augen loszuwerden, und atmete tief ein, damit sich die Enge in meiner Brust löste. Erfolglos. Langsam drehte ich mich um und schirmte meine Hand gegen das Licht ab, als ich den Abhang hinaufsah. Am Rande der Straße stand ein Mann in einem khakifarbenen Hemd und einer dunklen Hose. An seinem Gürtel hing etwas, das wie ein Funkgerät aussah, außerdem ein Pistolenholster samt Inhalt.

Abwehrend hob ich die Hände. »Alles okay!«, rief ich. Nach einem letzten Blick auf den Baum machte ich mich an den Aufstieg. Seltsamerweise erwies sich dieser als schwieriger als gedacht. Ich war so schnell hinuntergeeilt, dass ich nicht einmal gemerkt hatte, wie meine Haut zerkratzt und meine Knie aufgeschrammt wurden. Jetzt spürte ich alles davon mit jeder Bewegung, während ich langsam den Abhang hinaufkletterte.

Ich war fast oben angekommen, als eine Hand in meinem Sichtfeld auftauchte. Sie war groß und kräftig und von der Sonne gebräunt. Ich ergriff sie, ohne nachzudenken, und ließ mich von ihr auf die Straße ziehen.

»Danke.« Als ich mich aufrichtete und den Kopf in den Nacken legte, um dem Mann ins Gesicht zu blicken, überkam mich ein seltsames Gefühl von Déjà-vu.

Er war etwa einen Kopf größer als ich, wenn auch nicht so groß wie Keith. Und auch sonst wich er völlig von meinem Stiefbruder ab. Sein Haar hatte einen warmen, sonnengebleichten Blondton, wie man ihn von Surfern kannte, nur die Länge passte nicht zu diesem Bild, da es dafür eindeutig zu kurz war. Ein paar Sommersprossen zierten seinen Nasenrücken und seine Wangen, was ihn deutlich jünger wirken ließ, als ich ihn zuerst eingeschätzt hatte. Er musste in meinem Alter sein, höchstens ein, zwei Jahre älter.

Einige Falten hatten sich auf seiner hohen Stirn gebildet, während er mich genauso eindringlich musterte wie ich ihn, doch im Gegensatz zu mir hellten sich seine grünen Augen nun schlagartig auf.

»Du erkennst mich nicht, oder?« Amüsiertheit schwang in seiner Stimme mit. Sie war klar und warm, was irgendwie nicht zu seinem Auftreten passen wollte.

»Tut mir leid …« Ich schüttelte den Kopf. An meinem Namens- und Gesichtergedächtnis musste ich wirklich arbeiten.

Der Fremde zog eine Grimasse, lächelte aber. »Kein Wunder, wir haben uns das letzte Mal irgendwann vor vier Jahren gesehen, und ich habe mich ziemlich verändert.«

Diese Stimme und dieser Gesichtsausdruck … Ich kannte ihn, dessen war ich mir sicher. Es war nicht so wie bei meinem ersten Zusammentreffen mit Keith, als ich ihn nicht hatte einordnen können. Diesmal wusste ich genau, dass ich den Mann vor mir kannte. Aber woher?

»Ich gebe dir einen Tipp«, sagte er jetzt, als hätte er meine Gedanken gelesen. »Abschlussjahrgang 2012.«

Ich konnte das Rattern der Zahnrädchen in meinem Kopf beinahe hören, genauso wie das Klicken, als sie endlich einrasteten und mir einen Namen gaben. »Oh mein Gott«, stieß ich hervor, halb lachend, halb überrascht. »Braden Scott?«

Sein breiter Mund verzog sich zu einem Lächeln. »Hundert Punkte.«

»Du verarschst mich doch!«

Grinsend schüttelte er den Kopf, wobei seine weißen Zähne ebenso hervorblitzten wie der schiefe Eckzahn, den er schon während der Highschool gehabt hatte. Damals hatten sich die anderen Kids über ihn lustig gemacht – und nicht nur deswegen –, heute verlieh er ihm etwas Charmantes und Unpoliertes. Ich trat einen Schritt zurück, um ihn von oben bis unten zu mustern. Kein Wunder, dass ich ihn kaum wiedererkannt hatte, denn aus dem pummeligen Jungen, mit dem ich zur Schule gegangen war, war ein attraktiver junger Mann geworden.

»Neunzehn Kilo runter und die Ausbildung in der Police Academy«, erklärte er, als ahnte er bereits, was ich dachte. »Auch wenn es ewig gedauert hat, bis ich für die Leute hier nicht mehr *der Dicke* war.« Er lächelte gequält, wurde dann jedoch wieder ernst. »Aber was machst du hier? Ich wusste gar nicht, dass du wieder in der Stadt bist.«

»Nur den Sommer über. Holly hat ihren Abschluss gemacht und … Moment mal.« Anklagend deutete ich mit dem Zeigefinger auf ihn. »Du warst doch bestimmt auf der Feier, oder? Deine Schwester ist im selben Jahrgang.«

Er nickte, nur um gleich darauf den Kopf zu schütteln. »Ist sie, aber ich war im Dienst und konnte leider nicht zur Feier kommen.«

»Kein Scheiß.« Ich musterte ihn ein weiteres Mal von oben bis unten, wobei mein Blick an der Pistole hängen blieb, die an seinem Gürtel befestigt war. »Du bist ein Cop geworden.«

»Sheriff Department«, warf er gut gelaunt ein. »Auf dem besten Weg zum Deputy.«

Ich schüttelte den Kopf, noch immer fassungslos. Während der Schulzeit hatten Braden und ich nie viel miteinander zu tun gehabt, weil unsere Interessen in gänzlich verschiedene Richtungen gegangen waren. Aber er war der große Bruder von Hollys bester Freundin, also waren wir uns zwangsläufig immer mal wieder über den Weg gelaufen. Schon damals war er ein netter Kerl gewesen, und ich war erleichtert, dass sich daran trotz seiner Wandlung zum attraktiven Polizeibeamten nichts geändert zu haben schien. Und das, obwohl er es heute all jenen heimzahlen könnte, die ihm die Schulzeit zur Hölle gemacht hatten.

»Herzlichen Glückwunsch.«

»Danke.« Sein Lächeln wurde blasser, bis es ganz verschwand und von einem Stirnrunzeln ersetzt wurde. »Was machst du hier, Callie?«

Und mit einem Mal wurde mir wieder bewusst, wo wir waren. An welcher Straße wir standen. Kälte schoss so schnell durch meine Adern, als hätte mir jemand eine Injektion mit Eiswasser verpasst, und ich schauderte unwillkürlich.

»Ich …« Hatte keine Erklärung dafür. Jahrelang mied ich

diesen Ort und jetzt war ich einmal Joggen gegangen und landete ausgerechnet hier? Warum? Welchen kranken Scherz erlaubte sich mein Unterbewusstsein da mit mir? »Ich weiß es nicht«, beendete ich den Satz ehrlich.

»Du bist über sieben Meilen von zu Hause entfernt.« Braden betrachtete mich besorgt. »Soll ich dich nach Hause fahren? Ich bin sowieso auf dem Weg zurück in die Stadt.«

Erst jetzt fiel mir der weiße Streifenwagen mit dem Sheriff-Aufdruck an der Seite auf. Ich sah vom Auto zurück zu seinem Fahrer und nickte ihm dankbar zu. »Das ist nett von dir, danke.«

»Kein Problem.« Langsam führte er mich zu seinem Wagen, die Hand behutsam auf meinem Rücken, als hätte er Angst, ich würde gleich ausflippen oder kollabieren. Nun, in Anbetracht des Ortes, an dem wir uns befanden, und der Tatsache, dass ich gerade die längste Strecke seit einem Jahr gelaufen war, vielleicht nicht ganz unbegründet.

Im Inneren des Autos war es sauber und roch nach Leder. Der einzige Hinweis darauf, dass der Wagen tatsächlich benutzt wurde, waren der Pappbecher Kaffee und das Smartphone, das gleichzeitig Navigationssystem war. Braden glitt hinters Lenkrad und lächelte mir zu.

Ich wollte die Geste erwidern, konnte meine Mundwinkel jedoch nicht dazu bewegen, sich zu heben. Mein Magen zog sich zusammen, als er den Motor startete, und ich umklammerte die ganze Fahrt über meinen Sicherheitsgurt. Ich war eine furchtbare Beifahrerin. Immer gewesen. Aber beim ersten Mal mit einer anderen Person war es immer am schlimmsten.

»Wenn du darüber reden willst …«, begann Braden plötzlich, aber ich schüttelte den Kopf. Er warf mir einen wachsamen Blick samt Stirnrunzeln zu. »Ich kenne die Geschichte, Callie. Ich bin auch hier aufgewachsen.«

Es war lange her, seit mir jemand zuletzt dieses Angebot gemacht hatte. Direkt nach dem Unfall waren alle zur Stelle gewesen, hatten angeboten, mir zuzuhören und hatten mich mit ihrem Mitgefühl fast erstickt, während ich einfach nicht mehr an diese Sache hatte denken wollen. Ich hatte sie ausblenden wollen, als wäre sie nie geschehen. Irgendwann war es besser geworden. Freunde, Familie und besorgte Lehrer hatten mein Schweigen akzeptiert. Doch nun drohte dieser Frieden zu zerbrechen. Ich spürte die mitleidigen Blicke, die man mir in der Stadt zuwarf, nun, da die erste Überraschung über Keiths Rückkehr abgeklungen war, und ich tat das, was ich immer schon getan hatte: Ich blendete sie aus, ignorierte sie so lange, bis ich sie selbst kaum noch wahrnahm.

Aber das funktionierte nicht mit Braden. Dafür kannte er meine Familie schon zu lange. Sein Vater war jeden zweiten Sonntag mit meinem angeln gegangen, und seine kleine Schwester Katelyn war seit ihrer Kindheit in unserem Haus ein- und ausgegangen. Vermutlich wusste Braden sogar mehr Details als ich, was den Unfall anging, da sie im internen Polizeibericht standen, während mir selbst kaum eine Erinnerung an den Vorfall geblieben war. Doch obwohl ich dankbar für seine Hilfe und dieses Angebot war, sträubte sich alles in mir, das Thema wieder aufzurollen. Sieben Jahre lang hatte ich nicht mehr daran gedacht, hatte meine Erinnerung zusammen mit dem Schmerz begraben, als sie Dads Sarg in die Erde hinabgelassen hatten. Doch so langsam wurde mir bewusst, dass ich mich nicht länger vor meiner Vergangenheit verstecken konnte. Denn irgendwie gelang es ihr immer wieder, mich einzuholen – ob ich wollte oder nicht.

Ich war noch nie in einem Sheriffwagen nach Hause gebracht worden. Vermutlich, weil ich nie etwas angestellt hatte, das es erforderlich gemacht hätte. Doch als Braden vor unserem Haus anhielt, war ich insgeheim froh, dass Stellas Jeep nicht in der Einfahrt stand. Wahrscheinlich hätte sie bei diesem Anblick mit dem Schlimmsten gerechnet.

»Danke.« Ich löste den Sicherheitsgurt und tastete nach dem Türgriff.

Ich hatte erwartet, dass er mir einfach zunicken und sofort weiterfahren würde, doch ich hatte mich geirrt. Denn Braden stieg ebenfalls aus, stützte sich mit einem Unterarm an der Fahrertür ab und musterte mich über das Autodach hinweg mit gerunzelter Stirn.

»Wenn du je darüber reden oder Einsicht in die Akten haben willst …«

Bot er mir da gerade an, gegen seine Dienstvorschriften zu verstoßen, nur um mir zu helfen? Das würde zu ihm passen. Er war schon während unserer Highschoolzeit hilfsbereiter gewesen, als für ihn gut war.

»Nicht nötig«, fiel ich ihm ins Wort, bevor er den Satz beenden konnte. »Ich war nur joggen.«

Jetzt gesellten sich deutliche Zweifel zu dem besorgten Ausdruck auf seinem Gesicht. »Wie du willst. Aber das Angebot steht.«

Diesmal konnte ich gar nicht anders, als zu lächeln. »Hör auf, dir selbst Ärger einzuhandeln, nur, weil du mir helfen willst.«

Sein Grinsen war so unbekümmert und verspielt, dass es jede Ernsthaftigkeit aus seinem Gesicht vertrieb. »Oh, glaub mir, ich habe auch so schon genug Ärger am Hals.« Mit einem Nicken deutete er hinter mich. »Mit ihr zum Beispiel.«

Ich musste mich nicht umdrehen, denn die stapfenden Schritte hätte ich überall erkannt. Holly blieb neben mir stehen, die Hände in die Hüften gestemmt und funkelte Braden an, als wäre es seine Schuld, dass ich aussah, als wäre ich in einen Mähdrescher geraten.

»Was ist passiert?«, wollte sie so herrisch wissen, dass ich überrascht die Brauen hochzog. Whoa! Was war mit meiner fröhlichen kleinen Schwester passiert?

Braden warf mir einen Blick zu, der besagte, dass er nichts verraten würde. Ich nickte ihm dankbar zu.

»Gar nichts«, antwortete ich an seiner Stelle und versuchte Hollys Aufmerksamkeit auf mich zu lenken. »Ich war joggen, bin ausgerutscht und habe einen kleinen Abhang näher kennengelernt, als mir lieb war.«

Die Lüge brannte auf meinen Lippen, aber ich konnte ihr unmöglich die Wahrheit sagen. Wir sprachen nicht über den Unfall, und ich war die Letzte, die die Erinnerung daran in ihr wachrufen wollte. Das einzig Gute an jenem Tag war, dass Holly nicht dabei gewesen, sondern mit Stella zu Hause geblieben war. Sie auch noch zu verlieren, hätte ich nicht ertragen können.

»Ich habe sie aufgegabelt und heimgefahren«, fügte Braden erklärend hinzu und brachte es fertig, mit seinen Worten voll und ganz bei der Wahrheit zu bleiben.

Jetzt endlich wandte sich Holly mir zu und starrte mich an, als hätte ich den Verstand verloren. »Du bist bei *ihm* mitgefahren?«

Ich wechselte einen irritierten Blick mit Braden. »Äh … ja?«

»Du fährst bei niemandem gern mit, schon gar nicht bei Leuten, die du kaum kennst.«

Warum klangen ihre Worte wie ein Vorwurf? Und weshalb war es so eine große Sache, dass er mich nach Hause gebracht hatte?

»Er gehört zum Sheriff Department«, murmelte ich, als wären seine Uniform und das Auto nicht offensichtlich genug. Was, um Himmels willen, war ihr Problem?

Sie tat meinen Einwand mit einer Handbewegung ab und wandte sich wieder Braden zu. Das war eindeutig meine Chance, um zu verschwinden. Inzwischen brannten die Kratzer auf meiner Haut, als hätte jemand Säure darauf verschüttet, und – ganz ehrlich? Ich wollte aus diesen verschwitzten Sachen raus und mich wieder menschlich fühlen.

»Danke noch mal.«

Braden nickte mir zu, schien aber keine Anstalten zu machen, wieder ins Auto zu steigen und davonzufahren. Oha. Er wollte sich tatsächlich mit Holly anlegen? Respekt. Ich konnte nur hoffen, ihn lebend wiederzusehen. Denn wenn Holly einmal loslegte, war sie nicht mehr zu bremsen.

Ich hatte mich noch nicht einmal abgewandt, als die Diskussion zwischen den beiden begann. Oder eher die wütende Tirade meiner kleinen Schwester. Kopfschüttelnd ließ ich sie zurück und ging aufs Haus zu. Braden war ein erwachsener Mann, und wenn er meinte, es mit Holly aufnehmen zu müssen, würde ich ihn sicher nicht davon abhalten.

Die Haustür fiel hinter mir zu, und ich zog die Sportschuhe noch neben der Garderobe aus, um die Erde, die an meinen Sohlen klebte, nicht im ganzen Haus zu verteilen. Aber Stellas Vorliebe für Sauberkeit und Ordnung war nicht der einzige Grund dafür. Alles in mir wehrte sich dagegen, etwas von diesem Ort hierher zu bringen. Als trügen die Blätter und Erdbrocken auch die Erinnerungen an jenen Tag in sich.

Ich schüttelte den Kopf, um diese Vorstellung loszuwerden und stürmte die Treppe hinauf. Plötzlich konnte ich die Sachen nicht schnell genug loswerden. Ab damit in die Waschmaschine, um jeden Beweis meines Trips in die Vergangenheit auszulöschen. Jetzt musste mir das nur noch mit meinen Gedanken gelingen.

Mit den Sportschuhen in der einen Hand, öffnete ich die

Tür zum Badezimmer. Ein Schwall warmer, feuchter Luft schlug mir entgegen und brachte mich zu einem abrupten Halt. Was zum …? Das Rauschen der Dusche verklang im selben Moment, in dem ich scharf einatmete. Doch die Luft blieb mir im Hals stecken, als sich eine große Hand um den Duschvorhang schloss und ihn beiseitezog.

Meine Kinnlade klappte herunter. Ich starrte in ein Paar vertraute braune Augen, die sich bei meinem Anblick vor Überraschung weiteten. Sekunden verstrichen, in denen sich keiner von uns bewegte. Ich war mir nicht mal sicher, ob überhaupt jemand in diesem Raum noch atmete. Keith rührte keinen Finger, um nach einem Handtuch, dem Duschvorhang – *irgendetwas* – zu greifen und sich zu bedecken. Und ich … nun, ich konnte meinen Blick nicht davon abhalten, auf Wanderschaft zu gehen.

Wassertropfen rannen über seine gebräunte Haut, als wäre er einer dieser lächerlichen Parfümwerbungen entsprungen, in denen der sexy Kerl aus dem Meer watete. Wie hypnotisiert folgte ich einem dieser Tropfen auf seiner Spur an Keiths Oberkörper hinab, über seine definierten Bauchmuskeln und noch etwas tiefer, bis der Tropfen mit seinem Tattoo verschmolz. Mein Mund fühlte sich an wie eine staubige Landstraße in Texas, als ich die schwarzen Linien zum ersten Mal zur Gänze erblickte. In einem wilden Tribal-Muster bedeckten sie Keiths Haut, schlangen sich um seinen Hüftknochen und schossen abwärts über seinen Oberschenkel. Ich sollte nicht hinschauen, ich sollte mich auf der Stelle umdrehen und von hier verschwinden, aber mein Körper hörte schon längst nicht mehr auf die Befehle meines Kopfes. Und ich sah hin. Sah zu seinem besten Stück, das jetzt wie ein Soldat vor mir salutierte.

Ich blinzelte. Einmal, zweimal, doch der Anblick blieb noch immer derselbe. Erst als ich den Kopf hochriss und dieses unverschämte Lächeln in seinem Gesicht bemerkte, kam wieder Leben in mich.

»Oh mein Gott.« Ich machte auf dem Absatz kehrt und stürmte aus dem Badezimmer, ohne auf Keiths Rufen zu reagieren.

»Warte!« Am Treppenabsatz holte er mich wieder ein. »Das war …«

»Unangemessen? Total verstörend?«, bot ich ihm an und wirbelte so schnell zu ihm herum, dass ich fast mit ihm zusammengeprallt wäre. Im letzten Moment packte er meinen Arm, um uns beide festzuhalten. Ein kurzer Blick gen Süden verriet mir, dass er wenigstens den Anstand besessen hatte, sich ein Handtuch um die Hüften zu wickeln. Nicht, dass das etwas an seinem Zustand geändert hätte, der sich noch immer deutlich gegen den Stoff abzeichnete. *Großer Gott.* Und mit großer Gott meinte ich auch *groß*.

Keith grinste. Er hatte tatsächlich den Nerv, jetzt zu grinsen. »Das war nicht das Wort, nach dem ich gesucht habe. Aber du bist einfach reingeplatzt.«

»Ja, weil normale Menschen das Badezimmer abschließen, wenn sie duschen!«, zischte ich.

»Mein Fehler.« Abwehrend hob er eine Hand, und ich dankte Gott, Buddha und Kurt Cobain dafür, dass er dabei sein Handtuch nicht fallen ließ. »Kann ich es wiedergutmachen?«

»Wie wär's mit einer Lobotomie?«

»Wenn du darauf bestehst, dass ich etwas Langes und Hartes in dich hineinstoße, gibt es angenehmere Möglichkeiten, weißt du?«

Ich starrte ihn sprachlos an. Für gewöhnlich war ich nicht auf den Mund gefallen – aber das? Schlimmer als Keiths Worte und dieses Grinsen in seinem Gesicht war die Wirkung, die beides zusammen auf mich ausübte. Hitze schoss mit der Wucht eines Hurrikans durch meine Adern und sammelte sich an den ungünstigsten Stellen überhaupt – in meinen Wangen und zwischen meinen Schenkeln.

»Sieh mal einer an …« Seine Stimme nahm einen rauen Klang an, und ich verfluchte meinen Körper dafür, dass er mit einem prickelnden Schauer darauf reagierte. »Die Vorstellung gefällt dir?«

Ich knirschte mit den Zähnen. »Wie wäre es, wenn ich dir stattdessen mit meinem langen harten Fuß in den Hintern trete?«

Seine Mundwinkel zuckten. »Ach, komm schon, Calliope. Das kannst du besser.«

»Nenn mich noch einmal so und …«

»Und was?«, fiel er mir ins Wort. »Gibst du dann zu, dass du am Flughafen kurz davor warst, mich nach meiner Nummer zu fragen? Und dass dir der Anblick im National Forest ebenso gefallen hat wie das, was du gerade gesehen hast?«

Die Hitze in meinem Körper schien förmlich zu explodieren. Wütend entriss ich ihm meinen Arm.

»Fahr zur Hölle!«

»Da war ich schon, Baby. Und du bist …« Keith hielt inne und musterte mich von Kopf bis Fuß, als würde er meinen desolaten Zustand erst jetzt bemerken. »Total zerzaust und zerkratzt. Was ist passiert?«

Ich konnte die plötzliche Sorge in seiner Stimme nicht ertragen. Mit dem arroganten, provokanten Kerl konnte ich umgehen, aber nicht damit, dass er mich so besorgt ansah wie jetzt. Oder mit seinen Fingern, die so behutsam über meinen Arm strichen, dass mir die Luft wegblieb.

»Gar nichts«, brachte ich hervor und wich vor ihm zurück. Konnte er es bitte unterlassen, mich zu berühren, wenn er nackt war? Auch wenn er sich, wie jetzt, ein Handtuch umgebunden hatte und es festhielt, hatte ich noch immer den nackten Keith vor Augen. In. Allen. Details.

Bevor diese Situation noch peinlicher werden konnte, machte ich auf dem Absatz kehrt und lief die Treppe hoch. In meinem Zimmer angekommen, schloss ich die Tür und lehnte mich dagegen. Mein Herz raste noch immer, und in meinem Kopf herrschte ein einziges Chaos aus Gedankenfetzen, Erinnerungssplittern und unbeantworteten Fragen. Nichts ergab noch einen Sinn.

Warum hatte mich mein Unterbewusstsein an genau jenen Ort zurückgeführt, an den ich nie wieder hatte zurückkehren wollen? Allein beim Gedanken daran schnürte sich mir die Kehle zu, und ich hatte Probleme zu atmen. Nahm man noch Hollys seltsames Verhalten und den unfreiwilligen Zusammenstoß mit Keith dazu, hatte ich die perfekten Zutaten für eine Panikattacke. Aber mein Verstand erlaubte es mir nicht, mich auszuklinken und in Panik zu verfallen.

Wütend – auf mich, auf die Welt und vor allem auf Keith – stieß ich mich von der Tür ab und marschierte durchs Zimmer. Die Kratzer brannten auf meiner Haut, genauso wie die Schürfwunde an meinem Knie, aber ich würde einen Teufel tun und wieder nach unten ins Bad gehen, solange Keith noch immer dort war.

Das Klopfen an meiner Tür ließ mich zusammenzucken. Langsam drehte ich mich um und verschränkte abwehrend die Arme vor der Brust. Da Stella bei der Arbeit und Holly vermutlich noch immer damit beschäftigt war, Braden zur Schnecke zu machen, blieb nur eine Person, die jetzt vor meiner Tür stehen konnte. Und genau diese Person wollte ich nicht sehen. Doch Keith blieb hartnäckig und klopfte erneut. Lauter diesmal.

Ich rollte mit den Augen. »Ja?«, rief ich widerwillig.

Bitte lass ihn angezogen sein. Bitte lass ihn angezogen sein. Bitte lass …

Die Tür öffnete sich und gab den Blick auf Keith frei. Sein schwarzes Haar war noch feucht, aber er hatte sich wenigstens etwas übergezogen. Eines seiner grauen T-Shirts spannte sich um seine Schultern. Der verwaschene Aufdruck irgendeiner Rockband prangte auf seiner Brust.

»Hey.« Er stützte sich mit dem Unterarm gegen den Türrahmen, wodurch der Stoff seines Shirts ein, zwei Zentimeter nach oben rutschte und den Blick auf einen Streifen gebräunter Haut knapp über dem Bund seiner Jeans freigab. »Ich wollte nur sagen, dass das Bad jetzt frei ist.«

Ich presste die Lippen aufeinander und nickte langsam. Er war doch nicht nur aus reiner Höflichkeit hier hochgekommen, oder? Ich traute der Sache nicht. Nein, ich traute *ihm* nicht.

Sein Blick wanderte über meinen Körper und blieb an meinem aufgeschrammten Knie hängen. Es war dieselbe Stelle wie damals, als Keith mich verbunden hatte. Nur fühlte es sich jetzt so an, als wäre das in einem anderen Leben passiert.

»Vielleicht sollte sich Stella die Kratzer mal anschauen …«, murmelte er und sah mir wieder in die Augen.

»Nicht nötig.« Ich straffte die Schultern. »Ich kümmere mich darum.«

Keith zögerte und fixierte mich. Er schien etwas sagen zu wollen, und für einen Moment überkam mich die Angst, er würde sich genau wie ich daran erinnern, wie er mich mit blutigem Knie in der Küche vorgefunden hatte. Aber was auch immer in ihm vorging, er entschied sich dafür, zu schweigen und stattdessen knapp zu nicken. »Wie du willst.«

Damit war er verschwunden. Seine Schritte auf der Treppe verhallten, und ich war wieder allein. Und verwirrt. Was war das eben gewesen? Ich kannte den arroganten Keith, der mich bis zum Gehtnichtmehr reizte, aber diese zögernde Besorgnis war neu. Als würde er spüren, dass ich beim Joggen nicht einfach in einen Dornenbusch gefallen war und mir die Kratzer auf diese Weise zugezogen hatte. Was natürlich völliger Blödsinn war. Er konnte nicht wissen, wohin mich mein Weg heute geführt hatte.

Kopfschüttelnd schnappte ich mir ein paar Wechselklamotten und machte mich auf den Weg nach unten. Doch als ich wenige Minuten später in der Dusche stand, gelang es mir nicht, meine Gefühle ebenso mit dem warmen Wasserstrahl fortzuspülen wie das Blut, den Schweiß und den Dreck von meinem Körper. Denn mit jedem Atemzug drang mir Keiths Duft in die Nase und erinnerte mich an diese neue Besorgtheit, die so gar nicht zu dem Mistkerl passen wollte, zu dem ich ihn in meinem Kopf gemacht hatte.

Kapitel 8

Ein Schwall von Gerüchen und Geräuschen schlug mir entgegen, als ich die Tür zum Diner öffnete. Stimmengewirr und leise Rockmusik, der Duft nach Kaffee und Pommes Frites. Mrs Henrickson, die Frau vom Coach, stand hinter dem Tresen und lächelte mich schmallippig an. Mit ihrem streng zurückgekämmten Dutt und einem Blick, der töten konnte, wirkte sie mehr als einschüchternd. Aber nachdem ich während der Highschool einen Sommer lang hier gearbeitet hatte, hatte ich sie und ihre Launen recht gut kennengelernt. Und sie schien mich zu mögen, was an sich schon erstaunlich genug war. Nicht vielen Menschen schien diese Ehre zuteilzuwerden.

»Callie!«

Ich sah mich nach der Besitzerin der Stimme um und entdeckte Faye, die es sich in einer der Sitznischen bequem gemacht hatte und mir jetzt zuwinkte. Ich lächelte sie an. Auf dem Weg nahm ich mir eine der Plastikkarten vom Tresen mit, wohl wissend, dass immer zu wenig davon auf den Tischen lagen, und durchquerte das Diner mit großen Schritten. Von innen sah es genauso aus, wie man sich ein Diner vorstellte: schwarz-weiß karierter Boden, eine Reihe von Drehstühlen entlang des Tresens und jede Menge knallroter Sitzbänke mitsamt dazugehöriger Tische. Die Plätze waren nicht mal besonders gemütlich, trotzdem waren wir früher nach der Schule und an den Wochenenden ständig hergekommen.

Faye erhob sich und ich umarmte sie zur Begrüßung. »Hi. Sorry, dass ich zu spät bin.«

In meinem Bemühen, Keith aus dem Weg zu gehen, hatte ich in meinem Zimmer gewartet, bis er das Haus verlassen hatte, bevor ich mich selbst fertig und auf den Weg gemacht hatte. Ja, es mochte lächerlich und kindisch sein, aber das war mir egal. Alles war besser, als noch einmal sein wissendes Lächeln ertragen zu müssen, wenn ich gar nicht anders konnte, als ihm mit hochrotem Kopf beim Familiendinner gegenüberzusitzen. Ich war so gut darin, Erinnerungen zu verdrängen, warum dann nicht auch die von dem Moment, in dem ich meinen Stiefbruder nackt gesehen hatte? Schlimm genug, dass mich dieses Bild verfolgte, aber noch schlimmer war die Tatsache, dass Keith darum wusste.

Und er genoss es, mich mit seinen Blicken und zweideutigen Bemerkungen zu quälen, wann auch immer sich in den letzten vier Tagen die Gelegenheit dazu ergeben hatte. Zu oft für meinen Geschmack, denn nachdem wir alle unseren gemeinsamen Wanderausflug vor ein paar Wochen überlebt hatten, drängte Holly darauf, noch mehr Zeit mit uns zu verbringen. Dem Kinobesuch heute Abend war ich nur entkommen, weil ich mich bereits mit meiner besten Freundin verabredet hatte.

Faye winkte ab, noch bevor sie sich wieder gesetzt hatte. Genau wie ich trug sie Stiefel und ein Kleid, allerdings hatte ihres ein feminines Blumenmuster. Mit ihrem langen samtbraunen Haar, das ihr bis zur Hüfte fiel, und dem Strahlen in den Augen sah sie einfach wunderschön aus.

Ich ließ mich ihr gegenüber auf die gepolsterte Bank fallen.

»Da hat aber jemand gute Laune«, bemerkte ich und wollte mich schon der Karte vor mir widmen.

»Ich habe geheiratet!«

»Was?!« Ich starrte sie mit offenem Mund an.

Sie wedelte nachlässig mit der Hand, an der sie noch immer nur einen Verlobungsring trug. Keinen Ehering.

»Es hat mich bei diesem Spiel eine halbe Ewigkeit gekostet, den Typen zu kriegen. Aber jetzt sind Elliott und ich endlich glücklich vereint.«

Ich prustete leise. »Herzlichen Glückwunsch. Warst du nicht noch mit diesem Kampfspiel beschäftigt?«

»Schon, aber das macht als Multiplayer mehr Spaß und dazu fehlen mir die Leute.«

Parkers Name lag mir auf der Zunge, immerhin schoss er sich auch liebend gern durch solche Games, aber ich kam nicht dazu, ihn auszusprechen. In diesem Moment trat eine hübsche Blondine mit Lockenkopf an unseren Tisch. Ihre grünen Augen und Sommersprossen glichen denen von Braden, allerdings war seine kleine Schwester bei meinem letzten Besuch in der Stadt noch brünett gewesen.

»Hi, Katelyn«, begrüßte ich sie lächelnd und deutete auf ihr Haar. »Die Farbe steht dir.«

Eine sanfte Röte legte sich auf ihr Gesicht. »Danke! Braden behauptet, jetzt sehe ich endlich wieder aus wie seine Schwester.« Sie zog eine Grimasse, doch in ihren Augen funkelte es verschmitzt. »Was kann ich euch bringen?«

Ganz traditionell bestellten wir uns Burger mit Pommes und dazu Milchshakes. Und während wir dasaßen und über Gott und die Welt sprachen, schien es so, als sei kein bisschen Zeit vergangen. Als wären wir noch immer in der Highschool und würden uns über Jungs, Lehrer und unsere Eltern unterhalten.

Ich lachte über eine Anekdote, die Faye mir über ihre Arbeit in der Tierklinik erzählt hatte, als sich ihr Blick auf jemanden hinter mir heftete und ganz weich wurde. Ich musste mich nicht umdrehen, um zu wissen, wer gerade das Diner betreten hatte. Seit Monaten brannte Faye darauf, mir endlich ihren Verlobten vorzustellen. Zu ihrer kleinen Geburtstagsfeier in Billys Kneipe hatte er es leider nicht rechtzeitig geschafft, ihr dafür jedoch den restlichen Abend versüßt. Bis zum Morgengrauen.

Als ich spürte, wie jemand hinter mich trat, hob ich den Kopf und musterte den Mann von oben bis unten mit kritischem Blick. Ich hielt nicht viel davon, dass meine beste Freundin sich schon nach nur einem halben Jahr Beziehung verlobt hatte, aber wenn sie schon darauf bestand, wollte ich wenigstens sichergehen, dass der Typ kein Arschloch war.

Auf den ersten Blick wirkte er zumindest nicht wie ein durchgeknallter Psychopath. Er war nicht besonders groß, maximal vier, fünf Zentimeter größer als ich, hatte dunkle, fast schwarze Haare, ein breites Kreuz und muskulöse Oberarme. In seinen Augen lag eine freundliche Offenheit, die ich nicht erwartet hatte – beim ersten Treffen mit der besten Freundin der Verlobten hätte ich mit mehr Nervosität gerechnet, wenn nicht sogar Antipathie. Wenn ich da an einige von Parkers Freundinnen dachte … Thomas' ganze Aufmerksamkeit war jetzt allerdings auf Faye gerichtet, die aufgestanden war und sich ihm in die Arme warf. Er flüsterte ihr etwas ins Ohr, das ihren Körper erzittern ließ und sie gleich darauf zum Lachen brachte. Dann küsste er sie – und zwar so ausgiebig, dass ich mich räuspern musste. Nicht, um auf mich aufmerksam zu machen, sondern um zu verhindern, dass die beiden aufgrund von Sauerstoffmangel in Ohnmacht fielen.

»Entschuldige.« Eine gesunde Röte hatte sich auf Fayes Gesicht ausgebreitet. Widerwillig löste sie sich von ihrem Verlobten, setzte sich und rutschte auf der Bank zur Seite, um Platz für ihn zu machen. »Callie, das ist Thomas. Thomas, das ist meine Freundin Callie.«

»Das ist also die Frau, von der ich schon so viel gehört habe.« Thomas lächelte mich an und reichte mir über den Tisch hinweg die Hand. »Freut mich.«

Sein Händedruck war fest und warm. »Ebenso.«

Bevor sich betretenes Schweigen zwischen uns ausbreiten konnte, kehrte Katelyn mit unserer Bestellung zurück, und ich nutzte die Gelegenheit, um die beiden zu beobachten. Thomas hatte seinen Arm hinter Faye auf die Lehne gelegt und bestellte seinen Burger, ohne einen Blick in die Karte zu werfen. Wahrscheinlich hatte Faye ihn in den letzten Monaten ein Dutzend Mal hierhergeschleppt. Was nicht weiter verwunderlich war, denn in dieser Stadt konnte man nicht besonders viel unternehmen. Da blieb neben Billys Kneipe, der Kegelbahn und dem Kino fast nur das Diner.

Kaum war Katelyn verschwunden, wandte Thomas sich wieder ganz Faye zu, strich ihr liebevoll eine Haarsträhne hinters Ohr und flüsterte ihr etwas zu. Er schien sich nicht daran zu stören, dass sie nicht allein waren, sondern strahlte eine angenehme Ruhe und Gelassenheit aus.

Faye hatte mir erzählt, dass Thomas als Bauleiter in Birmingham arbeitete. Kein Wunder also, dass er so braun gebrannt war, wenn er den ganzen Tag lang über Baustellen marschierte und diese überwachte. Zugegeben, im Vergleich zu mir war jeder in dieser Stadt braun gebrannt, sogar die Damen vom wöchentlichen Bingoabend, die nur zu diesem Zweck das Haus verließen. Zu meiner großen Enttäuschung hatte sich mein Sonnenbrand, den ich mir während der Wanderung mit Holly und Keith geholt hatte, nicht in eine attraktive Bräune verwandelt. Stattdessen hatte ich tagelang so ausgesehen wie eine Kartoffel, die gepellt werden musste – dieser charmante Vergleich stammte von Keith.

»Thomas hat übrigens einen Cousin in unserem Alter. Er

heißt Will und ist demnächst für ein paar Tage in der Stadt.« Faye lächelte mich so unschuldig an, dass ich das Klicken in meinem Kopf förmlich hören konnte.

Wollte sie mich etwa verkuppeln? Mit einem Blind Date? Im Ernst?

Ich tunkte meine Pommes mit mehr Gewalt als nötig in meinen Milchshake und warf ihr einen warnenden Blick zu. »Ihr werdet ihm bestimmt die schönsten Ecken zeigen.« Bevor sie ihre Absichten deutlicher machen konnte, wechselte ich hastig das Thema. »Du hast vorhin etwas über Multiplayer in diesem Kampfspiel erzählt …?«, versuchte ich sie abzulenken und warf Thomas ein Lächeln zu. Er erwiderte es, aber ich bemerkte auch, wie er einen flüchtigen Blick auf seine Armbanduhr warf.

Ein Leuchten trat in Fayes Augen. »Ja, weil es unheimlich schwer ist, sich allein durchzukämpfen. Eigentlich ist das Game noch in seiner Betaphase, aber selbst da spielt es sich am besten in einem Team mit drei bis vier Leuten, weil es so viele Nebenquests gibt, die man allein gar nicht schaffen kann. Ich würde dich ja dazu zwingen, mitzumachen, aber …«

»… ich sterbe schon nach zwei Minuten«, beendete ich ihren Satz kopfschüttelnd. »Schon gut. Parker will mich auch nie in seinem Team haben.« Schmunzelnd nippte ich an meinem Milchshake. »Was ist mit dir, Thomas?«

Er zog die Brauen in die Höhe, als wäre er überrascht, dass ich ihm diese Frage überhaupt stellte.

Bevor er antworten konnte, schaltete Faye sich ein. »Oh, er spielt nicht. Er hält Computer- und Konsolenspiele für Zeitverschwendung.«

»Wirklich?« Ich runzelte die Stirn. Damit hatte ich nicht gerechnet. So viel wie Faye stets über ihre aktuellen Games und die dazugehörigen Let's Plays redete, war ich mir sicher gewesen, dass sie in Thomas einen Gleichgesinnten gefunden hatte. Offenbar hatte ich mich geirrt.

»Faye hat mir erzählt, dass du Medizin studierst.« Thomas sah mich höflich interessiert an.

Natürlich pickte er von allen möglichen Themen ausgerechnet dieses heraus. Ich zwang mich zu einem unverbindlichen Lächeln. »Stimmt.« Automatisch tastete ich nach meinem Milchshake, um meinen Händen und meinem Mund etwas zu tun zu geben, und trank einen großen Schluck.

»Das verlangt dir sicher eine Menge ab«, fuhr er fort.

»Mhm.« Ich krampfte die Finger so sehr um meinen Strohhalm, dass er umknickte. Seit ich hier war, hatte ich es, bis auf wenige Ausnahmen, geschafft, den Gedanken an mein Studium komplett auszublenden. Ebenso wie die Tatsache, dass ich dringend lernen musste, um die Nachholprüfung in Biochemie zu schaffen.

»In welchem Semester bist du?«

»Nach dem Sommer im fünften«, antwortete ich widerwillig. »Aber für Medizinstudenten ist das quasi noch die Anfängerstufe.«

»Sie ist nur bescheiden«, schaltete Faye sich ein und lächelte mich warm an. »Callies halbe Familie besteht aus Ärzten.«

Oh nein. Panik umklammerte meinen Brustkorb und beschleunigte meine Atmung. *Wag es ja nicht, es zu erwähnen.*

»Ihre Stiefmutter arbeitet in der Kinderabteilung hier im Krankenhaus.«

Thomas nickte. »Dein Vater war auch Arzt, richtig?«, fragte er jetzt.

Ich setzte mich abrupt auf. Faye starrte mich einen Moment lang verwirrt an, dann breitete sich Erkenntnis auf ihrem Gesicht aus. Dicht gefolgt von Entsetzen – und Reue. Sie öffnete bereits den Mund, vermutlich um zurückzurudern und sich für Thomas zu entschuldigen, aber ich bedeutete ihr mit einem knappen Kopfschütteln, dass das nicht nötig war. *Sie* hatte schließlich nicht damit angefangen.

Entweder nahm Thomas die plötzlichen Spannungen am Tisch nicht wahr oder er ignorierte sie, denn er bohrte gnadenlos weiter. »Hast du dich deswegen für Medizin eingeschrieben?«

Ja, verdammt. Konnten wir das Thema damit abhaken?

»I-ich wollte auch mal Medizin studieren«, kam es überraschend von Faye. Als sich unsere Blicke auf sie richteten, wurde sie rot. »Tiermedizin. Aber es hat nicht sein sollen und jetzt arbeite ich ja in der örtlichen Praxis, von daher …«

Obwohl mir nicht wirklich danach zumute war, zog ich die Mundwinkel in die Höhe, um ihr dankbar zuzulächeln. Über mein Studium zu reden war eine Sache, aber meine Familie mit reinzuziehen? Meinen Vater? Auf keinen Fall. Darüber redete ich nicht mal mit Stella oder Holly – und die beiden gehörten zu meiner Familie.

Thomas nickte und strich ihr mitfühlend über den Arm. Doch als er seine Aufmerksamkeit wieder mir zuwandte, wusste ich, dass die Inquisition gerade erst begonnen hatte.

Drei Fragen zu meinem Studium und meinen beruflichen Plänen später, die ich zähneknirschend über mich ergehen ließ, machte sich ein Handy mit einem Vibrieren bemerkbar.

Irgendwie war es lustig, wie jeder von uns sein Gerät hervorzog, aber es war meines, auf dessen Display ich einen vertrauten Namen las: Parker.

»Da muss ich rangehen, sorry.«

Ich schnappte mir meine Tasche, warf Faye und Thomas ein knappes Lächeln zu und machte, dass ich hier rauskam. Noch bevor ich die Tür des Diners aufstieß, drückte ich auf *Annehmen* und hielt mir das Handy ans Ohr.

»Egal, was du willst, ich gebe es dir«, sagte ich, sobald ich sicher sein konnte, außer Hörweite zu sein. »Du bist meine Rettung!«

Parkers tiefes Lachen erklang an meinem Ohr. »Ich wusste gar nicht, dass wir unsere Freundschaft um Sex erweitern wollten, aber klar. Gib mir zwei Stunden, und ich bin da.«

Ich schüttelte den Kopf, kam jedoch nicht gegen das amüsierte Grinsen an, das sich auf meinem Gesicht ausbreitete.

»Was ist denn los?«, hakte er nach, ganz der Freund, den ich jetzt gerade brauchte.

Mit einem Seufzen lehnte ich mich gegen die Wand neben der Tür. Der Backstein war noch immer warm von der Sonne, obwohl es bereits dunkel war. Wenigstens spendeten das Licht aus dem Diner und dessen Leuchtreklame etwas Helligkeit, denn der Parkplatz lag in völliger Stille vor mir. Hätte ich nicht meinen besten Freund am Ohr, hätte ich den menschenleeren Parkplatz vielleicht als unheimlich empfunden. So konnte ich aber gar nicht anders, als mich langsam zu entspannen.

»Oh, nichts weiter. Ich durfte den Verlobten meiner besten Freundin kennenlernen und das einzige Thema, das Thomas' zu interessieren scheint, ist mein Studium. Außerdem wollen sie mich auf ein Blind Date mit seinem Cousin schicken.«

Parker gab sich keine Mühe, sein Glucksen zu unterdrücken. »Wissen sie denn nicht, wie fantastisch du bei ersten Dates bist?«

»Ach, sei still!«, fauchte ich, musste dann jedoch selbst grinsen. Einmal mehr war ich froh darüber, dass unser erstes und einziges Date so enttäuschend verlaufen war und wir stattdessen Freunde geworden waren. Freunde, bei denen alles beim Alten war, selbst wenn sie mal tage- oder wochenlang nicht miteinander gesprochen hatten. »Aber hey, du hast mich angerufen – was gibt's? Wie läuft es daheim?«

Es war die altbekannte Frage und Parker antwortete mit derselben altbekannten Antwort: »Gut.«

Wir wussten beide, dass es nicht stimmte. Was ich allerdings nicht wusste, war, wem er das Gegenteil einzureden versuchte. Mir? Oder sich selbst?

»Ich brauchte nur mal ein bisschen Ablenkung von allem hier«, gestand er nach einem Moment leise.

Wärme breitete sich in meiner Brust aus, und ich ertappte mich dabei, wie ich lächelte, auch wenn er es nicht sehen konnte. »Gutes Timing. Ich nämlich auch.«

»Sicher, dass du nicht zurückgehen und alles über dein Blind Date erfahren willst? Er könnte deine große Liebe sein.«

»Und ich dachte immer, du wärst das!«

»Tut mir leid, dir das Herz brechen zu müssen, Süße, aber ich … ich wollte dir schon lange etwas gestehen.« Er machte eine Kunstpause. »Ich bin schwul.«

Ich lachte so laut auf, dass mir das Pärchen, das gerade das Diner verließ, einen verwunderten Blick zuwarf. »Bist du nicht, du Idiot! Allerdings macht mir dein Musikgeschmack ein bisschen Sorgen.«

»Gar nicht. Du stehst drauf. Du weißt es nur noch nicht.«

»Träum weiter.«

»Ach, wirklich?«

Wieder legte er eine kleine Pause ein und räusperte sich, was die Alarmglocken in meinem Kopf losschrillen ließ. Oh nein. Das würde er jetzt nicht tun, oder?

»Hello …«, begann er in einem tiefen Bariton zu singen. »It's me …«

»Ich hasse dich!«, rief ich lachend. Er wusste genau, dass er mir damit für den Rest des Abends einen Ohrwurm einpflanzte, den ich nicht mehr loswerden würde. Mistkerl. »Hör mal, könntest du mir einen Gefallen tun?«

»Ich dachte, den habe ich dir schon getan, indem ich angerufen habe.«

Hatte er auch, aber das meinte ich nicht. Sein Anruf hatte mich davor bewahrt, weiter über meine Familie und mein Studium reden zu müssen, trotzdem warteten Faye und Thomas da drinnen nur darauf, dass ich zurückkehrte und weiter wohlmeinende Fragen über mich ergehen ließ. Allein beim Gedanken daran sträubte sich alles in mir.

»Ich warte …«, sagte Parker an meinem Ohr.

Ich räusperte mich. »Du könntest einen kleinen Notfall vortäuschen, bei dem du für die nächsten Stunden den Rat und Trost deiner besten Freundin brauchst. Wie wäre das?«

»Und was hätte ich davon?«

»Eine hochoffizielle Einladung zu meiner Geburtstagsparty in ein paar Wochen. Inklusive Übernachtung. Du hast gesagt, du brauchst ein bisschen Ablenkung von deiner Familie zu Hause. Wie wär's mit einer kleinen Auszeit? Ich biete dir einen Fluchtweg, wenn du mir einen bietest.«

Er zögerte so lange, dass ich schon glaubte, er würde ablehnen. Dann hörte ich ihn tief durchatmen. »Deal.«

Ich gab der Haustür einen Tritt, als ich sie hinter mir zufallen ließ. Erst danach fiel mir ein, dass es hier Leute gab, die wahrscheinlich längst schliefen. Zumindest bis jetzt. Ich zog eine Grimasse. Konnte dieser Abend noch schlimmer werden? Erst die quälenden Gesprächsthemen, dann Fayes Versuch, mich zu einem Blind Date zu überreden, und schließlich war mir Parker auch noch mitten in unserem Telefonat abgesprungen, weil er irgendwohin musste. Was mich allein mit meiner besten Freundin und ihrem Verlobten, dem Inquisitor, zurückließ. Der schien zwar tatsächlich ganz nett zu sein, und es bestand kein Zweifel an seinen Gefühlen für Faye. Aber es störte mich, wie er ihr Hobby herunterspielte, als wäre sie noch ein Kind, dessen Begeisterung nicht ernst zu nehmen war.

Im Wohnzimmer war es genauso dunkel wie im Flur, doch in der Küche brannte noch Licht. War doch noch jemand wach? Oder hatte Holly nur wieder mal vergessen, das Licht auszuschalten? Inzwischen musste es weit nach Mitternacht sein, also rechnete ich nicht damit, tatsächlich jemanden in der Küche anzutreffen. Doch als ich sie betrat, entdeckte ich Stella hinter der Kücheninsel.

»Willkommen daheim.« Sie warf mir ein warmes Lächeln zu und rührte weiter in der großen Schüssel. Erst jetzt stieg mir der Geruch von Kakao und Kuchenteig in die Nase, und ich runzelte die Stirn. Stella backte mitten in der Nacht? Ich konnte mich nicht daran erinnern, wann sie das zuletzt getan hatte, aber ich vermutete stark, dass sie irgendetwas beschäftigte, wenn sie ihre wenigen Stunden Schlaf freiwillig gegen Backen eintauschte.

»Danke.« Zögerlich näherte ich mich ihr und blieb auf der gegenüberliegenden Seite der Kücheninsel stehen. Mehlflecken bedeckten die Arbeitsfläche, aufgerissene Beutel Backpulver, eine offene Flasche Milch, eine Packung Kakao und Eierschalen lagen dazwischen verstreut. Ich zog die Brauen in die Höhe, aber Stella ignorierte meine stumme Frage.

»Wie war dein Abend?«, wollte sie stattdessen wissen, ganz so, als würden wir uns ständig mitten in der Nacht in der Küche treffen und plaudern. »Der Lautstärke nach, mit der du die Haustür zugeschlagen hast, will ich alle Details hören.«

»Unser Mädelsabend wurde zu einem Dreierding, als Fayes Verlobter dazukam. Der hat rein zufällig einen Cousin in unserem Alter, den ich unbedingt treffen soll.« Ich antwortete auf ihren erstaunten Blick mit einem Schnauben. »Ganz genau. Nicht zu fassen, dass Faye mich zu einem Blind Date überreden will. Oder noch schlimmer: zu einem Doppeldate! Ich brauche keine Hilfe, um Männer kennenzulernen.« Stella schwieg betreten, was mich geradezu dazu aufforderte, meine Aussage zu verstärken. »Ich lerne sehr viele Männer kennen!«

»Auch welche, die nicht tot sind?«

Ich warf ihr einen wütenden Blick zu. Zwar hob sie abwehrend die Hände, als hätte sie Angst vor meinem rasenden Zorn, aber die Wirkung der Geste wurde dadurch zunichtegemacht, dass sie in lautes Lachen ausbrach. Es hallte regelrecht von den Wänden wider, und ich konnte ihr nicht böse sein – es war zu deutlich, wie gut es ihr tat. Ein Teil ihrer Anspannung schien von ihr abzufallen. Selbst wenn das Lachen auf meine Kosten ging, war mir das in diesem Fall nur recht.

»Entschuldige«, japste sie durch ein unterdrücktes Kichern hindurch. »Es ist nur so, dass ich genau weiß, wie viel Zeit das Medizinstudium kostet und wie wenig davon für soziale Kontakte bleibt. Oder für die Liebe.«

Ich rollte mit den Augen. Sie hatte leicht reden. Schließlich hatte sie meinen Dad im College kennengelernt. Dafür hatte sie den Hörsaal nicht mal verlassen müssen. Mir wurden dagegen Blind Dates angedroht.

»Er ist bestimmt nett. Faye würde dich nicht mit einem Kerl verkuppeln wollen, der unausstehlich ist«, stellte sie fest und schüttete etwas in die Rührschüssel.

Ich zuckte mit den Schultern, holte mir ein Tuch aus einem der Schränke und befeuchtete es unter dem Wasserhahn. »Ich schätze schon«, murmelte ich, während ich damit begann, die Arbeitsfläche abzuwischen.

»Du bist dir also nicht sicher, ob du mit ihm ausgehen willst? Auf ein richtiges Date, meine ich. Weil es ja nur Zeitverschwendung sein könnte, wenn er nicht der Richtige für dich ist …«

Ihre Stimme klang so beiläufig, dass ich aufsah. Da war etwas in ihrem Tonfall und an der Art, wie sie es vermied, mir in die Augen zu schauen, das mich stutzen ließ. Hier ging es doch nicht mehr um diesen Will, oder? Ein Bild flackerte vor meinem inneren Auge auf, und ich erinnerte mich an die Spendengala. Damals hatte Stella mit so vielen Gästen geredet, aber einer davon war mir besonders in Erinnerung geblieben. Seine Faszination für meine Stiefmutter war ihm so deutlich ins Gesicht geschrieben gewesen, dass es mich wunderte, warum wir nichts mehr von ihm gehört hatten. Und plötzlich wurde es mir klar. Unser Gespräch handelte schon längst nicht mehr von der Frage, ob ich mit Thomas' Cousin ausgehen wollte oder nicht.

Es ging um Stella.

»Ich finde, du solltest dich darauf einlassen.«

»Wie bitte?« Ihre Augen wurden riesig, gleichzeitig breitete sich eine ungewohnte Röte auf ihren Wangen aus. Erwischt!

»Wir tun so, als würden wir über mich reden, aber eigentlich reden wir über dich, nicht wahr?« Ich lächelte ihr zu. »Ist es der Mann von der Spendengala?«

Sie antwortete nicht, senkte jedoch so ertappt den Blick, dass ich mir ein Lachen verbeißen musste. Oh nein, sie zögerte definitiv nicht, mit ihm auszugehen, weil sie kein Interesse hatte. Das Gegenteil war der Fall.

»Tu es«, sagte ich. »Was hast du schon zu verlieren?«

Sehr gut, Callie. Den Rat hätte ich mir auch selbst geben können. Weniger nachdenken und planen, mehr Spontaneität und in der Gegenwart leben.

»Ich …« Stella räusperte sich. »Seit deinem Vater war ich nicht mehr …«

Ich starrte sie mit offenem Mund an. »Seit Dad hattest du kein Date mehr?«

Sie presste die Lippen aufeinander und wich meinem Blick aus, nickte aber.

Wow. Damit hatte ich nicht gerechnet. Meine Kehle zog sich zusammen, dennoch brachte ich die Frage irgendwie hervor. »Warum nicht?«

»Er war meine große Liebe.« Ihre Augen begannen verdächtig zu glänzen. »Es käme mir wie ein Betrug vor.«

»Aber wieso?«, flüsterte ich. »Ich bin sicher, Dad würde wollen, dass du wieder ausgehst. Dass du Spaß hast und dich neu verliebst.«

Es brachte mich um, allein seinen Namen zu sagen, geschweige denn, was er wollen könnte. Mein Vater wollte überhaupt nichts mehr. Er war tot. Viel zu früh aus dem Leben geschieden. Aber Stella zuliebe sprach ich die Worte aus, da ich das Gefühl hatte, dass sie sie hören musste.

Eine Träne lief ihr über die Wange, und sie wischte sie hastig fort. Dann lächelte sie mich an. »Das ist das erste Mal, dass du freiwillig über ihn redest.«

Ich sah auf meine Hände hinunter. Sie lagen noch immer auf der Kücheninsel, in einer davon der feuchte Lappen.

»Es ist okay, weißt du?« Stellas leise Stimme drang zu mir durch.

Jahrelang hatte ich es verdrängt, hatte einfach weitergemacht, als wäre nie etwas gewesen und jedes Gefühl von Wut, Trauer und Verlust tief in mir eingesperrt. Mein Vater war tot, und Keith war fort. Es gab niemanden, auf den ich hätte wütend sein können. Niemanden, den ich anschreien und dafür verantwortlich machen konnte. Außerdem musste ich für Holly stark sein. Nachdem sie sich schon kaum an unsere Mutter erinnern konnte, hatte sie im zarten Alter von elf Jahren auch noch ihren Vater verloren. Irgendjemand hatte stark bleiben müssen, als alles andere zusammenbrach.

»Es ist nur so, dass ich …« Meine Augen begannen zu brennen, und ich kämpfte verzweifelt um meine Selbstbeherrschung. Vergeblich. Bei den nächsten Worten brach meine Stimme. »Ich vermisse ihn so sehr.«

»Oh, Liebes.« Stella kam um die Kücheninsel herum und zog mich in ihre Arme. »Ich weiß. Ich vermisse ihn doch auch.«

Ich merkte nicht einmal, wie ich die Arme um sie schlang, bis ich meine Finger in ihrem Shirt vergrub. Vielleicht war mein Nervenkostüm nach diesem Abend einfach dünn. Vielleicht waren es aber auch Keiths Rückkehr und die letzten Wochen, die mich zermürbt hatten. Nie im Leben wäre ich freiwillig zurück zur Unfallstelle gegangen, dennoch hatten mich meine Füße dorthin getragen. Und jetzt sprach ich zum ersten Mal mit Stella über den Verlust. Was passierte mit mir?

»Alle behaupten immer, die Zeit würde alle Wunden heilen, aber das ist nicht wahr«, flüsterte ich an ihrer Schulter. »Manche Wunden hören niemals auf zu bluten.«

»Du hast recht. Es wird immer wehtun.« In einer mütterlichen Geste strich sie mir über das Haar, und für einen Moment wünschte ich, wir könnten die Zeit anhalten. Es war so lange her, dass mich jemand länger umarmt hatte als nur kurz zur Begrüßung oder zum Abschied. So lange, seit ich die Maske aus Stärke und Unabhängigkeit hatte fallen lassen. So lange, seit ich mir erlaubt hatte, an Dad zu denken oder über ihn zu sprechen.

Stella rückte ein Stück von mir ab und wischte mir mit beiden Daumen über die Wangen. Erst als ich die Feuchtigkeit daran sah, bemerkte ich, dass ich weinte. Nicht einmal das bekam ich wie ein ganz normaler Mensch hin. Nach Dads Tod hatte sich Holly wochenlang in den Schlaf geweint. Ich war immer bei ihr gewesen, hatte sie gehalten, ihr über den Rücken gestreichelt und war bei ihr geblieben, bis sie eingeschlafen war. Für Holly da zu sein hatte mich dazu gezwungen, stark zu bleiben und mich zusammenzureißen. Doch jetzt erkannte ich, dass ich mich die ganze Zeit nur selbst belogen hatte. Ich war für meine kleine Schwester da gewesen, ja. Aber ich hatte das auch als Ausrede benutzt, um mich nicht selbst mit den Geschehnissen auseinandersetzen zu müssen.

»Es wird immer wehtun«, wiederholte Stella leise. Inzwischen waren auch ihre Wangen feucht vor Tränen. »Aber ich verspreche dir, wenn du aufhörst, dich an deine Wut und diesen Hass zu klammern, wird es leichter werden.« Sie strich mir das Haar hinters Ohr. Zögerte. »Denkst du nicht, du hast ihn lange genug bestraft?«

Ich brauchte einen Moment, um zu begreifen, was sie mit ihren geflüsterten Worten sagen wollte. Wen sie meinte. Mein Magen machte einen Salto und hinterließ ein einziges Wirrwarr aus unterschiedlichsten Gefühlen. Der Unfall war so lange her, gleichzeitig kam es mir noch immer so vor, als wären wir erst gestern in dieses Auto gestiegen. Als hätte sich Keith erst gestern voller Aufregung und Vorfreude hinters Steuer gesetzt.

Ich schluckte hart, unfähig, Stella eine Antwort darauf zu geben. War es zu viel verlangt? Ich wusste es nicht. Zu früh? Auf jeden Fall.

»Versuch ein bisschen zu schlafen.« Sie strich mir noch einmal über die Arme, doch in ihr Lächeln hatte sich ein Schmerz gemischt, der neu für mich war. Vielleicht hatte sie ihn aber auch nur all die Jahre zu gut vor mir verborgen.

Kapitel 9

»Das ist nicht dein Ernst.« Ich starrte meine Schwester an, als würde ein Alien neben mir sitzen.

»Natürlich meine ich das ernst.« Holly deutete mit ihrem Schokoriegel auf den großen Flachbildfernseher. »Siehst du etwa einen anderen Kerl, der besser zu ihr passt als Logan?«

Allein bei dem Namen verzog ich das Gesicht, als hätte ich in eine Zitrone gebissen. Wie konnte man diesen schmierigen, arroganten Kerl nur gut finden? Ich schüttelte vehement den Kopf. »Warte bis zu den neuen Folgen. Das ist das Endgame, und da wird dein geliebter Logan verlieren.«

»Pff. Das sagst du nur, weil du Team Jess bist«, nuschelte Holly mit vollem Mund.

»Natürlich bin ich das! Wie kann man bitte nicht Team Jess sein?«

»Er ist ein unverantwortlicher Arsch.«

Okay. Jetzt war es offiziell. Sie war adoptiert. Es war einfach nicht möglich, dass sie Logan für den richtigen Partner für Rory Gilmore hielt, wenn alle Welt für Jess war. Und mit *alle Welt* meinte ich mich. Und das Internet.

Holly und ich hatten es uns an diesem Freitag im Wohnzimmer gemütlich gemacht. Seite an Seite saßen wir auf dem Sofa, die Füße auf den Tisch gelegt, vor uns aufgetürmt ein Wochenendvorrat an Süßkram und Getränken. Neben einer riesigen

Schale Popcorn waren da noch Skittles, ein paar Reese's-Schokoriegel, Snickers, Chips in drei verschiedenen Geschmacksrichtungen und dazu zwei Dips. An Getränken hatten wir alles angeschleppt, was die Küche hergegeben hatte: Wasser, Limo, Cola und jede Menge Dr Pepper. Wenn Stella uns so sah, würde sie wahrscheinlich einen Lachanfall bekommen, dicht gefolgt von einem Vortrag über die Risiken all dieser Nahrungsmittel für den menschlichen Körper. Diabetes war ihr Lieblingsargument, wann immer Holly oder ich uns mit Schokolade vollstopften. Aber wir brauchten das.

»Also ich war ja schon immer für Dean.« Als hätten meine Gedanken sie heraufbeschworen, stand Stella plötzlich hinter uns.

»Team Dean?«, riefen Holly und ich im Chor. Das Entsetzen in unseren Stimmen war so deutlich, dass Stella auflachte.

»Schon gut, schon gut.« Abwehrend hob sie die Hände.

Erst jetzt bemerkte ich ihre Aufmachung. Statt einer gemütlichen Jeans trug sie heute Abend ein schwarzes Kleid. Es war ärmellos, und den Hals bis zum Dekolleté bedeckte ein durchsichtiger Stoff, der gerade rechtzeitig blickdicht wurde. Hier und da funkelten Glitzerapplikationen im Licht. Das Kleid schmiegte sich an ihren Körper und endete knapp über ihren Knien. Ihr Haar fiel ihr in einer welligen Mähne bis über die Schultern, ihre Augen waren dunkel geschminkt und strahlten mindestens genauso sehr wie Stella selbst.

»Wow.« Ich setzte mich auf und reckte den Hals, um einen Blick auf ihre Schuhe zu erhaschen. Schwarze High Heels mit Pfennigabsatz, in denen ich nicht mal laufen könnte, wenn mein Leben davon abhängen würde. »Du siehst fantastisch aus.«

Die Röte auf ihren Wangen vertiefte sich. »Danke, Liebes.«

»Triffst du dich mit dem Typen von der Spendengala?«

Hollys Kopf ruckte hoch. »Welcher Typ?«

Einen Atemzug lang wirkte Stella, als sei sie kurz davor, zu kneifen und die ganze Sache abzublasen. Ich betete innerlich, dass sie es nicht tat. Sie hatte ein bisschen Spaß verdient. Mehr noch. Sie hatte einen Mann an ihrer Seite verdient, der genauso gut zu ihr war, wie unser Vater es gewesen war.

»Ja.« Sie schenkte mir ein nervöses Lächeln, während ihre Finger ihre schmale Handtasche kneteten. »David arbeitet mit mir im Krankenhaus«, fügte sie an Holly gewandt hinzu.

Ich warf meiner Schwester einen warnenden Blick zu. Es hatte Stella so viel Überwindung gekostet, die Einladung überhaupt anzunehmen, also sollte Holly es jetzt nicht versauen. Aber sie lächelte nur und nickte unserer Stiefmutter zu.

»Du siehst toll aus. Viel Spaß!«

Stellas Miene hellte sich auf, und ich wagte es, den angehaltenen Atem wieder auszustoßen. »Danke.« Sie strahlte uns an und ignorierte dabei sogar die ganzen diabetesfördernden Lebensmittel auf dem Couchtisch. »Euch auch. Und Dean wird das Rennen machen. Es ist immer die erste große Liebe, die man nie vergisst.«

Sie winkte uns zum Abschied, doch selbst nachdem die Haustür hinter ihr ins Schloss gefallen war, hingen ihre Worte noch immer in der Luft wie eine Erinnerung, die ich nicht greifen konnte. Oder wie eine Warnung. *Es ist immer die erste große Liebe, die man nie vergisst.* Ich schüttelte den Kopf und schob den Gedanken beiseite.

»Von wegen Dean«, brummte Holly neben mir. »Er ist ein Idiot.«

»Und was ist dann Logan bitte?«, nahm ich die Diskussion wieder auf und tauchte meine Hand in die Schale voll Popcorn. »Jess ist wenigstens klug und weiß, was er will. Er ist ein Rebell und Bad Boy, der auf Bücher steht. Er schreibt sogar Bücher!«

»Ein Buch. Ein einziges.«

»Wow, er hat nur *ein* Buch geschrieben. Du hast recht, er ist ein Arsch.«

Ein Stück Popcorn traf mich am Kopf.

»Hey! Mit Essen wird nicht geworfen«, rief ich entrüstet.

»Doch, wenn das die einzige Art ist, damit du zur Vernunft kommst«, konterte Holly schulterzuckend.

»Ach so? Also wirst du, wenn du während deiner Weltreise mit irgendetwas unzufrieden bist, den Leuten einfach Essen an den Kopf werfen?« Ich schnaubte extralaut, da in diesem Moment auch noch Logan auf dem Bildschirm auftauchte. Schon wieder. »Ich komme dich dann im Knast besuchen.«

Holly verdrehte die Augen, gab aber Ruhe. Offenbar war die Szene, mit der sie mich gerade folterte, eine ihrer Lieblingsstellen. Mal ehrlich, Team Logan? Nein. Einfach nur nein. Ich stand auf die in sich gekehrten, düsteren Rebellen mit dunklen Haaren. Nicht auf die reichen Schnösel, die so viel Charme versprühten, dass man darin ausrutschen und sich das Genick brechen konnte.

Die Haustür ging auf, und ich warf einen beiläufigen Blick auf mein Handy. Ob Stella etwas vergessen hatte? Falls nicht, wäre das ein ganz schön kurzes Date gewesen, schließlich war sie erst vor rund fünf Minuten losgefahren. An die einzig andere logische Möglichkeit wagte ich nicht zu denken, weil ich es mir schon seit diesem unglückseligen Zusammenstoß im Badezimmer vor ein paar Tagen strikt verbot, an ihn zu denken. An jeden Teil von ihm. Daran, wie er mich angesehen und was er gesagt hatte. Wie besorgt er aus irgendeinem Grund gewesen war … Lieber rechnete ich damit, dass gleich unser Nachbar Mr Perkins auf der Suche nach seiner Katze im Flur erschien. Oder die Aliens, um ihre leibliche Tochter zurückzuholen.

»Hey …« Keiths tiefe Stimme strich wie eine warme Sommerbrise über meine Haut. Ich reagierte sofort, indem sich jeder Muskel in meinem Körper anspannte.

»Wie war die Arbeit?«, rief Holly, ohne sich umzudrehen.

Arbeit? Ich runzelte die Stirn. Bis zu diesem Moment hatte ich nichts davon gewusst, dass Keith einen Job gefunden hatte. Aber es ergab Sinn. So selten, wie wir uns tagsüber sahen, musste er seine Zeit irgendwo anders verbringen. Und hatte er nicht auch gesagt, er würde sich eine eigene Wohnung suchen wollen? Je schneller, desto besser.

Obwohl ich genau wusste, dass es ein Fehler war, drehte ich den Kopf in seine Richtung.

»Anstrengend.« Er warf uns ein müdes Lächeln zu, wobei sein Blick eine Sekunde zu lang an mir hängen blieb. Doch das genügte, damit sich etwas in meinem Bauch zusammenzog.

Trotzdem bemerkte ich die tiefen Schatten unter seinen Augen ebenso wie die Erschöpfung darin. Keith schien nicht einfach nur kaputt zu sein, weil er einen harten Tag hinter sich hatte. Er war total fertig.

»Ich hole mir etwas zu essen – falls ihr was übrig gelassen habt, versteht sich – und gehe ins Bett. Gute Nacht.« Bei seinen letzten zwei Worten sah er wieder zu mir – und ging.

Ich starrte auf die Stelle zwischen Flur und Wohnzimmer, an der Keith bis eben noch gestanden hatte, und versuchte das seltsame Gefühl von Enttäuschung zu verdrängen. Es gab absolut keinen Grund, enttäuscht darüber zu sein, dass er weg war. Wenn überhaupt, sollte ich erleichtert sein. Dankbar. Überglücklich. Irgendetwas, nur nicht enttäuscht.

Kopfschüttelnd wandte ich mich von dem leeren Durchgang zum Flur ab und wieder der Serie zu. Die letzten Minuten waren völlig an mir vorbeigegangen, und auch jetzt kam ich nur schwer wieder rein, weil meine Gedanken um alles Mögliche, nur nicht um Rory und Lorelai kreisten. Irgendwann hielt ich es nicht mehr aus. Als Logan ein weiteres Mal auf dem Bildschirm erschien, nutzte ich die Szene, um aufzustehen und in die Küche zu gehen. Holly schien es nicht mal zu bemerken, so sehr klebte ihr Blick am Fernseher.

Mit hämmerndem Herzen näherte ich mich der Küche. Keith hatte Licht gemacht und stand etwas schwankend neben der Kücheninsel. Vor ihm ein Teller, ein Messer und eine Packung Toast, aber keine Zutaten. Ich konnte mir das Trauerspiel nicht länger ansehen.

»Setz dich«, sagte ich und öffnete den Kühlschrank. Tomaten, saure Gurken, Käse und irgendwo mussten auch noch die Reste der Burger sein, die wir gestern Abend nicht mehr geschafft hatten. Ich fand das gebratene Fleisch auf einem abgedeckten Teller und holte es heraus. Erst jetzt bemerkte ich, dass Keith sich nicht von der Stelle gerührt hatte, sondern mich mit einem verwunderten Ausdruck betrachtete.

Aus der Nähe sahen die Schatten unter seinen Augen sogar noch dunkler aus, und der warme Geruch von Holz schien an ihm zu haften. War das neu? Oder war es mir bisher einfach noch nicht aufgefallen? Mein Blick fiel auf einige helle Punkte auf seiner Kleidung und ich erkannte die feinen Sägespäne am Saum seines schwarzen T-Shirts.

»Setz dich«, wiederholte ich, diesmal eine Spur energischer, und schob ihn zur Seite, um an die frischen Kräuter zu kommen, die Stella so dekorativ nebeneinander auf der Arbeitsfläche aufgestellt hatte.

»Aber …«

»Setz dich, bevor du umfällst, dir den Kopf anschlägst und ich gezwungen bin, Erste Hilfe zu leisten.«

Ein Schnauben ertönte neben mir, aber Keith bewegte sich

tatsächlich. Ächzend ließ er sich auf einen der Stühle am Esstisch fallen. »Das würde dir gefallen, was?«

»Dass du dir den Kopf anschlägst? Und wie.«

Seine Mundwinkel zuckten. »Ich dachte da eher an die Mund-zu-Mund-Beatmung.«

Nun war es an mir, verächtlich zu schnauben. »Das hättest du wohl gern«, murmelte ich, während ich die Mayonnaise mit mehr Gewalt als nötig öffnete. Erst als ich sie über die beiden Toastscheiben hielt, wurde mir bewusst, dass ich nicht die geringste Ahnung hatte, wie Keith sein Sandwich mochte. Für Holly und Stella hätte ich problemlos etwas zusammenstellen können. Aber für Keith? »Wie isst du dein Sandwich?«

Mit einem Nicken deutete er auf die Plastikflasche in meiner Hand. »Genau damit. Und mit jeder Menge Fleisch.«

Natürlich. Wieso hatte ich überhaupt gefragt?

»Was ist mit Gemüse?«

Keith verzog das Gesicht. »Nur, wenn es unbedingt sein muss.«

Statt zwei packte ich ihm vier Salatblätter aufs Brot. Ha. Die ganze Zubereitung dauerte nur wenige Minuten, dennoch spürte ich Keiths Blick die ganze Zeit über auf mir. Egal, ob ich konzentriert die Tomate in Scheiben schnitt, mich auf der Suche nach Zwiebeln durch die Schränke wühlte oder den Kopf in den Kühlschrank steckte. Keith rührte sich nicht vom Fleck, aber sein Blick folgte mir bei jeder Bewegung. Als ich endlich fertig war, glühten meine Wangen und meine Haut prickelte, als würde eine Armada Ameisen darüber krabbeln.

»Hier.« Ich stellte den Teller vor ihm auf den Tisch.

Obwohl er nicht nur total erledigt, sondern auch ausgehungert wirkte, stürzte sich Keith nicht sofort auf das Sandwich, sondern studierte mein Gesicht mit einer Intensität, die mich wahnsinnig machte. Wahnsinnig deshalb, weil ich das amüsierte Funkeln in seinen Augen durchaus wahrnahm – und es ärgerte mich.

»Es ist nicht vergiftet«, knurrte ich und setzte mich auf den Stuhl schräg gegenüber. »Muss ich erst selbst abbeißen, damit du mir glaubst?«

Er hob die Mundwinkel zu einem müden Lächeln. »Gift wäre zu unkreativ für dich. Ich dachte eher an Glasscherben, Nadeln oder andere kleine scharfe Gegenstände.«

»Du hast mich keine Sekunde aus den Augen gelassen«, gab ich zurück. »Wann hätte ich irgendetwas davon reinschütten sollen?«

Keith zuckte mit den Schultern und griff nach seinem Sandwich. »Keine Ahnung. Du hast sicher noch ein Ass im Ärmel.«

»Ich bin ärmellos, du Schlaumeier.« Wie zur Bestätigung hob ich meine Arme. Ich trug nur ein schlichtes schwarzes Tanktop und meine Leggings hatten keinerlei Taschen, um irgendetwas darin zu verstecken. Keith war also sicher. Fürs Erste zumindest.

Statt sich ein weiteres Wortduell mit mir zu liefern, biss Keith von seinem Sandwich ab. Ich hatte so viel draufgepackt, dass er es mit beiden Händen festhalten musste, damit die ganzen Zutaten nicht herausfielen. Gespannt wartete ich auf seine Meinung … und wurde mit einem genießerischen Stöhnen belohnt. Der tiefe Laut fuhr mir geradewegs bis in den Unterleib. Ich presste meine Oberschenkel zusammen und verfluchte meine dummen Hormone. Anscheinend wollten sie mich auf den Stand der pubertierenden Dreizehnjährigen zurückkatapultieren.

»Oh mein Gott!« Hollys überraschte Stimme ließ mich zusammenzucken. Ich drehte mich auf dem Stuhl um, gerade rechtzeitig, um zu bemerken, wie sie uns mit offenem Mund anstarrte. »Ich habe euch reden gehört, aber dann war plötzlich

Stille und ich musste nachsehen, ob ihr noch am Leben seid oder ich euch beide in einer Blutlache vorfinde. Aber das hier?« Sie deutete zwischen Keith und mir hin und her.

»Was willst du?«, brummte Keith mit vollem Mund und schluckte den Bissen hinunter.

»Ein Foto. Ich muss für die Nachwelt festhalten, dass es tatsächlich einen Moment in der Geschichte der Menschheit gab, in dem ihr euch nicht gegenseitig umbringen wolltet. Oder eher Callie dich«, fügte sie mit einem Nicken in Keiths Richtung hinzu. »Bin gleich zurück. Wehe, ihr bewegt euch!«

Und damit machte sie auch schon auf dem Absatz kehrt. Kurz darauf hörte ich ihre polternden Schritte auf der Treppe.

Keith und ich sahen uns an, aber er hob nur eine Schulter, als würde ihn das alles nichts angehen. »Schau mich nicht so an. Sie ist deine Schwester.«

»Da bin ich mir nicht so sicher …«, murmelte ich.

Kaum hatte ich die Worte ausgesprochen, kehrte Holly auch schon zurück. Sie hielt sich ihre digitale Spiegelreflexkamera vors Gesicht.

»Sagt Cheese!«, rief sie, nur um sich im selben Atemzug selbst zu widersprechen. »Nein, sagt das nicht, dabei seht ihr gruselig aus.«

Klick. Das Blitzlicht ließ mich kurzzeitig erblinden, dann war der Spuk vorbei.

Während ich noch gegen die Sternchen vor meinen Augen anblinzelte, schüttelte Keith bereits den Kopf. »Wie willst du uns eigentlich Fotos von deiner Weltreise schicken, wenn du immer noch nicht gelernt hast, wann du den Blitz einsetzen musst und wann nicht?«

Holly ließ die Kamera sinken und streckte ihm die Zunge raus. »Darum besuche ich einen Fotografie-Kurs. Außerdem werden meine Fotos fantastisch sein, und du kannst dich glücklich schätzen, wenn du überhaupt welche von mir bekommst, Brüderchen.«

Ich wusste nicht wieso, aber beim Wort *Brüderchen* zuckte ich zusammen. Keith war alles Mögliche, aber sicher nicht unser Bruder. Völlig egal, was er selbst, Holly oder auch das Gesetz behaupteten. Keith war nicht mit uns verwandt. Ich würde niemals so auf jemanden reagieren, der wie ein Bruder für mich war.

»Alles in Ordnung?« Er musterte mich aus zusammengekniffenen Augen, und ich spürte auch Hollys fragenden Blick auf mir.

»Klar.« Hastig stand ich auf. »Ich musste nur gerade daran denken, dass ich mich noch ein paar Stunden länger mit Logan Huntzberger herumschlagen muss.«

»Ha!«, machte Holly. »Deshalb bin ich hier. Die nächste Folge hat angefangen. Kommst du?«

»Schon unterwegs.« Ich schob den Stuhl zurecht. Obwohl ich es zu vermeiden versuchte, konnte ich nicht verhindern, dass sich Keiths und mein Blick noch einmal trafen. Die Skepsis in seinem Gesicht war nicht zu übersehen – genauso wenig wie eine widerliche Zufriedenheit, die sich jetzt daruntermischte.

»Viel Spaß …«, wünschte er mir mit einem so verschmitzten Lächeln, als wüsste er mehr als ich. »Schwesterchen.«

Ein Lachen drang an meine Ohren, und ich brauchte ein paar Sekunden, um zu begreifen, dass es meines war.

»Komm schon, Dad!«, rief ich und zupfte ungeduldig an seinem Sakko.

»Ist ja gut, Kleines.« Sein Lächeln war warm, als er mir über den Kopf strich. »Ich bin gleich so weit. Geh doch schon mal runter und sag deiner Schwester und Stella Bescheid, was wir vorhaben.«

Ich schob die Unterlippe vor. Am liebsten wäre ich sofort losgefahren. Das hier war so aufregend, dass ich unbedingt Faye davon erzählen musste. Sie würde ausflippen! Ich sah mich schon am Montag in der Schule, wie ich ihr jedes Detail erzählte. Fahrunterricht. Mit Keith! Und ich durfte dabei sein. Allein beim Gedanken daran wummerte mein Herz los, so wie es das immer tat, wenn mein Stiefbruder in der Nähe war. Oder ich an ihn dachte. Oder über ihn redete. Also fast ständig.

Stellas Stimme kam aus dem Garten. Ich sprang die letzte Treppenstufe hinunter, flitzte durch die Küche und die offene Terrassentür nach draußen. Die Sonne schien warm an diesem Junitag, und am Himmel war kaum eine Wolke zu sehen. Ich entdeckte Holly, die in ihrem Reifen saß und schaukelte. Das Seil war am größten Baum befestigt. Dad hatte uns verboten, hochzuklettern, aber vor ein paar Wochen hatten Holly und ich es trotzdem getan. Und es war nichts passiert! Aber meine Wangen begannen zu glühen, als ich daran dachte, wie ich letztes Jahr von einem anderen Baum runtergefallen war und wie lieb Keith sich um mich gekümmert hatte.

»Callie!«

Ich zuckte ertappt zusammen und wirbelte herum. Stella saß im Schatten des Verandadachs in einem gepolsterten Sessel und betrachtete mich amüsiert.

»Wo warst du denn mit deinen Gedanken, Liebes?«

Oh. Nirgendwo. *Hastig schüttelte ich meinen hochroten Kopf und erzählte ihr, was wir unternehmen wollten. Irgendwie wirkte Stella nicht begeistert, denn ihr Gesicht sah auf einmal so düster aus.*

»Mach dir keine Sorgen«, sagte ich leichthin und hörte ihre Antwort schon nicht mehr, weil Dad nach mir rief. »Wir sind bald zurück.«

Aber einer von uns kehrte niemals zurück.

Ich schlug die Augen auf und starrte in die Dunkelheit. Meine Brust hob und senkte sich so schnell, als wäre ich einen Marathon gelaufen. Schlimmer war nur der heiße Schmerz, der sich wie ein Schnitt durch meinen Oberkörper zog. Um ehrlich zu sein wäre mir eine echte Schnittwunde lieber gewesen. Haut und Knochen, Muskeln und Gewebe verheilten. Sie hinterließen Narben, aber sie heilten. Für Gefühle galt das nicht. Ich konnte mir nicht vorstellen, dass es eines Tages weniger wehtun würde als jetzt. Dass der Schmerz mir nicht die Kehle zuschnüren würde, bis ich das Gefühl hatte, ersticken zu müssen.

Ich setzte mich in meinem zerwühlten Bett auf und rieb mir mit beiden Händen über das Gesicht. Minutenlang verharrte ich so, mit angezogenen Knien, das Gesicht in den Händen vergraben, während ich die Erinnerung wieder dorthin zu schicken versuchte, wo sie hergekommen war. Ich wollte mich nicht an früher erinnern. Nicht an die guten Momente, weil sie mir das Herz brachen, und nicht an die schlechten, weil sie mich schlichtweg umbrachten.

Doch es half alles nichts. Wütend warf ich die Decke beiseite und stand auf. Meine Kehle war noch immer krampfhaft zugeschnürt und so trocken, dass ich husten musste. Mit zwei Schritten war ich bei dem großen Fenster in meiner Nische und riss es auf. Die Nachtluft strich mit kühlen Fingern über mein Gesicht. Ein paarmal atmete ich tief ein und aus, bis ich das Gefühl hatte, dass sich mein rasender Puls wieder beruhigt hatte. Zumindest halbwegs. Nur mein Hals war noch immer so verflucht trocken, als würde ich an meinem eigenen Traum ersticken.

Ich hatte nicht die geringste Ahnung, was mich geweckt hatte. Ob ich mich unbewusst selbst aus dem Schlaf gerissen hatte, um nicht auch noch den Moment von Neuem erleben zu müssen, der mein Leben für immer verändert hatte? Nicht, dass ich das könnte. Der Unfall hatte keinen von uns ohne Narben zurückgelassen. Die über meiner Augenbraue war ein Überbleibsel davon, dass ich mit dem Kopf gegen das Fenster geknallt war. Jener Tag hatte mir nicht nur meinen Vater genommen, sondern auch einen Teil meiner Erinnerungen. Gehirnerschütterung hatte die Diagnose gelautet, zusammen mit einer retrograden Amnesie. Nicht unüblich bei traumatischen Erlebnissen wie einem Autounfall. Ich hatte alles über das Thema gelesen, noch bevor wir es in meinen Kursen behandelt hatten.

Ich schloss das Fenster wieder und richtete mich auf. Hatte ich noch irgendwo etwas zu trinken, um dieses ekelhafte Gefühl von Sandpapier in meinem Hals loszuwerden? Ein Rundumblick durch mein dunkles Zimmer brachte leider keine Erlösung. Auf dem Schreibtisch stand zwar eine Flasche Dr Pepper, aber sie war leer. Na toll.

Auf Zehenspitzen schlich ich zur Tür – und blieb überrascht stehen, als eine leise Melodie an mein Ohr drang. Weiche Klänge, hohe und tiefe Noten, die sich zu einem Lied zusammenfügten. Irgendjemand musste unten Klavier spielen. Mitten in der Nacht?

So leise wie möglich öffnete ich die Tür und verzog beim üblichen Quietschen das Gesicht. Irgendwann musste ich diese verdammte Tür wirklich mal ölen. Ich quetschte mich durch den Spalt, um nicht noch mehr Lärm zu verursachen und tappte barfuß die Treppe ins erste Stockwerk hinunter. Bei jedem Schritt begleitete mich die Musik, die mir seltsam bekannt vorkam, obwohl ich sie definitiv nicht benennen konnte. Es war kein klassisches Stück, denn nach meinen unzähligen Klavierstunden hätte ich das sofort erkannt. Aber es schien auch nichts Modernes zu sein.

Am Fuß der Treppe angekommen sah ich zunächst zu Hollys Zimmer. Ihre Tür war verschlossen, und wieder einmal beneidete ich sie um ihre Fähigkeit, einfach immer tief und fest zu schlafen.

Mit klopfendem Herzen ging ich weiter und blieb am Rande der Galerie stehen, um über das Geländer nach unten zu schauen. Im Erdgeschoss war alles dunkel. Auch aus der Küche und dem Flur drang kein Licht. Ich hielt den Atem an, während mein Blick überallhin huschte, nur nicht zum Klavier und der Person, die dort saß. Ich wollte es nicht sehen, wollte *ihn* nicht sehen und wünschte mir für einen Moment, gar nicht erst aufgestanden zu sein. Doch dann verspielte er sich an einer Stelle und hörte abrupt auf, und mein Blick zuckte ganz von selbst in seine Richtung.

Keiths Finger schwebten über der Klaviatur. Nicht hektisch, sondern langsam, als würde er nur über die Tasten streicheln, statt darauf herumzuhämmern, wie Holly es immer tat. Ihre Spielweise verursachte mir, und sicherlich auch dem Klavier, körperliche Schmerzen. Im Vergleich dazu war die Art, wie Keith spielte, eine einzige Liebkosung.

Ausgerechnet jetzt kamen mir Stellas Worte wieder in den Sinn. *Denkst du nicht, du hast ihn lange genug bestraft?*

Ich biss mir auf die Unterlippe, denn ich kannte die Antwort auf diese Frage nicht. Vielleicht wollte ich sie auch einfach nicht kennen, denn um ehrlich zu sein, machte sie mir Angst.

In der Dunkelheit war sein Gesicht kaum auszumachen, aber ich meinte, ein Stirnrunzeln erkennen zu können, als er dieselbe Stelle noch einmal wiederholte und auch beim zweiten Mal daran scheiterte. Dabei konnte das wirklich nicht so schwer sein. Mein Gefühl sagte mir, er müsste ein dreigestrichenes H statt eines C spielen. In meinem Kopf ging die Melodie bereits weiter, ungeachtet dessen, ob ich sie schon einmal gehört hatte oder nicht.

Als hätte Keith meinen stummen Vorschlag gehört, versuchte er es wieder, diesmal allerdings ganz von vorne. Die Klänge erfüllten die Luft wie eine warme Sommerbrise. Am liebsten hätte ich die Augen geschlossen und mich ganz der Melodie hingegeben, mich von ihr forttragen und an einen friedlichen Ort bringen lassen. Doch dann versaute Keith schon wieder diese eine Stelle. Ich unterdrückte ein Knurren. Jeder Gedanke an einen Schluck Wasser war vergessen. Bevor ich mich versah, ging ich die Treppe hinunter und betrat das Wohnzimmer.

Keith zuckte zusammen, als hätte er mich erst jetzt bemerkt. Ich spürte seinen forschenden Blick auf mir, als ich mich wortlos neben ihn auf die Bank setzte und meine Finger auf die Tasten legte. Ein Kribbeln schoss bei der Berührung meinen Arm hinauf und breitete sich in meinem ganzen Körper aus. Es war Jahre her, seit ich das letzte Mal gespielt hatte. Mom und Dad hatten es immer geliebt, mir dabei zuzuhören. Nach Moms Tod hatte ich mich sogar regelrecht in die Musik geflüchtet. Seit dem Tod von Dad hatte ich jedoch kein Instrument mehr angerührt. Zuerst, weil mein gebrochenes Handgelenk es nach dem Unfall nicht zugelassen hatte. Später, weil nicht einmal die Musik gegen meinen Schmerz ankam.

In meinen Gedanken erklang die Melodie, die Keith zu spielen begonnen hatte. Wie von selbst reihten sich weitere Noten an das Stück und vervollständigten es. Meine Finger führten nur die Befehle meines Kopfes aus, während ich mich selbst zum ersten Mal seit so langer Zeit in der Musik verlor. Ich hatte ganz vergessen, was für ein berauschendes Gefühl es war, wenn die ganze Welt plötzlich stillstand. Wenn jeder Gedanke verstummte und es nur noch dich und die Musik gab.

»Woher kennst du die richtigen Noten?« Keiths Stimme klang rau und viel zu nahe.

Meine Hände erstarrten. Ich riss die Augen auf und wandte ihm das Gesicht zu. Hatte ich vorhin kaum etwas aufgrund der Dunkelheit und Entfernung erkennen können, sah ich jetzt zu viel. Zu viele Details, die fremd und gleichzeitig ebenso vertraut waren wie diese Melodie. Seine Augen waren genauso dunkel wie die Nacht, seine Atmung unregelmäßig und abgehackt. Er trug ein T-Shirt, dessen Farbe ich nicht ausmachen konnte, und eine Jeans. Bedeutete das, dass er gar nicht erst versucht hatte, schlafen zu gehen, obwohl er vorhin so erledigt ausgesehen hatte? Oder war er aufgestanden, weil er es, genau wie ich, nicht länger in seinem Zimmer ausgehalten hatte?

»Tu ich nicht«, gab ich zurück und wollte meine Hände bereits zurückziehen, doch Keith packte mein Handgelenk und schüttelte unmerklich den Kopf.

»Spiel weiter.«

»Ich weiß nicht, wie es weitergeht«, flüsterte ich. Die Doppeldeutigkeit brannte genauso zwischen uns wie seine Finger auf meiner Haut.

Ohne den Blick von mir abzuwenden, platzierte Keith meine Hand wieder auf dem Klavier. Dann ließ er mich los und stützte sich hinter mir auf der Bank ab, während die Finger seiner anderen Hand über die Tasten glitten. Er spielte einfach weiter, als hätte es die schwierige Stelle nie gegeben, und nach ein paar Sekunden fiel ich ein und übernahm die hohen Noten. Jetzt erkannte ich auch endlich das Lied. Es war ein Stück von Paul Cardall, das ich vor langer Zeit einmal gehört hatte, und das mich heute wie damals verzauberte.

Ich hatte nicht einmal gemerkt, dass ich die Augen erneut geschlossen hatte, bis ich sie wieder aufriss und in die Dunkelheit vor mir starrte. Die Melodie war zu Ende, doch das war es nicht, was mir wie ein Stromstoß durch den Körper gefahren war. Meine Hände lagen noch immer auf dem Klavier und zitterten ein bisschen, als würden sie sich daran erinnern, wie lange es her war, seit sie zuletzt die kühlen, glatten Tasten hatten berühren dürfen. Und in meinem Rücken spürte ich Keiths Arm, der sich sanft gegen mich drückte. Die Wärme löste ein Prickeln auf meiner Haut aus, aber sie war nichts gegen das Gefühl, das mich durchfuhr, als er nun den Arm ein wenig hob und mit den Fingerspitzen über einen Streifen nackter Haut auf meinem unteren Rücken strich.

Ich schnappte unwillkürlich nach Luft. Keith musste es merken. Selbst wenn er keinen Funken Gefühl in seinen rauen Fingerspitzen hatte, müsste er gemerkt haben, wie ich mich neben ihm verspannte … doch er zog seine Hand nicht zurück. Ich starrte noch immer geradeaus, versuchte mich an irgendetwas festzuhalten, während seine Finger über meine Haut strichen. Genau dort, wo sich der Stoff meines Tanktops und meiner Schlafshorts treffen sollten, es aber nicht taten.

Meine Lider begannen zu flattern, aber ich riss sie mit Gewalt wieder auf. Dummer Körper. Dumme Hormone. Und dummes Herz, das noch genauso schnell schlug wie das der Dreizehnjährigen, die bis über beide Ohren in ihren Stiefbruder verknallt gewesen war.

»Hör auf …«, wisperte ich.

Seine Finger verharrten einen Atemzug lang, dann wanderten sie weiter. Weg von meiner bloßen Haut, dafür höher, Zentimeter für Zentimeter meine Wirbelsäule hinauf.

»Sag das noch mal«, raunte er viel zu dicht an meinem Ohr. »Und diesmal so, dass ich es dir abkaufe.«

Ein heißer Schauer wanderte durch meinen Körper, und die Härchen auf meinen Armen und in meinem Nacken stellten sich auf. Ich sollte aufstehen, seine Hand wegschieben, ihm gehörig die Meinung sagen und von hier verschwinden. Zurück in mein Zimmer gehen und dort die Tür verriegeln, um mich selbst davon abzuhalten, wieder Keiths Nähe zu suchen. Aber ich tat nichts dergleichen. Meine Gliedmaßen ignorierten die gebrüllten Befehle meines Verstands, und ich blieb sitzen. Bewegungslos. Weil ein verdammter Teil von mir die Berührung genoss, ganz egal wie winzig sie war. Oder wie verboten.

Diesmal wehrte ich mich nicht dagegen, als meine Augen langsam zufielen. Ich ließ es zu, gab mich ganz diesen verrückten Empfindungen hin, die ein simples Streicheln in mir auslöste. Warum hatte ich nicht so heftig auf meinen Exfreund reagiert? Oder auf irgendeinen anderen Mann, der mich je auf diese Weise berührt hatte?

Warmer Atem streifte meinen Hals. Ich zog meine Hände von den Tasten und ballte sie auf meinen Oberschenkeln zu Fäusten. Nicht, weil Keiths Nähe Aggressionen in mir auslöste, wie sie es eigentlich tun sollte, sondern um mich selbst davon abzuhalten, nach ihm zu greifen. Mich zu ihm zu drehen und mehr von dem einzufordern, was auch immer er hier tat. Mittlerweile hatten seine Finger meinen Nacken erreicht und er rieb mit dem Daumen über die Stelle, die ständig angespannt war. Doch unter seiner Berührung lockerten sich meine Muskeln so selbstverständlich, als hätte er ein verdammtes Zertifikat als Physiotherapeut.

Obwohl ich wusste, dass es ein monumentaler Fehler war, öffnete ich die Augen und drehte mich zu ihm um. Wenn man es genau nahm, war es schon ein Fehler gewesen, herunterzukommen und mich neben ihn ans Klavier zu setzen. Aber ihn jetzt auch noch anzusehen und die Hitze in seinem Blick zu erkennen? Was auch immer ich hatte sagen wollen, geriet in Vergessenheit. Dafür zog sich mein Unterleib zusammen und etwas begann in meiner Brust zu flattern, das ich schon eine Ewigkeit nicht mehr dort gespürt hatte. Sieben Jahre lang, um genau zu sein.

Ein letztes Mal strich Keith mit dem Daumen über meine Haut, dann legte er seine Hand warm und fest in meinen Nacken. Sein Blick wanderte von meinen Augen zu meinem Mund und verharrte so lange dort, bis ich mir auf die Unterlippe biss, weil ich nicht wusste, wohin mit all den Empfindungen, die er in mir auslöste. Fast im selben Moment drang ein tiefer Laut aus seiner Kehle, der wie ein Knurren klang, und er sah mir wieder in die Augen.

»Du hast keine Ahnung, was du mit mir machst …«, murmelte er heiser.

Was *ich* mit *ihm* machte? Es müsste heißen, was *er* mit *mir* machte. Denn ich wusste längst nicht mehr, wo mir der Kopf stand.

»Du machst mich verrückt, Callie. Du bist …«

Die Worte hingen unausgesprochen zwischen uns in der Luft wie eine tickende Bombe, die jeden Moment hochgehen konnte. Doch auch wenn er sie nicht sagte, wusste ich nur zu genau, was er meinte. In den letzten Wochen hatte ich alles getan, um die Anziehungskraft zu ignorieren, die seit dem ersten Moment am Flughafen zwischen uns herrschte. Doch jetzt konnte ich es nicht länger ignorieren. Nicht wenn allein die Tatsache, dass er hier neben mir saß, mich völlig aus dem Gleichgewicht brachte. Von seiner sanften Berührung ganz zu schweigen. Er tat nichts weiter, als mir über den Nacken zu streicheln, dennoch zog mir diese simple Geste den Boden unter den Füßen weg.

»Früher wusste ich nicht genau, was das zwischen uns war, aber jetzt verstehe ich es. Du warst nie nur eine Schwester für mich, Callie.«

Kaum hatte er die Worte ausgesprochen, zog Keith seine Hand zurück. Sofort fehlte mir die Wärme auf meiner Haut. Als würden wir uns im tiefsten Winter befinden und dieser

Kerl wäre eine verdammte Heizung. Ich öffnete den Mund, um zu antworten, um irgendwie zu reagieren, aber er schüttelte bereits den Kopf.

»Nicht. Sag nichts.« Ein nachdenklicher, fast schon schmerzlicher Ausdruck legte sich auf seine Miene. »Ich weiß, wie du zu mir stehst. Es ist kein Tag vergangen, an dem du mir das nicht sehr deutlich gemacht hättest. Ich erwarte nicht, dass du diese Gefühle erwiderst – oder überhaupt verstehst. Scheiße, ich verstehe sie ja nicht mal selbst.« Er lachte kurz und trocken auf, aber in der Stille der Nacht klang es irgendwie verzweifelt. Er fuhr sich mit der Hand durchs Haar, was nur dafür sorgte, dass es noch wilder in alle Richtungen abstand als ohnehin schon. »Ich sollte ins Bett«, murmelte er plötzlich. »Bevor ich noch etwas tue, das wir beide bereuen werden.«

»Was zum Beispiel?«

Gott, ich sollte endlich lernen, meine Klappe zu halten.

Der Blick, mit dem mich Keith jetzt maß, sagte bereits mehr aus, als ich je hatte wissen wollen. Einen Moment lang sah er mir noch in die Augen, tief und durchdringend, dann wanderte sein Blick weiter, blieb für ein, zwei Sekunden an meinem Mund hängen und glitt langsam abwärts. Obwohl er mich nicht mehr berührte, fühlte es sich so an, als würde er genau das tun. Ich bemerkte nicht einmal, wie ich die Luft anhielt, bis mein Brustkorb mit einem schmerzhaften Pochen gegen den Sauerstoffentzug protestierte und ich den Atem ausstieß.

Als Keith wieder bei meinen Augen ankam, war er mir sehr viel näher als zuvor. Hatte er sich zu mir gelehnt oder ich mich zu ihm? Der Vorfall auf der Veranda fiel mir wieder ein, und mein Puls schoss in die Höhe. Wir konnten das hier nicht tun. *Ich* konnte es nicht tun. Ich hasste diesen Mann mehr als alles andere auf der Welt und hatte auch jedes Recht dazu. Dennoch fühlte ich mich gleichzeitig so sehr zu ihm hingezogen, dass ich fast körperlich spüren konnte, wie es mich zerriss.

Entgegen jeder Erwartung küsste Keith mich jedoch nicht. Das hieß, zumindest nicht auf den Mund. Bevor ich ihn wegstoßen oder – schlimmer noch – an mich ziehen konnte, drückte er seine Lippen auf meine Stirn.

»Gute Nacht, Callie«, flüsterte er an meiner Haut.

Er stand auf und verließ das Wohnzimmer, ohne sich ein einziges Mal umzudrehen. Ich konnte ihm nur mit hämmerndem Herzen nachstarren, während ich noch immer zu begreifen versuchte, was hier gerade passiert war. Und warum ich es zugelassen hatte.

Kapitel 10

»Alles Gute zum Einundzwanzigsten, Liebes!« Stella zog mich in eine so feste Umarmung, dass ich kaum noch Luft bekam. Um uns herum ertönten beifällige Rufe, manche Leute klatschten sogar und Billy winkte mir von seinem Platz hinter der Bar aus zu.

Der vierzehnte Juni gehörte zu meinen Lieblingstagen im ganzen Jahr. Nicht, weil er meistens besonders warm und sonnig war, obwohl das sicherlich zu meiner Hochstimmung beitrug, sondern weil er mein Geburtstag war. Der Tag hatte mit einem ausgedehnten Frühstück begonnen, das Holly und Stella für mich zusammengestellt hatten. Inklusive Pancakes und selbst gemachten Brownies. Anschließend war ich joggen gegangen, diesmal aber absichtlich in die entgegengesetzte Richtung, und hatte den Nachmittag zusammen mit meiner Schwester, weiteren Folgen *Gilmore Girls* und Pizza auf dem Sofa verbracht. Alle paar Minuten hatte sich mein Handy mit einer neuen Nachricht oder einem Anruf gemeldet. Meine Mitbewohnerin Amber hatte mir per SMS, über WhatsApp, auf Facebook und Twitter gratuliert und mir auch noch einen virtuellen Videogruß über Snapchat geschickt, nur um ganz sicherzugehen, dass ich ihre Glückwünsche auch erhielt. Ab dem späten Nachmittag hielt mich Parker halbstündlich auf dem Laufenden darüber, wo er gerade steckte und wann er hier ankommen würde. Auch meine anderen Freunde und Kommilitonen hatten sich bei mir gemeldet. Meine ansonsten eher eingeschlafenen Social-Media-Accounts explodierten an diesem Tag geradezu, und ich genoss jede Minute davon.

Außer, wenn ich gerade dabei war, zu ersticken, weil mich meine Stiefmutter mit aller Macht umarmte.

Etwas hilflos tätschelte ich Stella den Rücken, während Holly nur schadenfroh zusah, ohne einzugreifen.

»Wenn du willst, dass ich den Zweiundzwanzigsten noch erlebe, musst du mich jetzt loslassen«, brachte ich hervor.

Sie erstarrte in meinen Armen, dann löste sie sich von mir und ihre Überraschung wich einem peinlich berührten Ausdruck. »Entschuldige.« Mütterlich tätschelte sie mir die Wange. »Ich freue mich nur so.«

»Das merke ich.«

Sie schien noch etwas sagen zu wollen, doch in diesem Moment tauchte Faye auf und riss mich an sich. Mein Geburtstag in allen Ehren, aber ich war grundsätzlich kein großer Fan von Kuschelstunden. Natürlich wusste meine beste Freundin das und nutzte diesen Anlass schamlos aus, um mich ebenfalls zu zerquetschen.

»Luft …«, krächzte ich, aber sie lachte nur.

»Tu doch nicht so.« Faye ließ mich los und strahlte mich an. »Insgeheim genießt du jede Sekunde davon.«

»Stimmt. Ich stehe auf Nahtoderfahrungen.« Erst als ich es ausgesprochen hatte, wurde mir bewusst, was ich da gerade gesagt hatte. *Nahtoderfahrungen.* Als würde eine davon in meinem Leben nicht genügen.

Auch Faye schien es zu bemerken, denn für ein, zwei Sekunden wurde ihre Miene schlagartig ernst, beinahe schuldbewusst, weil sie mich daran erinnert hatte. Doch dann bewies sie wieder mal, wie gut sie mich kannte. Denn statt auf das Thema einzugehen und nachzuhaken, wischte sie den Ausdruck von ihrem Gesicht und lächelte mich warm an.

»In dem Fall kannst du dich auf noch mehr davon freuen. Thomas möchte dir auch noch gratulieren.«

Juhu. Es gab wesentlich Schlimmeres, aber auch sehr viel Angenehmeres, als Fayes Verlobten wiederzusehen.

Ich hatte den Gedanken kaum zu Ende gebracht, als sich die Menge in Billys Kneipe teilte und ein breitschultriger Mann auf mich zukam. Thomas lächelte und zog mich in eine überraschend kurze Umarmung. Doch noch bevor er mich mit neuen Fragen löchern oder mir überhaupt gratulieren konnte, packte mich jemand von hinten und wirbelte mich herum.

Ich wollte schon lautstark protestieren, als ich den Schuldigen erkannte und den Mund wieder zuklappte. Denn vor mir stand Parker, mein bester Freund – oder auch der Kerl, der mir schlechte Musik auf meinen iPod packte.

Diesmal war ich diejenige, die jemandem um den Hals fiel. Sofort schlossen sich seine starken Arme um mich und drückten mich an sich.

»Das wurde aber auch Zeit!«, rief ich, wobei meine Stimme von seiner Schulter gedämpft wurde.

Seine Brust vibrierte in einem lautlosen Lachen. »Wenn man mich schon so charmant einlädt … Außerdem würde ich mir nie deinen Geburtstag entgehen lassen.«

»Letztes Jahr hast du ihn vergessen«, erinnerte ich ihn und löste mich von ihm, um ihm einen Klaps auf den Arm zu geben.

Er verzog das Gesicht. »Das zählt nicht. Das war letztes Jahr.«

»Ja, ja. Von wegen.« Ich sank auf meine Fersen zurück, da ich mich für die Umarmung auf die Zehenspitzen hatte stellen müssen, weil dieser Kerl mich um einen Kopf überragte.

Sein dunkles Haar war an den Seiten kürzer als oben – eine kleine Veränderung im Vergleich zum Beginn der Ferien, als wir uns das letzte Mal gesehen hatten. Seine blauen Augen strahlten gut gelaunt, aber die Müdigkeit in seinem Gesicht war nicht zu übersehen. Die dunklen Ringe zeugten von zu wenig Schlaf, und auch sonst wirkte er trotz seiner gebräunten Haut erstaunlich blass. Ganz offenbar lief es in seinem Elternhaus doch nicht so gut, wie er aller Welt weismachen wollte. Die Fragen brannten mir auf der Zunge, aber ich hielt sie zurück. Auch wenn wir es nie direkt ausgesprochen hatten, gab es ein stilles Abkommen zwischen uns. Das Thema Familie war tabu. Seine und auch meine – abgesehen von Holly und Stella, die mich beide schon auf dem Campus besucht und ihn bei der Gelegenheit natürlich auch kennengelernt hatten.

»Sind das etwa Blumen?«, rief ich über das Stimmengewirr und die Musik hinweg, als mein Blick auf einen noch halb in Papier eingewickelten Strauß mit bunten Blüten fiel, den er in der Hand hielt.

»Das?« Er hielt die Blumen in die Höhe, als hätte er sie völlig vergessen. »Ja. Aber sie sind nicht für dich.« Ich starrte ihn mit offenem Mund an, als Parker den Arm ausstreckte und Stella die Blumen überreichte. »Als Dankeschön für die Übernachtungsmöglichkeit.«

Stella schien mindestens so überrascht wie ich zu sein. Auch Holly, die noch immer neben ihr stand, wirkte verblüfft, dann lachte sie laut auf.

»Wie aufmerksam«, murmelte Stella. »Vielen Dank.«

Oh mein Gott, errötete sie etwa? Wenn Parker meine Stiefmutter angrub, würde ich ihn das für den Rest seines Lebens nicht mehr vergessen lassen. Aber er grinste nur gut gelaunt und drückte mir meinen eigenen iPod in die Hand.

»Diesmal sind nur gute Lieder drauf, das schwöre ich.«

Wie zum Henker war er an meinen iPod gekommen? Wollte ich es überhaupt wissen? Eher nicht. Ich gab mir alle Mühe, ihn böse anzufunkeln, konnte mein Schmunzeln aber nicht unterdrücken. Verrückter Kerl.

»Wenn ich mir wieder Adele und Ed Sheeran anhören muss, kriegst du Ärger, Kumpel.«

Statt einer Antwort zuckte er nur mit den Schultern, doch sein gespielt unschuldiger Gesichtsausdruck sprach Bände. Er trat einen Schritt zur Seite, um Holly zu begrüßen, und ich meinte, ein leises »Danke« von ihm zu hören. Da hatten wir also den iPod-Dieb.

Als Parker sich mir wieder zuwandte, musterte er mich von oben bis unten. An diesem Abend trug ich ein schwarzes Kleid, das mit winzigen Blümchen bedruckt war, dazu einen schmalen Gürtel und meine braunen Cowboystiefel. Kein ungewöhnliches Outfit, aber anders als sonst hatte ich mir heute mehr Mühe damit gegeben, mich zu schminken. Der dunkle Kajal brachte meine grauen Augen zum Leuchten und der farblose Gloss ließ meine Lippen voller wirken.

Misstrauisch zog ich die Brauen zusammen. »Warum siehst du mich so an?«

Parker betrachtete mich bewundernd. »Du siehst fantastisch aus.«

Ein tiefes Räuspern ertönte hinter mir. »Das wollte ich auch gerade sagen.«

Ich erstarrte beim Klang von Keiths Stimme und warf Parker einen fassungslosen Blick zu, den er mit einem frechen Grinsen erwiderte. Er musste genau gesehen haben, dass Keith näher gekommen war, und sofort eins und eins zusammengezählt haben. Nur das erklärte diesen plötzlichen Anfall von Bewunderung in seinen Augen, wo es ihn doch sonst nicht scherte, ob er mich im Kleid oder in einer Jogginghose sah.

Zögerlich drehte ich mich um und unterdrückte den Impuls, zurückzuzucken, weil Keith mir sehr viel näher war, als ich gedacht hatte. Nahe genug, um Parker die Hand hinzuhalten.

»Keith Blackwood.«

»Donovan Parker.« Als er Keiths Hand schüttelte, zuckte ein Muskel in seinem Kiefer, als würde ihm irgendetwas Schmerzen bereiten.

»Er ist Hollys und mein Stiefbruder«, fügte ich widerwillig hinzu, als die beiden nicht sofort wieder voneinander abließen, sondern ein stummes Kräftemessen begannen.

»Stiefbruder?« Parker warf mir einen überraschten Blick zu. »Warum habe ich noch nie was von ihm gehört?«

Vermutlich weil er sieben Jahre lang weg gewesen war und ich ihn völlig aus meinem Gedächtnis verbannt habe. Aber statt die Worte laut auszusprechen, presste ich nur die Lippen aufeinander und zuckte mit den Schultern.

Die Anspannung zwischen den beiden war deutlich spürbar, auch wenn ich nicht begriff, woher sie stammte. Parker war mein bester Freund und Keith war … Nein. Er konnte unmöglich eifersüchtig sein. Oder?

Hilfe suchend sah ich mich um, doch alle anderen unterhielten sich, als würden sie nichts von der seltsamen Stimmung bemerken.

»Ich hole mir etwas zu trinken. Will sonst noch jemand etwas?«, fragte ich laut genug, dass nicht nur Parker und Keith mich hörten.

Nachdem ich ihre Aufmerksamkeit hatte, nahm ich die Bestellungen der Leute um mich herum auf. Ein Bier für Parker, eine Coke für Holly und einen bunten alkoholfreien Cocktail für Stella. Faye war dank Thomas bereits bestens versorgt, und Keith lehnte dankend ab.

Ich ließ die Truppe zurück und schlängelte mich an den anderen Gästen vorbei in Richtung Bar, wo ich Billy unsere Bestellungen zurief. Er hob den Daumen und zwinkerte mir wie ein stolzer Onkel zu, als wäre es eine großartige Leistung, jetzt ganz offiziell Alkohol trinken zu dürfen.

Plötzlich erklang erneut ein Räuspern neben mir. »Miss Robertson?«

Ich wandte mich um und fand mich Braden gegenüber, der in seiner Uniform an der Bar stand und die Hände in die Hüften stemmte. Aber im Gegensatz zu allen anderen Gästen wirkte er weder gut gelaunt noch in Partystimmung. Sein Gesicht war todernst.

Ich runzelte die Stirn. »Bitte sag mir nicht, dass du als Stripper engagiert worden bist.«

Seine Mundwinkel zuckten kurz, aber es gelang ihm, die ernste Miene beizubehalten. »Ich muss dich leider festnehmen.«

Wie bitte? Mir wurde eiskalt. Ich starrte Braden an, während ein Gedanke den nächsten jagte. Was hatte ich getan? War ich zu schnell gefahren? Hatte ich eine Ampel übersehen? Das war nur ein einziges Mal gewesen, als ich mit Holly einkaufen gefahren war, um Süßigkeiten für unseren Serienmarathon zu besorgen. Aber das war doch noch lange kein Grund, um mich festnehmen zu wollen.

Bradens Lippen begannen zu beben, dann lachte er lauthals auf. »Du hättest mal dein Gesicht sehen sollen!«

»Das ist nicht komisch!«, empörte ich mich, doch er lachte noch immer und zog mich in eine kurze Umarmung. Ich antwortete mit meiner Faust auf seinem Oberarm, musste aber selbst lächeln. Das war wirklich nicht nett von ihm gewesen.

Grinsend trat er einen Schritt zurück. »Aber jetzt mal im Ernst. Was hast du ausgefressen? Ich habe noch nie jemanden gesehen, der schuldiger aussah als du gerade eben.«

»Gar nichts!« Ich schüttelte so vehement den Kopf, dass mir einige Haarsträhnen ins Gesicht flogen und an meinem Lipgloss hängen blieben. Igitt. Jetzt wusste ich wieder, warum ich das Zeug so gut wie nie benutzte. »Bist du im Dienst? Oder hast du die Uniform nur an, um mir Angst einzujagen?«

»Weder noch«, antwortete er gut gelaunt und nahm ein Glas von Billy entgegen. »Die trage ich nur, um Frauen aufzureißen.«

Ich verdrehte die Augen. Männer. Wobei er Wasser zu trinken schien, also musste er entweder noch fahren oder aber Braden war tatsächlich im Dienst und nur schnell hergekommen, um mich an meinem Geburtstag zu erschrecken. Wie aufmerksam von ihm.

»Ich glaube, ich habe da hinten deine Schwester herumschwirren gesehen«, sagte ich und deutete vage in Richtung der Jukebox, wo ich Katelyn und auch Holly zuletzt gesehen hatte.

»Danke.« Er trank sein Glas in wenigen Schlucken aus und stellte es auf der Theke ab. Dann schob er einen Schein darunter und lächelte mir zu. »Happy Birthday.«

Damit verschwand er in der Menge, und ich sah ihm mit einem Kopfschütteln nach. Braden Scott war der leibhaftige Beweis dafür, dass Menschen sich ändern konnten. Er hatte nicht nur äußerlich eine Wandlung vollzogen, sondern auch, was seine Persönlichkeit anging. War er früher schüchtern und in sich gekehrt gewesen, verströmte er heute ein ruhiges Selbstbewusstsein, um das ihn andere nur beneiden konnten.

Während ich auf unsere Getränke wartete, lehnte ich mich mit dem Rücken gegen den Tresen und ließ meinen Blick durch die Bar wandern. Das *Billy's* war nicht der schönste – oder sauberste – Ort, um seinen Geburtstag zu feiern, aber er war genauso mein Zuhause wie alles andere in dieser Stadt.

Sosehr ich die Gerüchteküche und das Kleinstadtleben verabscheute, so sehr fühlte ich mich hier verwurzelt. Ich beobachtete Faye dabei, wie sie in Thomas' Umarmung versank, während Stella sich mit Parker unterhielt und Holly und Katelyn die Köpfe zusammensteckten, als würden sie irgendetwas aushecken. Zu ihnen hatten sich auch meine Schulfreundinnen Samantha und Casey gesellt, beide bereits mit einem Glas oder einer Flasche in der Hand. Selbst auf die Entfernung bemerkte ich, wie Samantha Parker mit ihren Blicken verschlang, und konnte mir ein amüsiertes Schnauben nicht verkneifen. Sie war leider so gar nicht sein Typ, aber ich würde sicher nicht diejenige sein, die ihr diese Hiobsbotschaft mitteilte.

Ein warmes Gefühl breitete sich in meiner Brust aus, während ich sie dort beisammenstehen sah. Sie waren alle da. Alle Menschen, die mir etwas bedeuteten. Nur Keith schien auf einmal verschwunden zu sein. Eigentlich sollte ich froh darüber sein. Geradezu erleichtert. Doch was auch immer ich empfand, es hatte nichts mit Fröhlichkeit oder Erleichterung zu tun.

»Hier deine Bestellung, Kleines.« Billy stellte die Getränke neben mir ab. »Geht aufs Haus. Happy Birthday.«

»Du bist der Beste.« Ich balancierte das Tablett in einer Hand, froh darüber, seit meinem sechzehnten Lebensjahr gekellnert zu haben. Nur dieser Tatsache war es zu verdanken, dass ich nichts verschüttete, als ich bei den anderen ankam und die Getränke verteilte.

»Wer ist das?« Parker beugte sich zu mir hinunter, während er mir die Frage stellte.

»Wer?« Ich folgte seinem Blick, doch bei den vielen Menschen war es unmöglich, festzustellen, wen er meinen könnte. Die Mädels hatten sich inzwischen zur Jukebox verzogen und tanzten dort.

»Die Brünette mit den ewig langen Haaren.«

Diesmal bemerkte ich, wohin sein Blick ging, nämlich geradewegs zu Faye, die sich mit erhobenen Händen und einem seligen Ausdruck im Gesicht zur Musik bewegte.

»Oh nein.« Ich packte Parker am Kinn und drehte seinen Kopf zur Seite, damit er aufhörte, sie mit den Augen auszuziehen. »Das ist meine beste Freundin Faye, und sie ist glücklich verlobt.«

Gespielt beleidigt schob er die Unterlippe vor. »Und ich dachte, ich wäre dein bester Freund.«

»Du bist mein bester schwuler Freund, Blödmann!« Ich rief die Worte so laut, dass er zusammenzuckte.

»Scheiße, Robertson, das war ein Witz!«, zischte er.

Ich zuckte mit den Schultern. »Mir ist egal, ob du Männlein oder Weiblein ins Bett zerrst, solange du die Finger von Faye lässt.«

Er verdrehte die Augen und murmelte etwas in sein Bier, das ich nicht verstand.

»Callie? Hast du einen Moment für mich?« Wie aus dem Nichts tauchte Stella auf und griff nach meiner Hand, noch bevor ich meine Flasche zum Mund geführt hatte. Im Vorbeigehen drückte ich sie Parker in die Hand und warf ihm einen warnenden Blick zu, der so viel besagte wie *Finger weg*. Faye schien glücklich zu sein, und ich würde nicht zulassen, dass mein sogenannter bester Kumpel dieses Glück für eine schnelle Nummer gefährdete.

»Was gibt's?«, fragte ich, als Stella in einer ruhigen Ecke am Rande der Bar stehen blieb und sich zu mir umdrehte.

Mit einem Mal wirkte sie so nervös, wie ich sie selten gesehen hatte. Wenn überhaupt jemals. Nicht mal bei ihrer eigenen Spendengala war sie so unruhig gewesen. Jetzt rieb sie sich die Handflächen an ihrer grauen Hose, nur um sich anschließend die Finger zu kneten. Plötzlich überkam mich eine dunkle Vorahnung. War irgendetwas passiert? Ging es um Keith? Hatte sie gesehen, wie er mich am Klavier berührt und was er zu mir gesagt hatte? Die Vorstellung, dass sie irgendwelche Schlüsse zog, obwohl im Grunde überhaupt nichts passiert war, verursachte mir Übelkeit.

»Ich habe noch eine Kleinigkeit für dich«, sagte sie so leise, dass ich sie kaum verstand. Dann begann sie in ihrer Handtasche herumzukramen. »Ich hoffe, du nimmst es mir nicht übel. Ich weiß, dass ich die letzte Person bin, die dir dieses Geburtstagsgeschenk geben sollte, aber ...« Stella brachte den Satz nicht zu Ende, sondern zog eine schmale Schatulle hervor. Sie war in schwarzen Samt gewickelt und schien nur darauf zu warten, von mir geöffnet zu werden.

Ich rührte mich nicht, schien nicht dazu in der Lage zu sein, auch nur einen Finger zu bewegen. Gleichzeitig begann mein Herz alarmiert loszutrommeln.

»Was ist das?« Irgendwie brachte ich die Worte hervor, obwohl ich die Antwort darauf überhaupt nicht wissen wollte. Denn was es auch war, wenn es Stella derartig viel Unbehagen bereitete, konnte es auch für mich nichts Gutes bedeuten.

Als sie merkte, dass ich mich nicht bewegte, übernahm Stella das Öffnen der Schatulle für mich. Ein eisiger Schauer lief mir über den Rücken und fast hätte ich sie angefleht, es nicht zu tun und die Schatulle wieder in ihrer Tasche verschwinden zu lassen.

Ich wollte nicht hinschauen, konnte meinen Blick aber auch nicht von dem schwarzen Samt lösen, der nun im Inneren zum Vorschein kam – oder von der filigranen Kette, die darauf gebettet war. Im schummrigen Licht glänzte sie silbern, aber das war es nicht, was meine gesamte Aufmerksamkeit auf sich zog, sondern der Anhänger in der Mitte. Er bestand aus einem blutroten Edelstein, der in eine silberne Fassung eingebettet war. Für einen Juwelier mochte dieses Schmuckstück nicht viel wert sein, aber mir bedeutete es die Welt. Es fühlte sich wie eine Ewigkeit an, seit ich es zuletzt gesehen hatte. Seit meine Fingerspitzen das letzte Mal über den kühlen Stein gestrichen hatten. Und das war es auch. Eine Ewigkeit. Mehr als mein halbes Leben.

»Dein Vater hat sie aufbewahrt«, begann Stella zu erzählen. Ihre Stimme zitterte, als hätte sie Angst vor meiner Reaktion. »Er wollte, dass du sie zu deinem einundzwanzigsten Geburtstag bekommst.«

Heißer Schmerz schoss durch meine Brust und breitete sich in meinem Körper aus. Das Atmen fiel mir so schwer, als hätte sich eine riesige Klaue um meinen Oberkörper gelegt und würde ihn jetzt Stück für Stück zerquetschen, während die Erinnerungen auf mich einströmten.

Mom hatte die Kette immer getragen. Völlig egal, welcher Tag es war. Ob sie arbeiten ging oder mit mir spielte, während Holly in ihrem Kinderwagen schlief. Ob sie mit Dad in der Küche zu einer Musik tanzte, die nur sie beide hörten, oder ob sie krank im Bett lag und mit jedem Atemzug schwächer wurde. Einmal hatte sie mir erzählt, wie ihr diese Kette beim Saubermachen heruntergefallen war, aber wie durch ein Wunder dabei nicht zersplitterte. Der Stein und das Silber mochten den einen oder anderen Kratzer abbekommen haben, aber die Kette war unzerstörbar. Genau wie die Liebe zwischen ihr und meinem Vater.

Seit Moms Tod hatte ich sie nicht mehr gesehen. Anfangs hatte ich noch danach gesucht, es aber irgendwann aufgegeben, weil ich gedacht hatte, Dad hätte sie zusammen mit Moms anderen Sachen weggegeben. Niemals hätte ich damit gerechnet, dass er sie aufgehoben hatte. Für mich. Und dass es schließlich

Stella sein würde, die sie mir schenkte, weil mein Vater es nicht mehr tun konnte.

Ich spürte, wie der Druck auf meine Lunge zunahm, und meine Augen zu brennen begannen.

»Callie?« Die Stimme meiner Stiefmutter drang durch den Nebel in meine Gedanken.

Ich riss den Kopf hoch und blickte in ihr besorgtes Gesicht. Auf ihrer Stirn hatten sich kleine Falten gebildet und in ihren Augen lag etwas Wachsames, als könnte sie meine Reaktion noch immer nicht einschätzen. Ich nickte verspätet, obwohl sogar diese kleine Bewegung eine einzige Lüge war. Denn in Wahrheit war nichts in Ordnung. Überhaupt nichts.

Bevor ich darüber nachdenken oder mich selbst davon abhalten konnte, glitten meine Finger unter das kühle Metall und nahmen die Kette aus der Schatulle. Ein Teil von mir wollte sie wegwerfen, vernichten, im Klo runterspülen und nie wiedersehen, genauso wie ich mich nicht all den Erinnerungen stellen wollte, die dieses Schmuckstück in mir weckte. Gleichzeitig wusste ich, wie absurd das war. Ich würde dieses Erbstück niemals verlieren oder auf andere Weise loswerden. Dafür hingen zu viele wertvolle Momente daran.

Ich atmete stockend aus und stellte fest, dass meine Brust schmerzte, weil ich nicht weitergeatmet hatte. Dann schloss ich die Finger um den Anhänger und sah Stella an. In ihrer Miene spiegelte sich noch immer Unsicherheit. Ich wusste nicht, wie es mir gelang, aber irgendwie brachte ich ein Lächeln zustande.

»Danke«, flüsterte ich, aber es war nicht viel mehr als ein Krächzen, das aus meiner Kehle kam.

Stella berührte mich am Arm. »Bist du sicher, dass alles in Ordnung ist? Du bist ganz blass geworden. Am besten du setzt dich hin und …«

Mein Kopfschütteln unterbrach sie, doch der besorgte Ausdruck in ihren Augen blieb bestehen.

»Ich brauche nur einen Moment.« Nur ein paar Minuten Ruhe, um mich zusammenzureißen und durchzuatmen. Um überhaupt wieder atmen und etwas fühlen zu können.

»Bist du sicher?« Sie klang skeptisch. Kein Wunder, schließlich war sie Ärztin. Wahrscheinlich glaubte sie, dass ich gleich eine Panikattacke bekam oder in Ohnmacht fiel. Aber das würde nicht passieren. Ich war nie zusammengebrochen, hatte mich nie so sehr gehen lassen, dass nur noch ein Häufchen Elend von mir übrig blieb.

»Ja.« Es fühlte sich an, als hätte mir jemand das Lächeln aufgeklebt, das ich jetzt zur Schau trug, und es schien auch Stella nicht zu überzeugen. Zwar hielt sie mich nicht noch einmal auf, aber ich spürte ihren besorgten Blick auf mir, als ich mich durch die Menge schlängelte. Warme Körper drückten sich gegen mich, und es war, als würde ich durch Wasser waten, dennoch kämpfte ich mich weiter, bis ich die einzige Tür erreichte, die nicht nach draußen ins Freie führte.

Ich stieß sie auf und stolperte in einen schlecht beleuchteten Gang. Die Luft war so muffig und abgestanden, als hätte Billy schon viel zu lange nicht mehr durchgelüftet. Dafür drangen die Musik und die vielen Stimmen aus der Bar nur noch gedämpft zu mir durch. Ich ging weiter, vorbei an den Toiletten und einem Zigarettenautomaten, auf dem sich alle mögliche Flyer, Postkarten und kostenlose Magazine stapelten, bis ich eine weitere Tür erreichte. Direkt auf Augenhöhe stand in Großbuchstaben *Privat* darauf. Ich las das Wort, begriff dessen Bedeutung, aber es war mir schlichtweg egal. Mechanisch öffnete ich auch diese Tür und betrat einen dunklen Raum. Es dauerte einen Moment, bis sich meine Augen an die Finsternis gewöhnt hatten.

Durch das einzige Fenster auf der gegenüberliegenden Seite drang ein fahler Lichtschein herein. Vermutlich von einer Straßenlaterne. Nach und nach erkannte ich mehr von meiner Umgebung. Die Wände verschwanden hinter den Regalen, die mit Getränken jeder Art bestückt waren. Wein, Whiskey, Bier, Tequila bis hin zu mehr Limonaden, als man im Supermarkt finden konnte. In der Mitte stand ein einzelner Schreibtisch, säuberlich aufgeräumt mit einer ausgeschalteten Lampe, einem Notizbuch und zwei Stiften darauf und einem Holzstuhl davor.

Ich durchquerte den Raum mit zitternden Knien und lehnte mich gegen die Schreibtischkante. Erst als ich sicher war, dass der Tisch mich hielt und ich mich nicht mehr darauf verlassen musste, dass meine Beine mein Gewicht trugen, wagte ich es, tief durchzuatmen. Einmal. Zweimal. Dreimal. Langsam klärte sich meine Sicht wieder und der Tunnelblick, mit dem ich vor Stella geflohen war, weitete sich, bis ich meine Umgebung ganz wahrnehmen konnte. Doch mit der Klarheit kehrte der Schmerz zurück, schoss heiß wie flüssiges Feuer durch meine Adern und setzte sich in meiner Brust fest. Genau dort, wo es am meisten wehtat.

Ich wusste nicht, wie lange ich so dasaß und mich auf meine Atmung konzentrierte, und darauf, das Brennen in meinen Augen zu vertreiben. Gleichzeitig schlossen sich meine Finger so fest um die Kette, dass sich die Kanten des Anhängers in meine Haut bohrten. Aber es war ein guter Schmerz. Die Art, die einen nicht entzweiriss, sondern erdete und zurück ins Hier und Jetzt brachte. Zumindest hoffte ich das, da ich nicht wusste, wie lange ich noch die Stücke meines Selbst zusammenhalten konnte, bevor alles auseinanderbrach.

Die Tür öffnete und schloss sich wieder. Obwohl ich nicht aufsah, wusste ich instinktiv, dass ich nicht mehr allein war. Ich atmete tief durch und räusperte mich, um meinen Worten einen festen Klang zu geben. »Ich bin gleich zurück. Es ist alles okay.«

»Lügnerin.«

Keiths Stimme war wie Balsam und Säure zugleich. Ich zuckte zusammen, vermied es aber, in seine Richtung zu schauen. Ich wusste nicht, ob ich es aushalten würde, ihn jetzt anzusehen. Oder ob ich mich selbst noch immer zusammenreißen konnte, wenn ich die Sorge in seinem Gesicht erkannte.

Er kam einige Schritte auf mich zu und blieb breitbeinig vor mir stehen. Ich musste nicht einmal den Blick heben, um zu wissen, dass er die Arme vor der muskulösen Brust verschränkt hatte. Wie immer war er dunkel gekleidet, und ich erwischte mich bei dem völlig unpassenden Gedanken, dass ihm ein bisschen Farbe ab und an guttun würde. Vielleicht war Stellas Besorgnis doch nicht ganz ohne Grund gewesen, denn anscheinend stand ich unter Schock.

»Hey …« Warme Finger legten sich unter mein Kinn und hoben es an, bis mir nichts anderes übrig blieb, als Keith in die Augen zu sehen.

Die Sorge darin schnürte mir die Kehle zu. Hatten meine Augen schon zuvor gebrannt, musste ich jetzt blinzeln, um gegen die Tränen anzukommen, die sich darin sammelten. Ich wollte nicht weinen. Nicht vor ihm. Nicht vor sonst irgendjemandem. Aber wie so oft durchkreuzte Keith meine Pläne. Wortlos streckte er den Arm aus und zog mich an sich.

Ich hatte so viele Umarmungen an diesem Tag und ganz besonders an diesem Abend über mich ergehen lassen, aber nun hatte ich zum ersten Mal das Gefühl, angekommen zu sein. Ich gab den Kampf auf. Meine Augen fielen zu, und meine Arme hoben sich wie von selbst, um sich zögerlich um seine Hüfte zu legen. Keiths Wärme und sein Geruch hüllten mich ein, und obwohl mein Herz zu rasen begann, als würde ich mich noch immer auf der Flucht befinden, fühlte ich mich seltsam ruhig. Der Schmerz in meiner Brust verebbte zu einem stummen Pochen, und ich hatte das Gefühl, wieder atmen zu können. Nicht völlig frei, aber ein kleines bisschen besser.

»Es ist okay«, flüsterte er und strich mir beruhigend über den Rücken. »Mom hat mir erzählt, was sie dir gegeben hat. Du darfst es zulassen …«

Heiße Tränen rollten mir über die Wangen und versickerten in seinem T-Shirt. Selbst wenn ich es gewollt, selbst wenn ich mich noch dagegen hätte wehren können, hätte ich es nicht mehr verhindern können. Meine Mauern stürzten ein. Alle Teile von mir, die ich so lange mühsam zusammengehalten hatte, brachen auseinander, bis nur noch ein Scherbenhaufen übrig blieb.

Keith murmelte mir keine beruhigenden Worte oder andere Sinnlosigkeiten ins Ohr. Das Einzige, was er tat, war, mich festzuhalten und da zu sein. Genau in dem Moment, in dem ich geglaubt hatte, niemanden zu brauchen, war er da und bewies mir das Gegenteil. Dass ausgerechnet er es war, der mich in den Armen hielt und mich weinen ließ, setzte der Ironie an dieser Sache nur noch die Krone auf.

Irgendwann versiegten meine Tränen, und meine Atmung begann sich zu beruhigen. Wer auch immer behauptete, man würde sich besser fühlen, wenn man sich ordentlich ausgeweint hatte, war ein verdammter Lügner. Denn ich fühlte mich nicht besser. Ich fühlte mich beschissen. Meine Augen brannten, meine Wimpern waren verklebt, und mein Gesicht fühlte sich total aufgedunsen an. Meine Nase war so verquollen, dass ich kaum atmen konnte, und mit ziemlicher Sicherheit zierten schwarze Mascaraspuren meine Wangen.

»Besser?« Seine Stimme war ein dunkles Murmeln an meiner Schläfe.

Besser? Nicht wirklich. Aber auch wenn ich mich elend fühlte, schien der Druck auf meiner Brust ein wenig nachgelassen zu haben, und auch der Schmerz in meinem Körper war nur noch ein dumpfes Pochen, definitiv anwesend, aber nicht mehr alles beherrschend.

Ich wusste nicht, ob ich es war, die sich aus der Umarmung befreite, oder ob Keith sich von mir löste. Das Nächste, was passierte, war, dass ich wieder an der Tischkante lehnte und etwas Weißes vor mir auftauchte. Es dauerte ein paar Sekunden, bis ich begriff, dass er mir ein Taschentuch hinhielt.

»Du bist wohl auf alles vorbereitet«, murmelte ich, doch meine Stimme klang schrecklich schief. Ich verzog das Gesicht und griff nach dem Taschentuch, um mir das verschmierte Make-up wegzuwischen und mir die Nase zu putzen.

»Allzeit bereit«, zitierte er den bekannten Pfadfindergruß.

Ich schnaubte teils ungläubig, teils belustigt. »Das ist mein Spruch.«

Er zeigte keine Reaktion, aber ich meinte, ein verschmitztes Funkeln in seinem Blick erkennen zu können, als ich den Kopf hob. Es fiel mir schwer, es auszusprechen, aber ich wusste, dass ich es tun musste. Nicht nur, weil er es verdient hatte, sondern auch, weil er mir geholfen hatte. Vermutlich mehr, als er sich selbst bewusst war.

»Danke«, flüsterte ich.

»Kein Problem.« Keith ließ mich nicht aus den Augen, doch mit jeder Sekunde, die er mich so ansah, verschwand die Sorge aus seinem Gesicht, bis sie sich ganz auflöste. Mit einem Mal war die Stimmung eine andere zwischen uns, und ich musste mich erneut räuspern, um überhaupt ein Wort hervorbringen zu können.

»Wie schlimm sehe ich aus?« Wenn ich gleich dort rausging, wollte ich nicht wie ein verheulter Schlosshund wirken, auf den sich alle mit sorgenvollen Mienen stürzten. Allein der Gedanke daran ließ mich erschaudern.

»Wunderschön.«

Ich könnte schwören, dass mein Herz einen Schlag lang aussetzte – als wüsste es nicht, ob es weiterpochen oder für immer damit aufhören sollte. Doch dann schlug es weiter, schnell und kräftig, obwohl es doch nur ein Wort gewesen war. *Wunderschön*. Nur ein Wort, mehr nicht.

»Diesmal bist du der Lügner«, murmelte ich, kam aber nicht gegen das winzige Lächeln an, das an meinen Mundwinkeln zog. Denn obwohl ich mit ziemlicher Sicherheit selten schlechter ausgesehen hatte, freute ich mich über das Kompliment. Andererseits war es dunkel hier drin. Wahrscheinlich hätte ich auch wie der Joker aussehen können und Keith hätte dasselbe gesagt.

Ein Schatten legte sich über sein Gesicht. Es war so deutlich, dass ich es selbst in der Dunkelheit um uns herum erkennen konnte, beinahe so, als würde er sich keine Mühe geben, es zu verbergen. Irgendetwas an meinen Worten oder meiner Reaktion musste einen Nerv bei ihm getroffen haben.

Langsam schüttelte Keith den Kopf und kam mir so nah, dass er sich links und rechts von mir auf dem Schreibtisch aufstützen konnte. Ich lehnte mich instinktiv zurück, dennoch trennte uns plötzlich nur noch ein Atemzug. Diesmal polterte mein Herz aus einem ganz anderen Grund los, auch wenn ich nicht einmal selbst wusste, ob dieser Grund Furcht oder – weit schlimmer – Hoffnung war. Hoffnung worauf, verdammt noch mal?

Jeder Gedanke in meinem Kopf zerfiel zu Staub, als Keith sich noch weiter vorlehnte, den Kopf zur Seite neigte und seinen Mund an mein Ohr brachte. »Das war mein Ernst. Genau wie das, was ich neulich Nacht gesagt habe«, raunte er so leise, dass ich nicht sicher sein konnte, ihn tatsächlich gehört zu haben. Aber ich spürte seinen warmen Atem an meinem Hals. Es kostete mich all meine Selbstbeherrschung, die Augen offen zu halten und den heißen Schauer zu unterdrücken, der meine Wirbelsäule hinabwandern wollte.

Keith zog sich ein wenig zurück, richtete sich aber nicht wieder auf. Er war mir noch immer viel zu nahe. Mit jedem Einatmen drang etwas von seinem Geruch in meine Nase, breitete sich in meinem Körper aus und krallte sich darin fest, bis ich an nichts anderes mehr denken konnte als daran, wie gut er roch. Die Mischung aus seinem frischen, zitrusartigen Aftershave und dem warmen Duft von Holz drohte mir die Sinne zu vernebeln. Doch dann sah ich in seine Augen, und mir stockte der Atem. Für gewöhnlich fiel es mir nicht schwer, das Braun in seiner Iris zu erkennen, doch jetzt waren seine Pupillen so groß, dass seine Augen fast ganz schwarz wirkten. Schwarz und *hungrig*.

Ich schluckte hart und öffnete unwillkürlich die Lippen. Sofort senkte sich Keiths Blick auf meinen Mund, und obwohl er mich nirgendwo berührte, schoss erneut eine flammende Hitze durch mich hindurch. Was machte dieser Kerl nur mit mir?

Irgendwie gelang es mir, zittrig auszuatmen. »Ich will nicht, dass du mich küsst …«, wisperte ich atemlos.

Keith hob den Blick und sah mir mit einer Entschlossenheit in die Augen, die mir Sorgen bereiten sollte. Stattdessen fachte sie die Hitze in meinem Bauch nur noch weiter an. Eine unwillkommene Hitze, wohlgemerkt.

»Ich werde dich nicht küssen«, raunte er zurück. Wenn mir das Zucken seiner Mundwinkel eine Warnung sein sollte, kam sie zu spät.

Bevor ich protestieren oder auch nur einen klaren Gedanken fassen konnte, neigte Keith seinen Kopf ein weiteres Mal. Ich rechnete mit einem erneuten Flüstern an meinem Ohr, doch wieder mal überraschte er mich. Zuerst spürte ich nur seinen warmen Atem auf meiner Haut, dann strichen seine Lippen hauchzart über meinen Hals. Ich reagierte mit einer Gänsehaut auf die Berührung. Instinktiv hob ich die Hand, aber statt ihn wegzustoßen, vergruben sich meine Finger im Stoff seines T-Shirts. Keith schien das als Einladung zu sehen, vielleicht auch als Ansporn. Was auch immer es war, ich wollte meine Reaktion nicht rückgängig machen.

Ohne mich zu küssen strichen seine Lippen weiter, folgten der Spur meines Schlüsselbeins bis dorthin, wo der Ärmel meines Kleids begann. Doch statt genau dort aufzuhören, schob er den Stoff beiseite und setzte seinen Mund auf das frei gewordene Stück Haut. Mein Puls schoss in die Höhe, und ich schnappte nach Luft.

Ich sollte ihn wegschieben, ihm eine Ohrfeige geben und ihn anschreien, was zum Teufel er sich dabei dachte. Aber ich war zu nichts davon in der Lage. Mein Körper hörte nicht mehr auf die Befehle meines Kopfes. Das Einzige, was noch schlimmer war als die Tatsache, dass ich es zuließ, war die Tatsache, dass ich es wollte. Ich *wollte* ihn auf diese Weise spüren, seit er mir am Flughafen mit meinem Koffer geholfen und ich ihn noch für einen Fremden gehalten hatte. Ich *wollte* seinen Mund auf meiner Haut fühlen, seit er mich an jenem Abend auf der Veranda fast geküsst hätte. Und ich *wollte* ihn berühren, seit ich ihn während unserer Wanderung ohne Shirt gesehen hatte. Spätestens jedoch seit dem Moment, in dem ich ins Bad geplatzt war, als er geduscht hatte. Ich wollte all das und das war es, was mir am meisten Angst machte.

Nicht nur weil er mein Stiefbruder war, sondern vor allem, weil er schuld war an dem Unfall, der Dad das Leben gekostet hatte.

Ich versuchte mich an diesen Gedanken zu klammern, versuchte den Hass und die Wut in mir dazu zu bringen, alle anderen Emotionen auszulöschen. Aber ich kam nicht dagegen an. Nicht gegen das drängende Ziehen in meinem Unterleib, nicht gegen die Gänsehaut in meinem Nacken und dem Drang danach, Keith zu spüren. Mehr. Länger. Überall. Aus der Spielerei der letzten Wochen, dem Necken und Reizen, war plötzlich Ernst geworden.

Als er den Kopf hob, konnte ich es in seinen Augen lesen. Dieselbe Erkenntnis, die mich durchströmte und in ein einziges Gefühlschaos warf. Ein Teil von mir wollte nichts lieber, als Keith an mich zu ziehen und alles um mich herum zu vergessen, während der Rest von mir mich genau dafür verachtete.

Ohne es zu merken, war ich ihm näher gekommen. So nahe, dass ich jeden einzelnen seiner Atemzüge auf meinen Lippen spüren konnte. Meine Finger gruben sich noch etwas tiefer in sein Shirt, obwohl ich selbst nicht wusste, ob ich ihn wegstoßen oder noch dichter heranziehen sollte. Zu meiner Überraschung war es Keith, der mir diese Entscheidung abnahm.

»Ich habe dir versprochen, dich nicht zu küssen …«, wisperte er dicht vor meinem Mund. In seinem Blick lag die gleiche Zerrissenheit, die auch in mir tobte. Dann zog er einen Mundwinkel in die Höhe. Es war nur eine winzige Bewegung, dennoch löschte sie mein komplettes Denken aus. »Noch nicht«, fügte er leise hinzu.

Als er sich wieder aufrichtete, protestierte ich nicht. Auch dann nicht, als er seine raue Hand an meine Wange legte und mir einen bittersüßen Kuss auf die Stirn drückte. Ich wusste nicht, ob ich weinen, lachen oder ihn schlagen sollte. Jede seiner Berührungen stürzte mich in einen Gewissenskonflikt und ein Gefühlschaos, wie ich es nie zuvor erlebt hatte.

Noch bevor ich irgendein Wort hervorbringen konnte, nahm Keith meine Hand, legte etwas hinein und schloss meine Finger darum. Es war klein, schmal und fühlte sich kühl an. »Happy Birthday, Callie.«

Und dann war er verschwunden. Während ich noch auf den Punkt starrte, an dem Keith bis eben gestanden hatte, hörte ich, wie die Tür geöffnet und wieder geschlossen wurde. Zurück blieben nur diese Mischung aus Aftershave und Holz in der Luft – und mein hämmernder Herzschlag.

Langsam, beinahe so, als könnte es mich anspringen und angreifen, öffnete ich die Hand, um nachzusehen, was Keith mir geschenkt hatte. Als ich erkannte, was es war, lachte ich erstickt auf. Ich hielt es ins fahle Licht, das von draußen hereinschien und betrachtete den Schlüsselanhänger. Er war aus Holz und hatte die Form eines Baseballschlägers im Miniformat. Das kleine Wörtchen *Autsch* war darin eingeritzt.

Es war ein völlig überflüssiges Geschenk, das nicht die geringste Emotion in mir auslösen sollte. Genau genommen sollte ich es in den nächsten Mülleimer werfen und nie wieder daran denken. Stattdessen schloss ich meine Finger darum und versuchte nicht einmal, das warme Gefühl in meiner Brust zu verdrängen. Keith hatte es geschafft, mich erfolgreich von meinen Erinnerungen und meiner Panik abzulenken.

Als ich diesmal auf die Halskette und den Anhänger hinuntersah, die ich noch immer in meiner anderen Hand hielt, hatte ich nicht mehr das Gefühl, innerlich zu zerspringen. Vielleicht lag es daran, dass ich längst nur noch ein Scherbenhaufen war. Oder aber daran, dass sich die ersten Stücke wieder zusammenzusetzen begannen.

Ich öffnete den Verschluss und legte mir die Kette um. Im ersten Augenblick fühlte sich das Metall kühl und fremd auf meiner Haut an, erwärmte sich jedoch sofort und schmiegte sich um meinen Hals, als hätte es schon immer dorthin gehört. Mit den Fingerspitzen wischte ich mir die Mascaraspuren fort, dann richtete ich mich auf und steuerte die Tür an. Ich fühlte mich noch nicht bereit dazu, wieder da rauszugehen und mich unter die Feiernden zu mischen, aber ich konnte mich auch nicht länger hier verstecken. Nach einem kurzen Abstecher zu den Damentoiletten, um sicherzustellen, dass ich nicht so aussah, als hätte ich gerade einen emotionalen Zusammenbruch hinter mir, kehrte ich zu meinen Freunden und meiner Familie zurück.

»Alles in Ordnung?« Faye war sofort bei mir. Wie ein Radarsystem schlug ihre Intuition an und sie betrachtete mich prüfend von der Seite.

»Ja«, erwiderte ich schnell. »Alles bestens.«

»Sicher? Du warst so lange weg, und vorhin ist Keith auch dort rausgekommen und …« Ihre Stimme erstarb.

Ich drehte mich um, damit ich sah, was ihre Aufmerksamkeit so fesselte und musste mich in Gedanken sofort korrigieren. Kein Was, sondern ein *Wer*, denn auch wenn mehr als ein Dutzend Menschen zwischen uns waren, fand Keith meinen Blick und hielt ihn fest. Hastig wandte ich mich ab und wieder meiner besten Freundin zu.

Ihre Stirn war besorgt gerunzelt, gleichzeitig meinte ich, Neugier in ihren Augen lesen zu können. »Will ich überhaupt wissen, was da drinnen passiert ist?«

»Nein.« Ich räusperte mich und nahm ihr die Bierflasche aus der Hand, um einen großen Schluck daraus zu trinken. »Glaub mir, das willst du nicht.«

Kapitel 11

Rauch drang in meine Kehle und fand einen Weg in meine Lunge. Ich riss den Mund auf, um zu schreien, brachte aber nur ein Husten zustande. Jeder Atemzug kratzte in meinem Hals, als hätte ich eine Handvoll Stecknadeln verschluckt. Doch der körperliche Schmerz war nichts gegen das Gefühl der blanken Panik in meiner Brust.

»Dad!«

Unser Kombi wirkte auf einmal so klein, gegen den Baumstamm gedrückt, wie man eine leere Dose zerquetschen würde. Dunkler Rauch stieg aus der Motorhaube hervor und Flammen züngelten am Lack entlang. Bei dem Anblick verkrampfte sich mein Magen vor Übelkeit.

Bitte nicht! *Dad konnte nicht noch immer da drinnen sein. Er musste hier sein. Bei uns. Bei mir. Er konnte nicht mehr in diesem Wrack von Auto sein.*

»Callie!«

Zwei Hände packten mich grob und rissen mich zurück, als ich zu unserem Wagen rennen wollte.

»Lass mich los!«

Tränen verschleierten meinen Blick, dennoch schien ich jedes Detail überdeutlich wahrzunehmen. Die beiden Airbags, die aufgegangen waren. Die Flammen, die immer größer wurden und eine Faust bildeten, die sich um das ganze Auto schloss. Den leblosen

Körper, der über Fahrer- und Beifahrersitz lag, als hätte er es nicht rechtzeitig herausgeschafft.

»Lass mich los!«, schrie ich erneut, aber Keith hörte nicht auf mich. Sein Arm war wie ein Stahlband, das mich zurückhielt und fest an seine Brust presste. »Lass mich los! Ich muss zu ihm! Lass mich los!«

Im Motorraum explodierte etwas. Ich sank auf die Knie und zog Keith mit mir. Tränen strömten mir über das Gesicht, brannten noch stärker auf meiner Haut als der Rauch in meinen Augen, während ich brüllte und um mich schlug.

Aber Keith ließ mich nicht los. Und während die ganze Welt um mich herum zusammenbrach, drückte er mich an sich und redete auf mich ein. Leere Worte, die mich beruhigen sollten, aber wir wussten beide, dass er log.

Nichts würde je wieder in Ordnung kommen.

Ich erwachte mit einem Schrei. Hände packten und schüttelten mich. Ruckartig setzte ich mich auf, blind für meine Umgebung, da ich noch immer in meinem Traum gefangen war.

»Lass mich los!« Ich schlug um mich, traf warme harte Muskeln und wich zurück, bis ich mit dem Rücken gegen das Kopfende des Bettes stieß.

Abwehrend hob Parker die Hände. Selbst in der Dunkelheit meines Zimmers konnte ich die Sorge in seinem Gesicht lesen. »Hey, hey … Es ist alles okay …«

Ich schüttelte den Kopf, bevor ich darüber nachdenken konnte. Nichts war okay. Überhaupt nichts. Mein Magen war noch immer vor Panik verkrampft, und das Gewicht auf meiner Brust machte es mir schier unmöglich, richtig Luft zu holen. Was war das eben gewesen? Nur ein Albtraum, gespeist von meiner Angst, mich mit dem Thema auseinanderzusetzen. Mehr nicht. Es konnte keine Erinnerung sein. Es *durfte* keine Erinnerung sein.

Aber egal wie sehr ich mir das selbst weiszumachen versuchte, der Knoten in meiner Brust blieb bestehen. Ein widerlicher Ball aus den schlimmsten Gefühlen: Panik, Furcht, Hass, Reue und Schuld. Ich hätte ihm helfen können. Ich hätte es wenigstens versuchen können, wenn Keith mich nicht festgehalten hätte.

»Hier, trink das.« Ich hatte nicht einmal bemerkt, dass Parker aufgestanden war, doch jetzt hielt er mir eine Flasche Wasser hin.

Mechanisch nahm ich sie und trank sie in großen Schlucken zur Hälfte aus. Meine Kehle brannte, als würde der Rauch noch immer darin festsitzen, und es dauerte einige Sekunden, bis ich sicher war, tatsächlich hier zu sein. Zu Hause. In meinem Zimmer. In Sicherheit.

»Was war das eben? Ich habe dich noch nie so gesehen.« Parker musterte mich mit gerunzelter Stirn. Er saß in T-Shirt und Shorts auf meinem Bett, während sein Bettzeug neben uns auf dem Holzfußboden lag.

Nach meiner Geburtstagsfeier im *Billy's* hatte Stella ihm das Gästezimmer angeboten, aber wir hatten beide lautstark protestiert. Da wir uns seit Wochen nicht mehr gesehen hatten und er morgen früh schon zurückfahren musste, wollten wir die verbleibenden Stunden ausnutzen. Also hatte er es sich auf einer Matratze auf meinem Boden gemütlich gemacht.

Und auch wenn ich nicht wollte, dass mich jemand in diesem Zustand sah, war ich dennoch froh, dass Parker hier war.

»Ich … ich weiß es nicht«, flüsterte ich und umklammerte die Flasche in meiner Hand so fest, dass das Plastik knirschte. Doch kaum hatte ich diese Worte ausgesprochen, wusste ich, dass sie eine Lüge waren. Genau wie meine Hoffnung, dass die Bilder in meinem Kopf nichts zu bedeuten hatten. Es war nicht bloß ein Albtraum gewesen. Es war eine Erinnerung.

»Was ist passiert? Ich habe dich schreien gehört.« Plötzlich stand Keith in der Tür und sah mich aus dunklen Augen an. Sein Atem ging schnell, als wäre er mehr als nur eine Treppe hochgerannt.

Keith … der mich festgehalten hatte, als ich zu Dad rennen wollte. Als ich ihm helfen wollte.

Keith, der den Unfall überhaupt erst verursacht hatte.

Heißer Zorn durchströmte mich und breitete sich wie ein lebendiges, atmendes Wesen in meinem Körper aus, bis ich das Gefühl hatte, keine Luft mehr zu bekommen.

»Raus.«

Ein einziges Wort. Ein klarer Befehl. Dennoch zögerte Keith.

»Raus!« Meine Stimme überschlug sich fast. Ich konnte jetzt nicht mit ihm reden, ich konnte ihm ja noch nicht mal ins Gesicht sehen. Denn jedes Mal, wenn ich das tat, tauchte wieder das Bild des brennenden Wracks vor meinen Augen auf. Und das Gefühl, wie Keith mich gepackt und daran gehindert hatte, Dad zu Hilfe zu kommen.

»Callie …«, begann er und machte einen Schritt auf mich zu, aber Parker war schneller und stellte sich Keith in den Weg.

»Du hast sie gehört«, sagte er in einer eisigen Tonlage, die ich nie zuvor bei ihm gehört hatte. »Verschwinde.«

Ein gefährliches Funkeln trat in Keiths Augen, als er seinen Blick von mir abwandte und auf Parker richtete. Seltsam, dass mir erst jetzt auffiel, dass die beiden fast gleich groß waren. Ich wusste nicht, wer von ihnen gewinnen würde, sollte es tatsächlich zu einem Handgemenge kommen, aber ich wollte es auch nicht herausfinden.

Ich atmete tief ein und stieß den Atem zittrig wieder aus. Meine Stimme klang erschreckend dünn, als ich Keith ein letztes Mal ansah. »Bitte geh.«

Diesmal musste ich mich nicht wiederholen, denn nach einem kurzen Zögern drehte er sich um und ging zur Tür, wo er jedoch stehen blieb. Als er sich wieder zu mir umdrehte, wäre ich bei dem gequälten Ausdruck in seinem Gesicht beinahe zusammengezuckt. Gleichzeitig wuchs meine Wut ins Unermessliche. Er hatte kein Recht darauf, so zu empfinden, denn er war derjenige, der die Schuld daran trug. An dem Unfall. Daran, dass ich meinem Vater nicht hatte zu Hilfe kommen können.

Schließlich verließ Keith jedoch wortlos mein Zimmer und zog die Tür hinter sich zu. Allerdings wagte ich es erst aufzuatmen, als seine Schritte auf der Treppe verklungen waren und Stille uns umgab.

»Ich hab nur schlecht geträumt«, murmelte ich, da ich Parkers fragenden Blick auf mir spürte. Mit den Fingern rieb ich mir über die Stirn, hinter der es zu pochen begonnen hatte.

Parker seufzte und setzte sich wieder zu mir. »Lüg meinetwegen dir selbst und deiner Familie etwas vor, aber nicht mir, okay?«

»Das sagt der Richtige.« Trotz des Chaos, das in mir tobte, betrachtete ich meinen besten Freund aufmerksam. Ich hatte die Prellungen an seinen Rippen gesehen, als er sich vor dem Schlafengehen umgezogen hatte. Sie waren nicht die ersten, die ich im Laufe der Jahre an seinem Körper entdeckt hatte. Ich wusste nicht, was in seiner Familie los war, aber man musste kein Genie sein, um zu bemerken, dass seine Verletzungen immer dann auftraten, wenn er zu Hause war.

Als wüsste er genau, wohin meine Gedanken gewandert waren, schüttelte Parker entschlossen den Kopf. »Keine Chance, Calls. Hier geht es nicht um mich, sondern um dich. Ich bin nicht schreiend aufgewacht und habe um mich geschlagen.«

Ich zuckte zusammen und senkte den Blick. So gern ich Parker eine vernünftige Antwort auf meinen Anfall geben wollte – ich konnte es nicht. Denn ich wusste selbst nicht, was mit mir los war. Ich weigerte mich, die Erinnerungen zu akzeptieren, die nach und nach an die Oberfläche drangen, als wollte mein Unterbewusstsein mir etwas Wichtiges mitteilen. Aber ich verstand die Botschaft nicht, wollte sie nicht verstehen, weil ich mit alledem nichts zu tun haben wollte.

Bis zu meiner Rückkehr hatte ich geglaubt, all das hinter mir gelassen zu haben. Ich hatte mein Leben im Griff, studierte etwas, das meinen Vater stolz gemacht hätte und meine Stiefmutter mit Freude erfüllte. Ich hatte Freunde, die für mich da waren, und verbrachte den Sommer mit meiner kleinen Schwester, der ich damit einen großen Wunsch erfüllte. Mein Leben war in Ordnung. Ich war zufrieden. Wen interessierte es schon, dass ich beim Anblick der Halskette meiner leiblichen Mutter eine halbe Panikattacke bekommen hatte oder dass ich in Biochemie durchgefallen war und sich mir der Magen bei der Vorstellung umdrehte, in ein paar Wochen zurück ans College zu müssen? Wen interessierte es, dass meine letzte Beziehung mehr als ein Jahr zurücklag und der Typ mich mit den Worten verlassen hatte, dass ich mit Kopf und Herz nicht bei der Sache war? Und wen zum Teufel interessierte es, dass ich mit Keith geflirtet und er mich letzte Nacht *nicht* geküsst hatte, obwohl ich es trotz meiner eigenen Worte gewollt hatte?

Niemanden. Es interessierte niemanden, und nichts davon war von Bedeutung. Ich atmete tief durch, schob alle Zweifel und nagenden Fragen beiseite, und nickte einmal.

»Ich bin okay«, sagte ich, doch die Worte klangen selbst in meinen Ohren hohl und leer.

Anscheinend ging es Parker ähnlich, denn er stieß einen leisen Fluch aus und griff dann nach meiner Hand. Erst als ich die Wärme seiner Finger spürte, bemerkte ich, wie eisig meine eigenen geworden waren.

»Wenn du je darüber reden willst – und das muss nicht mit mir sein –, dann tu es bitte. Okay?« Er drückte meine Hand. »Ich glaube, es würde dir guttun, alles einmal rauszulassen.«

Ich brachte nicht mehr als ein Nicken zustande, da meine Kehle auf einmal wieder wie zugeschnürt war. Zugeschnürt vor lauter Emotionen, die in mir tobten. Furcht, Wut, Dankbarkeit und das verzweifelte Verlangen, Parkers Rat zu befolgen. Alles rauszulassen und nicht mehr an all den Dingen und Ereignissen festzuhalten, die mich verletzten. Aber noch viel größer war die Angst davor, was passieren würde, wenn ich genau das eines Tages tat. Wenn ich alles, was ich die letzten sieben Jahre lang verdrängt hatte, aussprach und herausließ … was würde dann noch von mir übrig bleiben?

Am nächsten Morgen verabschiedete ich Parker nach einem eher schweigsamen Frühstück. Zwar spürte ich die besorgten Blicke, die er in meine Richtung warf, aber er stellte keine Fragen. Nicht mehr. Und ich war ihm dankbar dafür.

Den restlichen Tag verbrachte ich größtenteils allein. Es schien beinahe so, als hätten sich alle abgesprochen, mir möglichst aus dem Weg zu gehen, weil ich jeden Moment wie eine tickende Zeitbombe hochgehen könnte. Stella machte wieder mal Überstunden im Krankenhaus, während Holly sich mit ihrer besten Freundin Katelyn traf und Keith bei der Arbeit war. Na gut, Letzteres war nur eine Vermutung, aber was auch immer er trieb, er war nicht daheim. Und das war mir nur recht.

Ich nutzte die Stille im Haus, um meinen iPod an die Anlage im Wohnzimmer anzuschließen und die Musik laut aufzudrehen. Die ersten Töne von *You're The One That I Want* erklangen und entlockten mir ein Lächeln. *Gerade noch mal gerettet, Parker.* Auf dem langen Couchtisch breitete ich meine Bücher und die verhassten Mitschriften aus. Es mochte erst Mitte Juni sein, aber die Nachprüfungen im neuen Semester rückten mit jedem Tag näher, und ich hatte nur wenig Lust, noch mal durch die Klausur zu fallen, also hatte ich mich dazu durchgerungen, endlich zu lernen.

In den ersten zwei Stunden klappte das überraschend gut. Mein Handy und meinen Laptop hatte ich wohlweislich in meinem Zimmer gelassen, um nicht in Versuchung zu geraten, mich im Internet zu verlieren, statt zu pauken.

Gegen Mittag begann meine Konzentration nachzulassen. Kein Wunder, denn von den Basics zur Energiegewinnung und dem Energieabbau im menschlichen Körper, was noch relativ leicht verständlich war, war ich nun bei den ersten Krankheiten angelangt. Während ich über Aminosäuren und Diabetes las und mir die biochemischen Vorgänge im Organismus einzuprägen versuchte, biss ich von einem weiteren Schokoriegel ab. Doch nicht einmal der Zucker half mir dabei, mich auf den Prüfungsstoff zu fokussieren. Meine Gedanken begannen abzudriften, bis ich nicht mehr die Buchstaben und Zahlen vor meinen Augen sah, sondern ganz woanders war. Nämlich dort, wohin mich dieser verfluchte Albtraum letzte Nacht geführt hatte.

Ich konnte den Rauch noch immer schmecken und das Kratzen in meinem Hals spüren. Seltsamerweise erinnerte ich mich nicht daran, Schmerzen gehabt zu haben, aber vermutlich lag das am Adrenalin und der nackten Panik, die durch meine Adern gepumpt worden waren. Ich sah das geschrottete Auto, die Flammen, die am Metall leckten, und die beiden Vordersitze, auf denen mein Vater ausgestreckt lag. Keiths Arm, der mich zurückhielt, seine warnende Stimme in meinem Ohr …

Jemand rief meinen Namen, und ich zuckte zusammen. Mit einem Mal war ich wieder hier, sieben Jahre später, doch das Hämmern in meiner Brust begleitete mich genauso wie der Geschmack von Rauch auf meiner Zunge. Ich riss den Kopf hoch und blickte in Keiths Gesicht. Er sagte irgendetwas, das ich über die Musik hinweg kaum verstand, und ich brauchte einen Moment, um zu begreifen, was er wollte: Ich sollte die Lautstärke herunterdrehen.

»Danke«, erwiderte er mit verzerrtem Gesicht, als hätte ihm die Stimme von Bruno Mars Schmerzen zugefügt.

Genau wie mir, denn ich realisierte erst jetzt, was ich da gerade hörte. Verdammter Parker. Er hatte doch noch irgendwelche Popsongs unter meine geliebten Oldies gemischt. Als ob mir das nicht auffallen würde.

»Warum bist du schon zurück?« Ohne Absicht hatte meine Stimme einen eisigen Klang angenommen. Ich legte es nicht darauf an, unhöflich zu sein, es schien vielmehr, als gäbe es einen Teil in mir, der gar nicht anders konnte. Nicht nach dem Albtraum. Nicht nach Keiths Berührungen in diesem Hinterzimmer.

»Mittagspause«, erwiderte er kurz angebunden und marschierte weiter in die Küche.

Sekundenlang starrte ich ihm nur hinterher, wie vor den Kopf gestoßen. Aber Moment … warum eigentlich? Tat er nicht genau das, was ich letzte Nacht von ihm verlangt hatte? Ich hatte ihn rausgeschmissen, hatte ihn nicht mehr sehen wollen, und jetzt ging er mir aus dem Weg. Ich sollte froh darüber sein. War es nicht genau das, was ich die ganze Zeit gewollt hatte? So wenig wie möglich mit ihm zu tun haben?

Nicht gestern Abend, flüsterte eine verräterische Stimme in meinem Kopf. *Als er dich nicht geküsst hat …*

Ich verscheuchte die Stimme wie eine lästige Fliege und

sprang auf die Beine. Bevor ich mit dem Lernmarathon begonnen hatte, hatte ich dafür gesorgt, dass es nichts gab, wofür ich noch mal aufstehen müsste. Also befanden sich neben meinen Büchern und Mitschriften auch eine Packung Schokoriegel, ein leerer Teller, auf dem Sandwiches gewesen waren, ein halb volles Glas und zwei Flaschen Wasser und Limonade auf dem Tisch. Ich hatte sogar an Taschentücher und Ersatzstifte gedacht. Folglich gab es absolut keinen Grund für mich, jetzt aufzustehen und Keith in die Küche zu folgen.

Tat ich es trotzdem? Natürlich.

Er stand am offenen Kühlschrank und holte irgendwelche Reste heraus. Neben ihm auf der Anrichte standen bereits ein Teller und eine Packung Toast. Gesundes Mittagessen. Es war völlig lächerlich, aber selbst diese Kleinigkeit regte mich auf. Genau genommen gab es nichts an Keith oder dem, was er tat, was mich nicht in irgendeiner Form rasend machte. Ich hasste den Gedanken daran, wie er mich am vergangenen Abend in seinen Armen gehalten hatte, als ich zusammengebrochen war. Ich hasste die Sorge in seinem Blick, aber noch viel mehr hasste ich die Art, wie mein Körper auf seine Berührungen reagiert hatte. Ich wollte mich nicht zu ihm hingezogen fühlen, ich wollte nicht, dass ein einziger Blick von ihm ausreichte, damit sich mein Bauch vor Hitze zusammenzog, und am allerwenigsten wollte ich mich nach dem Gefühl seiner Hände auf meiner Haut sehnen. Alles war so viel einfacher gewesen, als er noch nicht wieder Teil meines Lebens war.

»Warum hast du mir nie gesagt, dass du mich festgehalten hast, als ich meinen Vater retten wollte?« Von allen Fragen dieser Welt platzte ausgerechnet diese aus mir heraus, bevor ich mich eines Besseren besinnen konnte.

Die Kühlschranktür fiel mit einem dumpfen Laut zu. Keith sah mich nicht mal an, sondern schien vollauf damit beschäftigt zu sein, sich sein verdammtes Sandwich zuzubereiten. Trotzdem antwortete er – natürlich mit einer Gegenfrage. »Warum hast du nie gefragt?«

»Wie denn?« Meine Stimme überschlug sich, und ich machte einen wütenden Schritt nach vorn. »Wann hätte ich das tun sollen? Du bist wie ein Feigling abgehauen, nachdem man dich aus dem Krankenhaus entlassen hat.«

Keith bewegte sich so schnell, dass ich nicht mal zusammenzucken konnte. Eben stand er noch am Kühlschrank, und jetzt war er so dicht vor mir, dass ich instinktiv zurückwich, bis ich mit der Kehrseite gegen die Kücheninsel stieß. Keith folgte der Bewegung, bis da kein Raum mehr blieb. Keine Luft zum Atmen.

»Denkst du das wirklich?«, fragte er gefährlich leise. »Glaubst du allen Ernstes, deswegen bin ich damals gegangen?«

»Warum sonst …?«

Er schlug seine Hände links und rechts von mir auf die Arbeitsfläche, sagte aber kein Wort. Doch obwohl er schwieg, konnte ich die Zerrissenheit in seinen Augen erkennen. Was verheimlichte er vor mir? Und warum?

Wieder veränderte sich die Stimmung zwischen uns. Nicht so schnell, als hätte jemand einen Schalter umgelegt, sondern langsamer, fließender. Als würden Wut und Hass einen Schritt zurücktreten, um Platz für das zu machen, was da noch zwischen uns war. Ein weiteres Gefühl, das ich in den vergangenen Wochen konsequent geleugnet hatte, aber spätestens seit gestern Abend war das unmöglich geworden. Dafür erinnerte ich mich zu gut daran, wie sich seine Lippen auf meiner Haut angefühlt hatten. Mein Herz polterte los, als hätte es kurzzeitig vergessen, weiterzuschlagen, und müsste die verlorene Zeit jetzt wieder aufholen.

»Was willst du von mir?« Irgendwie brachte ich die Frage

hervor, auch wenn ich nicht mal selbst wusste, ob ich die Antwort darauf tatsächlich hören wollte.

»Ich will, dass du dich entscheidest.« Ein dunkler Unterton lag in Keiths Stimme. »Entscheide dich endlich, Callie. Soll ich mich von dir fernhalten? Dann sprich es aus. Sag es mir ins Gesicht, und ich werde es tun.«

Ich starrte ihn an, unfähig, irgendetwas darauf zu erwidern. Da war sie. Meine Chance, ihn endgültig loszuwerden und nur noch dann sehen zu müssen, wenn es sich aufgrund unserer familiären Situation nicht vermeiden ließ. Keith servierte mir diese Möglichkeit auf einem Silbertablett. Alles, was ich tun musste, war zuzugreifen und ihm hier und jetzt zu sagen, dass er mich in Ruhe lassen sollte. Dass er mich wie eine Stiefschwester behandeln sollte, statt mich mit seinen Blicken Schicht um Schicht bloßzulegen, bis ich das Gefühl hatte, als würde er alles von mir wissen. Jedes wohlgehütete Geheimnis. Jede Erinnerung, an die zu denken ich mir nicht einmal selbst erlaubte.

Meine Atmung wurde schneller, während mein Puls zu hämmern begann. Ich musste die Worte nur aussprechen. Zwar gab es dann noch immer keine Garantie dafür, dass Keith sich auch daran halten würde, aber ich konnte ihm ansehen, wie ernst es ihm war. Und ich glaubte ihm. Wenn ich es wollte, würde er sich ab jetzt von mir fernhalten.

Ich öffnete den Mund … und brachte kein Wort heraus.

Keiths Blick zuckte zu meinen Lippen, dann sah er mir wieder in die Augen. Fordernd. Abwartend. Als würde er fest damit rechnen, dass ich ihm gleich gründlich die Meinung sagte. Doch da war nichts, keine Worte, nur Stille.

Sekunden tickten vorbei, in denen sich keiner von uns rührte. Im Wohnzimmer wechselte die Musik von Lesley Gores volltönender Stimme zu der einer jungen Sängerin, deren

Name mir entfallen war, doch nicht einmal das riss uns aus unserer Starre. Meine Finger gruben sich in die Kante der Kücheninsel hinter mir, aber ich wusste selbst nicht, ob ich mich daran festhalten oder darauf vorbereiten wollte, mich abzustoßen und dieser Situation zu entfliehen.

Letztlich war es Keith, der eine Entscheidung traf.

»Scheiß drauf«, knurrte er. »Du willst mich hassen? Dann gebe ich dir jetzt einen Grund dazu.«

Er ließ mir keine Zeit zum Denken, sondern legte seine Hand in meinen Nacken und presste seinen Mund auf meinen.

Im ersten Moment war ich zu überrumpelt, um irgendetwas Sinnvolles zu tun. Ihn wegzustoßen, zum Beispiel. Eine Ohrfeige wäre sicher auch eine angemessene Reaktion auf diesen Überfall. Stattdessen überraschte ich uns beide, indem ich die Augen schloss und den Kuss erwiderte. Nicht langsam und herantastend, wie ein erster Kuss sein sollte, sondern so hart und hungrig, dass ich vor mir selbst erschrak. Instinktiv wollte ich zurückweichen, doch die Kücheninsel hinter mir und Keiths Hände in meinem Nacken und an meiner Taille verhinderten jede Bewegung. Grob biss er in meine Unterlippe, und ich gab dem Drängen in mir nach. Sein Geschmack überflutete meine Sinne und machte es mir unmöglich, an etwas anderes zu denken als an ihn. An das, was wir hier taten. Daran, dass es längst nicht genug war.

Er neigte meinen Kopf nach hinten, drang beinahe gewaltsam in meinen Mund ein, und ich hieß seine Zunge willkommen. Ein ersticktes Stöhnen kam aus meiner Kehle und wurde einzig durch den Kuss gedämpft. Wie von selbst packten meine Finger sein T-Shirt und zogen ihn näher, bis seine Oberschenkel sich gegen meine pressten und ich seinen Oberkörper bei jedem Atemzug spürte. Der Stoff seiner Jeans rieb über meine nackten Beine und fachte die Hitze in mir nur noch weiter an. Wie flüssiges Feuer schoss sie durch meinen Körper, wirbelte die verfluchten Schmetterlinge in meinem Bauch auf und wanderte tiefer, direkt in meinen Unterleib.

Aber gerade als ich die Arme um Keiths Hals legen wollte, um dafür zu sorgen, dass dieser Moment nicht allzu schnell endete, riss er den Kopf zurück und stieß einen Fluch aus.

Ich atmete schwer und suchte seinen Blick. Fragend. Verwirrt. Und noch immer erschreckend bereit, genau dort weiterzumachen, wo er aufgehört hatte. Dass meine Brust die seine bei jedem Einatmen streifte, war nicht unbedingt hilfreich. Oder dass er mir noch immer so nahe war, dass er seine Stirn an meine lehnen konnte.

»Entscheide dich«, flüsterte er rau. Wie um seinen Befehl zu unterstreichen – oder um es mir noch schwerer zu machen –, biss er ein weiteres Mal in meine Unterlippe.

Ich gab einen erstickten Laut von mir. Was er da verlangte, war Wahnsinn. Zugegeben, bis vor wenigen Minuten war es das Vernünftigste gewesen, was ich je von ihm gehört hatte. Aber jetzt? Nach diesem Kuss? Wie um Himmels willen sollte ich eine Wahl treffen, wenn ich nicht mal mehr klar denken konnte?

»Entscheide dich«, wiederholte er, diesmal eine Spur drängender.

»Ich kann nicht.«

»Dann werde ich nicht aufhören, Callie. Ich kann mich nicht von dir fernhalten. Jetzt erst recht nicht mehr.« Was wie eine Warnung klingen sollte, weckte ein irrwitziges Kitzeln in meiner Magengrube.

Anscheinend hatte ich meinen gesunden Menschenverstand im Wohnzimmer zurückgelassen, denn ich ertappte mich dabei, wie ich atemlos nickte.

»Ich weiß …«

Kapitel 12

Einen Monat nach der erfolgreichen Spendengala beschloss Stella, dass es an der Zeit war, sich bei uns dafür zu bedanken, dass wir ihr zuliebe daran teilgenommen hatten, und lud uns alle zum Essen ein. Nicht zu Hause oder im Diner in der Stadt, sondern in einem beliebten Steakhouse in Montgomery, bei dem man mindestens zwei Wochen im Voraus reservieren musste, um einen Tisch zu bekommen. Ich konnte nur hoffen, dass ich in meinem ärmellosen weinroten Spitzenkleid nicht zu overdressed war. Oder zu underdressed, den braunen Cowboystiefeln sei Dank, auf die ich nicht hatte verzichten wollen. Ballerinas oder High Heels dazu anziehen? Keine Chance. Ich war ein Mädchen aus den Südstaaten. Niemand nahm mir meine Stiefel weg.

Beim Runtergehen hörte ich den Föhn im Badezimmer und musste lächeln. Typisch Holly. Sie schaffte es jedes Mal, nicht rechtzeitig fertig zu werden. Als ich mich der zweiten Treppe näherte, die ins Erdgeschoss hinunterführte, nahm ich eine Bewegung aus dem Augenwinkel wahr. Wie in jener ersten Nacht kam Keith in diesem Moment um die Ecke und blieb stehen, als er mich entdeckte. Er trug ein schwarzes Langarmshirt mit Knopfleiste am Hals, deren oberster Knopf geöffnet war. Dazu eine braune Hose und einen dunklen Gürtel. Lässig, elegant und verflucht heiß, wenn man das lockere Lächeln, die tiefbraunen Augen und das etwas zu lange Haar dazu nahm, das so aussah, als wäre er gerade erst aufgestanden. Ausnahmsweise hatte er sich rasiert, und die dunklen Stoppeln waren aus seinem Gesicht verschwunden. Er erinnerte mich so sehr an den Jungen von früher, dass sich etwas schmerzhaft in meiner Brust zusammenzog.

Seit dem Kuss waren nur ein paar Tage vergangen. Tage, in denen ich Keith so gut wie möglich aus dem Weg gegangen war. Tage, in denen er keine Gelegenheit ausgelassen hatte, seine Absichten deutlich zu machen, auch ohne mich ein weiteres Mal zu berühren. Genau wie jetzt.

Quälend langsam glitt sein Blick an mir hinab, strich wie eine Liebkosung über meine nackten Beine und wanderte genauso langsam wieder hinauf. Bis er bei meinem Gesicht ankam, hatte sich meine Atmung beschleunigt und mein Puls mindestens verdoppelt. Keith sagte kein Wort, doch das war auch nicht nötig. In seinen Augen lag ein Feuer, das es mir fast unmöglich machte, mich auf etwas anderes zu konzentrieren. Würde ich jetzt den Fuß auf eine Stufe setzen, könnte ich garantieren, dass ich sie verfehlte und stattdessen die Treppe herunterfiel.

Keiths Mundwinkel zuckten, als hätte er den gleichen Gedanken gehabt, dann ging er an mir vorbei. Blind tastete ich nach dem Geländer, um mein Gleichgewicht wiederzufinden, und atmete tief durch. In der Luft lag noch immer ein Hauch seines Aftershaves, vermischt mit dem unverkennbaren Geruch von Holz und Motoröl. Vor ein paar Tagen war Keith mit einem Pick-up angekommen, der aussah, als hätte er schon vor Jahren seinen Frieden auf dem Schrottplatz finden sollen. Seitdem schraubte er ständig an dem Ding herum und hinterließ Öl- und Dreckspuren im Bad und in der Küche.

Ich schüttelte den Kopf, um das Bild von Keith unter dem Pick-up loszuwerden, straffte die Schultern und folgte ihm die

Treppe hinunter. Mit jedem Schritt schlug mein Herz ein kleines bisschen schneller, als würde ich nicht zu einem Familienessen gehen, sondern zu meiner Hinrichtung. Oder einem Date. Lächerlicherweise wusste ich nicht, welche Vorstellung schlimmer war. Die letzten Tage hatte ich meinem Stiefbruder aus dem Weg gehen können, da er viel gearbeitet hatte und außerdem alles für seinen Umzug plante. Holly zufolge hatte er eine Wohnung in der Stadt gefunden – ich hatte es allerdings bisher nicht über mich gebracht, ihn darauf anzusprechen.

Aber heute Abend gab es keine Ausweichmöglichkeiten. Ich würde zusammen mit Keith am Tisch sitzen und so tun müssen, als wäre nie etwas zwischen uns passiert. Als hätte er mich nicht in diesem Lagerraum im *Billy's* getröstet. Als hätte er mich nicht geküsst.

Im Eingangsbereich traf ich auf Stella, die neben der Garderobe stand und versuchte, sich für eine Jacke zu entscheiden. Dabei hatten wir noch um die siebenundzwanzig Grad draußen, und die Sonne war auch noch nicht untergegangen.

»Du siehst super aus«, sagte ich und meinte es auch so. Wie ich hatte sich meine Stiefmutter für ein ärmelloses Kleid entschieden, nur dass ihres schwarz war und ihr bis zu den Knien reichte.

»Danke. Du aber auch.« Sie warf mir ein Lächeln zu und entschied sich für einen leichten schwarzen Bolero.

Im Gegensatz zu Keith oder mir war sie ein bisschen zu elegant angezogen – oder wir einfach nicht dazu in der Lage, uns für ein Dinner in einem Restaurant schick zu machen. Diese Möglichkeit ignorierte ich jedoch gekonnt. Es musste einen anderen Grund geben, warum Stella sich so herausgeputzt hatte.

»Kommt dein Date mit?«

»David?«

Ich nickte und konnte mir ein kleines Grinsen nicht verkneifen. Stellas Reaktion war einfach zu niedlich: Eine sanfte, jugendlich wirkende Röte legte sich auf ihre Wangen. Nein, das war gelogen. Bei ihrem gebräunten Hautton musste sie schon knallrot anlaufen, damit man es ihr derart ansah, aber ich hielt mich zurück, sie darauf hinzuweisen.

»Oh … also … nein. Das ist ein Familienessen.«

Das mochte stimmen, trotzdem machte mich dieser Kerl neugierig. Jahrelang war Stella, wenn überhaupt, nur mit ihren Freundinnen ausgegangen, dann tauchte plötzlich dieser Mann auf, und sie wirkte so … glücklich. Ja, glücklich war das richtige Wort dafür. Es war Jahre her, seit ich sie zuletzt so strahlen gesehen hatte.

»Nächstes Mal solltest du ihn mitbringen.«

Ihre Augen weiteten sich. »Meinst du das ernst?«

»Ja«, antwortete ich und wusste im selben Moment, dass es die Wahrheit war. Wer auch immer dieser Typ sein mochte, er würde keinen Vaterersatz für uns darstellen. Holly und ich waren erwachsen. Wir konnten beide mit einem neuen Mann an der Seite unserer Stiefmutter umgehen. Und was Keith anging … Wenn er sich Stellas Glück in den Weg stellen sollte, würde ich seinen Pick-up auf ihn fallen lassen, wenn er wieder mal darunterlag.

Stellas Lächeln war noch eine Spur unsicher, aber warm und irgendwie erleichtert. »Einverstanden.«

»Ich bin fertig! Wartet auf mich!« Wie ein Wirbelsturm kam Holly die Treppe heruntergestürzt, barfuß, in der einen Hand noch die Sandaletten, und bremste vor uns ab. »Warum seid ihr nicht längst im Wagen? Bin ich etwa zu früh?«

Ich lachte lautlos. »Sorry, aber du bist wie immer zu spät. Stella und ich haben uns bloß die Wartezeit verkürzt.«

»Mit was?«, fragte Holly und sah neugierig zwischen uns hin und her, während sie auf einem Bein herumhüpfte und sich nacheinander ihre Schuhe anzog. Ich überließ es Stella, ob sie darauf reagieren wollte oder nicht. Da sie es nicht – oder zumindest nicht sofort – tat, richtete Holly sich wieder auf und stemmte die Hände in die Hüften. »Worüber habt ihr geredet? Sagt schon!«

»Über dein Geburtstagsgeschenk«, flunkerte ich, wohl wissend, dass das ihre Neugier ins Unermessliche treiben würde.

»An meinem Geburtstag werde ich in Nepal sein. Wenn ihr also nicht gerade einen Überraschungsbesuch plant …« Sie hielt inne und starrte uns aus zusammengekniffenen Augen an. »Sekunde mal. Plant ihr etwa einen Überraschungsbesuch?«

»Vielleicht.« Stella legte ihr den Arm um die Schultern und schob sie nach draußen.

Ich sah ihnen einen Moment lang nach, während sich eine leise Wehmut in mir ausbreitete. Nach diesem Sommer würde sich alles ändern – und die vergangenen Wochen hatten mich erkennen lassen, dass ich dem nicht so gleichgültig gegenüberstand, wie ich bei meiner Ankunft gedacht hatte. Jetzt waren wir noch eine Familie, lebten unter einem Dach, frühstückten und lachten miteinander, unternahmen Ausflüge und gingen uns auch mal gegenseitig auf die Nerven. Besonders bei Letzterem schloss ich Keith mit ein. In einem Jahr würde alles anders sein. Holly würde irgendwo ihr Studium beginnen, ich würde mich weiter ins Lernen stürzen, und wir würden uns höchstens an den Feiertagen wiedersehen. Wenn überhaupt. Bislang war ich zufrieden damit gewesen, weil ich längst vergessen hatte, was ich an meinem Zuhause hatte. Und jetzt, da ich es wusste, würde schon bald nichts mehr sein wie zuvor.

Die Fahrt ins Restaurant verlief überraschend friedlich – zumindest am Anfang. Während Stella am Steuer saß und ich an der Musik herumspielte, diskutierten Keith und Holly auf der Rückbank über ihre Reiseplanung, und die Auseinandersetzung wurde zunehmend hitzig. Ich wollte gerade fragen, von welchen Ländern sie sprachen, als Stella den Jeep auch schon vor dem Restaurant parkte. Die Zeit war so schnell verflogen, dass ich gar nicht gemerkt hatte, dass wir bereits in Montgomery waren.

»Darüber reden wir noch.« Stella warf einen mahnenden Blick in den Rückspiegel, bei dem ich mir nicht sicher war, ob sie wirklich die Reise meinte oder uns vor allem daran erinnern wollte, dass wir heute einen friedlichen gemeinsamen Abend verbringen wollten.

Wir betraten das Lokal und wurden von einem freundlich aussehenden blonden Kellner in Empfang genommen, der uns zu unserem Tisch führte. Leises Stimmengewirr erfüllte den Raum, zusammen mit dem Klappern von Besteck und dem köstlichen Duft von gebratenem Fleisch und anderen Leckereien. Die Inneneinrichtung war schlicht, aber edel. Strahlend weiße Tischdecken gaben der ansonsten rustikalen Einrichtung mit dem dunklen Holz einen eleganten Anstrich. Dazu standen überall weiße Teelichthalter, in denen bereits kleine Flammen tanzten, obwohl draußen gerade erst die Sonne unterging. Schlanke Vasen mit einzelnen Blumen auf den Tischen rundeten das Bild ab.

Im Vorbeigehen betrachtete ich die anderen Gäste. Von Anzugträgern bis hin zu Flanellhemden war alles vertreten. Meine Schultern entspannten sich. Ich war weder overdressed noch stand uns ein Abend mit sieben Gängen in steifer Förmlichkeit bevor. Gott sei Dank.

Unser Tisch lag etwas abseits der anderen in einer Ecke, direkt neben dem Fenster. Da wir uns in einem höheren Stockwerk befanden, bot dieser Platz einen fantastischen Ausblick auf die Stadt. Vermutlich hatte Stella ein paar ihrer ärztlichen

Kontakte spielen lassen, um so kurzfristig an diesen Tisch zu kommen.

Ich ließ mich auf einen der gepolsterten Stühle fallen und registrierte überrascht, wie bequem sie waren. Wenn das Essen jetzt auch noch so gut war, wie es im Vorbeigehen auf den Tellern ausgesehen hatte, könnte das ein fantastischer Abend werden. Dachte ich zumindest, bis sich ausgerechnet Keith auf den Platz rechts von mir setzte und mich auch noch unbekümmert angrinste. Ein heißes Kribbeln schoss durch meine Magengrube, und ich verfluchte mich im Stillen für meine Reaktion.

Stella setzte sich links von mir ans Kopfende des Tisches, Holly gegenüber. Wir hatten kaum Platz genommen, als der Kellner wieder auftauchte und die Speisekarten verteilte. Während sich Stella eine Empfehlung von ihm geben ließ, versuchte ich mich ganz auf das zu konzentrieren, was ich hier las, aber Keiths Gegenwart machte es mir schier unmöglich. Seelenruhig krempelte er sich die Ärmel hoch, bevor er seine Karte anhob, um einen Blick hineinzuwerfen. Dabei traten die Muskeln und Sehnen an seinen Unterarmen hervor, und obwohl ich es nur aus dem Augenwinkel wahrnahm, hielt ich unwillkürlich die Luft an. Verdammt. Was hatte es nur mit dieser simplen Bewegung auf sich? Es musste eine logische Erklärung dafür geben, weshalb meine Hormone bei diesem Anblick durch die Decke schossen.

»Callie?«

Ertappt riss ich den Kopf hoch und blickte in Stellas fragendes Gesicht. »Ja?« Erst jetzt bemerkte ich, dass mich alle ansahen. Im ersten Moment wurde mir siedend heiß. Oh Gott. Hatte ich Keith etwa so offensichtlich angestarrt? Was stimmte nicht mit mir? Doch dann bemerkte ich das geduldige Lächeln des Kellners und mir wurde bewusst, dass er auf eine Bestellung von mir wartete.

»Ich … äh …«, murmelte ich und räusperte mich, um diesen Frosch aus meinem Hals zu bekommen. »Ich brauche noch ein paar Minuten.«

Der Kellner nickte verständnisvoll und wandte sich Holly zu. Keiths Schultern bebten vor unterdrücktem Lachen, und ich wäre vor Scham am liebsten im Erdboden versunken. Nein, das stimmte nicht. Am liebsten hätte ich Keith ordentlich auf den Fuß getreten – nur, um dann vor Scham im Boden zu versinken.

Letztlich entschied ich mich dafür, mir den Birnen-Gorgonzola-Salat als Vorspeise mit meiner Schwester zu teilen und als Hauptgang eines der Steaks zu probieren. Dazu nahm ich einen Wein. Wenn ich diesen Abend mit Keith an meiner Seite überstehen sollte, brauchte ich Alkohol. Irgendwie erwartete ich, dass Stella protestieren würde, aber sie nickte mir nur zu und bestellte für sich selbst ein Wasser, da sie noch fahren würde. Innerlich atmete ich erleichtert auf. Alte Gewohnheiten wurde man nur selten los. Ich war erst seit knapp einer Woche einundzwanzig Jahre alt und hatte immer noch das Gefühl, es vor meiner Stiefmutter verbergen zu müssen, wenn ich Alkohol trank. Keith schien damit kein Problem zu haben, denn er bestellte sich ein Bier, ohne einen einzigen Blick in Stellas Richtung zu werfen.

Als der Kellner alles notiert hatte und uns allein ließ, nahmen die anderen das Thema von vorhin wieder auf. Ich hatte immer noch nicht herausgefunden, um welches gefährliche Land es ging, und auch jetzt fiel es mir schwer, mich darauf zu konzentrieren. Während Stella von einem Kollegen berichtete, der für Ärzte ohne Grenzen arbeitete und dort gewesen war, wo Holly unbedingt hinwollte, und Keith hin und wieder einen Kommentar dazu fallen ließ, wippte mein rechtes Bein unter dem Tisch auf und ab. Obwohl ich keinen großen Hunger hatte, konnte ich es plötzlich kaum erwarten, dass das Essen serviert wurde. Oder der Wein. Irgendetwas, um mich davon abzulenken, dass der Mann, der mich vor wenigen Tagen um den Verstand geküsst hatte, direkt neben mir saß.

»Callie, was meinst du denn dazu?« Stellas unerwartete Frage riss mich aus meinen Grübeleien.

»Ja, Callie«, wiederholte Keith mit einem süffisanten Lächeln, als hätte er genau gemerkt, dass ich mit den Gedanken ganz woanders gewesen war. »Was meinst du dazu?«

Die abwartenden Blicke der anderen machten es mir nicht gerade leicht, eine sinnvolle Antwort zu formulieren, also entschied ich mich für die Wahrheit. Na gut, für einen Teil der Wahrheit.

»T-tut mir leid, ich war gerade mit den Gedanken ... woanders.« Nämlich bei der Erinnerung daran, wie sich Keiths Lippen auf meinen angefühlt hatten. »Worüber reden wir?«

Holly wedelte ungeduldig mit der Hand, was ihre zahlreichen Armreifen klimpern ließ. »Ich will nach Jordanien, aber Mom und Keith sind dagegen, obwohl es dort die spannendsten Kulturstätten der Welt gibt.«

Ich runzelte die Stirn. Diese Gegend gehörte vielleicht nicht zu den sichersten, allerdings waren schon andere Backpacker vor ihr dort gewesen.

»Warum nicht? Aber vielleicht schließt du dich einer Reisegruppe an, um die Sehenswürdigkeiten nicht allein besuchen zu müssen?« Dann wäre sie wenigstens in Sicherheit und würde nicht ganz allein durch die Wüste laufen.

»Ha!«, kam es von Holly.

»Es ist zu gefährlich«, wiederholte Stella ruhig.

Holly seufzte genervt. »Und warum soll es dort so gefährlich sein? Ich reise ja nicht nach Syrien oder in den Irak, sondern ...«

»Sondern in ein angrenzendes Land, was es nicht viel besser macht«, fiel Keith ihr scharf ins Wort. So scharf, dass wir ihn nur stumm anstarrten.

Sekunden tickten vorbei, in denen sich das Schweigen am Tisch ausbreitete, dann räusperte sich Stella.

»Nun …«, murmelte sie. Auf ihrer Stirn hatten sich Falten gebildet. »Ich schätze, die Diskussion ist damit beendet. Fürs Erste«, fügte sie mit einem Seitenblick in Hollys Richtung hinzu.

Für einen Moment glaubte ich, dass meine kleine Schwester protestieren würde, doch dann schloss sie den Mund unverrichteter Dinge wieder und nickte nur. Wahrscheinlich erkannte sie dieselbe Sorge im Gesicht unserer Stiefmutter wie ich. Stella versuchte, keine Spielverderberin zu sein und auch nicht die Übermutter zu spielen, aber für meine Schwester war sie tatsächlich eine Mutter. Die Einzige, an die sie sich noch erinnern konnte. Und Holly war das letzte Kind, das das Nest verließ. Auch wenn Keith zurückgekehrt war, so blieb Holly noch immer die Jüngste von uns.

Der Kellner kam an unseren Tisch und brachte unsere Getränke. Wein. Na endlich.

Stella hob ihr Glas und blickte uns alle der Reihe nach mit einem warmen Ausdruck in den Augen an. »Auf die Familie.«

Als wir miteinander anstießen, schien die Diskussion schon vergessen zu sein. Auch Keith gab sich Mühe, keine schlechte Stimmung mehr aufkommen zu lassen und konzentrierte sich stattdessen auf andere Dinge. Auf mich, zum Beispiel. Er sah mir tief in die Augen, als er sein Glas gegen meines stieß, und schon wieder meldete sich dieses Kribbeln in meinem Bauch.

Ich funkelte ihn an, aber er zuckte nur mit den Mundwinkeln. Allen anderen an diesem Tisch konnte ich vielleicht etwas vormachen, aber nicht ihm. Nicht nachdem er genau wusste, wie sehr ich auf ihn reagierte. Nicht nach diesem Kuss, der mich jeden Tag und jede Stunde in einer Mischung aus Lust und Schuldgefühlen verfolgte. Ich spülte diese Empfindungen mit einem großen Schluck Rotwein hinunter und wandte den Kopf zur Seite, um nach draußen zu sehen. Die Sonne war bereits untergegangen, aber der Himmel war noch immer in sanftem Rosa und Gold verfärbt. Die ersten Lichter glitzerten unter uns. Sobald es ganz dunkel war, würde es mit Sicherheit noch atemberaubender aussehen.

Ob es der Wein oder dieser Anblick war, spielte letztlich keine Rolle. Meine flatternden Nerven beruhigten sich, und meine Muskeln begannen sich zu entspannen.

Holly und ich teilten uns die Vorspeise, und der Salat war so lecker, dass ich mich am liebsten hineingelegt hätte. Um die letzten Bissen stritten wir uns regelrecht, was Stella und auch Keith amüsierte. Anschließend kam der Hauptgang, und die Gespräche am Tisch verstummten bis auf gelegentliche genießende Laute, eifriges Nicken und jede Menge lobende Worte.

Besonders Keith schien sein medium gebratenes Steak zu genießen, denn er stöhnte bereits zum zweiten Mal leise neben mir auf. Wie schon beim ersten Mal stockte mir der Atem, und ich musste nach meinem Weinglas greifen, um die plötzliche Trockenheit in meiner Kehle fortzuspülen.

Je länger wir schweigend aßen, umso deutlicher wurde ich mir Keiths Gegenwart bewusst. Es war einfacher gewesen, ihn auszublenden, als ich mir mit Holly den Salat geteilt hatte oder während wir uns alle noch unterhielten. Doch jetzt schienen sich all meine Sinne auf ihn zu fokussieren. Aus dem Augenwinkel nahm ich jede seiner Bewegungen wahr und meinte sie sogar zu spüren, wenn sein Knie meinem gefährlich nahe kam. So nahe, dass ich die Wärme fühlen konnte, die von seinem Körper ausging.

Ich versuchte mich auf mein Essen zu konzentrieren, indem ich das Fleisch in fein säuberliche Stücke schnitt und mein Gemüse gewissenhaft mit der Gabel aufspießte. Als ich wieder aufsah, musste ich feststellen, dass Holly und Stella beinahe fertig waren.

»Wenn du uns immer zum Essen einlädst, begleite ich dich in Zukunft auf jede Veranstaltung, zu der du gehen willst«, nuschelte Holly gerade mit kugelrunden Backen, schluckte hinunter und strahlte Stella an. Nicht einmal die mahnenden Worte unserer Stiefmutter, nicht mit vollem Mund zu sprechen, konnten ihre Begeisterung dimmen.

Als mein Teller leer war, lehnte ich mich pappsatt zurück und faltete die Hände auf meinem Bauch. Wenn das so weiterging, würde ich in diesem Sommer mindestens zehn Kilo zunehmen. Morgen musste ich unbedingt mal wieder joggen und vielleicht auch einen Gang runterschalten, was das Essen anging. Doch als Stella uns nach dem Dessert fragte, war ich die Erste, die Ja sagte. Nachtisch zählte nicht. Das waren keine Kalorien, sondern Nahrung für die Seele, genau wie Schokolade. Und für die Nerven ... Ich hatte immer mehr das Gefühl, dass ich dringend etwas zur Beruhigung meiner angespannten Nerven brauchte. Denn je später es wurde, desto mehr wuchs meine Unruhe. Keith berührte mich nicht und sagte auch nichts, was mich an den Kuss erinnerte – aber das musste er auch gar nicht. Ein einziger Blick in seine Richtung genügte, um mich zu jenem Moment zurückzukatapultieren. Ein Zucken seiner Mundwinkel, und ich wusste wieder, wie sich seine Lippen auf meinen anfühlten. Wie er schmeckte ... Wie er mich an sich drückte ...

Ich räusperte mich und setzte mich auf, doch auch das ließ die Hitze in meinem Bauch nicht verschwinden. Der Wein half sogar noch weniger, denn damit schüttete ich nur Benzin ins Feuer. Trotzdem streckte ich erneut die Hand danach aus –

genau in dem Moment, in dem auch Keith nach seinem Glas griff. Seine Finger streiften meine, und als ich ihm das Gesicht zuwandte, sah ich ihm geradewegs in die Augen.

Sekunden verstrichen, in denen keiner von uns sich bewegte oder ein Wort sagte. Und mit jeder dieser Sekunden beschleunigte sich meine Atmung ein kleines bisschen mehr.

Vielleicht hätte der Rest unserer Familie etwas bemerkt, wenn der Kellner nicht auf einmal mit dem Dessert aufgetaucht wäre und den Bann damit brach. Holly und Keith hatten sich für eine Crème brûlée mit knuspriger Karamellkruste entschieden, während der Kellner einen Schokokuchen mit flüssigem Kern und einer Kugel Vanilleeis vor mir abstellte. Ich war ganz offiziell im Himmel. Allein der erste Bissen entlockte mir ein genießendes Stöhnen, dabei hatte ich den flüssigen Schokoladenkern noch nicht mal erreicht.

Neben mir begann Keith auf seinem Stuhl hin und her zu rutschen. Doch wann immer ich zu ihm hinübersah, schien er vollauf damit beschäftigt, seine Crème brûlée zu essen. Ich biss mir auf die Unterlippe, um mein Lächeln zu unterdrücken. Ha! Wenigstens litt er genauso wie ich, auch wenn das nur ein schwacher Trost war.

Mein Blick fiel auf seine Hände, als er anfing, mit den Fingern seiner linken Hand auf der weißen Tischdecke herumzutrommeln. Lange Finger, mit denen er abends an seinem Pick-up herumschraubte und tagsüber irgendwo in der Stadt einem Job nachging. Vielleicht auf dem Bau, aber so genau wusste ich das nicht. Doch schon die Vorstellung davon, wie er mit diesen rauen Händen über meine Haut fuhr, genügte, um mich meinen Schokoladenkuchen völlig vergessen zu lassen.

»Hey, Schwesterherz.« Holly schnippte vor meinem Gesicht herum, bis ich den Kopf hob. »Du siehst etwas mitgenommen aus. Wenn dir der Kuchen nicht schmeckt, kann ich …«

»Vergiss es«, fauchte ich. Dieses verfressene kleine Biest. Ich zog meinen Teller näher zu mir heran.

»Holly hat recht«, wandte sich jetzt auch Stella an mich. Ihre braunen Augen musterten mich sorgenvoll. »Geht's dir gut? Du bist ganz rot. Nicht, dass du dir etwas eingefangen hast und jetzt Fieber bekommst.«

Ein erstickter Laut drang an mein Ohr, und ich sah zu Keith hinüber. Er hatte sich mit dem Ellbogen auf den Tisch aufgestützt und räusperte sich ausgiebig, als hätte er sich verschluckt. Doch seine Augen funkelten vor unterdrücktem Lachen. Verflucht. Vermutlich konnte er sich ganz genau denken, wohin meine Gedanken gewandert waren.

Ich biss die Zähne zusammen und wandte mich den anderen zu. »Das liegt nur am Wein«, brachte ich hervor, weil das die einzig sinnvolle Erklärung zu sein schien, warum ich mit hochrotem Kopf hier saß. Apropos Wein. Ich griff nach dem Glas und trank einen großen Schluck.

Stellas Mundwinkel zuckten, aber die Sorge war noch nicht aus ihrem Gesicht verschwunden. Seit meiner Geburtstagsfeier hatte ich das Gefühl, dass sie mich eine Spur aufmerksamer betrachtete. Als würde sie jeden Moment damit rechnen, dass ich erneut in einen Schockzustand verfiel.

»Vielleicht solltest du in dem Fall besser Wasser trinken«, schlug sie vor.

»Oder wir gehen einfach«, warf ich ein.

Einen Moment lang schien Stella zu zögern, und ich schickte ein Stoßgebet gen Himmel, obwohl ich nicht mal selbst wusste, was ich noch wollte. Weiter hier neben Keith sitzen, während meine Hormone Achterbahn fuhren? Oder zurück nach Hause und mich in die Sicherheit meines Zimmers flüchten? Allein die Tatsache, dass ich es nicht wusste, sandte mein Stoßgebet vermutlich eher in die Hölle statt in den Himmel.

»In Ordnung«, stimmte Stella zu, und ich atmete erleichtert auf, als sie sich nach dem Kellner umsah.

Doch der Atem blieb mir im Hals stecken, als Keith sich zurücklehnte und sein Knie dabei meines streifte. Es war wie ein verrücktes Déjà-vu von jenem Morgen am Frühstückstisch. Und genau wie damals war ich nicht dazu in der Lage, von ihm abzurücken. Stattdessen packte ich meine Gabel so fest, dass meine Fingerknöchel weiß hervortraten. Unter Aufbietung all meiner Willenskraft schaffte ich es irgendwie, meinen Schokoladenkuchen aufzuessen und Holly und Stella sogar ein Lächeln zuzuwerfen, als wir uns zum Gehen bereit machten.

Ich war so aufgewühlt, dass ich nicht mal protestierte, als Holly vorne sitzen wollte, was mich neben Keith auf den Rücksitz verbannte. Großartig.

Doch obwohl er im Schutz der Dunkelheit die Gelegenheit dazu hatte, mich zu berühren oder etwas zu sagen, das nur ich hören konnte, tat er es nicht. Die ganze Fahrt über rechnete ich damit, doch meine Erwartung erfüllte sich nicht. Das Schlimmste daran? Ich wusste nicht, ob ich erleichtert oder frustriert darüber sein sollte. Genau genommen wusste ich überhaupt nicht mehr, was ich fühlen sollte.

Mal verhielt er sich wie ein Arsch, neckte mich und brachte mich mit seinen Berührungen um den Verstand, dann schien er wieder beinahe gleichgültig zu sein. Und dann gab es noch jene seltenen Momente, in denen ich meinte, den wahren Keith zu erkennen. Den Jungen, der er früher einmal gewesen war. Wenn er mich in seine Arme zog und mich weinen ließ oder neben mir auf dem Verandadach lag, ohne ein Wort zu sagen. Es waren diese ruhigen, fast schon innigen Momente, die mir am meisten Angst einjagten und die ich um jeden Preis vermeiden musste.

Wieder mal erwachte ich ruckartig und mit klopfendem Herzen und starrte sekundenlang orientierungslos in die Dunkelheit meines Zimmers. Meine Haut brannte, und mein Atem ging so schnell, als wäre ich einen Marathon gelaufen. Aber es waren keine Albträume und auch keine verschütteten Erinnerungen, die meinen Puls in die Höhe schnellen ließen. Das Gegenteil war der Fall, und dafür schämte ich mich nur noch mehr. Denn ich hatte von Keith geträumt. Nicht von dem Jungen, den ich früher gekannt hatte, sondern von dem Mann, zu dem er inzwischen geworden war. Von seinen rauen Händen, seinem angedeuteten Lächeln und anderen Dingen, die er mit seinen Lippen tun konnte.

Ein Stöhnen entwich mir, teils vor Scham erstickt, teils so verlangend, dass es mich selbst erschreckte. Ich setzte mich auf und rieb mit beiden Händen über mein erhitztes Gesicht. Ironischerweise kamen mir die Dinge, die mir für gewöhnlich den Schlaf raubten, auf einmal deutlich weniger schlimm vor. Aber wenn man Träume hatte, in denen der eigene Stiefbruder eine alles andere als geschwisterliche Rolle spielte, waren die üblichen Albträume plötzlich sehr viel willkommener.

Mein Hals brannte, als hätte ich die letzten Stunden damit verbracht, so laut zu stöhnen wie in meinem Traum. Oh Gott, ich konnte nur beten, dass das nicht der Fall war. Holly würde mich mit ziemlicher Sicherheit nicht hören, aber Keiths Zimmer lag nur ein Stockwerk unter mir, und er musste mich schon einmal gehört haben, schließlich war er in der Nacht nach meinem Geburtstag hochgekommen, nachdem Parker mich aus meinem Albtraum geweckt hatte.

Frustriert strampelte ich die Decke weg und ließ mich zurück in die Kissen fallen, doch nicht einmal das brachte mir die erhoffte Abkühlung, ganz zu schweigen davon, dass es meine Gedanken in eine andere Richtung lenkte. Jeder Muskel in meinem Körper war noch immer angespannt und drängte nach Erlösung. Wieder flammten die Bilder meines Traums vor meinen Augen auf, und ich sprang aus dem Bett, als hätte ich mich an ihnen verbrannt. Himmel, ich brauchte dringend eine Abkühlung. Oder Sex. Vorzugsweise mit jemandem, der nicht mein Stiefbruder war.

Ich fuhr mir durch das Haar und durchquerte mein Zimmer. Meine Schritte waren lautlos auf dem Holzfußboden, nur meine Tür quietschte wieder mal. In der Stille der Nacht klang das Geräusch so laut, dass ich sicher war, es würde das ganze Haus aufwecken. Doch als ich mit angehaltenem Atem in die Dunkelheit lauschte, hörte ich nichts Auffälliges. Irgendwo tickte eine Uhr, und von draußen drang das Zirpen der Grillen herein. Ansonsten war es ruhig. Ich quetschte mich durch den Türspalt und nahm die Treppe nach unten. Dabei wechselte ich wie eine Betrunkene von links nach rechts, um die Stellen in den Stufen zu vermeiden, von denen ich wusste, dass sie knarzten.

Die Luft im Haus war stickig. Am liebsten hätte ich alle Fenster geöffnet, um frische Luft hereinzulassen, aber das hätte nur das Gegenteil bewirkt. Zu dieser Jahreszeit war es selbst mitten in der Nacht noch immer schrecklich schwülwarm draußen. Eine Dusche wäre meine nächste Wahl gewesen, wenn ich nicht genau gewusst hätte, dass Stella mich hören würde. Und ein Gespräch mit ihr darüber zu führen, warum ich um vier Uhr morgens eine kalte Dusche brauchte, stand nicht gerade auf meiner Liste der Dinge, die ich in diesem Leben unbedingt noch erleben wollte.

Im Erdgeschoss war es genauso dunkel wie im Rest des Hauses. Ich machte mir nicht die Mühe, das Licht einzuschalten, da ich meinen Weg auch so kannte und außerdem niemanden wecken wollte. Lautlos schlich ich in die Küche und dort direkt auf den Kühlschrank zu.

»Kannst du nicht schlafen?«

Ich zuckte so heftig zusammen, dass ich über meine eigenen Füße stolperte und gegen den Kühlschrank stieß. Ein kurzer Schmerz schoss durch meine Schulter, dann übernahm das panische Hämmern in meiner Brust das Ruder. Ich drehte mich um und entdeckte den Besitzer der Stimme nur wenige Schritte von mir entfernt: Keith. Er saß am Küchentisch, ein Glas in den Händen, die Beine auf einen Stuhl gelegt. Obwohl ich sein Gesicht in der Dunkelheit kaum ausmachen konnte, spürte ich seinen forschenden Blick auf mir.

»Willst du mich umbringen?«, zischte ich. Hatte ich zuvor schon nicht mehr schlafen können, war ich jetzt hellwach.

Sein tiefes Glucksen drang an mein Ohr und schickte ein Prickeln über meine Haut. Unweigerlich wurde ich an meine Träume erinnert, die nicht mal ansatzweise mit der Realität mithalten konnten. Dafür wusste ich zu genau, wie sich seine von der Arbeit rauen Finger auf meiner Haut anfühlten. Welches Gefühlschaos sein Mund in mir wecken konnte, wenn er mich berührte … an meiner Schulter, auf meinem Hals, meinen Lippen.

Ich atmete tief durch und wandte mich abrupt ab. Wenn ich noch eine Sekunde länger hier stehen blieb, konnte ich für nichts mehr garantieren. Mit zitternder Hand öffnete ich den Kühlschrank und war dankbar für die kalte Luft, die sich wie ein Balsam auf mein erhitztes Gesicht legte. Vielleicht inspizierte ich den Inhalt etwas zu lange, bevor ich nach der Wasserflasche griff und sie herauszog, aber ich brauchte die Abkühlung ebenso sehr wie die Ablenkung. Obwohl ich meine Gedanken mit allem Möglichen zu beschäftigen versuchte, kehrten sie immer wieder zu einer Tatsache zurück: Keith war hier. Allein mit mir in der Küche. Und egal wie sehr ich mich dagegen wehrte, all meine Sinne konzentrierten sich auf ihn.

Irgendwie schaffte ich es, mir ein Glas Wasser einzugießen, ohne etwas zu verschütten und die halbe Küche zu überfluten, aber das Trinken erwies sich als deutlich schwieriger. Denn kaum, dass ich die Flasche wieder zuschraubte, spürte ich eine viel zu vertraute Wärme hinter mir. Unwillkürlich hielt ich den Atem an, während mein Puls in derselben Geschwindigkeit weiterhämmerte wie wenige Augenblicke zuvor, als ich die Küche betreten und Keith hier entdeckt hatte.

»Was tust du da?« Die Worte sollten stark und abweisend klingen, aber sie kamen mir nur als Flüstern über die Lippen.

»Ich weiß es nicht«, antwortete er genauso leise und stützte sich mit den Händen rechts und links neben mir auf der Küchentheke ab. Er berührte mich nicht, dennoch hatte ich das Gefühl, ihn überall spüren zu können. Die Hitze, die von ihm ausging. Sein Geruch, der mir inzwischen schmerzhaft vertraut geworden war. Sein Atem, der mich im Nacken kitzelte. Als wären seine Nähe während des Abendessens und meine verdammten Träume nicht genug, liefen meine Sinne auch jetzt auf Hochtouren.

»Dann hör auf damit ...«, brachte ich hervor und klammerte mich an mein Wasserglas, als wäre es das Einzige, was mich noch bei Verstand hielt.

»Sag es«, raunte Keith an meinem Nacken. Seine Stimme klang so kehlig, dass ich von Kopf bis Fuß erschauerte. »Sag mir, dass ich mich von dir fernhalten soll.«

Wieder überließ er mir die Entscheidung – und es fiel mir genauso schwer wie beim ersten Mal, als er mich dazu aufgefordert hatte. Wie sollte ich das Vernünftige tun, wenn er mir so nahe war, dass mir sein Duft in die Nase drang? Diese Mischung aus Aftershave und warmem Holz vernebelte mir nicht zum ersten Mal die Sinne.

Die Muskeln in meinem Rücken versteiften sich, als ich seinen Oberkörper hinter mir fühlte. Es fehlten nur ein paar Zentimeter, vielleicht auch nur noch Millimeter, bis er sich mit der ganzen Länge seines Körpers an meinen presste. Ich sollte ihn davon abhalten, sollte mich umdrehen, ihn wegstoßen und ihm endlich das sagen, was er die ganze Zeit von mir hören wollte. Hatte ich mir nicht erst vor wenigen Stunden vorgenommen, es nicht mehr zu einer Situation wie dieser kommen zu lassen? So fest mein Entschluss gewesen war, so sehr schwankte er jetzt.

Nacheinander löste ich meine Finger von dem Glas und schob es beiseite, dann drehte ich mich zu Keith um. Bei der Bewegung streifte ich ihn mit Schulter und Hüfte und vergaß kurzzeitig, wie man atmete. Er trug ein weißes Shirt, das sich an seinen Oberkörper schmiegte und jeden einzelnen festen Muskel betonte; dazu dunkelblaue Shorts. Ich klammerte mich an die Kante der Arbeitsplatte hinter mir. Obwohl ich wusste, dass es ein monumentaler Fehler war, legte ich den Kopf in den Nacken und sah Keith in die Augen. Sie waren so dunkel wie die Finsternis, die uns umgab. Sein Haar wirkte zerzaust, so als hätte er sich genau wie ich im Bett herumgewälzt oder wäre sich mit den Fingern mehrmals hindurchgefahren. Der heutige Abend schien ihn genauso wenig kaltgelassen zu haben wie mich.

»Sprich es aus, Callie …« Die Aufforderung war leise und klang mehr wie eine Bitte als ein Befehl.

Ich war nicht die Einzige, die sich gegen das, was zwischen uns war, sträubte. Auch Keith klammerte sich an den Küchentresen und in seinem Gesicht las ich den gleichen Zwiespalt, in dem ich mich seit Wochen befand. Er schien genauso hin- und hergerissen zu sein, sich genauso verzweifelt dagegen zu wehren … und genauso machtlos zu sein wie ich.

Die Erkenntnis traf mich so hart, dass meine Knie beinahe nachgaben. Nur mit Mühe hielt ich mich aufrecht, während das Hämmern in meiner Brust immer stärker wurde.

»Ich hasse dich«, flüsterte ich und meinte jedes einzelne Wort davon ernst.

Sein Blick senkte sich auf meinen Mund, ehe er mir wieder in die Augen sah. »Ich weiß.«

Und damit war alles gesagt. Ich stieß mich vom Küchentresen ab, legte die Arme um seinen Hals und zog ihn zu mir herunter. Unsere Lippen trafen sich mit einer Härte, die an Schmerz grenzte, aber das störte mich nicht. Genau genommen wollte ich es so. Ich wollte keine zarten Liebkosungen oder Liebesbekundungen, sondern dieser verdammten Anziehungskraft zwischen uns entgegenwirken. Ich wollte sie loswerden, aus mir herausschneiden und nie wieder daran zurückdenken, wie schwach ich in Wirklichkeit war.

Gleichzeitig war da diese nagende Angst in mir, diese leise Stimme in meinem Bewusstsein, die mir sagte, dass nichts mehr wie zuvor sein würde. Nicht nach diesem Kuss. Nicht nach dieser Nacht. Nicht nachdem ich gesehen hatte, dass Keith sich genauso gegen diese Anziehungskraft zwischen uns wehrte wie ich.

Ich öffnete die Lippen unter seinen in einer stummen Einladung, die einem Befehl gleichkam. Ich wollte, nein, ich musste mehr von ihm spüren. Keith verschwendete keine Sekunde, erkundete meinen Mund mit seiner Zunge und nahm ihn für sich ein, bis ich das leise Stöhnen, das sich in meiner Brust sammelte, nicht länger unterdrücken konnte. Als wäre dies sein Startsignal, packten seine Hände mich an der Taille und hoben mich auf den Küchentresen hinter mir. Sofort drängte er sich zwischen meine Beine, und ich schloss sie wie selbstverständlich um ihn. Unsere Bewegungen waren fahrig, drängend und harmonierten dennoch auf eine subtile Weise, da wir keine Fremden füreinander waren. Sieben Jahre mochten eine lange Zeit sein, aber sie hatten nichts an den verrückten Empfindungen geändert, die dieser Mann in mir auslöste. Sie hatten das Gefühlschaos nur noch verstärkt.

Ich grub die Finger in Keiths Haar und zog daran. Er quittierte das mit einem leisen Knurren an meinen Lippen und damit, dass er mich grob im Nacken packte und festhielt, während er mich um den Verstand küsste. Mein Herz schien jeden Moment aus meiner Brust springen und davonhüpfen zu wollen, und ich hatte das Gefühl, keine Luft mehr zu bekommen, aber ich konnte auch nicht aufhören. Als hätte mein Körper ein Eigenleben entwickelt, drängte ich mich an Keith und krallte die freie Hand in sein Shirt.

Schließlich war es Keith, der den Kuss unterbrach und den Kopf hob. Seine Brust hob und senkte sich schnell und in seine Augen war etwas Gefährliches getreten. Wäre ich nicht so benebelt gewesen, hätte ich die Warnung in seinem Blick vielleicht erkannt, aber mein Verstand hatte seine Funktion schon vor Minuten eingestellt. Mit einem Arm auf meinem unteren Rücken zog Keith mich bis an den Rand der Arbeitsfläche und drängte sich gegen mich. Ich biss mir fest auf die Unterlippe, um mein überraschtes Stöhnen zu unterdrücken, denn unsere atemlosen Küsse auf der Küchentheke hatten auch ihn nicht kaltgelassen. Was sich da gegen mich presste, war pure Hitze und Härte.

Ich schnappte nach Luft, suchte nach Worten, die irgendeinen Sinn ergeben würden – und vergaß sie im gleichen Atemzug. Keith nutzte meine Sprachlosigkeit aus, um den Kopf ein weiteres Mal zu senken. Diesmal traf sein Mund aber nicht auf meinen, sondern folgte der Linie meines Kiefers bis zu meinem Ohrläppchen, in das er sachte hineinbiss. Ich zuckte zusammen, als die Empfindung blitzartig durch mich hindurchschoss und sich in meinem Unterleib sammelte. Wieso hatte ich bei anderen Männern nie so heftig reagiert wie hier und heute? Lag es daran, dass wir etwas Verbotenes taten? Dass ich ausgerechnet mit dem Mann herummachte, den ich aus tiefster Seele verabscheuen sollte?

Ich fand die Antwort auf diese Fragen nicht, zumindest nicht in dieser Nacht. Denn in diesem Moment senkte Keith seinen Mund auf meinen Hals. Ich schnappte nach Luft, als glühende Hitze durch meine Adern schoss, als hätte mir jemand eine Injektion mit flüssiger Lava verpasst. Das hier waren nicht die federleichten Berührungen seines Nicht-Kusses in der Bar. Von Anfang an ließ er mich seine Zunge und immer wieder seine Zähne spüren, was mich zusammenzucken ließ. Das Pochen in meinem Körper nahm zu, Blut rauschte in meinen Ohren und ich begann beinahe zu vergessen, wer und wo wir waren.

»Wir müssen damit aufhören …«

War das meine Stimme, die so rau und heiser klang, dass ich sie kaum verstand?

»Oder weitermachen.« Keiths gemurmelte Antwort wurde von einem kleinen Biss in meinen Hals begleitet.

Ein prickelnder Schauer breitete sich rasend schnell von der Stelle aus. Haltsuchend tastete ich hinter mich, ohne zu wissen, ob ich von Keith weg- oder ihn mit mir ziehen wollte.

Ein dumpfer Laut drang an mein Ohr, dicht gefolgt vom splitternden Geräusch von Glas. Ich riss die Augen auf. Keith wirkte genauso überrascht wie ich. Ohne mich loszulassen, drehte er den Kopf nach rechts. Ich folgte seinem Blick. Das, was einmal mein Wasserglas gewesen war, lag jetzt in Scherben auf dem Küchenboden.

»Fuck.«

Nicht das zersplitterte Glas brachte mich zurück in die Wirklichkeit, sondern Keiths leise gemurmelter Fluch. Nach und nach begannen die Synapsen in meinem Gehirn ihre Tätigkeit wiederaufzunehmen, und ich erkannte, wo ich war und was ich hier tat. Mit *wem* ich es tat.

Bevor ich in den Panikmodus umschalten konnte, schüttelte Keith den Kopf. »Das war schon das zweite …«

»Das zweite?«

Er schnaubte leise und sah mich wieder an. »In der ersten Nacht, bevor du mit dem Baseballschläger auf mich losgegangen bist, habe ich schon ein Glas zerbrochen.«

Ich wollte etwas darauf erwidern, eine lockere Bemerkung machen, die diese Situation entschärfte. Zum Beispiel die Frage, wie jemand, der offenbar mit seinen Händen arbeitete, gleichzeitig so ungeschickt sein konnte. Aber mir kam keine Silbe über die Lippen. Stattdessen pochte mein Herz in einem warnenden Rhythmus und meine Muskeln spannten sich an.

Nicht zu Unrecht, wie sich zwei Sekunden später herausstellte, als eine Tür im Haus aufging. Panik breitete sich in mir aus. Ich musste von hier weg, runter von der Arbeitsplatte und raus aus der Küche, bevor Holly oder Stella uns hier erwischten. Noch dazu in dieser eindeutigen Position. Doch als ich Anstalten machte, vom Tresen zu rutschen, packte Keith mich an der Taille.

»Was hast du vor?« Seine Stimme war ein raues Flüstern, dennoch hatte ich das Gefühl, sie wäre unerträglich laut in der Stille um uns herum.

»Ich muss … wieder ins Bett«, stammelte ich. Hatte er die Tür etwa nicht gehört? Oder legte er es darauf an, dass uns jemand erwischte? Ich drückte mit beiden Hände gegen seine Brust und schob ihn zurück.

»Warte.«

Worauf? Darauf, dieser Anziehungskraft zwischen uns noch mal zu verfallen und nicht nur mich selbst zu vergessen, sondern auch ihn und das, was vor sieben Jahren geschehen war? Oder darauf, dass Holly oder Stella gleich hier reinmarschierten und uns auf frischer Tat ertappten? Oh nein, keine Chance. Ich wollte nicht …

Keith unterbrach meine Gedanken, indem er mich wieder an sich zog und von der Theke hob. Automatisch schlang ich die Beine um seine Hüften und hielt mich an ihm fest, während er einen großen Bogen um das Glas auf dem Boden machte und mich aus der Küche trug. Nicht ins angrenzende Wohnzimmer, sondern daran vorbei zur Treppe, die nach oben führte.

»Was tust du da?«, flüsterte ich. Panik schwang in meinen Worten mit, denn in diesem Moment hörte ich Schritte aus der Richtung von Stellas Schlafzimmer.

»Dafür sorgen, dass ich dir nicht noch mal das Knie verbinden muss. Oder in diesem Fall den Fuß.« Kaum ausgesprochen, setzte Keith mich auf der untersten Stufe ab und kehrte in die Küche zurück. Gerade rechtzeitig, denn eine Sekunde später ging das Licht im Wohnzimmer an.

Ich drückte mich gegen das Geländer und betete, dass Stella mich nicht gesehen hatte. Sekunden verstrichen, in denen ich nichts hörte bis auf das Rauschen in meinen Ohren, dann erklang ihre müde Stimme.

»Was ist passiert?«

»Nur ein kleiner Unfall«, antwortete Keith ebenso leise. »Geh wieder ins Bett, Mom.«

Sie sagte noch etwas, das ich nicht verstand, weil ich so darauf konzentriert war, lautlos die Treppe hinaufzuschleichen. Mein Herz hämmerte in einem trommelnden, fast schon schmerzhaften Rhythmus. Meine Haut brannte überall dort, wo Keith mich berührt hatte. Und an meinen Lippen haftete noch immer sein Geschmack, als hätte er sich dort hineingebrannt.

Wahrscheinlich machte es mich zu einem Feigling, jetzt abzuhauen, statt einfach zu warten, bis Stella wieder in ihrem Schlafzimmer verschwand, und dann zu Keith zurückzukehren. Um mit ihm über das zu reden, was da eben zwischen uns passiert war. Oder genau dort weiterzumachen, wo wir aufgehört hatten. Beim Gedanken daran machte mein Herz einen Satz, und ich presste mir die Hand auf die Brust. Eindeutig eine schlechte Idee, die nur in einer Katastrophe enden konnte.

Doch das Schlimmste daran war, dass ich mich mit jeder Faser meines Körpers nach genau dieser Katastrophe sehnte.

Ich zuckte beim Quietschen meiner Zimmertür zusammen und drückte sie vorsichtig zu. Dann lehnte ich mich dagegen und atmete tief durch. Selbst hier hatte ich das Gefühl, Keith noch immer spüren zu können und verfluchte ihn in Gedanken dafür. Wie um Himmels willen sollte ich den Rest des Sommers aushalten, ohne dass so etwas wie vorhin noch mal passierte? Denn diesmal konnte ich nicht Keith dafür verantwortlich machen. Sicher, er hatte sich hinter mich gestellt und war mir viel näher gekommen, als ein Stiefbruder seiner Stiefschwester kommen sollte, aber ich hatte mich zu ihm umgedreht. Ich hatte ihn an mich gezogen und ihn geküsst.

Verdammt. Ich war so was von erledigt.

Kapitel 13

»Ich habe mit Keith rumgemacht.«

Kaum hatte ich mich gegenüber von Faye an unseren Stammplatz im Diner gesetzt, kam mir dieses Geständnis schon über die Lippen. Wochenlang hatte ich die Anziehung zwischen uns ignoriert, hatte so getan, als wäre da nichts. Ich hatte meinen Mund gehalten, hatte niemandem etwas von diesen Blicken oder seinen Berührungen erzählt. Von dem ersten Kuss ganz zu schweigen. Aber jetzt konnte ich es nicht mehr für mich behalten. Wenn ich auch nur einen Tag länger in der Nähe dieses Kerls verbringen musste, ohne mit jemandem darüber zu reden, würde ich noch explodieren. Und das nicht auf eine gute Art und Weise.

Faye reagierte nicht so wie erwartet. Ich hatte mit Verwirrung oder Entsetzen bis hin zu Abscheu gerechnet, allerdings nicht mit diesem stoischen Ausdruck. Ja, sie starrte mich sekundenlang an, ohne zu blinzeln, aber der Ausbruch, bei dem sie mir den Kopf zurechtrückte, blieb aus.

»Um ehrlich zu sein, überrascht mich das nicht«, sagte sie schließlich.

Wie bitte?

»Denkst du, ich habe nicht gemerkt, wie er dich ansieht? Und wie du ihn ansiehst?«

Was?

Sie legte die Speisekarte beiseite und wedelte mit der Hand, als sei es völlig offensichtlich. War es aber nicht, zumindest nicht für mich. Und schlimmer als das, was sie da sagte, war die Frage, ob es außer Faye noch andere Leute bemerkt hatten. Stella zum Beispiel. Oder Holly.

»Er starrt dich an, als würde er dich in seinen Gedanken Stück für Stück ausziehen. Und du siehst ihn an, als würdest du wollen, dass er genau das tut.«

»Oh Gott …« Ich rutschte tiefer unter den Tisch und vergrub das Gesicht in meinen Händen. War es wirklich so offensichtlich?

Die Kellnerin rettete mich davor, mich selbst zu zerfleischen, indem sie an unseren Tisch kam und nach unserer Bestellung fragte. Erleichtert stellte ich fest, dass es sich dabei nicht um Katelyn handelte. Zum Glück. Denn wenn sie irgendetwas von unserem Gespräch mitbekommen würde, war es nur noch eine Frage der Zeit, bis auch Holly Bescheid wusste.

Ich bestellte mir eine Cola und verzichtete auf etwas zu essen. Mein Magen rumorte zu sehr, um etwas zu mir zu nehmen. Dafür bestellte Faye eine extra große Portion Pommes zu ihrem Burger und bedachte mich mit einem Blick, der deutlich aussagte, dass sie mich zur Not dazu zwingen würde, ein paar davon zu essen.

Seufzend lehnte ich mich zurück, als die Kellnerin verschwand, um unsere Bestellungen an die Küche weiterzugeben. Jetzt, da ich mit meinem Geständnis herausgeplatzt war, schien ich auch wieder dazu in der Lage zu sein, meine Umgebung wahrzunehmen. Obwohl es Wochenende war, war im Diner nicht allzu viel los, und ich erinnerte mich daran, dass Holly mir etwas von einem Food Festival erzählt hatte, auf das sie mit Katelyn und ein paar Freunden aus der Highschool gehen wollte. Ihre Einladung, mitzukommen, hatte ich dankend abgelehnt. Zum Glück, denn so hatten Faye und ich das Diner an diesem Nachmittag fast für uns alleine.

Am Tresen saßen ein paar Leute – eine Frau mittleren Alters mit E-Book-Reader, zwei Mädchen mit Einkaufstüten und einem Handy zwischen ihnen und ein älterer Mann mit Baseball-Cap, der lautstark mit dem Koch über Sport diskutierte. Am einzigen anderen besetzten Tisch hatte sich der örtliche Buchclub versammelt, doch statt über das Buch der Woche zu diskutieren, plauderten sie lautstark über den neuesten Klatsch und Tratsch. Als der Name von Fayes Mutter, Mrs Morgenstern, fiel, runzelte ich die Stirn. Echt jetzt? Regten sich die Leute immer noch darüber auf, dass sie so jung schon Mutter geworden war und dann in ihren Vierzigern noch mal?

Ich schüttelte den Kopf. Falls Faye es hörte, ließ sie sich nichts anmerken. Stattdessen musterte sie mich neugierig.

»Will ich die Frage überhaupt hören?«, murmelte ich zögernd.

»Willst du. Wie war er?« Sie senkte die Stimme. »Wie weit seid ihr überhaupt gegangen? Und wo?«

Ich stöhnte innerlich. So dringend ich es jemandem hatte erzählen müssen, so sehr wünschte ich mir jetzt, die Worte zurücknehmen zu können. Das Letzte, was ich wollte, war, mich bis ins kleinste Detail daran zu erinnern, aber ich wusste, dass Faye keine Ruhe geben würde, bis sie nicht alles wusste. Also erzählte ich ihr auch alles. Angefangen von der Begegnung am Flughafen, bei der ich Keith nicht wiedererkannt hatte, bis hin zu dem Abendessen in Montgomery und schließlich der nächtlichen Begegnung in der Küche. Einzig den Part mit meinen Albträumen ließ ich aus, genau wie den Grund, aus dem ich an jenem Vormittag so aufgewühlt ins Badezimmer gestürmt und Keith unter der Dusche erwischt hatte. Denn wenn es etwas gab, über das ich noch weniger nachdenken wollte als darüber, wie die Dinge zwischen Keith und mir standen, dann war es das, was überhaupt erst zu diesem komplizierten Verhältnis geführt hatte.

Als ich fertig war, standen unsere Getränke bereits auf dem Tisch, und die Kellnerin stellte gerade Fayes Burger und einen Berg an Pommes dazu. Automatisch schnappte ich mir ein paar davon und schob sie mir in den Mund.

»Wow …« Faye bedachte mich mit einem Blick, den ich nicht ganz einordnen konnte. War das etwa Mitleid in ihren Augen? Oder verträumte Bewunderung? »Das ist heftig. Nicht, dass ich dich nicht verstehen würde. Er ist heiß.«

Ich funkelte sie an. »Das ist nicht hilfreich.«

Sie zuckte mit den Schultern und biss in ihren Burger. »Aber die Wahrheit«, nuschelte sie mit vollem Mund. »Das weißt du genauso gut wie ich.«

Leider hatte sie recht, was mein Dilemma nicht gerade vereinfachte. Seufzend rutschte ich tiefer in die Polster, bis mein Kopf an der Lehne lag. »Ich kann mich nicht auf ihn einlassen. Das geht einfach nicht. Das ist genauso unmöglich wie …« Ich suchte nach einem Vergleich, den sie als Tierfreundin verstehen würde. »Wie ein Tier ins Weltall zu schießen.«

»Haben die Russen schon vor sechzig Jahren gemacht. Ihr Name war Laika.«

»Dann eben … Zeitreisen!«

»Ist laut Einsteins Relativitätstheorie durchaus möglich.« Als sie meinen bohrenden Blick bemerkte, zog sie den Kopf ein. »Ich bin voll mit sinnlosen Fakten. Sorry …«

»Ich hasse dich gerade ein bisschen«, fauchte ich. »Dann nimm eben irgendetwas, das unmöglich ist.«

Einen Augenblick lang schien sie ernsthaft zu überlegen.

»Faye!«

»Schon gut. Schon gut.« Sie hob die Hände, aber ich wusste nicht, ob es eine abwehrende Haltung war oder sie mich damit beruhigen wollte. »Es ist unmöglich. Verstanden.«

Ich atmete tief durch, doch nicht einmal das beruhigte das Flattern in meiner Magengrube. »Was soll ich nur tun?«

»Willst du, dass ich die Stimme der Vernunft oder der Unvernunft für dich bin?«

»Ich weiß es nicht.«

Und genau das war das Problem. Ich war so hin und her gerissen, dass ich selbst nicht mehr wusste, was richtig und was falsch war – oder was ich überhaupt fühlen sollte. Konnte ich Keith für den Rest des Sommers aus dem Weg gehen und ihn ignorieren? Auch wenn er gerade auszog, würden wir noch immer bei den mehr oder weniger regelmäßigen Familienessen am selben Tisch sitzen. Im schlechtesten Fall sogar nebeneinander. Aber welche Alternative hatte ich? Der Anziehung zwischen uns nachgeben, mich auf meinen eigenen Stiefbruder einlassen und mich für den Rest meines Lebens für diese Schwäche hassen?

»Wenn es irgendein anderer Kerl wäre …«

»Der zufällig in unserem Haus ein und aus geht«, fiel ich ihr trocken ins Wort.

»Genau. Wenn es irgendein Kerl wäre, ohne gemeinsame Vergangenheit, ohne das, was damals geschehen ist …« Wie ich nannte sie die Sache nicht beim Namen. Als hätten wir vor all diesen Jahren einen geheimen Pakt geschlossen, nie wieder darüber zu sprechen. Sie hatte nie nachgefragt, und ich hatte nie darüber geredet. Bisher waren wir beide ziemlich gut damit gefahren. »Würdest du dich dann auf ihn einlassen?«

Würde ich das? Mein Verstand schrie Nein und wehrte sich mit Händen und Füßen gegen diese Vorstellung, aber für ein paar Sekunden ignorierte ich das Toben in meinem Kopf.

Wenn Keith nicht mein Stiefbruder wäre und nichts mit dem Unfall zu tun gehabt hätte … Ich atmete tief durch, dann sah ich Faye direkt an.

»Ja.«

»Interessant.« Nachdenklich rührte sie mit ihren Pommes in dem Klecks Ketchup herum. »Und mit dem ganzen Ballast von früher? Lässt du dich auch damit auf ihn ein?«

Gott, ich wusste es nicht. Hatte ich das in gewisser Weise nicht schon längst? Seine Blicke und Berührungen waren alles andere als freundschaftlich oder gar geschwisterlich, aber wir hatten nie eine Grenze überschritten. Selbst als er mich an jenem Nachmittag in der Küche geküsst hatte, hatte er mir die Wahl überlassen, genau wie letzte Nacht. Trotz allem, was geschehen war, glaubte ich, dass es ihm ernst war. Wenn ich Keith ins Gesicht sagte, dass ich das alles nicht wollte und er sich von mir fernhalten sollte, würde er es tun. Daran bestand nicht der geringste Zweifel. Warum fiel es mir also so verdammt schwer, die Worte auszusprechen? War ich wirklich so schwach, dass ich mich von meinen Hormonen beherrschen ließ, wenn es um diesen Mann ging? Stand ich auf Schuldgefühle und diese innere Zerrissenheit?

Was es auch war, inzwischen gab es kein Zurück mehr. Nicht nach letzter Nacht. Nicht nachdem ich ihn gepackt und geküsst hatte. Diese Entscheidung hatte ich ganz allein getroffen und damit die unsichtbare Grenze übertreten, die Keith gezogen hatte. Die Figuren waren neu aufgestellt worden, und das Spiel war in eine neue Runde gegangen. Jetzt war ich am Zug … und hatte nicht die geringste Ahnung, wie ich mich verhalten sollte.

»Ich werte dein Schweigen mal als Nein.« Faye betrachtete mich mit einem besorgten Ausdruck im Gesicht. Inzwischen hatte sie ihren Burger und die Pommes aufgegessen und wischte sich die Finger an einer Serviette ab. »Ganz ehrlich, Callie? Ich glaube nicht, dass es hierfür überhaupt eine richtige Lösung gibt. Wenn du es nicht tust und so viel Willenskraft aufbringst, dich in den nächsten Wochen von ihm fernzuhalten, wirst du dich nach diesem Sommer immer fragen, wie es hätte sein können.«

Danke. Das war wirklich sehr hilfreich.

»Andererseits würde ich mein gesamtes mickriges Einkommen aus der Praxis darauf verwetten, dass du es bereust, solltest du dich tatsächlich auf ihn einlassen. Wobei, wenn es nur für eine einzige Nacht ist …« Sie senkte die Stimme, als die Kellnerin neben uns stehen blieb und nach weiteren Wünschen fragte. Wir verneinten beide.

Erst jetzt erinnerte ich mich an meine unangetastete Cola und trank einen großen Schluck. Sie war wässrig, und ein Großteil der Kohlensäure hatte sich bereits verabschiedet. Ich seufzte. Heute schien nicht mein Tag zu sein.

Faye wiegte den Kopf hin und her. »Die Frage ist also nicht, was du tun sollst, sondern ob du mit der Entscheidung und den daraus entstehenden Konsequenzen leben kannst.«

Faye und ich verbrachten den Rest des Tages gemeinsam. Wie früher schlenderten wir Seite an Seite durch die Straßen unserer Kleinstadt, die sicher nie in einem Touristenguide auftauchen würde, aber trotzdem etwas Besonderes für uns war: unser Zuhause. Selbst wenn der einzige Drugstore bestenfalls Aspirin und Hustenbonbons hatte und man mindestens eine Stunde bis nach Montgomery oder um die zwei Stunden bis nach Birmingham oder Atlanta fahren musste, um auszugehen, eine Buchhandlung zu besuchen oder etwas Aufregenderes zu unternehmen als wandern und bowlen zu gehen. Aber das war in Ordnung. Die fehlenden Möglichkeiten hatten uns schon früher kreativ werden lassen, wenn es darum ging, unsere Zeit draußen zu verbringen.

Inzwischen wies meine Haut auch wieder einen bronzefarbenen Schimmer auf und erlöste mich damit von den endlosen Neckereien meiner Familie und Freunde darüber, dass ich wie eine der Leichen aussah, die ich während des Studiums sezieren durfte. Charme lernte man definitiv nicht in dieser Stadt.

Als ich Hollys Auto in unserer Einfahrt parkte, war von Stellas Jeep nichts zu sehen. Dafür stand Keiths Wagen vor dem Haus und nahm fast den gesamten Platz ein. Ich schluckte hart und ignorierte das nervöse Flattern in meinem Bauch. Der Pick-up mochte zwar keine zwei Meter von mir entfernt stehen, aber von seinem Besitzer war keine Spur zu sehen. Vielleicht war er ja in seinem Zimmer … oder fuhr gleich in seine neue Wohnung. Ein Blick auf die Zeitanzeige am Armaturenbrett bestärkte mich in dieser Hoffnung. Es war schon kurz nach acht Uhr und die Sonne begann gerade unterzugehen.

Das Gespräch mit Faye hatte mir geholfen. Sich alles von der Seele zu reden hatte geholfen. Aber eine Lösung hatten wir nicht gefunden. Dennoch begleiteten mich ihre Worte, während ich ausstieg und langsam auf das Haus zuging. Konnte ich mit den Konsequenzen meiner Entscheidung leben? Und wie würde diese Entscheidung aussehen? Als ich die Haustür hinter mir schloss und die Stimmen von Holly und Keith vernahm, verblassten diese Gedanken jedoch schlagartig.

»Was ist los?« Ich blieb im Durchgang zum Wohnzimmer stehen. Vor mir breitete sich ein Bild der Verwüstung aus. Die beiden Sofas waren verschoben. Kissen lagen auf dem Couchtisch, dem Sessel und dem Klavier. Sogar der Teppich war stellenweise zurückgeschlagen.

Holly riss den Kopf hoch, als sie mich bemerkte. Ihr langes

Haar war zu einem unordentlichen Pferdeschwanz gebunden und ihre Augen gerötet. Hatte sie etwa geweint?

Jeder Muskel in meinem Körper versteifte sich, während in meinem Kopf die wildesten Theorien explodierten. Hatte irgendein Kerl Holly auf dem Festival belästigt? War jemand eingebrochen, während wir alle außer Haus gewesen waren? War Stella etwas zugestoßen? Mein Blick wanderte zu Keith. Er wirkte gefasst, in seiner Miene war keine Panik zu lesen, was mich nur noch mehr irritierte. Was war passiert, dass Holly so aufgelöst war und Keith so ruhig reagierte?

»Hamtaro ist weggelaufen!«

Sekundenlang starrte ich meine Schwester mit offenem Mund an, während ich darauf wartete, dass sie und Keith loslachten und das Ganze zu einem ausgeklügelten Scherz erklärten. Aber nichts dergleichen geschah. Holly meinte es völlig ernst. Sie wandte sich sogar wieder ab, kniete sich hin und versuchte unter die Couch zu sehen.

»Ich habe ihm Auslauf gegeben, damit ich seinen Käfig reinigen konnte«, erklärte Holly jetzt. »Aber irgendwie habe ich die Zimmertür nicht richtig zugemacht, und jetzt ist er weg.«

Wie um Himmels willen konnte ein Hamster weglaufen? Mit den kurzen Beinchen sollte er nicht mal einen Meter weit kommen.

»Wir finden ihn.« Keith hielt ihr die Hand hin und zog sie wieder auf die Beine. »Er ist bestimmt ganz in der Nähe.«

Mit Sicherheit. Musste ich mir Sorgen machen, gleich auf etwas Flauschiges zu treten? Gerade so widerstand ich dem Impuls, an meinen Schuhsohlen nachzusehen, ob daran ein kleiner Fellball klebte.

»Woher willst du das wissen?« Hollys Temperament machte seinem Ruf alle Ehre, als sie jetzt auf unseren Stiefbruder losging. »Er kann verdammt schnell sein. Außerdem waren alle

Türen offen, sogar die … Oh Gott, er ist nicht nach draußen in den Garten gerannt, oder? Bitte sag mir, dass er nicht im Garten ist!«

»Ich sehe nach«, bot ich mich sofort an. Nicht ganz selbstlos, wie ich zugeben musste, aber mit Holly konnte man in diesem Zustand nicht vernünftig reden.

»Ich komme mit.« Keith nickte mir zu, was ich mit einem düsteren Blick quittierte. Dann legte er Holly die Hände auf die Schultern und sah sie fest an. »Beruhige dich, okay? Du schaust noch mal in allen Zimmern hier unten nach, während Callie und ich den Garten durchkämmen. Irgendwo muss der kleine Kerl ja sein.«

Holly nickte nur und ging wieder in die Hocke, um über den Boden zu kriechen und jeden Zentimeter unter die Lupe zu nehmen. Mitleid regte sich in mir, doch als ich daran dachte, welche Tode ihre früheren Hamster gestorben waren, verschwand das Gefühl fast wieder vollständig. Hamtaro der Erste hatte ein langes und glückliches Leben geführt, während es seinem Nachfolger irgendwie gelungen war, in die Kloschüssel zu klettern. Sein Tod war besonders traumatisch gewesen. Nummer drei hatte deutlich länger durchgehalten. Aber dann war er Holly im Garten entschlüpft, als sie ihm im Sommer Auslauf gegeben hatte. Es gab keine Beweise dafür, aber ich war mir ziemlich sicher, dass die Nachbarskatze ihn gefressen hatte.

Keine guten Aussichten für Nummer vier, sollte er es tatsächlich bis nach draußen geschafft haben.

Ich hörte Keiths Schritte hinter mir, als ich durch die Küche marschierte und dabei bewusst jeden Blick zu der Stelle vermied, wo wir gestern Nacht miteinander herumgeknutscht hatten. War das wirklich nur wenige Stunden her? Ich schüttelte den Kopf, um die Gedanken daran zu vertreiben und mich auf das Wesentliche zu konzentrieren: den kleinen Flauschball namens Hamtaro, den wir hoffentlich lebend wiederfinden würden.

Die letzten Sonnenstrahlen blendeten mich, als ich auf die Veranda trat. In der Luft lag noch immer die Hitze dieses Sommertages, die auch gegen Abend kaum nachließ.

»Glaubst du wirklich, dass er hier draußen ist?«, fragte Keith, doch ich ignorierte ihn. Stattdessen versuchte ich all meine Konzentration darauf zu richten, in jedem Winkel der Terrasse nachzusehen, ob sich das Tierchen hier verkrochen haben könnte.

»Nein«, erwiderte ich nach einem Moment gedehnt. »Aber es ist besser, sicherzugehen und nachzusehen, als nichts zu tun, während Holly ausflippt.«

Einige Minuten lang schwiegen wir, während wir langsam über die Veranda wanderten, und ich tat alles, um meinen Blick davon abzuhalten, zu Keith hinüberzuschweifen. Doch irgendwann hielt ich die Stille zwischen uns nicht mehr aus. »Warum hilfst du überhaupt bei der Suche?« Ich ging neben der Hollywoodschaukel in die Hocke und hob die Polster an, um auch diese zu überprüfen. »Wäre es dir nicht lieber, wenn der Hamster nie wieder auftaucht?«

Gedämpftes Lachen drang an mein Ohr. »Und wie. Aber nur, weil ich das bissige Fellknäuel nicht leiden kann, heißt das nicht, dass ich mir wünsche, dass wir es nie wiederfinden.« Er blieb neben mir stehen, als ich mich wieder aufrichtete, und stieß mich mit der Schulter an. »Du magst keine Schwäne und gehst trotzdem nicht an jeden See, um sie mit Steinen zu bewerfen, oder?«

Was? Daran erinnerte er sich noch? Überrascht hob ich den Kopf und sah Keith an. Ein fragender und gleichzeitig belustigter Ausdruck lag auf seinem Gesicht. Gestern Nacht hatte ich bereits die Stoppeln auf seinem Kinn gespürt, obwohl er sich für das Familiendinner extra rasiert hatte. Jetzt war der dunkle Bartschatten deutlich zu erkennen, und ich fragte mich unwillkürlich, wie es sich wohl anfühlen würde, wenn er mich damit küssen und mit seinen Lippen über meinen Hals fahren würde. Und über andere Stellen.

Ich blinzelte, riss mich von dem Anblick los und trat einen Schritt zur Seite. Nur mit Mühe rief ich mir seine Frage zurück ins Gedächtnis. »Ja, weil ich Angst habe, dass sie mich anspringen.« Stichwort Leda. Dad hatte mir die Geschichte von Zeus in Schwanengestalt ein bisschen zu oft als Gutenachtgeschichte erzählt. Irgendwann war ich so traumatisiert gewesen, dass ich mich keinem Schwan mehr nähern wollte aus Angst davor, danach Eier zu legen.

Diesmal war Keiths Lachen noch näher. Es klang heiser und warm und brachte meinen Magen dazu, einen ungewollten Hüpfer zu machen. Ich atmete tief durch.

»Wenn er es bis hierher geschafft hat, ist er so gut wie tot.« Holly gegenüber hätte ich das nie so direkt ausgesprochen und auch Keith zog überrascht die Brauen hoch.

»Warum sagst du das?«

Ich musste nicht antworten, das Rascheln im Blumenbeet vor dem Geländer reichte, um meine Aussage zu unterstreichen. Und wenn nicht, dann tat es das leise Miauen. Offensichtlich hatte Mr Perkins' Katze wieder mal den Weg in unseren Garten gefunden. Innerlich sprach ich ein Stoßgebet, dass sie nicht mit dem Hamster im Maul auftauchen würde, während ich die zwei Stufen auf den Weg hinunter nahm und das Geländer umrundete. Behutsam schob ich ein paar Blätter beiseite, dann entdeckte ich das rot-weiß gescheckte Tier. Es saß geduckt zwischen den Blumen, als würde es mich zum Spielen auffordern. Oder mir gleich ins Gesicht springen.

Ich beschloss, es lieber nicht darauf ankommen zu lassen und wich zurück. Keith dagegen hatte keine solchen Bedenken. Unter den wachsamen Augen der Katze ging er neben mir in die Hocke und streckte seine Hand nach ihr aus.

»Das würde ich nicht tun«, warnte ich ihn. »Ihretwegen mussten zwei Feuerwehrmänner ärztlich versorgt werden, als sie versucht haben, sie von einem Baum runterzuholen.«

Keith ignorierte mich. Als seine Finger über dem Kopf der Katze schwebten und ich bereits das Gesicht verzog, geschah das Unerwartete: Sie schnurrte. Noch bevor Keith seine Hand im Fell des Tieres vergrub und mit sanften, festen Bewegungen über ihren Kopf strich, begann sie zu rattern wie ein alter Motor.

Ich starrte Keith mit offenem Mund an. »Wie hast du das gemacht? Mich hat sie an guten Tagen bestenfalls ignoriert.« Oder angefaucht. Allerdings hatte ich auch meine Teetasse vor nicht allzu langer Zeit fast auf sie fallen lassen, aber daran war sie selbst schuld. Was versteckte sie sich auch ständig in unserem Blumenbeet?

Keith gluckste leise. »Sieht so aus, als hätte ich ein Händchen für schwierige Frauen.«

Ich kniff die Augen bei diesem Seitenhieb zusammen. »Denkst du, ja?«

Der Blick aus seinen warmen brauen Augen richtete sich auf mich. »Manchmal«, erwiderte er ruhig. »Und manchmal weiß ich selbst nicht, was ich von ihnen halten soll.«

Ich holte bereits Luft, um darauf zu antworten, aber Keith ließ mich nicht zu Wort kommen.

»Werden wir je über das reden, was letzte Nacht in der Küche passiert ist, oder willst du mir für den Rest des Sommers aus dem Weg gehen?«

Verdammt. Anscheinend war ihm nicht entgangen, wie viel

Zeit ich mir heute Morgen im Bad gelassen und dass ich meinen Morgenkaffee mit aufs Zimmer genommen hatte, um ihm, Keith, nicht über den Weg zu laufen. Oder die Küche länger als nötig zu betreten. Ich traute diesem Raum nicht länger, nach allem, was dort bereits passiert war.

»Worüber willst du reden?«, murmelte ich und sah wieder auf Mr Perkins' Katze, die sich jetzt auch noch auf den Rücken rollte, damit Keith ihren Bauch kraulen konnte. Himmel, lagen ihm etwa alle weiblichen Wesen so zu Füßen? Selbst Holly vergötterte ihn auf eine geschwisterliche Art, sonst hätte sie ihn nicht unbedingt hier haben wollen und würde jetzt nicht so viel Zeit mit ihm verbringen.

»Wenn ich mich recht erinnere, schuldest du mir noch immer eine Antwort.«

Sag mir, dass ich mich von dir fernhalten soll.

Seine Worte hallten in meinen Gedanken wider und ließen mich unwillkürlich erschauern. Nicht nur aufgrund ihrer Bedeutung, sondern wegen der Intensität, mit der er sie geraunt hatte. Als würde sein Leben, zumindest aber sein Verstand davon abhängen, dass ich diesen Satz aussprach.

Ich holte tief Luft. »Du …«

Bevor ich wusste, was ich überhaupt sagen wollte, zog eine kleine Bewegung meine Aufmerksamkeit auf sich. Schräg hinter der schnurrenden Katze hatten sich ein paar Blätter bewegt, allerdings wehte an diesem frühen Abend kein Wind.

In diesem Moment erschien ein rotes Näschen zwischen den Blättern, dicht gefolgt von dem dazugehörigen flauschigen Kopf mit den runden Ohren. Hamtaro der Vierte sah mich aus seinen Knopfaugen an, und ich hätte am liebsten laut losgeflucht. Hatte das Tier Todessehnsucht?

Ich legte Keith meine Hand auf den Arm. »Nicht bewegen …«, wisperte ich.

Er erstarrte kurz, machte dann jedoch nahtlos mit den Streichelbewegungen weiter, die die Katze anscheinend in den siebten Himmel beförderten. Unendlich langsam ließ ich mich auf Hände und Knie sinken, um keines der Tiere zu verschrecken, und begann die Katze zu umrunden. Aus dem Augenwinkel behielt ich sie im Blick, während ich Hamtaro beobachtete, der bis auf kleine zuckende Bewegungen seiner Schnauze völlig reglos dasaß. Ich musste ihn nur erwischen, bevor er von Mr Perkins' Katze geschnappt und gefressen wurde. Sollte doch ein Klacks sein, oder?

Ich hatte mich erst einen halben Meter vorwärtsgeschoben, als die Katze ohne Vorwarnung den Kopf hob. Reflexartig hielt ich inne, doch irgendetwas schien ihre Aufmerksamkeit erregt zu haben, denn obwohl Keith sie weiterstreichelte, sprang sie nun auf die Beine. Oh nein. Wenn der Hamster jetzt starb, würde Holly uns das nie verzeihen. Verzweifelt suchte ich Keiths Blick. Da ich mich erst von der Seite hatte anschleichen wollen, war er Hamtaro näher als ich. Er müsste nur die Hand ausstrecken und das Tierchen packen, dann wäre dieses ganze unnötige Drama vorüber. Aber er zögerte. Er zögerte so lange, bis ich mich daran erinnerte, wie Holly ihm vor der Spendengala ihren Hamster hingehalten hatte und er zurückgewichen war.

Er hatte tatsächlich Angst vor dem kleinen Nager. Ich musste seine Beweggründe nicht kennen, um es ihm anzusehen – und es zu respektieren. Ich setzte dazu an, mich zwischen die beiden Tiere ins Beet zu werfen, aber Keith schüttelte den Kopf. Feine Schweißtropfen hatten sich auf seiner Stirn gesammelt. Seine rechte Hand zitterte ein wenig, als er sie ausstreckte, während er mit der linken noch immer die Katze streichelte, um sie abzulenken.

Ich hielt den Atem an und wappnete mich innerlich dafür, im Notfall einzugreifen, auch wenn mir das blutige Kratzer einbringen würde. Aber das war gar nicht nötig. Stück für Stück lehnte Keith sich vor. Ich tat es ihm nach, schob mich zwischen Hamster und Katze, und für einen Moment waren wir uns ganz nah. Sein unsteter Atem streifte mein Gesicht, während er den Arm weiter ausstreckte. Keith hielt meinen Blick fest, schien sich förmlich daran zu klammern, dann legte er die Finger um das kleine flauschige Tier und hob es hoch. Einen Wimpernschlag später sprang er auf die Beine. Die Katze zuckte bei der schnellen Bewegung zusammen und rannte durch das Beet davon.

Erleichterung breitete sich in mir aus, aber dann merkte ich, wie angespannt Keith noch immer war. Seine Schultern waren hochgezogen, seine Atmung war flach und ein feiner Schweißfilm glänzte auf seiner Stirn. Aus seiner zur Faust geballten Hand lugte der Kopf des Hamsters hervor. Behutsam legte ich meine Hände um seine und löste seine Finger von dem kleinen Fellball, bis ich ihn gefahrlos an mich nehmen konnte.

»Bist du okay?«

Einen Moment lang schien er durch mich hindurchzusehen, als wäre er an einem anderen Ort, zu einer anderen Zeit. Dann zuckte er zusammen und richtete seinen Blick wieder auf mich.

»Ja. Lass uns den Hamster zurück ins Haus bringen, bevor er doch noch als Abendessen endet.« Er wirkte langsam wieder wie er selbst, aber mir entging nicht, wie verkrampft sein Lächeln war.

Ich nickte stumm und folgte ihm zurück zur Veranda und dann ins Wohnzimmer. Holly riss mir den Hamster förmlich aus der Hand. Ihr Gesicht glühte vor Erleichterung, während sie das flauschige Tier an sich drückte und uns beide anstrahlte.

»Wo habt ihr ihn gefunden?«

»Im Garten«, antwortete ich. »Keith hat ihn vor Mr Perkins' Katze gerettet.«

»Wirklich?« Erstaunen und eine unendliche Dankbarkeit lagen in Hollys Stimme. Hätte sie Keith nicht ohnehin schon als großen Bruder vergöttert, dann tat sie es spätestens jetzt. Ich erkannte die vertraute Wärme in ihren Augen, die auch immer dann darin auftauchte, wenn sie Stella oder mich ansah.

Der Anblick sollte mich beunruhigen oder wütend machen, schließlich ging es hier um Keith. Den Mann, der unsere Familie auseinandergerissen hatte. Doch je stärker ich mich an meinem Hass festzuklammern versuchte, desto mehr rutschte ich wie an einem glitschigen Seil daran ab. Ich könnte es weiter versuchen, mich immer wieder hochkämpfen – oder ich ließ einfach los und ließ mich fallen. Ohne zu wissen, was mich erwartete, wenn ich unten aufkam.

Ein Lächeln breitete sich auf Keiths Gesicht aus, als er von Holly zu mir sah. »Es war Teamwork.«

Etwas Warmes keimte in meiner Brust auf und krallte sich darin fest. Gespickt mit einer bittersüßen Wehmut, die ich mir selbst nicht erklären konnte. Ich erwiderte Keiths Lächeln knapp und blickte Holly nach, als sie ihren entflohenen Hamster zurück in seinen Käfig brachte. Wie selbstverständlich fingen wir an, das Wohnzimmer wieder aufzuräumen. Die Kissen landeten auf den Sofas, Tisch und Klavier wurden ebenso freigeräumt wie der Boden. Als wir fertig waren, kam Holly noch einmal herunter und wünschte uns eine gute Nacht. Sie sah wirklich fertig aus, aber nach einem ganzen Tag auf dem Food Festival und dem Schock am Abend grenzte es an ein Wunder, dass sie überhaupt noch stehen konnte. Bevor sie ging, umarmte sie erst überraschend Keith, dann mich.

»Danke«, flüsterte sie mir zu, bevor sie sich wieder von mir losmachte und in ihr Zimmer schlurfte.

Vielleicht war es nur eine dumme Vermutung, aber ich hatte

das Gefühl, dass sie mir soeben nicht nur dafür gedankt hatte, ihren Hamster wiedergefunden und gerettet zu haben. In ihrer Stimme hatte so viel mehr gesteckt, so viel Dankbarkeit für etwas Größeres als sie, unseren Stiefbruder oder mich. Ich erinnerte mich daran, wie sie vor einiger Zeit mit ihrer Kamera in die Küche geschossen gekommen war, um ein Foto davon zu machen, dass Keith und ich uns ausnahmsweise nicht an die Gurgel gingen, und ich begriff, dass ihr das viel mehr bedeutete, als sie nach außen dringen ließ. Anscheinend waren wir beide gut darin, Dinge zu verdrängen und unsere wahren Gefühle unter Verschluss zu halten.

Keith machte sich mit einem Räuspern bemerkbar. »Ich verschwinde auch. Gute Nacht.«

Ich reagierte nicht sofort, war zu langsam, weil ich mit meinen Gedanken noch bei meiner kleinen Schwester war, und konnte Keith nur nachsehen, wie er das Wohnzimmer verließ. Kurz darauf fiel die Haustür ins Schloss.

Ich blieb zurück – verwirrt und mit dem plötzlich aufkeimenden Wissen, eine wichtige Chance verpasst zu haben. Wie ein Echo tauchten Fayes Worte in meinem Kopf wieder auf, aber sie waren keine Frage mehr, sondern hatten sich zu einer Tatsache manifestiert. Ich konnte mit den Konsequenzen meiner Entscheidung leben. Ich *wollte* damit leben.

Bevor ich weiter darüber nachdenken und mich vielleicht eines Besseren besinnen konnte, setzte ich mich in Bewegung.

»Warte!« Ich hielt Keith vor dem Haus auf, bevor er in seinen Pick-up steigen und davonfahren konnte.

Er blieb neben seinem Wagen stehen, drehte sich jedoch nicht zu mir um. Jeder Muskel in seinem Körper schien erstarrt zu sein, aber ich wusste nicht, ob es Überraschung oder Abwehr war, die ihn dazu brachte, sich keinen Millimeter zu rühren. Langsam ging ich um ihn herum, und während mein

Herz mit jedem Schritt ein bisschen schneller schlug, wurde mein Entschluss immer gefestigter.

»Ich schulde dir noch eine Antwort …«, flüsterte ich.

Keiths Augen weiteten sich für einen Sekundenbruchteil. Das einzige Anzeichen dafür, dass meine Worte überhaupt bei ihm ankamen, denn abgesehen davon war seine Miene unlesbar. Als wollte er nicht, dass ich sah, was dieses Gespräch in ihm auslöste.

Ich atmete mehrmals tief durch, während in meinem Kopf ein Plan heranreifte, der nur eine Bezeichnung verdient hatte: verrückt. Trotzdem schien es kein Zurück mehr zu geben. Nicht nach heute Abend. Nicht nachdem ich ihn mit Holly gesehen hatte und wie er sich seinen eigenen Ängsten gestellt hatte, damit sie nicht unglücklich war. Ja, es mochte nur ein Hamster sein, aber mit unlogischen Ängsten kannte ich mich selbst bestens aus. Es hatte Monate gedauert, bis ich überhaupt wieder dazu fähig gewesen war, mich in ein Auto zu setzen, und Jahre, bis ich mich traute, es selbst zu fahren. Und sogar heute begleitete mich noch immer ein Unbehagen bei jeder Autofahrt, das ich einfach nicht abschütteln konnte.

»Eine Nacht«, brachte ich heiser hervor. »Eine Nacht, dann hältst du dich von mir fern, und wir reden nie wieder darüber.«

Etwas veränderte sich in seinen Augen, wurde fragend, beinahe provokant. »Denkst du, eine Nacht reicht aus?«

Ich starrte ihn an, während sich das Trommeln in meiner Brust zu verdoppeln schien. Mit dieser Gegenfrage hatte ich nicht gerechnet. Aber wenn ich mich schon auf eine Dummheit einließ, dann nur ein einziges Mal und dieses eine Mal musste ausreichen.

»Ja.« Ich hob das Kinn und hielt seinem bohrenden Blick stand. »Ich will nur dieses … was auch immer das zwischen uns ist, endgültig aus der Welt schaffen.«

Keith ließ sich Zeit mit der Antwort. Er ließ sich sogar so lange Zeit damit, dass mein Puls aus ganz anderen Gründen in die Höhe schoss. Würde er mich gleich auslachen und verkünden, das Ganze wäre nur ein Scherz gewesen? Dass er mich nie so weit hatte bringen wollen? Oder würde er ablehnen und seine süße Rache genießen, nachdem ich ihn von Anfang an nichts als meine Abneigung hatte spüren lassen?

Aber er lachte nicht, und er behauptete auch nicht, sich einen grausamen Spaß erlaubt zu haben. Stattdessen trat er einen Schritt näher und blieb dicht vor mir stehen. Wir berührten uns nicht, dennoch hatte ich das Gefühl, von seiner Nähe, seinem Geruch und seiner Wärme, von seiner ganzen verdammten Präsenz eingenommen zu werden. Wenn es noch eine letzte Möglichkeit für einen Rückzug gab, dann jetzt. Aber ich nahm sie nicht wahr. Ich ließ die Chance verstreichen, denn wenn ich ganz ehrlich mit mir war, wollte ich das hier. Ich wollte seine Nähe, wollte seinen Mund wieder auf meinem fühlen, seine Finger und seine Lippen auf meiner Haut. Nur für eine Nacht. Und dann würde keiner von uns je wieder daran denken.

»Einverstanden.«

Kapitel 14

Ich war nervös. Ich konnte mich nicht daran erinnern, wann ich das letzte Mal so nervös gewesen war. Vielleicht, als ich in meiner ersten Fahrstunde saß und das Lenkrad so fest umklammerte, dass mein Fahrlehrer sich Sorgen machte, ob er meine Finger amputieren müsste, um mich wieder loszumachen. Oder als mich Kellan Michaelson nach einer Verbindungsparty mit in sein Zimmer genommen und ich meine Jungfräulichkeit verloren hatte. Wobei ich selbst damals ruhiger gewesen war, dem Alkohol sei Dank.

Jetzt flatterten meine Nerven wie ein ganzer Schwarm Schmetterlinge und lösten die verrücktesten Empfindungen in mir aus. Ein Rumoren im Bauch, ein Kribbeln in den Beinen, feuchte Hände und den Drang, mich auf der Stelle umzudrehen und zu verschwinden. Keith würde es nie bemerken, denn ich hatte noch nicht mal den Mut aufgebracht, an seine Tür zu klopfen.

Seit rund zehn Minuten stand ich in dem schmalen Flur und versuchte genug Mut zusammenzukratzen, um die Sache endlich durchzuziehen. Es war schließlich mein Vorschlag gewesen, oder nicht? Der Sommer hätte auch so weitergehen können, hätte eine endlose Tortur aus Blicken und verbotenen Berührungen sein können. Stattdessen begrenzte ich all das auf eine Nacht, und dann war es vorbei. War das nicht der klügste

Weg, die Sache anzugehen? Warum war ich dann so verflucht nervös?

Inzwischen hatte ich bereits zwei von Keiths neuen Nachbarn kennengelernt, als diese ihre Wohnungen verlassen und mich wie eine gruselige Stalkerin im Flur hatten stehen sehen. Rechts von ihm lebte eine nette ältere Dame, die ich schon ein paarmal im Diner gesehen hatte. In dem Apartment gegenüber wohnte ein Mann, dessen Alter ich nicht sofort einschätzen konnte. Fünfundzwanzig oder dreißig vielleicht. Er trug die Uniform eines Feuerwehrmannes und hatte mir kurz zugelächelt, bevor er sich auf den Weg nach unten gemacht hatte. Ich war mir ziemlich sicher, dass er nicht mehr so freundlich lächeln würde, wenn ich nach dem Ende seiner Schicht noch immer hier war, weil ich mich einfach nicht traute, endlich an diese verdammte Tür zu klopfen.

Zum Teufel damit. Ich war hier, also konnte ich es auch hinter mich bringen.

Das Geräusch meiner Fingerknöchel, die auf das Holz trafen, hallte dumpf in meinen Ohren wider. In den ersten Sekunden passierte … nichts. Vielleicht war Keith gar nicht zu Hause? Im selben Moment, in dem dieser Gedanke in meinem Kopf auftauchte, schalt ich mich selbst eine Idiotin. Natürlich war er da. Schließlich hatte ich ihm gesagt, dass ich kommen würde. Wie zwei Erwachsene hatten wir diesen Termin festgelegt … um miteinander zu schlafen. Hitze explodierte in meinen Wangen und weckte erneut den Drang in mir, mich irgendwo zu verkriechen. Gleichzeitig pochte mein Herz aufgeregt, und meine Fingerspitzen kribbelten vor nervöser Erwartung. Als ich Keith gestern den Deal vorgeschlagen hatte, hatte ich mich so sicher und entschlossen gefühlt. Warum konnte ich dasselbe Gefühl nicht jetzt auch wieder heraufbeschwören?

Als die Tür endlich geöffnet wurde, hielt ich unbewusst den Atem an. Keith war wie immer dunkel gekleidet. Ein schwarzes T-Shirt, das sich eng an seinen trainierten Oberkörper schmiegte und keinen Zweifel an seiner Vergangenheit als Soldat ließ, und eine dunkelblaue Jeans, die ihm tief auf den Hüften saß. Er war barfuß und sein Haar kringelte sich vor Feuchtigkeit in seinem Nacken. Kaum, dass ich wieder dazu in der Lage war, Luft zu holen, drang mir der frische Duft seines Duschgels in die Nase.

Auch er musterte mich von oben bis unten und zog dabei einen Mundwinkel in die Höhe. Bevor ich hergefahren war, hatte ich eine lächerlich lange Zeit vor meinem Schrank gestanden und überlegt, was ich anziehen sollte. Dabei war es völlig egal, schließlich hatte Keith mich schon in allen möglichen Outfits gesehen, von Alltagsklamotten über mein Schlafshirt bis hin zu einem Abendkleid. Er kannte mich verschwitzt und zerzaust nach einer Joggingrunde, genauso wie herausgeputzt für eine Spendengala oder ein Familiendinner. Trotzdem hatte ich mehrere Sachen anprobiert, bis ich mich für ein schwarzes Kleid mit Blumenmuster entschieden hatte. Es hatte einen breiten U-Boot-Ausschnitt, der meine Schultern frei ließ, und locker herabfallende Dreiviertelärmel. Der Stoff war dünn und fließend, sodass er bei jeder Bewegung mitschwang, und reichte mir bis zur Mitte der Oberschenkel. Dazu trug ich meine geliebten Cowboystiefel, die mich zudem ein paar Zentimeter größer machten. Kein Schmuck und so wenig Make-up, dass ich in diesem Outfit genauso gut zum Einkaufen oder abends ins *Billy's* hätte gehen können. Einzig mit meinen Haaren hatte ich mir mehr Mühe gegeben, sodass sie nun in leicht zerzausten Wellen mein Gesicht umschmeichelten.

»Das hat ja lange gedauert«, kommentierte Keith trocken und trat einen Schritt zur Seite, damit ich hereinkommen konnte.

Jetzt gab es kein Zurück mehr – aber auch kein Zögern. Einen Moment lang hielt ich seinen Blick fest, dann setzte ich einen Fuß vor den anderen und betrat sein neues Zuhause. Bis vor Kurzem hatte ich nicht einmal gewusst, wo in der Stadt er sich eine Wohnung gemietet hatte. Auch wenn er es mir nach seiner unfreiwilligen Bekanntschaft mit meinem Baseballschläger angekündigt hatte, hatte ich ihm nicht wirklich geglaubt, dass er sich eine eigene Bleibe suchen würde. Nun musste ich mir eingestehen, dass ich ihn falsch eingeschätzt hatte. Keith war nicht zurückgekommen, um sich einen schönen Sommer zu machen und seiner Mutter auf der Tasche zu liegen. Er hatte sich einen Job und eine eigene Wohnung gesucht. Er war tatsächlich hierhergekommen, um neu anzufangen.

Gegen meinen Willen machte sich Bewunderung für ihn in mir breit. Ich an seiner Stelle hätte nicht den Mut gehabt, in eine Stadt zurückzukehren, in der jeder wusste, was vor sieben Jahren passiert war. Und wer die Schuld daran trug.

Ich spürte Keiths Blick auf mir, drehte mich aber nicht zu ihm um. Dafür war meine Aufmerksamkeit zu sehr von dem gefangen, was ich vor mir sah. Ich hatte mit einem typischen Single-Apartment gerechnet, ähnlich wie die Zimmer der Jungs im College – unordentlich und ohne viel Liebe zum Detail. Hier wurde ich mit dem kompletten Gegenteil überrascht.

Zugegeben, die Wohnung wirkte im ersten Moment noch etwas kahl und leer, aber wenn man bedachte, wie kurz Keith erst hier lebte, hatte er eine Menge herausgeholt. Die Balken an der Decke sorgten für eine gemütliche, rustikale Atmosphäre. Gepaart mit den wenigen, hauptsächlich dunklen Möbeln und der offenen Küche wirkte das Wohnzimmer warm und einladend, auch wenn noch drei Umzugskartons in der Ecke standen.

Ohne nachzudenken legte ich meine Tasche auf dem Esstisch ab, der die Kochnische vom restlichen Raum trennte. Große Fenster ohne Vorhänge ließen tagsüber wahrscheinlich genug Licht herein – jetzt hatte die Sonne bereits den Horizont erreicht und nur ein orangefarbenes Leuchten erhellte den Himmel draußen. Der warme Holzfußboden sorgte schließlich dafür, dass ich mich endgültig hier wohlfühlte. Aber es waren die Details, die meine ganze Aufmerksamkeit einforderten. Die Sitzbank auf der einen Seite des Esstisches zum Beispiel. Dunkles, glänzendes Holz und Armlehnen, die so kunstvoll geschnitzt waren, dass sie wie zusammengerolltes Pergament wirkten. Ich strich mit den Fingerspitzen darüber, überrascht davon, ein solches Kunstwerk in Keiths Wohnung zu finden, und schlenderte weiter.

Ein schwarzes Ecksofa nahm den größten Teil des Raumes ein. Kaum Kissen, keine Dekorationen. Davor stand ein langer Couchtisch aus dunklem Holz, der im ersten Moment so klobig wirkte wie eine alte Kiste. Erst beim Näherkommen bemerkte ich die filigranen Schnitzereien, die ihn von einer simplen Kiste unterschieden. Ähnlich war es auch bei der Kommode an der Wand. Grob und klobig auf den ersten Blick, aber auf den zweiten Blick waren so viele Details zu erkennen, dass es mir die Sprache verschlug.

»Woher hast du das alles?«, fragte ich und drehte mich endlich zu Keith um.

Er stand breitbeinig im Raum, die Arme vor der Brust verschränkt, und beobachtete mich aufmerksam, aber mit unlesbarer Miene. »Ein paar Sachen sind vom Trödelmarkt, ein paar habe ich in der Werkstatt hergestellt. Und das Sofa ist aus meinem alten Zimmer.«

Ich blinzelte überrascht. »Du hast … das hier selbst gemacht?« Vage deutete ich hinter mich, obwohl ich im Grunde alles damit einschloss. Die Sitzbank, den Couchtisch, die Kommode und … waren das etwa Einbauschränke auf der anderen Seite des Zimmers?

Keith nickte stumm und schob sich die Hände in seine Hosentaschen.

»Aber … wie?«

Seine Lippen verzogen sich zu einem verlegenen Lächeln. »Ich war nie auf dem College. Nach der Highschool bin ich zur Army gegangen, und als ich da endlich raus war, bin ich durch die Gegend gezogen und habe hier und da Jobs angenommen. Auf dem Bau, als Handwerker, in einer Tischlerei …« Er zuckte mit den Schultern, als wäre es nichts Besonderes, als wäre seine Wohnung nicht der Beweis für ein unleugbares Talent. »Seit ein paar Wochen arbeite ich in Jims Werkstatt. Nach Feierabend oder wenn gerade nicht viel zu tun ist erlaubt er mir, mich an den Materialien auszutoben, die wir nicht mehr brauchen. Oder an den Möbeln, die bei uns abgegeben wurden, weil ihre Besitzer sie nicht mehr haben wollten.«

Also hatte er all das hier tatsächlich selbst hergestellt. Mit seinen eigenen Händen. Ein Bild flackerte vor meinem inneren Auge auf, eine leise, fast verblasste Erinnerung, an die ich seit Jahren nicht mehr zurückgedacht hatte. Dad und Keith zusammen im Garten … Anfangs hatte sich Keith noch mehr gegen die Beziehung unserer Eltern gewehrt als ich. Mein Vater hatte versucht, irgendwie an ihn heranzukommen und ihn davon zu überzeugen, dass er nicht der Feind war und ihm auch nicht seine Mom wegnehmen wollte. Irgendwann hatte ich die zwei Seite an Seite im Gras sitzen sehen. Jeder von ihnen hatte ein Stück Holz in der einen und ein Messer in der anderen Hand. Stella wäre vermutlich bei dem Anblick ausgeflippt, also blieb es ihr Geheimnis, dass Dad Keith heimlich beibrachte, wie man aus einem groben Stück Holz ein kleines Kunstwerk schnitzte.

Ich hatte dieses Geheimnis der beiden so lange bewahrt, dass ich es selbst vergessen hatte. Doch jetzt kehrte die Erinnerung unerwartet zurück.

»Callie …« Keith machte Anstalten, auf mich zuzukommen.

Ich schüttelte den Kopf und wich einen halben Schritt zurück. Nein. Ich wollte nicht darüber nachdenken. Nicht heute. Nicht ausgerechnet jetzt.

»Schon gut«, brachte ich hervor und zwang das bittersüße Gefühl mit einem tiefen Durchatmen zurück. Irgendwie gelang es mir sogar, ein Lächeln zustande zu bringen, auch wenn es nicht allzu überzeugend sein konnte, so besorgt wie Keith mich betrachtete. Seine Stirn war gerunzelt, und in seinen Augen lagen so viele verschiedene Emotionen, dass ich mich abwenden musste. Diese Schuld und das Mitleid in seinem Gesicht waren mehr, als ich ertragen konnte.

»Willst du etwas trinken? Essen bestellen?«

Ich sah zu ihm auf, gleichermaßen überrascht wie verwirrt. Eigentlich hatte ich gedacht, es wäre eindeutig gewesen, warum ich heute Abend zu ihm gekommen war. Hatte er plötzlich etwas anderes im Sinn?

Seine Mundwinkel zuckten, als wüsste er genau, in welche Richtung meine Gedanken gerade wanderten. Er hob die Hände in einer entwaffnenden Geste. »Du glaubst doch nicht, dass ich direkt über dich herfalle, sobald du einen Fuß in diese Wohnung gesetzt hast? Komm schon, Callie. Etwas mehr Einfühlungsvermögen könntest du mir schon zutrauen.«

Ich musste unwillkürlich lächeln, während die Anspannung aus meinen Schultern wich. »Pizza«, sagte ich. »Pizza wäre gut.«

»Alles klar.« Keith wandte sich ab, marschierte zur offenen Küche und kehrte mit Flyern der einzigen beiden Lieferservices, die von Montgomery bis in unsere Stadt lieferten, zurück.

»Du kochst nicht gern, was?«

»Sagt die Richtige.« Er zwinkerte mir zu, bevor er zurückging und den Kühlschrank öffnete. Ich hätte mit Bier oder auch irgendeiner Limonade gerechnet, stattdessen zog er eine Flasche Rotwein heraus. »Leider bin ich noch nicht ganz eingerichtet«, murmelte er und goss die dunkelrote Flüssigkeit in zwei Plastikbecher.

Ich wusste nicht, warum, aber ich lachte erleichtert auf. Die billigen Plastikbecher nahmen dieser ganzen Sache den Ernst, genauso wie die Pizzen, die wir gleich bestellen würden. All das wirkte nicht länger wie ein einmaliges Arrangement, um miteinander ins Bett zu gehen, sondern wie ein unverbindliches Treffen zweier … ja, was? Freunde? Mit Sicherheit nicht. Aber wir waren auch keine entfernten Bekannten, die kaum etwas miteinander zu tun und einander nichts zu sagen hatten.

Ehe ich die richtige Bezeichnung für Keith und mich finden konnte – wenn es diese überhaupt gab –, kehrte er zurück und hielt mir einen zur Hälfte gefüllten Plastikbecher hin. Als ich ihn nahm, streiften sich unsere Finger für einen winzigen Moment, und unsere Blicke trafen sich. Nein, wir waren definitiv keine bloßen Bekannten. Denn auf Bekannte reagierte man nicht mit diesem Flattern in der Magengrube und einem Puls, der gleich durch die Decke ging.

»Auf diese eine Nacht«, murmelte Keith und hob seinen Becher.

Ich nickte stumm und stieß mit ihm an, dann nippte ich an meinem Wein. Samtig und weich waren die ersten Begriffe, die mir in den Sinn kamen, um den Geschmack zu beschreiben, der sich in meinem Mund ausbreitete. Der Abgang war lieblich, und ich erkannte schon am ersten Schluck, dass mir dieser Wein nicht so schnell zu Kopf steigen würde wie die zwei Gläser während unseres Familiendinners in Montgomery. Keith wollte mich nicht betrunken machen, sondern nur dafür sorgen, dass ich mich entspannte. Und das tat ich.

Ich zog meine Cowboystiefel aus und kuschelte mich auf das bequeme Sofa. Keith schaltete den Fernseher ein, zuerst nur, um uns die Wartezeit zu verkürzen, doch bald waren wir so vertieft, dass wir auch während des Essens das Geschehen auf dem Bildschirm weiter kommentierten. Irgendwie hatte Keith es geschafft, einen alten Tanzfilm zu finden, und ich war sofort in meinem Element.

»Ach, komm schon«, rief ich gerade und gab ihm einen Klaps auf den Oberschenkel. »So abwegig ist das gar nicht. Damals als alleinstehende Frau, noch dazu als Highschoolschülerin, schwanger zu werden, war eine Katastrophe. Sozialer Abstieg, Armut und Vorurteile waren vorprogrammiert.«

Keith verdrehte die Augen. »Erstens sieht keiner von denen aus, als würden sie noch zur Highschool gehen. Und zweitens hat sie doch einen Kerl, aber sie redet ja nicht mit ihm, sondern zickt nur rum.«

Diese Bemerkung brachte ihm gleich den nächsten Schlag auf sein Bein ein.

»Das Mädchen ist in einer Krise«, protestierte ich. »Emotional und existenziell. Du an ihrer Stelle wärst auch nicht gerade der Sonnenschein vom Dienst.«

»Ich an ihrer Stelle hätte es gar nicht erst so weit kommen lassen.«

»Ach?« Ich sah ihn an. Mittlerweile saßen wir so dicht nebeneinander, dass mir der Atem stockte, als sein Gesicht plötzlich so nahe vor meinem war. Es dauerte ein paar Sekunden, bis ich meine Gedanken wieder ausreichend gesammelt hatte, um mich daran zu erinnern, was ich sagen wollte. »Du wärst bestimmt genauso brav wie Sandy gewesen, oder?«

Er grinste und deutete mit seiner Bierflasche auf den Fernseher. »Das habe ich nicht gesagt. Aber Rizzo ist zumindest teilweise selbst schuld. Es gehören zwei dazu.«

Nun gut, dagegen konnte ich nichts sagen. Kopfschüttelnd wandte ich mich wieder dem Film zu. Obwohl ich mir unzählige Male vorgestellt hatte, wie diese Nacht wohl laufen würde, hatten wir es uns in keiner von meinen Fantasien auf dem Sofa gemütlich gemacht, die Beine auf dem Couchtisch hochgelegt, umringt von leeren Pizzakartons, während wir uns *Grease* im Fernsehen ansahen. Aber ich mochte es. Ich mochte es sogar so sehr, dass ich bereits an meinem zweiten Becher Wein nippte. Ich fühlte mich leicht und entspannt, konnte aber noch immer klar denken. Zumindest hoffte ich das.

Als der Film sich dem Ende entgegenneigte und die Schauspieler eines meiner Lieblingslieder schmetterten, wippte mein Fuß im Takt der Musik mit. Ich hätte den Song problemlos mitsingen können – ich hatte ihn bestimmt hundertmal gehört und mochte ihn noch genauso sehr wie früher.

Eine raue Hand landete auf meinem Knie und stoppte meine Bewegungen. »Du weißt, dass das total ablenkend ist, oder?« Keiths tiefe Stimme war so nahe an meinem Ohr, dass ich unwillkürlich erschauerte.

»Sorry …«, murmelte ich, den Blick starr geradeaus gerichtet.

Aber auch wenn ich nicht mehr im Takt mitwippte, blieb Keiths Hand, wo sie war und mit ihr die Wärme, die von seiner Berührung ausging. Wie nebenbei streichelte er mit dem Daumen über meine Haut. Vor und zurück, in einem fast schon hypnotischen Rhythmus. Ich atmete tief ein und langsam wieder aus. Das Kribbeln auf meiner Haut blieb, ebenso wie das schnelle Pochen in meiner Brust – und vielleicht sollte es so sein. Vielleicht war es an der Zeit, damit aufzuhören, mich dagegen zu wehren. Ich schaffte es ja sowieso nicht.

Die letzte Performance flackerte über den Bildschirm, aber die Textzeilen drangen kaum zu mir durch. Dafür war ich zu sehr auf diese kleine Berührung an meinem Knie konzentriert. Quälend langsam bewegte Keith seine Finger und schob sie auf die sensible Innenseite, nur um ebenso langsam hochzuwandern. Wenn das so weiterging, würde ich sterben, noch bevor wir zum eigentlichen Grund kamen, aus dem ich an diesem Abend hier war. Ich hatte nicht die geringste Ahnung, wie spät es eigentlich war oder wann ich zurück nach Hause fahren würde. Zeit spielte keine Rolle mehr. Nicht, wenn ich die Augen schließen und mich ganz auf Keiths Berührungen konzentrieren konnte. Jetzt, wo ich wusste, warum seine Hände sich so rau anfühlten, machte ihn das nur noch attraktiver.

Ich biss mir auf die Unterlippe, als er den Saum meines Kleids erreichte. Sekundenlang strich er über die Stelle, als wäre sie eine unsichtbare Grenze, die er nicht überschreiten würde. Doch dann ging er weiter, schob seine Finger höher, bis ich keuchend nach Luft schnappte.

Auf einmal war da eine Bewegung links von mir, dann war Keiths Stimme wieder ganz nah. »Mach die Augen auf.«

Ich ließ meinen Kopf zur Seite fallen und schlug die Augen auf. Keith hatte sich hinter mir auf der Rückenlehne abgestützt. Sein Gesicht schwebte über meinem, so nahe, dass er sich nur ein winziges bisschen vorlehnen müsste, um mich zu küssen.

»Ich will, dass du mich ansiehst«, flüsterte er rau. »Damit ich weiß, dass du ganz bei mir bist. Du sollst wissen, dass ich es bin, der dich alles um dich herum vergessen lässt.«

Vergeblich versuchte mein Verstand eine passende Antwort darauf zu formulieren und gab sich nach ein paar Sekunden geschlagen. Denn Keith ließ mich schon jetzt alles andere vergessen. Wo wir waren, wer wir waren, was wir für diese Nacht vereinbart hatten. Wenn er das schon mit einer simplen Berührung an meinem Oberschenkel schaffte, wozu war er dann erst in der Lage, wenn er richtig loslegte?

Irgendwie brachte ich ein Nicken zustande. Mehr war nicht nötig. Etwas veränderte sich in seiner Miene, dann senkte er den Kopf und presste seine Lippen auf meine. Hitze flammte in meinem Bauch auf und breitete sich in rasender Geschwindigkeit in meinen Adern aus. Ich hob die Hand und legte sie Keith in den Nacken, schob die Finger in sein Haar und hielt ihn fest, damit er ja nicht auf die Idee kam, gleich wieder aufzuhören.

Dieser Kuss war anders als jene in der Küche. Er war nicht wild und hart, sondern langsam, fest und genießend. Ich öffnete die Lippen unter seinen und stöhnte leise auf, als seine Zunge in meinen Mund eindrang. Er schmeckte nach Bier und Peperoni-Pizza und nach Keith. Sein Geschmack hatte sich schon bei unserem ersten Kuss in mich eingebrannt, und ich hätte ihn überall wiedererkannt. Automatisch wandte ich mich ihm auch mit dem restlichen Körper zu, wollte mehr von ihm spüren, mehr von dieser Hitze und diesem Kribbeln, die mich seit Wochen um den Verstand zu bringen drohten. Keith nutzte meine Bewegung aus, um seine Hand höher zu schieben, mich an der Hüfte zu packen und festzuhalten.

Er beendete den Kuss mit einem Knabbern an meiner Unterlippe, das eine Mischung aus Lust und Schmerz direkt bis in meinen Unterleib sandte. Ich keuchte auf, als er sich von mir löste, doch mein Protest ging in meinem leisen Stöhnen unter, als er seinen Mund auf meinen Hals drückte. Zentimeter für Zentimeter nahm er meine Haut ein und ließ mich, anders als damals in der Bar, neben seinen Lippen auch seine Zunge und seine Zähne spüren. Ich hatte das Gefühl, keine Luft mehr zu bekommen, gleichzeitig wünschte ich mir, dass das hier niemals enden würde. Nicht solange ich ein Wörtchen bei der Sache mitzureden hatte.

»Gott, dieses Kleid hat mich vom ersten Moment an in den Wahnsinn getrieben …«, raunte er an meinem Hals.

Es dauerte mehrere Sekunden, bis diese Aussage durch meinen vernebelten Verstand zu mir durchdrang, aber selbst dann hatte ich Schwierigkeiten damit, sie zu begreifen. »Was …? Warum?«

Statt einer Antwort biss er mir in die Schulter und schob den Stoff tiefer, bis er meinen trägerlosen schwarzen BH entblößte. »Weil ich es dir sofort herunterreißen wollte.« Er richtete sich auf und zog das Kleid auch auf der anderen Seite hinunter, dann atmete er scharf ein. »Scheiße, wenn ich gewusst hätte, was du drunter trägst, hätte ich es dir schon an der Haustür vom Leib gerissen.«

Ich lachte auf. »Tu dir keinen Zwang an.«

Keith brauchte keine zweite Aufforderung. Er setzte sich auf und schob mir das Kleid Stück für Stück hinunter, bis ich die Arme herausziehen und das Becken anheben musste, damit er es mir ganz abstreifen konnte. Es landete auf dem Holzfußboden vor der Couch, wo es ruhig für die nächsten Stunden bleiben konnte. Aber nicht allein. Es brauchte dringend Gesellschaft von ein paar anderen Klamotten, um sich nicht einsam zu fühlen. Vorzugsweise denen von Keith.

Jetzt war ich an der Reihe. Ich drückte Keith zurück, bis er auf dem Sofa saß, den Kopf an der Rückenlehne, und mit dunklen Augen zu mir hochsah. Ohne ein Wort kniete ich mich über ihn, schob mir das Haar aus dem Gesicht und ließ mich auf seinen Schoß sinken.

Er stieß einen heiseren Fluch aus. »Fuck, hast du auch nur die geringste Ahnung, wie oft ich mir das hier vorgestellt habe?«

Mein Herz pochte in einem trommelnden Rhythmus, als ich mich nach vorne lehnte, bis meine Nasenspitze beinahe seine streifte.

»Wie oft?«, fragte ich flüsternd, da ich meiner eigenen Stimme nicht länger traute. Selbst jetzt klang sie so heiser, als würde sie einer Fremden gehören.

Keith schien sich nicht daran zu stören. Er schob seine Hände auf meine Hüften und packte fest zu. Mit einem Ruck zog er mich an sich, noch näher, bis ich deutlich spüren konnte, welche Wirkung das hier auf ihn hatte. Welche Wirkung *ich* auf ihn hatte.

»Jeden einzelnen Tag, seit ich dich wiedergesehen habe.«

Die Hitze, die jetzt meinen Körper flutete, hatte nicht nur mit Lust zu tun. Natürlich spielte das Verlangen darin eine übergroße Rolle, aber das war nicht alles. Ein irrwitziges Gefühl von Macht durchströmte mich ebenso wie eine ruhige Zufriedenheit, die das Wissen mit sich brachte, dass er genauso heftig auf mich reagierte wie ich auf ihn. Ohne ein weiteres Wort drückte ich meine Lippen auf seine und legte alles in diesen Kuss. All die widersprüchlichen Gefühle, die ich empfand, das Chaos in meinem Inneren, die Wut, den Hass und diese gnadenlose Anziehung, die er auf mich ausübte.

Keith erwiderte den Kuss mit einer Intensität, die mir den Atem raubte. Seine Finger gruben sich in meine Hüfte und in mein Haar, er neigte meinen Kopf zur Seite und erkundete meinen Mund mit seiner Zunge, forderte mich heraus und löste ein so heftiges Kribbeln in meinem Bauch aus, dass ich bald schon nicht mehr wusste, wohin mit mir.

Nach etwas, das wie eine Ewigkeit schien und doch nicht lang genug war, lösten wir uns schwer atmend voneinander. Nicht, weil wir es wollten, sondern weil wir beide dringend Sauerstoff brauchten. Ich wagte es kaum, die Augen zu öffnen, und als ich es tat, traf mich Keiths Blick wie eine weitere Hitzewelle, die über mir hereinbrach. Er schob seine Hände an meinen Seiten entlang hinab und umfasste meinen Hintern. Dann stand er auf, und ich konnte nichts anderes tun, als Arme und Beine um ihn zu schlingen, während er das Ecksofa umrundete und mich in sein Schlafzimmer trug.

Ich konnte mich noch gut an mein erstes Mal erinnern, auch wenn ich damals viel zu viel getrunken hatte. Zielloses Tasten und Rascheln in der Dunkelheit. Feuchte Küsse an meinem Hals und dann ein kurzer Schmerz zwischen meinen Schenkeln. Es war nicht besonders schön, aber auch nicht schrecklich gewesen. Später hatte ich gelernt, Sex zu genießen und mich dabei fallen zu lassen. Aber nie zuvor hatte ich eine solche Hitze und ein solches Verlangen gespürt wie jetzt und hier. Keith schaffte mit einem einzigen Kuss, wofür jeder Mann vor ihm ein stundenlanges Vorspiel gebraucht hatte. Wenn sie denn so viel Geduld aufgebracht hatten.

Überraschend sanft legte Keith mich auf seinem Bett ab, richtete sich über mir auf und streifte sich sein T-Shirt ab. Obwohl es eine so simple Bewegung war, stockte mir der Atem, und ich musste zumindest mir selbst gegenüber zugeben, dass ich Stunden damit verbringen könnte, diesem Mann dabei zuzusehen, wie er sich auszog. Seine Haut war von der Sonne gebräunt und hatte selbst unter seinem Shirt einen warmen bronzefarbenen Ton, der förmlich dazu einlud, sie mit Mund und Händen zu erforschen. Von seiner Schulter bis zu seinem Schlüsselbein zog sich die lange Narbe, die mir schon bei unserer Wanderung im National Forest aufgefallen war. Sie war nicht perfekt verheilt, die Haut an dieser Stelle war heller und hob sich etwas von seinem restlichen Körper ab. Bevor ich darüber nachdenken konnte, fuhr ich sie mit den Fingerspitzen nach.

Etwas flackerte in Keiths Augen, aber er schwieg und ließ zu, dass ich ihn in meinem eigenen Tempo erkundete. Ich strich weiter, nahm die zweite Hand dazu und folgte seinen Rippenbögen, die sich mit jedem tiefen Atemzug hoben und senkten. Sein Bauch war flach und trainiert. Die Muskeln darunter wurden sichtbar, traten aber nicht so extrem hervor wie bei den fitnesssüchtigen Kerlen, die ständig ihren Sixpack zur Schau stellten. Bei Keith wirkte es natürlich, nicht aufgesetzt. Wie das Produkt von harter körperlicher Arbeit.

Ich streichelte weiter über seinen Oberkörper, umrundete seinen Bauchnabel und kratzte etwas an seiner Haut. Sekundenlang war Keith völlig still, als würde er den Atem anhalten, während sich sein Blick in mich hineinbrannte. Wie von selbst wanderten meine Finger zu seinem rechten Hüftknochen, als würde das Tattoo an dieser Stelle sie magisch anziehen. Während ich das schwarze Muster nachfuhr, wunderte ich mich ein bisschen darüber, dass nichts von dem Tattoo spürbar war. Seine Haut war hier ebenso glatt wie überall sonst.

Als ich an Keiths Hosenbund ankam, packte er mein Handgelenk und hielt es fest. »Wenn du jetzt weitermachst, ist diese Nacht vorbei, bevor sie richtig angefangen hat.«

Ich lachte leise und noch immer fasziniert davon, dass meine bloße Berührung eine solche Wirkung auf ihn hatte. Ich war sicher keine schüchterne Jungfrau, aber während der letzten beiden Semester so ins Lernen vertieft gewesen, dass ich bewundernde Blicke von Männern gar nicht mehr wahrgenommen hatte, ganz zu schweigen von irgendwelchen Flirtversuchen. Doch Keith zeigte mir in einer Offenheit, was ich in ihm auslöste, die mich sprachlos zurückließ.

Bestimmt schob er meine Hand beiseite und drückte sie neben meinem Kopf ins Kissen. Er beugte sich über mich und brachte seine Lippen dicht vor meine. »Zeit für die Revanche.«

Bevor ich fragen konnte, was er damit meinte, presste er seinen heißen Mund auf meinen Hals. Schon die erste Berührung entlockte mir ein Keuchen, nach wenigen Minuten war ich bereits ein einziges Bündel aus Hitze, Verlangen und einem Drängen tief in mir, das mir neu war. Keith hatte sich an meinem Oberkörper hinabgeküsst und umspielte meinen Bauchnabel mit seiner Zunge, während ich die Finger ins Laken krallte.

»So empfindlich …«, murmelte er an meiner Haut knapp über dem Bund meines Slips und biss hinein.

Ich stöhnte auf. Himmel, wir waren noch nicht mal nackt, und ich hatte schon jetzt das Gefühl, gleich zu sterben. Wie sollte ich da aushalten, was als Nächstes kam?

Langsam strich Keith an meinen Seiten wieder hinauf und hinterließ eine Spur aus Hitze und Gänsehaut, während er sich wieder an meinem Körper emporküsste. Als er über mir war, aber noch immer nicht auf mir lag, stützte er sich mit einem Arm neben meinem Kopf auf und schob mir das Haar mit der freien Hand hinters Ohr. »Wir gehen es langsam an, okay? Nur so weit du willst und …«

Ich packte ihn im Nacken und zog ihn so nahe heran, dass ich seinen warmen Atem in meinem Gesicht spüren konnte. »Hör gefälligst auf, so verdammt sanft und verständnisvoll zu sein.«

Ein kehliges Lachen kam ihm über die Lippen. »Wie du willst.«

Ohne Vorwarnung schob er meine Knie auseinander und ließ sich mit seinem ganzen Gewicht auf mich sinken. Gleichzeitig presste er seinen Mund für einen harten Kuss auf meinen. Ich stöhnte erstickt auf, doch der Laut wurde von seinen Lippen gedämpft. Keiths nackten Oberkörper auf meinem zu spüren, war Himmel und Hölle zugleich, genau wie das Reiben seiner Jeans zwischen meinen Schenkeln. Ich wollte mehr. Ich *brauchte* mehr.

Als hätte er meine Gedanken gelesen, verlagerte Keith sein Gewicht, richtete sich auf und zog mich mit sich, ohne den Kuss zu unterbrechen. Seine Finger fanden den Verschluss an meinem Rücken und öffneten ihn mit einer Leichtigkeit, die deutlich machte, dass er das nicht zum ersten Mal tat. Dann streifte er mir den BH ab, und jeder Gedanke löste sich in Luft auf.

Keith nahm seinen Mund nur von meinem, um ihn auf meinen Hals zu pressen und Zentimeter für Zentimeter tiefer zu wandern. Zu meinem Schlüsselbein und der Kuhle unter meinem Hals, wo er mich seine Zunge spüren ließ, zu meinem Dekolleté und schließlich zu meinen Brüsten. Ich ließ den Kopf in den Nacken fallen und mein restlicher Körper wäre der Schwerkraft ebenfalls gefolgt, hätte Keith mich nicht festgehalten. Mit einer Hand in meinem Rücken hielt er mich aufrecht, die andere schloss er um meine rechte Brust, während seine Lippen sich der linken widmeten.

Ich keuchte auf. Bisher war ich nie laut beim Sex gewesen, sondern war ganz im Stillen auf meine Kosten gekommen. Aber Keith brachte mich dazu, nicht an dünne Wände und die Nachbarn zu denken, sondern auch mich selbst zu vergessen. Ich vergrub die Finger in seinem Haar, zog daran und tat etwas, von dem ich nie geglaubt hätte, es jemals zu tun. Ich stöhnte seinen Namen.

Keith lächelte an meiner Haut. Unsere Blicke trafen sich, und als ich das Lodern in seinem erkannte, das rohe Verlangen darin, vergaß ich endgültig alles um mich herum. Es spielte keine Rolle mehr, wer wir waren und was zwischen uns stand. Ich dachte nicht mehr daran, dass das hier eine einmalige Sache sein würde. Eine Nacht, auf die ich mich körperlich, aber nicht emotional einlassen wollte. Nichts von alledem war noch wichtig. Das Einzige, was noch zählte, waren die Berührungen und Küsse dieses Mannes, die Hitze zwischen uns und das drängende Ziehen in meinem Unterleib.

Ich folgte diesem animalischen Instinkt in mir und zog Keith wieder zu mir hoch, um meine Lippen erneut auf seine zu pressen. Es war ein atemloser, hektischer Kuss, bissig und voll ungesagter Worte. Ich zerrte an seiner Hose, schaffte es gerade, den Knopf zu öffnen, da stieß er mich wieder aufs Bett zurück und richtete sich über mir auf. Inzwischen glänzte ein feiner Schweißfilm auf seiner Haut, und seine Brust hob und senkte sich ebenso schwer wie meine. Ohne den Blick von mir abzuwenden, zog Keith den Reißverschluss seiner Hose hinunter, dann schob er sie sich über die Hüften und kickte sie weg. Seine engen schwarzen Boxershorts folgten kurz darauf.

Ich starrte ihn an, betrachtete ihn von oben bis unten und sog seinen Anblick in mir auf. Das verwuschelte schwarze Haar, durch das ich so gern mit den Fingern fuhr. Der breite Oberkörper mit den trainierten Bauchmuskeln, von denen ich kaum die Finger lassen konnte. Mein Blick folgte dem schmalen Pfad aus dunklem Haar, das von Keiths Bauchnabel abwärtsführte.

Ich konnte gar nicht anders, als zu lächeln, während Keith mich gleichermaßen mit den Augen verschlang. Dann beugte er sich wieder über mich und schob die Finger unter den Bund meines Höschens. Instinktiv hob ich die Hüften an, damit er mir das letzte Kleidungsstück ausziehen konnte, aber der Mistkerl ließ sich Zeit. Statt mir das Stück Stoff sofort herunterzureißen, setzte er heiße Küsse auf jeden Zentimeter Haut, den er quälend langsam freilegte.

»Wenn du noch langsamer machst, schlafe ich ein, bevor wir richtig angefangen haben.«

Seine Schultern bebten, und sein lautloses Lachen kitzelte an meiner Haut. »Soll das ein Witz sein? Ich träume seit Wochen von nichts anderem, da werde ich sicher nichts überstürzen.« Keith sah zu mir hoch, und in seinem Blick lag nichts als Verlangen und Ehrlichkeit.

Bevor ich darauf reagieren oder auch nur einen klaren Gedanken fassen konnte, schob er mir den Slip über die Hüften und warf ihn hinter sich.

»Du kannst nicht …«, begann ich und unterbrach mich selbst mit einem Stöhnen, als Keith meine Beine mit seinen Schultern auseinanderschob und auch den Rest von mir mit seinem Mund in Besitz nahm. Ich vergaß umgehend, was ich hatte sagen wollen. Mein Körper bäumte sich auf, meine Finger krallten sich in Keiths Haar. Ich hatte längst jede Kontrolle verloren. Über meine Gedanken, meine Gefühle, meine Gliedmaßen. Alles schien nur noch aus purem Instinkt zu bestehen.

»Oh Gott …«, keuchte ich mit zusammengebissenen Zähnen. Kein Kerl hatte mich schon beim allerersten Mal oral befriedigt. Und keiner hatte es je so verdammt *gut* gemacht. »Bitte …«

Keith ignorierte mein Flehen und auch das drängende Ziehen an seinem Hinterkopf. Gnadenlos trieb er mich immer höher und höher, nahm seine Finger zu Hilfe, bis ich mit einem erstickten Aufschrei kam. Meine Muskeln zuckten, während die ganze Anspannung mit einem Mal aus meinem Körper wich. Sekundenlang lag ich keuchend da, die Augen geschlossen, mit pochendem Puls und einem so schnellen Hämmern in meiner Brust, das es jeden Arzt in Alarmbereitschaft versetzt hätte.

Ich sah nicht, wie Keith sich aufrichtete, sondern spürte lediglich, wie er sich kurz von mir entfernte. Eine Schublade wurde aufgezogen und zugeschoben, dann lag ein Teil seines Gewichts wieder auf mir.

»Besser?«, raunte er an meinem Ohr.

Ich erschauerte, als sein warmer Atem meinen Hals streifte, und nickte atemlos. War ich sonst nur selten um einen Spruch verlegen, hatte es mir jetzt die Sprache verschlagen. Als ich die Augen öffnete, bemerkte ich nicht nur das amüsierte Funkeln in Keiths Augen, sondern auch sein selbstgefälliges Lächeln. Hätte er mir nicht gerade den vielleicht besten Orgasmus meines Lebens beschert, hätte ich ihm dieses verdammte Grinsen nur zu gerne aus dem Gesicht gewischt. Doch so konnte ich sein Lächeln nur erwidern, während ich mit den Händen über jeden Zentimeter seines Körpers strich, den ich erreichen konnte.

»Kondome?« Wow, ich war tatsächlich wieder dazu in der Lage, eine sinnvolle Frage zu stellen. Noch dazu eine wichtige.

Statt einer Antwort hielt Keith das Plastikpäckchen in die Höhe, bevor sein Grinsen noch eine Spur breiter wurde. »Keine Sorge. Wo das herkommt, gibt es noch viel mehr.«

Arroganter Mistkerl. Ich boxte ihm gegen die Schulter, dann nahm ich ihm das Päckchen aus der Hand und riss es auf. Meine Atmung ging noch immer schwer, als ich es ihm wieder hinhielt.

Etwas veränderte sich in seinem Blick, wurde sanft und warm, bevor er sich aufrichtete, um sich das Kondom überzustreifen. Ich beobachtete ihn dabei im Halbdunkel des Schlafzimmers, und bei dem Anblick zog sich etwas in meiner Brust zusammen. Es war nur ein kurzes Gefühl, ein kurzes Flattern, das ich weder zuordnen konnte noch wollte. Hier ging es nicht um irgendwelche Emotionen. Das hier war etwas rein Körperliches.

Mit seinem Knie verschaffte Keith sich den nötigen Platz

zwischen meinen Beinen und ließ sich auf mich sinken. Ich konnte ihn spüren, drängte mich ihm mit meinem Becken entgegen, aber er bewies mehr Willenskraft als ich. Mit einem Unterarm stützte er sich neben meinem Kopf auf, dann suchte er meinen Blick und strich mir mit seinen rauen Fingern eine Haarsträhne aus dem Gesicht.

»Was auch immer geschieht …«, flüsterte er rau. »Wir haben diesen Moment. Diese Nacht.«

Ich konnte nichts darauf erwidern, da er in diesem Moment in mich eindrang. Ich schnappte nach Luft, während mich eine Flut an unterschiedlichsten Gefühlen überrollte. Ich schob sie alle beiseite, wollte sie nicht wahrhaben, geschweige denn mich damit auseinandersetzen. Nicht jetzt. Nicht morgen. Niemals.

Keith hielt meinen Blick fest, während er sich in mir zu bewegen begann. Langsam zuerst, als wollte er unser beider Selbstbeherrschung auf die Probe stellen. Schon bald begann sein Arm zu zittern, und er stützte sich auch mit dem zweiten neben meinem Kopf auf. Ich dagegen schlang die Beine um seine Hüften und grub die Finger in die festen Muskeln seines Rückens, um ihn stumm dazu aufzufordern, schneller zu werden, sich selbst zu vergessen und im Zuge dessen dafür zu sorgen, dass ich mich selbst ein weiteres Mal vergaß.

Natürlich machte er es mir nicht so leicht. Nach wenigen Stößen hielt er inne und ignorierte meinen protestierenden Laut.

»Was soll das?«, keuchte ich und zog mit den Fingernägeln eine Spur über seinen Rücken.

Keith reagierte mit einem Erschauern, bewegte sich aber noch immer nicht. Woher nahm dieser Kerl diese Willenskraft?

»Sag es«, verlangte er rau. Wie um seine Worte zu unterstreichen, schob er seine Hüften ein Stückchen vor, viel zu wenig und gleichzeitig doch genug, um das Kribbeln in meinem Inneren neu zu entfachen. »Sag mir, was du willst.«

Dieser verdammte … In Gedanken warf ich ihm jeden Fluch und jede Beleidigung an den Kopf, die mir in diesem Moment einfielen. Er wollte tatsächlich, dass ich es aussprach? Als wäre es nicht eindeutig, was ich wollte. Probehalber hob ich das Becken in dem Versuch, seine Selbstbeherrschung zu durchbrechen, aber das entlockte ihm nur ein atemloses Lächeln. Ein Lächeln, das seinen Weg in meine Brust und an Stellen in mir fand, die ich schon vor Jahren weggeschlossen hatte.

»Sag es«, wisperte er erneut, diesmal an meinem Ohr, bevor er mir verheißungsvoll ins Ohrläppchen biss.

Die Mischung aus Lust und Schmerz ließ mich zusammenzucken. Ein Stöhnen sammelte sich in meiner Kehle, aber ich unterdrückte den Laut, um Keith nicht auch noch diese Genugtuung zu geben.

»Na los.« Seine Stimme war so heiser, dass mich allein bei ihrem Klang ein heißer Schauer durchlief. »Sag es und ich mache weiter.« Wie um mir einen Vorgeschmack darauf zu geben, zog er sich aus mir zurück und stieß wieder in mich hinein. Langsam. Quälend.

Ich stöhnte auf. Meine Selbstbeherrschung, schon zuvor nur noch eine bröckelige Mauer, brach jetzt endgültig in sich zusammen. Ich drängte mich Keith entgegen, schlang die Beine nur noch fester um seine Hüften und brachte meinen Mund dicht vor seinen.

»Mach weiter«, keuchte ich. »Genau so.«

»So?« Provozierend wiederholte er die Bewegung, aber es war noch immer nicht genug. Es würde niemals genug sein.

»Schneller. Härter.«

Eine Mischung aus Erleichterung und Genugtuung flackerte über sein Gesicht, dann presste er seine Lippen auf meine und nahm seine Bewegungen wieder auf. Seine Stöße waren genauso hart und rücksichtslos wie der Kuss – und genau so, wie ich es wollte. Ich wollte nicht mehr denken, nichts mehr empfinden können, sondern nur noch das Körperliche zwischen uns wahrnehmen. Das drängende Ziehen in meinem Unterleib, die Hitze, die sich zwischen meinen Beinen sammelte – und Keith. Immer und immer wieder Keith. Sein Geschmack auf meiner Zunge, sein Geruch, der mich umgab, seine rauen Hände auf meiner Haut, sein Körper auf meinem und in mir.

Es gab keine Vorwarnung, kein langsames Anbahnen oder eine gleichmäßige Steigerung. Der Höhepunkt brach über mich herein und entlockte mir einen überraschten Schrei. Die Hitze explodierte in mir und rieselte in kleinen Funken auf mich herab, bis sie mich überall versengt hatte. Keith bewegte sich noch ein paarmal in mir, dann erstarrten seine Muskeln unter meinen Händen und er kam mit einem erlösten Stöhnen.

Ich wusste nicht, ob es Minuten oder nur Sekunden waren, in denen er mit seinem ganzen Gewicht auf mir lag, während wir beide wieder versuchten zu Atem zu kommen. Im Grunde spielte es auch keine Rolle, denn als er den Kopf hob und meinen Blick suchte, wusste ich, dass das hier erst der Anfang dieser Nacht gewesen war.

Ich riss den Mund auf, aber es war Sauerstoff, der meine Lunge füllte, und kein Rauch, wie ich es mir bis eben noch eingebildet hatte. Mein Puls raste, und in meinen Ohren hallte das Echo von quietschenden Reifen nach. Ich starrte an die Zimmerdecke, ohne mich zu rühren, ohne zu wissen, wo ich war und was passiert war. Eine gefühlte Ewigkeit lang war ich noch immer die Dreizehnjährige, irgendwo gefangen zwischen Traum und Realität. Aber war es wirklich nur ein Albtraum gewesen? Lebte mein Unterbewusstsein seine masochistische Ader aus, indem es mir nachts den schlimmsten Moment meines Lebens wieder und wieder zeigte, wie eine gesprungene Schallplatte?

Ich rieb mir über das Gesicht, um die letzten Reste des Traums ebenso zu vertreiben wie das ekelhafte Gefühl von Panik, das sich in meiner Brust festgesetzt hatte. Erst dann setzte ich mich auf, fuhr mir durch das kurze Haar und wunderte mich, warum mir nichts von meiner Umgebung bekannt vorkam. Weder die weißen Wände und dunklen Balken an der Decke noch der Einbauschrank auf der gegenüberliegenden Seite oder die kunstvoll geschnitzte Kommode links von mir, die gleichermaßen rau wie kostbar wirkte.

Dann fiel mein Blick auf Keith. Als hätte sein im Schlaf entspanntes Gesicht einen Schalter in meinem Kopf umgelegt, kehrten die Erinnerungen zurück. An letzte Nacht. An den gestrigen Abend. Was überhaupt erst zu diesem kleinen Arrangement geführt hatte. Mein Gewissen und mein Körper meldeten sich beinahe gleichzeitig. Ersteres brüllte mich an, von hier zu verschwinden und nie wieder daran zu denken, dass ich mit meinem Stiefbruder geschlafen hatte. Letzterer konnte nur daran denken, wie verflucht gut es gewesen war. Alles in mir sehnte sich danach, diese Nacht noch nicht enden zu lassen und stattdessen an diesem Morgen dort weiterzumachen, wo wir zuletzt aufgehört hatten. Falls wir überhaupt noch Kondome hatten.

Obwohl ich wusste, dass ich aufstehen und gehen sollte, bevor er aufwachte, konnte ich es nicht. Zumindest nicht sofort. Mir war bisher nie aufgefallen, wie angespannt Keith stets gewesen war. Den harten Zug um seinen Mund hatte ich genauso wenig bemerkt wie die oft gefurchte Stirn. Doch jetzt, da er völlig entspannt neben mir lag, erkannte ich den Unterschied – und der war gewaltig. Was war es, das ihn im wachen Zustand so fest im Griff hatte, dass es sich aller Selbstbeherrschung zum Trotz sogar in seinem Gesicht abzeichnete? Waren es die Schuldgefühle? Oder gab es noch etwas anderes, das ihm so zusetzte?

Als ich merkte, dass ich unbewusst die Hand ausgestreckt hatte, um ihm das Haar aus der Stirn zu streichen, erstarrte ich mitten in der Bewegung. Mein Herz polterte los, als wollte es lautstarken Protest einlegen, aber ich brachte es nicht über mich, die Bewegung zu Ende zu führen. Was um Himmels willen tat ich hier eigentlich? Wir hatten eine Abmachung gehabt, und die war jetzt vorbei. Ich hatte nicht mal bis zum Morgen bleiben wollen, aber dafür war es inzwischen zu spät.

So leise wie möglich schob ich die Decke beiseite und rutschte an den Rand der Matratze. Ein Blick über die Schulter reichte aus, um mich zu versichern, dass Keith noch immer tief und fest schlief. Ich stand auf, machte einen ersten Schritt in Richtung meiner Unterwäsche – und verzog das Gesicht, als eine Diele unter meinen bloßen Füßen knarrte. Langsam, wie in Zeitlupe, drehte ich mich um, darauf vorbereitet, Keith gleich Rede und Antwort stehen zu müssen, aber er hatte sich noch immer nicht bewegt. Ich wagte es nicht, erleichtert aufzuatmen, sondern schlich durchs Zimmer und sammelte meine Unterwäsche ein. Sobald ich sie angezogen hatte, fühlte ich mich etwas weniger entblößt im hellen Sonnenlicht, das durch das einzige Fenster hereinschien.

Wenn meine Erinnerung mich nicht täuschte, lagen mein Kleid und meine Stiefel noch im Wohnzimmer. Auf Zehenspitzen schlich ich zur Tür und betete innerlich, auf keine weitere knarrende Diele zu treten. Als ich an der Kommode vorbeikam, blieb ich abrupt stehen. Bis auf meinen hämmernden Herzschlag war nichts zu hören. Keith rührte sich nicht. Aber selbst wenn er aufgewacht wäre, hätte ich es in diesen Sekunden nicht bemerkt.

Das Blut begann in meinen Ohren zu rauschen, als ich zögernd auf die Kommode zutrat. Darauf standen ein paar Fotos in verschieden großen Rahmen, die nicht zueinanderpassen wollten. Ich entdeckte Keith in Armeeuniform mit einem Kameraden, dem er den Arm um die Schultern gelegt hatte. Sie lächelten beide in die Kamera, aber in Keiths Gesicht lag eine Anspannung, eine Härte, die ich nie zuvor bei ihm gesehen hatte. Daneben war ein Bild von ihm und einem Mann, der ihm auf den ersten Blick überhaupt nicht ähnlich sah. Er musste in Stellas Alter sein, wahrscheinlich ein paar Jahre älter, hatte kühle blaue Augen und so helles Haar, dass ich nicht sicher war, ob es blond oder schon weiß war. Seine Hand lag auf Keiths Schulter, und ich meinte, so etwas wie Stolz in der Miene des älteren Mannes erkennen zu können. Keith lächelte nicht. Wieder trug er seine Uniform, aber er wirkte so gezwungen, und die Distanz zwischen ihm und seinem Vater war so deutlich spürbar, dass meine Brust schmerzte. Als hätte mein Herz einen weiteren feinen Riss bekommen. Alleine für sich machten sie nichts aus, aber je mehr sie wurden, desto größer wurde auch die Gefahr, dass es zerbrach. Oder dass ich es an jemanden verlor, der es niemals bekommen durfte.

Es war das dritte Bild, das sich wie ein Schlag in die Magengrube anfühlte. Ich kannte es, hatte es selbst besessen, bevor ich es in einem Anfall von Wut und Trauer zerrissen hatte. Das Foto zeigte uns alle am zweiten Hochzeitstag von Stella und meinem Vater. Wir saßen draußen auf der Veranda, und eigentlich hatte keiner von uns Kindern Lust darauf gehabt, das Bild zu machen. Aber Dad hatte darauf bestanden und sogar das Stativ geholt, damit wir uns alle nebeneinander aufstellen konnten. Hätte ich damals gewusst, was ich heute wusste, hätte ich auf dem Bild gelächelt.

Meine Finger zitterten, als ich über das Familienfoto strich, das sicher hinter Glas eingeschlossen war. Als versuchte Keith etwas festzuhalten, das längst zerbrochen war. Ruckartig zog ich die Hand zurück und stolperte einen Schritt zurück. Diesmal verschwendete ich keine Zeit damit, mich umzusehen, sondern machte auf dem Absatz kehrt und verließ den Raum. Im Wohnzimmer zog ich mir mein Kleid über den Kopf, schlüpfte in meine Stiefel und nahm meine Tasche vom Esstisch. Auf dem Couchtisch lagen noch immer die leeren Pizzakartons, daneben die Weinflasche mit dem Plastikbecher, aus dem ich getrunken hatte, und Keiths leere Bierflasche. Die Erinnerung daran, wie wir unbeschwert nebeneinander auf dem Sofa gesessen und einen meiner Lieblingsfilme angeschaut hatten, schnürte mir die Kehle zu. Es war eine Sache, miteinander Sex zu haben, um diese Anziehungskraft zwischen uns aus der Welt zu schaffen. Aber miteinander zu essen, zu lachen, einen Film zu schauen und dann in den Armen des anderen einzuschlafen? Das war etwas völlig anderes. Das war fast schon so etwas wie … echte Zuneigung?

Schuldgefühle breiteten sich in meinem Inneren aus, stiegen immer höher, bis ich das Gefühl hatte, gleich daran zu ersticken. Nicht die Nacht an sich, sondern alles andere fühlte sich wie ein Verrat an. Wie ein Verrat an meinem Vater.

Ich musste hier raus. So schnell wie möglich und so weit, wie ich nur konnte. Mit hastigen Schritten durchquerte ich die Wohnung, als würde draußen der Sauerstoff auf mich warten, den ich so dringend brauchte, um wieder atmen zu können. Um wieder klar denken zu können.

Ich zog die Tür im selben Moment hinter mir zu, in dem ich Schritte im Schlafzimmer hörte.

Kapitel 15

Frische Luft hatte nicht geholfen. Genauso wenig wie die Fahrt nach Hause oder das heiße Wasser, das seit einer gefühlten Ewigkeit auf mich herabprasselte. Ich stützte mich mit den Händen an den kalten Fliesen ab und schloss die Augen. Meine Gedanken rasten und wollten sich einfach nicht beruhigen. Seit ich das Foto bei Keith gesehen hatte, herrschte ein einziges Chaos in mir. Unwillkürlich kamen mir Fayes Worte wieder in den Sinn. *Kannst du mit der Entscheidung und den daraus entstehenden Konsequenzen leben?*

Bis zu diesem Morgen hatte ich geglaubt, es zu können. Aber jetzt war ich mir da nicht mehr so sicher.

Blind tastete ich nach dem Duschgel und öffnete es. Der Duft von Vanille und Lavendel hüllte mich ein und vertrieb auch die letzten Spuren von Keiths Geruch auf meiner Haut. Aber er konnte nicht die Erinnerungen an seine Küsse und Berührungen vertreiben – und noch weniger die Überbleibsel dieser einen Nacht. Nicht das Ziehen in meinen Muskeln und erst recht nicht den Knutschfleck an meinem Hals. Ein sichtbares Zeichen dafür, was ich – was wir – letzte Nacht getan hatten.

Ich verteilte Shampoo in meinem Haar und blieb so lange unter der Dusche, bis es kein heißes Wasser mehr gab. Widerwillig stellte ich es ab und tastete nach einem Handtuch.

Am liebsten hätte ich mich für den Rest des Tages hier oder in meinem Zimmer verkrochen. Ich fühlte mich nicht mal ansatzweise bereit, meiner Familie gegenüberzutreten. Oder Keith.

Dabei gab es keinen Grund, mich zu verstecken. Die letzte Nacht war eine einmalige Sache gewesen. Niemand würde je erfahren, was zwischen Keith und mir passiert war. Zumindest versuchte ich mir das einzureden, während ich mir ein ärmelloses Top mit Rollkragen anzog, das das verräterische Mal an meinem Hals verbarg. Dazu schlüpfte ich in Jeans-Hotpants, da es wieder ein heißer Sommertag zu werden versprach.

Im Haus war es still, als ich die Treppe hinunterging. Ich warf einen Blick auf die Wanduhr im Wohnzimmer und runzelte die Stirn. Kurz nach zehn. Vermutlich schlief Holly noch. Als ich nach Hause gekommen war, hatte Stellas Wagen nicht vor dem Haus gestanden, also war sie entweder noch im Krankenhaus oder hatte die Nacht bei ihrem neuen Freund verbracht. So genau wusste ich das nicht. Allerdings hatte ich eine verpasste Nachricht von ihr auf meinem Handy, die sie mir gestern Abend geschickt hatte. Es war eine Erinnerung daran, heute auch ja zu Hause zu sein und bei den Vorbereitungen mitzuhelfen. Wenn ich nur wüsste, welche Vorbereitungen sie damit meinte.

Ich stieß die Küchentür auf und blieb abrupt stehen. Mein Herz begriff noch vor meinem Verstand, wer da vor mir stand, und begann in einem schnellen Rhythmus zu pochen. Als mein Verstand endlich aufholte, brachte ich nur ein einziges Wort heraus.

»Keith.«

Meine Stimme klang atemlos, mit einer Spur Heiserkeit, die ohne jeden Zweifel deutlich machte, was ich letzte Nacht getrieben hatte.

Er sagte nichts, studierte mich nur schweigend und mit einem unlesbaren Ausdruck im Gesicht. Aber in seinen Augen meinte ich etwas von der gleichen Unsicherheit aufblitzen zu sehen, die auch mich erfüllte.

»Hast du eine Minute für mich?«

Ich nickte nur, da ich noch immer keinen Ton hervorbrachte.

Es überraschte mich nicht, dass er mit mir reden wollte. Aber ich hätte mir etwas mehr Zeit gewünscht, um meine Gedanken und Gefühle zu sortieren, statt mich ihm ausgerechnet jetzt, nachdem ich das Foto auf seiner Kommode entdeckt hatte, stellen zu müssen. Bereute er es? Wollte er sichergehen, dass wir uns an unseren Deal hielten? Ein Teil von mir hoffte darauf, bettelte fast schon darum, während sich der andere mit aller Kraft gegen diese Vorstellung wehrte. Es sollte nur eine einzige Nacht sein. Eine Nacht, um diese Anziehungskraft zwischen uns endgültig aus dem Weg zu räumen. Doch als Keith nun vor mir stand, erkannte ich, dass wir uns die ganze Zeit über etwas vorgemacht hatten. Wenn überhaupt, waren diese Empfindungen zwischen uns nur noch stärker geworden.

Nervös begann ich meine Finger zu kneten, während das Schweigen zwischen uns immer länger andauerte, als würde auch Keith nach den richtigen Worten suchen.

»Du hast mir einen Knutschfleck verpasst«, sagte ich schließlich, nur um die Stille zwischen uns irgendwie zu füllen.

Sein Blick wanderte zu meinem Hals und blieb dort hängen. Ich spürte, wie sich Hitze in meinem Bauch sammelte und von dort auszubreiten begann, bis auch meine Wangen glühten.

»Wir hatten eine Vereinbarung«, erinnerte ich ihn leise. Wieso war ich eigentlich die Einzige, die hier das Reden übernahm? »Eine Nacht und das war's.«

»Ich weiß.« Keith sah mich direkt an. »Was ich nicht weiß, ist, warum du dich heute Morgen weggeschlichen hast.«

»Ich habe mich nicht …« Okay, ich hatte mich weggeschlichen. Na und? Es war ja nicht so, als wären wir plötzlich ein Paar, und ich hätte seine Gefühle verletzt oder so.

»Hör mal …« Keith machte einen zögerlichen Schritt auf mich zu.

Es kostete mich all meine Willenskraft, nicht vor ihm zurückzuweichen. Oder meine Hände nach ihm auszustrecken und ihn noch ein letztes Mal zu berühren. In Gedanken verfluchte ich meinen Körper, diesen Verräter, der noch immer so heftig auf Keith reagierte, als hätte es diese eine Nacht nie gegeben. Oder vielleicht reagierte er so heftig, gerade weil es diese Nacht gegeben hatte?

»Können wir …«

Bevor er die Frage zu Ende bringen konnte, wurde die Tür hinter mir aufgestoßen und Holly flog förmlich in die Küche. »Da seid ihr ja!« Sie sah zwischen uns hin und her. »Was steht ihr hier so rum? Wir haben haufenweise Sachen zu erledigen.«

Ich brauchte einen Moment, um mich von Keith ab- und ihr zuzuwenden, aber noch länger dauerte es, meine Gedanken zu sortieren. »Was für Sachen?«

Mitfühlend tätschelte Holly mir die Schulter. »Ich weiß ja, dass du in den letzten Jahren kaum hier warst, aber hast du echt unsere Barbecue-Tradition vergessen?« Als auch Keith sie verständnislos ansah, seufzte sie theatralisch. »Leute! Es ist das vorletzte Juniwochenende. Die Saison hat längst begonnen und heute sind wir dran. Grillen, Burger, draußen sitzen, Familie, Freunde. Klingelt es?«

Allerdings. Jetzt verstand ich auch Stellas geheimnisvolle SMS von gestern Abend und hätte mir am liebsten mit der flachen Hand gegen die Stirn geschlagen. Jeden Sommer veranstaltete unsere Nachbarschaft abwechselnd Barbecues am Wochenende, zu denen auch immer zahlreiche weitere Freunde kamen, und diesmal waren wir an der Reihe. Das letzte Mal war für mich kurz nach meinem Highschoolabschluss gewesen, danach hatte ich die Sommer in meine Bücher vergraben am College verbracht. Kein Wunder also, dass ich in den letzten Jahren keinen Gedanken mehr an diese Tradition verschwendet hatte.

»Du.« Holly deutete auf Keith. »Die Tische, Bänke und der Grill müssen in den Garten geschleppt werden. Du findest alles in der Garage. Später kommen auch Braden und Thomas vorbei, um uns beim Aufbau zu helfen. Und wir beide …« Holly sah mich an und klatschte wie eine übermotivierte Hochzeitsplanerin in die Hände. »Wir gehen alles Nötige einkaufen. Los, hopp, hopp.«

Dann machte sie auf dem Absatz kehrt und rauschte ebenso schnell wieder aus der Küche, wie sie hereingestürmt war. Ich sah ihr staunend und irgendwie auch belustigt hinterher, vergaß aber nicht, mit wem ich allein in der Küche zurückblieb. Als ich mich wieder zu Keith umdrehte, war die Unsicherheit aus seinem Gesicht verschwunden. Dafür konnte ich die unausgesprochene Frage in seinen Augen lesen.

War es genug?

Gelächter schallte durch das Haus und untermalte das Stimmengewirr und die Musik mit einer warmen Note. Die Türen standen offen, denn obwohl das hier eine Feier für Freunde und Familie sein sollte, war auch jeder willkommen, der zufällig vorbeikam. So war Stella – warmherzig empfing sie jeden mit offenen Armen. An diesem späten Juniabend strahlte sie über das ganze Gesicht. Ihre Wangen waren gerötet, und in ihren Augen lag ein Funkeln, das sie wie einen verliebten Teenager wirken ließ. Anscheinend war sie nicht die Einzige, die es heftig erwischt hatte, denn auch David, ihr Arbeitskollege,

Date und neuer Freund, verließ ihre Seite kaum eine Sekunde lang. Höchstens, um ihr etwas zu trinken zu holen oder ihren Teller neu zu füllen.

Ich nippte an meiner Limonade und beobachtete ihn dabei, wie er neben Keith am Grill stand und herauszufinden versuchte, was er Stella mitbringen sollte. Natürlich war Keith ihm keine große Hilfe dabei, sondern brummte nur hin und wieder eine Antwort, wenn David auf ein Stück Fleisch zeigte. Doch egal wie gut Keith es zu verbergen glaubte, ich erkannte die Belustigung in seinen Augen. Er machte es dem neuen Freund seiner Mutter absichtlich schwer. Nicht, um ihn zu verjagen, sondern um herauszufinden, ob David gut genug für Stella war. Doch so wie sich dieser Mann ins Zeug legte, um ihr jeden Wunsch von den Augen abzulesen, hätte sie keinen besseren Fang machen können. Und es tat gut, sie so zu sehen.

Ein Teil von mir beneidete sie darum, einen Weg gefunden zu haben, weiterzumachen. Nicht auf der Stelle zu treten und sich an der Vergangenheit festzuklammern, wie ich es tat, sondern ihr Leben weiterzuleben. Glücklich zu sein.

Mit zwei beladenen Tellern kehrte David zurück an den langen Tisch. Obwohl ich wusste, dass ich es nicht tun sollte, sah ich zurück zu Keith. Unsere Blicke trafen sich, und mir stockte der Atem. Hastig wandte ich mich ab und ging in die entgegengesetzte Richtung davon, als könnte ich so seinem drängenden Blick ausweichen.

Langsam schlenderte ich an den Leuten vorbei, die sich in unserem Garten eingefunden hatten und in mehr oder weniger großen Grüppchen zusammenstanden. Ich sah Davids Tochter Adrienne, die in Hollys Alter war und anfangs ein bisschen verschreckt gewirkt hatte ob der vielen Fremden. Energisch, wie meine Schwester sein konnte, hatte sie sich ihrer sofort angenommen und sie ihrer besten Freundin Katelyn vorgestellt. Jetzt standen sie beisammen und brachen immer wieder in Gelächter aus, als wären sie alte Freunde.

Auf dem Weg zum Tisch fing mich Stella ab und lächelte mich strahlend an. »Vielen Dank, dass du bei den Vorbereitungen mitgeholfen hast. Ich wäre schon viel früher nach Hause gekommen, aber es gab einen Notfall im Krankenhaus.«

Ich winkte ab. »Kein Problem. Holly hat sich in ihrer Rolle als Militärgeneral sehr wohlgefühlt und uns alle herumkommandiert.«

Stella lachte auf und strich mir liebevoll über den Arm. Ich folgte ihrem Blick durch den Garten. Während Holly und ich einkaufen gewesen waren, hatten Keith, Braden und Thomas die Gartenmöbel aufgestellt und den Grill angeschmissen.

Faye war mit ihrer Mutter und ihren Schwestern vorbeigekommen und die vier hatten uns förmlich aus der Küche geworfen, um das Essen in Ruhe vorzubereiten. Also hatten Holly, Katelyn und ich uns um die Dekoration gekümmert. In den Bäumen und am Verandageländer hingen kleine Lampions, die in einem warmen Licht erstrahlten, seit die Sonne untergegangen war. Und auf den beiden großen Tischen standen zahlreiche Windlichter, in denen Kerzenflammen tanzten.

»Du hast heute Abend kaum etwas gegessen«, stellte Stella in tadelndem Tonfall fest. Trotz all der Gäste schaffte sie es irgendwie, ihren mütterlichen Pflichten nachzukommen. »Keith hat sicher noch etwas auf dem Grill.«

Bevor ich widersprechen konnte, nahm sie meine Hand und zog mich mit sich. Am liebsten hätte ich die Fersen in die Erde gestemmt und mich mit Händen und Füßen dagegen gewehrt, Keith erneut gegenübertreten zu müssen. Aber das hätte nur Stellas Misstrauen geweckt, also blieb mir nichts anderes übrig, als mich zu fügen.

Beim Grill angekommen, drückte sie Keith einen Teller in die Hand. »Sorg bitte dafür, dass sie etwas Ordentliches isst.«

Ich presste die Lippen aufeinander und wünschte mir verzweifelt, im Boden zu versinken. Im Moment schien jeder Ort der Welt besser zu sein als der neben Keith. Ich rechnete mit einem Kommentar von ihm, mit irgendeinem Witz, den er gleich machen würde, aber er blieb stumm. Sein Schweigen war fast noch schwerer zu ertragen als jedes Geplänkel.

Stella schien nichts davon mitzubekommen, obwohl sie direkt neben uns stand. Ein zufriedener Ausdruck lag auf ihrem Gesicht, während sie sich im Garten umsah. Das Barbecue war ein voller Erfolg, und sie schien es zu genießen, dass sich so viele Menschen hier versammelt hatten.

»Hier.« Als Keith mir den Teller reichte, berührten sich unsere Finger für einen kurzen Moment. Ich schnappte nach Luft. Wie konnte eine so winzige Bewegung dieses Prickeln auf meiner Haut verursachen, wo er doch schon weit mehr getan hatte, als nur meine Finger zu berühren? War es das Wissen darum? Die Erinnerung an all die Dinge, die er mit mir angestellt hatte?

»Danke«, murmelte ich und vermied es, ihn anzusehen. Oder zu nahe bei ihm zu stehen. Oder ihn noch einmal zu berühren. Wann war mein Leben so kompliziert geworden? Es war doch nur eine verdammte Nacht gewesen. Danach hätte alles wie zuvor weitergehen sollen, nur ohne diese ständige Spannung zwischen uns beiden. Doch nun schien es, als wäre sie noch stärker, noch unerträglicher geworden.

Wir standen so steif nebeneinander, als wären wir Fremde. Gleichzeitig hätten die kurzen Momente, in denen sich unsere Blicke trafen, nicht intimer sein können. Und mit jedem dieser Blicke wuchs meine Angst, dass man uns ansehen könnte, was wir letzte Nacht getan hatten. Dass es für alle anderen so offensichtlich war, als würde ein riesiger Leuchtpfeil anklagend auf uns zeigen.

Als ich kurz darauf am Tisch saß, würgte ich die ersten Bissen hinunter, ohne auch nur einen einzigen davon zu schmecken. Faye und Holly waren links und rechts von mir, während Keith sich in diesem Moment schräg gegenüber von mir niederließ. Und so sehr ich es auch versuchte, ich konnte mich nicht dazu durchringen, ihn zu ignorieren. Immer wieder sah ich in seine Richtung und dann schnell zur Seite, wenn er aufblickte. Mein Herz trommelte in einem steten Rhythmus, der immer schneller wurde, je größer meine Sorge wurde. Selbst wenn man uns nicht ansehen konnte, was wir getan hatten, meine schuldbewusste Miene musste jedem verraten, dass irgendetwas nicht stimmte. Hier, umringt von Freunden und Familie, fühlte ich mich so verletzlich und durchschaubar wie nie zuvor.

Rechts von Keith saß Stella zusammen mit David, links von ihm hatte sich Braden mit einem Berg an Essen und Getränken breitgemacht.

Holly deutete mit der Gabel in ihrer Hand auf ihn. »Wo wandert das alles hin?«

Typisch Holly. Takt gehörte nicht gerade zu ihren Stärken. Dennoch war ich insgeheim dankbar für ihre Frage, weil sie mich von meinen quälenden Gedanken ablenkte.

Braden schluckte seinen Bissen hinunter und musterte sie gut gelaunt. »Es verpufft beim täglichen Training.«

»Was für ein Training?«, schaltete sich Keith auf einmal ein.

Braden warf ihm ein Grinsen zu. »Joggen, Schwimmen, Kraft- und Kampftraining.«

Holly schnaubte, als würde sie das nicht im Geringsten beeindrucken. »Schläfst du zwischendurch auch mal?«

Bradens Lächeln wurde eine Spur breiter. »Hin und wieder. Aber dann ziemlich gut.«

Bevor ich mich versah, waren die beiden Männer in ein Gespräch über Sport vertieft, und es flogen Begriffe wie IAAF, Combatives und Ground Fighting zwischen ihnen hin und her. Statt herauszufinden, welche Sprache sie gerade sprachen, widmete ich mich wieder meinem Essen. Doch gerade als ich meine Gabel in einen von Mrs Morgensterns berühmten Beilagensalate bohrte, spürte ich etwas an meinem Bein. Es war nur eine flüchtige Berührung, als hätte sich ein Schmetterling kurz auf mein Knie gesetzt, um durchzuatmen, bevor er weiterflatterte. Aber es war kein Schmetterling, dessen war ich mir sicher, und allein bei der Vorstellung, es könnte Keiths Hand oder sein Bein gewesen sein, blieb mir das Herz stehen.

»Wie gefällt es dir eigentlich in Woodshill?«, fragte Mrs Morgenstern mich plötzlich. Sie saß neben Faye am Ende der Bank und auf ihrem runden Gesicht lag ein warmes Lächeln. Irgendwie gelang es ihr, ihren vierjährigen Sohn auf dem Schoß ruhig zu halten, ihm beim Essen zu helfen und sich gleichzeitig mit mir zu unterhalten. »Seit du mit dem Studium angefangen hast, haben wir dich ja kaum noch zu Gesicht bekommen.«

Ich zwang meinen letzten Bissen hinunter und spülte mit einem großen Schluck Wasser nach. »Es ist toll. Der Campus ist klein, aber ich habe gute Freunde gefunden.«

»Stella wäre sicherlich sehr glücklich, wenn du nach deiner Ausbildung hier im Krankenhaus anfängst.«

Meine Gabel erstarrte auf dem Weg zu meinem Mund. Es war nur ein kurzer Moment, ein winziges Aufblitzen von Panik, aber das genügte, um meine ohnehin schon angespannten Nerven fast zerreißen zu lassen. Um nicht antworten zu müssen, schob ich mir die Gabel in den Mund und warf Mrs Morgenstern ein knappes Lächeln zu. Doch als ich Keiths Blick begegnete, wurde mir schlagartig eiskalt. Er beobachtete mich, und wenn man von den Falten auf seiner Stirn und seinen geschmälerten Augen ausging, gefiel ihm nicht, was er da sah.

Nur ein paar Sekunden später wünschte ich mir die Kälte in meinem Körper zurück, denn die Hitze, die sich zwischen Keith und mir ausbreitete, raubte mir den Atem. Wie konnte er mich auf diese Weise ansehen? Ausgerechnet hier, umringt von all unseren Freunden und unserer Familie? Wie konnte er mich auf eine Weise ansehen, auf die kein Stiefbruder seine Stiefschwester je ansehen sollte?

Mit einem lauten Klirren landete die Gabel auf meinem Teller. »Entschuldigt mich«, sagte ich in die Runde und sprang auf.

Mein Herz klopfte unruhig, als ich ins Haus ging, und ich musste mich mit jedem Schritt dazu zwingen, nicht sofort loszurennen. Warum ich mich ausgerechnet im Badezimmer verkroch, wusste ich nicht. Ich merkte nicht einmal, wo ich war, bis ich die Kälte spürte, die von den Wandfliesen auf meine nackten Beine übersprang. Ich stieß mich von der Wand ab und begann in dem kleinen Raum auf und ab zu laufen, ohne das Licht einzuschalten. Das Leuchten der Lampions, das von draußen hereindrang, reichte aus, um zu sehen, wohin ich trat.

Im Halbdunkel blieb ich vor dem Waschbecken stehen und starrte mein Spiegelbild an. Das Mädchen auf der anderen Seite war leichenblass, hatte aber auch zwei dunkle Punkte auf den Wangen, als wäre sie in den Rougetopf gefallen. Ihre Augen waren vor Schreck geweitet, und ihre Lippen zitterten, als würde sie gleich anfangen zu weinen. Oder wie eine Verrückte loskichern. Ja, das klang eher nach mir.

Das Klopfen an der Tür war so laut, dass ich erschrocken zusammenzuckte. Es dauerte einen Moment, bevor ich meine Stimme wiederfand.

»Ja?«

In Gedanken betete ich darum, dass es sich bei der Person auf der anderen Seite nicht um Holly oder Stella handelte. Mit Faye, die mir nachgelaufen war, konnte ich umgehen, denn sie wusste um das Chaos in meinem Leben Bescheid. Aber meine Familie? Keine Chance.

Ich hörte, wie der Türknauf herumgedreht wurde und ich wartete auf das Unausweichliche. Aber es waren nicht Holly oder Stella, die jetzt ins Badezimmer traten.

Es war Keith.

Er sah mich nur an, sagte kein Wort und drückte die Tür mit einem leisen Klicken hinter sich zu. Auf einmal wirkte der Raum viel zu klein für uns beide, obwohl sich keiner von uns auch nur einen Millimeter bewegte. Alles, was wir gesagt und beschlossen hatten, schien an Bedeutung zu verlieren. Hier gab es nur ihn und mich und das war genug. Es war alles, was ich in diesem Moment wollte.

Mit zwei Schritten war Keith bei mir. Bevor ich mich versah, drehte er mich um und drückte mich gegen die Wand neben der Tür. Hitze breitete sich in meinen Adern aus, als hätte mein Körper nur darauf gewartet, dass ich meinen Verstand endlich ausschaltete. Denn auch wenn ich Keith und der ganzen Welt weismachen konnte, diese eine Nacht wäre genug gewesen – mich selbst konnte ich nicht belügen. Nicht mehr. Ich wollte diesen Mann mit jeder selbstzerstörerischen Faser meines Seins, auch wenn ich wusste, wie absolut falsch das war.

Statt sofort über mich herzufallen, wie ich es erwartete, zeichnete Keith mit seinem Daumen die Konturen meines Gesichts nach, und betrachtete mich dabei so aufmerksam, als würde er mich zum ersten Mal sehen. Ich öffnete den Mund, um ihn zu fragen, was los war, warum er mich so ansah, doch dann trafen sich unsere Blicke. Mein Herzschlag setzte aus, nur um gleich darauf in einem harten, beinahe schmerzhaft schnellen Tempo weiterzuhämmern. Jedes Wort erstarb auf meiner Zunge, bevor es mir über die Lippen kommen konnte.

»Wegen unseres Deals …«, begann er zögernd.

»Scheiß auf den Deal.« Ich packte ihn an seinem T-Shirt und zog ihn zu mir heran.

Er lächelte, dann presste er seinen Mund auf meinen. Alles, was ich tun konnte, war, die Augen zu schließen und den Kuss zu erwidern. Es gab Millionen Gründe, die dagegensprachen, gegen diese Anziehungskraft zwischen uns, gegen das, was wir hier taten, aber nichts davon zählte in diesem Moment. Hier und jetzt gab es nur noch Keith und mich, seine Lippen auf meinen, seinen Körper, der sich gegen meinen presste und die Hitze zwischen uns.

Ich schlang die Arme um seinen Hals, und er hob mich hoch, dann kollidierte mein Rücken erneut mit der Wand. Fester, drängender als zuvor. Als hätten wir das hier schon unzählige Male zuvor getan, schlang ich die Beine um seine Hüften und ließ mich gehen. Ich gab mich dem brennenden Kribbeln hin, das bis in meinen Bauch schoss, als Keith an meiner Unterlippe knabberte, und schnappte keuchend nach Luft, sobald er seinen Mund auf meinen Hals senkte. Heute Morgen hatte ich den Knutschfleck mit meinem Rollkragentop verdeckt. Umsonst, denn Keith bearbeitete bereits eine andere Stelle, saugte und leckte daran und ließ mich aufstöhnen.

Die Geräusche, die ich nicht länger zurückhalten konnte, spornten uns beide an. Ich vergrub die Finger in seinem Haar und zog daran, weil ich seinen Mund unbedingt wieder auf meinem spüren musste. Er gab meinem Drängen nach und erstickte mein Stöhnen mit einem weiteren Kuss. Ich hatte bereits den Kontakt zum Boden verloren, und jetzt verlor ich ihn auch zu allem anderen. Ich vergaß, wo wir waren und was zu diesem Moment geführt hatte.

Ein Luftzug streifte mein Gesicht, aber das war nicht genug, um mich wieder ins Hier und Jetzt zurückzubefördern. Das grelle Licht und die schrille Stimme dagegen schon.

»Oh mein Gott.«

Keith erstarrte und hob den Kopf. Ein, zwei Sekunden lang sahen wir uns in die Augen, während sich Fassungslosigkeit in seiner Miene widerspiegelte, dann blickte ich zur Seite. In der Tür stand niemand Geringeres als Holly. Ihre Augen waren vor Entsetzen geweitet, und ihr Mund stand offen. Bevor ich richtig begriffen hatte, was gerade geschah, machte sie auf dem Absatz kehrt und verschwand.

»Holly!« Irgendwie landete ich wieder auf meinen eigenen Füßen. »Warte!«

Kapitel 16

Ich hatte mich immer für einen bodenständigen Menschen gehalten, der nur selten in Panik ausbrach. Doch in diesem Moment beherrschte sie mein ganzes Denken. Ich verließ das Badezimmer und lief Holly nach, aber es fühlte sich so an, als wären meine Beine mit Watte gefüllt. Als hätte mein Gehirn einige seiner Funktionen ausgeschaltet und mich in einen unwirklichen Zwischenzustand versetzt. Ich nahm jeden schmerzhaften Herzschlag überdeutlich wahr, brachte aber keinen klaren Gedanken zustande. Das Einzige, was ich wusste, war, dass ich mit meiner kleinen Schwester reden musste. Sie musste es verstehen. Aber vor allem durfte sie niemandem etwas davon erzählen.

Ich folgte ihr zu ihrem Zimmer, doch bevor ich eintreten konnte, hatte sie mir die Tür vor der Nase zugeknallt. Meine Hand zitterte, als ich anklopfte. Einmal. Zweimal. Dreimal.

»Verzieh dich!«, kam es von der anderen Seite.

Ich presste die Lippen aufeinander, fest entschlossen, den Schmerz nicht zuzulassen, den dieser brüsk hervorgebrachte Befehl in mir auslöste. Holly und ich hatten uns noch nie wirklich gestritten. Ja, wir diskutierten gerne mal und ärgerten einander bei jeder sich bietenden Gelegenheit. Aber ein echter Streit? Niemals.

»Holly …« Ich atmete tief durch und versuchte, meiner Stimme mehr Kraft zu verleihen, als ich im Moment empfand. Hinter mir hörte ich Schritte, aber ich ignorierte sie. Ich konnte mich jetzt nicht mit Keith *und* meiner Schwester auseinandersetzen. »Bitte lass mich rein.«

Dass ich keine Antwort darauf bekam, wertete ich als positives Zeichen. Ich warf einen Blick über die Schulter zurück – und tatsächlich: Keith stand auf der anderen Seite des Flurs, die Hände in den Taschen seiner Jeans. Seine Miene war unlesbar, aber da war etwas in seinen Augen, das ich nicht begriff. Etwas Drängendes, fast schon Bittendes.

Ich wandte mich ab und öffnete die Tür einen Spalt weit. Mehr traute ich mich nicht – als könnte Hollys Wut mich quer durch das Haus schleudern wie in diesen Superheldenfilmen, von denen meine beiden besten Freunde dauernd redeten. Als nichts geschah, schob ich mich durch den Spalt und zog die Tür wieder hinter mir zu.

Links von mir raschelte es im Käfig, und Hamtaro schob das Näschen durch das Gitter, als würde er meinen Geruch wittern. Holly saß auf ihrem Bett und sah mich nicht an. Im Halbdunkel, das nur durch ihre Nachttischlampe erhellt wurde, warfen wir beide verzerrte Schatten an die hellblauen Wände. Ich konnte mich noch gut daran erinnern, wie Holly als Vierzehnjährige auf diese Farbe bestanden und sich gegen Stella durchgesetzt hatte, die lieber einen warmen Farbton für sie genommen hätte. Aber wenn Holly sich einmal etwas in den Kopf gesetzt hatte, zog sie es auch durch. Wir hatten die Musik laut aufgedreht und zusammen die Wände gestrichen. Jetzt schien dieser Moment schwesterlicher Zweisamkeit so unfassbar weit weg zu sein, und es schnürte mir die Kehle zu.

»Was du da eben gesehen hast …« Ich räusperte mich, weil meine Stimme so krächzend klang und ich nach den richtigen

Worten suchte, um ihr zu erklären, in was sie da reingeplatzt war. Aber wie sollte ich ihr etwas verständlich machen, das ich selbst kaum begriff?

»Echt jetzt?« Sie riss den Kopf hoch und funkelte mich an. »Willst du mir etwa weismachen, dass es nicht das war, wonach es aussah? Hat Keith in deinem Hals nach seinem verloren gegangenen Kaugummi gesucht, oder was?«

Ich schloss die Augen bei ihrer Wortwahl. »So war das nicht …«

»Was dann? Mund-zu-Mund-Beatmung an der Wand, weil du einen Schwächeanfall hattest?«

Gott, dieses Mädchen machte es einem wirklich nicht leicht.

»Du weißt genau, was du gesehen hast, und ich will dir auch nichts anderes vormachen«, sagte ich schließlich.

Das schien einen Nerv bei ihr getroffen zu haben. In der einen Sekunde saß sie noch wie ein geknicktes kleines Mädchen auf ihrem Bett, in der nächsten war sie auf den Beinen und deutete anklagend auf mich.

»Allerdings. Wie kannst du nur? Er ist unser Bruder!«

»Stiefbruder«, verbesserte ich sie, um Ruhe bemüht. »Wir sind nicht miteinander verwandt.«

»Und wenn schon! Er ist trotzdem unser Bruder. Außerdem hasst du ihn! Wie … wie kannst du nur?« Ihr Gesicht verzog sich, als hätte sie etwas Schlechtes gegessen. »Oh Gott, schlaft ihr etwa miteinander? Das ist widerlich!«

Ich zuckte zusammen. War es wirklich so abwegig für sie, dass Keith und ich mehr füreinander sein könnten als Stiefgeschwister? Uns hatte von Anfang an mehr verbunden. Erst war es nur unsere gegenseitige Abneigung und unser Protest gegen die Beziehung von Dad und Stella gewesen, dann hatte sich meine Antipathie in jugendliche Schwärmerei verwandelt. Und auch Keith schien ab irgendeinem Zeitpunkt mehr in mir gesehen zu haben als eine nervige kleine Stiefschwester. Bis der Unfall geschah … Ich schüttelte den Kopf. Es gab so viele Ereignisse, so viele verschiedene Emotionen, die uns miteinander verbanden. War es da tatsächlich so unvorstellbar, dass ein weiteres Band hinzugekommen sein könnte?

»Weiß Mom Bescheid?«

Ich schloss die Augen und atmete tief durch. Meine Fingernägel hatten sich inzwischen so tief in meine Handflächen gegraben, dass ein pochender Schmerz von den Stellen ausging.

»Nein«, erwiderte ich ruhig und suchte den Blick meiner Schwester. »Sie ahnt nichts und es wäre mir sehr lieb, wenn du ihr nichts verraten würdest.«

»Warum nicht? Damit ihr weiter heimlich miteinander rummachen könnt?«

»Bitte, Holly.«

Der Ausdruck grenzenloser Enttäuschung auf ihrem Gesicht zerriss mir schier das Herz. Wie hatte ich auch nur eine Sekunde glauben können, sie würde damit zurechtkommen? Es vielleicht sogar akzeptieren? Die Antwort darauf war simpel: Ich hatte nicht darüber nachgedacht. Ich hatte keinen einzigen Gedanken daran verschwendet, welche Auswirkungen diese Sache auf andere haben könnte. Dabei wusste ich nicht mal selbst, was diese Sache überhaupt war.

Seufzend lehnte ich mich gegen die Tür und rutschte daran hinunter, bis ich auf dem Teppichboden saß.

»Callie …?«

Ich schüttelte den Kopf, um sie zu beruhigen, um ihr zu versichern, dass mit mir alles in Ordnung war. Anscheinend war ich eine miserable Schauspielerin, denn im nächsten Moment kniete Holly vor mir und legte ihre Hände auf meine Knie. In ihren Augen lag noch immer Unverständnis, aber als sie mich jetzt ansah, konnte ich zumindest keine Abscheu oder Wut mehr darin lesen.

»Ich verstehe es einfach nicht«, beschwor sie mich leise. »Er ist doch unser Bruder, und du hasst ihn, weil du ihm die Schuld an Dads Tod gibst.«

Ein großer Teil der Anspannung, die mich seit heute Morgen aufrecht gehalten hatte, war irgendwann während der letzten Minuten aus mir gewichen, sodass ich nicht mal mehr zusammenzucken konnte, als Holly die Dinge so direkt auf den Punkt brachte.

»Ich weiß nicht mehr, was ich denken soll«, gab ich zu und vergrub meine Finger in meinen Haaren. »Oder fühlen«, fügte ich seufzend hinzu.

Statt einer Antwort oder weiterer Vorwürfe ließ Holly sich neben mir auf den Boden sinken und lehnte sich gegen die Tür. Minutenlang saßen wir schweigend nebeneinander, während Hamtaros nächtliche Aktivitäten und die Musik und Stimmen von draußen die einzige Geräuschkulisse bildeten.

»Es ist okay, ihn nicht zu hassen«, sagte Holly schließlich. »Was damals passiert ist, war ein schrecklicher Unfall, und ich möchte um nichts auf der Welt mit dir tauschen. Aber es ist vorbei. Wir haben damit abgeschlossen und unser Leben weitergelebt.«

Hatten wir das? Sicher, Holly hatte die Highschool beendet und bereitete alles für ihre Weltreise vor, und Stella hatte sich endlich wieder auf eine neue Beziehung eingelassen. Sogar Keith war zurückgekehrt, um in seiner alten Heimat neu anzufangen.

Ich schien die Einzige zu sein, die noch immer eisern an der Vergangenheit festhielt. Aber nicht, weil ich sie nicht loslassen wollte – sondern weil ich es nicht konnte. Sie holte mich immer wieder ein und zwang mich in bruchstückhaften Albträumen, diesen schrecklichen Moment wieder und wieder zu erleben.

»Glaubst du wirklich, dass es so war? Ich werde das Gefühl nicht los, dass wir nicht die ganze Geschichte kennen. Als würde … irgendetwas fehlen?« Zum ersten Mal sprach ich meine Bedenken aus. Alles an der Geschichte passte zusammen. Der Fahrunterricht. Die Tatsache, dass Keith zu schnell gefahren war. Das Reh, das Keith zufolge plötzlich auf der Straße aufgetaucht war. Seine reflexartige Reaktion, mit der er das Lenkrad herumgerissen hatte, wodurch wir von der Fahrbahn abgekommen und den Abhang hinuntergerollt waren. Der Baumstamm, gegen den das Auto geprallt war. Der Rauch. Das Feuer. Meine Schreie. Ich schluckte hart in dem Versuch, die Kontrolle zu behalten. All diese Informationen fügten sich nahtlos zusammen. Sogar meine Albträume passten dazu.

Was nicht dazu passte, war dieses Gefühl in meiner Brust. Irgendetwas stimmte nicht. Irgendwo war ein Fehler, etwas, das ich übersah oder an das ich mich noch immer nicht erinnern konnte.

»Gott, kannst du die Vergangenheit nicht endlich ruhen lassen?« Holly stöhnte frustriert und streckte die Beine aus. »Warum fällt es dir so leicht, mit ihm zu vögeln, aber gleichzeitig kannst du nicht von der Vergangenheit ablassen?«

Ich gab einen undefinierbaren Laut von mir, teils ungläubiges Lachen, teils tiefes Seufzen. Weil sie recht hatte. Es ergab keinen Sinn, und ich verstand, warum sie es nicht begreifen konnte. Das konnte ich ja nicht mal selbst. Ich wusste nicht, was das zwischen Keith und mir war. Das Einzige, was ich wusste, war, dass eine Nacht nicht ausgereicht hatte, um diese Anziehung zwischen uns aus der Welt zu schaffen, und ich war ehrlich genug, um zuzugeben, dass ich mehr wollte. Viel mehr. Aber wohin sollte das führen?

Ich wusste keine Antwort darauf. Im Moment schwirrten mehr Fragen durch meinen Kopf als während der Klausur in Biochemie. Ich wusste nur, dass ich dringend mit jemandem darüber reden musste. Über alles. Über die Sache mit Keith und über die Vergangenheit.

Vorsichtig stieß ich Hollys Schulter mit meiner an. »Alles wieder gut zwischen uns?«

Sie spannte mich auf die Folter, indem sie sich Zeit mit der Antwort ließ. »Ja«, sagte sie schließlich, begleitet von einem Seufzen. »Du stehst ja auch auf Jess, also kann ich von dir keine vernünftige Einstellung erwarten, was Männer angeht.«

Ich lachte laut auf und umarmte sie. Diesmal zögerte sie nicht. Holly schlang die Arme um mich und lehnte ihren Kopf an meine Schulter.

»Aber es wird eine Weile dauern, bis ich dieses Bild von euch beiden aus dem Kopf bekomme«, murmelte sie.

»Lass mich raten: Ein paar Tafeln Schokolade könnten dir dabei helfen.«

Ein zufriedenes Lächeln schwang in ihren nächsten Worten mit. »Das und wenn Keith mir neue Reifen kauft und die Klimaanlage in meinem Wagen repariert.«

Ich gab mir keine Mühe, mein Grinsen zu verbergen. Holly wollte tatsächlich, dass wir uns ihr Schweigen erkauften. Warum überraschte mich das kein bisschen?

»Einverstanden.«

Ich blieb noch ein paar Minuten so neben ihr sitzen, bevor ich ihr Zimmer wieder verließ. Keith stand noch immer im Flur, genau dort, wo ich ihn zurückgelassen hatte.

»Alles in Ordnung?«, fragte er leise.

»Mit ihr?« Ich deutete in Richtung von Hollys Zimmer. »Ja. Stell dich auf jede Menge Gefälligkeiten ein, die sie einfordern wird, aber sie wird niemandem etwas verraten.«

»Gut.« Keith atmete tief durch. Anscheinend war ich nicht die Einzige, die sich Sorgen gemacht hatte.

»Sie hasst dich nicht. Keinen von uns«, sagte ich eine Spur leiser, da ich das Gefühl hatte, uns beide beruhigen zu müssen, indem ich die Worte laut aussprach.

»Was ist mit dir?« Keith hielt meinen Blick fest. »Hasst du mich noch?«

Ich blieb ihm eine Antwort schuldig. Nicht nur, dass diese Frage alles andere als einfach zu beantworten war, auch Stellas Auftauchen, die wissen wollte, wohin all ihre Kinder so plötzlich verschwunden waren, hatte jedes weitere Gespräch unter vier Augen unmöglich gemacht. Mit mütterlicher Strenge hatte sie uns zurück in den Garten gescheucht, wo wir bis spät in die Nacht geblieben waren. Selbst jetzt, als ich in meinem Bett lag und an die Decke starrte, meinte ich, noch vereinzelte Stimmen und leise Musik von draußen zu hören.

Meine Beine schmerzten vor Müdigkeit, trotzdem wollte sich der Schlaf nicht einstellen. Jedes Mal, wenn ich die Augen schloss, überfluteten mich die Erinnerungen an die vergangene Nacht, und ich sah Keith wieder vor mir, als er mir diese simple und doch so schwierige Frage stellte.

Hasst du mich noch?

Vor diesem Sommer und auch kurz nach meiner Ankunft hätte ich keine Sekunde gezögert und mit Ja geantwortet. Ja, ich hatte ihn gehasst. Ja, ich hatte ihn meine Abneigung Tag für Tag spüren lassen und ihm ins Gesicht gesagt, dass ich ihm nie verzeihen würde, was damals passiert war.

Und jetzt? Hatte ich ihm verziehen?

Die Antwort darauf kam so schnell, dass ich beinahe zusammenzuckte, denn es war keine schöne.

Nein, ich hatte Keith nicht verziehen. Ich wusste nicht

einmal, ob ich dazu in der Lage war, ihm jemals zu verzeihen. Seinetwegen hatte ich meinen Vater verloren. Meine Familie. Und ihn, denn er war einfach gegangen, als würde ihm all das nichts bedeuten. Als würde *ich* ihm nichts bedeuten.

Ein lautes Vibrieren ließ mich hochschrecken. Hastig wischte ich mir über die Augen und tastete nach meinem Handy auf dem Nachttisch. Es war fast vier Uhr morgens. Wer schrieb mir um diese Zeit? Als ich die Textnachricht auf dem Display las, wusste ich es, noch bevor ich auf den Absender geschaut hatte.

Sie war von Keith.

Hast du später ein paar Stunden Zeit?

Ich starrte die Nachricht so lange an, bis das Display dunkel wurde, und dann noch einmal genauso lange. Aber es war nicht diese Frage, die sich wie ein Stein auf meine Brust legte und jeden Atemzug in einen Kraftakt verwandelte, sondern eine andere. Denn jetzt hatte ich meine Antwort.

Hasst du mich noch?

Nein. Ich wusste nicht, wann und wie es dazu gekommen war, aber irgendwann während der letzten Wochen hatte sich mein Hass auf ihn Stück für Stück aufgelöst. Ich klammerte mich nicht länger daran wie an ein Seil, das mich niemals retten würde, sondern hatte losgelassen. Ich mochte Keith nicht verziehen haben, aber ich hasste ihn nicht mehr. Denn ich war nicht mehr das Mädchen, das am Anfang des Sommers hier angekommen war. Im Gegensatz zu früher war ich nun in der Lage, damals von heute zu unterscheiden. Ich konnte zwischen dem Jungen unterscheiden, der einen Fehler gemacht hatte, und dem Mann, der nach Hause zurückgekehrt war.

Mit einer Wischbewegung entsperrte ich den Bildschirm und tippte eine Antwort auf Keiths Nachricht.

Ja.

Wir mussten dringend miteinander reden. Über diese eine Nacht. Darüber, was während der Gartenparty im Badezimmer passiert war und wie wir schon jetzt unseren Deal gebrochen hatten.

Ich legte das Handy zurück auf den Nachttisch und schloss die Augen. Meine Gedanken rasten noch immer, aber es schien, als würde nun auch mein Kopf den Kampf gegen die Müdigkeit aufgeben und mich endlich einschlafen lassen.

Als ich am nächsten Vormittag die Treppe herunterkam, war das Haus geradezu gespenstisch ruhig. Die Tür zu Hollys Zimmer war geschlossen, und vermutlich würde sie noch eine ganze Weile schlafen, da sie noch mit Katelyn und Braden im Garten gewesen war, als ich bereits ins Bett gegangen war.

Ich genoss es, das Badezimmer ganz für mich zu haben, um mich in aller Ruhe anzuziehen und fertig zu machen. Bei den schwülwarmen Temperaturen draußen hatte ich mich für ein Spitzentop und Hotpants entschieden. Meine Finger zitterten ein wenig, als ich eine Schicht Mascara auftrug. Allerdings wusste ich nicht, ob Nervosität oder freudige Aufregung der Grund dafür war.

Nach dieser einen Nachricht mitten in der Nacht hatte ich nichts mehr von Keith gehört. Und obwohl ich damit rechnete, ihn heute im Laufe des Tages zu sehen, erstarrte meine Hand für einen kurzen Moment auf dem Geländer, als ich ihn am Fuße der Treppe entdeckte. Seit gestern Abend hatte es keinen Moment gegeben, in dem wir allein gewesen waren, um die Dinge zwischen uns zu klären. Damit ich ihm diese eine Frage beantworten konnte, über deren Antwort ich mir erst einmal selbst hatte klar werden müssen.

Wie um sie mir erneut zu stellen, hielt Keith mir wortlos seine Hand entgegen. Wieder einmal überließ er mir die Entscheidung.

Diesmal zögerte ich nicht. Ich trat auf ihn zu und legte meine Hand in seine. Keiths Augen weiteten sich vor Überraschung, dann schloss er seine Finger um meine und zog die Mundwinkel hoch. Es war eine so winzige Geste, dennoch hämmerte mein Herz los, als wäre es bis jetzt nur auf Sparflamme gelaufen.

»Bereit?«, wollte er wissen. »Ich will dir etwas zeigen.«

Ich nickte, ohne Fragen zu stellen, denn im Grunde spielte es keine Rolle, wohin er mich mitnahm, solange wir in Ruhe miteinander reden konnten.

Keith ließ meine Hand los und ging in Richtung Haustür. Dort angekommen drehte er sich zu mir um und hob fragend die Brauen. Ich machte gerade einen Schritt auf ihn zu, als jemand meinen Namen rief. Stella kam aus der Küche, sah kurz zwischen Keith und mir hin und her ... und lächelte. Als wäre das ein unsichtbares Zeichen gewesen, ging Keith nach draußen und ließ uns allein.

Stella blieb neben mir stehen und strich mir liebevoll über den Arm. »Ihr vertragt euch wieder?«

Bilder flackerten vor meinem inneren Auge auf – Erinnerungen daran, wie Keith mich ansah, wie sich sein Mund auf meinem und seine rauen Finger auf meiner Haut anfühlten. Ich musste mich räuspern, da meine Kehle auf einmal so trocken war.

»Wir ... nähern uns an.«

Besser hätte ich es kaum umschreiben können. Nur dass diese Annäherung ziemlich sicher auf einer völlig anderen Ebene stattfand als die, die Stella für ihre Kinder im Sinn hatte.

Ihre Miene hellte sich auf, und in ihre Augen trat ein so

hoffnungsvolles Leuchten, dass ich beinahe zusammenzuckte. »Das ist schön.« Ein letztes Mal strich sie mir über den Arm, bevor sie einen Schritt zurücktrat. »Dann lasst euch nicht von mir aufhalten.«

Oh, und wie sie uns aufhalten würde, wenn sie wüsste, was wir hinter ihrem Rücken trieben.

Irgendwie brachte ich ein Lächeln zustande, ohne sofort dafür in der Hölle zu landen, und folgte Keith nach draußen. Sobald ich die Haustür hinter mir zugezogen hatte, atmete ich tief die warme Luft ein.

»Alles klar?« Keith stand nur wenige Meter entfernt in der Einfahrt.

Ich nickte hastig und setzte mich in Bewegung. Mit jedem Schritt schob ich die Gedanken an Stella und diese Hoffnung in ihrem Gesicht ein bisschen mehr beiseite. Sie durfte nie herausfinden, was Keith und ich wirklich taten. Besser, sie glaubte weiterhin, dass wir uns langsam wieder etwas besser verstanden. Denn irgendetwas sagte mir, dass es ihr das Herz brechen würde, sollte sie jemals die Wahrheit erfahren.

Seite an Seite gingen wir zu den Autos hinüber. Keiths Pick-up stand direkt neben Stellas Jeep.

»Willst du fahren?«, fragte er wie selbstverständlich und hielt seinen Schlüssel in die Höhe.

Ich zögerte einen Herzschlag lang. »Nein.«

Keith blieb so plötzlich stehen, als hätte ich ihm einen Kübel Eiswasser übergeschüttet. Langsam drehte er sich zu mir um. Sein Blick brannte sich regelrecht in mich hinein. »Meinst du das ernst …?«

Ich nickte.

Etwas Weiches trat in seine Augen, aber da war auch eine Vorsicht, die ich nicht ganz einordnen konnte. »Bist du sicher?«

Wieder nickte ich, obwohl ich in Wahrheit den Kopf schütteln wollte. Mein Verstand brüllte mich an, wütete und tobte und nannte mich eine Idiotin, aber ich hatte meine Entscheidung gefällt. Ich würde bei Keith mitfahren. Wenn ich mit ihm schlafen konnte, konnte ich auch als Beifahrerin neben ihm im Auto sitzen. Selbst wenn mich das jedes bisschen Selbstbeherrschung kosten würde, das ich besaß.

Kapitel 17

Ich würde gern behaupten können, mein Mut hätte sich ausgezahlt. Dass ich mich während der Fahrt absolut wohlgefühlt und meine Ängste siegreich überwunden hatte. Leider sah die Wirklichkeit anders aus. Die ganze Strecke über klammerte ich mich an den Seitengriff und musste mich mehrmals daran erinnern, weiterzuatmen. Es war völlig absurd, schließlich war das hier kein Straßenrennen, sondern nur eine simple Autofahrt. Noch dazu fuhr Keith so langsam, dass er dafür eine Strafe kriegen würde, sollte Braden oder einer seiner Kollegen uns in diesem Schneckentempo erwischen.

Als wir endlich anhielten, hätte ich vor Erleichterung am liebsten geweint. Jeder Muskel in meinem Körper war vor Anspannung verkrampft, und ich konnte es kaum erwarten, endlich aus dieser Kiste auszusteigen. Der Entschluss, bei Keith mitzufahren, mochte mutig gewesen sein, aber im Moment fühlte ich mich nicht mutig. Meine Knie zitterten, und ich musste mich am Wagen abstützen, um nicht auf den Asphalt zu sinken.

Langsam hob ich den Blick von meinen Füßen und sah zu dem Gebäude auf, vor dem Keith am Straßenrand geparkt hatte. Das Schaufenster wirkte ein bisschen staubig und könnte mal wieder geputzt werden, dafür strahlten die darin ausgestellten Möbelstücke umso mehr. Ich vergaß meine zittrigen

Knie und machte einen Schritt darauf zu. Keith war sofort an meiner Seite, als würde er damit rechnen, dass ich jede Sekunde zusammenklappen könnte.

»Alles in Ordnung?«, fragte er leise. In seiner Stimme schwang ein Hauch Unsicherheit mit.

Ich nickte abgelenkt. Zu einer anderen Antwort war ich nicht in der Lage. Zu sehr faszinierten mich der kunstvoll geschnitzte Tisch mit den leicht gebogenen Tischbeinen und die dazu passende Kommode aus karamellfarbenem Holz. Darüber war ein ovaler Spiegel angebracht, der überraschend schlicht wirkte. Erst bei näherem Hinsehen erkannte ich die in den Rahmen geritzten Holzornamente.

»Hier arbeitest du?« Ich drehte mich zu Keith um.

Er lächelte, und es war, als würden seine Schultern vor Erleichterung herabsinken. »Ich arbeite in der Werkstatt in den hinteren Räumen. Mit dem Verkauf habe ich nicht viel zu tun.«

Ich blickte zurück zum Schaufenster. Es war nicht vollgestopft, sondern zeigte nur einen kleinen Ausschnitt dessen, was sich im Laden befand. Aber diese liebevoll zur Schau gestellten Möbelstücke genügten, um meine Neugier zu wecken.

»Können wir reingehen?«

Wie zur Antwort hielt Keith einen Schlüssel in die Höhe. Ich fühlte mich wie ein Kind am Weihnachtsmorgen, als er die Tür aufschloss und einen Schritt zur Seite trat, um mich vorgehen zu lassen. Das Klingeln einer alten Glocke begleitete unser Eintreten.

»Ich wusste gar nicht, dass du ein Gentleman sein kannst«, murmelte ich im Vorbeigehen.

»Ich bin immer ein Gentleman«, erwiderte Keith ernst, aber ich konnte das unterdrückte Lachen in seiner Stimme hören.

»Aber klar doch.« Ich gab mir alle Mühe, nicht zu grinsen,

konnte aber nicht verhindern, dass meine Mundwinkel in die Höhe wanderten.

Wir blieben mitten im Laden stehen. Es roch nach Holz, Poliermittel und ... Wärme. Bisher war ich nie auf die Idee gekommen, dass Wärme einen Geruch haben könnte, doch wenn sie einen hatte, dann war es dieser.

»Dürfen wir überhaupt hier sein?« Behutsam strich ich über die Linien eines massiven Schranks, der die halbe Wand einnahm, und fuhr das eingeschnitzte Jagdmuster auf der Lehne eines Stuhls mit den Fingerspitzen nach.

»Ich schon. Montags haben wir geschlossen, also stört es keinen, wenn ich jemanden herbringe.« Er zögerte kurz, während ich weiter die Möbel bestaunte. »Gefällt es dir?«

»Machst du Witze?« Ich wirbelte herum, nahm alles in dem kleinen Laden in mich auf und hatte dennoch das Gefühl, unzählige Details zu übersehen. »Ich liebe es!«

Keiths Lächeln war so warm, dass es mir direkt in die Brust fuhr. »Hinten ist die Werkstatt.« Mit einem Nicken deutete er auf eine unscheinbare Tür hinter dem Glastresen mit der altertümlich wirkenden Kasse.

Ich hätte noch Stunden hier verbringen und alles ganz genau unter die Lupe nehmen können, aber ich wollte auch Keiths Arbeitsplatz sehen, also folgte ich ihm in den hinteren Bereich, der durch einen kurzen Flur vom Laden abgetrennt war.

Bisher hatte ich nie eine Vorstellung davon gehabt, wie eine Tischlerwerkstatt aussah. Vielleicht mit ganz viel Holz, kleinen Fenstern und einem Hocker zum Schnitzen und Bearbeiten der Möbelstücke? Ganz sicher hatte ich nicht so viele Maschinen erwartet. Dieser Raum war fast dreimal so groß wie die Ladenfläche und beherbergte hauptsächlich Gegenstände, die ich nicht benennen konnte. Ganz zu schweigen davon, dass ich keine Ahnung hatte, was man damit machte.

Ich deutete auf etwas, das aussah wie eine dieser kleinen Kaffeemaschinen, die man mit Kapseln fütterte. »Was ist das?«

Keiths Mundwinkel zuckten. »Eine Oberfräse.«

»Und was tut man damit?«

»Fräsen.«

Ich verzog das Gesicht. »No Shit, Sherlock.«

»Damit bearbeiten wir Holz mit einer ganz bestimmten Technik und bringen es in Form.«

Ah, jetzt sprach er wieder in einer Sprache, die ich auch verstand. Staunend schaute ich mich weiter um, ging an metallenen Geräten vorbei, die so wirkten, als könnte ich mir damit den Finger abhacken, wenn ich sie auch nur berührte. Ich entdeckte Bohrer mit diversen Aufsätzen, einen überdimensionalen Staubsauger – konnten wir so was auch fürs Wohnheim bekommen? – und Werkzeuge, deren Namen ich nicht kannte, aber die ich zumindest schon mal gesehen hatte.

»Und das hier?« Ich tippte auf etwas, das auch ein Minischrank aus hellem Holz mit einer unheimlich langen Tischplatte darauf sein könnte. Einer sehr, sehr dicken Tischplatte. Er stand im hinteren Bereich mitten im Raum und wirkte ausnahmsweise nicht wie etwas, das mir irgendwelche Körperteile abhacken wollte. Dafür erinnerte er mich mit seinen Löchern und Schrauben an eine Streckbank aus dem Mittelalter.

Keith kam näher, bis er direkt vor mir stand und ich die Wärme spürte, die von seinem Körper ausging. »Eine Hobelbank.«

»Lass mich raten. Damit wird gehobelt?«

Er grinste.

»Es ist ganz schön sauber hier …«, stellte ich fest, nachdem ich mit der Hand über die Holzplatte gestrichen hatte. Ein weiterer Blick durch die Werkstatt bestätigte den Eindruck.

»Was hast du denn erwartet?«

»Ich weiß nicht«, murmelte ich schulterzuckend. »Staub und Sägespäne vielleicht?«

»Das gehört auch dazu. Aber wenn wir gerade nicht arbeiten, muss es hier hinten sauber und aufgeräumt sein. Außerdem …«, er packte mich an den Hüften und hob mich auf die Bank, »… hat es seine Vorteile.«

Die Sorge, das Konstrukt könnte unter meinem Gewicht zusammenbrechen, verflog innerhalb von Sekunden. Um genau zu sein verflog sie in dem Moment, in dem Keith zwischen meine Beine trat.

»Was hast du vor?«, flüsterte ich, während meine Hände ohne mein Zutun über seine Brust nach oben wanderten.

»Wonach sieht es denn aus?« Aufreizend langsam, als hätte er alle Zeit der Welt, streichelte Keith mit seinen Daumen über meine Seiten, knapp über dem Bund meiner Hotpants und somit genau dort, wo der Stoff meines Tops endete und ein kleiner Streifen Haut frei lag. Die simple Berührung genügte, um mir eine Gänsehaut zu verpassen.

»Als ob du mich in deiner Werkstatt verführen willst«, gab ich zurück und verfluchte mich für meine eigene Atemlosigkeit. Ich war nicht prüde, aber eine Werkstatt …? Das war neu. Eine Mischung aus Angst, Vorfreude und Erregung kitzelte in meiner Magengrube.

Keith öffnete den Mund, um etwas darauf zu erwidern, doch in diesem Moment klingelte die Türglocke vorne im Laden. Sekundenlang starrten wir einander nur an, dann löste er sich mit einem gemurmelten Fluch von mir.

»Ich habe vergessen, abzuschließen. Warte kurz.«

Bevor ich etwas antworten konnte, löste er sich bereits von mir und marschierte mit großen Schritten durch die Werkstatt. Sekundenlang sah ich ihm nach, zu verwirrt von der unerwarteten Unterbrechung, um mich zu bewegen, dann rutschte ich von der Bank. Ich wusste, dass ich am besten einfach hier auf ihn warten sollte, aber ich war zu neugierig. War es ein Kunde, der den Laden betreten hatte und etwas kaufen oder ein Möbelstück abholen wollte, das er in Auftrag gegeben hatte? Es schien mir noch immer unvorstellbar, dass Keith so wunderbare Dinge mit seinen bloßen Händen – und, zugegeben, einer Menge Werkzeugen – herstellte. Aber gleichzeitig war es auch unheimlich sexy.

Als sich Sekunden zu Minuten ausdehnten und Keith noch immer nicht zurück war, biss ich mir auf die Unterlippe. Die Neugier brannte in meinen Adern, aber ich wollte ihm nicht hinterherspionieren. Ich beschloss, bis zehn zu zählen, um meine Neugier unter Kontrolle zu bekommen, mich dann wieder brav auf die Hobelbank zu setzen und auf Keith zu warten.

Bei acht gab ich es auf und ging an den Maschinen vorbei in Richtung Tür. Sie stand offen, und ich hörte die gedämpften Stimmen von Keith und … einer Frau. Im ersten Moment dachte ich mir nichts dabei, doch dann hörte ich dieses aufgesetzte, verspielte Lachen und verzog das Gesicht. Schlechter Flirtversuch. Ganz schlechter Flirtversuch. Wie auch immer Keith darauf reagierte, er lachte nicht.

Gegen meinen Willen betrat ich den Flur und schlich näher. Ich wusste, dass ich kein Recht dazu hatte, aber wie hatte Keith einmal gesagt? Wenn ich mir einmal etwas in den Kopf gesetzt hatte, konnte mich nichts davon abbringen. Nicht einmal ich selbst.

Die Tür zum Laden war nur angelehnt. Ich drückte mich gegen die Wand daneben und spähte durch den Spalt. Das Erste, was ich sah, war Keith. Er stand mit dem Rücken zu mir hinter dem Verkaufstresen und sein Körper verdeckte die Frau, mit der er sprach. Insgeheim hoffte ich ja immer noch, dass es sich um eine nette alte Lady handelte, die ein paar ihrer

Antiquitäten loswerden wollte. Oder um eine Mutter von vier Kindern, die mit Zwillingen schwanger war und einen neuen Wickeltisch brauchte. Doch dann trat Keith einen Schritt zur Seite, und ich sah eine attraktive Frau in meinem Alter mit endlos langen rotbraunen Haaren und einem einladenden Lächeln, das ganz auf Keith konzentriert war.

Etwas zog sich in meiner Brust zusammen – und zwar nicht auf die gute, kribbelnde Weise. Ich konnte nicht beurteilen, ob er zurückflirtete oder nicht, da ich sein Gesicht nicht sah. Allerdings erklärte er ihr auf freundliche, aber bestimmte Weise, dass sie heute geschlossen hatten und Miss Flittchen ihren Esstisch darum noch nicht abholen konnte.

»Wie schade!«, hauchte sie.

Ich zog eine Grimasse. Nicht weil sie so schrecklich klang – obwohl ich mir genau das gewünscht hätte –, sondern weil sie eine angenehm tiefe, rauchige Stimme besaß. Genau das richtige Organ für eine Soulsängerin, die ihre Zuhörer einzig und allein mit der Macht ihrer Stimme in ihren Bann zog. Auf musikalischer Ebene fand ich das faszinierend, auf persönlicher Ebene weniger. Sie sollte endlich von hier verschwinden, verdammt noch mal. War es wirklich so schwer, das *Geschlossen*-Schild an der Eingangstür zu lesen?

»Aber Sie sind doch da«, sprach sie weiter und lächelte kokett. »Können Sie nicht eine Ausnahme machen? Ich gebe morgen meine Einweihungsparty und brauche den Tisch dringend. Es wäre wirklich toll, wenn Sie ihn mir nach Hause liefern könnten. Sagen wir … heute Abend?«

Ich rollte mit den Augen. Ja, klar. Erst den Tisch in ihr Esszimmer liefern und anschließend Keith direkt in ihr Bett. Sonst noch Wünsche?

»Tut mir wirklich leid, Miss Cleveland«, erwiderte Keith ruhig. »Das habe ich nicht zu entscheiden. Kommen Sie doch morgen wieder und sprechen Sie mit dem Besitzer. Ich bin sicher, wir können es irgendwie arrangieren, dass Sie Ihren Tisch noch vor der Party bekommen.«

Sie zog einen Schmollmund. Einen *Schmollmund*! War sie acht, oder was? Ich schnaubte so laut, dass mir die plötzliche Stille im Laden unendlich laut vorkam. Oh nein. Hatten sie mich etwa bemerkt? Hastig stieß ich mich von der Wand ab und verließ meinen Lauschposten, um zurück in die Werkstatt zu schleichen. Ich hatte genug gehört. Noch mehr von ihrem Gesäusel und ich würde einen Eimer brauchen.

Es dauerte noch etwa drei Minuten, bis das Klingeln der Türglocke ertönte und Keiths Schritte näher kamen. Ich war wieder bei der Hobelbank, wo er mich zurückgelassen hatte, aber ich saß nicht mehr darauf, sondern lehnte mich dagegen. Keiths Miene war nicht zu deuten, als er zurückkehrte, aber ich meinte, ein amüsiertes Funkeln in seinen dunklen Augen zu erkennen. Ohne ein weiteres Wort packte er mich bei der Taille und setzte mich erneut auf die Holzbank.

»Hey, was …«

Keith schnitt mir das Wort ab, indem er seinen Mund auf meinen presste. Mein Protestlaut ging in unserem Kuss unter. Diesmal gab es kein Austesten und Herantasten. Das Knabbern an meiner Unterlippe entlockte mir ein Keuchen, aber es war die winzige Berührung seiner Zunge, das kurze Lecken über meine Unterlippe, was jeden Gedanken in meinem Kopf ausschaltete. Keiths Zunge fand meine, und was als Kampf begann, als Herausforderung, sich gehen zu lassen, endete in einem sanften Streichen von Lippen an Lippen. Als er den Kopf hob, konnte ich ihn nur anstarren. Meine Brust hob und senkte sich schnell unter meinen unsteten Atemzügen, und kurzzeitig war ich zu keinem klaren Gedanken fähig. Dieser Mann hatte mich tatsächlich um den Verstand geküsst. Und das Schlimmste daran? Ich wollte gar nicht mehr denken, sondern weitermachen, bis ich vergaß, was ich da eben unfreiwillig im Laden miterlebt hatte.

Natürlich machte Keith es mir nicht so leicht.

Langsam strich er mit den Händen über meine nackten Oberschenkel, während er mich genau musterte. »Wie viel davon hast du gehört und in den falschen Hals bekommen?«

»Was?« Ich runzelte die Stirn, teils ertappt, teils vor den Kopf gestoßen. Glaubte dieser arrogante Kerl etwa, ich wäre eifersüchtig? Auf die Frau mit den Modelmaßen und den langen Haaren? Pff. Ganz sicher nicht.

Fragend zog er eine Braue in die Höhe. Anscheinend würde er mich nicht vom Haken lassen, zumindest nicht so leicht.

»Gar nichts«, wehrte ich ab.

Keiths Mundwinkel zuckten. »Lügnerin.« Seine Hände strichen noch immer über meine Beine, fast schon andächtig, während er mich nachdenklich betrachtete. »Ich werde dir nichts vormachen, Callie. Seit ich wieder hier bin, habe ich nicht wie ein Mönch gelebt, aber mit *ihr* habe ich nichts angefangen.«

Erleichterung vermischte sich mit einem Stich Eifersucht zu einem Wirbelsturm in meinem Inneren, bis ich selbst nicht mehr wusste, was ich fühlen sollte. Ich war froh über seine Ehrlichkeit und dass er nicht mit dieser Person geschlafen hatte. Gleichzeitig hätte ich jeder Frau, mit der er in den letzten Wochen das Bett geteilt hatte, am liebsten den Hals umgedreht. Nicht, dass ich dazu irgendein Recht gehabt hätte, aber Gefühle waren nun mal selten vernünftig.

»Ich habe dabei immer an dich gedacht«, flüsterte er und strich mit seinen Lippen über meine Ohrmuschel. »Egal mit wem ich zusammen war und egal wie sehr ich mich dagegen gewehrt habe. Ich musste nur die Augen schließen, um mir vorzustellen, du wärst es. Um mir zu wünschen, dass du es wärst.«

»Seit wann …?«, fragte ich atemlos.

»Seit ich dich am Flughafen dem Gepäckband hinterherrennen gesehen habe.«

Seine Worte ließen die letzten Zweifel schmelzen, die letzten nagenden Gefühle zu Staub zerfallen. Ich schlang die Arme um seinen Hals und zog ihn an mich.

Diesmal gab es keine Unterbrechungen mehr, niemanden, der uns störte oder davon abhielt, alles um uns herum zu vergessen. Keith zog sich das T-Shirt aus und ließ es zu Boden fallen und während ich noch damit beschäftigt war, seine Rückenmuskeln mit den Fingern nachzufahren, bedeckte er meinen Hals mit festen, fordernden Küssen. Wir hatten nur eine Nacht miteinander verbracht, trotzdem schien er sich all die Stellen gemerkt zu haben, an denen ich besonders empfindlich war. Ich schnappte keuchend nach Luft, als er an einer solchen Stelle knabberte, nur um gleich darauf fest daran zu saugen. Ein Strahl aus Hitze und Lust schoss mir direkt in den Unterleib.

Ich dachte nicht mehr daran, wo wir waren, oder ihn zu fragen, ob er den Laden diesmal wirklich abgeschlossen hatte. Und wenn ich ehrlich war, interessierte es mich auch nicht mehr. Das Einzige, was noch zählte, waren Keith und ich und die Tatsache, dass es diesmal völlig anders zwischen uns war. Diese eine Nacht war verspielt und leidenschaftlich gewesen. Unvergesslich. Aber hier, mitten in der Werkstatt, die geradezu nach einem verbotenen Quickie schrie, gingen wir langsam vor. Langsam und beinahe … zärtlich. Ich hob die Arme an, als Keith den Saum meines Oberteils ergriff und es nach oben schob. Einen Wimpernschlag später lag es auf dem kahlen Boden neben seinem Shirt.

Vielleicht sollte ich nervös sein, weil wir hiermit unseren Deal offiziell brachen und mehr daraus wurde als eine einzige Nacht, über die wir nie mehr sprachen, aber ich war es nicht. Stattdessen war es wie eine vertraute Melodie, die ich nach langer Zeit endlich wieder hörte und deren Klang sich anfühlte, als würde ich nach Hause zurückkehren.

Ich lehnte mich auf den Ellbogen zurück und beobachtete Keith dabei, wie er sich langsam an meinem Oberkörper hinabküsste. Jedes Streicheln seiner Lippen, jede Berührung seiner Zunge und jedes freche Knabbern brachten mich dazu, ihm ein kleines bisschen mehr zu verfallen. Aber es waren seine Augen, in denen ich mich endgültig verlor, wann immer er zu mir hochsah. Darin lagen so viele Emotionen, die ich hervorlocken, und so viele Geheimnisse, die ich erkunden wollte. Ich erzitterte unter seinen Liebkosungen, und obwohl mein Körper ungeduldig wurde und nach mehr verlangte, hatte ich es nicht eilig. Wenn es nach mir ging, könnte das hier ewig andauern.

Keith öffnete den Knopf meiner Hotpants und küsste die frei gewordene Haut. Das Gleiche tat er mit dem Reißverschluss, zog ihn Zentimeter für Zentimeter auf und küsste jedes Fleckchen Haut darunter. Bis er mir die Hose über die Hüften streifte und zu Boden warf, war ich bereits geschmolzen.

Ich setzte mich wieder auf, legte meine Hand in Keiths Nacken und zog ihn zu mir hoch. Diesmal überließ er mir die Führung, ließ zu, dass ich seinen Mund erkundete, mich in seinem Geschmack und seiner Hitze verlor. Kurz bevor ich den Kopf heben und nach Luft schnappen wollte, biss Keith mir frech in die Unterlippe. Ich keuchte auf und starrte ihn an. Wahrscheinlich könnte ich im Moment nicht mal mehr meinen eigenen Namen nennen, hätte mich jemand danach gefragt. Dafür kannte ich seinen Geschmack, seinen Geruch und das Gefühl seiner von der Arbeit rauen Hände auf meiner Haut. Aber es war nicht genug. Ich wollte mehr. Ich *brauchte* mehr von ihm.

Als würde er genau das in meinem Gesicht lesen können, hakte Keith seine Finger unter das Seitenbändchen meines Slips und zog daran. Ohne seinen Blick loszulassen, lehnte ich mich auf den Händen zurück und hob das Becken an, damit er mir das Höschen ausziehen konnte. Ich war nicht schüchtern, trotzdem hatte ich mich meinem Exfreund niemals so offen präsentiert wie Keith.

Doch bei ihm genoss ich es, wie er mich betrachtete – als wolle er mich verschlingen. Ich genoss es, seinen Blick wie eine Liebkosung auf meiner Haut zu spüren. Dieser Kerl konnte meinen Körper in Brand setzen, ohne mich auch nur anzufassen. Und er hatte das im Laufe dieses Sommers ständig getan.

»Ich habe es noch nie auf einer Hobelbank getan …«, murmelte er, während er mich von oben bis unten musterte. So intensiv, als würde er mich mit den Augen ausziehen, obwohl ich schon so gut wie nackt war.

»Trifft sich gut.« Ich streckte die Hand nach ihm aus. »Ich nämlich auch nicht.«

Wieder traf mich sein Lächeln direkt in die Brust. Genau dort, wo es so heftig pochte.

Ohne ein weiteres Wort trat er wieder zwischen meine Beine und zog mich bis an den Rand der Holzbank. Seine linke Hand lag auf meinem unteren Rücken, während seine rechte langsam nach oben wanderte, den Verschluss meines BHs fand und ihn öffnete.

»Das ist nicht fair …«, stieß ich hervor. Was wie ein Protest klingen sollte, war nicht mehr als ein leises genießendes Seufzen, als er mir den Stoff abstreifte. »Du hast immer noch zu viel an.«

Seine Mundwinkel zuckten. »Dann ändere was daran.«

Und das tat ich. Oder zumindest versuchte ich es. Keith machte es mir aber auch verflucht schwer, denn ausgerechnet jetzt widmete er sich mit Mund und Händen meinen Brüsten. Ich stöhnte leise auf und vergaß kurzzeitig, wie man einen Hosenknopf öffnete und einen Reißverschluss aufzog. Irgendwie – mit jeder Menge Herumgefummle, Fluchen und Keiths gedämpftem Lachen an meiner Haut – gelang es mir, ihm die Hose und gleich darauf auch die engen Boxershorts auszuziehen.

Keith bückte sich danach und holte ein Kondom aus seiner Brieftasche, das er sich jetzt überstreifte. Ich beobachtete ihn dabei, auf den Unterarmen zurückgelehnt, mit schnell gehendem Atem und hämmerndem Puls. Es am helllichten Tag auf einer Hobelbank in einer Werkstatt zu treiben, war nicht gerade das, was ich mir unter Romantik vorstellte. Aber ich wollte auch keine Romantik. Ich wollte den echten Keith, wollte sehen, was ihm wichtig war, wollte daran teilhaben und ein Teil des Lebens sein, das er sich in dieser Stadt wiederaufbaute – zumindest für die nächsten sechs Wochen. Dass er mir den Ort gezeigt hatte, der so etwas wie ein zweites Zuhause für ihn war, bedeutete mir mehr als jede noch so romantische Geste. Dass ich zusammen mit ihm hier sein durfte und er sich für immer an mich und an das, was wir hier taten, erinnern würde, wenn er hier arbeitete, war mir wichtiger als ein Strauß Rosen oder ein Picknick unterm Sternenhimmel. Ich wollte nicht umworben werden. Ich wollte das hier. Ich wollte Keith.

Diesmal gab es kein Hinauszögern, kein Herausfordern und keine blinde Leidenschaft zwischen uns. Wir sahen uns in die Augen, als Keith wieder zwischen meine Beine trat und in mich eindrang. Er hielt meinen Blick genauso fest wie meine Hüften, als mir ein leises Stöhnen über die Lippen kam und ich mich genauso in ihm zu verlieren drohte, wie er sich in mir. Seine Bewegungen waren langsam, beinahe sanft, dennoch lag etwas Drängendes in der Luft, dem sich keiner von uns entziehen konnte. Wir liebten uns mit einer Innigkeit, als wäre es das erste und das letzte Mal zugleich.

Ich bohrte meine Fingernägel in seinen Rücken und presste meinen Mund auf seinen, weil ich mehr von ihm spüren musste, weil ich an nichts anderes mehr denken wollte, außer an ihn und was er mit mir machte. Sein tiefes Stöhnen vibrierte an meinen Lippen, und ich konnte nicht anders, als zu lächeln.

Ich klammerte mich an ihn, schloss die Augen und ließ mich völlig gehen. Keith beschleunigte seine Bewegungen, schob seine Hand zwischen unsere verschwitzten Körper und brachte mich mit einem einzigen festen Reiben an den Rand der Erlösung. Ich stöhnte auf, drängte ihn wortlos dazu, schneller zu werden, weil ich so kurz davor war. Er verstand und stieß härter zu, bis ich es nicht mehr aushielt und mit einem erstickten Schrei zum Höhepunkt kam. Erstickt deshalb, weil ich meinen Mund gegen seine Schulter presste. Ich konnte noch keinen klaren Gedanken fassen, als Keiths Muskeln sich unter meinen Händen anspannten und er mit einem erlösten Stöhnen ebenfalls kam.

Keiner von uns rührte sich. Selbst als seine Bewegungen langsamer wurden und schließlich ganz aufhörten, hielt ich ihn noch immer fest, klammerte mich an ihn, um diesen Moment ja nicht beenden zu müssen. Wie lange wir so blieben, wusste ich nicht. Irgendwann hob Keith den Kopf, und in seinen Augen lag so viel Zärtlichkeit, dass ich für einen Moment glaubte, eine Bewegung in meiner Brust zu spüren. Als würde etwas zurückkehren, dessen Fehlen ich nie bemerkt hatte, und wieder an seinen rechtmäßigen Platz in meinem Herzen rücken.

Wortlos drückte er seine Lippen auf meine, und ich erwiderte den sanften Kuss genauso selbstverständlich, wie ich mit ihm hierhergekommen war. Ich wusste nicht, was genau hier passiert war, aber was es auch war, es hatte etwas zwischen uns verändert. Etwas, das so tief ging, dass ich nicht sicher war, ob ich jemals wieder ganz die Alte sein würde.

Später, sehr viel später, lagen wir in Keiths Wohnung aneinandergeschmiegt in seinem Bett. Keith hatte den Arm um mich geschlungen und strich mit den Fingerspitzen träge über meine Haut, während ich mit dem Kopf an seiner Brust ruhte und wieder zu Atem zu kommen versuchte. Mein Körper kribbelte noch immer von all den Dingen, die dieser Kerl in den letzten Stunden mit mir angestellt hatte, und ich war mir ziemlich sicher, dass ich morgen höllischen Muskelkater haben würde. In diesem Moment war mir das aber vollkommen gleichgültig.

Draußen war es bereits dunkel geworden, doch wir hatten irgendwann die Nachttischlampe eingeschaltet, sodass das Schlafzimmer nun von einem warmen Schimmer erleuchtet wurde. Langsam zeichnete ich mit den Fingern kleine Kreise auf Keiths Oberkörper und beobachtete fasziniert, wie er auf diese winzigen Berührungen reagierte. Manchmal spannten sich seine Muskeln an, manchmal ging ein Zittern durch seinen Körper. Nachdenklich strich ich über die lange Narbe, die sich von seiner linken Schulter bis unters Schlüsselbein zog. Die Haut an dieser Stelle war uneben und heller, als wäre die Wunde nicht richtig zusammengenäht worden oder hätte keine Zeit gehabt, richtig auszuheilen.

Ich legte den Kopf in den Nacken und sah zu ihm hoch. »Woher ist das? Von damals …?« Ich wollte es nicht aussprechen und ein Teil von mir fürchtete sich vor der Antwort. Der Unfall war das Letzte, über das ich reden wollte, und Keith der letzte Mensch, mit dem ich dieses Gespräch führen wollte.

Zu meiner Erleichterung schüttelte er den Kopf. »Vor zwei Jahren, als ich noch bei der Army war.« Statt mir davon zu erzählen, griff er nach meiner Hand und hauchte einen Kuss auf meine Fingerknöchel.

Die Geste war süß und brachte eindeutig ein paar dieser lästigen Schmetterlinge in meinem Bauch zum Flattern, aber sie lenkte mich nicht vom Thema ab.

»Warum sprichst du nie darüber?«, fragte ich nach einer Weile leise, als Keith noch immer schwieg. »Über deine Zeit bei der Army?«

Er blinzelte überrascht. »Gerade du müsstest es doch verstehen, dass man über manche Dinge nicht gern redet.«

Touché. Ich presste die Lippen aufeinander und senkte den Blick. So schmeckte es also, wenn man seine eigene Medizin zu schlucken bekam. Nicht, dass ich das nicht schon mit Parker erlebt hätte, der seine Kämpfe lieber allein ausfocht, als mir von seinen Problemen zu erzählen. Aber bei Keith war es etwas anderes.

Er seufzte leise, legte seine Finger an mein Kinn und hob es an, damit ich ihn wieder ansah. Bei dem plötzlichen Schmerz, der sich in seinen Augen widerspiegelte, wäre ich fast zusammengezuckt. Was war damals geschehen?

»Wir waren in einer kleinen Stadt in Afghanistan stationiert, in der es friedlich zuging. Meine Truppe und ich waren fast alle noch blutige Anfänger und sollten nur die Stellung halten, Munition zählen und für Recht und Ordnung sorgen«, begann er leise zu erzählen. Sein Blick wanderte nach oben, aber ich wusste, dass er die Zimmerdecke nicht einmal mehr wahrnahm. Keith war nicht mehr hier bei mir, sondern wieder an

diesem Ort, an dem etwas Schreckliches passiert sein musste.
»Nach über drei Wochen purer Langeweile tauchte eine Spezialeinheit auf. Anscheinend hatten sie einen Tipp bekommen, dass sich zwei gesuchte Terroristen in der Stadt versteckten. Ihre Aufgabe war es, die Kerle aufzuspüren und zu schnappen – tot oder lebendig. Meine Jungs und ich sollten ihnen einfach nicht im Weg rumstehen.« Er lachte leise, aber es klang rau und so hart, dass sich eine Gänsehaut auf meinen Armen ausbreitete.

Als er nicht weitersprach, begann ich wieder über seine Brust zu streicheln, in der Hoffnung, dass ihn das daran erinnern würde, dass er nicht mehr an diesem Ort war, sondern zu Hause. Bei mir.

»Was ist passiert?«, fragte ich leise.

»Der Tipp hat sich als richtig erwiesen. In der Stadt hatten sich tatsächlich zwei Terroristen versteckt, aber als sie gefunden wurden, war es zu spät. Sie haben sich selbst in die Luft gesprengt.«

Ich hatte genug Nachrichten gesehen, um zu wissen, dass diese Attentäter sich nicht nur selbst in die Luft jagten, sondern unzählige andere Leute mit sich in den Tod rissen. Bei der Vorstellung drehte sich mir der Magen um, und meine Augen begannen sich mit Tränen zu füllen. Ungeweinte Tränen für Menschen, die ich nicht einmal gekannt hatte. Aber es waren unschuldige Menschen gewesen.

»Mein bester Freund und ich standen zu nahe dran. Die Druckwelle hat uns erwischt und in ein Haus geschleudert, das über uns zusammengebrochen ist. Als ich wieder aufgewacht bin, hatte ich einen Metallsplitter in der Brust.«

Ich atmete scharf ein und richtete mich auf dem Ellbogen auf. Zwar war ich mir darüber bewusst, dass Keith gesund und munter neben mir lag, trotzdem nahm mich seine Geschichte mit, und ich machte mir Sorgen um ihn und seinen Freund.

»Wann seid ihr wieder rausgekommen?«

»Nach zwei Tagen.« Keith zog eine Grimasse. »Nicht, dass wir es mitgekriegt hätten, da wir völlig im Dunkeln zwischen den Trümmern saßen. Die Wunde hat sich entzündet, weil ich den Metallsplitter nicht rausziehen konnte, ohne dass ich geblutet hätte wie ein Schwein. Aber meinen Kumpel hatte es deutlich schlimmer erwischt. Er war …« Keith rieb sich mit Daumen und Mittelfinger über die Augen, als versuchte er die Schreckensbilder aus seinem Gedächtnis zu verbannen. »Ich habe erst später gesehen, wie schlimm es wirklich um ihn stand. Mehrere Fleischwunden und zwei gebrochene Knochen, die aus ihm herausragten. Keine Ahnung, wie er das überstanden hat. Ich habe die ganze Zeit auf ihn eingeredet, habe versucht ihn wach zu halten und die schlimmsten Verletzungen verbunden. Aber ich glaube, die Angst hat uns beide wach gehalten. Vielleicht habe ich halluziniert, vielleicht waren da aber auch wirklich Ratten, die aus ihren Löchern gekrochen sind. Sie waren genauso ausgehungert wie die Bevölkerung in dieser Stadt.«

»Großer Gott …«, wisperte ich.

Jetzt wurde mir einiges klar. Warum Keith nicht gern über diese Zeit sprach und sie lieber totschwieg. Woher seine Furcht vor Hollys Hamster rührte. Es hatte nichts damit zu tun, dass ihr erster Hamster ihn einmal gebissen hatte. Dieser Moment war der Grund dafür. Diese zwei Tage in der Hölle, die er zusammen mit seinem Kameraden und den Ratten ausgeharrt hatte. Kein Wunder, dass er alle Nagetiere hasste.

Ich hob die Hand und strich über seine Wange, bis er mich wieder ansah. Bis Keith wieder hier bei mir war und nicht mehr in der Vergangenheit festsaß.

»Es tut mir so leid«, flüsterte ich heiser. Zwar hatte ich ihm jahrelang das Schlimmste an den Hals gewünscht, aber das? Nicht mal an meinen tiefsten Tiefpunkten hätte ich ihm so etwas gewünscht. Niemand verdiente es, eine solche Angst durchstehen zu müssen. Eine Angst, die ihn bis heute nicht losgelassen hatte und es vielleicht nie ganz tun würde. »Was ist mit deinem Kameraden passiert?«

Keith seufzte tief. »Er hat durchgehalten, bis die Rettungskräfte sich zu uns durchgraben konnten und uns rausgeholt haben. Einen Tag später ist er im Lazarett gestorben. Manchmal glaube ich, er wusste, dass er keine Chance hatte und hat nur meinetwegen durchgehalten. Damit ich nicht aufgebe.« Er schüttelte den Kopf und begann wieder, über meinen Arm zu streicheln. Vielleicht brauchte er diese Berührung im Moment sogar mehr als ich. »Danach bin ich gegangen. Sobald wir wieder nach Hause durften, weil eine andere arme Truppe unseren Posten übernommen hat, bin ich ausgetreten und habe nie mehr zurückgesehen.«

Bis heute. Bis ich ihn danach gefragt hatte. Schuldgefühle regten sich in mir, aber ich drängte sie gnadenlos zurück. Selbstmitleid hatte hier nichts zu suchen und würde keinem von uns weiterhelfen. Erst recht nicht Keith.

Statt irgendetwas zu sagen, das sowieso nur eine bedeutungslose Floskel gewesen wäre, lehnte ich mich über ihn und hauchte einen kleinen Kuss auf seine Narbe. Dann noch einen. Und noch einen. Zentimeter für Zentimeter wanderte ich nach oben, bis ich alles mit meinen Lippen bedeckt und die alten Erinnerungen hoffentlich durch neue ersetzt hatte.

Als ich mich wieder aufrichtete, schob Keith seine Finger in mein Haar und betrachtete mich einen Moment lang still. Er sagte kein Wort, aber in seinem Blick lag so viel Wärme, dass ich zunächst nicht wusste, wohin damit. Erst als er mich an sich zog und seinen Mund auf die kleine Narbe über meiner Augenbraue setzte, wusste ich es. Ich schloss die Augen, ließ mich fallen und ganz auf das ein, was sich da zwischen uns entwickelte.

Kapitel 18

Ich lachte laut auf, als Keith mich von hinten packte und einen Kuss in meinen Nacken drückte. Ich war noch nicht mal richtig wach und stand vor seinem Kühlschrank, um nach der Milch für meinen Kaffee zu suchen. Wie spät war es? Welchen Tag hatten wir? Allesamt gute Fragen, auf die ich keine Antwort hatte. Die letzte Woche war wie ein einziger Rausch gewesen, die einzelnen Tage nur so verflogen, bis ich selbst nicht mehr wusste, wie mir geschah.

Der Verantwortliche dafür?

Keith.

Als hätte er meine Gedanken gelesen, fasste er an mir vorbei in den Kühlschrank und zog eine Flasche Milch heraus, in der gerade noch genug Inhalt war, um meinen Kaffee trinkbar zu machen.

»Danke«, wisperte ich mit vom Schlafen – und Stöhnen – heiserer Stimme. »Aber wenn du willst, dass wir beide einen Kaffee kriegen, musst du mich jetzt loslassen.«

Keiths Körper bebte vor unterdrücktem Lachen. Er setzte einen letzten Kuss auf meinen Nacken, dann trat er einen Schritt zurück. Sofort fehlte mir die Wärme in meinem Rücken, und ich schüttelte in Gedanken über mich selbst den Kopf. Wie konnte ich so schnell etwas vermissen, ohne das ich zuvor jahrelang gelebt hatte? Jetzt hielt ich es kaum einen Tag ohne ihn aus. Irgendwann letzte Woche hatte ich Keith von morgens bis abends weder gesehen noch gesprochen und mich vor dem Schlafengehen fast schon mit Gewalt davon abhalten müssen, ihm zu texten. Und dann war ich mitten in der Nacht von meinem eigenen Stöhnen aufgewacht – oder besser gesagt von Keiths Kopf zwischen meinen Schenkeln. Er hatte sich tatsächlich in mein Zimmer geschlichen und beschlossen, mich auf diese Weise zu wecken. Vor Sonnenaufgang war er wieder verschwunden, und ich betete bis heute darum, dass uns niemand gehört hatte.

»Ich bin am Verhungern.« Ausnahmsweise schwang keine Zweideutigkeit in Keiths Aussage mit, was auch daran liegen könnte, dass er währenddessen halb im Kühlschrank verschwand.

»Selbst schuld, wenn du beim Familienessen fehlst«, gab ich ungerührt zurück und goss die Milch in meine Tasse. »Es gab Hollys berühmtes Mac and Cheese.« Und Stella hatte wissen wollen, wo ich eigentlich die ganze Zeit steckte, aber das erwähnte ich Keith gegenüber nicht. Faye war die perfekte Ausrede – zumindest fürs Erste.

Keith warf mir einen gequälten Blick zu. »Streu auch noch Salz in die Wunde. Du weißt genau, warum ich es ausfallen lassen musste.«

Das stimmte. In der letzten Woche hatte er seine flexiblen Arbeitszeiten voll ausgenutzt, um entweder Zeit mit mir zu verbringen oder etwas mit Holly und mir zu unternehmen, was zur Folge hatte, dass er ab und zu bis spät nachts in der Werkstatt bleiben musste, um einen Auftrag fertig zu machen. Ich nahm es ihm nicht übel, vor allem dann nicht, wenn er mir um Mitternacht textete, dass er vor dem Haus in seinem Wagen auf mich wartete. Ich konnte mich nicht daran erinnern, mich jemals so oft rausgeschlichen zu haben wie in diesem Sommer.

»Nächstes Mal könntest du mir einfach etwas aufheben.« Keith grinste mir unbekümmert zu, während er an seinem Kaffee nippte. Schwarz. Ohne Zucker. Einmal war ich verzweifelt genug gewesen, davon zu probieren, und hätte es fast wieder ausgespuckt. Igitt!

Alles andere als unangenehm war dafür der Anblick, den Keith an diesem Morgen bot. Er stand nur in Boxershorts in der offenen Küche seiner Wohnung. Die Muskeln in seinem Arm traten hervor, wann immer er die Tasse zum Mund führte. Die Bewegung war so simpel, so alltäglich, dass es lächerlich war. Trotzdem brachte sie meinen Magen dazu, sich in kribbelnder Erwartung zusammenzuziehen. Außerdem wurde mir immer wärmer, je länger ich diesen gebräunten Oberkörper mit den Augen abtastete. Als ich bei seinem Gesicht ankam, hätte ich eher einen Eiskaffee gebraucht statt der dampfenden Tasse in meinen Händen.

Keiths Augen funkelten, als wüsste er genau, was ich dachte und welche Wirkung er auf mich hatte. Natürlich genoss er jede Sekunde davon, wie man unschwer an seinem selbstgefälligen Lächeln erkennen konnte.

»Wenn du damit fertig bist, mich mit den Augen auszuziehen, könntest du rüberkommen und Taten sprechen lassen«, forderte er mich mit tiefer Stimme auf.

Selbst wenn ich mich mit aller Macht dagegen gewehrt hätte, hätte ich nichts gegen den kleinen Hüpfer tun können, den mein Herz machte. Ich hatte es aufgegeben, mich gegen das zu wehren, was zwischen uns war. Was nicht hieß, dass es mich nicht jeden Tag aufs Neue überraschte. Oder jede Nacht.

Wie vorgestern, als wir einfach nur auf dem Verandadach nebeneinandergelegen und zum Sternenhimmel hochgeschaut hatten. Anders als beim ersten Mal war das Schweigen zwischen uns völlig entspannt gewesen, auch wenn mir kurzzeitig der Atem gestockt hatte, als Keith nach meiner Hand griff und seine Finger mit meinen verschränkte.

Ich stellte meine noch fast volle Kaffeetasse beiseite und ging zu ihm hinüber. Er lächelte noch immer, als ich vor ihm stehen blieb, und machte keine Anstalten, mich zu umarmen oder an sich zu ziehen. Der Mistkerl legte es wirklich drauf an. Wortlos stellte ich mich auf die Zehenspitzen, legte meine Hände an seine Wangen und presste meinen Mund auf seinen. Ein tiefer, zustimmender Laut belohnte mich für mein Vorgehen, und dann kam endlich Leben in ihn. Ich hörte, wie er seine eigene Tasse abstellte, bevor er beide Arme fest um mich schlang. Da ich nur sein T-Shirt trug und meine Haut von letzter Nacht noch übersensibel war, keuchte ich leise auf, als er mich so fest an sich drückte, dass ich nicht nur seine Hitze wahrnehmen konnte, sondern auch, wie der Stoff über meine Brust rieb.

»Da ist jemand unersättlich«, raunte er an meinem Ohr, nur um gleich darauf sanft hineinzubeißen.

Ich lachte atemlos auf. »Sagt derjenige, der mir gestern Nacht getextet hat, ich soll mich aus dem Haus schleichen, weil er nicht genug bekommen kann.«

»Stimmt auch wieder.« Wie zur Bestätigung dieser Aussage biss Keith mir in den Hals und ließ mich gleich darauf seine Zunge spüren. Inzwischen kannte ich all seine Tricks, aber bei diesem wurden mir immer noch die Knie weich.

»Du verpasst mir hoffentlich keinen neuen Knutschfleck, oder?« Meine Stimme war nur ein heiseres Flüstern. Kaum ernst zu nehmen.

Ich spürte, wie Keith an meiner Haut lächelte. »Niemals«, murmelte er und knabberte ein weiteres Mal an derselben Stelle.

Selbst wenn ich es gewollt hätte, hätte ich das sehnsüchtige Stöhnen nicht unterdrücken können, das mir in diesem

Moment über die Lippen kam. Am liebsten hätte ich meinen Verstand wieder mal beiseitegeschoben und mich ganz in Keiths Armen verloren. Aber heute war das leider nicht möglich.

»Du musst in die Werkstatt«, erinnerte ich ihn leise. »Und ich habe Holly versprochen, sie auf dieses Musikfestival zu begleiten.«

Das weckte Keiths Interesse, denn er hob den Kopf und sah mich mit einer Mischung aus Neugier und Belustigung an. »Holly interessiert sich für Musik?«

Ich zuckte die Schultern. »Nicht wirklich. Ich glaube, das ist nur eine Ausrede, um mich dazu zu bringen, mitzukommen. Wahrscheinlich hat sie es auf die Essensstände abgesehen oder parallel findet noch eine andere Veranstaltung statt.« Meine kleine Schwester mochte viele Interessen haben, aber Musik gehörte eindeutig nicht dazu. Das Mädchen konnte nicht mal Dur von Moll unterscheiden.

»Klingt spannend.« Keith drückte mir einen viel zu kurzen Kuss auf die Lippen. »Bringt mir was mit.«

»Ein Autogramm der Randy Rogers Band?«

Statt als Hardrock-Fan angewidert das Gesicht zu verziehen, grinste Keith nur. »Du hast mich durchschaut. Ich stehe auf die Jungs.«

Ich lachte leise. »Mal sehen, was sich machen lässt. Vielleicht können wir dir auch einen Burger oder so mitbringen.«

Er gab mir einen weiteren Kuss, dann löste er sich grummelnd von mir. Ich sah ihm nach, wie er nur in Boxershorts durch seine Wohnung marschierte und im Bad verschwand. Ein bittersüßes Gefühl breitete sich in meiner Magengrube aus, während ich meinen Kaffee allein austrank und dann meine in allen Zimmern verteilten Sachen vom Boden aufhob, um sie wieder anzuziehen. Sobald Keith geduscht hatte, machte ich einen kurzen Abstecher ins Bad, dann waren wir beide abfahrbereit.

»Sicher, dass du nicht mitkommen willst?«, fragte ich beim Hinausgehen. »Immerhin reden wir hier von einem Country-Music-Festival. Das müsste doch wie Disneyland für dich sein.«

Diesmal verzog Keith das Gesicht, als er die Wohnungstür hinter sich zuzog. »Eher die Hölle. Das überlasse ich schön euch.«

»Feigling«, murmelte ich, um ihn weiter zu triezen.

Zuerst dachte ich, er hätte es nicht gehört, doch dann packte er mich so plötzlich von hinten und schlang die Arme um mich, dass ich überrascht quietschte. Keith drehte mich in seinen Armen um und erstickte mein Lachen mit einem Kuss.

Irgendwo ganz in der Nähe polterte etwas, aber es war nicht dieses Geräusch, das durch den rosaroten Nebel in meinem Kopf drang, sondern die helle Stimme.

»Oh mein Gott!«

Keith und ich erstarrten beinahe zeitgleich. Mein Herz machte einen schmerzhaften Satz, dann polterte es so schnell weiter, als würde es aus seinem Gefängnis ausbrechen wollen, nur um sich nicht dem stellen zu müssen, was jetzt folgte. Langsam löste ich mich von Keith und drehte mich um. Obwohl ich es bereits ahnte, obwohl ich es erwartete, war der Anblick dennoch ein Schock.

Stella stand mitten im Hausflur, ihr schönes Gesicht blass, die Augen weit aufgerissen. Ihre Hände schwebten in der Luft, als würde sie etwas Imaginäres festhalten. Dann sah ich zu Boden und bemerkte die beiden Tupperdosen, die ihr heruntergefallen waren. Das war das Poltern eben gewesen, das ich so gekonnt ausgeblendet hatte.

»Was …« Mit dem Zeigefinger deutete sie zwischen uns hin und her. »Was geht hier vor?«

Eins musste man ihr lassen: Sie hatte ihre Stimme sofort wiedergefunden und war zurück in ihre Mutterrolle geschlüpft. In die einer sehr, sehr fassungslosen und verärgerten Mutter.

»Mom …« Keith machte einen Schritt auf sie zu, als wollte er ihr alles erklären, aber sie schüttelte nur den Kopf und zeigte auf seine Wohnungstür.

»Rein da. Alle beide.«

Wir zögerten. Ein großer Fehler.

»Sofort!«

Ich zuckte zusammen. Stella musste nicht die Stimme erheben, um ihrem Befehl mehr Nachdruck zu verleihen. Sie hatte drei Kinder großgezogen und arbeitete jeden Tag mit jungen Patienten im Krankenhaus. Wenn es jemanden gab, der wusste, wie er sich durchsetzen konnte, dann sie.

Mit gesenktem Kopf betrat ich Keiths Wohnung. Die Luft war warm hier drinnen, als würde noch immer pure Glückseligkeit darin schweben. Aber mir war nicht länger warm, und ich schlang die Arme um mich, um mein Frösteln zu unterdrücken. Und vielleicht auch, um alles in mir zusammenzuhalten, denn ein Teil von mir ahnte bereits, dass das Gespräch mit Stella ein vollkommen anderes werden würde als das mit Holly.

Sie drückte die Tür hinter sich zu und marschierte in die Küche, um die Tupperdosen auf der Arbeitsfläche abzustellen. Jetzt erkannte ich auch, was sich darin befand: Hollys berühmtes Mac and Cheese. Die Reste von gestern Abend, womit ich Keith eben noch aufgezogen hatte. Jetzt schien das eine Ewigkeit her zu sein.

Stella kehrte zurück, die Hände in die Hüften gestemmt, und sah fassungslos zwischen uns hin und her. »Wie lange geht das schon?«

Ich öffnete den Mund, obwohl ich nicht einmal wusste, was ich darauf antworten sollte, aber Keith kam mir zuvor. »Mom, das ist nicht …«

»Wie lange?«, fiel sie ihm gnadenlos ins Wort.

Schuldbewusst hob ich die Schultern. »Eine Woche …?«

Unter anderen Umständen wäre es faszinierend gewesen, dabei zuzusehen, wie viele verschiedene Emotionen in ihrem Gesicht aufflackerten, allerdings nicht, wenn ich die Ursache dafür war. Am liebsten hätte ich die Zeit zurückgedreht, damit sie Keith und mich niemals zusammen erwischte. Schon gar nicht so, dass uns keine Ausrede einfiel. Was sollten wir schon sagen? Keith wäre am Ersticken gewesen und ich hätte ihm mit Mund-zu-Mund-Beatmung das Leben gerettet? Wohl kaum.

»Wie … wie konnte das passieren?« Stella schien noch immer zwischen Ungläubigkeit und Fassungslosigkeit zu schwanken, gemixt mit einem ordentlichen Schuss blanker Wut. »Habt ihr auch nur eine Sekunde an die Menschen um euch herum gedacht? An Holly? An mich?« Sie warf die Hände in die Luft, als könnte sie nicht fassen, dieses Gespräch tatsächlich mit uns führen zu müssen. Um ehrlich zu sein, konnte ich es genauso wenig begreifen wie sie. »Das hier ist eine verdammte Kleinstadt. Habt ihr auch nur die geringste Ahnung, wie lange es gedauert hat, bis die Leute vergessen haben, dass dein Vater mein Professor am College war und ich die verruchte Studentin, die ihn verführt hat?«

Wieder zuckte ich zusammen. Ich kannte die Geschichte, aber Dad hatte sie mir damals ganz in Ruhe erzählt und erklärt, dass man sich nicht aussuchen konnte, in wen man sich verliebte und dass das Leben manchmal seltsame Wendungen nahm. Nie hatte er davon gesprochen, was die Leute in der Stadt davon hielten, und ich selbst hatte nie darüber nachgedacht. Wieso auch? Ich war gerade mal zehn Jahre alt gewesen. Er und Stella hatten immer so glücklich, so stark zusammen gewirkt, dass ich mir nie irgendwelche Gedanken darüber gemacht hatte, dass sie für ihre Liebe hatten kämpfen müssen.

»Das war eine andere Zeit, Mom«, versuchte Keith es noch mal und verschränkte die Arme vor der Brust. »Außerdem sind Callie und ich nicht Professor und Studentin.«

»Richtig. Ihr seid Geschwister, in Gottes Namen!«

Ich schloss die Augen und verzog das Gesicht. Konnten die Leute vielleicht damit aufhören, uns so zu bezeichnen? Bis auf drei verdammte Jahre waren wir nicht mal miteinander aufgewachsen. Außerdem waren wir nicht miteinander verwandt. Ich hatte meine eigene Mom und meinen Dad und Keith hatte seine Eltern. Keine Verwandtschaft. Keine wirklichen Geschwister. Warum war das so schwer zu begreifen?

»Stiefgeschwister«, korrigierte Keith sie ruhig. »Und auch nur, weil du uns dazu gemacht hast.«

»Oh nein, wag es ja nicht, mir so zu kommen, Keith Blackwood.« Mit einem Schritt war sie bei ihm und baute sich zu ihrer vollen Größe vor ihm auf. Obwohl sie lange nicht so groß war wie ihr Sohn, schien er allein unter der Macht ihrer Autorität kleiner zu werden. »Wie kannst du alles aufs Spiel setzen, wofür du in den letzten Wochen so hart gearbeitet hast? Dein Leben hier? Deinen Job in der Werkstatt?«

Er presste die Lippen zu einer harten Linie zusammen. »Nichts davon hat etwas mit Callie und mir zu tun.«

Stella lachte ungläubig auf, aber es klang so schrecklich bitter. Sie so zu sehen war wie eine Faust, die sich um mein Herz schloss und immer weiter zudrückte.

»Alles hat mit allem zu tun«, fuhr sie gnadenlos fort. »Denkst du, die Leute haben vergessen, was sie damals über mich gedacht haben? Eine mittellose Studentin mit Kind, die einen reichen Professor heiratet? Ein Teenager am Steuer des Wagens, der …«

»Stopp!«, rief ich, auch wenn ich sah, dass sie den Satz nicht zu Ende bringen würde. Aber ich hatte auch den Schmerz in Keiths Augen gesehen, bevor er sich von uns abgewandt hatte. »Wir wissen alle, was damals passiert ist.«

»Genau.« Mit einem Mal schien jede Kraft aus Stellas Stimme gewichen zu sein. Ich hatte sie immer für ihre Jugend bewundert, doch in diesem Moment wirkte sie viel älter als sie tatsächlich war. Wie eine Frau, die zwei Ehemänner verloren hatte. Einen, weil es nicht funktioniert hatte, und den anderen, weil das Leben ihn ihr viel zu früh genommen hatte. »Jeder weiß es. Jeder erinnert sich daran. Wollt ihr wirklich noch eins draufsetzen? Wollt ihr für all diese Leute wirklich Bruder und Schwester sein, die miteinander ins Bett gehen? Denkt ihr wirklich, es interessiert irgendjemanden, dass ihr nicht blutsverwandt seid?«

Ich rieb mir mit beiden Händen über das Gesicht. In meiner Handtasche vibrierte mein Handy, aber ich nahm es nur am Rande wahr. Vermutlich war es Holly, die mir mitteilte, dass sie wie so oft noch nicht fertig war und sich verspäten würde.

Stella seufzte tief. »Ihr seid beide erwachsen. Ich kann euch nichts vorschreiben, auch wenn ich euch am liebsten für den Rest eures Lebens in verschiedene Zimmer einsperren würde.«

Sie schluckte hart, dann schüttelte sie den Kopf. Keith stand noch immer mit dem Rücken zu ihr, also wandte sie sich an mich und nahm meine Hände in ihre. Sie waren warm und weich. Liebevoll wie die der Mutter, die sie jahrelang für Holly und mich gewesen war. Sie war da gewesen, als meine erste Beziehung in die Brüche gegangen war und hatte mich mit Eiscreme und Taschentüchern versorgt. Sie hatte sich um mich gekümmert, als mich die Grippe so schlimm erwischt hatte, dass ich kaum das Bett verlassen konnte, und mir geduldig Medikamente und Hühnersuppe eingeflößt. Sie hatte mich in den Arm genommen und mir Mut gemacht, als ich bei meinen ersten Fahrstunden völlig versagte, weil ich zu große Angst gehabt hatte.

Es gab so viele Momente, in denen Stella an meiner Seite gewesen war und mich unterstützt hatte. Schuldete ich es dieser Frau nicht, ihr keinen weiteren Kummer zu bereiten? Sie hatte wegen meines Hasses auf Keith schon lange genug gelitten. Ich hatte nie ein Geheimnis daraus gemacht, dass ich ihm die Schuld am Unfall gab, und er war sieben Jahre lang fort gewesen. Und jetzt setzte ich noch eins drauf und sorgte dafür, dass sich die ganze Stadt das Maul über uns und damit auch über sie zerriss?

»Callie …« Sie drückte meine Finger, als würde sie mich stumm anflehen, ihr das nicht anzutun. Es Keith nicht anzutun, der zurückgekommen war, um sich hier ein Leben aufzubauen. Es Holly nicht anzutun, die nichts mit alledem zu tun hatte und trotzdem darunter leiden würde.

Ich presste die Lippen aufeinander, unfähig, irgendetwas zu sagen, außer: »Es tut mir leid, Stella.«

Sie nickte und versuchte sich an einem Lächeln, das ihr misslang. Dann sah sie zu Keith, der noch immer mit dem Rücken zu ihr stand und keine Anstalten machte, etwas daran zu ändern. Was auch immer er dachte, er behielt es für sich. Stella seufzte, dann ließ sie mich los und verließ die Wohnung genauso schnell, wie sie hier aufgetaucht war.

Das Klicken der Tür klang wie ein Donner in der Stille um uns herum. Ich wagte es nicht, mich zu bewegen oder etwas zu sagen. Ich wagte es ja kaum, zu atmen. Mein Kopf schwirrte, mein Magen rebellierte, und die Faust um mein Herz hatte kein bisschen locker gelassen, sondern quetschte immer weiter.

Irgendwann drehte Keith sich zu mir um. Er war erschreckend blass, und seine Hände zitterten, als er sie in seine Hosentaschen schob. »So war dieser Morgen nicht geplant gewesen«, murmelte er.

Nein, das war er wirklich nicht.

Ich atmete tief durch, dann sagte ich das einzig Richtige. »Du weißt, dass sie recht hat, oder?«

Keith runzelte die Stirn, erwiderte aber nichts darauf.

»Wir hätten es nie so weit kommen lassen dürfen.« Ich biss mir fest auf die Unterlippe, um mit diesem neuen Schmerz den zu übertönen, der sich bereits in meiner Brust ausbreitete. Es hätte nur eine Nacht sein sollen. Mit den daraus entstehenden Konsequenzen hätte ich leben können. Aber mit dem Wissen, welche Folgen unser Handeln nach sich zog? Dass wir ausgerechnet die beiden Menschen damit verletzten, die uns am wichtigsten waren? »Das darf nicht noch mal passieren. Sie hat recht, Keith. Mit allem, was sie gesagt hat. Mir war nie klar, wie sehr sie darum kämpfen musste, dass die Leute hier sie akzeptieren. Dass sie sie als Ärztin sehen und nicht als …« Ich brachte die Worte nicht mal heraus.

»Worauf willst du hinaus?« Keith klang ruhig, als er mir diese Frage stellte. Zu ruhig.

Ich bohrte meine Fingernägel in meine Handflächen, um mich davon abzuhalten, zu ihm zu gehen, mich in seine Arme zu schmiegen und zu vergessen, was eben passiert war. Um mich davon abzuhalten, jedes Wort zurückzunehmen, das ich gleich aussprechen würde.

»Wir beenden das hier. Du hast gesehen, wie Holly und deine Mom reagiert haben. Willst du ihnen wirklich noch mehr wehtun?«

Denn ich wollte das nicht. Ich konnte es nicht. Lieber tat ich mir selbst weh, indem ich aufhörte, mich heimlich mit Keith zu treffen, als diese beiden Menschen zu verletzen. Allein beim Gedanken an Stellas entsetzten Gesichtsausdruck oder daran, wie Holly getobt und gewütet hatte, nachdem sie uns im Bad erwischt hatte, zog sich alles in mir zusammen. Wir hatten nie wirklich darüber gesprochen, was das zwischen uns war und wie es nach diesem Sommer weitergehen würde. Vielleicht hatten wir insgeheim beide gewusst, dass es enden würde. Jetzt passierte es nur früher als erwartet.

»Keine heimlichen Treffen mehr. Keine Küsse. Keine Textnachrichten. Keine verbotenen Berührungen unterm Tisch. Kein … kein Sex. Was auch immer das zwischen uns war, es ist vorbei.«

Keith reagierte nicht. Er starrte mich nur an, als hätte ich ihn genau dort getroffen, wo es am meisten schmerzte. Bei unserem ersten Wiedersehen, nachdem ich ihn endlich erkannt hatte, hätte ich alles darum gegeben, Keith so zu verletzen, wie er mich damals verletzt hatte, als er ohne ein Wort aus meinem Leben verschwunden war. Jetzt tat es mir selbst weh, ihn so zu sehen. Mehr als ich je für möglich gehalten hätte. Meine zu Fäusten geballten Hände zitterten, mein Atem kam nur stoßweise, und meine Knie fühlten sich an, als würden sie jeden Moment einknicken. Aber ich knickte nicht ein.

Irgendwie schaffte ich es, das Schweigen zwischen uns zu ertragen, ohne dabei zusammenzubrechen. Es war ja nicht so, als wären wir ein Paar gewesen oder dergleichen. Wir waren nur … Stiefgeschwister, die sich niemals aufeinander hätten einlassen dürfen. Nicht mehr, nicht weniger.

Langsam drehte ich mich um und klammerte mich am Riemen meiner Handtasche fest, während ich mich dazu zwang, einen Fuß vor den anderen zu setzen. Mein Blick war auf den Holzboden gerichtet. Ein Schritt nach dem anderen. Ich musste es nur hier raus und irgendwie bis nach Hause schaffen, dann konnte ich immer noch zusammenbrechen. Aber nicht hier, nicht jetzt. Nicht solange Keith mich so sehen konnte.

»Ich liebe dich.«

Ich erstarrte mitten in der Bewegung. Es war, als hätte jemand die Nervenbahnen zwischen meinem Gehirn und meinen Gliedmaßen durchgeschnitten, denn ich konnte mich keinen Millimeter mehr bewegen. Dafür verdreifachte mein Herz seine Arbeit und trommelte in einem schnellen, beinahe schmerzhaften Rhythmus gegen meine Rippen.

Sekunden tickten vorbei, in denen keiner von uns ein Wort sagte und niemand sich bewegte. Irgendwie brachte ich die Willenskraft auf, den Kopf zu heben und mich wieder zu ihm umzudrehen. Langsam. Zögernd. Weil ich nicht sicher war, ob ich meinen Ohren trauen konnte. Oder ob ich es ertragen würde, den Beweis für seine Worte in seinem Gesicht zu lesen.

»Was …?«, wisperte ich.

»Du hast mich schon verstanden.« Keith ließ mich nicht aus den Augen. »Ich liebe dich. Tu nicht so, als wäre das eine Überraschung für dich.«

Aber das war es. Eine riesige, überdimensionale und unbegreifliche Überraschung. Wir hatten nie von Liebe oder von Gefühlen geredet. Wir hatten Spaß miteinander, wir lachten, verbrachten Zeit zusammen und hatten fantastischen Sex. Liebe war nie Teil des Plans gewesen.

Das Chaos in meinem Inneren war mehr, als ich ertragen konnte. Es türmte sich zusammen, wuchs zu einem Wirbelsturm heran, der jeden Moment aus mir auszubrechen drohte, wenn ich ihm nicht Einhalt gebot.

Schweigen breitete sich zwischen uns aus. Ich wollte wegrennen, konnte mich aber nicht rühren. Nicht zu ihm hin und nicht von ihm weg. Jedes Mal, wenn sich meine Brust hob, fühlte es sich an, als würde ich Glassplitter einatmen, die sich in meinem ganzen Körper festsetzten. Eine einzige falsche Bewegung und sie würden mich entzweischneiden.

»Ich …«

Erinnerungen stürzten auf mich ein. Daran, wie Holly reagiert hatte, als sie uns zusammen erwischt hatte. Daran, wie fassungslos und enttäuscht Stella gewesen war. Daran, wie ich mich im Bett an ihn schmiegte, wenn ich sicher war, dass er schon schlief und nichts davon bemerkte.

Hastig blinzelte ich die aufsteigenden Tränen weg. Ich würde jetzt nicht weinen. Auf keinen Fall würde ich jetzt anfangen zu weinen.

»Ich … kann das nicht. Tut mir leid.«

»Kannst du nicht oder willst du nicht?« Keith machte einen Schritt auf mich zu. Einen einzigen Schritt, der eine Welle an Panik in mir auslöste. Und Hoffnung. Aber worauf, verdammt? »Wovor hast du Angst, Callie?«

Vor allem davor, die Menschen zu enttäuschen, die mir am wichtigsten waren. Davor, Keith noch mehr zu verfallen, bis es kein Zurück mehr für mich gab. Vielleicht gab es das schon seit dem Moment nicht mehr, in dem er mich das erste Mal geküsst hatte. Tatsache war jedoch, dass ich Keith schon einmal verloren hatte. Und ich würde es nicht ertragen, ihn noch einmal zu verlieren, ob es nun wegen des Geredes der Leute war oder weil unser Verhalten unserer Familie wehtat. Ich hatte schon Mom und Dad verloren, bald würde ich meine kleine Schwester für ein ganzes Jahr nicht mehr sehen. Ich konnte nicht noch jemanden verlieren.

Nicht Keith. Nicht schon wieder.

Deshalb musste ich es beenden. Hier und jetzt, solange ich es noch konnte und bevor wir noch mehr Menschen verletzten, die uns beiden so viel bedeuteten.

Diesmal hörten meine Gliedmaßen auf die Befehle meines Verstandes. Ich machte auf dem Absatz kehrt und ging auf die Tür zu. Meine Schritte waren schnell und abgehetzt, dennoch hatte ich das Gefühl, den Boden nicht einmal zu berühren. Es war, als würde ich irgendwo außerhalb meines Körpers schweben und diese Szene aus der Vogelperspektive betrachten. Vielleicht, weil ich wusste, dass mein Herz zersplittern würde, wenn ich es mir jetzt erlaubte, etwas zu empfinden.

»Callie!«

Ich blieb an der Tür stehen, die Hand bereits um den Knauf gelegt. Ich konnte nicht hierbleiben. Es war ja sowieso nur eine Frage der Zeit gewesen, oder nicht? Das war uns beiden von Anfang an klar gewesen.

Ich holte tief Luft und hatte im selben Moment das Gefühl, daran zu ersticken. Als weigerte sich meine Lunge, den Sauerstoff aufzunehmen. Langsam wandte ich mich wieder zu Keith um. Er stand nur ein paar Meter von mir entfernt, doch es schienen Meilen zwischen uns zu liegen. Ich konnte Panik in seiner Miene lesen. Enttäuschung. Wut. Und Hoffnung. Einen kleinen Funken Hoffnung, den ich ein für alle Mal zerstören würde.

Ich sah ihm geradewegs in die Augen, als ich die nächsten Worte aussprach.

»Ich liebe dich nicht, Keith.«

Kapitel 19

»Du hast gelogen.« Faye genügte ein Blick auf mich, nachdem ich ihr die ganze Geschichte erzählt hatte, um ihre eigenen Schlüsse zu ziehen.

»Ich habe nicht gelogen«, widersprach ich und setzte mich so abrupt auf, dass die Matratze unter mir auf und ab wippte.

Wir saßen in Fayes Wohnung auf ihrem Bett. Auf dem Nachttisch standen ein paar Bücher und unsere vergessenen Gläser. Kein Eisbecher in Sicht. Keine schnulzigen Liebesfilme. Keine Schokolade und auch keine Taschentücher. Ich war nicht zwei Tage, nachdem ich das mit Keith beendet hatte, zu meiner besten Freundin gefahren, um mich bei ihr auszuheulen. Ich war hier, weil Holly in den letzten achtundvierzig Stunden vergeblich herauszufinden versucht hatte, warum ich mich in meinem Zimmer einigelte. Also hatte sie Faye zurate gezogen, und jetzt saß ich hier, obwohl ich mich lieber wieder in meine Nische am Fenster verkrochen und widerlich emotionale Songtexte geschrieben hätte. Ich wusste nicht, ob ich sie mir je wieder ansehen würde, aber all meine Gedanken und Gefühle auf Papier zu bannen, schien das Einzige zu sein, zu dem ich in letzter Zeit in der Lage war. Es war das Einzige, was half.

Ich liebe dich.

Wie sollte ich diese Worte jemals vergessen? Schlimmer war nur meine eigene Reaktion darauf gewesen. Der Tumult, der in meinem Inneren losgebrochen war. Die vielen kleinen Risse in meinem Herzen, die es endgültig auseinanderzureißen drohten. Ich konnte mein Herz nicht an Keith verlieren. Unmöglich. Dennoch hatte ich das Gefühl, wenn schon nicht mein Herz, dann zumindest einen wichtigen Teil von mir an jenem Morgen in Keiths Wohnung zurückgelassen zu haben. Und ich hatte nicht die geringste Ahnung, wie ich ihn wieder zurückbekommen sollte.

»Wirklich nicht?« Faye runzelte die Stirn. »Ich kenne dich schon mein halbes Leben lang, Callie. Ich weiß, wie du früher für ihn geschwärmt hast, und ich habe gesehen, was sich jetzt zwischen euch entwickelt hat. Ihm kannst du vielleicht etwas vormachen, aber nicht mir.« Sie griff nach meinen Händen und drückte sie sachte.

Ich schluckte hart, brachte aber irgendwie ein Lächeln zustande. »Was willst du denn von mir hören? Dass ich es bereue, wie es gekommen ist? Dass ich mich nie darauf hätte einlassen sollen?«

»Wie wär's mit der Wahrheit?«, schlug sie leise vor.

Ich schüttelte den Kopf. Die Wahrheit war zu komplex, um sie auszusprechen, genau wie meine Gefühle. Aber vielleicht war das auch nur das, was ich mir selbst einzureden versuchte. Nicht über die Dinge zu reden, die mich belasteten, war schließlich etwas, das ich in den letzten sieben Jahren perfektioniert hatte. Allerdings flüsterte eine kleine Stimme in meinen Gedanken, dass ich das diesmal nicht schaffen würde. Damals war ich dazu in der Lage gewesen, Keith völlig aus meinem Gedächtnis zu verbannen. Ein zweites Mal würde mir das nicht gelingen.

Faye seufzte. »Rede darüber. Das muss nicht mit mir sein, aber ich glaube wirklich, dass es dir helfen würde, mal über alles zu reden. Keith. Den Unfall. Deine Familie.«

Vage erinnerte ich mich daran, dass auch Parker etwas Ähnliches in der Nacht nach meinem Geburtstag zu mir gesagt hatte. Dennoch sträubte sich ein Teil von mir dagegen. Ja, reden könnte helfen, aber es würde nichts ungeschehen machen. Nichts von dem, was vor sieben Jahren passiert war, und nichts von dem, was vor zwei Tagen geschehen war. Reden würde nicht diese Woche aus meinem Leben auslöschen können, die ich mit Keith verbracht hatte. Genauso wenig wie den Schmerz, der sich immer tiefer in mich hineinfraß.

Ich blieb noch eine Weile bei Faye, aber wir schnitten das Thema kein zweites Mal an. Trotzdem spürte ich ihre besorgten Blicke und war froh, als Thomas auftauchte und ich das als Vorwand nutzen konnte, um zurück nach Hause zu fahren.

Es war bereits dunkel geworden und ein kurzer Blick aufs Armaturenbrett verriet mir, dass es schon nach elf Uhr war. Ich parkte Hollys Wagen in unserer Einfahrt, überrascht darüber, ein fremdes Auto hier vorzufinden. Als ich ausstieg, ging die Haustür auf, und Braden kam heraus. Er wirkte genauso überrascht wie ich, als er mich bemerkte.

»Oh, hey«, sagte er beim Näherkommen, runzelte dann jedoch die Stirn. »Versteh das jetzt bitte nicht falsch, aber du siehst furchtbar aus. Ist alles in Ordnung?«

Ich stieß ein heiseres Lachen aus, das nichts mit Humor zu tun hatte, dafür aber sehr viel mit Verzweiflung. Braden wirkte so geschockt und verwirrt, dass ich den Kopf schüttelte.

»Nicht wirklich, aber das wird schon wieder.«

Irgendwie. Irgendwann. Bestimmt.

»Bist du sicher? Ich weiß zwar nicht, was genau los ist, aber falls du mal ein offenes Ohr brauchst …«

»Danke.« Aber was ich brauchte, war nicht jemand, der mir zuhörte und mich tröstete, sondern etwas, das tatsächlich half. Gegen den Schmerz in meiner Brust. Gegen die Albträume, die mich immer häufiger heimsuchten. Ich wollte nichts davon spüren, nichts davon sehen und wenn es einen Weg gäbe …

Moment mal. Mein Blick blieb an Braden hängen. Es gab einen Weg.

»Vor einer Weile hast du da etwas angedeutet …«, murmelte ich. »Falls ich je Einsicht in die Akten von damals haben will. War das ernst gemeint?«

Er blinzelte überrascht, nickte dann jedoch. »Voll und ganz. Ich kann sie dir bis morgen besorgen.«

»Danke.« Erleichterung durchflutete mich, so heftig, dass ich gegen die plötzlich aufsteigenden Tränen in meinen Augen anblinzeln musste. »Sorry. Ich bin nur ein bisschen neben der Spur.«

»Ist mir schon aufgefallen.« Braden betrachtete mich mitfühlend. »Komm her.«

Er zog mich in seine Arme, und ich ließ es nicht nur zu, sondern klammerte mich förmlich an ihn. Es war wie an meinem Geburtstag, als Stella mir Moms Kette gegeben hatte, die seither in einer Schatulle in meinem Nachttisch ruhte. Eine winzige und doch so bedeutende Kleinigkeit ließ die Mauern, die ich um mich herum errichtet hatte, bröckeln. Damals waren sie zersplittert und zu Staub zerfallen, heute konnte ich noch ein kleines bisschen davon festhalten.

Ja, ich ließ mich von Braden umarmen. Aber ich zerbrach nicht an allem, was geschehen war. Noch nicht.

Behutsam löste ich mich von ihm und wischte mir über die Augen. »Danke noch mal.«

Er beäugte mich in einer Mischung aus Skepsis und Sorge. »Sicher, dass alles okay ist?«

Ich nickte mehrmals und setzte ein Lächeln auf. Er wirkte nicht ganz überzeugt, bohrte aber auch nicht nach, was ich ihm hoch anrechnete.

»Okay. Dann melde ich mich morgen, sobald ich die Akte für dich habe.« In einer tröstenden Geste strich er über meinen Arm. »Gute Nacht, Callie.«

»Gute Nacht.«

Ich machte einen Schritt zur Seite, damit er ausparken konnte, und sah ihm nach, bis die Rücklichter von Bradens Wagen in der Nacht verschwanden. Erst dann setzte ich mich in Bewegung und betrat kurz darauf das Haus.

Dunkelheit empfing mich, und ich war froh über die Stille um mich herum. Meine Gedanken waren ohnehin schon viel zu laut. Leise schlüpfte ich aus meinen Halbstiefeln, dann machte ich mich auf den Weg nach oben. Doch als ich am Wohnzimmer vorbeikam, beschlich mich ein seltsames Gefühl. Ein Prickeln breitete sich in meinem Nacken aus, als würde jemand jede meiner Bewegungen beobachten. Was natürlich völliger Blödsinn war. Dennoch trat ich näher und streckte die Hand nach dem Lichtschalter aus. Es dauerte eine gefühlte Ewigkeit, in denen das flaue Gefühl in meinem Bauch immer stärker wurde, obwohl es sich nur um ein paar Sekunden handeln konnte, bis meine Finger den Schalter fanden.

Licht durchflutete das Wohnzimmer. Ich blinzelte gegen die plötzliche Helligkeit an, und als ich wieder klar sehen konnte, zuckte ich vor Schreck zusammen. Meine Intuition hatte mich nicht getrogen. Jemand hatte mich tatsächlich beobachtet. Dieser Jemand lehnte mit der Kehrseite an der Couch, hatte die Arme vor der Brust verschränkt und einen düsteren Gesichtsausdruck aufgesetzt. Allein sein Anblick und die Tatsache, dass er hier war, genügten, um das Gefühlschaos in mir erneut zum Kochen zu bringen.

»Willkommen zurück«, sagte Keith mit seiner tiefen Stimme. Er klang völlig ruhig und neutral. Geradezu gelassen.

Ich traute dem Schein keine Sekunde lang.

»Danke …?«, murmelte ich zögernd, während die Gedanken in meinem Kopf Achterbahn fuhren. Einen doppelten Looping später war ich dazu in der Lage, die wohl wichtigste Frage zu stellen. »Was machst du hier?«

»Dasselbe könnte ich dich auch fragen.« Keith stieß sich von der Rückenlehne ab und kam langsam auf mich zu. »Du gehst mir seit zwei Tagen aus dem Weg, ignorierst meine Anrufe und Nachrichten und jetzt muss ich mit ansehen, wie du vor unserem Haus mit Braden Scott anbandelst? Ernsthaft?«

Ich verzog das Gesicht. »Es gibt nichts mehr zu bereden.« Betont ruhig legte ich meine Handtasche auf die Kommode rechts von mir, obwohl ich in Wirklichkeit alles andere als ruhig war. Ich hatte nicht damit gerechnet, Keith so schnell wiederzusehen – schon gar nicht mitten in der Nacht. Aber vor allem war ich nicht darauf vorbereitet gewesen. Zwei Tage waren vergangen, und ich hatte das Gefühl, ihm nicht das Geringste entgegensetzen zu können.

»Hat es wenigstens Spaß gemacht?« Keiths Stimme triefte vor Sarkasmus. »Oder fängst du jetzt nur etwas mit ihm an, um Mom zu besänftigen?«

Ich schnappte nach Luft. »Was stimmt nicht mir dir? Deine eigene Mutter hat fast einen Herzinfarkt bekommen, als sie uns zusammen gesehen hat. Und du legst es darauf an, ihr noch mehr wehzutun? Ich sehe wenigstens ein, dass sie recht hat.«

»Bullshit«, fiel er mir ins Wort. »Du tust nur das, was du am besten kannst. Du läufst weg.«

»Wie bitte? *Ich* laufe weg?« Fassungslos starrte ich ihn an. Dann fiel jede Form von Zurückhaltung von mir ab. Mit einem Mal stand ich direkt vor Keith und bohrte meinen Zeigefinger so hart in seine Brust, dass ein scharfer Schmerz durch meine Knöchel schoss. »Wer ist denn damals abgehauen, ohne ein Wort zu sagen? Wer hat sich bis vor ein paar Wochen nie wieder blicken lassen? Wenn jemand weggelaufen ist, dann bist du das.«

Er schüttelte den Kopf und wirkte dabei fast so störrisch wie der Teenager, an den ich mich wieder viel zu gut erinnern konnte. »Das war etwas anderes.«

»Klar. Damals ist auch nur mein Vater gestorben, und ich lag mit einer Gehirnerschütterung und einer verfickten Amnesie im Krankenhaus. Kein Grund, zu bleiben oder mir irgendeine Erklärung zu geben.«

Wie sehr hatte ich mir damals gewünscht, dass er mich in den Arm nahm. Dass er mich so fest an sich drückte, bis ich vergaß, was geschehen war. Ich hatte ihn gleichzeitig gehasst und geliebt, aber am meisten hatte ich mir seine Nähe gewünscht. Die Nähe des einzigen Menschen, der beim Unfall dabei gewesen war. Der wusste, was passiert und wie Dad ums Leben gekommen war. Der einzige Mensch, der mir dabei hätte helfen können, es zu begreifen und irgendwie damit abzuschließen.

Aber Keith hatte mir nichts davon gegeben. Kein tröstendes Wort. Keine Umarmung. Gar nichts. Nur die Schuld in seinen Augen, bevor er sich umgedreht hatte und genauso aus meinem Leben verschwunden war wie mein Vater.

»Callie …« Er hob die Hand, als wollte er sie an meine Wange legen.

»Nein.« Ich stieß sie beiseite und wich vor ihm zurück. »Du begreifst es wirklich nicht, oder? An diesem Tag habe ich nicht nur Dad verloren, sondern auch dich. Und jetzt wagst du es wirklich, hier zu stehen und zu behaupten, ich wäre weggelaufen? Wie kannst du nur? Wie kannst du morgens überhaupt in den Spiegel schauen?«

Er zuckte zusammen, als hätte ich ihn geschlagen. Zunächst schien es, als wollte er etwas darauf erwidern, als wollte er sich verteidigen und sein Verhalten erklären, aber dann schloss er den Mund wieder und schwieg. Ein Muskel trat in seinem Kiefer hervor, und seine Hände ballten sich zu Fäusten, aber er gab keinen Ton von sich.

Natürlich nicht. Was hatte ich auch anderes erwartet?

»Das ist alles, was du dazu zu sagen hast?« Ein beißender Zynismus schlich sich in meine Stimme. In den letzten Wochen hatte ich jeden Gedanken an den Unfall und jeden neuen Albtraum beiseitegeschoben, bis mich beides wieder eingeholt und aus meiner Seifenblase gerissen hatte. Es gab keine Sicherheit, keine regenbogenfarbenen Wattewolken und keine rosarote Brille. Nur Schmerz und Hass und ein anderes Gefühl, das so viel tiefer ging und so sehr wehtat, dass ich kaum Luft bekam. Wenn das die Liebe war, von der Keith glaubte, sie zu empfinden, dann wollte ich sie nicht. Ich hatte schon genug Schmerz in meinem Leben durchgestanden, da musste ich keinen weiteren hinzufügen.

Kopfschüttelnd drehte ich mich weg, bereit, ihn stehen zu lassen und mich in meinem Zimmer einzuschließen, bis der Morgen kam. Natürlich machte Keith es mir nicht so leicht. Er hatte es mir nie leicht gemacht.

Bevor ich mich auch nur einen Schritt von ihm entfernen konnte, packte er mein Handgelenk und hielt mich fest.

»Du hast keine Ahnung, was damals wirklich passiert ist«, brachte er mühsam beherrscht hervor.

»Natürlich nicht. Du hast mir ja nie die Wahrheit erzählt.«

Fluchend ließ er mich los und fuhr sich mit der Hand durch das Haar. »Darum geht es doch gar nicht. Deswegen bin ich nicht hergekommen.«

Ich wusste, warum er hier war. Diese drei Worte waren wie ein verdammter Ohrwurm, den ich nicht mehr loswurde, seit er sie ausgesprochen hatte. Aber ich würde einen Teufel tun und zulassen, dass er sie noch einmal sagte. Allein beim Gedanken daran brach ich in Panik aus.

»Ich will nicht darüber reden.«

Keith lachte. Er lachte! Tief und höhnisch und so kalt, dass sich unweigerlich alles in mir zusammenzog.

»Ach nein? Gut, dann lass uns über etwas anderes reden«, schleuderte er mir entgegen. »Wie wär's mit dem College? Denkst du, ich weiß nicht, warum du nicht gern über dein Studium sprichst? Warum du von allen Studiengängen dieser Welt ausgerechnet Medizin gewählt hast? Oder warum du dich durchquälst, obwohl du jede einzelne Sekunde davon hasst?«

»Was soll das?«, flüsterte ich. »Wieso tust du das?«

»Weil es niemand sonst tut. Sie alle schauen dir dabei zu, wie du dich abrackerst und lassen sich von deinem Lächeln beschwichtigen, dass alles in Ordnung ist. Aber ich weiß, dass es nicht so ist. Ich habe dich gesehen, Callie. Ich weiß, wie du aussiehst, wenn du für etwas brennst, so wie für die Musik. Wenn du dich für etwas begeisterst, selbst wenn es nur die Möbel sind, die wir in der Werkstatt herstellen, oder wenn du deiner besten Freundin ein Geburtstagsgeschenk machen kannst, das sie zu Tränen rührt. Und ich erkenne nichts davon, wenn es um dein Studium geht. Du machst dir selbst und der ganzen Welt etwas vor. Und das Schlimmste an der Sache? Du weißt es sogar, tust es aber trotzdem.«

Übelkeit breitete sich in mir aus. Nicht auf die sanfte, langsame Weise, bei der sich die Leute eine Hand auf den Magen legten und hilflos murmelten, dass ihnen gerade schlecht wurde. Nein. Mein Magen krampfte sich zusammen, und ich konnte den bitteren Geschmack von Galle bereits auf meiner Zunge fühlen. Ich schluckte hart und zwang mich dazu, ruhig zu atmen. Es gab keinen Grund, jetzt auszuflippen. Absolut keinen … Zum Teufel damit!

»Du hast recht.« Mein Geständnis schien Keith zu überraschen, denn er starrte mich an, als könnte er seinen eigenen Ohren nicht trauen. »Ich hasse so gut wie jedes meiner Seminare und bei der Vorstellung, eines Tages als Ärztin zu arbeiten, die über Leben und Tod zu entscheiden hat, breche ich in Panik aus. Wolltest du das von mir hören? Bist du jetzt glücklich?«

Mit jedem Wort war ich lauter geworden, als würde ich all das nicht nur Keith vor die Füße werfen, sondern auch mir selbst. Zwei Jahre Lügen. Zwei Jahre unterdrückte und aufgestaute Emotionen, die jetzt aus mir herausbrachen. Der letzte Riss in meinem Herzen hatte Wirkung gezeigt. Keith hatte es geschafft. Ich konnte nicht mehr. Konnte mich nicht mehr beherrschen und erst recht nicht mehr dieses angeschlagene bandagierte Etwas in meiner Brust zusammenhalten.

»Warum tust du es dann?« Seine Stimme war weicher geworden, beinahe warm.

Ich schüttelte den Kopf, unfähig dazu, noch etwas zu sagen, ohne dass ich erneut in Tränen ausbrach. Gott, ich hatte echt genug davon. Ich würde jederzeit einen Kater am Morgen einem Heulkrampf vorziehen. Da hatte man zuvor wenigstens eine lustige Nacht verbracht, statt eine zweite Sintflut auf die Welt loszulassen.

»Callie …« Keith machte einen Schritt auf mich zu. »Lass uns in Ruhe darüber reden. Ich weiß, was Stella gesagt hat, aber sie irrt sich. Es ist mir scheißegal, was die Leute denken und mit wem ich es hier aufnehmen muss. Ich bin nicht wegen ihnen zurückgekommen, sondern wegen dir, Holly und Mom. Und die letzten Wochen mit dir waren, verdammt noch mal, die besten Wochen meines Lebens. Ich weiß, dass es dir genauso geht. Ich habe es gesehen. Du kannst dir noch so oft einreden, dass du nichts für mich empfindest, aber ich weiß, dass es nicht wahr ist.«

»Ich bin auf seiner Seite«, ertönte eine allzu bekannte Stimme vom Flur her.

»Holly!?« Ich starrte sie entgeistert an, wie sie in ihren Schlafsachen mit müden kleinen Augen da stand, die Hand auf der Brust, als würde sie vor Rührung gleich dahinschmelzen.

»Was denn? In allen Büchern und Filmen bin ich auch immer auf der Seite des Kerls, der um seine Frau kämpft.« Sie kräuselte die Nase. Anscheinend war ihr gerade ein neuer Gedanke gekommen. »Außer der Kerl hat sich wie ein Arschloch verhalten. Hast du dich wie ein Arschloch verhalten?«, wandte sie sich an Keith.

Der ließ mich keine Sekunde aus den Augen. »Das musst du schon deine Schwester fragen.«

Sofort spürte ich Hollys Blick auf mir, nicht neugierig, sondern so hoffnungsvoll und bittend, dass ich gar nicht anders konnte, als ihr die Wahrheit zu sagen.

»Nicht mehr als sonst«, gab ich widerwillig zu.

»Seht ihr?« Sie deutete mit dem Finger zwischen uns hin und her. »Dann bin ich Team Keith.«

Wäre ich nicht so fertig mit den Nerven, hätte ich vielleicht über diese Bezeichnung lachen können. So reichte es gerade mal für ein gequältes Lächeln.

»Bist du fertig oder willst du dir noch Popcorn holen und uns weiter zusehen?«

Sie machte große Augen. »Darf ich? Ich vergebe auch Punkte für die besseren Argumente.«

»Holly …«, kam es diesmal von Keith und mir gleichzeitig.

Sie seufzte. »Ihr seid echte Spielverderber. Na gut, dann gehe ich eben wieder ins Bett. Diskutiert ruhig weiter. Aber ich bin immer noch für Team Keith!« Damit verschwand sie im Flur, und kurz darauf hörten wir, wie ihre Zimmertür im ersten Stock auf- und wieder zuging.

Schweigen legte sich über uns. Ich schloss die Augen und atmete tief durch, versuchte irgendwo die Kraft für die nächste Runde zu finden. Denn nach all den Anrufen und Nachrichten der letzten Tage glaubte ich nicht, dass Keith so schnell aufgeben würde. Ich wünschte nur, es würde nicht so wehtun. Schon im selben Raum mit ihm zu sein war wie ein Messer, das man mir immer wieder in die Brust bohrte.

»Ich liebe dich.«

Jeder Muskel in meinem Körper verkrampfte sich. Ich zwang mich dazu, die Augen aufzuschlagen und ihn anzusehen. Schlimmer als die Worte war die Ehrlichkeit, die in seinem Blick lag. Die Verzweiflung.

»Ich weiß, dass du das nicht hören willst, aber ich werde es dir wieder und wieder sagen, bis du mir glaubst. Bis du deine ganzen verdammten Zweifel und Ängste beiseiteschiebst und dich darauf einlässt. Auf mich. Das zwischen uns ist echt, und irgendwo tief in deinem Dickschädel weißt du das auch. Du musst es nur zulassen.«

Ich schüttelte den Kopf. Zumindest glaubte ich, dass ich es tat, denn die Bewegung war so winzig, dass Keith sie vielleicht nicht mal wahrnahm. Zu mehr schien ich nicht in der Lage zu sein. Wo war die Kraft, die ich eben noch gesammelt hatte?

Keith kam näher, bis er so dicht vor mir stand, dass ich kaum noch Luft holen konnte, ohne seinen Duft einzuatmen. Er schien auf eine Antwort von mir zu warten, auf irgendeine Reaktion. Als diese nicht kam, legte er seine Hand in meinen Nacken, zog mich an sich und presste seinen Mund auf meinen.

Im ersten Moment war ich zu überrascht, um zu reagieren. Im zweiten erwiderte ich den Kuss so hungrig und selbstverständlich, als gäbe es keine andere Möglichkeit, darauf zu reagieren. Seine Wärme hüllte mich ein, als würde er eine Decke um mich schlingen, und für ein paar Sekunden erlaubte ich mir, mich in diesem Gefühl zu verlieren. In seiner Nähe. Seinem Geruch. Seinem Geschmack. Gott, ich hatte all das so vermisst. Sogar dieses selbstgefällige Lächeln, das mich regelmäßig in den Wahnsinn trieb. Ich wollte ihn selbst jetzt noch, obwohl es falsch war.

Absolut falsch.

Ich zog die Arme, die ich gerade um seinen Hals legen wollte, zurück und drückte mit den Händen gegen seine Brust. Keith stolperte einen Schritt zurück. Sein Blick war verklärt, seine Atmung ebenso abgehackt wie meine.

»Nein«, brachte ich keuchend hervor. »Du hast keine Ahnung, was ich fühle. Du kennst mich nicht.«

Ein Schatten legte sich über sein Gesicht und verhärtete seine Züge. »Ich glaube, mittlerweile kenne ich dich besser als du dich selbst, Callie.«

Ich schüttelte den Kopf, weigerte mich, ihm weiter zuzuhören, also sagte ich das Einzige, von dem ich glaubte, es würde zu ihm durchdringen. »Halt dich von mir fern.«

Mit hämmerndem Herzen wirbelte ich herum und schnappte mir meine Handtasche, bevor ich auf die Treppe zustürmte.

»Denkst du, er hätte das für dich gewollt?«, rief Keith mir hinterher.

Meine Füße blieben so abrupt stehen, dass ich fast vornüberfiel. Eine Eisschicht zog sich über meine Haut, drang immer tiefer, bis sie jedes Molekül in meinem Körper erfasst hatte. Langsam drehte ich mich zu Keith um, der mir in den Flur gefolgt war.

»Wag es ja nicht, von ihm zu reden.« Meine Stimme war leise, aber die Schärfe darin nicht zu überhören. »Gerade du! Dazu hast du kein Recht!«

»Vielleicht nicht«, gab Keith zu und kam wieder näher. »Aber wie es aussieht bin ich der Einzige, der sich traut, es dir ins Gesicht zu sagen.« Er blieb vor mir stehen und betrachtete mich mit einem Ausdruck, bei dem sich alles in mir zusammenzog. Mitgefühl. Und eine Entschlossenheit, die mir deutlich machte, dass er sich diesmal nicht zurückhalten würde, um mich zu schonen. »Glaubst du wirklich, er hätte gewollt, dass du dich in ein Studium stürzt, das du hasst, nur um dich ihm nahe zu fühlen? Dass du an der Vergangenheit festhältst, auch wenn es dich kaputt macht? Ich verrate dir was, Callie. Wenn er jetzt hier wäre und sehen könnte, wie du vor allem davonläufst, was dich auch nur im Entferntesten verletzen kann, wäre er enttäuscht.«

Ich merkte nicht einmal, wie ich ausholte. Erst als meine Hand auf Keiths Wange traf und ein lautes Klatschen in meinen Ohren widerhallte, wurde mir bewusst, was ich gerade getan hatte. Meine Augen brannten mindestens ebenso sehr wie meine Finger von der Ohrfeige.

Sekunden tickten vorbei, in denen sich keiner von uns rührte. Ich wusste nicht mal, ob ich überhaupt noch atmete, aber es musste so sein, schließlich pochte mein Herz noch immer gegen meine Rippen, als wollte es mich daran erinnern, dass es noch da war. Zersplittert und schmerzend, aber noch immer da.

»Wir wissen beide, dass du dir nur etwas vormachst«, sagte Keith nach einer Weile rau. Sein Blick bohrte sich in meinen, als wollte er mich durch bloße Willenskraft dazu bringen, meine Meinung zu ändern. »Der einzige Unterschied zwischen uns ist, dass ich bereit bin, etwas zu riskieren, während du dich lieber irgendwo verkriechst und die Wahrheit verdrängst. Aber keine Sorge«, fügte er hinzu und trat mit erhobenen Händen zurück. »Ab jetzt werde ich mich von dir fernhalten.«

Diesmal war er es, der ging, und ich tat nichts, um ihn aufzuhalten. Er marschierte an mir vorbei, ohne mich noch einmal anzusehen. Selbst als die Haustür hinter ihm ins Schloss gefallen war, bewegte ich mich nicht. Sein Duft hing noch immer in der Luft, aber von der Wärme war nichts mehr zu spüren.

Ich hatte sie erfolgreich vertrieben.

Genau wie Keith.

Kapitel 20

Ich fiel fast von der Rückbank, als Keith so abrupt bremste, dass das Auto einen Hopser machte. Mein Mobiltelefon glitt mir aus den Händen und landete irgendwo im Fußraum. Mist, verdammter. Ich war gerade dabei gewesen, Faye von unserem Fahrunterricht zu berichten. Ich löste den Sicherheitsgurt und ging auf dem Boden in die Hocke, um nach meinem Handy zu tasten, das unter den Sitz gerutscht war.

»Mit Gefühl auf die Bremse treten«, erinnerte Dad Keith geduldig. Und dann, als hätte er Augen im Hinterkopf: »Schnall dich wieder an, Callie.«

Ächzend setzte ich mich wieder hin, nachdem ich mein Handy gefunden hatte, und legte brav den Sicherheitsgurt an. Als ob auf dieser verlassenen Landstraße irgendetwas passieren könnte … Der Wagen tuckerte weiter, und ich hatte Mühe, einen vollständigen Satz zu schreiben, weil ich mich ständig vertippte und die Autokorrektur meine Nachricht zu einem Porno machen wollte. Aber nach einigen Minuten hörten die ungewollten Sprünge auf, und ich wagte es, einen Blick nach vorne zu werfen. Keith hatte die Hände in perfekter Haltung am Lenkrad. Im Rückspiegel sah ich seine dunklen Augen, die konzentriert auf die Straße gerichtet waren. Normalerweise erwischte er mich immer dabei, wenn ich ihn beobachtete, und dann wurde ich knallrot und sagte irgendwelches sinnlose Zeug. Aber jetzt war er zu sehr aufs Fahren konzentriert, also konnte ich ihn ganz in Ruhe betrachten. Ich lehnte mich sogar etwas nach vorne, um sein Profil besser sehen zu können.

Das Kribbeln kehrte zurück und breitete sich wie ein Schwarm Bienen in meinem Bauch aus. Gerade so unterdrückte ich ein leises Seufzen, denn ich wollte Keith auf keinen Fall vom Fahren ablenken.

»Langsamer«, mahnte Dad. Er streckte die linke Hand aus und legte sie auf den Fahrersitz, direkt hinter Keiths Schulter, die andere hielt er bereit, als rechnete er damit, jeden Moment das Steuer ergreifen und herumreißen zu müssen.

Der Motor brummte störrisch, und der Wagen ruckelte beim Fahren. Ich lehnte mich wieder zurück.

»Den Fuß nur leicht auf das Gaspedal drücken«, sprach Dad weiter. Er wirkte irgendwie besorgt. Aber warum?

Erst als ich nach draußen schaute, bemerkte ich, dass wir ziemlich schnell fuhren. Ich sah zurück zu Dad. Seine Stirn war gerunzelt, und er wirkte schrecklich müde. War er schon beim Losfahren so müde gewesen?

»Langsamer, Keith!«

Ich zuckte unter dem harschen Befehl zusammen, als wäre er an mich gerichtet gewesen. Wow. Was war denn jetzt los? Dad ist komisch drauf, *schrieb ich an Faye und löschte die zweite Hälfte sofort wieder, weil die blöde Autokorrektur* kosmisch *daraus gemacht hatte. Echt jetzt?*

»Okay, das reicht für heute.« Dads Stimme erfüllte das Wageninnere. Er versuchte, ruhig zu klingen, aber ich spürte, wie angespannt er war. »Fahr rechts ran, Keith.«

Das schmiedeeiserne Tor quietschte, als ich es öffnete, und schreckte ein paar Vögel auf, die kreischend davonflogen. Letzte Nacht hatte es stundenlang geregnet, und selbst jetzt am frühen Morgen hing noch immer der Geruch von Regen in der

Luft. Ich atmete ihn tief ein, inhalierte ihn, aber nicht einmal das konnte meinen rasenden Puls beruhigen. Nervös wischte ich mir die Hände an meiner kurzen Jeans ab und zwang mich dazu, einen Fuß vor den anderen zu setzen. Der Friedhof sah noch genauso aus wie früher, nur dass inzwischen erschreckend viele neue Grabsteine hinzugekommen waren.

Langsam ging ich weiter, vorbei an einer Engelsstatue, die auf mich herunterstarrte, als wollte sie mich fragen, was ich hier zu suchen hatte. Nun, mit dieser Frage waren wir schon zu zweit.

Es dauerte nicht lange, bis ich den vorgegebenen Weg verließ und meine Stiefel im feuchten Gras versanken. Ich wünschte, ich könnte behaupten, dass ich mein Ziel mutig und energischen Schrittes ansteuerte, aber in Wirklichkeit machte ich wahrscheinlich eher den Eindruck einer verschreckten Katze. Vorsichtig tappte ich vorwärts, weil ich mich zu jedem Meter zwingen musste. Eigentlich sollte es leichter werden, je näher ich kam, oder nicht? Das wurde es aber nicht. Im Gegenteil.

Als ich den Grabstein erreichte, den ich das letzte Mal vor sieben Jahren gesehen hatte, hatte ich das Gefühl, kaum noch atmen zu können. Ich musste nur den eingravierten Namen lesen und mir verschwamm die Sicht vor Augen, noch bevor ich das Geburts- und Sterbedatum erkennen konnte.

»Hallo, Dad«, wisperte ich. »Entschuldige, dass ich dich so lange nicht besucht habe.«

Ich betrachtete den schlichten Grabstein. Er sah nicht mehr so neu aus wie damals. Die Zeit hatte ebenso ihre Spuren hinterlassen wie Wind und Wetter, was nicht weiter ungewöhnlich war. Das Ungewöhnliche waren die frischen Blumen vor dem Grab. Sie leuchteten in strahlendem Rot. Dads Lieblingsfarbe.

Stella, schoss es mir sofort durch den Kopf. Wahrscheinlich kam sie regelmäßig hierher und brachte Dad Blumen mit. Und ich war mit leeren Händen gekommen. Verärgert über mich selbst, rieb ich mir über die Augen und atmete tief ein. Inzwischen hatte sich eine drückende Wärme in die feuchte Luft gemischt, was das Gewicht auf meiner Brust nur noch verstärkte.

Bisher hatte ich es immer lächerlich gefunden, wenn Leute im Fernsehen vor irgendwelchen Gräbern standen und tatsächlich anfingen, mit den Verstorbenen zu reden. Als ob sie uns hören und irgendwelche Ratschläge geben könnten. Das konnten sie nicht. Tot war tot. Und nach einer Weile war nichts mehr von ihnen übrig außer Erde. Das da in diesem Grab war nicht mehr mein Dad. Trotzdem kam mir die Stille um mich herum unerträglich vor. Ich war allein auf dem Friedhof. Allein, bis auf ein paar zwitschernde Vögel in den Bäumen.

»Ich wünschte, ich wäre früher hergekommen«, brachte ich leise hervor und zwang mich dazu, den Namen im Stein wieder anzusehen. Mich den Tatsachen zu stellen. »Ich wünschte, ich wäre überhaupt jemals hergekommen. Den Preis für die Tochter des Jahres kann ich mir wohl abschminken.«

Ein warmer Windhauch strich über mein Gesicht und kündigte einen weiteren sommerlich heißen Tag an.

»Letzte Nacht habe ich von dir geträumt … wie eigentlich fast jede Nacht, seit ich wieder in der Stadt bin.« Ich schloss die Augen und schnaubte leise, weil das nicht die ganze Wahrheit war. »Und seit Keith zurück ist. Wieder mal hat er mein Leben völlig auf den Kopf gestellt, aber das ist sicher nichts Neues für dich, oder? Ich glaube, du warst der Einzige, der damals gemerkt hat, wie ich für ihn geschwärmt habe.« Ich lachte lautlos und wischte mir über die Wangen.

Dad hatte mich immer mit diesem nachsichtigen, gütigen Blick betrachtet, wenn wir von meinem Stiefbruder sprachen.

Früher hatte ich es nie bemerkt, aber nun, da so viele Erinnerungen wieder an die Oberfläche kamen, war ich mir sicher, dass er es geahnt hatte. Und er hatte mich ernst genommen, hatte sich nie lustig über mich gemacht oder mich beiseitegenommen, um mir zu sagen, es wäre nur eine Phase oder dergleichen. Dad war immer für mich da gewesen. Und ich? Ich hatte es nicht über mich gebracht, sein Grab auch nur ein einziges Mal zu besuchen.

»All die Jahre habe ich Keith die Schuld daran gegeben, was dir zugestoßen ist, dabei war ich diejenige, die dir ständig damit in den Ohren gelegen hat, ihm Fahrunterricht zu geben. Ich wollte so sehr etwas für ihn tun und mit ihm unternehmen, dass ich …« Meine Stimme brach. »Es tut mir so leid, Dad«, flüsterte ich. »Das wollte ich nicht. Wenn ich gewusst hätte, was passieren würde …«

Meine Knie gaben nach, und ich sank zu Boden. Die kurzen Grashalme kitzelten an meiner Haut, aber das nahm ich nur am Rande wahr. Mein Blick war auf den Grabstein geheftet, auch wenn meine Sicht immer wieder verschwamm, bis ich die Inschrift kaum noch lesen konnte.

»Ich würde alles dafür geben, es rückgängig machen zu können. Du fehlst mir so sehr, Dad …«

Ich grub die Finger in die feuchte Erde, weil ich irgendeinen Halt brauchte. Heiße Tränen tropften auf meine Hände, aber es war mir egal. Ich wehrte mich nicht länger gegen den Schmerz. Wer auch immer behauptet hatte, die Zeit würde alle Wunden heilen, war ein verdammter Lügner. Manche Wunden heilten nie. Und vielleicht sollten sie das auch nicht. Vielleicht brauchten wir den Schmerz, um uns daran zu erinnern, wie wichtig uns die Menschen gewesen waren, die wir verloren hatten.

Warum hatte es so lange gedauert, bis ich hierhergekommen war? Warum hatte ich geglaubt, alles zu verdrängen und zu vergessen wäre der richtige Weg gewesen? Ich hatte nicht nur Keith aus meinem Gedächtnis verbannt, sondern auch meinen Vater. All die schönen und die traurigen Erinnerungen. Jeden Moment, in dem er mich in den Arm genommen hatte, um mich zu loben, mich zu trösten, mich zu beruhigen oder mir nach einem Streit zu sagen, dass er mich lieb hatte. Und ich hatte all das weggeworfen, weil ich zu große Angst davor gehabt hatte, mich damit auseinanderzusetzen. Den Schmerz zuzulassen. Mom zu verlieren hatte mir das Herz gebrochen, aber Dad nur wenige Jahre später ebenfalls beerdigen zu müssen? Das hatte ich nicht ausgehalten. Ich wusste nicht, wie das gehen sollte. Und es war so viel einfacher gewesen, alles zu vergessen und zu vergraben … Bis mit Keiths Rückkehr so viele verschüttete Erinnerungen an die Oberfläche gekommen waren, dass ich einsehen musste, dass ich ihnen nicht entkommen konnte. Und es vielleicht auch nicht wollte. Nicht mehr.

Dad hatte Keith wie seinen eigenen Sohn geliebt. Ich hatte es gesehen in der Art, wie er sich darum bemüht hatte, sein Vertrauen zu gewinnen. Wie er sich ärgerte, wenn Keith Mist gebaut oder Probleme in der Schule hatte. Und wie er ihm auf die Schulter klopfte, wenn er stolz auf ihn war. Vielleicht wäre Dad tatsächlich von mir enttäuscht, wenn er heute hier wäre, aber er wäre verdammt stolz auf Keith und Holly. Darauf, dass die beiden ihre Träume verwirklichten. Und auf Stella, dass sie ihr Leben weiterlebte und glücklich war. Wie hatten sie loslassen und weitermachen können, während ich mich so sehr an die Vergangenheit geklammert hatte, dass ich mich im Laufe der Zeit selbst verloren hatte?

Keith hatte recht. Ich studierte nur Medizin, weil ich dadurch das Gefühl hatte, etwas zu tun, das meinen Vater stolz gemacht hätte. Ich hörte die Lieder, die Mom und er geliebt hatten, weil sie mir dadurch näher zu sein schienen, obwohl sie mich schon lange verlassen hatten. Und ich konnte mich auf keine ernsthafte Beziehung einlassen, weil ich zu große Angst davor hatte, wieder jemanden zu verlieren, der mir die Welt bedeutete.

»Ich liebe ihn, Dad …« Halb lachend, halb schluchzend wischte ich mir über die Wangen. Es auszusprechen hatte etwas Befreiendes, als würde jemand all das Gewicht von mir nehmen, das bis zu diesem Zeitpunkt auf meinen Schultern und meiner Brust gelegen hatte. »Kannst du das glauben? Wobei … vielleicht hast du es schon immer gewusst. Ich wünschte nur, du wärst hier und könntest mir sagen, was ich tun soll. Ich wünschte, du wärst da gewesen …«

Bei all den großen und kleinen Ereignissen. Dem Tag, an dem ich die Highschool abgeschlossen hatte. An dem ich endlich meinen Führerschein gemacht hatte. Beim gemeinsamen Familiendinner, lachend und scherzend, wie er es früher immer getan hatte. Es gab so viel, was er verpasst hatte. Nicht nur in meinem, sondern auch in Hollys Leben – und in Keiths. Ich hatte mir nie erlaubt, darüber nachzudenken, doch jetzt spürte ich umso deutlicher, wie sehr mein Vater mir fehlte. Und es würde noch so viele Dinge geben, bei denen er nicht dabei sein würde. Er würde Holly nicht vor ihrer großen Reise verabschieden können, würde keine von uns jemals zum Altar führen und nie seine Enkelkinder kennenlernen.

Ein Teil von mir war wütend. Wütend auf ihn, weil er all das versäumen würde, weil er nicht da war, wenn ich ihn brauchte. Wütend auf das Schicksal und den Tod, der ihn viel zu früh aus dem Leben gerissen hatte. Wütend auf Keith und auf mich selbst. Es tat noch immer weh, und ich wusste, dass es für immer wehtun würde. Aber auf einmal war da auch etwas anderes, das zuvor nicht da gewesen war. Erleichterung. Ein Funke Hoffnung. Als könnte ich einen Teil meines Zorns und meines Schmerzes hier zurücklassen, weil ich endlich den Mut aufgebracht hatte, hierherzukommen und mir all die Dinge einzugestehen, die ich jahrelang unterdrückt hatte.

Mittlerweile hatte sich ein unangenehmes Pochen in meinen Schläfen festgesetzt. Meine Augen brannten, meine Wimpern waren vor Tränen und Mascara ganz verklebt. Und ich hatte nicht mal daran gedacht, ein Taschentuch mitzunehmen. Ich war ohne Frühstück, ohne einen Kaffee zu trinken und ohne nachzudenken aus dem Haus gegangen, hatte mich in Hollys Wagen gesetzt und war hierhergefahren. Und jetzt schien es, als würden mein Leben und meine gesamte Gefühlswelt in Scherben um mich herum verteilt sein, und es lag an mir, all das wieder zusammenzusetzen. Richtig diesmal. Ohne all diese Wut in mir und ohne zu verdrängen.

Ich atmete tief durch und machte mich an die Arbeit.

Die Sonne wanderte weiter, stieg höher, während ich noch immer vor dem Grab meines Vaters saß. Vielleicht war es lächerlich, vielleicht war es dumm, aber ich erzählte ihm von allem, was er verpasst hatte. Und sieben Jahre sorgten für eine ziemlich lange Story.

»Da bist du ja.«

Die tiefe Stimme hinter mir ließ mich zusammenzucken. Hastig sprang ich auf die Beine und drehte mich um. Braden stand nur wenige Schritte von mir entfernt im Gras und hielt mir ein Taschentuch entgegen, als hätte er genau gewusst, dass ich gerade dringend eins brauchte. Ich lächelte gequält, als er näher kam und es mir behutsam in die Hand drückte.

»Danke«, brachte ich heiser hervor. »Woher wusstest du, dass ich hier bin?« Ich merkte nicht einmal, dass ich die Frage laut ausgesprochen hatte, bis Braden darauf antwortete.

»Holly«, erwiderte er nur. »Nachdem du nicht ans Handy gegangen bist, hat sie sich Sorgen gemacht und mich gebeten, nach dir Ausschau zu halten. Außerdem wollte ich dir das hier geben.« Er hielt mir eine schlichte braune Aktenmappe hin, die mir bis eben nicht aufgefallen war. »Um ehrlich zu sein hatte ich mich schon gefragt, wann du mich darum bitten würdest.«

Ich streckte die Hand danach aus, hielt jedoch inne, während meine Finger noch darüber schwebten. »Darfst du das überhaupt? Oder kriegst du meinetwegen Ärger?«

»Nicht, wenn ich sie wieder zurückbringe, bevor jemand bemerkt, dass sie fehlt.« Als ich nicht darauf reagierte, seufzte er tief und schüttelte den Kopf, als könnte er selbst nicht fassen, was er als Nächstes zugeben würde. »Sagen wir, ich tue es nicht nur für dich, sondern auch für Holly.«

»Du magst sie wirklich, was?«

Er nickte knapp.

Das reichte mir. Ich nahm die Akte, öffnete sie aber nicht sofort.

»Sieh es dir in Ruhe an«, riet Braden, als würde er mein Zögern spüren. »Ich habe ein paar Kontakte spielen lassen, um an die Berichte aus dem Krankenhaus zu kommen. Du findest sie ebenfalls da drin.«

Ich drückte die Aktenmappe so fest an meine Brust, als wäre sie etwas Kostbares, das ich beschützen musste. Vielleicht war aber auch ich diejenige, die beschützt werden musste. Vor der Wahrheit, ganz egal, wie sie aussehen würde.

»Wie kann ich mich je dafür revanchieren?«

Braden lächelte. »Ich hab so das Gefühl, dass du eines Tages ein gutes Wort für mich bei deiner kleinen Schwester einlegen musst. Oder sie davon abhalten wirst, meine Leiche zu verscharren.«

Ich starrte Braden mit hochgezogenen Brauen an, dann tat ich etwas, das ich nie für möglich gehalten hätte. Mitten auf diesem Friedhof lachte ich leise auf. Und es fühlte sich gut an. Befreiend. Als hätte jemand eine Last von mir genommen, von der ich nicht einmal gewusst hatte, dass ich sie trug, weil sie mich schon so lange begleitet hatte. Doch jetzt, da sie fort war, wurde mir leichter ums Herz.

»Einverstanden.« Erleichtert schlug ich in seine Hand ein und schüttelte sie.

Als ich Anfang des Sommers zurückgekommen war, hatte ich dies ohne irgendwelche Erwartungen getan. Nie im Leben hätte ich damit gerechnet, neben meinen Erinnerungen auch einen guten Freund in meiner Heimatstadt zu finden. In den letzten Wochen waren all die Dinge, die mich von hier fortgetrieben hatten, immer weiter in den Hintergrund gerückt, bis all das hervortreten konnte, was mich hier verwurzelte. All die Menschen, Dinge und Erinnerungen, die diesen Ort zu meinem Zuhause machten. Auch wenn ich schreckliche Erlebnisse damit verband, waren in den letzten anderthalb Monaten unendlich viele schöne hinzugekommen, die ich niemals vergessen würde. Genauso wenig wie ich je vergessen würde, was Braden für mich getan hatte.

Kapitel 21

Ich öffnete die Aktenmappe nicht auf dem Friedhof. Stattdessen sah ich Braden nach, als er ging, und blieb noch eine Weile bei Dad. Egal wie lächerlich es mir zuvor vorgekommen war, einmal damit angefangen, konnte ich nicht aufhören, mit ihm zu reden. Ihm von meinem Leben zu erzählen, meinen Gefühlen und allem, was er verpasst hatte.

Erst als ich fast keine Stimme mehr hatte, dafür aber einen unbeschreiblichen Durst und völlig erledigt war, verabschiedete ich mich mit dem Versprechen, diesmal nicht so lange zu warten, bis ich wiederkam.

Ich verließ den Friedhof nicht, wie ich hergekommen war. Angst und Anspannung waren aus mir gewichen. Jetzt hatte ich Kopfschmerzen von all den Tränen und fühlte mich erschöpft, aber auch wesentlich leichter. Ich legte die Akte auf den Beifahrersitz und startete den Motor.

Eigentlich hatte ich vorgehabt, nach Hause zu fahren, doch mein Unterbewusstsein schien andere Pläne zu haben. Als ich erkannte, welche Route ich gewählt hatte, drehte sich mir kurzzeitig der Magen um. Für den Bruchteil einer Sekunde vermischte sich der Traum von letzter Nacht mit der Gegenwart, und ich war wieder das dreizehnjährige Mädchen auf der Rückbank, das nicht die geringste Ahnung hatte, was gleich passieren würde.

Ich hielt den Wagen am Straßenrand, stieg aber nicht aus. Die Sonne stand inzwischen hoch und strahlte vom wolkenlosen Himmel auf die Welt hinunter. Seit ich das letzte Mal hier gewesen war, hatte sich nichts verändert. Nicht die Bäume, nicht die geteerte Fahrbahn, nicht einmal der dumpfe Schmerz in meiner Brust. Doch jetzt kämpfte ich nicht länger dagegen an. Ich atmete tief durch und griff nach der Polizeiakte. Meine Finger zitterten, als ich sie aufschlug.

Zuerst konnte ich mit den vielen Details nichts anfangen. Der Bericht enthielt Informationen zum Straßenverlauf, zur Oberflächenbeschaffenheit, Verkehrszeichen, den Licht- und Wetterverhältnissen. Es gab Kontrollkästchen für alles Mögliche, an das ich als Laie niemals gedacht hätte. Anscheinend war das Wetter gut gewesen und die Fahrbahn ohne nennenswerte Schäden, die einen solchen Unfall hätten verursachen können. Die Strecke ging geradeaus, und es gab keinen ersichtlichen Grund, warum wir von der Straße abgekommen waren. Kein entgegenkommendes Auto, keine von Regen oder Eis rutschige Fahrbahn, kein aufgeplatzter Reifen. Nichts. Nur ein verdammtes Reh, das plötzlich vor uns aufgetaucht war. Nicht, dass ich mich daran erinnern könnte, aber es stand im Polizeibericht, war sogar in der Zeichnung des Unfallhergangs festgehalten und außerdem auch das, was Stella mir später erzählt hatte.

Übelkeit breitete sich in mir aus, als ich weiterblätterte und auf die Fotos stieß. Es waren Bilder der Straße, des Abhangs und des zerstörten Autos. Der Brand hatte es vollkommen verkohlt, und auf dem Boden rings darum herum konnte ich Glassplitter und Metallteile erkennen – und Blut. Bei diesem Anblick drehte sich mir der Magen um, und ich musste die Augen schließen, um mich zusammenzureißen und nicht von meinen Gefühlen überwältigen zu lassen. Ein paar Sekunden später sah ich wieder hin, betrachtete die Fotos der Unfallstelle und blätterte mit zitternden Händen weiter.

Polizei und Rettungskräfte waren rund zehn Minuten nach dem Unfall eingetroffen. Ich erinnerte mich nicht an sie, aber ich wusste noch, wie Keith mich festgehalten hatte, als ich zu Dad rennen wollte. Wie ich geschrien und um mich geschlagen hatte, um von ihm loszukommen. Aber wie war ich überhaupt erst dorthin gekommen? Hatte mich der Aufprall aus dem Wagen geschleudert? War ich allein herausgeklettert? Oder hatte Keith mich rausgeholt?

Das Hämmern in meinem Kopf wurde stärker, je angestrengter ich darüber nachdachte und mich daran zu erinnern versuchte. Warum hatte Keith sich selbst aus dem Wrack befreien können, aber Dad nicht?

Meine Brust wurde eng. Blind tastete ich nach dem Griff und öffnete die Tür. Die Luft im Auto war stickig und nicht auszuhalten. Sobald ich ausgestiegen war, atmete ich tief ein und wieder aus. Ein und aus. Die drückende Mittagshitze half nicht gegen meine aufsteigende Panik. Seit dem ersten Albtraum hatte mich das ständige Gefühl begleitet, dass irgendetwas nicht stimmte. Dass irgendetwas falsch war. Entweder an meinen Erinnerungen oder daran, wie der Unfall abgelaufen war. Oder eher daran, was alle behaupteten, wie er passiert sei. Regionale Zeitungen und Nachrichtensendungen hatten es damals als tragischen Unfall eingestuft, während unter den Bewohnern der Stadt die wildesten Gerüchte ausgebrochen waren. Stella hatte uns so gut sie konnte davor beschützt, aber ich hatte dennoch genug mitbekommen, um jeden einzelnen Tag in der Highschool zu hassen.

Ich hasste die Blicke, die man mir zuwarf, dem Mädchen, das ihren Vater auf so tragische Weise verloren hatte. Aber noch mehr hasste ich das Getuschel. Die Gerüchte. Die quälenden Fragen, was geschehen war und ob es tatsächlich wahr war. Ob Keith die Schuld an dem Unfall trug.

Energisch schob ich diese Erinnerungen beiseite, schaute nach links und rechts, dann überquerte ich die Straße. Ich hätte genauso gut schlafwandeln können, da ich so gut wie nichts um mich herum wahrnahm. Da waren nur noch mein Tunnelblick und dieses eine Ziel. Ich schlitterte den Abhang hinunter, stolperte und hielt mich an einem Baumstamm fest, als ich unten ankam. Nicht jener, gegen den wir damals geprallt waren, dafür war er zu jung und dünn. Die Akte fest gegen meine Brust gepresst, lief ich weiter, bis ich die Stelle erreicht hatte. Vor meinem inneren Auge füllte sie sich mit Rauch in der Luft und Glassplittern auf dem Boden. Keith hielt mich wieder fest und redete auf mich ein, aber ich verstand kaum etwas von dem, was er sagte. Ich sah nur Dad in diesem brennenden Wagen und hätte alles dafür getan, zu ihm zu gelangen. Irgendwann ließ Keith mich los und rannte selbst zum Auto.

Moment mal. Ich blinzelte überrascht. Wo kam das auf einmal her? War es damals wirklich so abgelaufen oder ging meine Fantasie gerade mit mir durch?

Hastig schlug ich die Akte wieder auf und überflog die Berichte aus dem Krankenhaus. Sie beschrieben meine und Keiths Verfassung, den Schweregrad unserer Verletzungen, mögliche psychische Auswirkungen und den weiteren Therapieverlauf bis zur Entlassung. Nichts davon war neu für mich, außer vielleicht die Tatsache, dass Keith schwerer verletzt gewesen war, als ich gedacht hatte und er auf eigenen Wunsch aus dem Krankenhaus entlassen worden war. Vermutlich unter Stellas Protest, aber ihm zuliebe hatte sie ihn da rausgeholt. Das hatte ich nicht gewusst. Jahrelang hatte ich geglaubt, Keith hätte nur ein paar Kratzer abbekommen und wäre dann einfach gegangen.

Ich blätterte weiter und keuchte auf, als ich Dads Namen auf dem Papier las. Er war bereits tot gewesen, als die Ersthelfer hier angekommen waren. Jegliche Wiederbelebungsversuche waren erfolglos geblieben. Die Todesursache war nicht ganz klar. Eine Rauchvergiftung könnte schuld daran gewesen sein, oder aber die inneren Verletzungen, die durch den Aufprall verursacht worden waren. Nirgendwo stand etwas von Brandverletzungen, also musste ihn jemand aus dem Auto gezerrt haben, oder nicht? Keith oder die Rettungskräfte?

Meine Gedanken glichen einem Strudel, der immer größer, immer gewaltiger wurde, bis er alles in sich aufgesogen hatte. Ich musste mich beruhigen. Ich mochte noch keine richtige Ärztin sein, aber ich hatte lange genug studiert, um zu wissen, dass ich kurz vor einer Panikattacke stand. Weiße Punkte begannen vor meinen Augen zu tanzen, während ein seltsam rasselndes Geräusch an meine Ohren drang. Es dauerte einige Sekunden, bis mir klar wurde, dass das mein eigenes Japsen war, da ich keine Luft mehr bekam.

Ich ließ mich gegen den Baumstamm sinken und versuchte, in den Bauch zu atmen. Langsam. Tief. Bis ich ganz allmählich wieder ruhiger wurde. Meine Muskeln begannen sich wieder zu entspannen, und ich rutschte an der Rinde hinab zu Boden. Die Fotos und Papiere lagen verteilt um mich herum, weil ich die Akte irgendwann fallen gelassen hatte. Ich starrte darauf, während ich die Puzzleteile in meinem Kopf zusammenzusetzen versuchte, damit sie ein ganzes Bild ergaben.

Fahr rechts ran, Keith. Dads erschöpfte Stimme hallte wie ein Echo des Traums in meinen Gedanken wider. *Halt hier an und lass uns die Plätze tauschen.*

Jemand hatte Dad aus dem Wagen herausgeholt, nur deswegen war er nicht in dem Wrack verbrannt. Aber selbst dann war es zu spät für ihn gewesen. Wenn es Keith gewesen war, hatten weder die Polizei noch die Rettungskräfte gesehen, wer am Steuer gesessen hatte. Aber ich wusste es doch noch, oder nicht? Keith war gefahren. Ich hatte es den Beamten sogar selbst gesagt, während ich mit verbundenem Kopf und Schmerzmitteln im Blut in diesem Krankenhausbett gelegen hatte.

Aber was, wenn ich falsch gelegen hatte? Was, wenn die verdammte Gehirnerschütterung dafür gesorgt hatte, dass ich wichtige Details von kurz vor dem Unfall vergaß?

Halt hier an und lass uns die Plätze tauschen.

Was war wirklich passiert? Ich hob den Bericht aus dem Krankenhaus auf und versuchte einen Sinn in den ganzen Fachbegriffen zu finden. Wieder und wieder überflog ich die Informationen, bis ich an einem Wort hängen blieb: *Benzodiazepine.* Ich erkannte es, weil ich mich beim Lernen für meine Biochemie-Prüfung auch damit herumschlagen musste. Polycyclische organisch-chemische Verbindungen. Einige davon wurden zu medizinischen Zwecken als Sedativa eingesetzt. Aber was hatte das in diesem Bericht zu suchen? Warum hatte man in Dads Blut Spuren davon gefunden?

Ich versuchte mich krampfhaft zurückzuerinnern, aber bis auf die wenigen Bruchstücke, die in meinen Träumen aufgetaucht waren, blieb alles im Dunkeln. Ich wusste, dass Keith mich festgehalten hatte. Das hatte er selbst mehr oder weniger bestätigt. Und wenn dieser Traum eine Erinnerung gewesen war, dann war die Wahrscheinlichkeit ziemlich hoch, dass es auch die anderen waren.

Dad ist komisch drauf.

Langsamer, Keith!

Fahr rechts ran … lass uns die Plätze tauschen …

Benzodiazepine.

Das Pulsieren in meinen Schläfen nahm zu, bis ich das Gefühl hatte, dass mir gleich der Kopf platzen würde. Aber es ergab Sinn, oder nicht? Einen schrecklichen Sinn, den ich einfach nicht wahrhaben wollte. Wenn Dad etwas eingenommen hatte, das diesen Wirkstoff enthielt, Diazepam oder Alprazolam etwa, und dann den Platz mit Keith getauscht hatte und selbst gefahren war …

Ich schüttelte den Kopf. Nein. So etwas Unverantwortliches würde er niemals tun. Er war selbst Arzt gewesen, verdammt noch mal. Er wusste um die bewusstseinsverändernde Wirkung dieser Mittel, außerdem waren sie verschreibungspflichtig und nicht einfach im Supermarkt zu kaufen. Aber Dad war Arzt gewesen … Wenn jemand an diese Medikamente kommen könnte, dann er. Aber warum? Wieso hätte er so etwas tun sollen?

Die Puzzlestücke in meinem Kopf drehten sich, bis sie alle richtig zueinander lagen, aber ich weigerte mich, sie zusammenzusetzen. Weil das Bild, das dadurch entstand und die daraus resultierenden Konsequenzen noch viel schlimmer waren als alles, was ich je zu wissen geglaubt hatte.

Ich sammelte alle Fotos und Papiere ein, stopfte sie wieder in die Mappe und kämpfte mich auf die Beine. Schwindel erfasste mich und drohte mich wieder zu Boden zu schicken, aber ich stützte mich am Baumstamm ab und wartete, bis der Anfall vorbei war. Kein Frühstück, kein Wasser, die Mittagshitze und dann noch all diese neuen Informationen … Kein Wunder, dass mein Körper Alarm schlug.

Als ich sicher war, wieder gerade stehen zu können, machte ich mich an den Aufstieg. Langsam und konzentriert, auch wenn es mit der Akte in der Hand gar nicht so leicht war, sich an Wurzeln festzuhalten und hochzuziehen. Eine gefühlte Ewigkeit und einige Kratzer später stand ich wieder auf der Straße. Diesmal war kein Braden da, der zufällig vorbeikam und mich nach Hause fuhr. Ich musste selbst dafür sorgen, sicher heimzukommen.

Ich warf die Akte auf den Rücksitz von Hollys Wagen und stieg wieder ein. Irgendwo musste meine Schwester doch etwas zu trinken im Auto haben … Ich durchsuchte die Seitenfächer, den Fußraum beim Beifahrersitz und tastete nach hinten. Nichts. Im Handschuhfach fand ich ein Pfefferminzbonbon, packte es aus und schob es mir in den Mund. Es schmeckte widerlich, aber es war besser als nichts. Ich brauchte einen klaren Kopf, um nicht selbst auch noch einen Unfall zu bauen, während ich heimfuhr.

Als ich zu Hause ankam, war ich allein. Seufzend legte ich die Polizeiakte auf dem Klavier ab und ließ mich auf die Bank davor fallen. Von Holly war nichts zu sehen oder zu hören und Stellas Wagen stand nicht in der Einfahrt, also war sie wohl noch bei David, mit dem sie gestern Abend ausgegangen war.

Gedankenverloren ließ ich meine Finger über die Tasten gleiten. Die Melodie begann ruhig, fast schon zurückhaltend, als müssten sich meine Hände erst wieder daran erinnern, wie man richtig Klavier spielte. Seit jener Nacht, als ich Keith geholfen hatte, hatte ich keinen Ton mehr gespielt. Jetzt schwebten die Klänge durch das Haus, und je mehr Zeit verging, desto intensiver wurden sie. Lauter. Wütender. Ich hatte mein Notizbuch nicht zur Hand, also nutzte ich das Klavier, um meinen Gefühlen Ausdruck zu verleihen. Um sie aus mir herauszuschneiden, sie fortzuspülen, ihnen irgendeine Form zu verleihen, damit ich sie verbannen konnte, statt sie weiter mit mir herumzuschleppen.

Ich wusste nicht, wie lange ich hier saß, mit geschlossenen Augen, während meine Finger wie von selbst über die Tasten flogen. Ich dachte nicht länger nach, verlor mich ganz in der zornigen, herzzerreißenden Melodie, bis nichts mehr von mir übrig war bis auf diese Musik.

Irgendwann fand ich einen Abschluss in einigen bittersüßen Noten, die in der Luft verklangen wie ein hauchzarter Duft, der schon bald nicht mehr wahrzunehmen war. Ich öffnete die Augen und starrte auf meine Hände hinab. Mein Herz pochte in einem schnellen, gleichmäßigen Rhythmus. Es tat noch immer weh, aber etwas hatte sich verändert. Als hätte ich tatsächlich einen Teil des Tumults in meinem Inneren in diese Melodie legen und loslassen können.

»Das war wunderschön.«

Ich drehte mich zu der vertrauten Stimme um. Stella saß auf der Armlehne eines Sofas und betrachtete mich mit feucht schimmernden Augen. Ich war so vertieft gewesen, dass ich nicht bemerkt hatte, wie sie nach Hause gekommen war.

Sie seufzte tief. »Ich werde nie begreifen, warum du aufgehört hast zu spielen. Du hast so viel Talent.«

Ich wusste genau, wann und weshalb ich aufgehört hatte. Mit einem gebrochenen Handgelenk spielte es sich nun mal nicht besonders gut Klavier. Aber das war nur eine Ausrede gewesen.

»Ich wollte etwas Richtiges lernen. Wie Dad. Wie du«, flüsterte ich so leise, dass ich nicht mal sicher war, dass Stella mich gehört hatte.

Aber das hatte sie, denn sie stand auf und kam jetzt zu mir herüber.

»Du hättest alles werden können, was du willst, Callie …« In einer mütterlichen Geste legte sie mir die Hand auf die Schulter. »Dachtest du etwa … Dachtest du, du müsstest wegen deines Vaters Medizin studieren? Oder meinetwegen?«

Ich hatte es nie vor mir selbst zugegeben, hatte es mir nie eingestehen wollen, weil ich zu entschlossen gewesen war, es durchzuziehen und meine Ziele zu erreichen. Völlig egal, ob es mir Spaß machte und ich Erfüllung in diesem Job finden würde oder nicht. Erst als Keith mir meine wahren Beweggründe vor die Füße geworfen hatte, war mir bewusst geworden, was ich da eigentlich tat. Ich hatte mich nicht nur an meine Wut und meinen Hass Keith gegenüber geklammert. Ich hatte mich an die Vergangenheit in all ihren Facetten geklammert und alles getan, um sie mit in die Gegenwart zu nehmen.

»Dad hat das nicht so gesehen«, murmelte ich. Es war eine unserer letzten Diskussionen gewesen, bevor er gestorben war. Er hatte Holly und mich immer unterstützt, aber nachdem ich einmal den Wunsch geäußert hatte, Musik schreiben zu wollen, hatte er mich beiseitegenommen und mir erklärt, wie schwierig dieses Business war und dass ich sehr viel Zeit und Energie hineinstecken müsste, um eine Chance zu haben. Vielleicht hatte ich den Traum bereits in jenem Moment aufgegeben, vielleicht erst nach dem Unfall. Im Grunde spielte es keine Rolle. »Wie kann ich an mich glauben, wenn er es nicht getan hat?«

Stella legte die Arme um mich und drückte mich an sich, dann setzte sie sich neben mich auf die Bank. »Du weißt, dass er es nicht so gemeint hat, oder?« Als sie die Antwort darauf in meinen Augen sah, seufzte sie. »Oh, Liebes … Ein Vater oder eine Mutter zu sein ist schwierig. Vom Moment der Geburt an hast du Angst um dein Kind und möchtest es vor allem Bösen auf der Welt beschützen. Gleichzeitig möchtest du es aber auch unterstützen und dazu ermutigen, all seine Träume zu verwirklichen. Ich bin sicher, dass dein Vater damit nicht sagen wollte, dass er nicht an dich und dein Talent glaubt. Er hat sich um dich gesorgt und versucht, dich zu beschützen. Aber denk niemals, er hätte kein Vertrauen in dich gehabt, denn das hatte er. Er war so stolz auf Holly und dich, dass er fast nur von euch gesprochen hat. Sogar bei unserem ersten Date damals.«

Ich lächelte, gleichzeitig schnürte sich mir die Kehle zu. »Warum hat er es dann getan?«, brachte ich hervor. »Wenn er so stolz auf uns war, so glücklich mit uns, warum hat er dann Medikamente geschluckt?«

Im ersten Moment wirkte Stella überrascht, geradezu verwirrt, dann fiel ihr Blick auf die braune Aktenmappe auf dem Klavier … und sie verstand.

»Du hast davon gewusst, oder?«, flüsterte ich.

Sie schüttelte den Kopf. »Er hat es auch vor mir geheim gehalten. Ich bin sicher, er wollte nicht, dass wir uns Sorgen machen.« Behutsam strich sie mir eine Haarsträhne hinters Ohr. »Ich habe es erst nach dem Unfall herausgefunden. Als du und Keith im Krankenhaus wart und ich Holly zu ihrer Freundin gebracht hatte, bin ich hier zusammengebrochen.« Sie lachte, aber es lag keine Freude darin. Nur Trauer und eine unterschwellige Bitterkeit. »Ich wusste nicht, was ich tun sollte, war völlig außer mir. Ich bin durch die Zimmer gestürmt, habe ein riesiges Chaos veranstaltet und dann habe ich sie gefunden. Lauter leere Verpackungen in seinem Büro. Ich war mir sicher, dass es dafür eine gute Erklärung geben musste, dass er niemals Medikamente missbrauchen würde, und habe weitergesucht, weil ich es nicht wahrhaben wollte. Dein Vater litt unter Schlafstörungen und Angstzuständen, Liebes. Er hat es für sich behalten, hat es so gut überspielt, wie er konnte, sodass nicht mal ich etwas davon mitbekommen habe. Für mich war es normal, dass er so lange gearbeitet hat und morgens so früh schon wieder aufgestanden ist. Ich dachte immer … ich dachte, er braucht einfach nicht viel Schlaf.«

Diesmal war ich es, die sie in die Arme zog. Stella lachte und weinte gleichzeitig in meinen Armen, was nur dazu führte, dass ich sie fester an mich drückte. Ich wünschte, ich hätte tröstende Worte für sie gehabt. Irgendetwas, das ich sagen konnte, um den Schmerz zu lindern, aber dafür war mein eigener Schmerz noch zu frisch.

»Es ist okay«, wisperte sie und löste sich von mir. Mit den Fingerknöcheln wischte sie sich die Tränen aus den Augenwinkeln. »Er hatte Probleme, aber das bedeutet nicht, dass er uns weniger geliebt hat. Dein Vater war ein großartiger Mann, Callie, und er hat so fest an euch geglaubt, dass ich mir wünsche, Holly und du tut das, was das Richtige für euch ist. Denn genau das hätte er gewollt. Dass ihr all eure Träume verwirklicht.« Sie griff nach meinen Händen und drückte sie sanft.

»Was hat das zu bedeuten …?«

Ich drehte mich um und sah Holly im Durchgang zum Wohnzimmer stehen. Ihr Blick wanderte zwischen Stella und mir hin und her. Sekundenlang, als würde sie genau wie ich zuvor die Puzzleteile eines Bildes zusammensetzen, das sie niemals hätte sehen sollen. Ihre Tasche fiel zu Boden, und sie schlug sich die Hand vor den Mund. Tränen schimmerten in ihren Augen.

»Er war es, oder …? Dad saß damals am Steuer, nicht wahr?«, flüsterte sie erstickt.

Am liebsten hätte ich ihr die Wahrheit vorenthalten, um nicht diesen Schmerz in ihrem Gesicht zu sehen, aber sie musste es wissen. Wir mussten uns alle der Wahrheit stellen. Also nickte ich stumm.

»Oh Gott …« Holly fiel auf die Knie. »Sag, dass das nicht wahr ist, Callie. Sag, dass er nicht … dass er nicht Medikamente geschluckt und …«

Ich sprang auf und eilte an ihre Seite. Sie wehrte sich gegen meine Umarmung, kämpfte gegen mich an, als müsste sie ein Ziel für ihren Schmerz und ihr Entsetzen finden. Für ihren Zorn. Ihre Finger krallten sich in meine Arme, versuchten mich wegzuschieben, doch irgendwann gab sie auf. Sie sackte in sich zusammen, und ich drückte sie nur noch fester an mich, während wir beide auf dem Boden saßen.

»Wovon redest du da?« Auch Stella war aufgesprungen und wirkte plötzlich leichenblass.

Die zwei so zu sehen zerriss mir das Herz, von dem ich am Friedhof noch geglaubt hatte, es wieder zusammensetzen zu können. Ich blinzelte gegen meine eigenen Tränen an – und erzählte es. Alles, was ich erfahren, was ich mir selbst zusammengereimt und was meine Albträume mir die ganze Zeit über deutlich hatten machen wollen. Ich sprach die Worte nicht für mich und auch nicht für Dad aus, sondern für die beiden. Für Keith.

»Dad saß am Steuer, als der Wagen verunglückt ist.« Meine Stimme klang heiser und fremd, aber ich zwang mich dazu, weiterzureden. »Er und Keith haben die Plätze getauscht. Es gab nie ein Reh oder irgendetwas anderes, das den Wagen dazu gebracht hat, von der Straße abzukommen. Nur …«

Nur Dad.

Ich schloss die Augen, kniff die Lider zusammen in der Hoffnung, die Welt wäre eine andere, wenn ich sie wieder öffnete. Aber sie blieb dieselbe.

»Callie …«

Ich spürte eine Berührung an meiner Schulter und hob den Kopf. Stella hatte sich zu uns gekniet und schloss uns jetzt beide in eine Umarmung. So fest, als würde sie uns nicht nur trösten, sondern als bräuchte sie selbst den Halt.

Eine Ewigkeit schien zu vergehen, bis wir uns wieder voneinander lösten. Bis die Tränen wieder getrocknet waren. Ich sah den inneren Kampf in Hollys Blick. Sie wehrte sich gegen das gerade Gehörte, weigerte sich, es anzunehmen, aber früher oder später würde sie es tun. Es war die einzige Möglichkeit, wie wir weitermachen konnten. Wie wir diese Sache ein für alle Mal hinter uns lassen konnten.

Stella streichelte Holly, die sich an sie gelehnt hatte, tröstend über die Schulter. Als sich unsere Blicke trafen, lag ein zittriges Lächeln auf ihren Lippen. Stumm legte sie ihre Hand an meine Wange.

»Fahr zu ihm.«

Kapitel 22

»Du hast gelogen.«

Keith starrte mich an, als hätte ich den Verstand verloren. Und vielleicht hatte ich das auch, denn es waren die ersten Worte, die ich zu ihm sagte, nachdem er die Tür geöffnet hatte. In einem zerknitterten T-Shirt, tief sitzenden Shorts und mit verwuschelten Haaren, die ich nur zu gern mit den Händen wieder in Ordnung gebracht hätte, wirkte Keith so, als wäre er gerade erst aufgestanden. Dabei war es bereits Nachmittag, und die tiefen Augenringe deuteten nicht auf viel Schlaf hin.

»Du hast gelogen«, wiederholte ich. »Du hast nicht nur mir, sondern auch der ganzen Welt etwas vorgemacht.«

Keith wandte den Blick ab und rieb sich über das Gesicht. »Ich habe keine Ahnung, wovon du da redest.«

»Kann ich reinkommen?« Mein Herz hämmerte bei dieser Frage mehr als in dem Moment, in dem ich an seine Wohnungstür geklopft hatte. Oder als er mir geöffnet hatte. Denn diese Frage war es, die alles entscheiden würde. Ich hatte mich ihm gegenüber furchtbar verhalten, hatte ihn von mir gestoßen, obwohl er recht gehabt hatte. Aber die Wahrheit tat weh, das wusste ich jetzt. Sie zu leugnen oder zu verdrängen war wie eine kurze Atempause, aber sie brachte keinen Frieden.

Sekundenlang sah er mich nur an, betrachtete mich in meiner abgewetzten Erscheinung mit der kurzen Jeans, dem grauen Tanktop und der lila karierten Bluse, die ich offen darüber trug. Sein Blick wanderte über die Kratzer an meinen Armen und Beinen, als ich den Abhang hinuntergerannt und mich wieder hochgekämpft hatte. Zum Schluss musterte er mein Gesicht. Ich musste nicht in einen Spiegel sehen, um zu wissen, welchen Anblick ich gerade abgab. Rot geränderte Augen, verschmierter Mascara. Es gab Schlimmeres, und Keith hatte mich bereits in ganz anderen Situationen gesehen.

Wortlos machte er einen Schritt zur Seite. Erleichterung brach über mich herein und machte es mir für einen Moment unmöglich, mich zu bewegen. Ich konnte Keith nur anstarren, während sich Dankbarkeit in mir regte. Mit dieser simplen Geste hatte er etwas getan, wozu ich jahrelang nicht in der Lage gewesen war: Er gab mir eine zweite Chance.

Ich betrat seine Wohnung und drehte mich noch im Flur zu ihm um. Mein Puls raste und ich knetete nervös meine Finger, trotzdem sprach ich die Worte aus, auch wenn meine Stimme beinahe dabei versagte. »Du bist damals gar nicht mehr gefahren, nicht wahr? Dad wollte, dass du anhältst, damit ihr die Plätze tauschen könnt. Dann ist er weitergefahren.«

Ich beobachtete ihn. Keith erwiderte nichts darauf, aber er stritt meine Vermutungen auch nicht ab.

An der Unfallstelle hatten die vielen Puzzlestücke begonnen, sich zu einem Gesamtbild zusammenzufügen, und nach dem Gespräch mit Stella und Holly war es so gut wie vollständig. Es war kein schönes Bild. Um ehrlich zu sein war es sogar ziemlich hässlich und stellte meine Erinnerungen an meinen Vater in einem völlig neuen Licht dar. Vielleicht würde ich niemals verstehen, was an jenem Tag passiert war, und warum er sich ans Steuer gesetzt hatte, obwohl er um die Nebenwirkungen der Medikamente wusste. Aber ich konnte aufhören, Keith dafür zu bestrafen. Und ich konnte vergeben. Nicht Keith, denn ihm hatte ich bereits verziehen, sondern Dad. Dafür, was er getan hatte. Dafür, dass er uns verlassen hatte.

»Es gab nie ein Reh auf der Fahrbahn, oder?«, flüsterte ich. »Dad ist allein von der Straße abgekommen. Ich erinnere mich daran, dass er müde aussah. Wahrscheinlich die Nebenwirkungen der …«

»Es war meine Schuld«, fiel Keith mir ins Wort.

Zum ersten Mal seit ich seine Wohnung betreten hatte, sah er mich direkt an. In seinem Gesicht lagen so viel Schmerz und Schuldgefühle, dass ich instinktiv die Hand ausstrecken und all das vertreiben wollte. Aber ich tat es nicht. Ich musste hören, was er zu sagen hatte, und er musste es aussprechen. Für sich. Für uns beide.

»Als du bei Mom und Holly im Garten warst, bin ich zu ihm gegangen. Ich habe ihn dabei erwischt, wie er irgendwelche Tabletten eingenommen hat. Ich hätte mir nichts weiter dabei gedacht, aber es waren so viele, und er hat die Verpackung so schnell weggeräumt. Dann hat er gesagt, dass alles in Ordnung wäre und ich schon mal vorgehen sollte.« Keith schnaubte abfällig. »Ich wusste, dass irgendwas nicht stimmt, aber ich habe nicht nachgehakt. Ich habe nichts unternommen, sondern bin mit euch in den Wagen gestiegen.«

»Keith, tu das nicht …«, wisperte ich und machte einen Schritt auf ihn zu.

Störrisch schüttelte er den Kopf und wich mir aus. »Ich hätte es verhindern können. Hätte ich bloß den Mund aufgemacht und etwas gesagt, wäre es nie zu diesem dämlichen Fahrunterricht gekommen, und er könnte noch leben. Verstehst du das? Er könnte jetzt noch hier sein und zusammen mit euch diesen Sommer verbringen, wenn ich nur etwas gesagt hätte.«

Diesmal ließ ich nicht zu, dass er sich meiner Berührung entzog. Ich packte seinen Arm und zwang ihn dazu, mich anzusehen. »Vielleicht hättest du es verhindern können, vielleicht auch nicht. Hast du eine Ahnung, wie oft ich die gleichen Gedanken hatte? Wie oft ich mir gewünscht habe, ich hätte Dad niemals zu der Fahrstunde überredet, weil er dann noch am Leben sein könnte? Aber wir werden nie wissen, was hätte sein können. Vielleicht wäre er einkaufen gefahren und dabei verunglückt. Ohne uns. Ohne dass du ihn aus dem Wagen zerren konntest.«

Keith starrte mich an. Gleichzeitig bildete sich eine tiefe Falte zwischen seinen Brauen. »Du erinnerst dich wieder?«

»Ein paar Bruchstücke hier und da. Dass du Dad rausgeholt hast, war nur geraten, weil ich die Polizeiakte und den Bericht aus dem Krankenhaus gelesen habe.«

»Woher …?« Er hob abwehrend die Hand. »Ich will es gar nicht wissen.«

Was vermutlich auch besser so war. Ich würde Braden die Akte noch heute zurückgeben, damit er keinen Ärger bekam. Ich musste die Details kein zweites und drittes Mal lesen. Ich kannte die Wahrheit. Nach all dieser Zeit kannte ich endlich die Wahrheit.

»Er … er hat noch gelebt, als ich aus dem Wagen geklettert bin«, murmelte Keith und starrte einen Punkt an der Wand hinter mir an. »Sein Gesicht war voller Blut, und er hat mir gesagt, ich soll dich zuerst rausholen. Er konnte sich nicht bewegen, aber er hat darauf bestanden, dass ich dich in Sicherheit bringe. Du warst bewusstlos und für einen kurzen Moment dachte ich, du wärst tot.«

Mein Herz wurde schwer für den Jungen, der er damals gewesen war und der das alles hatte miterleben müssen. Instinktiv griff ich nach seiner Hand.

»Danke«, flüsterte ich. »Die ganze Zeit über habe ich dich so sehr gehasst. Dabei hast du mir mit ziemlicher Sicherheit das Leben gerettet.«

Er schüttelte den Kopf. »Nicht ich. Dein Dad hat dich gerettet.«

Hätte ich nicht bereits gewusst, wie unglaublich viel ich für Keith empfand, wäre es mir spätestens jetzt klar geworden. Ich drückte seine Finger und schenkte ihm ein zittriges Lächeln.

»Es tut mir so leid, dass ich dir all die Jahre die Schuld daran gegeben habe …« Worte konnten nichts von alledem ungeschehen machen, aber ich musste sie aussprechen. Er musste wissen, wie sehr ich es bereute.

»Muss es nicht. Ich habe dir nie die Wahrheit gesagt und bin damals freiwillig gegangen.«

»Warum?«

Er seufzte tief und verflocht seine Finger mit meinen. »Weil ich mich schuldig gefühlt habe? Weil ich ihn nicht retten konnte? Weil ich wusste, wie sehr ihr ihn alle geliebt habt und ich nicht wollte, dass ihr ihn auf diese Weise in Erinnerung behaltet?«

Als jemanden, der Geheimnisse vor seiner Familie hatte. Jemand, der Medikamente missbrauchte, möglicherweise sogar in eine Abhängigkeit geraten war und nicht merkte, welche schrecklichen Nebenwirkungen das mit sich brachte. All diese Vorwürfe hatte ich Dad in Gedanken bereits gemacht. Es war unverantwortlich von ihm gewesen, unter dem Einfluss von Benzodiazepinen mit uns Auto zu fahren, und er hatte den höchsten Preis dafür bezahlt. Aber ich konnte ihn nicht dafür hassen. Ich hatte schon zu viele Jahre damit verschwendet, jemanden zu hassen, der mir wichtig war. Ich wollte nicht länger an einer Vergangenheit festhalten, die nie mehr zurückkehren würde.

»Das ändert nichts, oder?« Keith sah auf mich hinunter, die Stirn gerunzelt und etwas Fragendes, fast schon Bitteres lag in seinem Blick. »Zwischen uns, meine ich.«

»Nein, das ändert nichts«, bestätigte ich und zog an seiner Hand. Dann, ohne Vorwarnung, stellte ich mich auf die Zehenspitzen und küsste ihn.

Es war ein sanfter, ein fragender Kuss. So viel war zwischen uns vorgefallen, damals wie heute, dass ich nicht wusste, ob ein Neuanfang für uns überhaupt möglich war. Ob Keith es wollte. Aber ich würde es mir niemals verzeihen, wenn ich es nicht wenigstens versuchte. Ich hatte schon so viel geschafft, so viel überwunden und durchgestanden, und Keith war stets ein Teil davon gewesen. Nicht immer der schönste, wenn er mir Dinge ins Gesicht sagte, von denen sich außer ihm niemand traute, sie auszusprechen. Selbst wenn er mich jetzt von sich stoßen sollte, war ich mir einer Sache völlig sicher: Ich wollte ihn weiter in meinem Leben haben. Sieben Jahre ohne ihn waren lang genug gewesen, und wir hatten ja gesehen, wohin das geführt hatte.

Ich wusste nicht, was ich erwartet, was ich erhofft und befürchtet hatte, aber nichts davon trat ein. Im ersten Moment reagierte Keith überhaupt nicht, fast so, als wäre er zu überrascht davon, dass ich ihn nach diesem Gespräch, nach all diesen neuen Wahrheiten küsste.

Doch dann legte Keith seine Hand an meine Wange und begann den Kuss zu erwidern. Fest. Fordernd. Einnehmend. Er schien herausfinden zu wollen, wie viel ich zu geben bereit war. Wie bei unserem allerersten Kuss biss er in meine Unterlippe und entlockte mir ein Keuchen. Seine Zunge drang in meinen Mund und forderte meine heraus.

Statt zurückzuweichen, wie ich es bis vor Kurzem noch getan hätte, schlang ich nun die Arme um seinen Hals und gab ihm alles von mir. Von dem Mädchen, das ich früher gewesen war. Von der Frau, die ich heute war und die weiß Gott genug Fehler und Probleme hatte.

Und Keith nahm alles davon, legte den Arm um mich und drückte mich so fest an sich, als würde er mich nie mehr loslassen wollen. Bestimmt würde es noch mehr als genug Situationen geben, in denen ich mich mit Händen und Füßen gegen ihn wehrte, in denen wir stritten und so ehrlich zueinander waren, dass es wehtat. Doch ganz egal, was die Zukunft noch bringen mochte, all das Schreckliche und all das Schöne unserer Vergangenheit hatten uns zusammengeschweißt und zu den Menschen gemacht, die wir heute waren.

Als er den Kopf hob, atmeten wir beide schwer. Unbewusst leckte ich mir über die Lippen, die noch immer nach ihm schmeckten. Sofort folgte sein Blick meiner Zunge und verdunkelte sich. Ich lächelte, berauscht von diesem Glücksgefühl und dem Wissen, dass ich allein diese Wirkung auf Keith hatte.

»Ich liebe dich.« Die Worte kamen mir leichter über die Lippen, als ich es je für möglich gehalten hätte. Weil sie die Wahrheit waren.

»Wie war das?« Keith hob den Kopf und sah mit einer Mischung aus Erstaunen und Faszination auf mich hinunter. »Sag das noch mal.«

»Du hast mich schon richtig verstanden«, wiederholte ich den Satz, den er mir damals entgegengeschleudert hatte. Wie konnte das nur ein paar Tage her sein, wenn es sich wie ein halbes Leben anfühlte?

Er zog mich wieder an sich, während seine Augen vor Freude funkelten. »Vielleicht muss ich es noch einmal hören, um es wirklich glauben zu können.«

Wir wurden beide ernst. Wie auf Kommando verdoppelte sich mein Herzschlag, und ein Hauch von Angst schoss durch meine Adern. Ich ignorierte das Gefühl, konzentrierte mich nur auf Keith und sprach die Worte erneut aus.

»Ich liebe dich. Ich glaube, ich habe dich schon damals geliebt und nie damit aufgehört, ganz egal wie sehr ich dich gehasst habe.«

Keith betrachtete mich so ernst und prüfend, als versuchte er den Wahrheitsgehalt meiner Worte in meinem Gesicht zu ergründen. Dann verzogen sich seine Lippen zu einem breiten Lächeln.

»Das wurde aber auch Zeit«, murmelte er und drückte mir einen festen Kuss auf den Mund.

Epilog

Eine Woche später war ich wieder genau dort, wo dieser Sommer begonnen hatte. Nicht in einem Flugzeug, das mich zurück nach Hause brachte, sondern mit Marvin Gaye und Meghan Trainor im Ohr. Die Musik schallte durch unseren Garten, und ich konnte mir ein Lächeln nicht verkneifen, als die vertrauten Klänge ertönten. Ja, vertraut, denn in der letzten Zeit hatte ich die Musik, die Parker mir auf meinen iPod gepackt hatte, nicht automatisch mit Missachtung gestraft, sondern wirklich angehört. Und siehe da, mein bester Freund hatte recht behalten. Ich hatte zu Adele und Ed Sheeran geweint, hatte mit Holly zu Meghan Trainor und Sia getanzt und mich selbst in so vielen neuen Liedern wiedergefunden, wie ich es nie für möglich gehalten hätte. Außerdem hatten sie mir so viel Inspiration geliefert, dass ich in jeder freien Sekunde am Klavier saß oder neue Texte in mein Notizbuch kritzelte. Natürlich liebte ich meine Oldies noch immer, aber ich verschloss mich nicht länger vor etwas Neuem.

Seit wir die Wahrheit herausgefunden hatten, hatte ich mehr Hochs und Tiefs erlebt als jemals zuvor. Ich war mir ziemlich sicher, alle Trauerphasen innerhalb kürzester Zeit durchlaufen zu haben. Die Weigerung, es zu akzeptieren. Dann die Wut und Schuldzuweisung, dicht gefolgt von so vielen Erinnerungen, dass sie in Lach- und Heulkrämpfen geendet hatten. Und zuletzt die Akzeptanz. Nicht nur der Tatsache, dass mein Vater fort war und nie mehr zurückkommen würde, sondern auch, dass er mir immer fehlen, dass es immer einen Fleck in meinem Herzen geben würde, der wehtun würde, wenn ich an ihn dachte. Aber inzwischen waren da nicht mehr nur Schmerz und Wut, sondern auch gute Momente. Erinnerungen an Gelächter und Diskussionen, an Umarmungen, an Lob und den Stolz und die Liebe in seinen Augen, wann immer er uns ansah. Daran wollte ich mich erinnern, wenn ich an Dad dachte.

Keith war die ganze Zeit über an meiner Seite gewesen. Hatte mich festgehalten und getröstet, wenn mich wieder eine alte Erinnerung überkam, mir gut zugeredet oder auch nur mit mir geschwiegen. Im Gegenzug hatte ich ihm noch zweimal die Schuldgefühle austreiben müssen. Vermutlich nicht zum letzten Mal. Wir befanden uns alle in einem Heilungsprozess, aber während Dads Tod uns damals auseinandergerissen hatte, brachte die Wahrheit unsere Familie nun näher zusammen.

»Da bist du ja.« Stella gesellte sich mit zwei Sektgläsern zu mir, nur war das eine, welches sie mir reichte, mit Orangensaft gefüllt. »Entschuldige«, murmelte sie, als ich sie halb belustigt, halb ungläubig ansah. »Für mich seid ihr immer noch die kleinen Mädchen, als die ich euch kennengelernt habe. Das wird sich niemals ändern.« Wehmut schwang in ihrer Stimme mit.

Ich lächelte, während ich Holly betrachtete. Umgeben von all ihren Freunden versuchte sie, mit Dartpfeilen ihre Reiseziele auf einer riesigen Weltkarte zu treffen, die wir zwischen zwei Baumstämmen aufgehängt hatten.

»Schon gut.« Ich nippte an meinem Orangensaft. »Aber du wirst dich daran gewöhnen müssen, dass Holly und ich jetzt erwachsen sind. Alkohol mit eingeschlossen«, fügte ich hinzu und hob das Glas.

Sie stieß mit mir an, und ein kleines Lächeln umspielte ihre Lippen. »Ich weiß.« Sie seufzte leise. »Da gibt es noch einiges, an das ich mich gewöhnen muss.«

Wir wussten beide, wovon sie sprach, doch in ihrer Aussage lag kein Vorwurf. Nur die Wehmut einer Mutter, die sich damit abzufinden versuchte, dass all ihre Kinder erwachsen geworden waren.

Wortlos schlang ich die Arme um sie und vergrub mein Gesicht an ihrem Hals. Ihr warmer Duft hatte mich bei meiner Ankunft willkommen geheißen, doch jetzt machte er mir noch etwas anderes deutlich. Ich war nicht nur zu Hause. Ich war angekommen.

»Danke … Mom.«

Stella schnappte nach Luft, erwiderte jedoch nichts darauf. Stattdessen umarmte sie mich fester und drückte mir einen Kuss ins Haar. Als ich mich von ihr löste, konnte ich Tränen in ihren Augen schimmern sehen.

Ich griff nach ihren Händen. »Lass uns Holly ihr Geschenk geben.«

Zusammen gingen wir zu ihr hinüber, und als wir zwischen all den lachenden Freundinnen ihre Aufmerksamkeit für einen Moment für uns gewinnen konnten, zog ich einen unscheinbaren Umschlag aus meiner Handtasche hervor.

»Was ist das?« Ihre Hände zitterten ein wenig, als sie den Umschlag öffnete und die Karte hervorzog. »Oh mein Gott!«

Stella legte ihr den Arm um die Schultern. »Das, meine Liebe, ist ein Abschiedsgeschenk von Callie und Keith, Katelyn und mir.«

Ich lächelte, als ich Hollys erstauntes Gesicht sah. Ihre blauen Augen waren kugelrund vor Überraschung und leuchteten vor Freude.

»Wir haben zusammengelegt, damit du neben all deinen

Wandertouren und dem Backpacking auch ein langes Wochenende ausspannen kannst.«

Ich deutete auf den Umschlag, der einen Gutschein für ein Wellnesswochenende in einer Hotelkette enthielt, die diverse Häuser in ganz Europa hatte. So konnte Holly es sich aussuchen, wann und wo sie einchecken und sich für ein paar Tage verwöhnen lassen wollte.

»Nicht ganz uneigennützig«, kam es von Katelyn, die sich auf Hollys andere Seite gestellt hatte. »Da gibt es neben den ganzen Massagen und dem super gesunden Essen nämlich auch kostenloses WLAN, das du gefälligst nutzen sollst. Ich will alles wissen.«

»Wir auch!«, riefen Stella und ich gleichzeitig.

Holly nickte lachend und umarmte erst ihre Mom, dann ihre beste Freundin. »Ihr seid unmöglich. Und die Besten! Ich würde euch alle einpacken und in meinem Rucksack mitnehmen, wenn ich könnte.«

Als sie zu mir kam, war ich schneller und zog sie meinerseits in eine so feste Umarmung, dass sie gespielt röchelte, als würde sie keine Luft mehr bekommen. Doch dann legte auch sie die Arme um mich.

»Ich werde dich so sehr vermissen!«

»Noch bin ich ja nicht weg. Außerdem wirst du so oft von mir hören, dass du mich gar nicht vermissen kannst«, protestierte Holly mit einem Grinsen in der Stimme und tätschelte mir liebevoll den Rücken. Doch auch sie klammerte sich an mich, als wollte sie mich nie wieder loslassen. Ich drückte ihr einen Kuss auf die Wange, dann lösten wir uns voneinander. Hastig wischte Holly sich ein paar Tränen aus den Augenwinkeln und lachte über ihre sentimentale Reaktion.

»Danke.«

Ich sah ihr lächelnd nach, als sie sich wieder unter ihre

Freunde mischte und kurz darauf mit Braden im Haus verschwand.

Mit meinem halb vollen Glas Orangensaft in der Hand schlenderte ich durch den Garten, konnte Keith aber nirgendwo finden. Er war am Anfang der Feier noch in meiner Nähe gewesen, doch dann irgendwann verschwunden. Inzwischen war es Nacht geworden, und während der Garten von den Lampions beleuchtet wurde, war es im Haus vollkommen dunkel. Die Musik, das Gelächter und die Stimmen waren hier drinnen nur noch ein blasses Echo und wurden erst wieder lauter, als ich das Fenster öffnete, das auf das Verandadach hinausführte.

Das schabende Geräusch sorgte dafür, dass Keith zusammenzuckte und seine Zigarette hastig ausdrückte. Als er mich erkannte, entspannten sich seine Schultern, und er seufzte tief. »Scheiße, ich dachte, du wärst Mom.«

»Eines Tages wird sie es herausfinden und dir die Hölle heißmachen«, prophezeite ich ihm. »Und ich kann es kaum erwarten.«

»Falls du nicht vorher alle Packungen wegwirfst«, neckte er mich und streckte die Hand nach mir aus.

»Genau.« Ich setzte mich neben ihn an den Rand des Daches und ließ die Beine herabbaumeln.

Unter uns ging Hollys Abschiedsparty weiter, aber hier oben waren wir ganz für uns. Als würden wir für einen Moment die Zeit anhalten, während die Welt sich vor unseren Augen weiterdrehte.

Mit einem leisen Seufzen lehnte ich den Kopf an Keiths Schulter, und er legte seinen Arm um mich.

»Was jetzt?«, fragte er leise.

Er musste es nicht erst aussprechen, damit ich wusste, was er meinte. Da unten hatte sich fast die ganze Stadt versammelt.

Lauter Menschen, die über uns urteilen würden, nicht nur, weil wir Stiefgeschwister waren, sondern weil Keith für immer der Junge bleiben würde, der in den Augen aller Schuld am Unfalltod seines Stiefvaters hatte. So wie ich für immer das Mädchen sein würde, das ihren Vater durch eben diesen Jungen verloren hatte. In den letzten Wochen waren wir uns nähergekommen als je zuvor, aber wir hatten uns nie offiziell als Paar präsentiert.

»Wir könnten es wie Holly machen und eine Auszeit nehmen«, schlug Keith vor, bevor ich etwas dazu sagen konnte. »Einfach von hier verschwinden, dann kann uns egal sein, was die Leute sagen. Aber ich würde Mom nur ungern allein lassen.«

»Wir könnten auch einen auf Romeo und Julia machen«, warf ich schmunzelnd ein.

»Selbstmord, damit die Leute begreifen, was sie angerichtet haben?«

Ich lachte leise auf. »Okay, streichen wir das. Aber wir könnten auch … wieder da runtergehen und allen beweisen, dass es uns egal ist, was sie denken.«

Etwas flackerte in seinen Augen auf. Eine Hoffnung, von der ich bereits geglaubt hatte, sie nie wieder zu sehen.

»Ist es das denn? Ist es dir egal?«

Ich schüttelte den Kopf. »Ehrlich gesagt … nein. Aber wenn ich die Wahl habe zwischen dir und der Angst davor, dass wir einen neuen Skandal damit lostreten, dann wähle ich dich. Für Stella ist es in Ordnung, und Holly hat sich sowieso schon damit abgefunden.«

»Nicht abgefunden«, verbesserte er mich, während ein kleines Lächeln seine Lippen umspielte. »Sie ist Team Keith, schon vergessen?«

»Das werde ich mir für den Rest meines Lebens anhören müssen, was?«

»Darauf kannst du wetten.«

Statt einer Antwort legte ich meine Hand in seinen Nacken, zog ihn an mich und küsste ihn. Scheiß drauf, was die Leute dachten. Keith und ich, wir würden es nie leicht in dieser Stadt haben. Das brachte unsere Vergangenheit nun mal mit sich. Aber wenn wir sie überwinden konnten, dann konnten das vielleicht auch die anderen. Und die Menschen, auf die es wirklich ankam, standen sowieso hinter uns.

Keith lächelte an meinen Lippen. »Lass uns runtergehen, allen den Schock ihres Lebens verpassen und dann von hier verschwinden.«

Ich grinste. »Zu dir? Zu mir? In die Werkstatt?«

»Such's dir aus. Die Entscheidung liegt ganz bei dir«, fügte er hinzu, und ich erkannte, dass es schon immer so gewesen war. Ich hatte immer die Wahl gehabt. Es hatte nur sieben Jahre gedauert, bis ich erkannt hatte, dass ich Keith nicht hassen musste. Dass ich es weder Dad noch jemand anderem schuldig war, den Mann zu hassen, den ich von Anfang an geliebt hatte.

Vor gar nicht allzu langer Zeit hatte Faye gesagt, in einem Sommer könne viel passieren – und sie hatte recht behalten. Dieser Sommer hatte mein Leben verändert – und es würde sich noch weiter verändern. In wenigen Tagen würde ich zurück auf den Campus fahren – aber mein Medizinstudium nicht fortsetzen. Genau genommen wusste ich noch nicht wirklich, was ich mit meinem Leben anfangen und später beruflich machen wollte. Ich wusste nur, dass es etwas mit Musik zu tun haben würde, aber was genau das sein sollte? Keine Ahnung.

Ich war einundzwanzig Jahre alt. Ich musste noch nicht wissen, wie der Rest meines Lebens aussehen würde. Wenn ich in den letzten sieben Jahren eines gelernt hatte, dann, dass jeder Moment kostbar war. Wir dachten immer an die Zukunft, ohne uns je darüber Gedanken zu machen, ob wir überhaupt eine haben würden.

Ich wusste nicht, was die Zukunft bringen würde, aber zum ersten Mal machte mir das nichts mehr aus, denn ich hatte die richtigen Menschen an meiner Seite. Ich hatte meine Schwester, meine Stiefmutter, meine engsten Freunde – und ich hatte Keith. Das war mehr, als ich je für möglich gehalten hatte. Mehr als ich je von diesem Sommer erwartet hätte.

Ich sah Keith nach, als er aufstand und auf das Fenster zuging, das zurück ins Haus führte. Direkt davor blieb er stehen, drehte sich zu mir um und streckte die Hand nach mir aus.

Es gab kein Zögern, kein Grübeln und keine Entscheidung, die gefällt werden musste. Mein Herz hatte schon immer ihm gehört.

Ich ging zu ihm hinüber und legte meine Hand in seine. Bereit, mich jeder Herausforderung zu stellen, solange die Menschen bei mir waren, die ich liebte.

Solange er bei mir war.

Danksagung

Es gibt Bücher, die dem Autor oder der Autorin so leicht von der Hand gehen, dass sie sich praktisch von selbst schreiben. *Finding Back to Us* war kein solches Buch. Callie und Keith haben es mir von Anfang an nicht leicht gemacht, denn während ich einen festen Plan davon hatte, wie sich diese Geschichte entwickeln soll, hatten sie ganz andere Vorstellungen. Zum Glück haben sie sich durchgesetzt.

Als Autoren lieben wir die Bücher, die sich leicht schreiben lassen, aber es sind die schwierigen Geschichten, die uns prägen und gestärkt daraus hervorgehen lassen. Als Kriegerin, wie meine gute Freundin Mona Kasten so schön sagte.

Mein größter Dank gilt darum all jenen Menschen, die mir während des Schreib- und Überarbeitungsprozesses zur Seite gestanden, mich beraten, mit mir geplottet und mir Mut zugesprochen haben. Insbesondere meine Schreibschwestern Kim Nina Ocker und Mona Kasten, die von Anfang an bei dieser Story dabei waren, mit mir mitgefiebert und mir ehrliches Feedback gegeben haben. Ohne euch wäre dieses Manuskript nie fertig geworden! Das gilt auch für die Möwen in meiner Schreibgruppe, die mir stets mit Rat und Tat oder einfach nur ein bisschen Ablenkung zur Seite stehen.

Ein riesiges Dankeschön geht an meine beiden Betaleserinnen Yvonne und Melanie. Ihr seid großartig! Und ihr beschwert euch auch nicht, wenn ihr den Anfang einer Geschichte gefühlt hundertmal lesen müsst, bis ich zufrieden bin. Danke für alles!

Danke an meine wunderbaren Agentinnen Kristina Langenbuch Gerez und Gesa Weiß. Seit wir uns kennen, ist so unheimlich viel passiert, dass es mir manchmal so vorkommt, als würden wir schon ewig zusammenarbeiten. Ihr seid die besten Agentinnen, die man sich nur wünschen kann!

Kristina, du bist die beste Lektorin, die ich mir für Callie und Keith hätte wünschen können! Gefühlt habe ich achtundneunzig Prozent all deiner Änderungen und Vorschläge angenommen, weil wir einfach auf einer Wellenlänge sind. Danke für alles!

Ebenfalls ein ganz besonderes Dankeschön geht an meine fantastische Lektorin Stephanie Bubley von LYX. Ohne deine Idee und Begeisterung wäre es nie zu diesem Projekt gekommen. Und ohne deine Mitarbeit wäre *Finding Back to Us* heute nicht das, was es ist. Ich freue mich auf (hoffentlich viele!) weitere Bücher, die wir zusammen veröffentlichen dürfen.

Natürlich möchte ich auch meiner Familie und meinen Freunden danken, die mich in allem unterstützen, was ich angehe – und das ganz ohne an meinem Verstand zu zweifeln. Zumindest nicht, dass ich wüsste. Ich bin so froh, euch in meinem Leben zu haben!

Last but not least ein riesiges Dankeschön an meine wunderbaren LeserInnen. Ihr seid es, für die ich schreibe. Danke, dass ihr all das möglich gemacht habt!

Leseprobe

BIANCA IOSIVONI

Feeling CLOSE TO YOU

Level 1

Teagan

Computerspiele machten mich nicht aggressiv. Es waren Menschen, die mich aggressiv machten und wegen denen ich Computerspiele zockte, um wenigstens dort meine ganze Frustration rauszulassen. Immerhin war es weniger kriminell, NPCs und Bossgegner zu töten, als ganz normalen Leuten auf offener Straße den Hals umzudrehen. Oder ihnen an einem ganz normalen Tag in der Highschool an die Gurgel zu gehen.

Der heutige Tag war schon jetzt alles andere als normal. Es hatte damit angefangen, dass ich verschlafen hatte und zu spät gekommen war, woraufhin mir mein Lieblingslehrer Mister Carson eine Verwarnung gegeben hatte. Dann war ich im Gang mit dem Star-Quarterback zusammengeprallt und die Hohlbirne hatte mir nicht mal dabei geholfen, meine ganzen Bücher aufzusammeln, sondern war einfach weiterstolziert, als würde jemand wie ich in seiner hochglanzpolierten Welt gar nicht existieren. Hoffentlich stolperte er beim nächsten Spiel und landete mit dem Gesicht voran im Dreck. Oder in Hundescheiße.

Mittags hatte mir so ein Mistkerl die letzte Portion des einzig essbaren Gerichts in der Kantine vor der Nase weggeschnappt und jetzt stand ich nach Geschichte mit knurrendem Magen vor meinem Spind im Flur. Um mich herum erklang der typische Lärm aus viel zu vielen Stimmen, dem

Klappern von Spindtüren, lauten Schritten, unterlegt mit dem nervtötenden Piepen von Handys – weil es immer noch Idioten gab, die ihren Benachrichtigungston in der Schule nicht ausgeschaltet hatten.

Ding.

Ding. Ding. Ding.

Argh! Wenn ich noch einmal dieses nervige Geräusch hörte, konnte ich für nichts mehr garantieren. Ich tauschte meine Bücher aus und pustete mir eine lila gefärbte Haarsträhne aus dem Gesicht, die sich aus meinem heute Morgen in aller Eile gebundenen Knoten gelöst hatte. In Kombination mit dem Make-up von gestern, das ich abends kurz vor dem Livestream aufgefrischt, danach aber vergessen hatte, wieder abzunehmen, sah ich kurz vor der letzten Stunde wahrscheinlich genauso bescheiden aus, wie ich mich fühlte.

Ding!

Ding!

Ich knallte die Spindtür zu und drehte mich zu dem Schuldigen, um ihm gehörig die Meinung zu sagen – und erstarrte. Denn nur zwei Schränke weiter stand Penelope Martinez, meine beste Freundin seit dem Kindergarten. Oder eher: *ehemals* beste Freundin. Denn vor zwei Jahren hatte sie aufgehört, mit mir zu reden. Ohne Vorwarnung. Ohne Erklärung. Von einem Tag auf den anderen war ich nicht mehr existent für sie gewesen. Anfangs hatte ich noch versucht, den Kontakt wiederherzustellen und herauszufinden, was plötzlich los war. Oder eher, warum nichts mehr los war zwischen uns. Einmal hatte ich sie sogar in aller Öffentlichkeit in der Kantine zur Rede gestellt. Umsonst. Mehr als peinliches Schweigen war nicht dabei herausgekommen. Allem Anschein nach passte ich einfach nicht mehr in Pennys Welt, die, abgesehen von den unvermeidbaren Begegnungen in den Schulfluren, da unsere Spinde noch immer nebeneinander standen, nichts mehr mit meiner zu tun hatte.

Die anklagenden Worte erstarben auf meinen Lippen. Als hätte sie mein Starren bemerkt, sah Penny von ihrem Handy auf – und erwiderte meinen Blick. Mein Herz begann zu hämmern. Ich sollte etwas sagen. Wenigstens ein *Hi* oder ein *Wie geht's*. Irgendetwas. Aber ich brachte nichts davon hervor. Wozu auch? Es war ja nicht so, als würden wir plötzlich ein Gespräch anfangen und wieder beste Freundinnen fürs Leben werden.

Und ich hatte recht. Einen Moment lang sah sie mich noch an, dann wandte sie sich kopfschüttelnd ab. Ich schluckte hart und sah ihr nach, zwang mich dann jedoch, mich umzudrehen. Nur um gleich darauf fast in die nächste Person reinzurennen, auf die ich sehr gut hätte verzichten können.

Maddison Mae McKinnon. Fantastisch. Sie war die unangefochtene Schulqueen und der Liebling aller Schüler und Lehrer gleichermaßen. Und so übertrieben höflich und zuvorkommend, dass es zum Kotzen war.

»Hey …« Sie strahlte mich mit ihren perlweißen Zähnen und den riesigen babyblauen Augen an. »Teagan Ramona, richtig?«

Ich biss die Zähne zusammen, bis ein Knirschen zu hören war. »Teagan reicht.«

»Okay.« Kurz wanderte ihr Blick durch den Gang, als würde sie befürchten, dass uns jemand zusammen sehen könnte.

Sie in ihrem aufeinander abgestimmten pastellfarbenen Outfit mit den Killer-Heels und dem perfekt frisierten goldbraunen Haar – und daneben ich mit den rissigen Jeans, den abgetragenen Boots, dem dunkelblauen Tanktop und dem Tattoo auf dem Schulterblatt. Dunkelbraune Haare, die ab Kinnhöhe neonlila gefärbt waren und mir normalerweise bis über die Schultern fielen, vollendeten das Bild.

Als Maddison Mae mir wieder ihre ungeteilte Aufmerksamkeit schenkte, lächelte sie nervös. »Ich weiß, wir kennen uns eigentlich nicht …«

»Wir haben seit der Junior High Englisch und Geschichte zusammen und du bist diejenige, mit der mein Ex-Freund fremdgeknutscht hat«, unterbrach ich sie trocken und schob den Riemen meiner Tasche auf der Schulter zurecht. »Aber stimmt, wir kennen uns eigentlich nicht.«

Weil wir nicht in denselben sozialen Kreisen verkehrten. In dieser Highschool war Maddison Mae an der Spitze der Nahrungskette, während ich … irgendwo weiter unten war. Glücklicherweise nicht bei den armen Kids, die ständig von anderen gemobbt wurden, aber auch nicht sehr viel weit darüber. Gott, war ich froh, wenn ich dieser Hölle endlich entkommen konnte. Nur noch ein paar Wochen, dann hatten wir alle unseren Abschluss und ich würde diese Leute nie wiedersehen müssen.

»Richtig …« Maddison Mae sah sich ein weiteres Mal um. »Ich weiß, du und Brandon wart nur kurz zusammen …«

Kurz? *Kurz?* Brandon Fitzgerald und ich waren fast ein Jahr lang ein Paar gewesen. Und wenn er nicht mit der halben Schule, aber vor allem mit Maddison Mae herumgemacht hätte, wären wir es vielleicht immer noch. Oder auch nicht. Schließlich schien jeder früher oder später genug von mir zu haben und ließ mich dann kommentarlos fallen. Das war praktisch die Story meines Lebens.

Und jetzt war mein Ex ausgerechnet mit der Schulqueen zusammengekommen. Um das Klischee perfekt zu machen fehlte eigentlich nur noch, dass er Footballstar und sie Cheerleader wäre. *Ugh.* Maddison und Brandon. Brandon und Maddison. Ihr offizieller Shipname lautete #Braddison. Und als ob das allein nicht ausreichen würde, um sich einen Vorrat an Kotztüten anzulegen, nutzten die beiden diesen Hashtag auch noch bei jedem Bild, das sie online auf allen Social-Media-Kanälen posteten. Zusammen mit #ForeverInLove und #CoupleGoals. *Würg*.

»Ich wollte eigentlich nur wissen … ähm … Als du und Brandon zusammen wart, habt ihr da …?« Sie neigte den Kopf etwas zur Seite.

Ich blinzelte. Zog die Brauen hoch. »Haben wir da … was?«

Maddison Mae stieß ein etwas zu schrilles Lachen aus und gab mir einen kleinen Klaps gegen die Schulter, als wären wir alte Freundinnen. »Habt ihr … du weißt schon.«

Jetzt sah sie aus, als hätte sie Schmerzen. Und, ganz ehrlich? Was erwartete sie bitte von mir? Dass ich mein Sexleben mit ihr diskutierte? Ausgerechnet mit der Person, die mir meinen Freund ausgespannt hatte? In welchem Universum lebte dieses Mädchen eigentlich?

»Hm … Sorry. Keine Ahnung, worauf du hinauswillst.«

Vielleicht machte es mich zu einem Miststück, aber ich wollte, dass sie es laut aussprach. Genau hier. Mitten im Gang, während unzählige Leute an uns vorbeiliefen, einschließlich diverser Lehrer.

Maddison Mae warf ihnen ein abgelenktes Lächeln zu. »Na, *du weißt schon*.« Diesmal klang ihre Stimme wie ein Zischen. »Du … und er …?«

Gespielt ahnungslos schüttelte ich den Kopf. »Tut mir leid, Maddison Mae, ich weiß wirklich nicht, was du meinst«, behauptete ich eine Spur zu fröhlich und zu laut, sodass sich gleich mehrere Leute zu uns umdrehten.

»Gott, das kann doch nicht so schwer sein!«, rief sie und wurde mit jeder Silbe lauter. »Ob ihr Sex hattet! Ich will wissen, ob ihr Sex hattet.«

Schlagartig breitete sich Stille um uns herum aus. Ich musste nicht mal hinschauen, um zu wissen, dass uns alle anstarrten.

Sie anstarrten, um genau zu sein. Dann begann das Getuschel. Die vereinzelten Lacher.

Und Mister Carsons Stimme, die durch den Gang donnerte. »Maddison Mae McKinnon! Auf ein Wort?«

Ihr hübsches Gesicht wurde knallrot und verzog sich zu einem unglücklichen Ausdruck. Unter anderen Umständen hätte ich jetzt vielleicht Mitleid mit ihr gehabt. Doch dann fiel mir wieder ein, wie oft sie Brandon hinter meinem Rücken die Zunge in den Hals gesteckt hatte und jeder Gedanke an Mitleid verflog.

»Schönen Tag noch, Maddison Mae«, zwitscherte ich, nur um ihr im Vorbeigehen noch zuzuraunen: »Wenn du ernsthaft glaubst, dass Brandon sein bestes Stück nicht schon in jedes verfügbare Loch gesteckt hat, tust du mir echt leid.«

Und damit ging ich in meine letzte Unterrichtsstunde. Manche Leute sammelten täglich gute Taten oder Bonuspunkte für ihre Collegebewerbungen, ich sammelte Gerüchte und neue Feinde. Man konnte nicht jedermanns Liebling sein.

Irgendwie überstand ich auch die letzte Stunde, packte meine Sachen zusammen und machte mich schleunigst auf den Weg nach draußen. Flüstern und Getuschel folgten mir, aber das war nichts Neues. Es war nicht so, als wäre ich für meine Skandale bekannt, aber wir befanden uns in einer kleinen Highschool in einer noch kleineren Stadt und die Leute redeten gern. Erst über meinen Look, dann über die Tatsache, dass ich mit Brandon zusammen war, dann über unsere Trennung und nun würde die Szene mit Maddison Mae eine Weile für Gesprächsstoff sorgen. Gut so. Ich zählte bereits die Tage, bis das hier vorbei war und ich endlich an ein College konnte. Ein College, auf dessen Zusage ich allerdings noch immer wartete.

Bei der Erinnerung daran presste ich die Lippen aufeinander und beschleunigte meine Schritte. Ich war keine Musterschülerin. Nie gewesen. Aber ich hatte mir den Arsch für diese Bewerbungen aufgerissen. Dad zuliebe hatte ich mich außerdem auch noch für ein paar seiner Favoriten beworben, auch wenn sie dort kein Game Design als Studiengang anboten. Aber schließlich brauchte ich auch einen Plan B, falls mich meine Wunsch-Universitäten, allen voran New York, ablehnten. Eine Möglichkeit, über die ich gar nicht erst nachdenken wollte.

Mit schnellen Schritten überquerte ich den Parkplatz und ließ mich gleich darauf in meinen dunkelgrauen Mazda 3 fallen. Der Wagen hatte Mom gehört, bevor … Ich schaltete das Radio ein und schnitt den Gedanken ab, ehe mein verräterisches Gehirn ihn zu Ende bringen konnte. Sofort plärrte irgendein Radiosong los. Ich verzog das Gesicht und schloss mein Handy an. Wenig später erfüllten die Aufzeichnungen der heutigen Unterrichtsstunden das Wageninnere. Ich startete den Motor und sah zu, dass ich von hier wegkam.

Eine halbe Stunde später parkte ich den Mazda auf dem Parkplatz hinter dem Coffeeshop, in dem ich nach der Schule regelmäßig arbeitete. Ich stieg aus und steuerte die Hintertür an.

»Hey Teagan«, rief Charlie mir entgegen.

Ich wusste nicht, wie alt er eigentlich war, nur, dass er schon seit Ewigkeiten hier arbeitete. Er war ungefähr so groß wie ich, etwas fülliger mit Bauchansatz und trug die schreckliche rotbraune Uniform des Ladens, nur dass seine Mütze bereits etwas verrutscht war. Gerade mühte er sich mit zwei Mülltüten ab, die er aus dem Coffeeshop schleppte.

»Hi«, erwiderte ich knapp, hielt ihm jedoch die Tür auf.

Er nickte mir dankbar zu und verfrachtete die Tüten in den Container hinter dem Gebäude, während ich zu den Spinden im Pausenraum ging und meine Sachen herausholte. Wie schon hunderte Male zuvor band ich mir die Schürze um, flocht mir das Haar zu einem langen Zopf und setzte diese dämliche Mütze mit dem Firmenlogo auf, die wir alle bei der Arbeit tragen mussten. Anschließend trottete ich nach vorne, um meinen Platz als Barista hinter der Theke einzunehmen.

Das Einzige, was schlimmer war als nervige Mitschüler und -schülerinnen? Kunden. Denn zu denen musste man nett sein, wenn man seinen Job behalten wollte. Ich hing zwar nicht besonders daran, aber ich brauchte das Geld, also setzte ich ein freundliches Lächeln auf und gab mein Bestes, mir meine Genervtheit nicht anmerken zu lassen.

»Wie ist dein Name?«

»Brian.« Der Typ auf der anderen Seite des Tresens schaute nicht mal von seinem Handy auf.

»Brian«, wiederholte ich und schrieb den Namen in großen Buchstaben auf den Pappbecher.

»Aber mit Ypsilon«, kam es gelangweilt von ihm. »Und P am Anfang.«

Wie bitte? Seufzend strich ich den Namen durch und malte die Buchstaben ein weiteres Mal auf den Becher. *Pryan*. Na, herzlichen Glückwunsch.

»Alles klar, *Pryan*, dein Kaffee kommt sofort.«

Ich stellte Charlie den Becher hin und kümmerte mich um die nächste Person in der nie enden wollenden Schlange. Für gewöhnlich war es am Nachmittag nicht so voll, aber heute könnte man meinen, es wäre ein nationaler Kaffeenotstand ausgebrochen. Nicht, dass ich die Leute nicht verstehen könnte. Ich trank ja selbst mehr davon, als ich sollte. Aber irgendwie musste ich ja wachbleiben, um später zocken zu können. Sehnsüchtig sah ich zur Uhr an der Wand hinter mir und seufzte. Noch fünf Stunden.

»Entschuldigung?« Pryan mit P und Ypsilon drängelte sich vor und hielt mir seinen halb ausgetrunkenen Kaffee unter die Nase. »Ich wollte einen Cappuccino ohne Milchschaum.«

Dein verdammter Ernst, Kumpel?

Er stellte den Becher mit so viel Wucht auf den Tresen, dass der Inhalt herausspritzte und sich auf der Arbeitsfläche und meiner frisch gewaschenen Schürze verteilte.

Pryan grinste hämisch und deutete auf das Schild, das ihm besten Kaffeegenuss versprach – im Zweifelsfall auch in Form eines neuen Getränks. »Ich will einen neuen. Diesmal *ohne* Schaum.«

Ich biss die Zähne zusammen. *Ruhig bleiben, Teagan. Immer schön ruhig bleiben und lächeln. Du kannst sie nicht alle töten.* Oh, aber in meiner Vorstellung sprang ich gerade wie Lara Croft über den Tresen und verpasste diesem arroganten Mistkerl einen Tritt, den er in zwanzig Jahren noch spüren würde.

In der Realität zwang ich mich zu einem Lächeln, griff mit spitzen Fingern nach seinem halbleeren Becher und schüttete den Inhalt weg. Dann machte ich ihm unter seinen beobachtenden Blicken widerwillig selbst einen neuen. *Der Kunde war König* und dieser ganze Scheiß. Ich hätte mir echt einen anderen Job suchen sollen. Vielleicht im Diner gegenüber, da bekam man wenigstens noch Trinkgeld. Oder als Stripperin in der Bar an der Ecke. Dort wurde man ziemlich sicher auch nicht schlechter behandelt als eine Barista in diesem Schuppen. Wobei ich auf das Antatschen und Angestarrt werden von wildfremden Männern durchaus verzichten konnte. Das war's dann wohl mit meiner Stripper-Karriere, noch bevor sie richtig angefangen hatte.

»Hier, bitteschön.« Meine Wangen schmerzten von dem übertriebenen Lächeln. »Ein Cappuccino *ohne* Milchschaum.«

Pryan betrachtete den Inhalt einen Moment lang, als wäre er ein Insekt, das er untersuchen müsste, dann schnappte er sich wortlos das Getränk und verschwand in der Menge.

Gern geschehen, Pryan. Hab ich doch gern gemacht. Jederzeit wieder.

Ich verdrehte die Augen und fing Charlies Blick auf. Mitfühlend verzog er das Gesicht, ehe er den nächsten Kaffee zubereitete. Ich seufzte tief. Das würde eine lange Schicht werden.

Als ich Stunden später nach Hause kam, war das Haus dunkel und die Garage leer. Ich schloss die Haustür auf, gab den Sicherheitsode in die Alarmanlage ein und warf meine Schultasche im Vorbeigehen auf die Treppe, während ich durch den langen Flur und das Esszimmer lief, das wir nie benutzten, um in die Küche zu gelangen. Dieses Haus war mir schon als Kind riesig vorgekommen und jetzt, als achtzehnjährige Fast-Highschool-Absolventin, ging es mir nicht anders. Vor allem nicht, wenn ich allein hier war. Was zugegebenermaßen fast die ganze Zeit war. Unsere Haushälterin Susanna hatte vermutlich schon vor einer Stunde Schluss gemacht und Dad war wie an fast jedem Abend noch im Büro.

In der Küche war es vollkommen still. Ich drückte auf den Lichtschalter und mehrere teure LED-Lampen erwachten zum Leben. Sehr viel heimeliger wirkte der Raum dadurch allerdings nicht. Am Kühlschrank hing kein Zettel mit einer Nachricht von Dad, dass es heute später werden würde, sondern nur ein paar alte und wirklich hässliche Zeichnungen, die ich als Kind angefertigt hatte. Ich hatte keinen Schimmer, warum sie überhaupt noch hier hingen. Es war ja nicht so, als würde sie sich irgendjemand anschauen. Oder als würden sie an irgendein besonderes Ereignis erinnern. Wahrscheinlich waren sie bloß deshalb noch da, weil Mom sie vor Jahren an der Kühlschranktür befestigt und niemand sich die Mühe gemacht hatte, sie abzunehmen. Und das, obwohl meine Mutter schon seit über drei Jahren nicht mehr in diesem Haus wohnte.

Ich schüttelte über mich selbst den Kopf. Was war heute nur los? Warum musste ich jetzt schon zum zweiten Mal an sie denken, wo ich alle Erinnerungen und jeden Gedanken in diese Richtung für gewöhnlich erfolgreich verdrängte? Offenbar hatte ich trotz Schule, Arbeit und den Games noch immer zu viel Zeit.

Entschlossen stapfte ich zurück zu meiner Tasche im Flur und holte mein Handy heraus, um die Aufzeichnungen der heutigen Unterrichtsstunden weiterlaufen zu lassen. Da mir kaum Zeit für meine Hausaufgaben blieb, geschweige denn zum Lernen, hatte sich das als gute Methode bewährt, um in der Schule nicht komplett zu versagen. Außerdem beschäftigte es meinen Kopf und füllte ihn mit anderen Dingen. Dinge, die nichts mit meiner Mutter zu tun hatten oder der Tatsache, dass ich wieder mal ein kaltes Essen aus dem Kühlschrank holen und mich damit allein an die Kochinsel setzen würde, ohne mir die Mühe zu machen, das von Susanna zubereitete Gericht aufzuwärmen.

Nach dem Essen räumte ich Besteck und Geschirr in die Spülmaschine, holte mir etwas zu trinken und schaltete das Licht in der Küche aus. Im Flur und auf dem Weg nach oben erwachten die LED-Leuchten dank Bewegungsmelder von allein zum Leben, aber ich hätte mich auch im Dunkeln zurechtgefunden. In meinem Zimmer angekommen warf ich meine Sachen samt Handy aufs Bett, schlüpfte aus Boots und Socken und stapfte barfuß zu meinem Schreibtisch hinüber. Oder, wie ich es viel lieber nannte: zu meiner Gaming-Zentrale.

Mehrere Monitore, zwei Desktop-PCs, ein individuell zusammengestelltes Soundsystem, meine drei liebsten Headsets, fünf Controller – jeder in einer anderen Farbe – und der gemütlichste Drehstuhl auf Gottes Erden. Hier war ich zu Hause. Mit einem zufriedenen Seufzen ließ ich mich auf den Sessel fallen und schaltete alles an. Die violette LED-Lichterkette leuchtete fast im selben Moment auf, in dem die Monitore zum Leben erwachten. Meine Finger kribbelten vor Aufregung. Das hier war es, wofür ich lebte. Nicht für den ganzen Mist, den ich den ganzen Tag lang mitmachen musste, sondern hierfür. Für die Momente allein in meiner Höhle, die mir gleichzeitig den Zugang zur ganzen Welt ermöglichte. Aber vor allem den Zugang zu Gleichgesinnten.

Ich prüfte meine Mails und die Social-Media-Kanäle, erinnerte alle an den bevorstehenden Livestream und stand dann wieder auf. Während im Hintergrund ein Update herunterlud, ging ich ins Bad, das direkt an mein Zimmer angrenzte. Noch im Gehen zog ich mir die Klamotten aus, die ich den ganzen Tag über angehabt hatte und die nach Menschen, Schweiß und Kaffee stanken und stieg schnell unter die Dusche. Anschließend zog ich mir eine Leggings und mein liebstes Gaming-Shirt mit dem Aufdruck *I play like a girl. Just try to keep up!* an, das meine linke Schulter freiließ, schminkte und frisierte mich und schaltete mein Handy auf lautlos. Jetzt begann der beste Teil des Tages.

Während der Stream lud, strich ich mir das lange Haar hinter die Ohren, setzte das Headset auf … und wartete. Obwohl ich das schon seit über einem Jahr machte, hämmerte mein Herz noch immer viel zu schnell in meiner Brust und mein Magen zog sich vor Erwartung zusammen. Inzwischen wussten meine Follower genau, wann ich streamte, trotzdem tauchten immer wieder kurz vor dem Stream dieselben Zweifel auf:

Was, wenn niemand online kam? Was hatte ich den Leuten schon zu bieten, außer dass ich ein bisschen mit ihnen quatschte und Spiele zockte? Das taten hunderte, ach was, tausende andere Streamer auch – weit bekanntere als ich, mit mehr Erfahrung und angesagteren Games. Im selben Moment, in dem diese Zweifel auftauchten, biss ich mir fest auf die Lippen, bis der Schmerz diese Gedanken aus meinem Kopf vertrieb.

Es spielte keine Rolle, wie viele Leute da waren oder wie viel ich heute Abend mit diesem Stream verdienen würde. Na gut, Letzteres war schon irgendwie wichtig, schließlich war das mein Collegegeld, aber ich machte das hier nicht nur für das Geld oder den Fame. Ich machte es, weil ich es liebte. Weil es mir tatsächlich Spaß machte, auf diese Weise mit anderen Leuten zu interagieren – zumindest wenn es keine Arschlöcher waren, die nur in den Chat kamen, um Ärger zu machen. Ich liebte es, in den Games neue Welten zu erkunden und mich mit Gleichgesinnten auszutauschen. Und wenn ich dabei auch noch mein Sparkonto fürs College aufbessern konnte, umso besser.

Der Chat war online – und ich konnte mir ein Grinsen nicht verkneifen, als ich die schnell hindurchrauschenden Nachrichten überflog. Die ersten Leute waren schon da, genauso wie meine treue Moderatorin AliceW, die dafür sorgte, dass alle nett blieben und den Regeln folgten, und die nichts lieber tat, als Idioten aus dem Chat zu kicken.

Ich schaltete die Kamera ein – und war live.

»Hey Leute«, begrüßte ich die Zuschauer mit einem Lächeln, das sich zum ersten Mal an diesem Tag nicht gezwungen anfühlte. »Ich hab zwar keine Ahnung, warum ihr nichts Besseres zu tun habt, aber schön, dass ihr da seid.«

Ein paar lachende Emojis strömten durch den Chat. Ich grinste.

Da mir mit Schule, Arbeit, Lernen und Collegebewerbungen keine Zeit blieb, irgendetwas für die Streams vorzubereiten, war es immer eine spontane Angelegenheit. Meist spielten wir bei Tomb Raider weiter. Ich hatte die ganz alten Spiele aufgetrieben, die praktisch nur aus Pixelblöcken bestanden, trotzdem gefiel es den Leuten, mir dabei zuzuschauen, wie ich mit Lara Croft durch Höhlen kroch, Wölfe abschoss und auf der ganzen Welt auf Schatzsuche ging. An anderen Tagen, wenn ich zu müde war, um mich richtig konzentrieren zu können, spielten wir Sims – aber selbst diese Sessions dauerten meist bis weit nach Mitternacht.

»Wie geht's euch heute Abend?«, fragte ich und nahm einen Schluck von meiner Cola. Daneben stand ein Energydrink für später.

super! und dir?
Toll! 😁
was spielen wir heute?
wann geht's looooos?
wie gehts dir denn heute?
Kommst du zur E3? oder RTX im Juli?

Ich überflog die Fragen rasch und seufzte innerlich. Gott, ich würde so gerne zur E3, der Electronic Entertainment Expo, fahren. Sie fand in weniger als einer Woche in Los Angeles statt und dort wurden alle neuen Spiele vorgestellt. Ich würde dafür morden, dabei sein zu können. Aber die Kosten für Flug, Übernachtung und die teuren Tickets würden ein riesiges Loch in meine Ersparnisse reißen. Außerdem war L.A. einfach nicht drin. Die RTX in Austin hingegen …

»Zur E3 schaff ich es leider nicht.« Ich zuckte mit den Schultern, als wäre es keine große Sache. »Aber vielleicht zur RTX.«

Das entlockte den Leuten im Chat jede Menge glücklicher Emojis und weitere Fragen. Wann genau? Wo konnte man mich treffen? Wie lange würde ich da sein? Würde ich an den Championships teilnehmen?

Ich zog eine Grimasse. »Hey, ich habe *vielleicht* gesagt. Wenn ich hingehe, wird das eine spontane Sache, aber ich gebe rechtzeitig Bescheid. Es wäre mega, euch alle treffen zu können!«

In Gedanken ging ich schnell die Kosten und Reisedauer durch. Die Convention war im Juli, also war ich da endlich mit der Highschool durch. Allerdings fand sie am anderen Ende des Landes statt – und von meinem kleinen Kaff in der Nähe von Seattle konnte man sich leider nicht mal eben nach Austin, Texas, beamen. Wenn ich das allerdings mit einem Besuch auf dem Campus in der Nähe verbinden konnte, wo ich mich ohnehin beworben hatte … Hmmm. Das machte das Ganze um einiges interessanter.

»Ich denk drüber nach«, wiederholte ich, als weitere Fragen im Chat auftauchten, und beschloss, das Thema damit abzuhaken. »Was wollen wir heute zocken? Weiter mit Tomb Raider? Ich glaube, letztes Mal sind wir von diesem riesigen Felsen zerquetscht worden, der den Gang runtergerollt ist. Kann das sein?«

Ein paar widersprachen und nannten andere Orte, aber die Mehrheit stimmte mir zu. Und es wäre cool, mit Lara weiterzumachen, aber irgendwie war mir nach diesem Tag nach etwas, wo ich mehr Dampf ablassen konnte. Keine Simulation und erst recht kein Sports-Game, denn die konnte ich nicht leiden. Aber irgendein Multiplayer-Game, um gegen andere Spieler anzutreten und sie im Idealfall richtig fertigzumachen? Oh ja. Unbedingt. Allein wenn ich an die kleine Auseinandersetzung mit Maddison Mae heute Mittag oder an den nervigen

Pryan im Coffeeshop dachte, zuckten meine Finger ungeduldig über der Maus.

»Hey, wie wär's stattdessen mit einem MMO?«, schlug ich spontan vor.

Sofort warfen die Zuschauer im Chat mit verschiedenen Vorschlägen um sich. GTA, The Elder Scrolls Online, Need for Speed, Battlefield, Final Fantasy, Dead by Daylight. Teilweise waren Sachen dabei, die ich noch nie gespielt hatte und bei denen ich mit ziemlicher Wahrscheinlichkeit total versagen würde. Ich brauchte immer ein bisschen, um mich warm zu spielen, also würde ich sicher nicht als totaler Anfänger in einem Multiplayer-Universum starten, das ich nie zuvor betreten hatte.

»Hello Kitty Online?«, las ich ungläubig vor und lachte auf. »Echt jetzt? Wollt ihr mich fertigmachen?«

Ich überflog die Antworten und anderen Vorschläge. Plötzlich kribbelten meine Finger wieder und ich konnte nicht anders, als zu grinsen. Ich hatte mein Spiel für heute Abend gefunden und loggte mich direkt als TRGame ein. In Guild Wars 2 jagte ich normalerweise Monster, erledigte Quests und kundschaftete die Welt aus, doch heute war mir nach ein bisschen PvP-Action. Player versus Player in den Arenen. Und ich würde alles daran setzen, zu gewinnen.

Level 2

Parker

Mittwochabend. Eigentlich hätte ich viel früher mit dem Livestream anfangen wollen, aber mein idiotischer Mitbewohner Cole hätte uns fast alle in die Luft gesprengt. Der Mistkerl hatte nämlich vergessen, den Herd auszuschalten. Wenn Lincoln es nicht rechtzeitig bemerkt hätte, wären wir wahrscheinlich alle in einem riesigen *Kaboom!* draufgegangen. Danke auch, Kumpel. Jetzt klebte mitten in der Küche ein riesiges Blatt Papier am Schrank, auf dem in Sophies Handschrift stand: *Wehe, du lässt den Herd noch mal an und tötest uns alle!*

Bei der Erinnerung daran prustete ich los. Diese WG war noch chaotischer als ich und manchmal fragte ich mich, wie es möglich sein konnte, dass wir noch alle am Leben waren. Wenn es nicht der vergessene Herd war, tat sich Sophie in ihrer Tollpatschigkeit wieder weh und musste in die Notaufnahme, Eliza hinterließ ihr angestecktes Glätteisen zusammen mit einer Überschwemmung im Bad oder einer von uns futterte etwas, das schon ein paar Wochen zu lange im Kühlschrank gelegen hatte. Aber irgendwie funktionierte es – oder wir hatten einfach sehr viel Glück. Bisher war zumindest keiner krepiert und wir waren alle gesund und munter. Wenn man mal von einigen Nahtoderfahrungen und Besuchen in der Notaufnahme absah.

Inzwischen stank es in der Wohnung nicht mehr so penetrant nach Gas. Ich hatte Zimmertür und Fenster wieder geschlossen und saß am Schreibtisch, das Headset auf dem Kopf und die Maus in der Hand. Auf dem rechten Monitor lief der Chat durch, links hatte ich ein paar Tabs offen und auf dem mittleren war das Game, das ich heute spielte. Ich hatte mich schon ewig nicht mehr in Guild Wars 2 eingeloggt und nach dem Chaos in der WG hatte ich auch nichts für den Stream vorbereitet, also hatten die Zuschauer entschieden. Und jetzt fand ich mich in der PvP-Lobby mit Spielern wieder, die ich alle nicht kannte: BugNight, *RockerGrrrl*, TRGame, Ameisen23, SmugShow und viele mehr.

Ich summte einen neuen Taylor-Swift-Song vor mich hin, bei dem meine beste Freundin Callie sicher die Augen verdreht hätte. Dieses Mädchen hatte einfach keinen Musikgeschmack. Anders als meine Zuschauerinnen. Zu meiner eigenen Überraschung befanden sich genauso viele Frauen wie Männer unter meinen Followern. Cole amüsierte sich immer darüber und behauptete, die ganzen weiblichen Fans wären nicht wegen der Games da, sondern wegen mir. Aber selbst wenn es so wäre – kein Interesse. Ich hatte es einmal mit einem Gamer Girl versucht und mir die Finger verbrannt.

Ich spülte das bittere Gefühl mit ein paar Schlucken Energydrink hinunter. Da. Schon vorbei. Ich hatte weder Zeit noch Lust, um mich in Selbstmitleid zu suhlen. Außerdem lud jetzt die Karte und ich musste mich auf die anstehende Mission konzentrieren.

Wenige Sekunden später fand ich mich zusammen mit vier anderen Playern an unserem Startpunkt in einer Festung wieder. Meine braunhaarige Norn-Frau mit den blauen Tattoos an den Stellen, die nicht von ihrer Rüstung bedeckt wurden, überragte alle anderen. Ich scannte kurz die Namen meines Teams – wir waren Rot, während die andere Gruppe Blau war. Auch hier kannte ich keinen, aber da ich so lange nicht mehr gespielt hatte, war das wahrscheinlich kein Wunder. Ich sollte echt öfter bei Guild Wars reinschauen. Vielleicht nahm mich dann auch meine alte Gilde wieder auf, in der ich seit dem Umzug und Beginn des Masterstudiums nicht mehr aktives Mitglied war.

Und dann ging es auch schon los.

Ich rannte mit meiner Norn-Frau los, heilfroh darüber, ein Waldläufer zu sein und zwischen Fern- und Nahkampf wechseln zu können. Den ersten Typen aus Team Blau erledigte ich mit Pfeil und Bogen, dann wechselte ich zum Großschwert und nahm den nächsten Gegner ins Visier.

Adrenalin pumpte durch meinen Körper, während ich alles gab, um die Auseinandersetzung zu bestehen. Wir mussten diesen Teil der Karte einnehmen und dann …

Kämpft ums Überleben!

Was? Wie? Plötzlich saß meine Waldläuferin schwer verwundet auf dem Boden und ein kleines Mistviech sprang um sie herum. Der Spieler, der mich gerade k.o. geschlagen hatte? Mit etwas Glück vergaß er mich und ich konnte mich wieder hochheilen, damit ich …

Ihr seid besiegt.

»Alter! Was?«, rief ich und scannte den Bildschirm. Rechts unten erfuhr ich, wer mich gerade gekillt hatte: ein gewisser TRGame. Wie hatte mich dieser Typ so schnell erledigen können?

Es dauerte ein paar Sekunden, in denen der Kampf ohne mich weiterging, bis ich wieder in der Festung erschien.

»Ein Hoch auf Respawns«, murmelte ich und schickte meine Norn-Frau erneut los.

Zum Glück waren die PvP-Karten nicht besonders groß – so konnte ich mich gleich wieder meinem Team anschließen und mich in die Schlacht stürzen. Und diesmal würde ich nicht … Mein Charakter lag schon wieder am Boden.

Ihr seid besiegt.

»Echt jetzt?!«

Vor meinen Augen und den Augen von etwa fünfundsiebzigtausend Zuschauern, die den Live-Stream mitverfolgten, verpasste mir diese nervige, kleine Asura den Todesstoß: ein Lama tauchte auf, wurde von Scheinwerfern in Szene gesetzt und tanzte auf meiner Leiche herum.

Mein Blick zuckte zum rechten Bildschirmrand. TRGame. Schon wieder.

»Wer ist dieser Wichser?«, knurrte ich. »Und was hat er gegen meine Norn?«

Wieder dauerte es ein paar Sekunden, bis mein Charakter zurück war und ich weiterspielen konnte. Kostbare Sekunden, verdammt. Ich nutzte die Zeit, um einen Schluck zu trinken und die Nachrichten meiner Zuschauer im Chat zu überfliegen.

Wow, miese runde, kumpel!
AAAAAHHH!! ICH HASSE ASURAS!! kleine drecksviecher!
hahahahahaha
#ParkerLama 😂

Bei dem Hashtag verdrehte ich die Augen, ganz besonders, weil das alle anderen jetzt auch noch aufgriffen und ebenfalls posteten. Ganz toll.

»Keine Sorge«, murmelte ich und konzentrierte mich wieder aufs Spiel. »Noch mal werden wir dieses dämliche Lama nicht sehen.«

Diesmal würde ich mich nicht so einfach überrumpeln lassen. Meine Norn verschoss Pfeile und verpasste gleich zwei Leuten direkt nacheinander mit dem Großschwert den Todesstoß, dann hatten mein Team und ich diesen Punkt auf der Karte eingenommen. Endlich! Auf zum nächsten!

Etwas Schwarzes flackerte neben mir auf und meine Figur erlitt Schaden.

»Was zum …?« Ich wich aus – oder versuchte es zumindest, denn es war so verdammt schwer, wenn dieses kleine Mistding mit den großen Kulleraugen ständig wie aus dem Nichts auftauchte und zuschlug. »Sagt mir nicht, dass das eine Diebin ist.«

Argh. Diebe waren das Schlimmste in Guild Wars. Flink und schnell und praktisch unmöglich zu treffen. Und als Asura auch noch so verflucht klein und wendig, dass ich …

Kämpft ums Überleben!

Und dann tauchte auch schon wieder das tanzende Lama auf und gab mir den Gnadenstoß.

»Ach, komm schon!« Ich war kurz davor, die Maus gegen die Wand zu werfen. Dreckskerl. Hatte dieser TRGame es auf mich abgesehen, oder was?

»Geh sterben!«, knurrte ich und stürzte mich erneut in die Schlacht. Scheiße, mein Team war dabei, zu verlieren. Dabei hatte ich von den anderen Spielern kaum etwas mitbekommen.

Diesmal hielt ich mich zurück und versuchte es mit Fernattacken. Mit den Pfeilen erledigte ich einen Gegner von Team Blau und nahm den nächsten ins Visier, als eine neue Meldung in der Mitte des Bildschirms erschien: *TRGame ist im Blutrausch.*

Ganz toll. Jetzt massakrierte dieser Typ nicht nur mich, sondern auch noch alle anderen aus meiner Gruppe.

Ich sah gerade etwas Schwarzes, Nebliges neben mir aufblitzen, drehte mich um – und wurde von neuen Attacken getroffen.

»Echt jetzt, TR?«, rief ich und wich immer wieder aus. Das war schon kaum machbar, aber etwas anzugreifen, das sich so verflucht schnell bewegte? Ausgeschlossen. »Was soll der Scheiß? Das ist jetzt das verdammte vierte Mal!«

Ihr seid besiegt.

Zum. Vierten. Mal. Was zum Teufel!? Und jetzt tanzte dieses dämliche Lama schon wieder auf meiner Leiche herum?

Team Blau gewann und wurde nach dem Kampf auf den Podesten dargestellt, während meine Leute und ich vor ihnen auf dem Boden lagen.

»Ich hasse euch! Und ich hasse Guild Wars! Wer ist überhaupt auf die Idee gekommen, das zu spielen?«, stieß ich hervor, musste aber selbst über meinen Ausbruch lachen. »Shit. Wir machen eine kurze Pause, dann geht's weiter.« Damit wechselte ich vom Spiel zum normalen Livestream, warf ein schnelles Lächeln in die Kamera, setzte das Headset ab und stand auf.

Mein Puls raste noch immer. Fuck, was für ein beschissenes Match. Und dieser TRGame. Der Kerl war das Letzte! Wenn er jetzt hier wäre ... Unbewusst ballte ich die Hände zu Fäusten und konnte nur mit Mühe ein Knurren unterdrücken.

Ich musste mich schleunigst ablenken und runterkommen, um weiterspielen zu können. Wenn ich zu angespannt war – oder angepisst, wie in diesem Fall –, versaute ich es erst recht. Und dann könnte mich jeder noch so kleine Charakter auslöschen, weil ich Fehler machte.

Das Schöne an Livestreams war, dass du nie allein spielen musstest. Es war immer jemand da, der zusah und mitfieberte. Der Nachteil war allerdings, dass sie alle auch jeden einzelnen Fehler live und in Farbe miterlebten. Und gerade eben war ich wie ein blutiger Anfänger abgeschlachtet worden.

Ich ging ins Bad, das ausnahmsweise weder besetzt noch überflutet war, dann trottete ich in die kleine Küche, die ich mir mit meinen Mitbewohnern teilte. Sie hatte uralte Blümchenfliesen, die man zum Glück kaum sah, da alles mit Schränken, Regalbrettern, hängenden Töpfen, Gewürzpflanzen und anderem Zeug vollgestellt war. Den Kühlschrank erkannte man in dem Chaos nur daran, dass unzählige Zettel und Magnete daran hingen. Der wöchentliche Versuch eines Putzplans, den Sophie immer wieder aufstellte, Einkaufslisten und Postkarten. Dazwischen Elizas Warnung, sie schlafen zu lassen, sonst würde sie uns alle ermorden, Lincolns krakelige Zeichnungen, Coles Hinweis darauf, dass das Toilettenpapier alle war und Sophies regelmäßige Erinnerungen, irgendwelche Geräte auszuschalten, damit wir alle am Leben blieben.

An diesem Abend war von meinen Mitbewohnern nur Cole in der Küche. Er saß mit Handy, iPad und einer Tasse Tee am Küchentisch. Tee. An einem warmen Juniabend. In Florida.

Ich wunderte mich schon längst nicht mehr über seine komischen Angewohnheiten, trotzdem zuckte ich bei dem Anblick zusammen. Für mich gab es nichts Widerlicheres als Tee. Außer vielleicht Milch.

»Was ist denn mit dir passiert?«, fragte Cole, und sein Grinsen war viel zu selbstgefällig dafür, dass er uns heute fast alle umgebracht hätte. Mit dem kurzen schwarzen Haar, dem dunklen Bartschatten und der lässigen Lebenseinstellung hielten uns viele für Brüder oder anderweitig verwandt. Was daran liegen könnte, dass wir uns genau so verhielten. »Warst du ausnahmsweise mal nicht der Beste beim Zocken?«

»Fick dich.«

»Oh oh. Da ist aber jemand mies drauf.« Er prostete mir mit der Tasse zu und trank einen Schluck von seinem Tee. Dabei schienen sich die Tattoos auf seinem Arm zu bewegen und fast schon lebendig zu werden. »Also hab ich recht? Es gibt da draußen echt jemanden, der den Gamingkönig geschlagen hat?«

Statt einer Antwort zeigte ich ihm nur den Mittelfinger und riss die Kühlschranktür auf.

»Aww, armes Baby.«

Eigentlich sollte ich darüber lachen können. Aber dieser TRGame trieb mich in den Wahnsinn. Als hätte dieser Trottel es sich heute zur Aufgabe gemacht, mich zu zerstören.

Dabei war der Tag bisher echt toll gewesen. Na ja, wenn man mal von dem kleinen Unfall mit dem Gasherd absah. Ich war morgens pünktlich aus dem Bett gekommen, war beim Training und anschließend in der Uni gewesen, um ein paar Sachen zum Semesterende zu klären und Professoren für meine Leistungsnachweise hinterherzurennen, hatte die Nummer von der hübschen Barista in dem Café auf der Nordseite des Campus' bekommen, alle Mails und Nachrichten auf meinen Social-Media-Kanälen abgearbeitet und dann festgestellt, dass eine meiner absoluten Lieblingsbands eine neue Single veröffentlicht hatte. Ein guter Tag also, ohne schlechte Neuigkeiten oder tragische Ereignisse. Und der Abend hätte genauso klasse werden sollen – hätte mir nicht dieser TRGame dazwischengefunkt.

Wahrscheinlich wäre es klüger, Guild Wars einfach zu beenden und etwas anderes zu zocken. Auswahl gab es genug und meine Zuschauer würden es mir auch nicht übelnehmen. Dass wir mehrere Games pro Livestream anspielten, war völlig normal. Aber mein Ehrgeiz machte mir einen Strich durch die Rechnung. Normalerweise hatte ich null Konkurrenzdenken – weder in der Uni, noch beim Sport, im Business oder was Frauen anging. Ich war der entspannteste Mensch der Welt. Aber wehe, jemand besiegte mich beim Zocken. Und dieser TR *hatte* mich besiegt. Mehrfach. Auf grausame Art und Weise. Mit einem verfickten *Lama* als Todesstoß! Das erforderte eine Revanche. Nein, das erforderte eiskalte, blutrünstige, alles zerstörende Rache.

Mit einem neuen Energydrink bewaffnet kehrte ich in mein Zimmer zurück und ließ mich in den Drehstuhl fallen. Der

Schreibtisch mit den Monitoren nahm die ganze Wandseite gegenüber der Tür ein. Über den Bildschirmen hingen Poster von diversen Games und Filmen, darunter tauchte eine LED-Leiste alles in buntes Licht. Ich griff nach der Maus, loggte mich aber nicht aus dem Spiel aus.

In Warteschlange für Gruppenzuweisung.

»Eine Runde noch«, erklärte ich dem Stream. »Dann zocken wir etwas anderes.«

Eine Runde, in der ich in ein neues Team und auf eine neue Karte kam.

Eine Runde, in der TRGame – natürlich – wieder mit dabei war und mich – natürlich! – wieder abschlachtete und dieses dämliche Lama – natürlich!!! – wieder auf meiner Leiche einen Stepptanz vollführte.

»Das war's!« Keine fünf Minuten später schob ich Maus und Tastatur von mir und griff nach meinem Energydrink. »Wenn mich dieser Typ noch ein Mal killt, kann ich für nichts mehr garantieren. Dann steige ich durch den Monitor und erwürge ihn in Echtzeit.«

Lachen im Chat. Die Arschlöcher freuten sich darüber, dass meine Norn gerade ständig ermordet wurde. Und das auch noch immer von derselben Person. Argh. In Gedanken übte ich tödliche Rache, als mir etwas aus dem Chat auf dem anderen Bildschirm ins Auge sprang. Irgendjemand hatte etwas dazu geschrieben, aber die Nachrichten scrollten so schnell durch, dass der Text verschwand, bevor ich ihn lesen konnte. Außerdem musste ich mich sowieso auf das Game konzentrieren, bevor ich noch mal …

Ihr seid besiegt.

»Fick dich!« Ich stieß mich vom Schreibtisch ab, rollte mit dem Stuhl zurück und war kurz davor, aufzuspringen. Nur das Kopfhörerkabel verhinderte, dass ich komplett eskalierte.

»Fick! Dich! Und fick dieses Spiel! Alter, was geht mit diesem Typen? Was für ein Drecksschwein!«

Meine Zuschauer amüsierten sich köstlich. Na klar. Ein paar grübelten im Chat darüber, wer hinter dem Namen TRGame stecken könnte, aber die meisten feierten einfach nur seine Siege über mich.

Ich gab ein Knurren von mir. »Okay, wer zum Teufel ist dieser TRGame?«

Verpasse nicht Teagans und Parkers Geschichte:

Jetzt erhältlich!

Manchmal genügt ein einziger Blick …

Bianca Iosivoni
DER LETZTE
ERSTE BLICK
464 Seiten
ISBN 978-3-7363-0412-3

Endlich frei! Emery Lance kann es nicht erwarten, ihr Studium in West Virginia zu beginnen. Niemand kennt hier ihre Geschichte. Niemand weiß, was zu Hause geschehen ist. Dafür ist sie auch bereit, in Kauf zu nehmen, dass die Situation im Wohnheim alles andere als ideal ist. Nicht nur treibt ihr Mitbewohner sie regelmäßig in den Wahnsinn – sein bester Freund Dylan Westbrook bringt ihr Herz mit einem einzigen Blick zum Rasen …

»Frech, humorvoll, sexy: eine Geschichte zum Verlieben!« Mona Kasten

LYX

Nur bei ihm kann ich mich fallen lassen

Bianca Iosivoni
FALLING FAST
480 Seiten
ISBN 978-3-7363-0839-8

Hailee DeLuca hat einen Plan: Die Zeit, in der sie sich zu Hause verkrochen und vor der Welt versteckt hat, ist vorbei. Sie will mutig sein und sich all die Dinge trauen, vor denen sie sich früher immer zu sehr gefürchtet hat. Doch dann lernt sie Chase Whittaker kennen – und weiß augenblicklich, dass sie ein Problem hat. Denn mit seiner charmanten Art weckt Chase Gefühle in ihr, die sie eigentlich niemals zulassen dürfte. Und nicht nur das. Er kommt damit ihrem dunkelsten Geheimnis viel zu nahe ...

»Geheimnisvoll, berührend und aufwühlend. *Falling Fast* ist ein absolutes Must-Read!« MEIN BUCH, MEINE WELT

LYX